판타지 유니버스 창작 가이드

2016년 12월, 일본 주식회사 요센샤에서 발매된 원서 표지.
일러스트는 야마나카 고데쓰(山中虎鉄)의 작품이다.

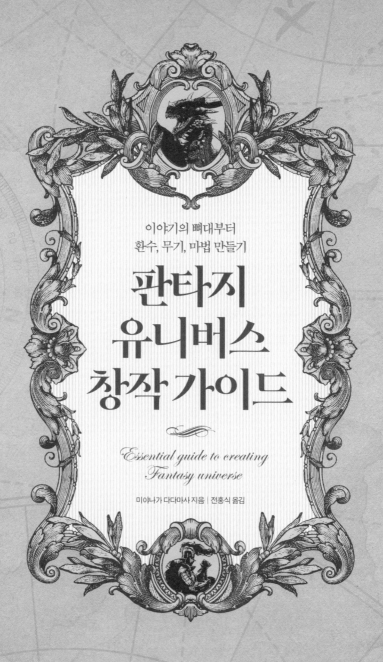

이야기의 뼈대부터
환수, 무기, 마법 만들기

판타지
유니버스
창작 가이드

Essential guide to creating
Fantasy universe

미야나가 다다마사 지음 | 전홍식 옮김

요다

인사말

♦ **판타지 세계를 창조하기 위한 열쇠를 손에 넣자!**

판타지 세계를 창조하는 여정에 함께하실 여러분을 환영합니다! 『판타지 유니버스 창작 가이드』는 판타지 세계를 만드는 방법을 소개하는 안내서입니다. 판타지 세계가 무엇인지 잘 모르는 분들이라면, 세계적으로 히트한 영화 〈반지의 제왕〉이나 〈호빗〉, 〈해리포터〉 등의 작품 세계를 떠올리면 이해하기 쉽겠지요.

판타지라는 말은 매우 편리합니다. 일본의 RPG 걸작 〈드래곤 퀘스트〉 시리즈는 검과 마법의 판타지 세계가 무대라고 말하면 설명이 끝나고, 그 경쟁작인 〈파이널 판타지〉 시리즈는 아예 제목에서 '판타지'라는 말을 사용하고 있습니다. 하지만 판타지 세계는 검과 마법, 드래곤이 등장하는 것만 있는 게 아닙니다. 판타지 세계란 대체 무엇일까요? 이 책에서는 이 질문을 출발점으로 삼아 매력적인 판타지 세계로 여러분을 쭉쭉 끌어당기려고 합니다. 모든 내용을 읽은 뒤에는 판타지 세계를 만들고 싶어서 좀이 쑤시게 될 것입니다.

- 판타지 소설을 쓰고 싶다.
- 판타지 세계가 무대인 게임 시나리오를 만들고 싶다.
- 판타지 세계를 좀 더 알고 싶다.

독자의 동기는 다양하겠지요. 이 책은 그러한 모든 기대에 부응하기 위해 만들었으며, 판타지 세계 창조를 위한 교과서입니다.

◊ 어디에서 태어나 어디로 사라지는가?

이 책에서는 특별히 따로 표기한 경우를 제외하면 판타지를 기반으로 한 세계를 '판타지 세계'라고 칭합니다. 판타지 세계 대부분이 이른바 중세 유럽의 세계나 생활을 모델로 하고 있다는 것은 잘 알려진 사실입니다. 왜, 중세 유럽일까요? 사실 유럽인에게 중세는 매우 복잡하고 골치 아픈 시대였습니다. 유럽은 오래전 로마 제국이라는 대제국에 의해 통일된 세계였습니다. 하지만 게르만 민족의 침공으로 로마가 멸망하고, 유럽에서는 문화가 쇠퇴했으며, 오랜 기간 전란의 시대가 계속되었습니다. 이 시대에는 신분 제도가 오랫동안 사람들을 괴롭혔습니다. 유럽의 민중은 이를 타파하여 현대로 이어지는 민주주의적인 가치관을 수립하고, 실현해온 것입니다. 이것은 1,000년 넘게 걸린 긴 여정이었습니다. 판타지 세계에는 이러한 중세에 대한 향수가 담겨 있습니다. 동시에 '지금의 나라면 그 암흑 시대에서 더 훌륭하게 살아갈 수 있지 않을까' 하는 사고를 실험하는 장이기도 합니다.

이러한 배경에서 이 책은 판타지 세계의 토대가 되는 중세 유럽의 성립이나 사회 배경을 중시하고 있습니다. 이를 무시하고 간단히 마법이나 무기, 환수에 대해서만 살펴볼 수도 있지만, 그들이 살아갈 세계의 원점을 더욱 깊이 이해함으로써 여러분의 판타지 세계는 더욱 강해지고, 다양한 창작의 무게에도 견딜 수 있게 될 것입니다.

CONTENTS

환수의 장

마법 창조의 장

이 책의 사용법

판타지 세계 구축의 마스터 가이드

『판타지 유니버스 창작 가이드』는 독자적인 개성이 넘치는 판타지 세계를 창조할 수 있도록 돕는 안내서입니다. 이제까지 저는 '판타지 세계 가이드' 시리즈로 총 4권의 책을 출간했는데, 가능하면 한 번에 읽을 수 있도록 합쳐진 책이 필요하다는 의견이 많았습니다. 따라서 네 권의 내용을 모으고, 여기에 영화로서 완결을 맞이한 『호빗』에 대한 제 나름의 분석을 판타지 세계를 창작하는 예제로 소개하고자 추가했습니다.

이 시리즈를 바탕으로 창조되는 판타지 세계의 용도는 다양하겠지만, 각 해설은 종이 기반 매체에 표현하고 창작하는 것을 의식해 구성했습니다. 구체적으로는 소설이나 만화를 쓰고 싶은 사람을 위한 해설이라고 볼 수 있습니다.

어떤 분들은 소설이나 이야기를 마지막까지 완성하는 일이 참으로 힘든 작업이라고 생각할지도 모릅니다. 그러나 그렇게 걱정할 필요는 없습니다. 예를 들면 애니메이션이나 게임 제작 현장에서는 많은 사람이 각자 능숙한 기술이나 지식을 갖고 작업에 참여합니다. 거대한 판타지 세계를 만드는 것도 이와 비슷합니다. 정치나 전쟁만이 아니라 경제나 생사관, 무기 사용법, 마법 등 다채로운 요소들이 조금씩 쌓여서 하나의 세계가 만들어집니다. 이 책에는 그러한 판타지 세계를 구축하는 데 필요한 모든 요소를 담았습니다.

이 책의 구성과 역할

『판타지 유니버스 창작 가이드』는 크게 6개 부분으로 구성되어 있습니다. 이미 여러분이 만들고 있는 세계에 필요한 정보가 나오는 페이지부터 살피며 해결의 실마리를 찾는 것도 좋고, 일단 처음부터 읽으면서 머릿속에 존재하는 판타지 세계의 윤곽을 그리는 것도 좋겠지요.

서장 「톨킨의 세계」에서는 판타지 소설의 선구자인 톨킨이 구축한 판타지 세계에 초점을 맞추어 이 책 나름의 접근 방법을 해설합니다. 「구축의 장」에서는 판타지 세계의 모체가 되는 중세 유럽을 중심으로 그 사회나 생활이 어떻게 구성되어 있는지를 해설합니다. 판타지 세계를 창조하기 위한 뼈대를 만드는 것입니다. 「환수의 장」에서는 판타지 세계를 무대로 활동하는 '환수'에 초점을 맞춥니다. 판타지 작품에는 다양한 동물이나 괴물, 또는 인류와 비슷한 아인종이 등장합니다. 그러한 환수들을 창조하는 방법을 설명합니다.

「무기·전투의 장」에서는 무기나 전투를 취급하고 그려내는 방법을 소개합니다. 판타지 세계에서도 무기나 전쟁의 본질은 현실 세계와 다르지 않습니다. 하지만 판타지 세계라는 특수한 사정에 놓여 있기 때문에 그것을 다양한 각도에서 해설합니다. 「마법 창조의 장」에서는 판타지 세계의 꽃이라고 할 수 있는 마법을 설명합니다. 화려한 공격 주문만이 아니라, 마법이 존재하는 세계의 여러 문제를 각 항목에서 깊이 파헤칩니다. 또한, 권말의 「자료편」에는 다양한 무기나 판타지 세계 언어에 대한 해설이 담겨 있습니다. 나아가 특별 부록으로 「창작에 필수인 판타지 소설 가이드 100」을 추가했습니다.

왜 지금 톨킨인가?

이른바 '검과 마법의 판타지'라는 것은 J.R.R. 톨킨이 집필한 『반지의 제왕』이 대성공하면서 성립한 개념입니다. 판타지는 약 60년에 걸쳐서 소설은 물론 만화나 영화, 게임 등을 통해 일대 장르로 발전했습니다.

톨킨의 작품은 고전이 되었고, 내용도 수준이 매우 높아서 서서히 잊혀 갔습니다. 이후 피터 잭슨 감독이 영화화한 〈반지의 제왕〉과 〈호빗〉이 성공하면서 이 위대한 고전을 접하는 새로운 팬이 늘어났습니다. 이 책에서는 이러한 새로운 독자에게 톨킨의 판타지 세계인 '가운데땅(중간계)'을 소개합니다.

톨킨을 알고, 그의 한계를 깨우치는 일은 여러분의 창조 과정에서 큰 축이 될 수 있습니다. 판타지 세계는 백지상태에서 창조되지 않으며, 다른 무언가의 영향을 받으면서 조금씩 형태를 갖추어갑니다. 톨킨은 언어학자로서 여러 고전 작품을 계속 접하는 가운데 세계관을 형성하였고, 여기에 고대 영어학의 지식을 중심으로 걸작 판타지 문학과 그 무대가 되는 '가운데땅'을 만들어냈습니다. 그러므로 만일 여러분이 판타지 세계를 창조하려고 한다면, 먼저 톨킨의 판타지 세계를 나름대로 이해하는 것이 중요합니다. 그 이해를 바탕으로 여러분의 세계는 튼튼하고 강력해질 것입니다.

톨킨의 세계

이 책에서는 우선 J.R.R. 톨킨의 업적과 작품 세계에 대해서 배웁니다.
뛰어난 이야기를 창조한 사람의 관점에서 검증하면,
판타지 세계 구축에 무엇이 필요한지가 보일 것입니다.

Step 1 영화〈호빗〉과 판타지 세계

◆ 드디어 완결된 판타지 세계의 금자탑

2014년 12월〈호빗: 다섯 군대 전투〉가 개봉하면서 영화판〈호빗The Hobbit〉은 드디어 완결되었습니다. 이 영화의 원작이 된『호빗』은 판타지 문학의 금자탑, J.R.R. 톨킨의 『반지의 제왕』이전 이야기를 다룬 작품으로,『반지의 제왕』주인공인 호빗족이자 프로도의 양아버지인 빌보 배긴스(골목쟁이네 빌보)가 젊은 시절에 체험한 대모험을 그리고 있습니다. 세계를 지배하는 힘을 가진 '절대 반지'가 왜 빌보의 손에 들어갔는지가 드러납니다.

2001년부터 2003년에 걸쳐서 3부작으로 완성된〈반지의 제왕Lord of the Rings〉이 큰 성공을 거두면서『호빗』역시 영화 제작에 들어갔습니다. 하지만 업계 사정으로 난항을 겪었고, 제작 중단도 염두에 두어야 할 상황이었습니다. 이러한 우여곡절이 있었지만, 최종적으로〈반지의 제왕〉을 제작한 피터 잭슨 감독이 복귀해서 영상화를 향해 움직였고, 2012년 12월에 삼부작 중 첫 번째인〈호빗: 뜻밖의 여정〉이 개봉했습니다.

『판타지 유니버스 창작 가이드』는 판타지라고 불리는 장르를 염두에 두고 소설이나 게임 시나리오, 또는 이야기 창작 등에 필요한 생각이나 아이디어를 낳기 위한 안내서입니다.〈호빗: 다섯 군대 전투〉가 개봉하면서, 판타지 세계 작품의 기본이 될 영상이 모두 소개된 것을 계기로, 새롭게 '판타지 세계란 무엇인가?' '어떻게 매력적인 판타지 세계를 창조할 것인가'에 대해서 생각해봅니다.

『호빗』과 연결되는 세계관을 가진『반지의 제왕』. 씨앗을뿌리는사람 출판사는『호빗』과『실마릴리온』,『후린의 아이들』도 함께 출간했다.

이 장에서 예제로 제시하는 것은 톨킨이 창작한 일련의 작품, 그중에서도 『호빗』입니다. 솔직히 말해서 『호빗』은 본격적인 판타지 작품의 시초라고 할 수도 없으며, 『반지의 제왕』만큼 세계를 열광시키지 못했습니다. 하지만 뛰어난 학자였지만 작가는 아니었던 톨킨이 왜 창작에 도전하게 되었으며, 그 실질적인 초도작으로서 『호빗』을 완성한 것인가. 그 과정과 세계관에 대한 이해는 창작을 꿈꾸는 이들에게 큰 지표가 될뿐만 아니라, 창작을 격려하는 요소가 될 수 있다고 생각합니다. 실제로 톨킨과 『호빗』을 연결해보면, 판타지 세계를 창작하는 데 꼭 필요한 점을 많이 발견할 수 있습니다. 동시에 창작자란, 빌보가 직면한 것과 같은 뜻밖의 이야기를 계속 찾아가는 노력을 게을리하지 않고, 탐욕스럽게 세계를 관찰하는 사람이라는 것도 알게 됩니다. 『호빗』 창조에 얽힌 다양한 이야기가 무엇보다도 이 점을 강하게 뒷받침하고 있습니다.

📖 NOTE

영화 〈호빗〉과 〈반지의 제왕〉의 비교

〈반지의 제왕〉 시리즈, 특히 3번째 작품인 〈왕의 귀환〉은 아카데미 작품상을 시작으로 11개 부문에서 상을 휩쓸었다. 하지만 〈호빗: 뜻밖의 여정〉은 미국에서는 첫날 흥행 수입만으로도 이 작품의 수입을 300만 달러나 넘어서는 3,750만 달러를 기록했으며, 2번째 작품인 〈스마우그의 폐허〉도 전체 수입이 〈반지의 제왕〉의 두 번째 작품인 〈두 개의 탑〉을 넘어섰다. 그만큼 〈호빗〉의 이야기와 세계관을 세계 각지의 사람들이 즐긴 것이다.

Step 2 『호빗』 탄생의 비화

◈ 전설은 작은 굴에서 시작되었다

1930년대 초반, 옥스퍼드대학교의 펨브로크 칼리지에서 시험 답안을 채점하고 있던 한 언어학자가 백지 답안을 앞에 두고 뭔가를 떠올렸는지, 쓱쓱 한 문장을 적었습니다.

In a hole in the ground there lived a hobbit.
땅속 어느 굴에 한 호빗이 살고 있었다.

교수의 이름은 J.R.R. 톨킨. 판타지 소설이라는 장르를 개척한 불굴의 걸작, 『호빗』이 탄생한 순간입니다. 왜, 어떠한 생각으로 소설을 쓰기 시작했는지, 그리고 어떻게 해서 이러한 기적적인 문장이 갑자기 떠올랐는지를 알려면 톨킨의 생애를 추적할 필요가 있습니다.

1892년, 당시 남아프리카의 오렌지 자유국이라고 불리던 나라에서 톨킨은 태어났습니다. 하지만 3살 때 부친이 사망하면서 어머니에게 이끌려 영국의 버밍엄으로 이주했습니다. 당시 버밍엄은 산업 혁명의 중심 도시로서 경제적으로는 번영하였지만, 사람들은 공해나 매연으로 괴로워하고 있었습니다. 하지만 톨킨이 살았던 곳은 교외의 푸른 농촌 지대로, 가파르지 않은 언덕이 끝없이 펼쳐진 영국 서부의 풍경과 삶은 그에게 추억의 경치가 되었습니다. 호빗이 살아가는 호빗골 이미지는 이 생활에서 탄생했습니다. 하지만 12살에 어머니와 사별하고, 버밍엄에서 기숙사 생활을 할 수밖에 없게 된 환경의 격변이 『반지의 제왕』의 황량한 모르도르로 연결되었다고도 할 수 있습니다.

일찍부터 톨킨은 공부를 잘하는 아이였기에 언어학을 공부하기 위해서 옥스퍼드대학교에 진학했습니다. 재학 중에 제1차 세계대전이 일어났기

이미애가 번역한 『호빗』(씨앗을뿌리는 사람). 인용은 기본적으로 이 판을 사용하고 있다-역자 주.

때문에 1915년부터 1918년까지 군대에서 생활합니다. 그리고 복학 후에는 옥스퍼드 영어 사전 편집에 참여하는 등 연구자로서의 경력을 쌓았고, 1924년에 언어학 교수가 되어 앞에서 소개한 이야기로 연결되는 것입니다.

여기에서 강조하고 싶은 것은 톨킨의 경력이 아닙니다. 톨킨의 경력은 대학에 간 당시 영국 젊은이가 경험한 거의 평균적인 체험에 불과합니다. 하지만 그는 일상의 섬세한 부분에 대해 뛰어난 관찰력을 갖고 있었습니다. 아프리카에서 독거미에 물린 체험, 농촌과 도시의 비교, 동물에 대해서 한 발짝 다가가서 관찰하는 호기심, 아내가 된 에디스와의 데이트에서 느낀 감동을 담은 시. 이 모든 것을 젊은 날의 치기로 여기지 않고, 가공의 세계인 동시에 그의 이야기가 태어난 장소인 '가운데땅'을 낳은 신화 창조로까지 넓혀나가고 있습니다.

이러한 왕성한 상상력을 나날이 갈고닦던 톨킨에게 어느 날 『호빗』이 찾아온 것은 우연이 아니겠지요. 당시 그는 영국에서 가장 오래된 영웅담 『베오울프』 연구에 몰두하고 있었습니다. 그리고 집에 돌아오면, 어린아이들에게 판타지 세계 이야기를 즉석에서 떠오르는 대로 들려주며 재우는 나날이 계속되었습니다. 이것이 『호빗』의 작은 플롯이 되고, 판타지 세계 '가운데땅'의 뼈대가 되어 백지 답안에 떨어진 것입니다. 판타지 세계의 창조와 여기에서 전개하는 이야기는 성실하게 살아간 나날과 호기심의 산물이었던 것입니다.

📖 NOTE

지금도 계속되는 오역 논쟁

일본에서 톨킨의 『The Hobbit』은 동화작가 세타 데이지(瀬田貞二)가 번역한 『호빗의 모험(ホビットの冒険)』과 영문학자 야마모토 지로(山本史郎)가 번역한 『호빗 그곳으로 그리고 이곳으로 이야기(ホビット ゆきてかえりし物語)』의 두 가지 번역판이 있다. 각각 바탕이 된 판본이 다르다. 영문학자인 벳쿠 사다노리(別宮貞德)가 '잘못된 번역'의 예로 세타판을 들었지만, 벳쿠가 참고한 원서는 판본이 다르다는 이야기도 있다. 야마모토판 역시 오역 논쟁이 계속되고 있는데, 이것도 인기작의 숙명인 듯하다.

【역자 주】 『호빗』은 1937년 9월에 처음 출간되었으며, 1951년과 1966년에 각각 개정되었다. 특히 『반지의 제왕』과 관련하여 빌보와 골룸이 만나는 부분이 상당 부분 수정되었다. 세타 데이지는 1951년 판본으로 번역했기에 1966년의 개정판과는 차이가 있다. 국내에서는 오래전 세타 데이지의 번역본을 중역했지만, 현재는 대부분 1966년 개정판 원서를 바탕으로 번역하고 있다.

Step 3 세계를 바꾼 판타지 문학

♦ 어른을 사로잡은 판타지 세계

답안 용지에 적었던 낙서에서 탄생한 『호빗』은 1932년 무렵에 완성되었지만, 톨킨은 출판할 마음이 없었습니다. 하지만 훗날 판타지 세계 문학 『나니아 연대기』로 이름을 알리는 C.S. 루이스가 그를 열심히 설득했습니다. 루이스는 톨킨과 같은 대학에서 교편을 잡고 있었으며, 옥스퍼드대학교 문학 평론 그룹 '잉클링스'에서 함께 활동했습니다.

이렇게 하여 『호빗』은 런던의 출판사 조지 앨런&어윈사에서 1937년 9월에 출판되었습니다. 초판은 고작 1,500부였지만 많은 호평을 얻으며 그해에 재판되었습니다. 실제로 『호빗』의 반향은 예상을 뛰어넘었습니다. 엄청나게 긴 당시의 서평을 모두 인용할 수는 없지만 고블린이나 엘프, 드래곤을 상대한다는, 완전히 독창적이고 광대한 이야기 세계의 생활 일부를 매우 상세하게 독자들에게 보이는 것, 현실로 착각해버릴 것 같은 독자적인 초자연 박물지를 연상하게 하는 이세계, 예로부터 알려진 트롤이나 엘프에게 완전히 새로운 의미를 부여하여 실존하는 것처럼 그려낸 점 등에 대해서 절찬하고 있습니다. 아동문학이지만, 이 책을 아이들에게 사주는 어른들 역시 빌보 배긴스가 펼쳐내는 뜻밖의 모험에 열광했습니다.

〈옵서버〉라는 신문에서는 "여행과 마법의 모험을 그린 역동적인 서사시…… 호흡을 멈추게 하는 클라이맥스"라며, 마치 지금이라도 통용될 만한 문구로 소개했습니다. 『호빗』은 그만큼 새롭고, 동시에 영국인을 시작으로 유럽 독자들의 마음을 울리는 이야기였습니다.

『호빗』은 미국에서도 대성공을 거두었습니다. 당시 미국에서는 패멀라 린던 트래버스의 『메리 포핀스』나 휴 로프팅의 『돌리틀 선생』 등이 아동문학으로 인기를 얻고 있었는데, 『호빗』은 단숨에 이러한 작품들과 어깨를 나란히 하는 걸작 아동문학으로 자리매김했습니다.

그런데 간단히 아동문학이라고 말하고 있지만, 아이들을 위한 문학이라는 개념은 매우 새로운 것입니다. 왜냐하면, 아동문학은 글자를 읽을 수 있는 아이들이 일정 수준에 달한 사회에서만 성립하기 때문입니다. 아동문학의 시조라고 알려진 것은 19세

아동문학의 계보

아동문학의 원점	기원전 3세기경에 등장한 『이솝 우화』는 아이들도 즐길 수 있는 우화집.
아동문학의 등장	17세기 프랑스의 샤를 페로가 『빨간 망토』, 『신데렐라』 같은 고전 아동문학을 정리한다.
아동문학의 확립	19세기 그림 형제나 안데르센에 의해서 아동문학이 확립. 나아가 루이스 캐럴의 『이상한 나라의 앨리스』가 판타지 요소와의 융합에 성공한다.

톨킨(영국)
『호빗』, 『반지의 제왕』

바움(미국)
『오즈의 마법사』

기 전반에 활약한 그림 형제나 『인어 공주』로 알려진 안데르센이며, 그 장르에 판타지 세계를 확실히 도입한 사람은 1865년에 나온 『이상한 나라의 앨리스』를 쓴 루이스 캐럴이었습니다. 그러한 점에서 톨킨이 아동문학을 집필한 것은 결코 새로운 시도는 아니었습니다. 하지만 『호빗』은 민화나 동화에서조차 가볍게 다뤄지던 드워프나 엘프, 용이라는 환수에게 배경이 되는 세계나 생활을 제공하고, 그들이 살아가는 판타지 세계를 확실하게 구축하고자 노력했다는 점에서 새로운 작품이었습니다. 즉, 『호빗』에 의해 어른이 즐길 수 있는 아동문학이 성립하게 되었습니다. 정확하게 말하면, 『호빗』에 의해서 아동문학이 어른 독자도 매료시킬 수 있는 역량을 갖고 있다는 사실을 알게 되었습니다. 이처럼 『호빗』은 완전히 새로운 판타지 세계 문학의 문을 연 작품입니다.

📖 NOTE

옥스퍼드의 이상한 인연

판타지 세계와 아동문학에 불굴의 자취를 남긴 『이상한 나라의 앨리스』의 저자 루이스 캐럴도 옥스퍼드대학교 수학 교수였다. 좋지 않은 소문이 끊이지 않은 그였지만, 크라이스트처치 학장의 세 딸, 특히 차녀인 앨리스를 즐겁게 해주기 위해서 만든 즉흥 동화를 바탕으로 작품을 완성했다는 점에서, 독자를 즐겁게 만들고 싶다는 동기가 걸작을 낳은 것은 분명하다.

Step 4 호빗은 영국 신사!?

◆ 보수적인 신사가 세계를 바꾼다

호빗은 이제 많은 판타지 창작이나 아날로그, 디지털 등 각종 RPG(롤플레잉 게임)를 통해 하나의 종족으로 인지되고 있습니다. 하지만 이 아인종은 톨킨의 상상에서 태어난 종족입니다. 신장은 60~120cm, 평화롭고 온화한 환경과 풍족한 식사를 무엇보다도 사랑하며, 농경과 사회생활을 소중하게 여기는 호빗. 그런 생활을 반영한 것인지 어른이 된 호빗은 대부분 약간 비만처럼 보입니다. 그러나 그러한 겉모습과는 달리 그들은 정말 중요할 때는 놀라울 정도로 강인한 마음을 보여주며 어려움에 맞섭니다.

이 같은 호빗이라는 종족의 특성은 톨킨이 즉흥적으로 떠올린 설정이 아닙니다. 『호빗』 집필 당시 영국 사회에서 젠트리gentry라고 불리는 계급의 생활 스타일을 반영한 것입니다. 젠트리란, 영국의 지방에서 살아가는 지주층을 가리키는 말입니다. 남작 등과 같은 작위를 가진 귀족은 아니지만 풍족한 토지를 보유했으며, 귀족과 함께 상류 계급을 형성하는, 말하자면 영국 보수층의 중심과 같은 존재입니다. '신사'라는 뜻을 가진 젠틀맨의 어원이 되었다고 설명하면 상상하기 쉽겠지요.

톨킨은 어릴 때 남아프리카에서 영국으로 이주했는데, 버밍엄 교외에 위치한 넓은 농촌 지대에서 살아가면서 감명을 받았습니다. 그것이 호빗들이 살아가는 '호빗골' 풍경의 원형이 됩니다. 하지만 톨킨이 이야기의 무대로 그린 것은 영국의 농촌 풍경만이 아니라, 그 풍경을 낳은 사람들의 삶 자체였습니다.

한편으로 젠트리는 결코 농촌에서의 삶에만 집착하는 사람들은 아니었습니다. 교육을 위해 아이들을 적극적으로 도시로 보냈고, 그들 중에서 영국을 이끄는 뛰어난 인재가 다수 태어났습니다. 젠트리는 영국 사회의 인재 풀이기도 했던 것입니다.

역사적으로도 깊은 관계가 있습니다. 19세기 영국은 산업 혁명의 기세를 따라 세계 각지로 진출하여 많은 영토와 식민지를 획득했습니다. '세계의 공장', '해가 지지 않는 제국'이라 불리며 번성하던 시기였습니다. 지배당하는 쪽에서 보면 좋은 일이 아니었지만, 영국은 세계 최대의 대국이었습니다. 수많은 역경이 있었지만, '존 불 정신(미국인을 상징하는 캐릭터 엉클 샘처럼 영국인의 특성을 상징하는 캐릭터 존 불로서 대표되는 정신-역자 주)'이라고 불린 끈질긴 노력과 용기로 영국의 영광을 뒷받침한 이들이 젠트

호빗들의 생활 방식은 영국 서부의 농촌 지역을 모델로 했다. 현재도 톨킨 시대의 면모가 강하게 남은 지역이다.

리였던 것입니다.

하지만 톨킨이 태어난 시대에는 신흥 제국 독일이나 미국에 밀려서 영국의 광채에도 그늘이 드리워집니다. 게다가 제1차 세계대전으로 영국 사회는 큰 상처를 입습니다. 어렵게 독일을 물리쳤지만, 전쟁으로 막대한 부와 젊은이의 목숨을 잃으면서 세계 중심은 미국으로 옮겨집니다. 영국은 심하게 쪼그라들고 말았습니다. 이러한 세계관이 반영된 것이 『반지의 제왕』입니다. 많은 독자는 『호빗』이란 작품 속에서 '존 불 정신'을 느끼며 이야기에 깊이 공감했습니다.

📖 NOTE

공식화된 캐릭터 호빗

론 하워드 감독의 영화 〈윌로우Willow〉(1988년)는 소인족을 주역으로 한 판타지 모험물이다. 조지 루카스가 원안을 작성한 작품이지만, 루카스가 70년대부터 구상을 진행했다는 점이나 주역인 윌로우의 행동이 호빗의 모습을 그대로 보여준다는 점에서 톨킨의 영향을 받은 것이 분명하다. 〈스타워즈〉를 창조한 루카스도 톨킨이 만들어낸 캐릭터의 성격과 외견을 깨뜨릴 수는 없었던 모양이다.

♦ 캐릭터와 함께 성장하는 이야기

톨킨이 직접 아이들에게 들려주었던 즉흥 동화를 바탕으로 탄생한 『호빗』의 기본 체제는 마지막까지 무너지지 않았습니다. 하지만 종반으로 향하면서 사건이나 배경 설정이 점점 심각하게 변해갑니다.

초반에는 평화로운 호빗골에서 살아가는 빌보 앞에 드워프들이 갑자기 찾아와서 용에게 빼앗긴 지하 왕국을 되찾기 위해 출발하는 소동으로 시작하여, 숲 속에서 트롤과 만나는 부분까지는 (트롤에게 먹혀버리면 죽어버릴 테니, 무조건 즐겁지는 않겠지만) 아이들이 즐거워할 만한 연출로 가득합니다. 그러나 깊은골을 지나 안개산맥으로 들어서는 부분부터 『호빗』의 세계(훗날 '가운데땅'으로서 재구축됩니다)는 상당히 야만적이고 위험으로 가득 차 있다는 것이 확실하게 드러나기 시작합니다. 안개산맥의 거대한 동굴에는 잔인하고 고문을 즐기는 고블린 왕국이 있습니다. 그들과 드워프 사이에는 서로 죽고 죽이는 것이 당연한, 증오로 가득한 긴 역사가 있습니다.

드워프 왕족의 후예인 소린이 짊어진 책임의 무게나, 외로운 산을 악룡 스마우그에게서 되찾겠다는 결의는 그 자체만을 보면 비장하고 숭고합니다. 하지만 야만적이긴 해도 일정한 사회생활을 영위하는 고블린과 서로 어울리지 않고 무조건 싸운다는 점에서, 드워프들의 주장이 편협하게 보이기도 합니다. 게다가 소린의 선조는 "황금을 지나치게 긁어모으면 재앙을 부른다"는 주변 사람들의 충고를 무시하다가 멀리 북방에 사는 악룡 스마우그의 관심을 끌어서 왕국 자체를 잃어버립니다. 지도자의 자질이 부족해서 생긴 자업자득이라고 해도 과언이 아니지요. 그 탓에 산비탈에서 번영하고 있던 인간 마을도 용에 의해 불타버리고 맙니다. 하지만 소린 일행에게는 그러한 선조의 잘못에 대해 반성하는 모습이 보이지 않습니다.

영화 완결편에서는 다음과 같이 진행됩니다. 호수 마을 사람들이 스마우그를 물리침으로써 왕국과 보물을 되찾은 드워프들은 이번에도 자기들 때문에 인간 마을이 불타고, 많은 사람이 희생된 것을 무시합니다. 더욱이, 중재하려는 빌보의 노력조차 악의적으로 무시하고 전쟁 준비를 시작할 정도입니다. 『백설 공주』와 같은 목가적인 분위기는 완전히 사라지고 소린 일행은 황금에 매료되어 스마우그와 다를 바 없는 존재

처음에는 목가적인 모험 이야기였지만 서서히 심각한 전개로 흘러간다. 어둠숲에서는 동료를 구하기 위해 빌보가 검을 휘두르는 결의까지 보인다.

가 되어버립니다. 한편으로 인간 측에도 문제가 있으며, 여기에 가담하는 엘프조차 황금에 대한 욕망을 거듭 드러낸다는 점에서 드워프와 큰 차이를 느낄 수 없습니다.

톨킨은 아동문학을 지향했지만, 작품을 키워나가면서 그 판타지 세계에 자신의 문제의식을 새겨나갈 수밖에 없었습니다. 최대의 적(=악룡)을 쓰러뜨리고 대단원을 맞이한다는, 동화 같은 구조로 끝낼 수 없게 된 것입니다. 이것을 플롯의 붕괴로 볼 것인지, 그렇지 않으면 잠들어 있던 이야기가 움직이기 시작했다고 볼 것인지는 판단하기 어렵지만, 필자의 문제의식이 견고하다면 이야기는 캐릭터와 함께 성장한다고 말할 수 있을 것입니다.

📖 NOTE

소린을 사로잡은 용의 독

산 아래 왕국을 되찾은 소린은 마치 다른 사람이 된 것처럼 보물에 집착하고, 동료의 충고를 듣지 않는다. 톨킨은 이것을 '용의 독' 때문이라고 설명한다. 나아가 대대로 내려온 가보인 '아르켄스톤'에 대한 집착이 세계를 위험에 빠뜨린다. 『반지의 제왕』에서는 절대 반지가 소유자의 마음을 심하게 갉아먹는다. 집착은 톨킨의 어떤 문제의식을 반영한 것인지도 모른다.

복잡한 빌보의 성격

◈ 이중적인의 설정이 빌보를 낳았다

영화판 첫 번째 작품인 〈호빗: 뜻밖의 여정〉은 좋은 작품이지만, 사실 모험에 나서는 과정에 매우 곤란한 장해물이 있습니다. '평화롭고 온화한 삶을 무엇보다도 사랑한다'는 호빗의 전형적인 모습을 보이던 빌보가 왜 갑자기 드워프들과 함께 미지의 모험에 나설 생각을 하게 되었는지, 그 동기를 알기 어렵기 때문입니다. 어쩌면 영국인들은 공감할 수 있을지도 모르지만, 세계 각지에서 상영하는 영화로서 그러한 공감을 관객에게 일방적으로 요구하는 것은 부적절합니다.

원작에서는 중요한 성격 부여 과정을 두고 있습니다. 빌보 아버지의 성은 배긴스(골목쟁이네)이며, 어머니는 툭이라는 가문 출신입니다. 빌보는 배긴스 가문의 당주가 되었는데, 그 가문은 호빗골에서도 유명한 명문으로서 존경과 선망을 받고 있습니다. 즉, 안정되고 조화로운 삶을 무엇보다도 중시하며, 그러한 호빗 사회를 지키는 것을 당연하게 생각하는 가문입니다. 한편, 툭 가문은 명문이기는 하지만 호빗답지 않게 모험을 즐기고 색다른 인물을 많이 배출했습니다. 배긴스 가문과는 정반대의 의미로 유명합니다.

빌보가 두 가문의 특징을 가졌다는 점이 원작에서는 종종 언급됩니다. 영화에서도 툭 가문의 선조에 해당하는 영웅 '황소울음꾼(밴드브라스 툭)'의 이야기를 끼워 넣어서 빌보 안에 흐르는 용사의 피를 강조합니다. 원작에서 불편하고 불쾌한 상황에는 배긴스답게 평화로운 집에서의 생활을 떠올립니다. 하지만 대범한 결단이나 행동력을 발휘하는 장면에서는 툭 가문의 피에 이끌린다는 설명을 몇 번이고 강조합니다. 이것은 톨킨이 그때그때 적당히 끼워 맞춘 것처럼 생각될지도 모르지만 오해입니다. 실제 행동을 통해서 살펴보지요.

뜻밖의 여정을 떠나 깊은골에 도착한 빌보는 그곳을 떠나면서 다시 돌아오고 싶다고 열망합니다. 그리고 안개산맥에서 골룸과 만난 빌보는 황금 반지의 힘으로 골룸을 죽일 수도 있었지만, 마음을 돌립니다. 나아가 빌보는 소린과 마을 사람들을 화해시키고자 보물 중에서 자기 몫의 배당을 그대로 인간들에게 넘겨주고 맙니다.

이러한 점은 모두 배긴스의 혈통이 아니면 성립하지 않습니다. 깊은골에서 느끼는

빌보는 때때로 갑작스럽게 대범한 행동에 나설 때가 있는데, 그 머릿속에서는 두 개의 성격이 계속 충돌하고 있을지도 모른다.

향수는 호빗골에 대한 집착과 모험에 흥분하는 혈통의 중간 지점에서 나온 것임을 알 수 있습니다. 빌보에게는 골룸을 죽여도 비난받지 않을 이유가 있었지만, 그것을 실천하지 않는 자비심은 사람들 사이에서 어려움을 겪어보지 않고는 생길 수 없습니다. 그렇게 때로는 자기 혼자서 손해를 보더라도 전체의 안녕을 바라는 것은 귀인으로서 자랑할 만한 미덕이니까요. 빌보는 큰 부자가 될 기회를 놓쳤지만 '가운데땅'의 주역들에게 존경받으며, 그 인맥이 『반지의 제왕』의 프로도에게 계승됩니다.

마법사인 간달프가 좀도둑으로서 빌보를 추가한 이유는 이야기 속에서 잘 드러나지 않았지만, 분명히 빌보가 가진 '조화'의 혈맥이 역경을 돌파하는 계기가 되리라고 생각했겠지요.

📖 NOTE

언어학자 톨킨의 농담

툭 가문의 선조 황소울음꾼(밴드브라스)은 일찍이 호빗골을 습격한 오크에 맞서 적의 왕 골핀블루의 목을 멀리 떨어진 토끼 굴까지 날려버리며 활약했다. 그것이 골프의 발상이 되었다는 이야기가 『호빗』에 등장한다. 톨킨에게는 일종의 말장난과 같지만, 이후 이러한 이야기가 나오지 않는 것을 보면 농담에는 그다지 자신이 없었던 듯하다.

Step 7 계속 이어지는 판타지 세계

◆ 잃어버린 역사의 재구축

톨킨의 『반지의 제왕』은 오랫동안 영상화할 수 없다고 여겨졌습니다. 하지만 CG 기술이 크나큰 발전을 이룩하고, 톨킨 세계에 매료되었던 창작자들의 노력으로 영화 〈반지의 제왕〉은 세계 각지의 원작 팬이 놀랄 정도로 훌륭한 작품이 되었습니다. 『반지의 제왕』의 세계관은 뜻밖의 작은 부분에서 시작되었습니다.

호빗이 살아가는 호빗골이 영국 서부의 농촌 지대를 모델로 했다는 것은 잘 알려져 있습니다. 사실 『호빗』에 등장하는 특징적인 장소는 모두 톨킨의 체험이나 세계관과 깊이 관련되어 있습니다. 예를 들어, 깊은골 엘론드의 저택은 옥스퍼드대학교를 모델로 한 것입니다. 톨킨 자신이 근무하고 있던 대학을 모델로 옛 세계의 기억을 가진 엘프 일행이 모여 안식을 취하는 저택을 그렸다는 점은 조금 받아들이기 어려운 부분도 있습니다. 하지만 제1차 세계대전으로 무자비한 문명 파괴를 경험한 톨킨에게는 인류의 오랜 지식이 결집하는 정결한 대학이야말로 안식의 장소였던 것입니다.

험악한 안개산맥은 그가 학창 시절에 친구들과 장기 여행을 떠났던 스위스 알프스를 모델로 한 것입니다. 또한, 어둠숲으로 상징되는 것처럼 유럽 사람들에게 숲이란 문명이 미치지 못하는 또 다른 세계이자, 기분 나쁜 세계입니다. 본래 유럽은 깊은 숲으로 둘러싸인 지역으로, 조금씩 개간되어 농지로 개척되었다는 점은 유럽 역사와 밀접한 관련이 있습니다. 동시에 삼림이나 수목은 드루이드교와 같은 기독교 이전 민속 종교의 무대이기도 했습니다. 어둠숲에서 처음에 정체를 알 수 없는 거대한 독거미에게 습격당하고, 이후 문명화되었음에도 가치관이 다른 엘프들과 만나는 설정에는 숲에 대한 톨킨의 복잡한 이미지가 반영되어 있습니다. 그리고 마지막으로 도착하는 외로운 산이나 호수 마을은 스코틀랜드의 습지대 모습 그 자체입니다.

소설은 저자의 마음속 정경을 글로 옮긴 이야기입니다. 그래서 톨킨이 자신의 체험을 판타지 세계에 반영한 것은 매우 자연스러운 일입니다. 이야기의 내면을 중시한다면, 무대가 되는 세계의 이미지가 명확한 편이 쓰는 사람도, 읽는 사람도 행복할 것입니다.

하지만 톨킨에게는 다른 의도도 있었습니다. 마침 『호빗』을 집필하고 있던 무렵에 그는 『베오울프』의 연구에 몰두하고 있었습니다. 톨킨은 고대 영어를 연구하는 언어

영국의 암흑시대

선사 시대	스톤헨지 같은 거석 문명. 민족 불명.
켈트인의 침입	기원전 5세기경, 철기와 함께 영국을 찾아온다.
로마 제국의 통치	기원전 55년~약 450년경. 브리튼섬의 남쪽 반을 지배. 앵글로색슨인의 침입으로 로마 제국은 영국을 포기.
암흑시대	로마가 물러나고 9세기 중반 일곱 왕국이 성립하기까지 약 400년간이 불명. 아서왕 전설 등에 약간의 흔적이 남음.

이후 바이킹의 침입을 거쳐 11세기에 노르만족 출신 수장이 탄생하면서, 브리튼 섬(영국)의 역사는 연속성을 갖게 된다. 톨킨은 이 선사시대나 암흑시대의 영국 느낌을 작품 속에 강하게 반영했다.

학자로서 잃어버린 언어가 강하게 남아 있는 이 영웅 서사시에 주목한 최초의 연구자였습니다.

스톤헨지 같은 고대 유적에서 드러나는 것처럼 영국은 오랜 역사를 가진 나라이지만, 아쉽게도 로마 제국이 손을 뗀 이후로 수백 년간의 역사는 베일에 싸여 있습니다. 이것은 영국인에게 일종의 콤플렉스이며, 톨킨에게는 더 큰 고통이었습니다. 그는 『호빗』을 완성함으로써 유럽의 지형도를 판타지 세계에 도입했으며, 나아가 '가운데 땅'의 역사를 만드는 과정에서 잃어버린 영국사를 재구축하려 합니다. 이것이 『반지의 제왕』을 낳은 원동력이 됐습니다.

📖 NOTE

독수리 군기를 찾아

로즈마리 서트클리프는 영국을 대표하는 아동문학 작가이지만, 작품 대부분은 영국의 역사, 그것도 기록이 사라진 암흑시대가 배경이다. 예를 들어 『독수리 군기를 찾아The Eagle of the Ninth』로 시작하는 로만 브리튼 4부작은 톨킨이 재현하고자 했던 고대 영국의 모습을 정통적인 역사 작품으로 그려낸 걸작들로 가득하며, 『독수리 군기를 찾아』는 영화화되기도 했다.

세계관을 가진 아인류

◆ 엘프가 지탱하는 세계

톨킨이 굉장한 것은 초도작에서 호빗과 같은 매력적인 아인류를 창조하는 한편, 기존에 이리저리 다르게 해석되던 각종 아인류, 즉 트롤이나 드워프, 고블린, 엘프 등에게도 매력적인 성격이나 외견을 부여한 점입니다. 나아가 『반지의 제왕』에서는 각자의 생활 방식은 물론 신화로까지 거슬러 올라가서 그들이 태어난 배경이나 그 역사까지 창조되는 등 압도적인 양의 정보가 부여되기에 이릅니다.

이러한 아인류나 환수의 능력치나 속성 같은 구체적인 파라미터를 처음으로 설정하여 게임 소재로 활용한 것은 1974년에 미국에서 발매된 테이블 탑 RPG(이하 TRPG)인 『던전&드래곤』이지만, 무대가 되는 세계관이나 캐릭터로 등장하는 아인류의 조형, 성격은 톨킨의 세계관에서 가져왔습니다.

이것이 판타지 세계를 고착시키고 권위적으로 만든다며 반발하고 싶거나, 톨킨이 만든 세계를 파괴하여 자신의 판타지 세계를 재구축하고 싶다고 생각하는 사람들이 있을지도 모릅니다. 그렇지만 판타지 세계는 톨킨의 세계가 있기 때문에 성립한다고 볼 수 있습니다. 누가 뭐라고 해도 톨킨의 세계관에서 벗어나 판타지 세계를 구축하는 일은 상당히 어렵습니다. 판타지 세계이면서도 이 정도로 견고한 토대가 존재한다는 것은 기적과 같습니다.

톨킨의 환수와 아인류도 하룻밤 사이에 태어난 것은 아닙니다. 그것을 가장 명확하게 보여주는 존재가 엘프입니다. 『호빗』에서 엘프는 깊은골에 도착하기 직전 장면에 등장합니다. 외형은 화려한 인간의 모습이지만, "트랄랄라랄리" 하고 이상한 소리로 기묘한 노래를 부르면서 빌보 일행에게 말을 걸어오는, 명랑하면서도 수상쩍은 일족입니다. 그야말로 장난치기 좋아하는 요정의 느낌입니다. 『반지의 제왕』 소설이나 영화판 속 엘프를 먼저 알았다면 조금 당황할지도 모릅니다. 실제로 직후에 등장하는 엘프 왕 엘론드 같은 이들에게서는 이 "트랄랄라랄리"와 같은 분위기가 보이지 않으며, 어둠숲의 엘프에 대해서는 생활 방식에도 상당히 구체적으로 살을 붙이고 있습니다. 같은 작품임에도 엘프를 어떻게 그려낼지에 대해 톨킨도 상당히 고민한 모양입니다.

『호빗』이 대성공을 거두면서 톨킨은 속편을 집필해달라는 의뢰를 받았습니다. 『반

톨킨은 다양한 민화나 전승, 신화에서 아인류의 소재를 모았는데, 배경에 확고한 설정을 부여하면서 생명을 불어넣었다.

지의 제왕』이 출판될 때까지 톨킨은『호빗』의 무대를 '가운데땅'이라는 세계로 확대하여, 그 창세 신화나 역사, 언어의 창조에 상당한 시간을 쏟았습니다. 그리고 신화 속에서 중추적인 역할을 맡는 존재로서, 엘프 역사에 관한 방대한 이야기(요즘 식으로 말하면 설정)를 준비했습니다.

『호빗』은 판타지 세계 구축이라는 지적 작업의 집대성인 동시에, 다음 세계를 넓혀나가기 위한 씨앗이 많이 뿌려진 작품입니다. 판타지 세계 구축에는 결코 끝이 없습니다.

📖 NOTE

요정에 대한 오해

엘프는 때때로 '요정'이라고 번역되는데, 유럽에서는 요정을 '인간과는 조금 다른 모습을 하고 있으며 초자연적인 힘을 사용하는 아인류'로 인식하고 있다. 등에는 날개가 달렸으며, 반짝이는 가루를 뿌리면서 날아다니는 요정 이미지는 톨킨의 엘프와는 다르다. 반면, 올랜도 블룸이 연기한 레골라스 같은 엘프 모습은 톨킨의 이상에 가장 가까웠다고 할 수 있다.

신화 속의 신화

🔸 매력적인 정원의 신화

『반지의 제왕』의 집필과 발맞추어 톨킨은 가운데땅을 둘러싼 신화 창조에 많은 시간과 노력을 기울였습니다. 세상의 운명을 건 대사건이라 할 수 있는 『반지의 제왕』도 중요한 사건이지만, 톨킨의 구상 안에서는 하나의 역사적인 이야기에 지나지 않습니다.

한편 아동문학으로서 집필한 『호빗』에는 신화라고 부를 만한 세계관이나 설정은 준비되어 있지 않습니다. 하지만 이야기 속에서 작은 신화라고 부르기에 적합한 거대한 역사적 사건이 제시되는 장면이 몇 개 있습니다. 상당히 스포일러에 가까우니, 원작 소설이나 영화를 아직 보지 못한 분들은 읽지 않는 편이 좋습니다.

악룡에게 빼앗긴 드워프 왕국과 보물을 왕족의 자손이 탈환하려는 내용이 『호빗』의 뼈대입니다. 외로운 산의 왕국을 잃어버린 드워프들은 여기저기 떠돌아다니는 신세가 되었고, 호빗골보다 멀리 떨어진 서쪽 푸른 산맥 등에서 광산을 운영하며 힘겹게 살아갑니다. 그 사이에 왕족은 다음 거점을 찾던 중 오크와 전쟁을 벌이고 수많은 사상자가 발생합니다. 소린이 무모하게 외로운 산을 탈환하려 한 것은 궁지에 몰린 드워프들을 구하기 위함이었습니다.

하지만 이젠 아무도 외로운 산의 왕국에 들어가는 방법을 알지 못합니다. 숨겨진 문의 위치가 적힌 옛 지도를 발견하면서 소린은 산을 탈환하려 하지만, 지도를 읽을 수 있는 것은 엘프 왕 엘론드뿐이었습니다. 이러한 구조가 이야기의 배후에 있는 역사나 문화가 풍부하다고 느끼게 합니다. 톨킨이 이 시점에 『반지의 제왕』으로

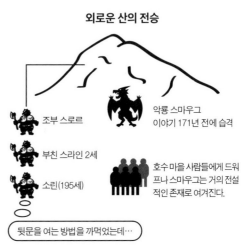

외로운 산의 전승

조부 스로르

부친 스라인 2세

소린(195세)

악룡 스마우그
이야기 171년 전에 습격

호수 마을 사람들에게 드워프나 스마우그는 거의 전설적인 존재로 여겨진다.

〔 뒷문을 여는 방법을 까먹었는데… 〕

톨킨은 『호빗』 안에 신화를 준비하지 않았지만, 아인류의 수명을 다르게 함으로써 교묘하게 모순된 상황을 만들어냈다.

연결되는 플롯을 생각하고 있었던 것은 아닙니다. 현재의 삶을 버리고 사람들이 모험에 나서기 위해서는 그와 어울리는 역사적인 배경이 필요하다고 판단하여 『호빗』에 담은 것입니다.

외로운 산의 드워프 왕국은 평균 수명이 250년 정도인 드워프에게는 오랜 역사이긴 하나 신화라고까지는 할 수 없습니다. 그러나 드워프보다 수명이 훨씬 짧은 인간에게는 이미 외로운 산의 사건은 전승이라고 할 만합니다. 이야기 속에서 중요한 역할을 맡은 호수 마을(에스가로스) 주민의 선조는 외로운 산 비탈에 살면서 드워프가 채굴하는 황금의 교역으로 번영한 사람들입니다. 하지만 드워프 때문에 찾아온 스마우그에 의해서 마을은 황폐해졌고, 호수 마을로 이주하여 가난하게 살아갈 수밖에 없었던 것입니다.

이로 인해 마을 주민에게 드워프는 애증의 존재가 될 수밖에 없었습니다. 하지만 번영하던 시절의 어렴풋한 기억은 '언젠가 산 아래의 왕(드워프)이 돌아오면, 괴로운 삶은 끝난다'는 무책임한 전승으로 변합니다. 다시 말해, 드워프와 인간의 생애 주기 차이가, 후반의 비극을 가져오는 대전제가 됩니다.

영화에서는 조금 알아보기 어렵게 되어 있으나 톨킨의 원작에서는 일부 동물, 특히 새는 마법적인 존재로 그려져 있습니다. 그에 따라 외로운 산의 입구를 발견하는 장면에서 개똥지빠귀가 함께 있는 것은 우연이 아닙니다. 그런데도 그 일을 당사자인 드워프가 잊어버릴 정도로 시간이 지났다는 것을 암시하는 장면이 있습니다.

📖 NOTE

전설을 이어가는 새들

톨킨은 작품 속에서 새를 특별하게 취급한다. 외로운 산의 비밀 문과 쇠똥구리를 쪼는 개똥지빠귀의 관계를 영상만으로는 알기 어려운데, 외로운 산의 개똥지빠귀는 상상할 수 없을 정도로 긴 수명을 가진, 일종의 마법적인 존재라는 점이 이야기 속에서 설명되어 있다. 그 밖에도 빌보 일행을 궁지에서 구해준 큰 독수리나 지혜를 가진 큰 까마귀가 등장하는데, 영화에서 이들이 어떻게 활약하는지가 주목된다.

전쟁을 끝내기 위한 전쟁

♦ 톨킨이 살아간 시대

여기서는 『호빗』의 결말에 관해 설명하기 때문에, 원작이나 영화를 본 후에 읽을 것을 권합니다.

『호빗』은 아이들을 위해 쓴 작품입니다. 따라서 스마우그를 쓰러뜨리고 드워프가 왕국 선조의 재산을 되찾은 뒤에 빌보는 약속한 배당을 받는다는 행복한 결말로 충분했을 것입니다. 하지만 그렇게 마무리되지 않은 것이 굉장한 점입니다.

드워프와 호수 마을 사람들은 보물 배당을 둘러싸고 일촉즉발의 상황을 맞이합니다. 여기에서 어둠숲의 엘프가 인간 쪽에 가담하면서 불에 기름을 끼얹었습니다. 빌보는 고민 끝에 두 진영을 화해시키려 하지만, 소린이 격하게 분노하면서 전쟁을 피할 수 없는 상황에 이르고 맙니다. 그런데 타이밍 좋게 고블린과 와그 연합군(영화에선 오크와 고블린 연합군)이 습격해오면서, 드워프, 엘프, 인간, 이 세 세력이 단결해 다섯 군대 전투가 일어납니다.

이러한 배경이나 상황은 아동문학이라고 부를 수 없을 만큼 복잡하게 얽혀 있으며, 묘사도 매우 잔혹합니다. 따라서 이러한 묘사를 가능하게 하는, 또는 필요하게 하는 시대 배경을 준비할 필요가 있겠지요. 톨킨은 대학에 들어가고 얼마 되지 않아 제1차 세계대전에 종군하여 프랑스의 전장에서 싸웁니다. 『호빗』을 집필하기 대략 15년 전의 일입니다.

제1차 세계대전은 기계의 전쟁이라고 불리듯 기관총이나 전차, 비행기, 고성능 화약 등이 마구 사용되었고, 상상할 수 없을 만큼 많은 사상자를 낳았습니다. 『호빗』을 집필할 당시에도 손발을 잃거나 정신적으로 피폐한 부상병이 많았고, 아이들에게도 전쟁의 상흔이 확실하게 남았습니다. 이에 따라 잔혹하지만 감추지 않고, 왜 그렇게 되었는지를 알리는 것이 어른들의 역할이었습니다.

전쟁이 시작된 원인을 아는 것도 중요했습니다. 『호빗』에서는 교섭이 깨어지고, 점차 전쟁으로 고조되어 가는 상황이 그려지는데, 이것은 현실도 마찬가지입니다. 19세기 후반에야 통일을 마친 독일 제국은 동쪽과 서쪽이 대국 프랑스와 러시아에 막혀 있었기 때문에 시장을 찾아서 해외로 진출하려고 했습니다. 이것이 영국을 자극했고, 서

비참한 전쟁 체험을 어떤 형태로든 남기고자 했던 의무감은 당시 지식인들에게 업무상 큰 동기가 되었다.

로 군비 확장을 가속합니다. 이렇게 적으면 독일이 나쁜 것처럼 보이지만, 당시는 제국주의 시대였습니다. 정도의 차이는 있었지만 유럽 열강에게는 아시아와 아프리카를 식민지화하여 착취하는 일이 당연했습니다. 독일인 쪽에서 생각하면, 압도적인 식민지를 이미 갖고 있던 영국에 대해서 국력에 어울리는 정당한 분배를 요구했을 뿐이라고도 할 수 있습니다.

독일의 도전을 받은 영국은 독일의 기대를 꺾기 위해서 안전보장 수준을 높여 프랑스나 러시아와의 동맹을 강화했습니다. 하지만 이것은 독일을 더욱 자극했고, 독일은 오스트리아 제국과 동맹을 맺습니다. 그리고 1914년에 오스트리아 황태자 암살 사건을 계기로 대전쟁이 일어나는데, 사실은 그 전부터 복잡한 외교 관계가 뒤얽혀서 어떻게 할 수 없는 상황이었습니다. 다섯 군대 전투에 이르는 과정은 제1차 세계대전의 모순을 재현한 것입니다.

📖 NOTE

이후엔 독사의 정글이 남았다

1980년대까지 미국과 구소련은 핵병기를 서로 들이대며 냉전을 전개했다. 1990년대에 소련이 붕괴했을 때 세계에 평화가 찾아오리라고 기대했지만, 실제로는 냉전으로 억눌려 있던 민족이나 종교분쟁을 억제하지 못하고 세계는 더욱 혼란에 빠졌다. '용을 쓰러뜨리고 기뻐했지만, 그 이후에 남은 것은 독사로 가득한 정글이었다.' 스마우그의 이야기는 결코 남의 얘기가 아니다.

Step 11 계속 변화해가는 호빗

◆ 편리한 반지에서 힘의 반지로

『호빗』보다 먼저 『반지의 제왕』을 읽거나, 영화 〈반지의 제왕〉 시리즈를 본 사람들은 원작 『호빗』의 내용에 조금 위화감을 느낄지도 모릅니다. 우선, 종족이나 지명이 상당히 애매합니다. 『반지의 제왕』의 에레보스는 '외로운 산'으로 되어 있으며, 어둠숲의 엘프왕 스란두일에겐 이름조차 없습니다. 어둠숲 남쪽에 사는 '네크로맨서'는 바로 사우론을 뜻합니다.

결정적인 것은 황금 반지의 취급입니다. 『반지의 제왕: 반지원정대』에서 간달프는 황금 반지가 빌보의 손에 넘어간 것은 '운명'이라고 설명하지만, 『호빗』에서는 그다지 중요하게 다뤄지지 않습니다. 왜 그러한 일이 일어난 것일까요? 여기에는 『호빗』의 출판 역사가 관련되어 있습니다.

1937년 9월에 나온 『호빗』 초판에서 황금 반지는 모습을 감추는 편리한 도구에 불과했습니다. 골룸의 동굴에서 수수께끼를 하는 장면에서 반지는 골룸에게 분명 소중한 보물이었습니다. 하지만 골룸은 빌보에게 "수수께끼에서 이기면 선물하겠다"고 말했고, 이후 반지가 없어진 것을 알고 당황했지만, 반지 대신에 "출구까지 안내해주면 된다"는 빌보의 제안을 받아들이고 서로 인사를 나누면서 헤어지는 장면이 나옵니다. 물론 빌보의 호주머니에는 먼저 주웠던 황금 반지가 있었으니, 굳이 말하면 여기서 악당은 빌보입니다.

그런데 『호빗』이 성공하여 속편을 쓰는 단계에서 곤란한 일이 벌어졌습니다. 출판사는 빌보가 활약하는 작은 이야기를 기대하고 있었습니다. 하지만 톨킨의 머릿속에 가운데땅에 대한 구상이 떠오르고, 언어와 역사가 생겨나면서 속편은 아동문학이라고 부를 수 없는 대작이 되는 것이 확실해졌기 때문입니다.

빌보가 발견한 황금 반지가 사실은 '네크로맨서'가 잃어버린 힘의 반지였다는 설정을 생각한 톨킨은 모순을 줄이고자 골룸과 반지의 관계를 바꾸기로 하고, 1951년 『호빗』의 첫 번째 개정판을 냅니다. 반지를 도둑맞은 것을 알게 된 골룸이 도망친 빌보를 향해 "도둑놈, 도둑놈, 도둑놈! 골목쟁이네! 우린 그걸 미워해. 우린 그걸 미워해. 우린 그걸 영원히 미워해!"라고 외치는 유명한 장면은 여기서 처음 등장합니다.

『반지의 제왕』을 구상하는 과정에서 이전에 출간된『호빗』의 내용을 상당 부분 개정할 필요가 생겼다. 톨킨의 집착이 비교할 수 없을 정도로 놀라운 판타지 세계를 낳은 것이다.

『호빗』의 개정은 아직 끝나지 않았습니다. 1954년에『반지의 제왕』이 출판됐지만, 이때 추가된 부록 해설에서『호빗』의 세계관이 보완되었습니다. 부록 해설판 A의「왕과 통치자들의 연대기」에서는 드워프의 시조인 두린 일족에 대한 설명이 추가되었을 뿐만 아니라, 간달프의 말을 듣고 소린이 외로운 산 원정에 나서기로 하는 과정, 다시 말해『호빗』의 설정이 모두 설명되어 있습니다.『반지의 제왕』자체가『호빗』의 장대한 주석이라고도 할 수 있는 것입니다. 톨킨만큼 치밀한 집필자가 설정을 나중에 바꾸었다는 점은 판타지 세계 창작 과정에 관한 재미있는 사례가 아닐까요?

NOTE

일본어판『호빗』을 읽는 방법

『반지의 제왕』과는 달리『호빗』은 2개의 출판사에서 역자가 다른 판본이 출판되었다. 이와나미쇼텐에서 나온『호빗의 모험(ホビットの冒険)』은『반지의 제왕』의 번역자인 세타 데이지(瀬田貞二)가 번역한 것으로, 통일감은 있지만 1951년판을 바탕으로 하고 있기에『반지의 제왕』과의 연결성이 조금 부족하다. 하라쇼보의 판본은 풍부한 주석이 매력적이지만, 그만큼 단독 읽을거리로서는 조금 약한 느낌이 있다. 그런 차이에도 주목해보자.

【역자 주】한국에 출간된『호빗』은 일본어판 중역본을 중심으로 아동용으로 간추려 나온 것과 2000년대 이후에 나온 것, 두 가지가 있다.『반지의 제왕』이후에 나온 것은 모두 1966년 개정판을 원전으로 하고 있다. 특히 씨앗을뿌리는사람들 출판사판을 비롯한 최근 번역본에선 '빌보 배긴스'를 '골목쟁이네 빌보'로 번역하는 등 톨킨이 이야기한 의미에 중점을 두고 있다.

영화판〈호빗〉의 과제

◈ 레골라스는 따분한 캐릭터였다

톨킨은 『반지의 제왕』의 집필에 맞추어 『호빗』 수정에 관해서도 고민했습니다. 영화화된 작품에서는 그와는 반대 의미로 고생했겠지요. 『호빗』을 영화로 제작하면서 원작과 크게 바뀌야 했기 때문입니다. 원작과 다른 점이 적을수록 원작 팬은 즐겁겠지만, 영화 〈반지의 제왕〉이 성공했기에 『호빗』의 영상화가 가능했던 만큼, 영화 팬을 고려한 일류 창작자들이 이 과제를 어떻게 완수했는지를 살피는 것은 흥미로운 일입니다.

영화판 〈호빗〉의 제작에는 크게 두 가지 도전 과제가 있었습니다. 하나는 소설판이 아닌 영화판 〈반지의 제왕〉과 연결되는 설정을 적절히 영화에 녹여내는 것. 여기에 전작과 마찬가지로 3부작으로 구성해야 한다는 어려움이 있었습니다.

영화판 호빗의 첫 번째 변화는 엘프들의 비밀 서식지인 '깊은골'에서 확인할 수 있습니다. 원작에서는 엘론드가 월광문자를 해독하는 이벤트가 중요했지만, 영화에서는 잿빛 간달프의 선배 격인 백색의 사루만과 로스로리엔 엘프의 여왕 갈라드리엘이 방문하여 준동하는 악의 세력(사우론의 부활)에 대해서 언급하고 있습니다. 원작을 알지 못하더라도, 관객은 여기에서 영화판 〈반지의 제왕〉과 연결되는 이야기라는 것을 확실히 알 수 있습니다.

빌보가 황금 반지를 얻고 나서, 특히 어둠숲에서의 변화는 굉장히 강렬합니다. 『호빗』 원작에서는 숲의 엘프를 상당히 기분 나쁜 아인류 모습으로 그려냈습니다. 그러나 영화 〈호빗〉에서는 〈반지의 제왕〉 영화판에서 올랜도 블룸이 연기한 왕자 레골라스의 인기가 굉장했기 때문에 그가 등장하는 장면이 대폭 늘어났습니다. 솔직히 소설 『반지의 제왕』에서 레골라스는 상당히 따분한 캐릭터였기에 정말 놀라웠습니다.

연애 요소도 빼놓을 수 없습니다. 영화 〈반지의 제왕〉에서는 아라곤과 아르웬의 열애가 있었고, 여기에 로한의 여전사 에오윈이 절묘한 악센트를 더하고 있습니다. 하지만 『호빗』에는 기본적으로 연애 요소가 전혀 없습니다. 그래서 어둠숲의 엘프 친위대장인 타우리엘을 추가한 것이겠지요. 그녀는 레골라스와 서로 사랑하고 있지만 이를 스란두일이 거부하면서 실의에 빠집니다. 그리고 그런 상황에서 나타난 드워프 킬리

레골라스는 원작에서는 따분한 캐릭터였지만, 영화판에서 크게 힘이 실리게 되었다. 원작에 힘이 있었기에 이러한 캐릭터가 태어날 수 있었다.

에게 끌리게 되고, 어둠숲을 뛰쳐나가면서 이야기에 작은 파문을 일으킵니다. 원작을 아는 이들이라면 결말을 상상할 수 있겠지만, 어떻게 이야기가 변화하고 있는지는 꼭 영화에서 확인해주세요. 분명히 원작에서 상당히 벗어난 자유로운 캐릭터를 만들기 위해 제작진들도 크게 힘을 쏟았을 테니까요.

한편, 앞서 언급했듯이 빌보의 심정 변화를 알기 어렵거나, 드워프가 굉장히 절박한 상황에 처해 있다는 설명이 부족한 부분에 대한 불만은 부정할 수 없습니다. 하지만 창작자로서 그러한 것을 그려내지 않은 이유를 생각하는 일도 창조 과정에서 중요합니다.

📖 NOTE

앞으로 만날 친구의 초상

어둠숲에서 엘프에게 붙잡힌 드워프 일행은 무기나 도구를 빼앗기고, 글로인은 아내와 아들의 모습이 담긴 로켓을 레골라스에게 빼앗긴다. 이 아들이 바로 〈반지의 제왕〉에 등장하는 드워프 김리라는 것을 알게 된 전작의 팬은 싱긋 웃었을 것이 틀림없다. 그렇다곤 해도 이 시점에서 김리는 아직 (드워프로서는) 젊은 61세. 대체 어디에서 뭘 하고 있었을까?

톨킨과 창작 집단

🔹 창작이라는 긴 여정의 동료

톨킨은 '잉클링스'의 회원이었습니다. 이것은 옥스퍼드대학교의 언어학이나 문학연구자를 중심으로 한 작은 동아리로, 주로 회원의 방이나 정해진 가게에 모여 서로의 연구 분야에 관한 화제를 즐기는 일종의 살롱이었습니다. 동시에 회원의 창작물을 낭독하고 서로 비평하는 활동도 했습니다.

톨킨은 뛰어난 고대영어학자였으며, 최초의 장편 작품인 『호빗』에는 풍부한 어구와 운을 다양하게 사용한 교묘한 언어유희가 많습니다. 이를 살리기 위한 번역자의 분투를 원작에 빈번하게 등장하는 시문에서 엿볼 수 있습니다. 그의 독특한 문장은 일류 학자가 모인 잉클링스에서 갈고 닦은 것입니다.

높은 작품 수준과 순조로운 판매 결과를 본다면, 톨킨이 그만큼 확신을 가지고 『호빗』이나 『반지의 제왕』을 출판했다는 생각이 들지도 모릅니다. 하지만 실제로 톨킨은 때때로 자신감을 잃고, 엄격한 비평에 겁을 먹으며 출판을 취소하려고 한 적도 있는 모양입니다. 그때는 지금처럼 비교적 낮은 가격으로 활자를 만들어 인쇄할 수 있는 시대가 아니었습니다. 저서를 통해서 언어학자의 자질까지도 시험당하는 상황에서의 중압은 당시 지식인에게는 엄청난 것이었습니다.

이 잉클링스를 통해서 톨킨과 깊은 관련을 맺은 사람이 C.S.루이스입니다. 판타지 세계 아동문학 작품인 『나니아 연대기』의 작가로서도 알려졌으며, 사후의 일이긴 하지만 영화 작품으로도 대성공을 거두는 등 톨킨과의 인연이 깊은

톨킨과 루이스의 비교

J.R.R. 톨킨 1892~1973	C.S.루이스 1898~1963
남아프리카 오렌지 자유국 출신	아일랜드의 벨파스트 출신
문헌학(고영어)	중세 르네상스 영문학
천주교	무신론자, 이후 영국성공회
• 대표작 『호빗』(1937) 『반지의 제왕』(1954~55) 사후 『실마릴리온』 『끝나지 않은 이야기』	• 대표작 『우주 삼부작』(1938~45) 『나니아 연대기』(1950~56) * 전체 7부를 7년에 걸쳐 완성했다.

톨킨과 루이스의 경력은 비슷하다. 루이스는 자유롭게 이야기를 즐기거나 세계를 넓혀나가는 것을 중시했지만, 톨킨은 자신이 창조한 언어 체계의 유래를 파고드는 사이에 엘프 같은 아인류가 사는 '가운데땅'의 지리와 역사 구축에 이르렀다.

인물입니다.

『호빗』, 『반지의 제왕』, 그리고 『나니아 연대기』가 성립하기까지 두 사람의 교류가 매우 큰 힘이 되었습니다. 루이스는 톨킨 작품 낭독회에 거의 매회 참가하여 집필을 격려하고, 구체적인 출판을 돕기도 했습니다. 루이스가 없었다면 톨킨의 작품은 출판되지 않고, 반대로 톨킨의 성공이 없었다면 루이스가 『나니아 연대기』를 쓰려고 하지 않았을지도 모릅니다.

하지만 톨킨은 루이스의 낭독회에 적극적으로 참가하지 않고 『나니아 연대기』에도 부정적이었다는 점이 재미있습니다. 치밀하게 설정을 짜는 톨킨이었기에 약간의 모순은 신경 쓰지 않고, 이야기의 즐거움이나 기세를 중시하며 판타지 세계를 넓혀나간 루이스의 집필 스타일이 마음에 들지 않았던 모양입니다. 그러면 루이스가 톨킨의 밑받침이 되었을 뿐이냐고 한다면 그것은 아닙니다. 자료 보관에 익숙하지 않은 루이스가 톨킨의 미발표 원고를 실수로 버리고 말았다는 웃지 못할 일화도 남아 있습니다. '우정은 우정, 비평은 비평'이라고 하는, 그야말로 서양의 학자다운 관계였다고 하겠습니다.

저는 여러분에게 창작하고자 한다면 꼭 동료를 만들라고 강조하고 싶습니다. 직업 작가나 필자에게는 편집자라는, 최초의 독자이자 객관적인 이해자가 있습니다. 편집자의 시선이 작품에 담기는지 아닌지의 차이는 매우 큽니다. 편집자에 따라서 창작물의 최초 완성도가 보증되기 때문입니다. 따라서 처음 창작할 때는 되도록 다른 사람에게 보여줄 것을 권합니다.

📖 NOTE

판타지 세계의 톨킨

『나니아 연대기』라는 아동문학을 쓴 루이스가 성인 대상으로 집필한 본격적인 삼부작이 『우주 삼부작Space Trilogy(또는 공간 삼부작)』이다. 이것은 본래 종교가 없었던 루이스가 톨킨과의 종교적인 교류를 통해 착상을 얻은 이야기로서, 작가 나름대로 기독교에 대해 해석한 내용이 배경에 담겨 있다. 작품 세계관의 차이로 인해서 둘은 교류를 그만두지만, 톨킨은 이 시리즈를 높이 평가했다.

◆ 살아가는 것과 전하는 것

오랫동안 인류는 미지의 사건을 판타지 세계로 옮겨 이야기를 만들고, 언어와 문자를 사용해 다음 세대로 전해왔습니다. 모든 이야기는 상상의 산물이며, 그중에서도 판타지 세계를 창조하여 그 무대의 새로운 주민에게 생명을 불어넣는 일은 인류의 상상력이 보여줄 수 있는 가장 큰 결과물입니다.

톨킨이 이 세계를 떠난 지 40여 년. 그가 처음 문을 연 '검과 마법 판타지'는 인기 장르가 되어, 다양한 표현과 조합으로 더욱 새로운 세계를 만들어내고 있습니다. 그렇게 되자 반대로 톨킨의 원작은 수준이 높아서 쉽게 손을 대기 어려운 존재가 되어버렸지만, 피터 잭슨 감독의 영화 덕분에 많은 사람이 매력적인 원작에 손댈 기회가 늘어났습니다.

개인적인 체험을 조금 언급하겠습니다. 저는 상당히 이른 시기에 '검과 마법 판타지'에 빠져들었고, 중학생 때『반지의 제왕』에 도전했습니다. 그런데 글을 눈으로 보고는 있지만, 내용은 거의 이해할 수 없었습니다. 그런데 영화화된 것을 계기로 원작을 다시 읽었을 때는 상당히 확실하게 내용을 이해할 수 있었습니다. 그리고 이러한 대작을 쓴 톨킨이라는 위인에게 압도되어, 놀랍게도 질투심을 먼저 드러냈습니다. 하지만 지금은 작품에 대한 톨킨의 괴로움이나 초조함, 불안에 상당 부분 공감하고, 그와 대화를 나누면서 읽을 수 있게 되었습니다.

'어떻게 하면 가운데땅과 같은 판타지 세계를 만들어낼 수 있을까?' 이러한 질문에는 간단히 대답할 수 없습니다. 굳이 말하자면 '열심히 살면 된다'고 할 수 있을까요. 톨킨은 언어학자로서 자신을 갈고닦는 사이에 그만의 문제의식을 연마했고, 우연히 흘러나온『호빗』이라는 이야기가 잃어버린 옛 브리튼의 이야기를 판타지 세계에서 재현하고자 하는 그의 평생 과업으로 이끌었습니다. 톨킨이 45세가 되었을 때의 일입니다. 그리고 언어학자로서 그의 지식과 왕성한 호기심이 수레를 지탱하는 두 개의 바퀴가 되어서 '가운데땅'을 낳았고『반지의 제왕』을 만든 것입니다.

이것은 톨킨의 경험입니다. 하지만 열심히 살아가는 사람이라면 누구나 그 안에 다른 사람은 알 수 없는 특별한(사랑스러운) 씨앗이 감추어져 있습니다. 결국, 이를 언어

자신이 좋아하는 것에 솔직하고, 동시에 끝까지 고집했기 때문에 가운데땅을 만들어냈다. 판타지 세계 구축은 창조자의 인생을 비추는 거울이다.

로 만들 기회가 있는지가 중요합니다.

　이렇게 이야기하면 아직 인생 경험이 부족한 젊은이는 큰 판타지 세계를 그릴 수 없는 거냐며 비관할지도 모릅니다. 하지만 그것은 경솔한 생각입니다. 예를 들어 라이트 노벨에서는 학원물이 인기 있는데, 이는 많은 젊은 창작자가 열심히 살아간 학창 시절이 기억에 강하게 남아 창작한 세계이기에 젊은 독자의 공감을 얻는 것입니다. 일이나 경험의 축적과는 다른 의미로 인생의 특정 시기에만 그릴 수 있는 세계도 분명히 존재합니다.

　빌보는 이야기를 쓰기 위해 드워프의 등을 쫓아간 것이 아닙니다. 단지, 수많은 역경에 열심히 맞선 결과, 그 작은 발자취에 거대한 이야기가 새겨졌을 뿐입니다.

📖 NOTE

전자 장치가 낳은 세대 간 격차

휴대전화(스마트폰)는 인생 경험과는 관계없이 사용자의 의식에 격차를 낳은 장치다. 초기 아날로그 핸드폰 시대의 창작자는 스마트폰을 사용하는 학생의 상황(특히 연애 관계)은 상상할 수는 있어도 표현하기 힘들며, 반대로 휴대전화가 없던 시절 학생 사이에 네트워크가 만들어지는 과정을 전하기란 매우 어렵다. 그렇기에 세대 간 교류를 통해서 새로운 판타지 세계가 탄생할 가능성도 있다(실제로 게임 세대를 통해서 게임을 기반으로 한 판타지 세계가 탄생하기도 한다-역자 주).

톨킨에게 관심을
가졌다면

누구나 인정하는 걸작 판타지 소설과 이를 충실하게 재현하여 크게 히트한 영화가 동시에 존재한다는 것은 판타지 작품 세계에서 일어난 뜻밖의 기적이라고 할 수 있습니다. 톨킨에 대해서는 작품의 번역서는 물론, 그의 전기나 작품 연구서 등이 다수 출판되어 있습니다. 이 책을 집필하면서 아래와 같은 책이나 해설서를 참고했습니다(한국어판에서는 국내에 나온 톨킨 작품의 번역서와 관련된 해설서를 소개하고 있습니다. 또한, 이 책 내에서 인용한 톨킨의 작품 내용이나 고유명사는 기본적으로 씨앗을뿌리는사람 출판사에서 나온 판본을 사용하고 있지만, 일반화된 명칭에 대해서는 영화 작품을 우선한 것도 있습니다-역자 주).

- 『끝나지 않은 이야기, 호빗』, 코리 올슨 지음, 유정아 옮김, 씨앗을뿌리는사람
- 『로버랜덤-마법에 걸린 떠돌이 개 이야기』, J.R.R.톨킨 지음, 웨인 G. 해먼드·크리스티나
  스컬 엮음, 박주영 옮김, 씨앗을뿌리는사람
- 『루이스와 톨킨』, 콜린 듀리에즈 지음, 홍종락 옮김, 홍성사
- 『반지의 제왕 1~6』, J.R.R.톨킨 지음, 한기찬 옮김, 황금가지
- 『반지의 제왕 세트』, J.R.R.톨킨 지음, 김번·김보원·이미애 옮김, 씨앗을뿌리는사람
- 『반지전쟁 1~6』, J.R.R.톨킨 지음, 김번·김보원·이미애 옮김, 예문
- 『북극에서 온 편지』, J.R.R. 톨킨 지음, 김상미 옮김, 씨앗을뿌리는사람
- 『블리스 씨 이야기』, J.R.R. 톨킨 지음, 자유문학사
- 『실마릴리온』, J.R.R.톨킨 지음, 강주헌 옮김, 다솜미디어
- 『실마릴리온』, J.R.R.톨킨 지음, 김보원 옮김, 씨앗을뿌리는사람
- 『어린이를 위한 호빗』, J.R.R.톨킨 지음, 이미애 옮김, 씨앗을뿌리는사람
- 『완역 반지제왕 1~7』, J.R.R. 톨킨 지음, 강영운 옮김, 동서문화동판
- 『위험천만 왕국 이야기』, J.R.R. 톨킨 지음, 이미애 옮김, 씨앗을뿌리는사람
- 『주석 따라 읽는 호빗』, J.R.R. 톨킨 지음, 이미애 옮김, 씨앗을뿌리는사람

- 『톨킨 백과사전』, 데이비드 데이 지음, 김보원·이시영 옮김, 해나무

- 『톨킨 전기』, 험프리 카펜터 지음, 이승은 옮김, 해나무

- 『톨킨의 그림들』, 웨인 G. 해먼드·크리스티나 스컬 지음, J.R.R.톨킨 그림, 이미애 옮김,
  씨앗을뿌리는사람

- 『톨킨의 세계 컬러링북: 반지의 제왕 환상적인 캐릭터』, 빅터 앰브러스·마우로 마차라·
  안드레아 피파로·존 데이비스·이안 밀러 지음, 더난출판사

- 『톨킨-인간과 신화』, 조지프 피어스 지음, 김근주·이봉진 옮김, 자음과모음

- 『톨킨-판타지의 제왕』, 마이클 화이트 지음, 김승욱 옮김, 작가정신

- 『판타지-톨킨, 루이스, 롤링의 환상 세계와 기독교』, 송태현 지음, 살림

- 『호비트 1~2』, J.R.R. 톨킨 지음, 김석희 옮김, 시공주니어

- 『호비트의 모험』, J.R.R.톨킨 지음, 공덕용 옮김, 동서문화동판

- 『호빗』, J.R.R.톨킨 지음, 이미애 옮김, 씨앗을뿌리는사람

- 『후린의 아이들』, J.R.R.톨킨 지음, 김보원 옮김, 씨앗을뿌리는사람

※ 이 밖에도 다양한 책이나 잡지, 웹사이트, 게임을 참고했습니다. 권수가 많은 전집은 전집의 제목만 표기하고 있습니다. 칼럼에서 소개한 작품은 원칙적으로 여기에서는 생략했습니다.

구축의 장

톨킨을 이해했다면, 이제부터 판타지 세계를 창조하는 개론에 대해서 배워봅시다.
약속을 잘 지킨다면, 판타지 세계 구축은 결코 어려운 일이 아닙니다.
자신감을 갖고, 창조의 길을 나아가십시오.

「구축의 장」으로 들어가기에 앞서

이야기를 장식하는 노하우

판타지 세계 창조의 교과서라고 하지만, 무엇을 어떻게 가르쳐야 할까요? 알기 쉽게 소개하고자, 이 책을 '만화가가 되기 위한 교과서'라고 생각한다면, 이 장의 내용은 '배경을 그리는 방법/원근법을 맞추는 방법'이라고 할 수 있습니다.

'캐릭터나 화려한 마법을 만드는 방법을 가르쳐준다고 생각했는데, 이렇게 따분한 걸?' 이렇게 생각하시는 분들이 계시겠지요. 그러나 소설이나 게임, 영화 등 어떤 것이든 매력적인 캐릭터를 만들고, 적당히 고민하면 재미있어지는 법입니다. 이른바 고증 부분은 별로 신경 쓰지 않았음에도, 흥미를 끌고 재미있는 작품은 얼마든지 있습니다. 다만, 판타지라는 장르에서는 견고한 세계관이 구축된 작품일수록, 오랫동안 폭넓게 사랑받을 수 있습니다. 반대로 기초가 흔들려 뒤로 갈수록 설정의 앞뒤가 맞지 않게 되면서 망가지는 작품도 적지 않습니다.

판타지 세계를 창조한다는 것은 희로애락의 감정을 가진 사람들이 살아가는 세계를 만드는 일입니다. 캐릭터라고 불리는 사람들이 살아가는 사회의 구조나 행동 원리는 어떻게 되는가? 도시나 마을은 어떻게 만들어졌는가? 왕이나 귀족은 어떤 고민이 있을까? 판타지 세계를 창조해가는 과정에서 분명히 직면하게 되는 주민들에 대한 수수께끼 해결에 방향성을 제시하는 것이 이번 장의 역할입니다.

마법이나 몬스터, 무기 등의 장치에 대해서는 이 장에서 거의 다루고 있지 않습니다. 이 장을 교과서라고 한다면, 문제집이나 자료집에 해당하는 내용입니다. 좀 더 솔직하게 말하자면, 장치를 만들어내는 작업에서 창조자의 독창성이 생겨난다고 생각하는데, 이 장에서는 그 독창성을 빛내기 위해 세계를 어떻게 창조할 것인지를 소개합니다.

각 장의 구성과 역할

7장으로 구성된 「구축의 장」은 각 장을 읽어나가는 과정에서 하나의 세계에 필요한 소재를 모으는 형태로 되어 있습니다. 또한 '전쟁'이나 '종교' 같은 개별 주제를 탐구하는 내용도 담았습니다.

각 장의 구조는 다음과 같습니다. 1장 「판타지 세계의 뼈대」에서는 단편적으로 머릿속에 떠오르는 판타지 세계의 아이디어를 구체화하기 위한 구조를 제시합니다. 2장 「이야기의 무대 결정하기」에서는 대륙이나 섬, 산, 강 등 자연의 배치나 의미를 정리합니다. 3장 「종교와 신화 결정하기」에서는 사람들의 생활 방식을 규정하는 종교나 신화를 파고듭니다. 4장 「국가, 정치, 국제 관계」에서는 제국부터 도시국가까지 다양한 나라의 모습과 흥망을 언급합니다. 5장 「캐릭터가 살아가는 세계」와 6장 「도시, 마을, 경제」에서는 판타지 세계의 큰 무대, 서양 중세 사람들의 삶을 실제로 살펴봅니다. 7장 「작명, 경치, 유적」에서는 독창성 넘치는 아이디어를 내는 방법에 초점을 맞추고 있습니다. 어떤 장이건, 창조 과정에 최고의 견본이 되는 실제 역사에 주목하면서, 문제의 정수를 추출합니다.

시대 구분을 설정하자

◊ 시대 구분은 판타지 세계의 등뼈다

시대 구분, 갑자기 이런 단어부터 시작하면 학교 역사 수업 같아 불편한 마음이 들겠지요. 하지만 판타지 세계를 창조하려면 그 세계 사람들의 삶을 생각해야 하므로, 필연적으로 여기에는 역사가 생겨난다는 것을 의식해야 합니다. 역사는 끊이지 않고 계속되는 시간의 흐름이지만, 사람들의 가치관을 바꾸는 사건을 계기로 새로운 시대가 시작됩니다. 이것을 시대 구분이라고 합니다. 판타지 세계에서도 꼭, 이 시대 구분을 의식하길 바랍니다. 앞으로 세계를 넓혀나갈 때 견고한 등뼈가 되어 전체를 지탱해주기 때문입니다.

참고서 대신에 역사책을 손에 쥐었을 때도 시대 구분을 의식하고 있으면, 자신의 판타지 세계와의 차이를 명확하게 느낄 수 있으며, 아이디어의 씨앗을 훨씬 편하게 발견하게 됩니다. 이제부터 만들려고 하는 판타지 세계는 시대 설정을 어떻게 할 것인가. 창조는 여기에서부터 시작됩니다. 다만, 현실 세계의 역사 구분을 과도하게 의식할 필요는 없습니다. 중세 유럽과 같은 세계이지만, 놀라운 수준으로 과학 기술이 발달했다고 해도 좋겠지요.

역사 관련 사건
왜 서유럽이 모델일까

시대를 구분하는 방법은 서유럽, 특히 프랑스나 영국의 역사를 모델로 합니다. 세계의 나라나 지역은 각자 역사를 갖고 있지만, 근대 이후 서유럽 국가들이 세계에 진출하며 그 대부분을 식민지로 만들어 지배했습니다. 이에 따라서, 일본이나 한국 같은 동양의 역사도 유럽의 영향을 강하게 받으면서 시대 구분 방법을 의식하게 되었습니다.

역사 관련 사건
중국 특유의 역사 의식

중국은 4000년 역사 속에서 통일과 분열이 계속 반복되어왔는데, 그 근본에는 역성혁명(易姓革命)이라는 관점이 있습니다. 어떤 왕조는 천명(하늘의 명)을 받아서 중화를 통치할 자격을 얻지만, 덕을 잃은 왕조는 하늘에게 버림받아 혁명을 거쳐서 새로운 왕조로 바뀐다고 믿는 것입니다. 혁명이란 '천명(命)이 바뀐다(革)'라는 뜻입니다. 이 사상은 지금도 중국에 뿌리 깊게 박혀 있습니다.

♦ 시대 구분과 각각의 특징

고대 유럽	예술이나 철학을 발견한 그리스. 대정복 사업을 완수한 알렉산드로스 대왕의 마케도니아. 지중해 세계를 통일한 로마 제국 등 수많은 유럽인이 향수와 동경, 또는 증오를 품은 영광으로 가득한 세계.
중세 유럽	로마 제국 멸망(5세기)부터 대항해시대, 르네상스 전성기(15세기)까지, 기독교가 사람들의 생활을 속박하고 자유로운 정신 활동이 어려웠다. 또한 왕권이 약하고 소국이 난립하고 있었기에, 사람들의 이동이 힘들었다.
근세 유럽	16세기부터 18세기에 해당한다. 기독교의 부패로 인해서 종교개혁이 일어났다. 절대왕권이 수립되면서 세속의 권력이 교회를 넘어서기에 이른다. 또한, 군사 기술도 크게 진보하여 해외로 세력을 넓혀나가기 시작했다.
근대 유럽	19세기에 해당한다. 영국의 산업 혁명으로 사람들은 본래 능력 이상의 생산력을 얻게 되었다. 열강제국은 공업 제품의 판매 시장을 해외에서 추구하게 되었고, 압도적인 군사력을 바탕으로 세계 각지를 식민지로 삼았다.
동양(중국)	황제에 의한 지배는 20세기가 시작될 때까지 계속되었다. 왕조가 힘을 잃으면, 각지에서 군웅이 할거하고, 북방 기마민족도 더해져서 분열 상태가 되며, 패권을 다투면서 강력한 통일 왕조가 탄생한다는 역사가 계속되었다.
유럽 이외	아메리카 원주민이나 태평양의 섬들, 아프리카처럼 작은 영역에서 접촉하면서 부족 단위로 공존하는 사회도 있다. 지도자를 얻어서 강력한 통일 정권이 탄생하는 일도 있지만, 단명으로 끝나는 경우가 많았다.

♦ 판타지 세계 창조의 기본형

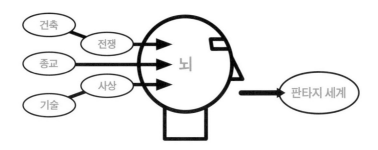

판타지 세계를 완전히 아무것도 없는 상태에서 만들어내기란 어렵다. 다양한 시대에서 재미있는 요소를 꺼내어, 조합해내야 한다. 독창성은 이 무한한 조합 속에서 생겨난다.

🎖 원 포인트 어드바이스

시대 구분을 확실하게 의식할 수 있는 고등학교 역사 교과서는 최고의 참고서다.

Step 2 무대를 설정하자

◈ 이야기는 어떠한 무대에서 움직이는가

일상이 작은 세계에서만 이루어진다고 해도, 거기에서 살아가는 사람은 바깥 세계가 넓다는 사실을 의식하고 있습니다. '지평선의 저편은 어떻게 되어 있을까?' 그것이 인간의 근원적인 질문이기 때문입니다. 그렇기 때문에 판타지 세계의 주민들이 생활권 바깥쪽을 얼마나 정확하게 알고 있는지도 매우 중요합니다. 왜냐하면, 그 정보가 들어오는 방법이나 속도가 교통수단이나 정보 네트워크처럼 판타지 세계의 중요한 부분을 결정하기 때문입니다. 변두리 마을 사람들이 왕국 간의 정치나 전쟁에 대해서 실시간으로 정확하게 알기 위해서는 정보(=사람)의 왕래가 활발해야 하며, 사람의 자유로운 출입이 허용되는 환경이 넓게 정비되어 있어야 합니다. 판타지 세계 주민들이 사는 세계의 넓이와 그 한계를 명확하게 생각할 필요가 있습니다.

또한, 세계를 바라보는 관점은 직업이나 지위에 따라서 다양하게 나뉩니다. 사냥꾼은 산에 대한 지식이나 생존 기술에 정통하고, 행상인은 우선 도회나 마을 술집을 방문해서 돈벌이의 힌트를 찾습니다. 판타지 세계의 모습과 이곳에서 살아가는 사람들의 생각 차이를 의식해주십시오.

역사 관련 사건
독이나 약이 되는 지도

일본에서 전국 시대가 끝나고 도쿠가와 가문이 지배하며 평화가 이어진 에도시대. 서민들 사이에서 에도에 있는 이세 신궁을 참배하는 이세마이리가 유행하던 시기엔 에도 전역의 숙소나 명물을 소개하는 안내서가 인기리에 판매되었습니다. 하지만 이노다다타카의 대일본연해흥지전도(大日本沿海與地全図)나 사본은 막부에 의해서 비장되어 엄중하게 관리되었습니다. 침략 의도를 가진 나라에 상대국의 정밀 지도는 매우 유익한 정보원이 되기 때문입니다.

나만의 상상에 도전하기
신화에 감추어진 세계 지도

신화와 실제의 세계관은 밀접한 관계가 있습니다. 예를 들어 그리스 신화의 디오니소스신이나 영웅 헤라클레스는 여러 토지를 떠돌면서 각지에 발자취를 남겼습니다. 모두 훌륭한 신화 작품으로, 무대는 유럽에서 러시아, 인도로까지 넓어지고, 게다가 지리적인 묘사가 상당히 정확합니다. 이것은 당시 그리스인이 세계를 대상으로 널리 상업 활동을 하고 있었다는 증거입니다.

인간의 세계 인식

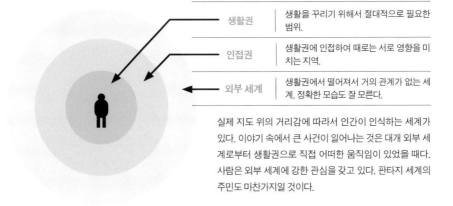

생활권	생활을 꾸리기 위해서 절대적으로 필요한 범위.
인접권	생활권에 인접하여 때로는 서로 영향을 미치는 지역.
외부 세계	생활권에서 떨어져서 거의 관계가 없는 세계. 정확한 모습도 잘 모른다.

실제 지도 위의 거리감에 따라서 인간이 인식하는 세계가 있다. 이야기 속에서 큰 사건이 일어나는 것은 대개 외부 세계로부터 생활권으로 직접 어떠한 움직임이 있었을 때다. 사람은 외부 세계에 강한 관심을 갖고 있다. 판타지 세계의 주민도 마찬가지일 것이다.

미지의 세계를 나누는 벽

생활권과 외부 세계를 확실하게 나누는 벽도 존재한다. 많은 이야기에서는 이러한 벽을 넘어서는 수단을 모색하거나, 기술이 발견되는 것이 드라마를 연출하는 중요한 열쇠가 되는 경우가 많다. 예로 든 것은 상징적인 '벽'이지만, 좀 더 황당하고 신비한 구조(예: 끝 없이 이어진 폭포 등)를 생각하는 것도 재미있을 것이다.

원 포인트 어드바이스

사람들은 하루에 40km 정도 걸을 수 있다. 도보 여행자나 행상인이 존재하려면, 그러한 거리마다 그들이 쉴 만한 환경이 준비되어 있어야 한다.

Step 3 신화를 설정하자

◆ 왜 신화가 필요한가

세계 각지에는 다양한 신화나 종교가 있으며, 이것들은 판타지 세계 창조에도 중요합니다. 왜냐하면, 사람들과 세계의 관계를 그려내는 기본이기 때문입니다. 지혜를 가진 인간에게 세계는 의문으로 가득 차 있으며, 이러한 의문을 납득하고 살아가기 위해서는 우선 인지를 초월한 존재를 인정할 수밖에 없었던 것입니다. 신화나 종교는 공동체의 가치관이나 집단 심리를 크게 규정하고 있으며, 주위를 둘러싼 환경이나 형편과 깊은 관련이 있습니다.

세계의 이치를 과학으로 설명할 수 있는 현재도 종교는 사람들의 삶을 강하게 속박하고 있으며, 신화는 여전히 매력적인 이야기입니다. 신화는 사람들이 모여서 만들어진 사회의 최초 규칙을 설명하기 때문입니다. 신화나 종교는 사회의 기본 체제입니다.

신화를 창조하기 위해서는 우선 주역이 되는 신들을 인격인과 비인격신으로 크게 나눈다는 점에 주의해주십시오. 비인격신은 만물에 존재하는 영혼처럼 자연계에 가득한 일종의 에너지라고 생각하면 충분하겠지요. 다만, 이야기의 무대가 되는 판타지 세계에는 인격신 쪽이 좀 더 어울립니다.

나만의 상상에 도전하기
일신교 안의 다신교

유일신교가 다신교의 세계에 전파될 때는 다신교 신들을 유일신의 하위로 놓아서 종교를 통째로 흡수해버리는 경우가 있습니다. 예를 들어, 기독교가 '신'을 둘러싼 천사나 성인이라는 존재를 통해서 개개인의 작은 기대를 충족시키면서, 유일신교의 모순을 피하고자 한 구조와 같습니다. 성 발렌티누스가 연인들의 수호성인이 되어, 밸런타인데이가 생겨난 것은 좋은 사례입니다.

역사 관련 사건
아스테카 제국을 멸망시킨 '하얀 신'

15세기부터 멕시코 중부에서 번성한 아스테카 제국은 다신교를 숭배하는 대제국이었습니다. 그들의 종교에서는 주신 테스카틀리포카에게 쫓겨난 '하얀 피부의 신' 케찰코아틀이 갈대의 해(서력 1519년)에 귀환하여 옛 세계를 파괴한다는 전승을 두려워했습니다. 실제로 예언된 해의 2년 전인 1517년에 바다를 넘어서 찾아온 '하얀 피부'를 가진 스페인 사람들에게 멸망하고 맙니다.

◆ 종교의 종류

유일신교	단일한 신만을 절대시하며, 다른 신의 존재를 인정하지 않는다. 다만, 교의를 둘러싸고 분열되기도 한다.
배일신교	복수의 신의 존재를 인정하면서, 그 중에서 신앙 대상으로 삼는 신은 하나만 둔다. 신들 중에서 절대 신이 있다고 생각한다.
단일신교	다수의 신의 존재를 적극적으로 인정하며, 그 안에서 특정한 신을 선택하여 신앙 대상으로 삼는다.
다신교	다수의 신이 존재하며, 각자가 자연의 섭리 일부를 담당하여 세계를 만든다고 생각한다. 그리스 신화, 북유럽 신화가 좋은 사례다.
애니미즘	동물이나 인간, 삼라만상 모든 것에 신이나 영혼이 있으며, 개별적인 지성이나 영성을 갖고 있다고 생각한다.

◆ 종교의 성격

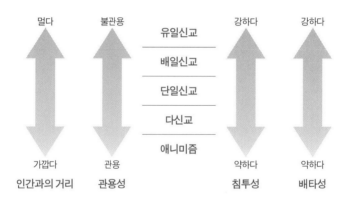

각 종교의 성격을 정리했다. 일반적으로 유일신교 쪽이 신도의 결속이 강하다. 절대적인 정의를 내세우고 관용을 모르는 만큼, 다른 자들에게 배타적으로 행동하고 강력한 지도자를 단숨에 확대하는 경향이 있다. 따라서 많은 이야기에서 적 진영이나 악당을 유일신교 집단으로 등장시키곤 한다. 고대 로마인은 다신교도였지만, 강력한 군사력으로 유럽을 지배했다. 그들은 종교보다도 '법률'을 중시했기 때문이다. 점차 통치에 어려움을 느끼게 된 로마 제국은 유일신교인 기독교를 국교로서 받아들여서 신앙을 황제 숭배로 바꾸어 연명하고자 했다. 종교가 정치의 도구가 된 좋은 사례다.

> 🛡 **원포인트 어드바이스**
>
> 종교는 상징과 상성이 좋다. 개성적인 상징은 언어보다 설득력이 있다.

Step 4 통치를 설정하자

◆ 어떤 정치 체제로 지배하고 있는가?

사람이 모이면, 사회가 형성됩니다. 철학자 홉스는 인간의 자연적인 상태는 "만인의 만인에 대한 투쟁 상태이지만, 그 투쟁을 사전에 예견할 수 있는 것이 인간 특유의 이성이며, 투쟁을 피하기 위해서 사회가 형성된다"고 규정했습니다. 사회란, 개개인의 권리 위에 일정한 규칙이 존재하는 것을 인정하는 집단입니다. 그리고 인류는 서로 받아들여질 수 없는 사회 간의 대립을 전쟁 등으로 해결해왔습니다.

사회의 형태는 다양하지만, 판타지 세계의 사회 형태는 우선 통치라는 관점에서 구성하면 좋겠지요. 주도권은 누가 갖고 있는가. 국민의 자유는 어디까지 인정하고 있는가, 또는 어떤 권리가 제한되어 있는가. 실제로 역사 속에서 흥미를 이끌어내는 구조를 발견하여, 마음에 드는 세계에 맞추어보는 방법입니다.

사회를 통치하는 구조는 '정치체제'라고 부릅니다. 실제 세계에서 국가의 모습은 다양하며, 같은 정치체제를 가진 국가는 존재하지 않습니다. 민주주의를 표방하면서 세습 구조나 다름없는 독재국가도 존재합니다. 그럼에도 정치체제는 국가의 큰 지침이며, 판타지 세계의 튼튼한 기둥이 됩니다.

역사 관련 사건

가신인 동시에, 왕이다

10세기 바이킹(해적)의 습격에 고민하던 프랑스 왕은 그들에게 프랑스 북부의 영토와 노르망디공이라는 작위를 내리며 회유했습니다. 이윽고 150년 뒤에 노르망디공 윌리엄은 군대를 이끌고 영국에 상륙하여, 영국 왕으로 즉위했습니다. 즉, 프랑스 왕의 신하이면서, 영국 왕으로서 대등한 입장이 된 것입니다. 이것이 백년전쟁의 원인 중 하나입니다.

역사 관련 사건

전쟁을 하지 않는 민주주의

1990년 소련이 붕괴했을 때, 미국의 정치경제학자인 프랜시스 후쿠야마는 「역사의 종언」이라는 연구 논문 속에서, 충분한 역사 단계를 거친 민주주의가 깊게 뿌리내린 국가 사이에서는 다른 자와의 차이를 인정하며, 주권을 존중한다는 기본적인 합의가 구성되기 때문에, 전면 전쟁을 일으키지 않는다고 주장했습니다. 판타지 세계를 구성할 때 하나의 기준이 될 만한 가설입니다.

🔹 국가를 성립하게 하는 3가지 요소

주권자	대외적으로 독립되어 있으며, 그 위에 서는 것이 존재하지 않는, 그 영역 내에서 거주하는 주민에 대해 가장 높은 통치권을 가진 자.
국민	국가를 구성하는 인간 집단. 다만, 국민이라는 개념은 역사적으로 오래되지 않은 것으로, 영역 내에 거주하며, 납세에 의한 통치를 지지하는 존재와 같은 뜻으로 생각하면 좋다.
영역	국가의 주권이 미치는 범위. 영토, 국경으로 명확하게 나뉘어 있지만, 변경이나 완충지처럼 다툼을 피하기 위해서 의도적으로 국경을 애매하게 한 경우도 있다.

🔹 국가의 종류

주권자에 의한 구별

군주제	대외적으로 성립하여 그 위에 서는 것이 존재하지 않는, 그 영역 내에 거주하는 주민에 대해서 최고 지상의 통치권을 가진 자.
민주정	국민이 주권을 갖고 있으며, 민주주의국가라고도 불린다. 국정의 결정 사항에 국민이 직접 참여하는 직접민주제와 선거로 뽑은 대표자가 주권을 대행하는 간접민주제가 있다.

영토 규모에 따른 구별

제국	영토 안에 복수의 소국이나 민족을 내포하는 국가. 꼭 황제가 지배한다고는 할 수 없으며, 통례적으로 또는 대외적으로 제국이라 칭하기도 한다.
왕국, 국가	역사적, 또는 문화적으로 일정한 영역을 가진 왕권이나 민족에 의해서 구성되는 국가.
연방	위로 황제나 왕의 존재를 인정하면서 국가와 동등한 주권을 가진 소국가. 강력한 왕권의 등장에 대해서는 복수의 연방이 연합하여 대항하기도 한다.
도시국가	국가와 동등한 주권을 가진 도시. 체제는 도시국가이지만, 정치를 담당하는 도시 귀족이 광대한 대외 영토를 가진 베네치아 같은 예도 있다.

영토의 개념

유럽형	조약이나 국제법 등에 따라 국경선이 명확하게 정립되어 있다. 영토나 인구의 규모 차이는 있지만, 국가의 주권은 동등하다고 보고 있다.
동양형	황제(왕조)의 위광이 동심원 모양으로 넓어지며, 그 영향력이 미치는 영역까지 이른바 '판도'라고 부르는 견해. 그래서 국경선이 애매해진다.

🔹 원포인트 어드바이스

나라의 형태나 정치 체제는 천차만별이지만, 주권과 영토(국경선)를 서로 인정하는 상황에서 나라끼리의 관계는 평등하다는 것이 현재의 국제 상식이다.

Step 5 과제나 문제를 설정하자

◈ 어떤 대국이라도 고민은 있다

계속해서 판타지 세계가 가진 과제나 문제를 생각해봅시다. 시대와 관계없이 나라는 문제를 갖고 있으며, 대응하고자 고민합니다. 평온한 시대라고 해도, 가까운 장래에 비극이 일어날 요인이 싹트고 있습니다. 또한, 작은 문제가 겹쳐 큰 과제로 발전하기도 합니다. 예를 들어, 현재 일본에서는 출산율 저하나 고령화라는 별개의 문제가 동시에 진행되어 장기 불황의 배경이 되고 있습니다. 더욱이, 국내만이 아니라, 주변 나라와도 영토나 역사 인식을 둘러싸고 대립하고 있습니다.

오른쪽 그림은 로마 제국의 역사와 그 시기에 주어진 과제를 해설하고 있습니다. 1000년이 넘는 역사를 가진 대제국이지만, 종종 엄청난 유혈이 따르는 투쟁이 있었습니다. 공전절후한 제국의 경험과 대처의 역사는 무수한 드라마를 만들어냅니다. 판타지 세계에서도 과제나 문제를 대범하게 설정해봅시다. 이러한 것을 생각하는 과정에서 처음에는 애매했던 판타지 세계가 독특한 색채를 띠며, 독창성이 탄생합니다.

역사 관련 사건

대원정군으로 자멸한 수나라

581년, 중국에 세워진 수나라는 강력한 통일왕조였습니다. 시조인 문제는 신중한 정책으로 통일 사업의 기초를 굳히는 데 성공했지만, 뒤를 이은 양제는 위대한 부친을 넘어서겠다며 고구려에 일설에는 100만 명에 이르는 대원정군을 보냈습니다. 그런데 원정군이 지나치게 거대해 보급이 무너져 군은 괴멸했고 수는 멸망했습니다. 젊고 강대한 제국이 자멸해서 사라진, 세계사에서 보기 드문 사건입니다.

역사 관련 사건

로마 제국은 상수도 때문에 쇠퇴했다?

로마 제국의 주요 도시에는 상수도가 설치되어 있으며, 주민은 청결한 물을 사용했습니다. 하지만 수도관에 사용된 납의 독이 사람들 체내에 쌓여서 제국 멸망의 원인이 되었다는 속설이 오랫동안 존재했습니다. 건강하고 문화적인 생활을 누리기 위한 수단이 주민의 안전을 해치는 원인이 된 것입니다. 편리한 수단이 가득한 현대이기 때문에 더욱 그럴듯하게 느껴집니다.

🔹 로마 제국의 판도와 과제의 추이

• 기원전 200년 전후의 공화정 로마

도시국가 로마는 왕정을 폐지하고 공화정으로 이행한 뒤에 400년 가까이 걸려서 이탈리아반도를 통일했다. 이후 지중해의 지배권을 둘러싸고 통상 국가인 카르타고나 마케도니아 왕국을 멸망시키고 패권을 확립했다.

• 기원전 30년 전후의 공화정 로마

거듭된 승리로 로마는 광대한 영토를 획득했지만, 오랜 전쟁은 자영 농업자의 몰락을 불러왔고 사회 불안이 확대되었다. 국정 개혁을 추진했으나 실패하고, 한계에 이른 상황을 타개하기 위하여 기원전 27년에 제국으로 이행했다. 로마 제국의 탄생이다.

• 120년 전후의 로마 제국

2세기, 오현제 시대에 로마 제국은 최대 판도를 구축했지만, 그 후에는 게르만 민족의 침입이나 각지의 내란으로 고생한다. 3세기에는 동쪽에서 성장한 사산 왕조 페르시아와의 대립이 격화되어 황제가 전선에서 전쟁을 지휘하는 것도 당연해진다.

• 395년의 로마 제국

395년, 로마 제국은 거듭되는 문제에 신속하게 대응하고자 일부러 동서로 나뉘었다. 하지만 서로마 제국은 게르만 민족의 대이동을 계기로 오래지 않아 멸망한다. 비잔틴 제국(동로마 제국)은 1453년까지 이어졌다.

기원전 753년에 이탈리아반도에 도시국가로서 생겨난 로마는 몇 번이나 멸망 위기에 직면했지만, 그때마다 통치 재능을 발휘하여 되살아나고, 공전의 대제국을 수립했다. 처음에는 기독교를 탄압했지만, 이윽고 국교로 받아들인 것이 후에 중세 유럽의 문화적 기초가 되었다.

🔹 원 포인트 어드바이스

로마 제국의 역사와 통치, 이념이 '제국'이라는 개념의 기본이 되어 갔다.

Step 6 생애 주기를 설정하자

◈ 생애 주기는 시대의 거울

태어나서 죽을 때까지 사람의 일생을 생애 주기(라이프 사이클)라고 부릅니다. 생애 주기는 시대를 반영하는 중요한 거울입니다. 예를 들어, 의료나 영양 상태가 좋아지면서 선진국 현대인의 수명은 대폭 늘어난 반면, 노후에 대한 불안이 사회 문제가 되었고 이로 인해서 미혼율, 이혼율이 증가하고 출산율 저하 문제가 늘고 있습니다. 결과적으로 오랜 기간, 당연시되었던 경로 의식은 상당히 쇠퇴하고 있습니다.

생애 주기는 사람들의 생사관에 큰 영향을 주는데, 생애 주기에 영향을 주는 요인이 다양한 만큼 판타지 세계에 반영하기란 상당히 어려울지도 모릅니다. 하지만 창조주에게는 그 세계에서 살아가는 사람의 생활을 생각해야 할 책임도 있습니다.

또 하나, 생애 주기를 뒷받침하는 경제에도 주목해주십시오. 이건 어려운 일이 아닙니다. 주민들은 살아가는 데 필요한 것을 어떻게 구하고, 무엇을 주식으로 삼는가. 그것이 경제의 근간이니까요. 생애 주기와 경제, 이 토대가 갖추어짐으로써 판타지 세계가 더욱 넓고 깊어집니다.

나만의 상상에 도전하기
아이는 작은 어른?

'아이에서 어른으로 성장한다'는 말이 존재하는 것처럼, 우리는 아이와 어른을 구별합니다. 하지만 중세 유럽에서는 신학교에 가지 않는 이상, 아이는 10세 전후에 일을 시작하는 것이 당연했습니다. 즉, 아이를 일찍부터 '작은 어른'으로 본 것입니다. 의무 교육이라는 개념은 20세기에 들어선 후에야 보급되었습니다.

역사 관련 사건
물물 교환으로 돌아간 때

물물 교환은 물건의 가치를 환산할 수 있는 화폐나 지폐보다 오래된 경제 개념입니다. 하지만 경제 체제가 무너지면 사회는 오래지 않아 물물 교환으로 후퇴합니다. 공산주의 혁명으로 붕괴한 러시아 제국은 새로운 정권이 미숙했기 때문에 도시에서 극단적인 물자 부족 현상이 일어났고, 귀족들이 비싼 드레스나 보석을 들고 한 조각의 빵을 구하러 다니기도 했습니다.

🔶 인간의 생애 주기

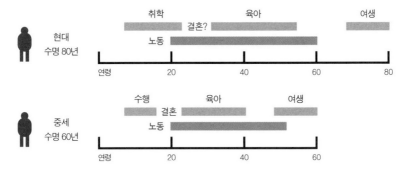

판타지 세계를 만들 때는 그곳에 사는 사람들의 생애 주기도 상상해보자. 중세 유럽은 전쟁이나 기아, 영양 상태가 좋지 않다는 이유로 젊어서 죽는 사람이 많아서 평균 수명이 짧았다. 평균 수명보다 오래 살아남은 사람의 삶은 현대인과 큰 차이가 없다고도 볼 수 있다.

🔶 경제의 성립

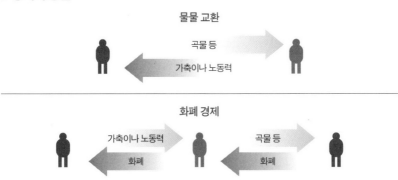

물물 교환에서 시작된 생활의 기반이 되는 경제는 이윽고 화폐경제로 전환되었다. 화폐에는 선도가 없어서 물건의 가치를 환산하고 필요할 때 필요한 만큼 사용할 수 있다는 이점이 있었기 때문이다. 하지만 화폐경제가 보급된 중세 유럽에서도 도시에서 떨어진 마을에서는 주민들이 물물 교환으로 서로 부족한 부분을 메웠으며, 수확 시기에 방문하는 행상인에게 일괄적으로 물건을 판매하여 현금 수입을 얻었다.

🌎 원 포인트 어드바이스

화폐로 금은이 사용된 것은 양이 적고 가치가 안정되어 있었기 때문이다. 금은이 나오지 않는 섬 등에서는 희소한 조개껍데기가 화폐 대신 쓰였다.

Step 7 # 언어나 랜드마크를 설정하자

◈ 의외로 어려운 언어 사용 방법

세계에는 많은 언어가 존재합니다. 판타지 세계에서도 마찬가지라고 할 수 있는데, 이야기를 만들 때 언어를 지나치게 실제처럼 보여주면 안 됩니다. 독자적인 언어가 있더라도 공통어 같은 것을 설정하는 편이 이야기를 만들어가는 과정에서 생겨나는 문제를 피하기에 좋습니다. 언어란 사용자의 정체성에 직결됩니다. 언어의 차이로 인해서 생겨나는 오해나 변화에 주의를 기울일 필요가 있습니다.

◈ 랜드마크는 판타지 세계의 조미료다

어느 나라나 지역, 도시에 특징을 부여하는 자연경관이나 건물을 랜드마크라고 부릅니다. 예를 들면 일본의 랜드마크는 후지산이고, 이집트는 피라미드, 알래스카는 오로라입니다. 물론 나라만이 아니라, 일본 각지에 남아 있는 성곽이나 신사, 절 등은 그 지역의 역사를 상징하는 훌륭한 랜드마크입니다. 랜드마크를 매력적으로 연출하여 이야기의 열쇠로 활용하는 것은 판타지 세계를 구축하는 좋은 조미료가 됩니다.

역사 관련 사건
어부 마을이 낳은 독특한 경관

베네치아는 바다 위에 세워진 판타지 세계라고 할 수 있는데, 이곳에서 수상 버스를 타고 1시간 정도 가야 하는 부라노섬은 항구에 접한 집들의 벽이 각각 다른 색으로 칠해져 있는 신기한 경관으로 유명합니다. 이는 어획에서 돌아온 배가 안개 속에서 자기 집을 쉽게 발견하게 하기 위함입니다. 안개가 잦은 풍토가 낳은 독특한 경관(랜드마크)이라고 할 수 있겠지요.

역사 관련 사건
거인이 만든 대신전?

그리스의 수도 아테네에 있는 파르테논 신전은 고대 문명을 전하는 랜드마크입니다. 하지만 튀르크인에게 지배되던 시기에 주민들은 과거 그곳에 살던 거인이 파르테논 신전을 만들었다는 속설을 정말로 믿었던 모양입니다. 그 후, 오스만 제국에서 독립하려는 기운이 거세지면서 민족 단결의 상징으로서 신전의 가치를 다시 보게 되었습니다.

◈ 언어가 만드는 차별 의식

• 헬레네스와 바르바로이

바르바르

바르바르

바르바르

바르바르

그리스인 거주지

도시국가가 늘어섰던 그리스에서는 전쟁이 계속되면서 결국 통일 국가가 탄생하지 않았지만, 같은 그리스어를 사용하는 사람들을 '헬레네스'라고 부르며, 문화적인 일체성이나 동족 의식을 강하게 갖고 있었다. 그에 반해, 그리스어 이외의 언어를 사용하는 사람들을 '바르바르'라는 뜻을 알 수 없는 말을 하는 야만인(바르바로이)이라고 일괄적으로 부르며, 자신들과는 이질적인 인간으로 구별했다. 야만인을 지칭하는 영어 '바바리안(barbarian)'의 어원이다.

◈ 언어와 국경, 소수파 문제

• 국경을 넘는 언어

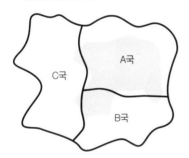

C국

A국

B국

• 국내에 존재하는 복수의 언어

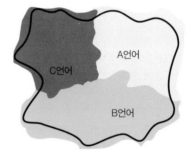

C언어

A언어

B언어

어떤 언어를 사용하는 민족의 거주지와 국경선이 일치하지 않는 경우가 있다. 그림처럼 A국에서는 다수파를 차지하고 있지만, B국에서는 소수파가 되는 경우, 때때로 두 나라의 전쟁 원인이 된다. 만약 A국과 B국에서 전쟁이 일어난 경우, 같은 민족이 거주하는 C국에 영향을 미치기도 한다.

한 나라 안에 사용하는 언어가 다른 복수의 민족이 거주하는 경우에도 통치가 어렵다. 언어나 민족 문제는 전쟁의 불씨가 되기 때문이다. 예를 들어 스위스에서는 독일어, 프랑스어, 이탈리아어, 로만슈어의 4개 국어가 공용어이지만, 언어가 다른 국민끼리는 의사소통을 위해 영어를 사용하기도 한다.

🔰 원 포인트 어드바이스

현존하는 주변의 언어와는 명확한 관련성을 알 수 없는 독립 언어가 존재한다는 것은 판타지 세계에 어울리는 설정이라고 할 수 있다.

Step 1 대륙

◈ 다양성과 넓이를 의식하자

이제부터 판타지 세계를 창조할 차례입니다. 우선은 세계의 토대가 되는 대륙에 대해서 생각해봅시다. 지구에는 일찍이 판게아라고 불리는 하나의 대륙만이 존재했지만, 지각 변동으로 분열과 충돌을 반복하면서 현재의 육지를 형성했습니다. 대륙의 형태나 크기는 정해진 것이 아닙니다. 현재 우리 인류가 번영하고 있는 지구의 지표는 다양성을 가진 복수의 대륙이 서로 영향을 주고받으며 존재하고 있습니다. 초대륙만 존재하는 세계보다는 몇 개의 대륙을 준비하여, 그들이 어떻게 관계하며 구별되는지를 연구하는 쪽이 이후 설정을 넓혀나가기에 좋겠지요.

대륙 창조의 체크 포인트

· 대륙의 정의는 오스트레일리아보다 넓고 땅이 이어진 섬. 판타지 세계에서는 자기 나름의 기준으로 대륙을 창조해도 상관없다.
· 부유 대륙이나 지하 세계도 존재한다면 주민에게 일상이 될 수 있다. 다만, 이질적인 문명 간의 접촉은 지배(=종속) 관계를 낳기 쉽다.
· 대륙 간에 교류가 있는지 아닌지를 생각해둔다. 교류가 없다면, 그 대륙은 서로에게 존재하지 않는 것이나 다름없기 때문이다.

SF에 대한 응용
바뀐 것은 크기뿐

이동 기술이 극단적으로 발전한 SF 세계라면 대륙 간의 이동이 훨씬 수월해졌을 것입니다. 그러므로 바다나 대륙을 상상하는 현재의 공간적인 넓이가 우주 공간이나 성계로 치환되었다고도 볼 수 있겠지요. SF 세계에서는 전체가 얼음이나 바다로 둘러싸여 있는 행성이나, 육지와 바다의 비율이 지구와 반대인 행성이 등장할 수 있습니다.

나만의 상상에 도전하기
판타지 세계의 규모

판타지 세계이므로 대륙의 상태는 자유롭게 생각해도 좋습니다. 거대한 스페이스 콜로니가 무대여도 좋겠지요. 모성이 멸망하고 기술이 정체된 자급자족형 스페이스 콜로니 등은 이야기 속에서 대륙이나 마찬가지입니다. 또한, 이러한 인공 세계는 인간을 기준으로 만들어진 것입니다. 예를 들어, 중력이 지구의 두 배나 되는 세계로 이주한다면, 외모나 신체가 점점 변해가겠지요.

◈ 대륙 설계의 모델

대륙이나 바다를 배치할 때는 기상에 대해서도 조금은 고려하는 게 좋다. 지구에서는 적도 부근에 축적된 열이 남북으로 이동해 공기나 물의 순환을 만들어낸다. 판게아 같은 초대륙이라면 열 교환이 극단적인 형태가 되어서, 연안 지역에서는 우리는 상상도 할 수 없는 규모의 태풍이 습격하고, 내륙부에서는 광대한 사막이 출현한다고 생각할 수 있다. 대륙과 바다가 적당한 느낌으로 배치되어 있으면 열의 순환도 안정적인 형태가 되어서, 현재의 지구를 닮은 기상 현상에 가까워질 것이다.

◈ 부유 대륙과 지하 세계에 대한 접근

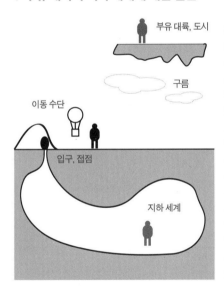

판타지 세계에서 종종 등장하는 부유 대륙이나 지하 세계도 접촉 수단이 없으면 존재하지 않는 것과 마찬가지다. 예를 들어, 달은 인류에게 신비와 의문의 대상이지만, 일상생활에 직접적인 영향을 주지 않는다. 하지만 만약 달 세계인이 존재하여 그들과 만나는 일이 일어난다면, 세계의 인식이나 인류의 가치관은 격변할 것이다. 부유 대륙이나 지하 세계에 대한 상상은 오래전부터 존재했는데, 수많은 신화에 천계, 지하 세계 등이 설정되어 있으며, 조너선 스위프트의 『걸리버 여행기』에서도 라퓨타인이 부유 도시에서 살아가고 있다. 미야자키 하야오 감독의 〈천공의 성 라퓨타〉의 설정은 조너선 스위프트가 만든 판타지 세계에 도달하기 위한 기술력을 인류가 얻었다는 착상이 전제되어 있다. 이 명작은 판타지 세계의 존재 그 자체만이 아니라, 거기에 도달하는 이동 수단이 재미와 모험을 낳고 있다.

🧑 원포인트 어드바이스

걸작 라이트 노벨 『어느 비공사에 대한 연가』에서는 이스라라고 불리는 하늘에 떠 있는 거대한 섬에 도달한 인류가 직면하는 과제를 통해 상상을 키워나가고 있다.

바다

◈ 인류 앞에 놓인 첫 번째 장벽

인류가 처음으로 마주한 모험의 무대, 그것이 바다입니다. 처음에는 물고기를 잡기 위해서 통나무배를 탔겠지요. 그 후에 호기심 왕성한 인류는 항해 기술을 발견하고, 자력으로 태평양의 섬들에 진출하게 됩니다. 놀라운 용기와 노력이 있었겠지요. 하지만 도박과도 같은 모험 항해가 아니라 안전하다고 할 만한 수준의 외양 항해가 가능해진 것은 500여 년 전부터입니다. 그전에는 육지를 따라서 항해하는 것이 주류였습니다. 유럽의 대항해시대에도 육지를 따라서 아프리카를 남하하여, 조금씩 거리를 늘려 가면서 신중하게 전진하여 인도 항로를 발견한 것입니다.

바다 창조의 체크 포인트

· 대륙과 세트로 생각하는 만큼 바다의 지형에 대해서는 크게 고민할 필요가 없다.
· 바다, 특히 심해의 상태는 우주처럼 미지로 가득 차 있다.
· 오래전부터 바다를 지배한 민족은 패권을 쥐고 시대의 주역이 되었다.
· 배의 수송력은 육로를 이용하는 것보다 훨씬 뛰어나서 대규모 상인 집단이 옮길 만한 물자도 범선 한 척으로 간단히 나를 수 있다.

나만의 상상에 도전하기
목조선의 한계

현재는 철제 배가 주류이지만, 19세기 중반까지만 해도 외항선도 나무로 만드는 것이 당연했습니다. 부력의 원리는 알고 있었지만, 철제 배는 너무 무거웠던 것입니다. 하지만 목조선은 크기에 한계가 있습니다. 커지면 구조 강화용 목재가 늘어나고 중량이 부력을 넘어서기 때문입니다. 여기에 불길과 함께 폭발하는 작렬탄이 발명되면서 목조선은 폐지되고 군함을 중심으로 철제 배가 보급되었습니다.

역사 관련 사건
목숨을 건 속도 경쟁

에도 시대에는 일본 특유의 목조선을 사용한 해운이 성행했는데, 여러 항구를 들르면서 진행하는 연안 항해가 중심이었습니다. '기회를 엿본다(日和見)'는 말은 이렇게 땅을 따라가는 과정에서 태어났다는 설도 있습니다. 가미가타(교토, 오사카) 지방에서 생산된 첫 번째 상납용 술을 에도로 나를 때는 '반센(番船)'이라는 속도 경쟁이 있었습니다. 이때만큼은 해안이 보이지 않는 먼바다에 도전한 것입니다. 우승자는 맛물을 좋아하는 에도인에게 인기가 있었습니다.

◈ 연안 항해와 외양 항해

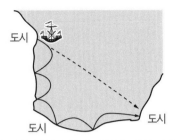

날씨를 보면서, 항구에서 항구로 육지를 따라서 이동하는 항해 방법이 오랜 기간 주류였다. 해안이 보이지 않는 먼 바다를 오랜 기간 항해하기 위해서는 거리를 측정하는 기술이나 조함 기술이 발달할 필요가 있었다. '안전한 항해'가 당연해진 것은 100년 정도밖에 안 됐다.

◈ 방어가 어려운 해안선

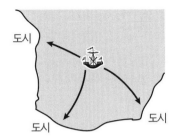

고대 이집트를 괴롭힌 '바다의 민족'이나 유럽의 바이킹, 일본의 왜구처럼, 바다에서 찾아오는 습격자가 두려움의 대상이 된 것은 습격 지점을 예측하기 어렵기 때문이다. 방어 측에서 해안 경비의 부담은 습격 그 자체보다도 견디기 힘들었다.

◈ 해전 전술의 시작

해전 전술은 고대 그리스에서 발달했다. 그림처럼 배를 노로 저어서, 선수의 '충각'을 이용해 적의 배에 부딪혔다.

코르부스를 장착한 모양.

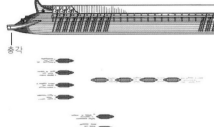

충각

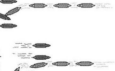

단횡진과 단종진의 전투 사례. 적함을 스쳐 지나가면서 노를 파괴하여 기동력을 빼앗는다.

배끼리의 전투는 처음에 상대의 배에 선수를 부딪쳐서 흘수선 아래에 있는 충각으로 파괴하는 방법에서 시작되었다. 이동을 바람에만 의지하면 싸우기 어려워서 전투 시에는 돛을 접고 승무원이 노를 저어서 추진력으로 삼았다. 당연히 항해나 조선 기술이 뛰어난 진영이 유리해진다. 통상 국가인 카르타고와 싸우면서, 해전에 익숙하지 않았던 로마는 코르부스(까마귀)라고 불리는 끝에 큰 못이 달린, 떨어뜨려 고정하는 다리를 선수에 달아서 적의 배에 이것을 걸고 보병을 올려보내는 전술을 고안하여 대승리를 거두었다.

🛡 원 포인트 어드바이스

범선끼리의 포격전에서는 선체를 노려도 가라앉히기 어려워 돛을 노려서 이동을 가로막는 전투가 주류였다.

Step 3 섬

🔹 가장 친근한 판타지 세계

바다에 의해 육지에서 멀리 떨어져 폐쇄된 환경 속에서 독자적인 생태계나 삶이 존재하는 섬은 유명한 관광지가 많은 것처럼, 우리에게도 조금 친숙한 이세계입니다. 그 증거로 예부터 섬은 판타지 세계에 더없이 어울리는 무대였습니다. 그리스 신화에서는 아르고호의 모험이나 오디세우스의 귀환 이야기에서 다양한 섬과 특이한 이경이 등장합니다. 일본에도 섬을 무대로 한 건국 신화나 민화가 많습니다(한국에도 제주도의 독자적인 신화나 전설이 많습니다-역자 주). 또한, 일종의 밀실 공간인 무인도에서의 생존도 예부터 인기 있는 주제로, 『로빈슨 크루소의 모험』을 시작으로 현재도 영화나 소설의 설정으로 사용되어 우리에게도 친숙합니다.

섬 창조의 체크 포인트
· 대륙과 비교하여 환경 변화의 영향을 받기 쉽다.
· 대부분의 번영한 섬들은 교역의 중계지로서 외부 인간에 의해 개발되었다.
· 같은 이유에서 해상 교역의 발달이나 신항로의 발견으로 인해서 흥망이 갈리기 쉽다.
· 농업이 발달하기 어렵고, 채취나 어업이 중심이 된다. 그 결과, 섬에서 충분히 만족하는 사람들은 많지 않고, 자력으로 발전하기 어렵다.

명작 체크
과학으로 남해의 고도에 도전

SF 문학의 아버지인 쥘 베른이 쓴 『신비의 섬』은 무인도 생존극의 걸작입니다. 다니엘 디포의 『로빈슨 크루소의 모험』처럼 자연에 일방적으로 휘둘리는 생존극이 아니라, 과학과 지혜로 자연의 역경에 맞서는 등장인물들은 산업 혁명의 자신감을 기반으로 밝은 분위기로 가득 차 있습니다. 당시의 최신 지리학이나 의학 지식도 충실하게 담은 『신비의 섬』은 매우 이상적인 판타지 세계를 그렸다고 하겠습니다.

역사 관련 사건
환경 파괴로 멸망한 이스터섬

절해의 고도 이스터섬에 정착한 라파누이인들은 선조의 영혼을 기리는 모아이상을 건설하며 독자적인 문자를 가진 진보된 문화를 구축했습니다. 하지만 인구가 폭발하면서 삼림 수요가 증가했고, 과잉 벌채로 숲은 소멸해갔습니다. 그 후에는 어업도 불가능해져 문명은 단기간에 붕괴하고 말았습니다. 18세기에 유럽인이 발견했을 때는 석기 시대 수준으로 퇴보한 상태였습니다.

◈ 세계 각지에 있는 섬의 모델

베네치아

게르만 민족의 침입을 피해 사람들이 바다의 간석지로 도망친 것이 시작이다. 계속 늘어나는 인구를 유지하기 위해 중계무역과 해외 영토 경영에 적극적으로 나서 상업 국가로서 번영했다.

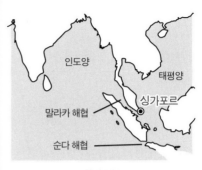

싱가포르

인도와 중국을 잇는 항로의 요충지로서 영국인은 말레이반도의 끝에 있는 싱가포르섬에 주목했다. 이 지역의 조호르 왕은 이 황량한 섬의 중요성을 눈치채지 못했다.

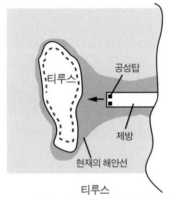

티루스

고대 페니키아인의 상업 도시인 티루스는 난바다의 섬에 성벽을 두르고, 강력한 해군을 보유하고 있었다. 알렉산드로스 대왕은 육지에서 공성탑을 앞세운 제방을 쌓아 나가서 7개월에 걸쳐서 공략했다.

남극의 고도군

남반구, '울부짖는 50도' 주변에 위치한 섬들은 험난한 기상 환경으로 사람이 생존하기에 적합하지 않다. 따라서 아직도 손대지 못한 자연이 남아, 철새나 펭귄 등 해조의 낙원이 되었다.

🌱 원 포인트 어드바이스

우주 SF 작품에서는 광대한 우주에 흩어져 있는 행성이 섬 같은 역할을 맡고 있다. 이동 기술이 없이 그러한 행성에 남겨지면 섬에 표류한 것과 같은 상황이 된다.

Step 4 하천

◆ 장해이자 교통로가 되는 양면성을 가진다

산지 등에서 내린 눈이나 비가 바다에 도달할 때까지 흘러가는 것이 하천입니다. 강은 높은 곳에서 낮은 곳으로 모이면서 흘러가는 성질이 있으며, 그 반대는 결코 없습니다. 또한, 아래로 내려갈수록 작은 강이 모여서 큰 강을 형성합니다. 분지에 흘러든 강은 호수를 만들고, 나아가 주위의 산 중에서 가장 낮은 고개로 흘러넘치게 됩니다.

하천은 인간의 삶에도 영향을 줍니다. 건너가기 어려운 큰 강은 때때로 국경선으로 사용됩니다. 동시에, 배가 오가는 수운의 요충지도 됩니다. 이처럼 하천은 두 개의 얼굴을 가졌습니다. 또한, 하구 일대는 비옥한 퇴적물에 의해서 농업이 번성합니다.

하천 창조의 체크 포인트

· 고대 문명이 큰 강 유역에서 번성했듯 인간의 삶에 하천은 꼭 필요하다. 치수 사업에는 많은 인력을 집중해야 하기 때문에 강력한 왕권이 탄생한다.
· 큰 강에 다리가 걸려 있는 경우는 매우 드문 일이며, 일본이나 유럽에서도 대개는 나룻배를 이용했다.
· 열대 우림을 흐르는 아마존강에는 현재도 댐이나 다리가 하나도 없다.

역사 관련 사건
나룻배에서의 다툼은 엄금

강을 건널 때 나룻배밖에 쓸 수 없었던 시대에는 나룻배가 위험한 상황에 처하지 않도록 모두가 여러 규칙을 지켰습니다. 특히 나룻배에서의 다툼은 엄격하게 제한되었는데, 중세 유럽에서는 만일 도망자와 추적자가 같은 나룻배에서 마주친 경우에는 선체를 끼고서 도망자는 선수, 추적자는 선미에 각각 앉아서 반대편에 도달하면 도망자를 먼저 내리게 한다는 관습이 통용되었을 정도입니다.

역사 관련 사건
이집트는 나일강의 선물

나일강은 상류의 우기와 건기의 영향으로 매년 일정 기간 범람하게 됩니다. 천천히 물이 증가하는 홍수이기 때문에 물이 빠지면 비옥한 퇴적물이 담긴 농지가 남습니다. 그리스 역사가 헤로도토스는 이 자연의 은혜로부터 이집트를 '나일강의 선물'이라고 불렀습니다. 범람하는 시기를 예측하고, 농지를 재분배하기 위해서 이집트에서는 천문학이나 측량 기술, 수학이 발달했습니다.

◆ 유럽의 다리나 성의 구조

유럽의 다리는 돌로 만든 것이 많다. 평시에는 통행세를 받기 위해서, 전시에는 군사상의 방어 거점으로 이용하기 위해 다리의 양쪽 입구와 중앙에 탑을 건설했다. 우회할 수 없도록 탑은 다리보다도 폭이 넓게 되어 있다.

왕권이 약하고, 연방 국가가 다수 존재했던 중세 유럽에서는 수송선에 하천 통행세를 징수하기 위해서 각국이 큰 강 근처에 성을 건설했다. 현재도 라인강 유역에는 이 같은 성의 흔적을 다수 발견할 수 있다.

◆ 국제 하천을 둘러싼 분쟁

여러 개의 국경을 넘어서 흐르는 국제 하천은 때때로 상류 쪽의 의도 때문에 국제 분쟁의 불씨가 된다. 한때 물 부족에 시달린 중국은 히말라야산맥 북쪽에서 시작되어 갠지스강으로 합류하는 브라마푸트라강에 댐을 만들어 그 물을 사막의 녹지화에 사용할 계획을 세웠다고 한다. 현재는 부정하고 있지만, 인도 담수 자원의 20%를 차지하는 이 강에 그러한 댐을 만들었다면, 분쟁을 피할 수 없었을지도 모른다. 또한, 최하류에 위치한 방글라데시에는 생사가 달린 문제다. 국제 하천의 상류에 대국이 출현하는 것은 강 유역의 여러 나라의 긴장감을 높이는 원인이 된다.

🌱 **원 포인트 어드바이스**

호수에는 다수의 강이 흘러들지만, 흘러나가는 강은 적다. 일본의 비와호는 세타강(요도강), 스와호는 덴류강 하나로만 흘러나간다.

Step 5 산

💧 높이 솟은 죽음의 세계

유럽의 고위도 지방에는 표고가 낮더라도 바위산이 많으며, 겨울에는 눈에 둘러싸이기 때문에 알프스산맥 등 높은 산은 빙하에 둘러싸인 죽음의 세계라는 인식이 오랫동안 이어져 내려왔습니다. 중앙아시아에는 히말라야산맥을 시작으로 하는 8,000m급의 산들이 늘어서 있습니다. 그 험한 기세는 유럽과 비교할 수 없으며, 인도나 네팔 같은 다신교나 배일신교를 신봉하는 나라에서는 눈에 둘러싸인 아름다운 높은 산을 신으로 생각해 신앙 대상으로 삼는 부족이 많습니다. 또한, 북한과 중국의 국경에 자리잡은 백두산은 한반도 사람들에겐 민족주의의 상징이며, 개발을 진행하려는 중국과의 대립이 일어나고 있습니다.

산 창조의 체크 포인트

· 산맥은 대륙 이동에 따른 조산 운동으로 형성된다. 독립된 봉우리는 비교적 드물다.
· 후지산 같은 독립 봉우리는 화산 활동의 흔적이며, 산 중에서는 드문 존재다.
· 섬이나 열도는 해저 산맥의 산꼭대기 부분이라고 볼 수도 있다. 섬에 화산이 많은 것은 그 때문이다.
· 산을 넘어서 왕래하는 것은 힘들기 때문에 국경이 되기 쉽다. 동시에 고개는 중요한 교통로가 된다.

역사 관련 사건
스위스와 시계 산업

알프스산맥으로 둘러싸인 스위스는 예부터 식량을 자급하지 못했으며, 자원도 없어서 유럽에서는 빈곤한 나라였습니다. 젊은이는 일거리를 찾기 어려웠고, 수출품이라면 용병 정도였습니다. 하지만 종교 전쟁을 피해 많은 수공업자가 망명해온 것을 계기로, 시계 제조업에 힘을 쏟은 스위스는 이윽고 정밀 기계 공업국으로 다시 태어났습니다. 얼마 안 되는 재료로 작지만 고가의 제품을 만들 수 있었기 때문입니다.

명작 체크
산악 모험 소설에 꽝은 없다

만년설이나 빙하에 둘러싸인 고산 지대는 말하자면 광대한 폐쇄 공간입니다. 또한, 보통 생활에서는 상상도 할 수 없는 자연의 위협과 공존하는 환경은 일종의 판타지 세계이기도 합니다. 특히 산을 무대로 한 탈출극으로 『시타델의 소년』이나 『아이거 빙벽』 같은 명작이 가득합니다. 판타지 세계의 산악 지대에 현실감을 부여하고 싶다면 이러한 걸작들을 꼭 살펴봐주세요.

◆ 중요 거점인 고개와 그 응용

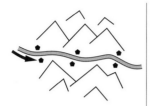

고개와 방어 거점

고개를 지배하고 있는 나라는 그 입구와 중간, 그리고 출구, 이 3곳에 방어 거점을 설치할 수가 있다. 고개에는 대군을 투입하기 어려우며, 소수의 병력으로도 오래 버틸 수 있어서 군사적으로도 매우 유리해진다.

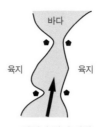

바다

육지 　육지

해협과 방어 거점

바다에서 고개와 같은 역할을 하는 것이 해협이다. 포나 투석기는 사전에 포격 좌표를 설정하기 때문에 침입하는 배는 항상 정확한 포격이나 투석에 직면하며, 많은 희생이 따른다.

암초 우주 영역

우주 공간

암초 우주 영역과 방어 거점

고개의 역할은 SF에서도 응용할 수 있다. 위험한 암초 우주 영역을 설정하고, 광대무변한 우주 공간에서 이동 가능한 지점을 좁힘으로써 SF 세계에서 우주 요새와 같은 일종의 고전적인 장치를 활용할 수가 있다.

◆ 산을 둘러싼 기상 조건

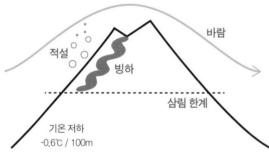

적설

빙하

바람

삼림 한계

기온 저하
-0.6℃ / 100m

■ 산악 지대에서 일어나는 재해
화산 분화, 산사태, 눈사태, 낙석 등.

■ 산악 지대 특유의 은혜
귀중한 약이 되는 고산 식물이나 희귀한 종의 동물 모피 등.

기본적으로 산에 부딪히는 바람은 상승 기류가 되어 사면에 눈이나 비를 내리게 하며, 산꼭대기를 넘어서 건조한 바람이 비탈을 따라 내려온다. 만년설이 여러 번 쌓여서 생긴 얼음층을 빙하라고 하며, 이듬해까지 남는 것은 아니지만 여름까지 대량으로 남아 있는 적설을 설계(雪溪)라고 부른다. 산 기온은 높이가 100m 올라갈 때마다 0.6℃씩 낮아진다. 또한, 위도에 따라 다르지만, 나무가 자생할 수 없게 되는 수목한계선이라고 불리는 고도가 존재한다. 일본의 경우에는 약 2,500m, 유럽에서는 약 1,800m가 수목한계선의 기준이 된다(한반도에서는 백두산의 해발 1,000m 지점에 수목한계선이 있으며, 남한 산지에선 거의 나타나지 않는다-역자 주).

🌱 원포인트 어드바이스

히말라야산맥은 산스크리트어로 '눈의 집'이라는 뜻이다. 많은 산에 신앙에 관련된 명칭이 붙어 있다.

Step 6 천문

◈ 인류가 최초로 의식한 과학

태양이나 별의 운행을 예측하는 천문학은 인류가 가장 먼저 얻은 과학 중 하나입니다. 일정한 주기로 하늘을 도는 태양이나 달, 별은 신비로 가득한 고대에서 명확하게 예측할 수 있는 많지 않은 자연현상이기 때문입니다. 천문학에 크게 관심을 두지 않았던 그리스 같은 지역에서도 신들이 영웅들을 별자리로 바꾸어 고정했다고 생각하는 등 밤하늘의 신비에 나름대로 인과관계를 부여했습니다. 천문에 관한 관심은 세계의 구조 탐구에 이르러 별들이 지구를 중심으로 돈다는 천동설이 수립되어 퍼져나갔습니다. 오른쪽 페이지의 그림에서는 각지의 천동설 모델을 소개합니다. 16세기에 코페르니쿠스가 지동설을 주장하기 전까지 이러한 세계의 모습을 믿고 있었습니다.

천문 창조의 체크 포인트

· 이중 태양이나 거대한 달 같은 묘사는 SF의 변경 행성 등에는 어울리지만, 무작정 도입하면 설정을 망치기 쉽다.
· 별자리는 방위나 계절을 알리는 수단으로, 생활에 밀접하게 관련된다.
· 별의 운행으로 미래를 예측하는 천문학은 점성술과도 관련이 깊다.

역사 관련 사건
희망의 별, 노스 스타

노예 제도의 존속을 둘러싸고 혼란했던 19세기 미국에는 〈노스 스타(북극성)〉라는 신문이 있었습니다. 남부에서 학대받던 흑인 노예는 북극성을 향해서 걸어가면 자유를 얻을 수 있다고 믿었는데, 그 바람이 담긴 신문 이름입니다. 그들에게는 북극성이 유일한 지표였던 것입니다. 낮에는 들키지 않도록 숨어 있다가, 밤에만 걸었던 도망 노예의 역경을 암시하고 있습니다.

나만의 상상에 도전하기
천변지이의 전조

영상 같은 시각적인 도움 없이 천문을 판타지 세계의 설정으로 도입하긴 어렵습니다. 비교적 쉬운 방법으로 천문을 자연재해의 전조로 사용할 수 있습니다. 혜성이나 초신성의 출현, 또는 아주 먼 곳에서 일어난 화산 폭발로 인한 태양 빛의 쇠퇴처럼 말입니다. 역사적으로도 천변지이가 신흥 종교의 유행이나 반란 같은 사회 불안을 가져오는 일은 드물지 않았습니다.

◈ 천동설의 다양한 모델

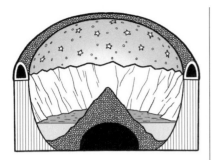

고대 바빌로니아의 천동설

인간에게 우주나 세계란 '인식할 수 있는 범위까지의 것'으로 정의된다. 그 점에서 고대 바빌로니아의 세계관은 명쾌하여, 주위의 산이나 지평선 너머처럼 알 수 없는 세계는 무시하고 온실 같은 세계를 상상했다.

고대 인도의 천동설

고대 인도인은 대지가 둥글다는 직감은 있었던 모양이다. 그 대지 위에 히말라야산맥이 놓여 있으며, 별들이 돌고 있다고 생각했다. 그 세계를 친근한 동물이 떠받치고 있다는 것은 인도인다운 관념적인 세계관이다.

고대 이집트의 천동설

태양신 라와 달의 신 콘스가 배를 타고 천공의 나일강을 건너 밤낮을 만든다는 해석이다. 하늘에도 강이 흐르고 있다는 상상이 이집트인답다. 나날이 부활하는 태양의 모습이 사자의 부활을 믿은 이집트인의 생사관을 만들었다.

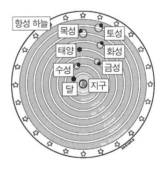

프톨레마이오스의 천동설

우주 중심에 지구가 있으며, 태양이나 그 밖의 행성이 돌고 있다는 천동설은 로마 제국 시대에 알렉산드리아의 천문학자 프톨레마이오스가 완성했다. 코페르니쿠스의 지동설이 나오기 전까지 오랫동안 천동설의 지위는 흔들림이 없었다.

원포인트 어드바이스

로마 교황청이 천동설의 문제를 인정하고 지동설을 승인한 것은 1992년의 일이었다.

Step 7 다양한 지형과 사계

◊ 세부와 사계로 토대를 쌓아 올린다

이제까지 설명한 것 이외에도 황무지나 습지, 사막, 삼림처럼 세계에는 다양한 지형이 존재합니다. 일본에도 과거에는 사람의 손이 닿지 않은 황무지나 습지가 있었지만, 토지 개량 사업이 진행되면서 평야 지역에 있는 토지 대부분은 농지나 택지로 바뀌었습니다. 여기서는 이렇게 개척되기 전의 '다양한 지형'을 소개합니다(이해하기 쉽도록 일본과 한국의 유사 지형도 설명합니다-역자 주).

계절에 대해서도 다룹니다. 춘하추동이 확실한 일본이나 한국의 사계는 세계적으로 보면 이례적인 일입니다. 세계에는 다양한 계절이 존재합니다. 참고로 한 유럽도 실제로는 광대하며 알프스산맥을 끼고 남북으로 상황은 다르지만, 기준점으로 참고해주세요.

다양한 지형과 사계 창조의 체크 포인트

· 시대가 바뀌면 황무지나 습지의 개발도 그에 맞추어 진행되는 것이 자연스럽다.
· 어떤 지형이라도 그곳에 생활의 기반을 둔 사람들은 반드시 존재한다.
· 사계는 지축이 기울어져 있기에 생겨난다.

나만의 상상에 도전하기
습지 위에 세워진 도시

과거 러시아의 수도 상트페테르부르크는 본래 하구의 황폐한 습지대였습니다. 하지만 18세기 초, 발트해 쪽으로 나가는 길을 모색한 표트르 대제는 우선 운하와 수로를 정비하여 습지를 메우고, 돌로 된 토대 위에 도시를 세워나갔습니다. 정비 사업은 대제가 죽은 뒤에도 계속되어, 1900년에는 인구가 100만 명을 돌파하여 수도에 어울리는 모습이 되었습니다.

명작 체크
숲이나 습지를 은신처로

미국의 독립 전쟁을 그려낸 영화 〈패트리어트: 늪 속의 여우〉에서는 민병대가 '검은 늪'이라 불리는 습지 안에 있는 폐허가 된 교회를 은신처로 삼아, 영국군에게 게릴라전을 시도합니다. 습지에 교회를 세울 리가 없으며, 주변 숲은 마른 땅이기 때문에 홍수로 생겨난 새로운 습지라고 생각됩니다. 숲이나 늪지는 절묘한 은신처를 제공해주는 귀중한 토지라는 사실을 알 수 있습니다.

◆ 유럽과 일본의 지형 비교

습지	강가의 하구나 고도차가 없는 평야 지역을 흐르는 하천 주변에 펼쳐진 물을 머금은 토지. 물이 너무 많아서 농경지로 적합하지 않다. 유럽에서는 토양의 영양분이 부족한 이탄층(완전히 분해되거나 썩지 않은 식물 유해가 물밑에 퇴적된 지층-역자 주)을 포함한 경우가 많아서, 잘 이용하지 않는다. 이동 가능한 높은 지면도 적어서 지리 감각이 없으면 길을 잃기 쉽다.
일본	논농사가 성행한 만큼, 예로부터 메우거나 간척 사업을 통해 농지로 개량했다. 다만, 구시로(釧路) 습지처럼 한랭지의 습지대는 그대로 남아서 관광지가 되기도 했다.
황무지	숲이 될 정도로 비옥하지도 않고, 농업에도 적합하지 않은 황폐한 땅의 통칭. 많은 경우, 강이나 샘 물 같은 수자원이 부족해 발생한다. 관개 사업이 진행되면 어느 정도 농지화도 가능하지만, 들어가는 비용에 비해 효과가 부족해서 고작해야 방목지 정도다.
일본	대부분이 관개 사업으로 농지화되었다. 다만, 석회암 지대의 토지는 농업에 적합하지 않아서 황무지와 마찬가지로 버려졌다.
사막	거의 비가 내리지 않아서 생겨난 모래 평원. 유럽에는 거의 존재하지 않는다. 암석 사막, 자갈 사막(작은 돌로 뒤덮인 사막), 모래 사막 같은 종류가 있다. 여름에는 작열 지대이지만, 밤에는 영하 아래로 기온이 내려간다. 물을 확보하기 어려워서 샘물이 있는 오아시스에는 마을이 생긴다.
일본	돗토리 사구가 유명하지만, 사막이라고 부를 만한 토지는 존재하지 않는다(해안의 사구로, 한국에도 태안 신두리 해안 사구가 있다-역자 주).
삼림	유럽은 본래 숲으로 둘러싸인 대륙이며, 여기서 살아가는 사람들이 개척하여 농지나 마을을 만들어갔다. 다만, 남유럽에서는 인구 증가나 배의 부품으로 사용하기 위해 지나치게 벌목하여 토양이 유출되었고, 현재도 이탈리아나 스페인, 그리스 등의 많은 장소는 황무지로 남았다.
일본	산과 뒤섞여 있는 것이 일본 숲의 특징이다. 예부터 평야의 숲은 개척되고 있다.

◆ 유럽과 일본의 계절감 차이

봄	겨울을 상징하는 무겁게 쌓여 있던 눈이 사라지면, 단숨에 봄으로 돌입한다. 매실과 벚꽃이 차례대로 봄이 찾아온 것을 알리는 일본과 달리, 유럽은 여러 가지 풀이나 나무가 일제히 꽃을 피운다.
여름	여름에는 어디나 기온이 30도를 넘지만, 습도가 낮고 공기가 차가워서 그늘에 들어가면 상당히 시원하다. 다만, 공기가 건조한 만큼, 직사 일광은 일본보다 강렬하다.
가을	여름이 끝나면 우물에 두레박이 떨어지듯 기온이 급격하게 떨어져 일본과 비교하면 가을이라는 계절감은 적다. 낙엽도 노란색과 빨간색 같은 단색이 대부분이라, 일본처럼 노란색과 빨간색이 뒤섞인 낙엽은 보기 어렵다.
겨울	잔뜩 흐린 구름이 하늘을 덮은 경우가 대부분이라서, 쾌청한 날씨는 드물다. 겨울에는 어디나 춥고 어두워서 눈이 내리면 잘 녹지 않는다. 일본의 중부 동해 지방의 호쿠리쿠나 산인 지역과 비슷한 기후지만, 산지를 제외하면 적설량은 적다.

🎯 원포인트 어드바이스

아프리카의 오카방고강은 칼라하리 사막으로 흘러 들어가서 사라지는 역동적인 경관으로 알려져 있으며 하류의 삼각지대는 야생 동물의 보고다.

캐릭터가 살아가는
무대를 창조한다

◈ 종교나 신앙을 그려보자

2장에서 대륙과 지형이 정해졌습니다. 이번에는 종교를 생각해봅시다. 1장 step-3에서 종교의 5가지 패턴을 언급했는데, 이러한 것을 판타지 세계에 맞추어보겠습니다. 종교 차이는 마음에 깊이 뿌리내린 세계 인식이나 가치관의 차이입니다. 그래서 국경선을 그리는 느낌으로 유일신교나 다신교의 분포를 정해가면 좋습니다.

　판타지 세계에 종교를 상정하지 않으면, 판타지 세계의 캐릭터(그 세계에서 살아가는 사람들)는 행동 원리가 모호하고 난잡한 인간 집단이 되어버립니다. 많은 사람이 움직이는 회사를 법인이라고 부르며 하나의 성격을 가진 것으로 취급하듯이, 같은 종교를 믿는 사람들은 비슷한 가치관을 가지게 됩니다. 세계에 공통된 가치관이 있어서 하나의 성격이 부여되었을 때, 한 사람, 한 사람의 개성적인 모습이 더욱 빛을 발하게 됩니다.

◈ 국가나 정치의 구조를 부여한다

4장에서는 다양한 국가의 통치 방법이나 나라의 형태에 관해서 설명하고 있습니다. 여기서부터 판타지 세계다운 부분이 드러납니다. 우선 처음으로 국경선을 어떻게 할 것인가를 생각합니다. 동시에 제국이나 왕국이라는 통치 구조도 부여해나갑니다. 이 작업은 3장의 내용과 번갈아 가면서 진행하더라도 상관없습니다. 또한, 국경선과 종교의 분포를 확실하게 맞출 필요는 없습니다. 이 두 가지에서 차이를 보이는 장소에 이야기나 사건을 끌어내는 계기가 숨어 있기 때문입니다.

　분명히 지도 위에는 제국이나 왕국, 또는 다양한 소국이나 도시국가가 나열되어 있을 것이고, 그러한 것들을 활용해 간단한 스토리를 만들어보는 편이 좋겠지요. '적대 관계'라던가 '오랜 제국'처럼 간단한 메모 정도로 충분합니다. 이것만으로도 나중에 수정하기가 훨씬 편해집니다.

Step 1 종교와 신화

◆ 종교와 신화의 차이는 무엇인가

세계 각지에는 다양한 신화가 있습니다. 가장 유명한 것은 그리스 신화로, 그리스 각지에 주신 제우스를 시작으로 다수의 신을 모시는 신전이 있습니다. 그러나 '올림포스교'와 같은 종교가 되지는 않고, 기독교가 확대되기 전에 사라져버렸습니다. 신화가 종교보다 약하다고 말하고 싶은 것은 아닙니다. 하지만 신화를 시작으로 신들에 대한 제사 의식이나 좀 더 서민에게 친숙한 관습을 만들어내면서 이를 체계화한 종교를 누군가가 만들어낸다, 이러한 생각은 이야기의 기둥이 됩니다. 판타지 세계에서 신화나 종교를 창조하는 것이 가장 중요하다곤 할 수 없지만, 이들은 민족이나 국가의 성격을 부여하는 토대로서 중요한 요소가 됩니다.

종교와 신화 창조의 체크 포인트

· 신화나 종교는 '죽음'에 대한 의문을 풀어내고 공포를 극복하기 위해 태어났다.
· 민족이나 국가의 성격을 말로 설명하는 것은 어렵다. 하지만 종교나 신화를 통해서 기본적인 생사관 등을 제공할 수 있다.
· 일본에서는 종교를 단순히 제도로 보는 경향이 강하다. 결혼은 교회식, 장례는 불교식으로 진행하는 것에 갈등이 없는 이유는 그 때문이다.

나만의 상상에 도전하기
뜻이 명확하지 않은 '종교'

종교라는 단어는 라틴어의 '렐리기오(religio)'가 어원입니다. 이 뜻이 '신에 대한 두려움'에서 유래한다는 설과 생사의 세계에서 항상 드러나는 신비한 힘 전반을 '연결한다'는 의미라는 설이 일찍이 로마 시대부터 있었기에, 예부터 그 어원은 명확하지 않았습니다. 이것은 종교가 인류의 역사와 함께 존재했고, 오랜 역사를 갖고 있다는 증거입니다.

나만의 상상에 도전하기
종교와 정치

내세에서의 구제를 약속하는 종교는 정치 체계에 매우 유용한 느낌입니다. 내세에서 구제받기 위해 필요한 현세에서의 공적을 지배자에게 유리한 내용으로 하면, 그만큼 사회는 안정되고 정치적으로 도움이 되는 인간 집단이 생겨나기 때문입니다. 혼의 문제를 모두 정치와 관련짓는 것은 지나치게 피상적입니다. 하지만 통치를 돕기 위한 수단으로서 종교가 정치의 보호를 받는 것도 사실입니다.

◈ 종교와 신화의 관계

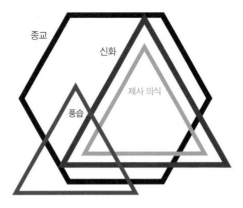

인간은 우선 세계의 다양한 현상을 신화로 설명하고, 신화를 재현하는 제사 의식을 통해서 그것이 옳다는 것을 받아들이게 했다. 제사 정도는 아니지만, 개인적·집단적인 기도라는 관습을 통해서도 신화를 추인하고 있다. 이 것을 체계화, 이론화하여 신화나 제사, 관습을 포괄한 것이 종교다. 복잡해진 종교는 특권 계급이 된 신관이 독점하여 많은 경우, 정치와 연결하여 통치 기구의 톱니바퀴가 된다.

◈ 신의 기능

창조신	우주, 세계를 무의 상태에서 만들어낸 주신. 당연히 현재도 세계가 존속하는 형태에 관여하여 창조를 계속하고 있다. 중국 고대 신화의 '반고'처럼 세계 창조 후에 죽어버린 몸에서 만물이 태어났다는 견해도 있다.
수호신	제사나 관습에서 행해지는 기도를 통해서 신자에게 은혜를 베푸는 신. 신들의 대립이나 세력 다툼 속에서 신자를 획득하기 위해서 은혜를 준다는 패턴도 있다.
재앙신	인간에게 재앙을 가져오는 신. 신들의 대립 관계에서 우위에 서기 위하여 신의 창조물인 인간을 공격한다. 또는 인간에게 추방당한 것을 복수하기 위해 찾아온다.
파괴신	인간에게 세상의 종말을 가져오는 신. 창조신과 대립하는 존재로 그려지기도 한다.
판정신	인간의 선악을 판정하여 그에 적합한 보답을 한다. 사후의 심판, 염라대왕처럼 생사와 관련된 존재로 등장한다.
동력신	세계의 진정한 에너지원으로 존재한다. 마나(mana) 신앙이나 태양 신앙도 이에 가깝다. 현대의 과학만주의도 넓은 의미에서 보면 이에 해당한다. 나아가 거대한 존재로서, 세계 그 자체를 신으로 생각하는 '세계신'도 존재한다.

♘ 원 포인트 어드바이스

"종교의 제사란, 신화로 거슬러 올라가는 과거의 성스러운 사건을 재현실화하는 것이다." - 루마니아의 종교 학자, 미르치아 에리아데

Step 2 유일신교

◈ 튼튼한 신앙이 대립을 낳는다

판타지 세계에서 종교를 그리고자 한다면 유일신교 형태로 만드는 것이 가장 쉽습니다. '하나의 신=하나의 가치관'이라고 생각하면, 등장인물의 행동 원리를 쉽게 고정할 수 있기 때문입니다. 가장 단적인 예가 사교를 숭배하는 적국과의 대결을 그린 롤플레잉 게임 등입니다. 너무 흔한 내용이라고 볼 수 있지만, 적어도 강대한 적의 단결심을 연출하기에는 효과적입니다.

또 하나, 일단 퍼져나간 유일신교를 탄압하기는 쉽지 않습니다. 다만, 신앙이 강인한 만큼, 한번 분열하면 융화되기 어려운 특징이 있습니다.

유일신교 창조의 체크 포인트

· 유일신교의 요소는 문화적, 정치적인 통일감이 강하다고 여겨진다.
· 강렬한 기적으로 사람들을 이끄는 모세나 예수 같은 예언자와 지도자 밑에서는 유일신교로서의 순화나 발전이 이루어진다.
· '사교'는 어디까지나 적대 세력이 붙이는 호칭으로, 스스로 사교라고 칭하는 종교는 없다.

역사 관련 사건

코란인가, 공물인가, 칼인가

이슬람교는 대표적인 유일신교이지만, 다른 종교를 배척하지 않았습니다. 정복지의 주민은 개종하거나, 공물을 바치며 신앙을 지키거나, 아니면 끝까지 칼을 들고 싸울 것인가를 선택했습니다. 설사 피정복자가 개종을 거절해도 그 자손이나 손자가 언젠가는 이득을 얻기 위해서 개종하고 올바른 이슬람의 가르침을 따를 것이라고 생각한 세련된 지배 방법입니다.

역사 관련 사건

신앙을 가른 왕의 사랑

영국 왕 헨리 8세는 왕비 캐서린 오브 아라곤과 이혼하고 그 시녀인 앤 불린과 결혼하려는 것을 로마 교황이 인정해주지 않자, 화가 나서 로마 교회와 결별하고 영국성공회를 만들었습니다. 연애가 낳은 교회의 분열 사례입니다. 하지만 왕의 총애는 오래지 않아 다른 여성에게 옮겨가고, 앤은 살해되고 맙니다. 이 앤의 딸이 엘리자베스 여왕입니다.

♦ 배일신교에서 유일신교로(유대교)

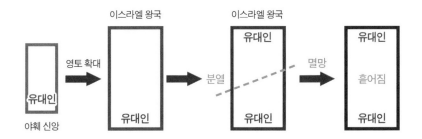

야훼(하나님)를 신앙하는 유대인은 전쟁으로 영토를 넓혀서 이스라엘 왕국을 세우는 데 성공했다. 주변에는 다른 종교가 있었지만, 자신들의 승리는 야훼의 가호 때문이라고 믿고 있었다. 이 무렵엔 다른 종교의 존재를 인정하면서도 야훼 신앙이 최고라고 생각하는 배일신교였다.

이윽고 왕국은 내부 항쟁으로 분열되고, 전쟁에서도 패배하여 유대인은 각지로 흩어지고 만다. 이 고난을 유대인들은 야훼 신앙의 패배라고 생각하지 않고 올바르게 믿지 않았던 자신들에 대한 신벌이라고 받아들이며, 야훼 신앙을 더욱 강하게 만들었다. 유대교는 민족의 고난을 계기로 유일신교로 바뀌었다.

♦ 유일신교의 대립 모델(기독교)

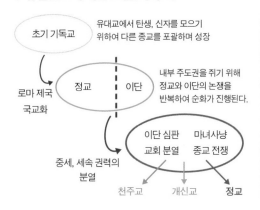

기독교도 유일신교의 대표적인 사례다. 다른 종교에 비해 유일신교는 배타적이라는 인상이 있는데, 실제 기독교 역사에서는 내부 항쟁에 압도적으로 많은 에너지를 사용했다. 기독교가 로마 제국의 국교가 되어, 세속 권력과 강하게 결합했기 때문이다.

유일신교는 제국, 왕국 같은 중앙 집권적인 국가와 친화성이 높다. 그만큼 세속 권력의 흐름에 영향을 받기 쉽다 보니 중세에서 근세에 걸쳐서 종교 전쟁을 시작으로 많은 피를 불렀다.

🌱 원포인트 어드바이스

현재의 천주교는 1965년의 '종교 자유 선언'을 통해서 다른 종교의 가치를 공식적으로 인정했으며, 대립 노선을 버리고 대화 노선을 추진하고 있다.

Step 3 배일신교

◆ 선과 악이 대립하는 세계

배일신교는 '선과 악'의 대립 구조를 세계 질서의 기본으로 삼습니다. 낮과 밤의 반복을 선한 신과 사악한 신의 대립으로 보고, 선한 신의 승리를 기리는 행위가 기원으로 여겨집니다. 대표적인 사례가 고대 이란에서 믿었던 조로아스터교로, 소규모이지만 지금도 신자가 남아 있습니다. 판타지 세계의 관점에서는 이 선과 악, 두 신의 대립 구조를 이야기의 밑바탕으로 사용할 수 있습니다. 배일신교 신앙의 갈등으로 나라가 둘로 갈라지거나, 지배자에 대한 반감이 사교를 믿는 신앙으로 분출되거나, 또는 이 종교를 탄생시킨 신화 자체를 창조하는 것도 가능하겠지요.

배일신교 창조의 체크 포인트

· 빛을 낳음으로써 발생하는 '화염'을 신성시하는 조로아스터교는 배화교(拜火敎)라고도 한다. 불을 사체로 모욕하지 않기 위해서, 새가 시체를 뜯어먹게 하는 조장이 행해졌다.
· 배일신교에서 유일신교가 태어나는 과정에서 정치나 사회의 구조를 바꾸는 큰 드라마를 상정할 수 있다.

역사 관련 사건

유일신교를 낳은 조로아스터교

조로아스터교는 오늘의 이란을 중심으로 하는 고대 페르시아 왕국에서 국교가 되어 단숨에 퍼져나갔습니다. 선악 두신의 대립은 천국과 지옥이라는 내세관이나 유일신 앞에서 펼쳐지는 천사와 악마의 대립이라는 형태로서, 훗날의 기독교나 이슬람교에도 강한 영향을 주었습니다. 특히, 초기 이슬람교는 조로아스터교 신앙의 세계를 기반으로 넓게 퍼져나갔습니다.

명작 체크

흡혈귀 전설의 정체는?

F. 폴 윌슨의 호러 소설 『더 키프(The Keep)』는 제2차 세계대전 중 트란실바니아의 고성에 주둔했던 독일군이 직면한 흡혈귀 전설을 바탕으로 하고 있습니다. 처음에는 호러물이라 생각했던 이야기가 전설을 해석하는 과정에서 선악 두 신의 대립으로 세계를 전환하는 스위치가 되어 가는 의외성이 훌륭합니다. 이처럼 이야기와 신화를 연결하는 것은 판타지 세계에서 이상적인 신화를 창조하는 방법일지도 모릅니다.

◈ 배일신교와 통치의 관계

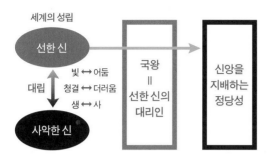

세계의 성립

선한 신

빛 ↔ 어둠
대립　청결 ↔ 더러움
생 ↔ 사

사악한 신

국왕
=
선한 신의
대리인

신앙을
지배하는
정당성

선악 이원론적인 배일신교는 빛과 어둠이 교환되는 내용을 중심으로 세계의 이치를 설명하기 쉽다. 사악한 신의 존재를 인정한다는 점에서 신은 절대적인 존재는 아니지만, 인간을 선한 신의 창조물로 보고 바른 신앙에 의해서 선이 악에 승리한다는 세계관은 유일신교와 마찬가지로 중앙집권적인 세속 권력에 도움이 된다.

◈ 배일신교의 모델(조로아스터교)

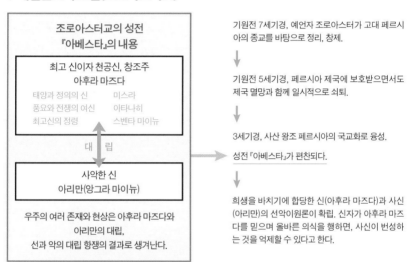

조로아스터교의 성전
『아베스타』의 내용

최고 신이자 천공신, 창조주
아후라 마즈다

태양과 정의의 신　　미스라
풍요와 전쟁의 여신　아타나히
최고신의 정령　　　스벤타 마이뉴

대　립

사악한 신
아리만(앙그라 마이뉴)

우주의 여러 존재와 현상은 아후라 마즈다와
아리만의 대립,
선과 악의 대립 항쟁의 결과로 생겨난다.

기원전 7세기경, 예언자 조로아스터가 고대 페르시아의 종교를 바탕으로 정리, 창제.

기원전 5세기경, 페르시아 제국에 보호받으면서도 제국 멸망과 함께 일시적으로 쇠퇴.

3세기경, 사산 왕조 페르시아의 국교화로 융성.
성전 『아베스타』가 편찬되다.

희생을 바치기에 합당한 신(아후라 마즈다)과 사신(아리만)의 선악이원론이 확립. 신자가 아후라 마즈다를 믿으며 올바른 의식을 행하면, 사신이 번성하는 것을 억제할 수 있다고 한다.

고대 이란을 중심으로 번성한 조로아스터교였지만, 약 1500년에 거친 성쇠의 역사가 있다. 개조이자 예언자인 조로아스터의 가르침이자, 성전인 『아베스타』가 편찬된 것은 1000년 뒤의 일이었다. 신앙의 내면보다 올바른 예식을 진행하는 데 힘을 쏟았던 것은 지배자인 사산 왕조가 쉽게 통치하기 위함일 것이다. 조로아스터교는 7세기에 아라비아 반도에서 생겨난 유일신교인 이슬람교에 의해서 한순간에 밀려났다.

🌱 원 포인트 어드바이스

조로아스터교의 기도는 "나는 스스로 고합니다. 마즈다의 숭배자, 조로아스터의 신봉자이며, 악마의 적이라는 것을……"로 시작한다.

3
장

Step 4 단일신교

◈ 심원한 종교의 기운

고대 인도에서는 단일신교인 브라만교가 번영했습니다. 이것은 광대한 교전을 따르는 복잡한 종교로 알려졌습니다. 단일신교(또는 교대신교)는 매우 이해하기 어려운 종교로, 오른쪽 도표는 단일신교가 발전하는 하나의 패턴을 보여줍니다. 판타지 세계에서는 어떤 국가가 정복하는 과정이나, 한 줌도 되지 않는 엘리트 신관이 신앙만이 아니라 세속적인 지배 체제와 연결되어 가는 배경으로 사용하기에 좋습니다. 브라만 신관들이 소멸한 뒤에 더욱 민간 풍습에 가까운 힌두교의 모태가 되었으며, 그 밖에도 불교나 자이나교와 같은 평온한 종교를 낳은 점은 주목할 만합니다.

단일신교 창조의 체크 포인트

· 다신교를 통합하고 이론화한 종교라고 생각하면 이해하기 쉽다.
· 롤플레잉 게임에서는 자신이 믿는 신의 속성에 따라서 캐릭터가 특수 능력을 얻는다는 설정도 등장한다.

명작 체크
아스테카, 묵시록의 여명

멜 깁슨 감독의 〈아포칼립토〉는 아스테카 제국의 지배 아래에서 행해진 인신 공양물 사냥을 바탕으로 한 액션 영화입니다. 태양신의 부활을 바라며, 살아 있는 사람의 심장을 바치는 잔혹한 제사의 옳고 그름은 제쳐놓고, 신앙의 수단이었던 인신 공양 의식이 언제부터인가 목적으로 바뀌고, 나아가 사회를 약화시킨 어리석은 행동을 야기한다는 이야기로서 풍부한 암시를 담고 있습니다.

역사 관련 사건
카스트에 도전한 시크교

인도 사회에는 브라만교가 쇠퇴한 뒤에도 그 가르침을 계승한 힌두교 아래에서 '카스트'라는 신분 제도가 남았습니다. 그 인도에서 16세기에 번성한 것이 이슬람교의 영향을 강하게 받은 시크교입니다. 유일신 앞에서 사람들은 평등하다는 가르침은 카스트의 하층 계급 사람들에게 지지를 받았지만, 이것이 사회 변동으로 연결되는 것을 두려워한 무굴 제국에 의해 탄압됩니다.

🔹 단일신교의 발전 패턴

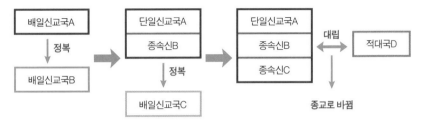

단일신교가 발전하는 사례 중 하나. 전쟁으로 멸망시키고 병합한 배일신교국의 주신을 자국의 신화, 종교 안에 받아들여서 지배의 정통성을 강화한다. 배일신교국A의 신은 단일신교의 주신A로 승격하고, 신B는 종속신이 된다. 다만, 종속신B에게도 일정한 수준의 중요한 역할을 부여한다. 정복이 계속되면, 종교 체계가 복잡해지면서 적대국과의 대립을 종교 문제로 바꾸어서 국내 통합을 추구한다. 15세기 멕시코에서 번영한 아스테카 제국은 이 패턴에 들어간다.

🔹 단일신교의 모델(브라만교)

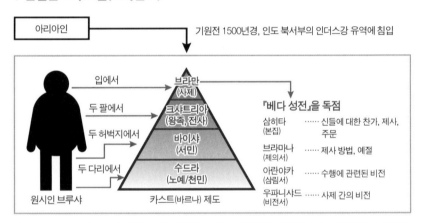

인도에 침입한 아리아인은 발전한 농경 기술이나 군사 기술로 선주민을 지배하면서 인도의 다양한 자연현상을 복잡한 종교 체계로 정리했다. 인간을 4개의 씨족(바르나)으로 나누어 전세의 업(카르마)이 현재의 신분을 결정하며, 현세의 행동이 내세의 씨족을 결정한다는, 지배자 측에게 편리한 종교를 만든 것이다. 브라만은 이 복잡한 지식과 제사를 독점하여, 정치 지배자인 크샤트리아의 보호를 받았다.

> 🎯 **원 포인트 어드바이스**
>
> 인도에는 현재도 2,378종의 직업 차별 카스트가 남아서, 폐쇄적인 신분 제도로서 사회에 깊이 뿌리내리고 있다.

5 다신교

◈ 다양성을 인정하는 평온한 세계

인도의 힌두교나 아시아에 전파된 불교, 일본 고유의 신토(신사 중심의 전통 종교)는 다신교의 대표적인 사례입니다. 역사적으로 보면 이집트 신화, 그리스 신화나 북유럽·게르만 신화, 켈트 신화처럼 신화와 종교 사이에 있는 폭넓은 신앙의 총칭입니다. 많은 신을 인정하는 것은 가치관의 다양성을 인정하는 일이므로, 신앙상의 내부 대립이 생기기 어렵다는 특징이 있습니다. 그럼에도 일본처럼 신토나 슈겐도(일본의 산악 신앙), 불교가 깊이 뒤섞이면서 공존하고, 일찍이 기독교 같은 일신교도 수용하면서 결혼식이나 장례식 같은 의식이나 축제 방식을 그때마다 각 종교에서 선택하는 것을 이상하게 여기지 않는 다종교 사회는 매우 희귀한 존재입니다.

다신교 창조의 체크 포인트

· 다양성을 인정한다고 해서 다른 종교에 관대하다고는 볼 수 없다.
· 많은 신이 고립되지 않고 같은 세계에 살고 있다는 점에서, 의인화된 신들이 등장하는 신화가 생겨나기 쉽다.
· 주로 신봉하는 신의 차이에 따라서 캐릭터에 개성을 부여하거나, 제사 같은 것을 통해서 유사 전쟁을 연출하는 등 활용할 만한 여지가 많다.

역사 관련 사건
라그나로크 -신들의 황혼-

바이킹의 활약으로 알려진 북유럽 신화는 그리스 신화에 필적할 만큼 개성 넘치는 신들과 그 격렬한 싸움이나 장대한 세계 설정으로 훗날의 문학이나 예술, 음악에 강한 영향을 주었습니다. 그중에서도 신들은 멸망하는 미래를 자각하고 있었고, 현재 인간의 시대는 신들이 그들의 적인 거인족과 함께 멸망해버린 이후 폐허에 세워졌다는 허무적인 세계 인식이 특징입니다.

나만의 상상에 도전하기
역사를 만드는 그리스 신화

그리스인은 폴리스라는 도시국가로 나뉘어 있었지만, 그들은 올림포스 신앙을 누리는 같은 문화를 가진 사람들이었습니다. 하지만 독자적인 영웅 이야기를 만들어내고, 그것을 그리스 신화 속에 뒤섞어버리는 폴리스도 있었습니다. 미노타우로스를 물리친 영웅 테세우스는 후발 폴리스였던 아테네가 자국의 지위를 강화하기 위해서 창작한 영웅이라고 여겨집니다.

◆ 다신교의 모델(그리스 신화)

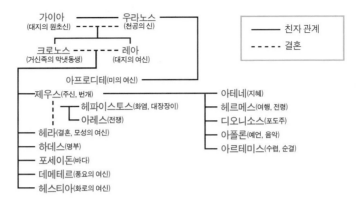

전형적인 다신교인 그리스 신화에서 신들의 관계. 그리스 신화의 종교관에서는 각 신을 모시는 신역, 신전과 제사를 진행하는 신관, 무녀는 존재하지만, 그리스 신화 전체를 포괄한 하나의 종교는 존재하지 않는다. 신자는 제우스를 주신으로 하는 세계관을 인정하면서, 신이 각각 담당하는 기능(자연현상)에 대해서 개별적인 신앙심을 갖고 제사에 참여한다. 또한, 의인화된 신들은 이야기의 소재로서 매우 어울린다.

◆ 고대 로마의 건국 신화

『아이네이스』 …… 로마 건국 서사시.
그리스 신화의 트로이아 전쟁을 소재로 기원전 1세기에 시인 베르길리우스가 작성.

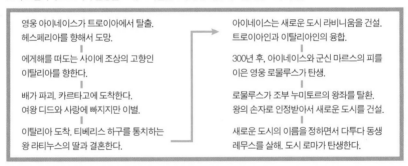

고대 로마는 독자적인 신화를 갖지 않았다. 그리스 신화를 그대로 도입하고 신들을 라틴어명으로 부른다(제우스→유피테르, 아레스→마르스 등). 나아가 그리스 시인 호메로스의 『일리아스』, 『오딧세이아』에서 착상을 얻어 독자적인 건국 서사시를 작성하여, 자신들의 역사를 그리스 신화에 짜 넣었다.

> 🐢 원 포인트 어드바이스
>
> 일본에서는 제도화된 신앙이 적은 반면, 주변에 동조하기를 과도하게 요구하는 사람들의 압력이 크다고 할 수 있다.

Step 6 애니미즘

🔹 자연과의 일체화를 중시한 원시 종교

비교적 원시적인 종교의식이나 기도를 통해 자연의 움직임 속에서 신이나 정령의 존재를 인정한다는 신앙을 애니미즘이라고 부릅니다. 자연을 수용하며, 자연과 대립하거나 개조, 파괴를 바라지 않기에 물질문명으로서는 상당히 원시적인 상태에 머물러 있는 것이 특징입니다. 하지만 그것이 나쁜 것은 아닙니다. 서양에서는 물질문명에 쫓기면서 생활하다 지쳐버린 현대인이 자연을 숭배하는 사람들과 접촉하여 치유되는 혼의 구제 이야기가 인기 있습니다. 일본에서도 오랜 토착 신앙의 대상이 '파워 스폿'이라고 불리면서 알려지고 있는데 그 핏속에 애니미즘에 대한 기억이 있기 때문이겠지요.

애니미즘 창조의 체크 포인트

· 많은 애니미즘에는 정령의 활동 위에 서 있는, 포괄적인 주신이 존재한다.
· 환경 파괴는 애니미즘의 전제를 파괴하는 문화적인 해악이기도 하다.
· 자연숭배가 인류애와 직결된다는 것은 아니다. 부족 단위 규모이긴 하지만, 다툼이나 전쟁도 일어난다.

나만의 상상에 도전하기
애니미즘의 의례

애니미즘 세계에서는 정령과의 교신 능력을 갖춘 샤먼이라는 영매사를 통해서, 영적인 대상과 교신하는 샤머니즘이라는 의례가 등장합니다. 또한, 모든 자연에 정령이 깃들어 있다고 보는 애니미즘의 연장으로서, 그중에서 일부 동식물을 선조나 종족의 상징으로 삼아서 특별하게 숭배하는 의례를 토테미즘이라고 합니다. 토템 폴의 존재로 잘 알려져 있습니다.

역사 관련 사건
오해로 가득한 부두교

중남미의 아이티나 미국의 흑인 노예 사이에는 고향인 중앙아프리카의 애니미즘과 기독교를 융합한 부두교라는 종교가 퍼져 있었습니다. 부두교의 어원인 '부둔'은 서아프리카 언어로 '정령'을 뜻합니다. 좀비 생성 의식을 진행한다는 등 오해를 받고 있지만, 교전이나 교단도 존재하지 않는, 일종의 정령 신앙에 불과합니다.

◆ 세계 각지에 존재하는 애니미즘

아프리카

자연숭배	원숭이, 거미 같은 특수 능력을 갖춘 동물을 신성시한다. 쌍둥이 출산이나 폭풍, 지진 같은 비일상적인 현상의 배후에 신의 뜻이 있다고 생각하여 경원시하며, 의식으로 진정시킨다.
사후세계와 선조 숭배	인간은 육체, 죽게 될 영혼, 불멸의 영혼의 3가지 요소로 이루어져 있다. 선조의 영혼은 사람들 곁에 계속 살아남아서 행운이나 불행을 가져온다.

오세아니아

기원 신화	오세아니아에는 광대한 바다에 섬들이 흩어져 있는데, 그 대부분에 인류와 문명의 기원을 설명하는 구전 신화가 남아 있다.
신관	하와이에서 뉴질랜드에 걸쳐 있는 동폴리네시아에는 신관 계급이 존재한다. 그들의 자제는 일정한 나이가 되면 신관 학교에 들어가서 세계 창세 신화나 선조가 남긴 공적의 구전을 암기한다.
생사관	인류는 현세에 있는 동안에 기술적, 육체적, 생리적인 능력을 발휘하며, 사후에는 자연현상을 움직이는 능력을 얻는다. 복수의 능력을 얻기 위해 자살하기도 한다.

북아메리카 원주민

자연숭배	자연계에는 선악의 다양한 정령이 머무르며, 인간의 삶은 그들과의 우호적인 관계로 이루어진다고 생각한다. 결과적으로, 부족의 관습을 존중하는 것을 가장 우선한다.
수호령	정령에 둘러싸여서 생활하는 동안에 자신을 지켜주는 것이 수호령이다. 성인의 의식으로서, 수호령과의 대화를 위해서 단식이나 고행을 진행하기도 한다.
샤먼	예언, 정령과의 교신, 병을 고치는 등 수호령에게서 초자연적인 능력을 얻은 인간은 샤먼(주술사)으로 존경받는다.

아마존 원주민

정령	자연을 정령이 사는 광대한 신전이라고 본다. 인간에게 깃들어 병의 원인이 되는 것을 막기 위해서 다양한 의식을 행한다. 의식을 통해 몸에서 분리된 샤먼의 혼이 악령에 씌어 병에 걸린 인간을 원상태로 돌아오게 하는 치료도 있다.

극지의 원주민

천지창조	인간이 살아가는 천지는 일단 대홍수로 잠긴 뒤에 바닷속에서 떠올라 탄생했다는 구전이 많은 부족에서 전해진다. 험한 자연에서 살아가기 위해 의식이나 기도 대부분은 식량을 인간에게 가져다주는 동물이나 바다의 정령에게 바친다.

공통

정령과 최고신	자연은 정령으로 가득 차 있으며, 삼라만상은 정령이 하는 일이라고 설명한다. 또한, 부족 단위로 최고신과 같은 존재를 가진다.
성인식	부족의 구성원이 되는 통과 의례로서 성인식이 중시된다. 다만, 여성은 자연적으로 수태라는 능력을 받는다고 보기에 위험한 통과 의례는 없다.

> 🔰 **원 포인트 어드바이스**
>
> 부족이란 공통적인 언어나 습관, 문화를 가진 일정한 인간 집단을 가리킨다.

Step 7 정치와 종교

♦ 오래됐지만 새로운 서로의 관계

판타지 세계 구축만을 우선시하여 객관적인 시선을 가지려고 노력하면 정치나 종교가 서로를 이용하는 관계에만 신경 쓰는 경향이 있는데, 이 두 가지에는 결정적인 차이가 있습니다. 그것은 각각 목적이 '통치'와 '혼의 구제'로 다르다는 점입니다. 극단적으로 말하면, '백 명의 희생으로 1만 명을 구한다'는 문제가 생겼을 때, 그 백 명을 평등하게 골라내는 방법을 생각하는 것이 정치이며, 한 사람도 희생되지 않는 길을 포기하지 않고 찾는 것이 종교입니다. 이 차이가 애매해졌을 때, 종교는 정치적으로 타락할지도 모릅니다. 그러니 종교는 죽음을 두려워하는 사람들의 혼을 구제하는 일이 우선이라는 원칙을 소중히 여겨주십시오.

정치와 종교 창조의 체크 포인트

· 정치와 종교는 불가분의 관계다. 하지만 양자의 결탁에 대한 비판은 종교와 정치 내부에 항상 존재한다.
· 정교분리는 현대 사회에서 많은 국가의 기본적인 자세가 되어 있는데, 신앙을 갖지 않은 지도자가 반드시 훌륭한 정치 지도자인 것은 아니다.

역사 관련 사건

종교를 낳지 않은 중국

중국에서는 처음으로 경험한 긴 전란기인 춘추전국시대(기원전 770~221년)에 제자백가라고 불리는 많은 사상가가 등장하여, 다양한 사상이 태어났습니다. 하지만 중국의 문명에서는 정치에서 분리되어도 침투성을 가지는 강력한 종교는 태어나지 않았습니다. 내세의 구제보다도 현세 구제를 우선시하여 선조의 영혼을 숭배하는 중국의 독특한 생사관이 낳은 현상이겠지요.

나만의 상상에 도전하기

신은 죽었다!

유럽은 기독교 사회입니다. 하지만 15세기 르네상스 이후, 사상가나 지식인은 교회의 지배로부터 어떻게 인간의 합리적인 정신을 해방할 것인가를 과제로 여겼습니다. 그러나 진실을 주장해도 방법이 틀리면 이단으로 치부되어, 최악의 경우 처형되었습니다. 유럽의 사상은 이러한 긴장감 속에서 연마되었고, 19세기 철학자 니체에 의해서 종교에서 해방되었습니다.

◈ 정치철학으로 탄생한 유교

고대 중국(은, 주 왕조)

다신 숭배, 선조신 숭배, 점술 정치 ⟶ 최고 신인 천제 숭배. 왕은 천명을 받아서 민중을 지배했다. 선조 신앙과 합쳐져서 정치 제도, 사회 제도가 정비되었고, 종교상의 결정은 '예(禮)'라고 불린다.

| 유교 | 기원전 6세기에 공자에 의해서 창설된 철학 일파. |

| 가르침의 내면 | 인간관계의 조화와 안정
군신 간의 충의
부모와 자식 간의 배려 | ⟶ | 현세의 이익 | 다른 종교와 달리, 내세의 구제 등을 상정하지 않는다. 모든 것은 현세의 질서, 군신 간의 충의 유지를 추구한다. |

방법 당시 중국은 춘추전국 시대라고 불리는 전란의 시대로서 사회적인 안정을 바랐다. 공자는 잃어버린 주 왕조의 '예'를 부활시켜서, 편집·창조하여 의식으로 체계화했다.

목적 인간관계를 조화롭게 이끌기 위해서 사회생활을 의례화하여, 복장의 색깔이나 모양, 취해야 할 자세 등 생활의 행위 하나하나에 의미를 붙이고자 했다. 사회적인 지위가 높은 사람에게는 책임에 따른 자세를 요구했다.

결과 전국 시대가 끝나고 통일 왕조인 한 제국이 세워지고 유교가 국교화해 유교 학자를 대우했다. 지배자에게 유용한 교의에 주목하여, 사회 규범으로 추천했다.

◈ 과학 시대의 종교

| 이성의 시대 | 19세기 초, 프랑스 혁명 이후 유럽에서는 종교를 대신하여, 이성이나 과학을 통해 인간이 진보한다는 생각이 널리 퍼져나간다. |

의학·화학 물리·천문 의 신발견 ⟶ 인간을 구제하려면 과학적인 방법을 이용하는 것을 멈추지 않고 완성해야만 한다.
-과학자 폴 랑주뱅

결 과
환경 파괴, 대량 파괴 병기, 핵에너지, 클론 기술처럼 인류가 제어할 수 없는 기술과 윤리적인 문제를 낳게 되어, 과학 만능 신앙이 흔들리고 있다.

◈ 의식의 정치적·상업적 이용

| 모양이 바뀐 종교 의례 | · 전체주의 국가, 사회주의 국가 등에서 등장하는 정치의식에 사람을 대량으로 동원함으로써 일체감을 연출하고, 국위를 선양한다.
· 올림픽, 축구 월드컵 같은 대규모 스포츠 이벤트에서 국경을 넘어선 일체감을 연출하고, 경기를 통한 고양, 높은 성적에 의한 국위 선양이나 영웅 탄생 신화. |

> 🌱 **원 포인트 어드바이스**

과학 만능을 뒷받침하는 실증주의는 논증이나 관찰을 중시하지만, 원인이나 기원에 주의를 기울이지 않아 과학의 독선과 폭주를 낳는 한 요인이 된다.

Step 1 제국

◆ '왕 중의 왕'이 통치하는 광대한 영토

판타지 세계에서 제국은 그다지 좋은 모습으로 다루어지지 않습니다. 한 지배자 아래에 복수의 나라나 민족이 속해 있다는 점에서 정복자라는 강압적인 느낌이 들기 때문이겠지요. 또한, 황제는 신분이 너무 높고 다양한 업무에 연관되어 있어서 전체적인 모습을 보여주기 어렵다는 것도 문제입니다. 하지만 제국도 항상 지배자라고는 할 수 없습니다. 확장을 멈추고 수비에 들어간 순간, 그때까지 기세에 밀려서 무시되었던 다양한 문제가 터져 나옵니다. 그럴 경우 제국의 크기가 문제가 되어 빠르게 대처할 수 없게 됩니다. 이러한 문제를 생각하다 보면 아이디어가 떠오르게 마련입니다.

제국 창조의 체크 포인트

· 반드시 제국이 광대한 영토를 가진 대국이어야만 하는 건 아니다. 다만, '왕 중의 왕'이라는 전제를 준비하지 않으면 제국이라고 하기에 부끄럽다.
· 지배받는 사람들 사이에는 제국 신민이라는 의식이 쉽게 생기지 않는다. 확장을 멈춘 제국에서는 신민의 일체화가 과제가 된다.
· 본래의 왕국 국민에 대해서는 '왕', 지배 지역에서는 '황제'라는 이중 체제도 드물지 않다.

역사 관련 사건
제국주의란?

제국주의라는 말을 자주 사용하는데, 이것은 공업 제품을 수출하고 자원을 수확할 목적으로 광대한 식민지를 지배한 19세기의 서유럽, 특히 영국이나 프랑스의 사상이나 정치 체제를 가리킵니다. 두 번의 세계대전은 제국주의의 결과였는데, 현재도 국제적인 관계 속에서 군사력이나 권력을 휘두르는 행위는 제국주의라고 비난받습니다.

역사 관련 사건
대한제국 수립 배경

19세기 말 조선은 외세의 침입과 간섭으로 자주성을 위협받는 상황에서 황제를 칭함으로써 중국과 동격의 독립국이 되고자 하는 사상을 바탕으로 대한제국을 수립합니다. 일본이 '대일본제국'이라 칭한 것에 대한 경쟁의식도 있었겠죠. 그만큼 제국이란 명칭의 무게를 잘 보여줍니다. 각국은 직간접적으로 이를 승인했지만, 열강 대부분은 대한 제국 수립을 반기지 않았습니다.

🌢 새로운 제국과 오래된 제국 각자가 안고 있는 문제

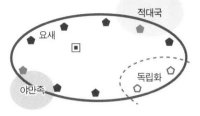

광대한 영토에 복수의 나라, 문명을 포용하는 제국은 성장기와 쇠퇴기에 다른 성질의 문제를 갖지만, 문제의 근본은 같다.

새로운 제국	오래된 제국
· 군사 정복으로 성장하면 지도자의 지도력에 의존하는 경향이 높고, 예측하지 못한 사태의 영향을 받기 쉽다. · 급성장이 멈추면 군사에서 내정으로 단번에 전환할 필요가 있어서 비대해진 군인을 다루기 어려워진다. · 단기간에 복수의 통치 제도를 포용하기 때문에 후계자의 능력이 부족하면 내부에서 붕괴하기 쉽다. · 수도의 천도가 필요해져 본국이 쇠퇴한다. · 피지배자와의 관계에서 오랜 반감이 남는다.	· 국경 방어에 자원을 소비하며, 지원이 정체되면 먼 지역이 독립 성향을 갖게 된다. · 관료제가 부패하면서 내부 부담이 커지고, 군사 행동을 일으키기 어렵다. · 전쟁으로 얻는 이익이 적기 때문에 국경 밖에서 새로운 세력이 일어나는 것에 대처하는 속도가 늦어진다. · '지배'의 부작용으로 인하여 국내의 빈부 격차나 차별이 만연하며, 개혁도 기득권층의 반대로 어려워진다.

🌢 '제국'이라는 개념의 응용

제국이라는 말은 황제가 지배하는 나라라는 원형에서 벗어나 다양한 개념을 포함하는 용어로도 사용된다.

영토적인 제국	직접 정복하거나 통치하여, 황제(통치 기구)의 의사를 강제하는 지배 구조. 조세 수입이나 영토적인 안정감은 있지만, 정복지에는 상시, 또는 장기간 군을 주둔할 필요가 있으며 영토 확대에도 한계가 있다.
패권적 제국	물리적인 영향력을 행사할 수 있는 능력을 갖추면서, 간접적으로 지배하는 구조. 황제의 뜻에 따르는 한, 자치권이나 자유를 인정받는다. 역사적으로는 중국의 역대 왕조나 7개의 바다를 지배한 대영 제국 등이 해당한다.
정치·경제적 제국	제국이 가진 중앙집권적인 이미지에서 벗어나 개인, 소수의 집단이 지배하는 정치 그룹을 통칭한다. 어떤 업계의 독점적인 지위가 다른 업종에도 강한 영향을 미치는 기업에도 사용한다(예: 컴퓨터의 기본 OS 프로그램 등).

🌰원포인트 어드바이스

히틀러가 지배한 나치 독일은 신성 로마 제국, 프로이센 제국에 이어 독일인의 3번째 제국이라는 정치 선전을 위해서 '제3제국'이라고 자칭했다.

Step 2 왕국

♦ 현대로 이어지는 국가 통치의 기본형

부족이나 민족을 통솔하던 수장과 그 일족에서 발전한 것이 왕국입니다. 그래서 한 국가가 한 민족을 통치한다는 기본이 비교적 잘 지켜지고 있으며, 통치 형태로서는 상당히 안정되어 있습니다. 지역이나 민족에 바탕을 두고 있으며, 언어나 종교를 통해서 문화적인 통일감이 있다 보니 그 뿌리가 깊습니다. 그래서 제국 등에 복종하는 일은 있어도, 제국 쇠퇴 후에 다시 왕국으로 부활하는 것도 자연스럽습니다. 물론, 군사 강국이 되어 제국이 되기도 하지만 판타지 세계에서 왕국이란, 한 민족, 한 국가를 안정적으로 통치하는 존재라는 기본은 지키는 게 좋겠지요.

왕국 창조의 체크 포인트

· 킹덤(Kingdom, 왕국)이라는 단어는 King(왕)의 dom(영지)이라는 어원에서 생겨났다.
· 왕가끼리는 혈연관계가 있기 때문에 상대국을 멸망시키고 영토를 병합하려는 사례는 드물고, 서로 왕가의 존속을 전제로 하여 안정시키려고 한다.
· 부부가 각자 다른 왕국의 왕, 여왕이라는 '연합 왕국'도 존재한다.

나만의 상상에 도전하기
왕족의 후예가 인정받는 이유

왕국은 한 부족, 민족의 지도자가 건국했다는 전제가 있다 보니 정도의 차이는 있지만, 사람들은 자신들의 왕이나 왕족에게 애착을 갖거나 공경하는 마음을 갖습니다. 그래서 이민족의 오랜 지배에 시달린 사람들에게 옛 왕족의 후계는 민족의 구세주 같은 존재가 됩니다. 때때로 반란군의 수령이 왕가의 후예라고 칭하는 것도 그러한 이유 때문입니다.

역사 관련 사건
벨기에 왕의 폭주

벨기에 왕국은 19세기에 입헌군주제가 되었는데, 국왕 레오폴드 2세는 나라 안에서는 좋은 왕으로서 인기가 있었습니다. 하지만 왕의 사유지로 인정받은, 상아나 고무의 산지로 유명한 아프리카 중앙의 콩고 독립국에서는 다른 이의 방해를 받지 않고 가혹하게 수탈하여 비난을 받았습니다. 이 노예 노동에서 1,000만 명의 콩고 주민이 목숨을 잃었다고 하며, 그 상처는 지금도 남아 있습니다.

◈ '왕국'의 역사적인 추이

1) 상대적인 지위에 바탕을 둔 왕제

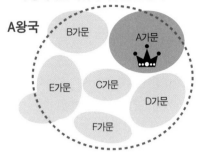

A왕국

주로 유럽 중세에는 왕가의 단절 등으로 국왕이 부재한 경우, 이전 왕가의 혈통이나 상대적인 힘의 관계를 바탕으로 유력한 귀족 중에서 새로운 왕이 정해졌다. 그림의 A가문은 대외적으로는 A왕국의 국왕이지만, 국내에서는 유력한 귀족 중에서 제1인자라는 지위에 불과하며, 외부에서 군사 침공을 받지 않는 이상, 결속은 어려웠다. 또한, 왕은 귀족의 영지에는 개입할 수 없어서, E가문처럼 왕국 밖으로 세력을 넓혀서 새로운 영토에서 왕을 칭하는 사례도 등장한다. 귀족끼리의 혼인을 통해서 단절된 귀족의 영지를 A가문이 상속하여 왕권을 강화하는 예도 있다. 프랑스의 카페 왕조나 독일의 신성 로마 제국이 좋은 사례다.

2) 절대 왕제

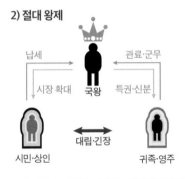

귀족은 광대한 영지를 경영하며 생계를 꾸렸지만, 농업 생산은 결국 한계에 이르게 된다. 한편, 화폐경제가 활발해지면서 상업에 종사하는 시민이 경제력을 보유하게 되고, 귀족과 맞서기 시작한다. 양자의 힘의 균형 위에서 있는 것이 절대 왕제다. 귀족은 부담이 된 영지 경영을 포기하고 국왕 밑에서 관료나 군인으로서 일하며, 그 대신에 귀족의 신분과 특권을 보증받는다. 이렇게 얻은 군사력으로 국왕은 영토를 확대하며 시장을 넓히고, 시민은 납세를 통해서 왕권과 그 지배 구조를 지탱한다. 하지만 시민의 경제력은 성장을 계속하여 이윽고 귀족의 특권 신분을 폐지하기 위해 시민 혁명을 일으킨다.

3) 입헌군주제 등의 전제 왕제

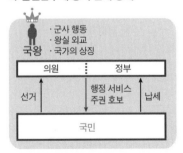

국가의 주권을 국민이 쥔 경우에 국왕은 국가, 국민의 역사나 통치, 양식의 상징으로 남아 국정에 대한 결정권을 갖지 않지만, 수상, 관료의 임명이나 군의 명목상 최고 사령관, 또는 왕실 외교의 주역 등 국가 행위를 담당하게 된다. 19세기 영국은 빅토리아 여왕 아래에서 공전의 번영을 이루었지만, 여왕은 '군림하지만 통치하지 않는다'라고 일관하며, 국민만이 아니라 외국 여러 나라의 존경을 얻었다. 또한, 자녀의 혼인을 통해서 유럽의 대다수 왕가와 혈연관계를 맺게 되었다.

🌱 **원 포인트 어드바이스**

판타지 세계에서 의식이나 장식, 왕족의 자세나 사고방식은 프랑스 왕국을 염두에 두고 응용하는 사례가 많다.

Step 3 연방·군주국

◈ 판타지 세계에 어울리는 친근한 군주

도로가 빈약하고 연락 수단도 없었던 중세 시대에 광대한 영토를 통치하기 위해서 생각한 것이 '연방'이라는 체제입니다. 이에 따라서 각지에 '작은 왕'이 탄생합니다. 이러한 영주는 판타지 세계에서 빠지지 않는 존재입니다. 그들은 농민을 통치하는 것만으로도 한계였기 때문에 영지에서 일어난 문제들은 외부 사람에게 해결을 의뢰할 수밖에 없습니다. 만약 영지의 혼란이 외부에 알려지면, 경쟁자가 개입할 여지를 줄 수도 있습니다. 모험가가 머무는 숙소에 영주의 부하가 찾아와서 '실은 자네들에게 긴히 부탁할 것이……'라고 하는 장면은 이러한 배경에서 태어났습니다.

연방·군주국 창조의 체크 포인트

· 제후에게 영지를 맡기는 왕국 또한 직할지에서는 한 사람의 영주에 불과하다. 국왕은 연방의 상황에는 거의 개입할 수 없다.
· 주종의 의무를 지키는 이상, 소영주인 기사는 복수의 제후나 왕을 모실 수 있었다.
· 토지를 맡기고 군역을 요구하는 봉건제는 아시아에서도 널리 시행된 제도.
· 화폐경제가 진행되면 농민의 수확으로 살아가던 영주는 몰락한다. 대신에 국왕의 대리인인 징세 청부인이 농촌을 지배하게 된다.

나만의 상상에 도전하기
돌을 던지면 왕자가 맞는다

영어로 '프린스(Prince)'라고 하면 '왕자님'을 뜻하지만, 독일어로는 '제후의 자식'도 포함합니다. 그래서 300개의 연방이 존재한 독일에서는 어디에나 왕자님이 있었습니다. 『백설 공주』를 시작으로 유럽의 동화에는 '어느 나라 왕자님이……'라는 장면이 종종 등장하는데, 이건 절대로 과장이 아니라 왕자가 의외로 흔한 존재였기 때문이겠지요 (일본의 히메[姬]도 영주의 딸을 포함합니다-역자 주).

그때, 일본에서는
황제의 신하가 된 아시카가 요시미쓰

일본은 헤이안 시대에 스가와라노 미치자네가 당나라에 파견한 조공 사자인 견당사를 중지한 이래, 중국의 책봉에서 벗어나 아시아에서는 몇 안 되는 독립국이 되었습니다. 하지만 당시, 중국을 지배하고 있던 송 제국과의 교역을 원하던 아시카가 막부의 3대 쇼군 아시카가 요시미쓰는 일본 국왕으로서 나서서 책봉을 받았습니다. 이 관계는 오래 이어지지 않았지만, 스스로 책봉을 요구한 미치자네는 후세에 비난을 받았습니다.

◆ 연방과 왕권의 관계

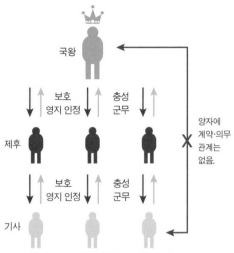

연방=공국, 백국, 자작국, 남작국, 기사단국, 사교국 등

중세 이후 유럽에서는 '연방'이라고 불리는 다수의 반독립국이 존재했다. 본래는 독립국이었지만, 왕권이 강화되면서 군신 관계를 맺고, 반독립국이 된 것이다.

제후라고 불리는 연방 군주는 국왕에게 충성과 군무를 약속하고, 국왕은 제후의 권위와 영지를 보호하는 계약 관계다. 제후는 더욱 규모가 작은 영지를 운영하는 기사들과도 같은 종속 관계를 맺고 있었지만, 국왕은 이러한 기사에게는 권한을 갖지 않는다. 이러한 종속 관계를 봉건 제도라고 부른다. 그중에는 국왕과 직접 봉건 관계에 있는 기사도 있다. 연방도 독립국이라고 해도 될 만한 규모부터 마을 정도 크기까지 지역의 사정에 맞추어 다양했다.

◆ 중화사상 속 봉건제도

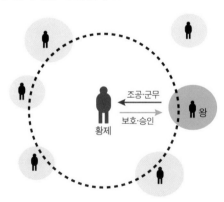

동아시아에서는 중국의 황제를 중심으로, 황제와 근린 제후, 민족의 수장 사이에서 맺어진 책봉이라는 군신 관계가 오랫동안 이어졌다. 중국에서 보았을 때 직접 통치가 미치는 범위 밖을 억지로 지배하려고 하기보다는 그들의 수장을 왕으로 인정하고 종속시키는 것이 편했다. 또한, 책봉을 받는 쪽에서도 황제의 위광을 이용할 수 있다는 이점이 있었다. 중국은 책봉국과만 교역한다는 원칙을 갖고 있었는데, 책봉국은 종속의 증거로 공물을 바치고, 황제는 막대한 선물로 보답했다. 이 조공 무역이 책봉국에는 매력이 있었다.

🛡 원 포인트 어드바이스

왕권이 빨리 강화된 프랑스에 비해 독일은 19세기까지 연방이 할거하고 있었다. 그중에서 하나의 연방이면서도 왕국으로 승격한 바이에른 왕국도 존재한다.

Step 4 소국

판타지 세계의 열쇠를 쥔 작은 나라

중세 유럽은 약육강식의 이미지가 있는데, 대국과 함께 수많은 중소국이 존재했습니다. 대국의 생각에 휘둘려서 조금이라도 방향을 잘못 잡으면 병합되어버리는 소국이 살아남기란 어려운 일입니다. 그 생존 조건을 생각하는 것만으로도 이야기가 하나둘씩 만들어질 만합니다. 또한, 앞에서 설명한 연방과 큰 차이가 없어 보이기도 하지만, 소국도 주권 국가로서, 또는 왕가를 가진 존재로서 격식의 차이는 중시하면 좋을 것입니다. 대국처럼 정해진 형태가 없는 소국만의 존재 이유를 발견하면, 판타지 세계에서 무언가의 열쇠가 될 수 있는 매력적인 무대가 되겠지요.

소국 창조의 체크 포인트

· 영토는 넓어도, 인구나 산물이 적은 나라는 소국으로 취급한다.
· 중화사상 아래에서는 조공하지 않는 소국은 전부 야만족으로 취급했다.
· 대국이 소국에 손을 대지 않는 건 비용에 어울리는 매력이 없기 때문이다. 침공한 소국이나 다른 나라가 적의를 품어 생기는 손실보다 이익이 작게 마련인데, 이런 건 모두 지배하는 쪽의 입장일 뿐이다.

역사 관련 사건
공포가 낳은 복지 국가

스웨덴이나 핀란드 같은 현재의 북유럽 여러 나라는 복지 국가로 알려졌습니다. 인구가 적은 소국임에도 풍요롭다는 측면이 있는데, 진짜 이유는 전후 소련 공산주의의 위협에 맞서서 국민이 공산주의에 빠져버릴지도 모른다고 두려워한 각국 정부가 국민에게 복지를 베풀어서 정부에 대한 의존도를 높이기 위함이었습니다. 세계 각국의 사회 복지 모델이 되기도 했지만, 그 배경에는 이런 사연이 있었습니다.

나만의 상상에 도전하기
중립국이라는 생존법

소국이 살아남는 전략으로 중립을 선언하는 방법이 있습니다. 하지만 일단 전쟁이 일어나면, 대국의 생각 앞에서 중립 의사 따위는 무시되기 일쑤입니다. 중립을 표방하려면, 손을 대면 크게 다칠 수 있다는 각오를 대국에 보여줄 만한 군비가 꼭 필요합니다. 또한, 무기는 외국에서 구하기 어려운 만큼, 독자적인 병기 산업을 갖추어야 할 필요도 있습니다. 중립으로 평화를 얻기 위한 비용은 절대 저렴하지 않습니다.

◈ 소국 성립의 모델

제국·명가의 잔재

인공적인 완충국

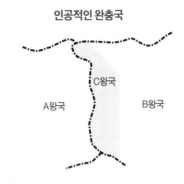

큰 제국이 주변국에 영토를 빼앗겨 소국이 된 상태. 구제국의 권위가 남아 있으면, 멸망시켰을 때 외교적 반발이 심해서 주변국이 존속을 인정하는 사례도 많다. 고대 중국의 주 왕조나 일본의 무로마치 막부 등이 해당한다.

전쟁의 결과로 새로운 나라를 만드는 사례가 있다. 그림은 A왕국과의 전쟁에서 패한 B왕국의 영토 일부에 완충국으로서 C왕국이 세워진 모델이다. 대개 C왕국은 A왕국의 괴뢰이며, 소수 민족의 거주지가 그대로 국경선이 되는 경우도 많다.

◈ 스위스의 독립

1315년의 원초 3주
1513년까지 가맹한 주
---- 현재의 국경

취리히
주크 슈비츠
루체른 모르가르텐
베른 운더발텐 글라루스
우리

1315년 11월, 스위스 정복에 나선 합스부르크가의 기사 군단을 스위스의 농민병이 모르가르텐에서 습격하여 격파했다. 스위스는 합스부르크가의 지배에 대해서 1291년에 원초 3주가 자치 독립을 선언하여 영구 맹약을 맺고, 100년의 투쟁을 거쳐 자치 독립을 획득했다. 그 원초 3주를 시작으로 스위스는 서서히 가맹 자치령을 늘려나갔다. 영세 중립국의 지위는 오랜 세월 동안 부단히 노력해 얻은 것이다. 최초의 3주 중의 하나인 슈비츠주는 스위스라는 나라 이름의 어원이 되었다.

🌐 원 포인트 어드바이스

스위스는 금융이나 정밀 기계 공업 외에도 관광 국가로도 알려졌다. 관광 자원은 착취할 수 없고, 보통 그 지역 경제에만 도움이 되기 때문에 정복해도 별 이익이 없다.

Step 5 도시국가·자유도시

◈ 판타지 세계 속 문명의 작은 섬

농업의 발전을 통해서 생겨난 마을 중 일부는 발전을 계속하며 도시로 성장합니다. 나아가 일부 도시는 도시국가로서 자치 독립을 인정받게 됩니다. 다만, 우리가 상상하는 중세 도시는 화폐경제가 상당히 안정된 중세 말기의 도시 경관이나 생활 방식으로서, 조금 획일화된 경향도 있습니다. 실제로는 각 도시의 풍토나 독자의 문화에 바탕을 둔, 개성이 넘치는 공간입니다. 영토가 작아서 가능한 것인데, 단순한 물자나 정보 수집 장소로서가 아니라, 성립의 역사나 경관 등 둘도 없는 개성을 가진 존재로서 파고들어야 합니다.

도시국가·자유도시 창조의 체크 포인트

· 고대의 도시국가 대부분은 노예의 노동을 전제로 운영하고 있었다.
· 고대 그리스의 도시국가에서 통치 제도가 상세하게 알려진 것은 아테네뿐이다. 당연히 도시국가의 수만큼 제도도 다양하기 때문에 대범하게 창조할 수 있다.
· 도시에서는 시민과 그 이외 인간의 격차가 크기 때문에 단순히 거주자가 되기는 쉬워도, 시민권이나 참정권과 같은 권리를 얻기란 상당히 어렵다.

명작 체크
『바다의 도시 이야기』

'아드리아해의 여왕'이라고 불리는 베네치아공화국은 약 천 년에 걸쳐 번영한, 유럽을 대표하는 도시국가입니다. 시오노 나나미가 쓴 이 『바다의 도시 이야기』에는 베네치아의 역사가 훌륭하게 묘사되어 있습니다. 도시국가의 탄생부터 전성기, 그리고 멸망이라는, 각각의 시대에서 도시국가이기에 일어나는 문제, 그리고 중세 상업의 구조 등 판타지 세계를 창조할 때도 참고할 만하겠지요.

역사 관련 사건
국가를 능가하는 도시 동맹

도시를 거점으로 하는 상인은 직업 특성상 다른 도시 상인과 연대하지만, 그들은 동시에 도시 참사회의 일원으로서 도시 행정을 좌우하는 위치에 있다 보니 점차 그 연대 관계가 도시 동맹으로 발전합니다. 이렇게 하여 발트해 연안 독일의 도시에서 탄생한 것이 한자 동맹입니다. 상업 경제를 무기로 삼아 그들은 국가조차 넘어서는 존재가 되었지만, 발트해 경제권이 쇠퇴하면서 동맹은 해소되었습니다.

◈ 도시국가의 모델(고대 그리스)

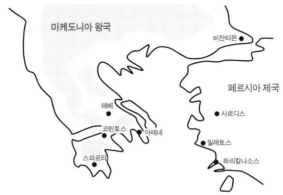

고대 그리스에서 탄생한 폴리스는 도시국가의 대표적인 사례다. 고대 그리스인은 종교나 언어, 올림피아 경기 등 동일한 가치관을 갖고 있었지만, 정치적으로는 그들 스스로 통일하지 못했다. 국토가 산으로 되어 있어서, 육지보다 해상 교통 쪽이 편리했던 점도 그 이유 중 하나다. 위기에 처하면 일치단결하기도 해서, 기원전 480년에는 페르시아 제국의 침략을 저지했다.

◈ 도시국가의 통치 제도

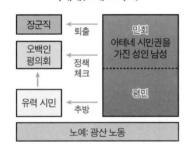

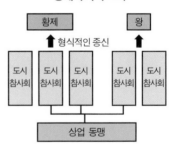

아테네에서는 유력 시민에게 선출된 오백인 평의회의 정책을 민회가 검토해 균형을 유지했다. 귀족 정치를 타도해 만들어진 민주주의이지만, 이윽고 선동 정치가의 등장으로 흔들리며, 중우정치에 빠져버렸다.

중세 유럽의 도시는 유력한 시민(대상인, 길드장) 같은 이들 20~30명이 모인 참사회가 정책을 결정했다. 그들은 국경선을 넘어선 상업 네트워크를 만들어서 봉건 영주나 귀족의 무력에 대항하는 힘을 얻었다.

> 🗨 **원 포인트 어드바이스**
>
> 중세의 많은 도시는 영주가 손을 댈 수 없었고, 도시로 도망친 봉건 영주의 농노는 일 년 하고도 하루가 지나면 억압된 신분에서 해방되었다.

Step 6 변경

🔸 새로운 세계가 태어나는 곳

중앙에서 멀리 떨어져 통치가 미치기 어려운 지역을 '변경'이라고 부릅니다. 그렇다고 사람이 없는 땅이라는 말은 아니며, 어디까지나 제국이나 왕국의 통치권력이 미치지 못한다는 뜻입니다. 변경에는 변경 나름의 삶이 있어서, 중앙에서는 알기 어려운 독자적인 생활 방식이 갖추어져 있었습니다. 다만, 문명화된 인간이 살기 어려운 장소임은 분명합니다. 변경을 넘어서 찾아오는 정복 민족, 막대한 부를 낳는 희소 자원의 발견처럼, 변경은 때때로 사회를 바꾸는 거대한 동력원이 됩니다. 변경을 무대로 판타지 세계를 구성하기는 어렵지만, 변경을 빼놓으면 안 됩니다.

변경 창조의 체크 포인트

· 변경은 무조건 사람이 살 수 없는 토지라고는 할 수 없다.
· 주로 이동 수단이 부족해서 변경이 생겨난다. 도로나 철도처럼 기술이 발전하면 변경을 극복하게 된다.
· 같은 이유로 중앙에서 변경으로 눈을 돌리는 경우, 본래 변경에 살던 주민에게는 대개 큰 재앙이 된다.

역사 관련 사건	나만의 상상에 도전하기
변경에서 나타나는 충격	**Go West!**

기원전 7세기, 당시에는 변경이라고 할 수 있던 아라비아반도의 한 부족에서 시작된 이슬람교는 한순간에 반도를 석권하고, 대제국 사산 왕조 페르시아를 멸망시켰습니다. 당시 사산 왕조는 비잔틴 제국과의 전쟁에 여념이 없어서 이슬람교의 확장에 대처하지 못했습니다. 하지만 사산 왕조의 멸망을 기뻐하던 것도 잠시, 이번에는 비잔틴 제국이 전쟁에 휘말리고 맙니다.

태평양에 면한 서해안은 미국 영토가 되었지만, 주민은 거의 없는 상태였습니다. 하지만 1848년에 캘리포니아에서 금이 발견되자 "서쪽으로!"라는 구호와 함께 골드러시가 막을 열고, 한순간에 도시나 마을이 생겨났으며, 그 사이를 연결하는 역마차가 달리기 시작했습니다. 이처럼 사람은 동기만 있으면 이동 수단이 없어도 자력으로 변경을 개척합니다.

◆ 변경의 모델(미국 서부: 19세기)

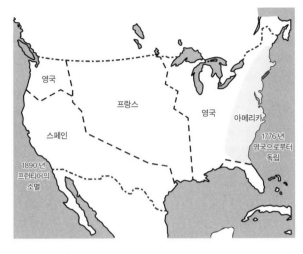

1776년에 미국이 동해안의 독립 13주로 시작했을 때, 대륙의 나머지는 유럽 열강의 영토였다. 하지만 19세기에 유지가 어려워지자, 차례대로 미국에 매각하거나 교환·양도되어 '서부 프런티어'가 출현했다. 1848년에 캘리포니아에서 금맥이 발견되자 서부 개척은 단숨에 진행되었고, 1890년에는 철도가 개통되면서 프런티어는 소멸했다.

◆ 변경의 모델(20세기 초의 러시아·시베리아 지방)

러시아 제국은 오랜 기간 우랄산맥의 서쪽 유럽(=러시아)을 중심으로 발전하여, 광대한 시베리아는 손을 대지 못했다. 하지만 1860년에 청 제국으로부터 연해주를 빼앗아 부동항인 블라디보스토크를 건설한 뒤, 동서에서 동시에 시베리아 철도 건설을 개시했다. 블라디보스토크란 '동쪽을 정복하자'라는 의미의 러시아어다. 이름 그대로 1904년에는 러일 전쟁이 일어났다.

◆ 원 포인트 어드바이스

1849년의 골드러시로 일확천금을 노린 무수한 미국인이 서부로 향했다. 하지만 금으로 돈을 번 사람은 얼마 되지 않고, 그들에게 물건을 파는 상인만이 이익을 얻었다.

Step 7 외교 관계

◆ 평범할 수 없는 어른의 사정

근린 제국과 이해를 조정하며 충돌하지만 않으면 최소한 전쟁으로 나라가 멸망하는 일은 피할 수 있지만, 그렇게 잘 풀리지 않는 게 인간의 역사입니다. 실제로 많은 나라가 전쟁으로 멸망하고 있습니다. 그만큼 외교 관계는 통치자에게는 사활이 걸린 문제입니다. 이 같은 외교 관계의 교과서라고 한다면, 병법으로 알려진 고대 중국의 『손자병법』과 중세 이탈리아 정치가 마키아벨리의 『군주론』이 있습니다. 둘 다 소국이 분립하는 불안정한 국제 관계 속에서 살아남는 방법을 생각하며 만든 책이기 때문에 현대에도 통용되는 외교 관계나 통치의 대원칙을 설명하고 있습니다.

외교 관계 창조의 체크 포인트

· 한번 정해진 외교 관계 설정은 간단히 바꿀 수 없으므로 신중해야 한다.
· 마키아벨리의 "주변국을 원조하는 나라는 멸망한다"는 말처럼 외교 관계의 원칙은 실로 간단하다. 다만 복수의 나라가 관계하면서 복잡해진다.
· 특히 왕족이나 군인을 캐릭터의 중심에 둔 전쟁 군상극 등에서는 외교 관계의 연출이 중요해진다.

역사 관련 사건
국경 개념이 없는 대제국

예부터 중국에서 탄생한 제국은 국경 개념이 약하다는 것은 4장 step-3에서 언급했습니다. 그들이 국경 개념이 뚜렷한 서구와 처음으로 접촉한 것은 청 제국 시대인 1689년에 러시아와의 국경 분쟁을 종식하고자 네르친스크 조약을 맺었을 때입니다. 조약 내용은 청에 유리했지만, 그때도 청 제국은 러시아를 대등한 나라로는 인정하지 않고, 내적으로는 조공국으로 취급했습니다.

나만의 상상에 도전하기
분할하여 통치하라

제국이 영토 내의 다양한 민족을 통치하는 것도 외교의 일종입니다. 그 선배 격은 역시 로마 제국이지요. 그들은 지배 민족의 대우에 세밀한 차이를 두었습니다. 그리고 각각의 불만의 화살을 로마 제국이 아니라, 대우받는 것처럼 보이는 다른 민족으로 향하게 했습니다. 한마디로 '분할하여 통치하라'입니다. 일본의 에도 막부나 조선도 사농공상의 신분 사회를 만들었는데, 이것도 '분할 통치'에 속합니다.

◈ 외교 관계의 원칙

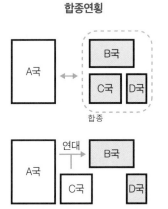

합종연횡

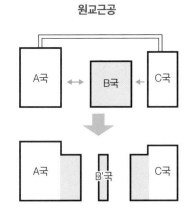

원교근공

대국A에 소국이 연합해서 맞서는 것을 합종이라고 부른다. A국은 합종을 무너뜨리기 위해서 C국에 유리한 조건을 제시하여 이반하게 하고, 함께 B국을 멸망시키는 연횡책으로 대항했다.

멀리 있는 나라와의 우호 관계를 중시하는 견해. 주변국과 전쟁할 때는 이해가 충돌하지 않는 C국을 아군으로 끼워서 협공한다. C국과의 분쟁 씨앗을 남기지 않기 위해서 완충국으로서 B'국을 둔다.

◈ 국가끼리의 약속

혼인/혈연관계	부족 간에 유효. 또는 왕가, 귀족 간에는 혼인이나 혈연에 의해서 분쟁의 씨앗을 없애려 한다.
맹약	혈연보다도 강건한 국가 간, 왕실 간의 약속. 교회 등 종교 권력의 보증을 바탕으로 하여, 위반하면 파문과 같은 손해를 입을 수도 있다.
조약	주권 국가라는 개념이 보급되면서 국가 간에 약속이 매우 중요해졌다. 하지만 대국이 무력을 앞세워 소국에 부당한 조약을 강요하기도 했다.
국제 연맹	제1차 세계대전에 대한 반성으로 생겨난 국제기관. 분쟁 조정 등에 나섰지만, 독자적인 군사력 같은 강력은 없었기 때문에 대국의 폭주에는 무력했다.
국제 연합	제2차 세계대전으로 생겨난 국제기관. 국제 연합군을 편성할 수 있는 등 국제 연맹보다 강제력이 있지만, 상임 이사국의 권한이 강해서 불공평한 느낌은 있다.
초국가	지역 내에서 통화를 통합하거나 관세, 세관을 폐지하고, 넓게 주변 국가와 통합을 추진하는 조직. 유럽 연합(EU)이 대표적으로, 언어나 경제 격차 같은 벽이 크다.

> 🌱 **원 포인트 어드바이스**

현재는 안전보장만이 아니라 자연, 환경 보호처럼 국경을 넘어서 인류 공통의 과제를 극복하기 위한 국제 조약도 다수 존재한다.

창조 가이드
~다음으로 창조할 것~

캐릭터의 삶을
창조한다

◈ 세계의 과제나 문제를 의식하자

5장에서는 중세 유럽의 상황을 바탕으로 나라와 지역이 직면하는 다양한 과제나 문제를 생각합니다. 판타지 작품은 매우 다양하다 보니 하나로 묶어서 이야기하기는 어렵지만, 대개는 각 시대와 지역의 좋은 점만을 따온 느낌이 있습니다.

'고대 세계의 안정된 사회 구조에 중세의 풍경이나 생활, 의식이 씌워지고, 여기서 살아가는 인간은 현대 사회의 자유롭고 활발한 정신을 가진다…….' 엔터테인먼트로서 안 될 것도 없겠지요. 역사적 사실과 너무 다르다고 딴죽을 걸 생각은 없습니다. 다만, 판타지라는 말에서 직감적으로 연상할 수 있는 밝음의 밑바탕에는 또 다른 무언가가 있을지도 모른다는 것을 한 번쯤 생각해보면 좋습니다. 그편이 판타지 세계를 더욱 단단하고 강인하게 만들 수 있기 때문입니다. 화려한 연출이나 재미 요소에 관한 사례는 다른 창작물에서도 얼마든지 볼 수 있는 만큼, 이 책에서는 그 근본에 있는 '어려움'에 초점을 맞추어 정리해봅니다.

◈ 생활공간에 색채를 부여하자

6장에서는 도시나 마을, 숲처럼 캐릭터와 가까운 생활공간을 구축합니다. 책이나 영화 등 생활공간이 어떻게 생겼는지에 대한 시각 자료가 넘쳐나는 만큼, 이 책에서는 캐릭터가 살아가는 생활공간이 배치된 의미나 목적에 주목해보았습니다. 캐릭터가 마을에서 마을로 여행할 때 어떤 어려운 문제가 생겨날 것인가. 군대를 이끄는 장군은 무엇을 걱정해야 하는가. 이 장을 이해함으로써 캐릭터가 직면하는 실제 공간 인식과 창조자인 우리 사이에 생겨나는 인식의 격차를 상당히 좁힐 수 있습니다.

Step 1 식량문제와 기근

◈ 무엇보다도 두려운 재앙의 근본

판타지 세계의 모델이 되는 중세 유럽에서는 식량을 완전히 지역에서 자급자족하여 소금이나 향신료 정도를 제외하면 다른 곳에서 사지 않았습니다. 그런 세계에서 살아가는 사람들에게 가장 큰 위협은 기근이었습니다. 오른쪽 페이지를 보면 알 수 있듯이 주식인 밀은 생산량이 많지 않아서 주민은 항상 영양 부족, 열량 부족에 시달렸습니다. 메뉴도 밀이나 귀리를 우유와 함께 끓인 죽이나 수프에, 나무 열매나 사과를 조금 추가했을 뿐인 소박한 식사였습니다. 중세 중기에 농업 혁명이 일어나서 사태는 호전되었지만, 빈약한 식사는 계속되었습니다. 너무 사실적으로 재현하면 상상의 폭이 좁아지겠지만, 사람들이 기근을 두려워한다는 점은 의식하는 게 좋겠지요.

식량문제와 기근의 체크 포인트

· 식량을 여유롭게 생산하는 일은 거의 없어서, 도시나 큰 마을 정도가 아니면 돈을 가진 여행자라고 해도 마음대로 식량을 구할 수 없었다.
· 넓은 영토를 가진 제국이나 통일 왕국은 통행세처럼 물류를 저해하는 요인이 적기 때문에 어느 지역의 식량 부족 상황을 다른 지역의 여유 작물로 메울 수가 있다.
· 자급자족이라서 고기 등을 장기 보존하는 데 필요한 소금이나 후추 같은 향신료 수요가 높았다.

나만의 상상에 도전하기
하멜른의 피리 부는 사나이

중세 사람들은 기근과 함께 쥐를 두려워했습니다. 쥐는 아무리 꼼꼼하게 막아도 틈새로 들어와서 식량을 훔치고 오염시킵니다. 쥐 피해를 호소하는 문헌도 많이 남아 있습니다. 『하멜른의 피리 부는 사나이』에서 쥐를 퇴치하는 기적을 본 주민이 기뻐하는 장면도 쥐에 대한 피해가 그만큼 컸다는 사실을 잘 보여줍니다.

역사 관련 사건
감자 기근

영국의 잉글랜드 옆에 위치한 아일랜드에서는 주식으로 감자를 많이 재배했습니다. 하지만 1845년부터 4년간, 감자 마름병의 유행으로 수확률이 엄청나게 떨어졌고 영국 정부는 어떤 조치도 취하지 않았습니다. 그 결과 100만 명이 기아로 죽고 200만 명이 아일랜드를 버리고 해외로 이주했다고 합니다. 40% 가까이 잃어버린 인구는 지금도 회복되지 않고 있습니다.

◈ 기근과 함께 살아간 농업 사회

'밀' 생산과 유통 구조

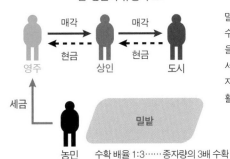

밀은 세계 3대 곡물 중 하나이지만, 중세 초기의 수확 배율은 고작 3배에 불과했다. 100kg의 씨앗을 심어도 300kg 밖엔 수확할 수 없었기에, 여기서 종자를 제외한 남은 곡물로 중세의 식생활을 유지해야 했다. 그래서 조금만 농사가 안 되어도 사활 문제로 직결되었다.

기본은 자급자족

대부분의 지역에서 식량은 자급자족했다. 이동 수단이 없고, 있더라도 비용이 너무 많이 들었기 때문이다. 어업이나 낙농업, 사냥 등이 성행한 지역에서도 불안정한 식량 공급 문제에 대비하고자 농업이 중심이 된다.

◈ 일상화된 기근의 악순환

기후 불순 — 수확 배율이 낮기에, 기후가 나쁘면 농업에 미치는 타격이 크다.

식량 부족 — 자급자족의 소규모 경제권이기에, 식량 부족은 즉시 영향을 미친다.

가격 상승 — 주변에 풍년인 토지가 있어도, 통행세나 미숙한 유통 상황 때문에 가져올 수 없다. 설사 가져오더라도 가격이 비싸서 손을 댈 수 없다.

기근 — 도시에서는 식량 부족으로 기근이 발생. 농민은 종자나 가축에까지 손을 대고, 미래의 생산 기반이 무너진다.

대량 사망 — 굶주림과 체력 저하로 병이나 전염병이 생겨 대량 사망이 발생. 사회가 황폐해진다.

한번 기후가 좋지 않으면, 이러한 악순환이 3~5년 정도 계속된다. 또한, 기후가 장기적으로 나쁜 경우, 지역 경제가 붕괴하거나 한 문명이 소멸하기에 이른다. 중세 말기 농업 기술의 비약적인 진보 덕분에 처음으로 악순환에서 벗어날 수 있었다.

🎙 원 포인트 어드바이스

기근의 공포와 이웃하며 살아갔던 중세 시대를 반영하여, 기독교에서는 폭식을 일곱 가지 죄악 중 하나로 들었다.

Step 2 기근과 질병

◈ 질병보다 먼저 기근이 있었다

영양 상태가 좋고 주변 환경이 깨끗하면 사람들은 쉽게 질병에 걸리지 않습니다. 하지만 중세 유럽에는 기본적으로 기근과 조악한 생활이라는 악조건이 있었기에, 질병이 오래 계속되고 역병이 한순간에 퍼져나가 많은 사망자가 발생했습니다. 당시에는 의료 기술도 피를 뽑는 행위 등 효과가 없는 것만 있었으며, 민간요법으로 약초를 섭취하는 게 고작이었습니다. 가족이나 지인이 질병이나 상처로 간단히 죽어버리고, 마을이 사라져버릴 정도의 역병이 때때로 유행한 세계에서 사람들은 마녀나 악마와 같은 미신을 무시하지 못하고, 죽음을 두려워하면서 살아갔던 것입니다.

기근과 질병의 체크 포인트

· 중세에는 때때로 용병 집단이 우연히 들른 마을에서 약탈 행위를 벌이곤 했는데, 생명을 가볍게 여기는 사상이나 아무 인연도 없는 토지에서 살아가는 사람들에게 공감하기 어려웠던 점이 이러한 폭력 행위의 한 요인이 되었다.
· 통상, 유통이 발달하면서 이민족과 접촉하거나 교류하는 행위는 때때로 미지의 전염병을 가져오기도 한다.

나만의 상상에 도전하기
로열 터치(왕의 손길)

중세 프랑스에서는 국왕의 손에 치유 능력이 있다고 믿었습니다. 특히 결핵 때문에 림프샘에 생기는 종양에 확실한 효과가 있다고 여겨, 이 병을 'The King's Evil(왕의 죄악)'이라고까지 부르게 됩니다. 샤머니즘 능력자의 손에 치유 능력이 존재한다는 민간전승은 세계 각지에서 볼 수 있습니다. 사람들이 권력자의 신비성에서 무엇을 바라고 있었는지를 보여주는 사례입니다.

역사 관련 사건
죽음의 춤

1348년에 대유행한 흑사병(페스트)에 의해서 서유럽 인구의 30%가 죽었다고 합니다. 나아가 백년전쟁의 황폐가 이어지면서 사회는 종말적인 광란 상태에 빠지고 맙니다. 교회에서는 신자에게 죽음을 각오하라(메멘토 모리)며 이야기했고, 사람들은 죽음의 공포에서 도망치고 싶은 마음에 반광란 상태에 빠져 날뛰었습니다. 이 집단 히스테리를 '죽음의 춤'이라고 부릅니다.

♦ 만병의 근원이 되는 기근

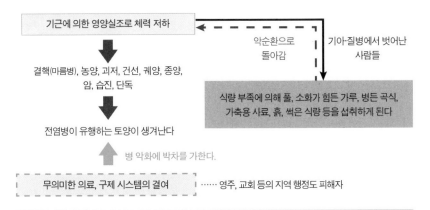

중세 사람들은 다양한 질병이나 감염증으로 목숨을 잃었다. 평소에 영양 섭취가 충분하지 못하고, 항상 기아나 영양실조에 시달렸기 때문에 질병이 쉽게 퍼져나간 것이다.

♦ 전염병의 전파와 확대

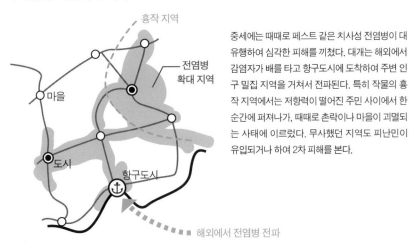

중세에는 때때로 페스트 같은 치사성 전염병이 대유행하여 심각한 피해를 끼쳤다. 대개는 해외에서 감염자가 배를 타고 항구도시에 도착하여 주변 인구 밀집 지역을 거쳐서 전파된다. 특히 작물의 흉작 지역에서는 저항력이 떨어진 주민 사이에서 한순간에 퍼져나가, 때때로 촌락이나 마을이 괴멸되는 사태에 이르렀다. 무사했던 지역도 피난민이 유입되거나 하여 2차 피해를 본다.

> 🧑 **원 포인트 어드바이스**

전쟁으로 포위된 마을도 인구 과밀로 인하여 위생 상태가 악화되거나, 물이 오염되어 티푸스 같은 질병으로 고생한다.

Step 3 농업의 진보

◆ 드디어 중세다운 모습으로

지역에 따라 차이는 있었지만, 11세기 무렵부터 오른쪽 그림처럼 농업 기술의 진보가 이루어지면서 사람들의 삶은 조금씩 풍족해졌습니다. 도시가 발달하고, 잉여 농작물이 시장에 나오게 된 것도 이 무렵부터입니다. 드디어 우리가 상상하는 중세, 판타지 세계의 모습에 가까워진 것입니다. 112~115쪽에서 중세 생활의 어두운 측면에 집중한 이유는 판타지 세계에도 이러한 어두운 시대가 분명히 존재할 것이라는 가치 기준을 만들기 위해서였습니다. 하지만 실제 역사처럼 어둡기만 한 세계에서는 이야기가 생겨나기 힘듭니다. 이러한 내용을 의식하면서, 역동하는 세계를 만들어봅시다.

농업의 진보의 체크 포인트

· 삼포제(우측 참고)에서 휴경지만으로는 소 같은 가축을 기르기 어려웠다. 18세기 영국에서 사료용으로 순무를 심는 4년 주기 돌려짓기가 보급되어, 농지의 지력을 장기간 유지할 수 있었다.
· 5장에서 지금까지 소개한 내용을 바탕으로 하면 당시 농촌의 모습을 떠올리기 좋다.
· 의식주가 안정되면서 처음으로 사람들은 바깥으로 눈을 돌릴 여유가 생긴다.

명작 체크
바이킹 시대의 농촌

유키무라 마코토의 만화 『빈란드 사가』는 아버지의 원수를 갚기 위해서 바이킹 전사가 된 소년 토르핀을 묘사한 역사 만화입니다. 「노예편」에서는 덴마크 장원을 무대로 중세의 숲을 개간하는 모습이나, 소작민과 영주의 관계가 세밀하게 그려져서 주인공의 인간적인 성장과 함께 이야기의 깊이를 더합니다. 앞으로 빈란드라는 판타지 세계가 어떻게 그려질 것인지 기대됩니다.

역사 관련 사건
와인의 역사

와인의 역사는 인류와 함께했는데, 로마인이 각지에 퍼트린 후 중세 유럽의 와인은 수도원에서 만들었습니다. 기독교 의식에서 레드 와인을 빼놓을 수 없었기 때문입니다. 그리고 17세기 네덜란드에서 유리병이나 코르크 심이 발명되면서 상품으로 유통되기에 이릅니다. 프랑스를 중심으로 와인 문화가 꽃필 준비가 된 것입니다.

◈ 농업 기술의 진보와 그 결과

물레방아·풍차의 이용	물레방아는 고대부터 사용되었지만, 중세 시대에 대중에 보급되기까지는 시간이 걸렸다. 본래는 농지에 물을 끌어들이는 관개를 위한 도구였지만, 곡물 분쇄에 사용하면서 지금까지 인력이나 가축에 의존하던 노동에서 농민이 해방되었다. 풍차는 설치가 힘들었기에 물레방아보다 보급이 늦어졌다.
철제 농기구	철 생산이 증가하고 안정되면서 나무로 만든 농기구에도 철제 부품이 사용되기에 이른다. 대장장이라는 직업이 생겨나고 농민에게 철제 도끼나 곡괭이, 낫이 보급되었다. 철제 농기구는 목제보다도 깊게, 대량으로 흙을 파낼 수 있어서 수확 효율을 높이고 작업량을 늘려주었다. 개간한 삼림을 바로 농지로 전환할 수 있는 바퀴형 쟁기의 발명은 혁명적이었다.
삼포제	비료가 빈약하고 가축도 적었기 때문에 유럽의 농지는 땅의 기운이 쇠퇴하기 쉬웠다. 여기서 농경지를 봄밭, 겨울밭, 휴경지로 나누어 매년 돌려짓기하는 방식으로, 같은 토지에서 같은 작물을 계속 재배하지 않고 3년마다 한 번씩 쉬게 하여 지력을 유지했다.
집촌화	삼포제가 보급되면서 농지가 집약되고, 사람들이 모여 살게 되었다. 사람들은 교회 주변에 집을 짓고 머물러 살게 되었으며, 농지를 함께 묶어서 삼포제를 확대하고 공동 작업을 늘려나갔다. 이렇게 함으로써 마을 사람들이 공동으로 비싼 농기구를 구매하면서 경작 작업의 효율화로 이어졌다.

인구 증가

개척지 증가

남는 노동력을 농지 주변에 펼쳐진 숲을 개간하는 데 사용하여 마을 전체의 농지를 늘렸다. 주민이 없는 황무지를 개간하는 이민자도 늘어났다.

상업 작물의 생산

세금으로 바쳐야 하는 밀 같은 주식만이 아니라 상인에게 팔아서 현금 수입을 얻기 위해서 와인 같은 상업 작물을 만들게 되었다.

대외 진출·전쟁

내부로 향하던 에너지가 외국으로 진출하는 등 바깥으로 향하게 되었다. 십자군 원정이나 대성당, 튼튼한 성곽, 대도시를 만들기 시작했다.

🔊 원포인트 어드바이스

일본이나 한국에서 생각하는 일반적인 중세 판타지 세계는 112~115쪽의 중세 암흑 시대가 지나간 이후인 중세 후기에서 많은 영감을 얻었다.

전쟁

◆ 검극의 배후에서 일어나고 있던 일

판타지 세계를 배경으로 이야기를 만들 때, 전쟁은 드라마의 꽃이 됩니다. 우선 장군이나 국왕의 시점에서 전쟁 이야기를 느낄 수 있도록, 무기 사용법이나 전투 방법보다는 중세의 군이 어떻게 운용되었는가를 중심으로 설명합니다. 중세부터 17세기까지의 전쟁은 대부분 오른쪽 그림처럼 '보급을 둘러싼 전쟁' 형태를 취하고 있습니다. 둘로 나뉜 군세가 각기 다른 경로로 진군하여 적군을 협공하는 작전은 수행하기 힘들며, 실제로 낙오자 없이 전투 지점까지 이동하기가 쉽지 않았습니다. 그러한 점에서는 고대의 로마 군단 쪽이 중세 군대보다 훨씬 선진적이고 강력했습니다.

전쟁의 체크 포인트

· 식량 사정은 군대에서도 절대 넉넉하지 않기에 토지에 애착심이 없는 용병 집단은 아무렇지 않게 농촌을 습격했다.
· 경작지가 황폐해지는 것을 싫어한 귀족의 반대 등으로 인하여 때때로 행군 경로가 이상하게 바뀌는 경우도 발생한다.
· 중세 전쟁에서는 상대를 살상하기보다는 몸값을 목적으로 귀족 등 중요한 사람을 포로로 잡는 쪽이 더 중요시되었다.

역사 관련 사건

겨울은 중요한 휴전 기간

군대는 아무것도 생산하지 않고 소비하기만 하는 거대한 위장 같은 존재입니다. 그래서 식량에 여유가 많지 않은 중세에는 어지간한 일이 아니면 겨울에는 전쟁을 할 수 없었습니다. 18세기 후반 나폴레옹 시대가 되어서야 어떻게든 겨울에도 전쟁을 할 수 있게 되었지만, 그럼에도 러시아의 겨울에는 이기지 못하고 나폴레옹은 러시아 원정으로 50만 명의 군인을 잃고 맙니다.

명작 체크

용병, 이렇게 싸운다

사토 겐이치(佐藤賢一)의 『용병 피엘』은 백년전쟁에서 활약한 용병단 이야기입니다. 전 서양 중세사 연구자답게 용병 부대를 편성하는 과정부터 뛰어난 필력으로 세밀하게 묘사하여 이런 장르의 기준을 한 단계 높여 준 작품입니다. 판타지 세계에서 전쟁을 그리고 싶은 분께 권합니다(한국엔 『프랑스 혁명[1~6]』, 『2인의 검객[1~3]』, 『카르티에 라탱』 등이 출간-역자 주).

◈ 시대와 함께 변하는 전쟁의 모습

1) 보급을 다투는 전쟁(중세~근세 후기)

◇······요새   ○······마을   ◉······거점/도시

수송 수단도 연락 수단도 부족했던 시대의 군대는 식량이 있는 마을을 징검다리처럼 거치면서 결전장으로 향했다. 보급선이 끊기면 군은 한순간에 무너진다. 또한, 귀족의 연합 집단으로 구성된 군대라서 왕에게 절대적인 권한이 없기에, 지휘 계통이 약하고 군을 나누어 작전을 수행하기도 힘들다.

A요새를 공략 중인 흑군은, 적인 백군이 C를 통과하여 아군 거점 D로 향하는 것을 알고 서둘러 돌아갔다. 하지만 마을 B의 식량은 흑군이 A요새 공략 중에 다 먹어치웠기 때문에 흑군은 굶주린 상태로 마을C의 백군과 싸워야만 한다.

2) 패권을 다투는 전쟁(근대)

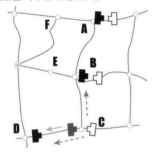

국왕의 권력이 늘어나고 상비군을 가지게 되면서 군대의 규모도 커지게 된다. 관료화된 지휘관 아래에서 사전 계획을 세워서 움직인다. 보급의 원칙이나 방법은 변하지 않지만, 전장은 확대되고 전쟁 기간도 길어진다.

흑군은 침공해오는 백군을 A, B, C 3개 마을을 최전선으로 삼아서 차단하려고 한다. 하지만 마을C의 부대가 패배하여 마을D로 철수한 결과, 마을B의 측면이 노출되고 말았다. 마을 A, B의 부대는 마을 E, F까지 철수해야만 한다.

3) 패권을 다투는 전쟁(현대)

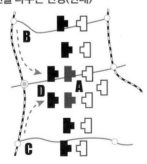

군대의 규모가 더욱 커지고 교통 기술이 발전하면서 전선이 연결되기에 이른다. 전투를 하는 전선 부대의 이동 속도보다도 그 후방의 보급이나 보충 부대 수송 속도가 빨라졌기 때문이다. 전쟁은 국가의 국력을 짜내는 총력전이 된다.

흑군은 A의 전투에서 패배하여 전선 중앙에 큰 구멍이 뚫리고 말았다. 하지만 백군이 돌파하기 전에 먼저 흑군은 철도를 이용하여 후방 마을B나 C에서 증원군을 모아서 새로운 부대D를 만들어 전선의 구멍을 막아버렸다. 이렇게 먼저 병력이 고갈된 나라가 패배한다.

🐾 원 포인트 어드바이스

과학 기술이 나날이 진보하면서, 같은 문명권의 전쟁에서는 신병기나 새로운 전술의 효과가 그다지 오래 이어지지 않는다.

Step 5 사회적 대립과 반란

◈ 사회 발전이 불러온 투쟁의 모습

유럽 중세는 봉건제의 시대입니다. 봉건제란 간단히 말하면 농민이 만든 작물로 영주가 세금을 걷고, 이것을 팔아서 생계를 꾸리는 구조입니다. 그런데 농업 혁명으로 여유 작물이 생산되면서 화폐경제가 발달하고 세금도 화폐로 걷게 됩니다. 이렇게 하여 사회 전체에 부의 편차가 생겨납니다. 같은 농민이라도 여전히 농노인 사람과 화폐를 모아서 자신의 토지를 갖게 된 사람으로 나누어진 것입니다. 이 화폐를 매개로 한 빈부 격차가 사회적인 대립의 원인이 됩니다. 처음에는 지배자에게 반항하는 정도였지만, 18세기 후반에 시민 혁명이 일어나면서 지금의 민주주의로 이어졌습니다.

사회적 대립과 반란의 체크 포인트

· 최초의 농민 반란은 귀족이나 영주에 대한 일종의 분노 표출이었으며 사회 모습을 바꾸려는 사상이나 목적은 갖지 않았다.
· 이웃 나라의 반란에 편승하여 군사 행동을 일으키는 것은 어리석은 짓이다. 비슷한 불씨는 자국에도 있다 보니 우선 방어 태세를 굳히고 불씨가 날아오지 않도록 하는 것이 타당한 반응이다.

명작 체크
농민 반란의 독자적인 해석

『용병 피엘』의 저자 사토 겐이치는 『붉은 눈: 자크리의 난』에서 중세 최대의 농민 반란이었던 '자크리의 난'을 그려냈습니다. 반란의 내면을 엿보는 독자적인 시선은 기상천외하고 수상쩍기까지 하지만 농촌에서 시작하여 시선을 넓혀나가는 동안 영주나 귀족의 행패나 지도자를 잃은 후 반란군이 소멸하는 과정을 선명하게 구축하고 있습니다. 분명히 신기한 독서 체험을 얻을 수 있는 책입니다.

그때, 일본에서는
사상 최고의 봉건 국가

일본의 에도 막부도 중세 유럽과 마찬가지로 농민이 재배한 쌀이 경제의 기본이 되는 봉건 국가였습니다. 하지만 정권이 안정된 뒤의 에도 막부는 화폐경제가 발달하는 과정에서도 심각한 반란은 일어나지 않았고, 240년간이나 전쟁이 없었습니다. 세계에서도 드문 봉건 국가로서 이 같은 통치는 '팍스 도쿠가와나(도쿠가와의 평화)'라는 역사 용어로 외국에도 알려졌습니다.

◈ 반란을 불러오는 사회적 대립

구세력과 신흥 세력

교회/성직자 ↕ 상공업자

화폐경제의 발전으로 힘을 키운 상공업자가 각종 차별이나 상업에 불리한 규제를 강요하는 교회에 반감을 품고 성직자를 배제하려고 한다.

도시부

부유한 시민 ↕ 빈곤한 시민

토지나 경제 활동만이 아니라 시정의 요직까지 지배하려고 한 일부 부유한 시민에게 생활을 압박받은 빈민이 부유층을 적시했다.

농촌

영주/성직자 ↕ 농민/농노

부역이나 세금을 바치는 것만이 아니라 풍년일 때조차 무력으로 위협하며 어렵게 생활하도록 강요하는 영주에 대해서 농민이나 농노는 생존권을 걸고 싸웠다.

◈ 농민 반란의 모델

자크리의 난 (1358년)

북프랑스 일대에서 발생한 대규모 농민 반란. 자크리란, 농민에 대한 경칭 '자크'에서 유래한다. 많은 영주, 소귀족, 성직자들이 잔혹하게 살해되었다.

와트 타일러의 난 (1381년)

농민에 대한 규제가 강화되고, 세금이 높아지는 것에 대항하여 각지에서 발생한 동란을, 농부 와트 타일러가 조직화하여 일으킨 영국 사상 최대 규모의 대반란. 런던이나 캔터베리 등의 대도시도 한때 점거되었다.

> "농민들은 항시 분노해 있었고, 그들의 마음은 전혀 만족스럽지 못했다."
> (『서양 중세 문명』, 자크 르 고프 지음, 유희수 옮김, 문학과 지성사, 2008)

파괴와 살육을 계속하지만, 주모자가 살해되면 한순간에 흩어지며, 그 후에는 아무것도 남지 않는다.

◈ 반란에서 혁명으로 변화

18~19세기에 일어난 혁명은 지배자 계급에 대한 반란(일시적인 파괴나 살육)에 그치지 않고 지배 계급을 철저하게 말살하였고, 시민(부르주아) 계급이 사회의 지배층으로 대신 나섰다는 점에서 반란과는 규모가 다르다. 이 현상을 시민 혁명이라고 한다.

🍀 원포인트 어드바이스

자크리의 난, 와트 타일러의 난은 둘 다 영국-프랑스 백년전쟁으로 인한 증세(增稅)가 원인이 되었다. 전쟁 당사국 양쪽에서 같은 반란이 발생한 것이다.

Step 6 신흥 종교

🔹 가치관의 변화에 대응하는 움직임

종교는 인간의 괴로워하는 마음을 치유하기 위해 시작되었습니다. 하시만 사람들의 가치관이 변화하거나 종교 자체가 타락하면서 신자들의 신앙심을 유지하지 못하게 되고, 이러한 시기에 신흥 종교가 태어납니다. 하지만 기존 종교가 존재하는 사회, 특히 유일신교의 세계에서 완전히 새로운 교의나 가치관을 가진 종교가 탄생하여 지지를 얻는 경우는 매우 드뭅니다. 대개는 기존 종교에 대한 이단이나 이설로서 눈에 띄지 않게 나타납니다. 신흥 종교의 성공 여부는 사회의 어떤 계층이 지지하는가로 결정됩니다. 그리고 존속에 성공한 경우에는 종교 분열처럼 사회에 대변동을 일으킵니다.

신흥 종교의 체크 포인트

· 기존 종교도 탄생했을 때는 신흥 종교로서 이와 같은 갈등에 직면했다.
· 신흥 종교는 학대받는 사람이나 이른바 하층민에게 쉽게 침투된다. 하지만 성공의 열쇠는 군 사력이나 경제력을 가진 계층의 지지 여부에 달려 있다.

명작 체크
폐쇄된 수도원의 세계

움베르토 에코의 『장미의 이름』은 중세 이탈리아 수도원에 감추어진 비밀을 둘러싸고 벌어지는 연쇄 살인 사건을 그린 소설입니다. 수도원이라는 폐쇄된 공간이 무대로, 중세 시대의 어둠이나, 대중적으로 인기 있는 이단 심판을 이해하는 데 빼놓을 수 없는 작품이지요. 소설은 조금 이해하기 어려운 점도 있으니, 먼저 영화를 보고 시각적인 이미지를 잡는 것도 좋습니다.

역사 관련 사건
개신교의 확대

중세 기독교에서는 다양한 이단이 나타났지만, 대부분은 천주교의 반격으로 무너집니다. 하지만 16세기에 루터나 칼뱅이 시작한 종교개혁은 당시 독일 황제와 다투고 있던 봉건 제후나 신흥 상공업자의 지지를 얻습니다. 이러한 힘을 기반으로 종교 전쟁에서 승리하여 개신교를 천주교에서 분리하는 데 성공합니다.

◈ 신흥 종교 앞에 놓인 벽

유일신교의 모델

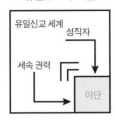

다신교의 모델

유일신교의 세계 안에서 탄생하는 종교는 창시자와 신도도 유일신교의 강한 영향을 받고 있기 때문에 신흥 종교가 아니라 기존 종교의 이단(이설)으로 태어나서 퍼져나간다. 대개는 사회 변화를 싫어하는 성직자와 세속 권력의 양쪽에서 압박을 받아 단절된다.

다신교 세계에서는 신흥 종교가 생기기 쉽지만 매몰되거나 변질하는 것도 빠르다. 신자들을 얻는 원동력이 된 교의나 새로운 요소는 다른 종교도 적극적으로 도입하게 된다. 다만, 이 신흥 종교가 강력한 유일신교라면 기존 사회와의 관계에서 갈등이 일어나기도 한다.

◈ 서구 기독교 세계의 확장

중세 초기의 암흑 시대를 벗어난 서구 사회는 종교적인 열정의 흐름을 따라서 해외 진출에 나섰다. 십자군, 스페인의 레콩키스타(국토 회복 운동), 다신교의 슬라브인 사회에 대한 개종 운동 등이다. 또한, 같은 기독교 국가인 비잔틴 제국과는 교의를 둘러싸고 대립했으며, 이윽고 비잔틴 제국은 15세기에 이슬람교인 오스만튀르크 제국에 의해 멸망한다. 서구 세계는 최강의 제국과 대치하여 괴로워하게 된다.

🎕 원 포인트 어드바이스

고대 로마 제국의 정통 후계자였던 비잔틴 제국이 멸망하고, 최대의 정교 국가가 된 러시아는 '제3의 로마'를 자칭하게 된다.

Step 7 환경 파괴

◆ 자연에 대한 지나친 의존이 비극을 부른다

중세 유럽 세계는 유해 물질이나 방사성 물질처럼 현대적인 위험과는 인연이 없었지만, 자연에 밀착해 그 은혜에 의존하며 생활했기 때문에 환경 파괴의 영향은 심각했을 겁니다. 이 시대의 환경 파괴는 삼림 파괴로 한정됩니다. 6장의 '삼림'에서 자세하게 언급하겠지만, 삼림은 인간이 노동하지 않아도 식량이나 연료, 건물의 재료를 제공해주는 유일한 공간입니다. 하지만 지나친 사용으로 파괴된 삼림이 재생되기를 기다린다는 발상도 여유도 당시 사람들에게는 없었던 것입니다. 결과적으로 삼림은 소멸하고, 사람들은 토지를 버렸습니다. 이렇게 많은 마을이나 지역의 삶이 파괴됐습니다.

환경 파괴의 체크 포인트

· 여기에서의 설명은 현실 세계에만 한정한 것으로 판타지 세계에서는 다른 방식의 환경 파괴가 존재할 수 있다.
· 현대와는 위생 관념이 너무도 다르기 때문에 주민이 자각하지 못하는 환경 파괴도 존재한다.

역사 관련 사건

대기오염이 낳은 안개의 도시

난류의 영향으로 습윤한 런던은 예부터 안개의 도시로 유명한데, 목재 대신 석탄을 연료로 사용하면서부터 특히 안개가 짙어졌다고 합니다. 매연으로 오염된 공기가 안개의 발생을 촉진했기 때문입니다. 나아가 19세기에 산업혁명이 일어나면서 사망자가 나올 정도로 대기오염이 악화합니다. 중세 이후의 일이지만, 최초의 환경 파괴라고 할 수 있겠지요.

역사 관련 사건

올리브를 지켜라!

고대 그리스 도시국가의 군대는 아마추어 군인인 시민으로 편성되어 있었기에 공성전에 익숙하지 않았습니다. 그래서 일단 패하지 않기 위해 성벽 안에 있었습니다. 하지만 실제로는 몇 번이나 전투가 벌어지곤 했습니다. 성벽 안에 들어가 있으면 적이 성 밖의 올리브 밭을 망쳐버렸기 때문입니다. 수확하기까지 오랜 시간이 걸리는 올리브를 지키기 위해서 시민군은 성벽을 나가 싸울 수밖에 없었습니다.

◈ 환경 파괴의 원점

농경, 목축 생산 = 자연의 섭리에 반하는 인위적인 자연 개조

↓

삼림 파괴　　자연의 재생 순환을 무시한 지나친 벌채와 기술 발전에 대해서 자연은 '고갈'이라는 현상으로 응한다.

↓

문명의 쇠퇴·멸망　　삼림을 중심으로 한 자연 순환의 붕괴로 많은 문명이 쇠퇴하거나 멸망하고 있다. 삼림 파괴는 인류가 처음으로 경험한 환경 파괴다.

◈ 서구 사회에서의 삼림 파괴

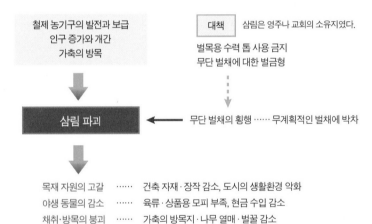

철제 농기구의 발전과 보급
인구 증가와 개간
가축의 방목

대책	삼림은 영주나 교회의 소유지였다.

벌목용 수력 톱 사용 금지
무단 벌채에 대한 벌금형

↓

삼림 파괴 ← 무단 벌채의 횡행 …… 무계획적인 벌채에 박차

↓

목재 자원의 고갈 …… 건축 자재·장작 감소, 도시의 생활환경 악화
야생 동물의 감소 …… 육류·상품용 모피 부족, 현금 수입 감소
채취·방목의 붕괴 …… 가축의 방목지·나무 열매·벌꿀 감소
토양의 유출 …… 농지의 비옥도 저하, 물 보존 능력·토양 재생력 상실

중세 유럽에서는 토지 소유라는 개념이 희박했다(사용권 정도의 인식만 있었다). 또한, 모든 토지는 제도상 봉건 영주나 교회, 수도원의 소유지였기 때문에 서민은 숲을 가차 없이 파괴하고, 황폐해지면 다음 토지로 이동하는 과정을 반복했다. 농민이 토지에 정착한 것은 중세 후기의 일이었다.

> 🌱 **원포인트 어드바이스**
>
> 이탈리아 남부나 그리스, 스페인 등은 본래 풍요로운 삼림지대였지만, 고대에 지나치게 벌목한 나머지 토양이 유출되어 현재와 같은 바위 땅이 노출되고 말았다.

구
축
의
장

5
장

도시

● 활기 넘치는 희망의 도가니

도시는 반드시 건설된 이유가 있습니다. 그 이유가 있었기에 사람이 모이고, 모인 사람을 상대로 하는 업무나 거래가 태어나고 가정이 생겨나서 더욱 사람이 늘어나고……. 이것이 도시가 성장하는 과정입니다. 도시는 기본적으로 소비에 치우친 세계입니다. 특히 식량의 자급자족은 거의 불가능해서 도시가 발전하려면 근처에 풍부한 식량을 생산하는 토지가 필요합니다. 또한, 대량의 물자가 오갈 수 있는 수상 운송에 적합한 토지도 중요합니다. 도시를 창조할 때는 간단해도 좋으니 우선 도시가 기능하기 위한 여러 조건을 설정하고, 그 위에 개성적인 랜드마크(7장 step-4에서 기술)를 배치하도록 신경 써 주십시오.

도시 창조의 체크 포인트

· 프랑스 도시는 갈리아인 부족의 중심 마을이 발전한 것이고, 독일 도시는 로마군의 주둔지가 발전한 것이라는 등 도시의 기원은 다양하다.
· 도시에 필요한 시설이나 조직……행정(도시 참사회의 건물 등), 군사 시설(주둔지나 성관, 경비소 등), 종교 시설(복수의 종교가 있어도 된다), 수도원이나 학교, 정기 장터가 열릴 만한 중심 광장, 상업 길드, 공업 길드나 지방의 상관 등.

나만의 상상에 도전하기
성벽을 연구해보자

도시의 성벽은 오랜 여정 끝에 방문한 사람들이 가장 먼저 보게 되는 장소입니다. 성벽은 군사적인 목적이 가장 중요하지만, 도시의 얼굴이라고 해도 좋은 존재입니다. 그러니 성벽을 구성할 때는 좀 더 고민합시다. 오른쪽 그림은 주민 거주지가 성벽 밖으로 뻗어 나간다고 상정하고 있는데, 주민 거주지의 주요 지역도 성벽 정도는 아닐지라도 간단한 참호나 울타리로 둘러싸여 있습니다. 도시는 안전지대여야만 합니다.

나만의 상상에 도전하기
도시의 인구는 어느 정도인가

도시라고 부르기 위해서 어느 정도의 인구가 필요한지에 대한 특별한 기준은 없습니다. 하지만 중세 도시의 태반은 인구가 수천 명 정도로 현재의 대도시도 당시에는 고작해야 2~4만 명, 파리조차 8만 명 전후였다고 합니다. 다만, 중국의 장안이나 낙양은 10만 명 이상, 콘스탄티노플은 100만 도시로 알려졌습니다. 이러한 것을 기준으로 판타지 세계의 크기에 맞추어 설정해주십시오.

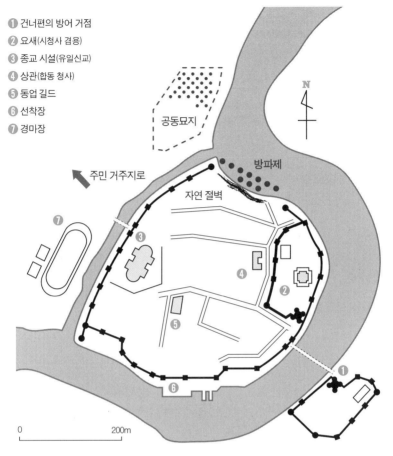

◈ 도시를 창조한다

① 건너편의 방어 거점
② 요새(시청사 겸용)
③ 종교 시설(유일신교)
④ 상관(합동 청사)
⑤ 동업 길드
⑥ 선착장
⑦ 경마장

공동묘지

방파제

주민 거주지로

자연 절벽

N

0   200m

【배경】
강의 만곡부를 이용하여 인공적으로 만들어진 도시. 하천 유역에서는 최대 규모로 상정하여 인구는 3,500명. 운하로 마을 전체를 섬 모양으로 바꾸어서 방어력은 높다. 주로 주변의 치안 목적을 겸해서 80명의 용병이 상주한다. 또한, 배후지는 유수한 말의 산지로 손꼽히며, 경매장을 겸한 경마장이 만들어져서 매년 2차례 많은 보상과 영예가 걸린 승마술 경기가 개최된다.

🐴 원 포인트 어드바이스

도시를 창조할 때는 왜 그 도시가 건설되었는지 이유를 생각하면서 목적에 필요한 시설을 추가해 나간다.

^{Step}₂ 성·요새

◈ 진화를 거듭하는 방어의 요충

성벽으로 둘러싸인 군사 거점을 성이나 요새라고 부릅니다. 일정한 규모의 군대가 농성을 계속하는 것이 성이나 요새의 중요한 기능입니다. 그 구체적인 효과는 관련 도표로 정리했습니다. 나날이 진보하는 무기나 전술에 맞춰 성벽도 변화할 필요가 있습니다. 오른쪽 그림은 현실 세계에서 변화한 내용을 소개하고 있는데, 판타지 세계에서는 새로운 무기나 공격 방법(예를 들면 비행 생물을 사용하는 등)에 의해 성벽 모양이나 역할이 달라질지도 모릅니다. 하지만 어떠한 형태로 묘사하건 성이나 요새는 군대가 장기간에 걸쳐 전투력을 유지하기 위한 시설이라는 기본은 변함이 없습니다.

성·요새 창조의 체크 포인트 ──────

- 성과 요새의 기능은 비슷하다. 그러나 성은 영주의 거성을 겸비하는 곳, 요새는 더욱 군사에 특화된 설비로서 나누어 생각하는 것이 편하다.
- 대개는 산이나 고개, 강처럼 자연 지형을 이용해 만들어진다. 평지에 축성하는 경우에는 규모가 커진다.
- 도시나 큰 마을 대부분은 규모의 차이는 있지만, 성벽이나 요새를 갖추고 있다.

역사 관련 사건

망상이 낳은 환상의 성

독일의 로맨틱 가도(로만티셰슈트라세)의 종착점에 있는 노이슈반스타인 성은 환상적이면서도 장려한 외관으로 인기가 높습니다. 하지만 이것은 중세 기사도에 편집적인 동경을 품고 있던 바이에른 왕 루트비히 2세가 세운 궁전으로 19세기 말이라는 시대에는 어울리지 않는 취미로 만든 건조물입니다. 완성 직후 정부는 루트비히 왕을 정신병자라고 여겼으며, 그는 오래지 않아 익사체로 발견됩니다.

그때, 일본에서는

히데요시의 일야성(一夜城)

도요토미 히데요시는 참신한 아이디어로 전공을 거듭 획득하며 천하를 지배하는 사람이 되었는데, 그 출세의 계기는 스노마타 일야성 건설이라고 합니다. 히데요시의 주군인 오다 노부나가는 미노의 이나바 산성을 공략하지 못해서 애를 먹고 있었는데, 히데요시가 적의 수상 운송로에 걸쳐 있는 스노마타에 단 하룻밤 사이에 성을 세웠던 것입니다. 적군이 방해할 새도 없었습니다. 오다 군의 실력을 안 적군은 차례로 배신했고, 결국 이나바 산성은 함락됩니다.

성이 주요 거점이 되는 이유

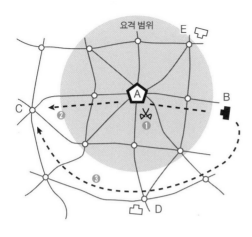

왜 '성·요새'가 중요한지 전쟁을 모델로 정리해보자. 마을C 방면으로 B를 전진 중인 흑군 앞에 성A가 버티고 있다.

흑군이 선택할 수 있는 작전
❶ 성A를 공략한다. 흑군은 B방면에서 보급을 받으면서 공성전을 하지만 오래 이어지면 E방면의 적 원군 부대에 배후를 공격당한다.

❷ 성A는 최소한의 부대로 포위한 뒤 전진한다. 출격한 성A의 수비대에게 포위 부대가 패배하면, 흑군 본대는 적진에서 고립된다.

❸ 성A의 요격 범위를 우회하여 전진한다. 보급선이 너무 길어져서 군의 기동력이 떨어지고 D방면에서의 증원에 취약해진다.

성벽의 변화

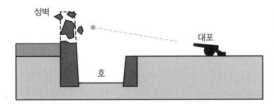

대포 등장 이전의 성벽
성벽은 높을수록 방어력이 뛰어나지만, 중량이 있는 포탄을 발사하는 대포가 등장하면서 무력화된다. 또한, 좁은 성벽에는 대포를 놓을 수 없어서 반격도 할 수 없다.

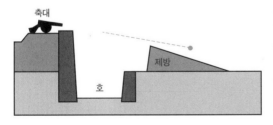

대포에 대응한 성벽
낮고 두꺼운 축대를 설치하여 포를 배치하고, 호의 건너편에는 기울어진 제방을 만들어 적이 항상 사선에 노출되도록 한다. 대포의 등장에 맞추어 그림처럼 개량된 성벽을 가진 요새를 '능보식(稜堡式) 요새'라고 한다.

🛡️ 원 포인트 어드바이스

일본 전국시대의 성은 대포에 대한 대비가 거의 없었다. 에도 시대 말기에 건조된 하코다테의 고료카쿠가 일본 최초의 능보식 요새다.

Step 3 도회·마을

◈ 친근한 도회지와 생활공간

판타지 세계의 모델이 된 중세 시대에 도시와 도회의 구별은 엄격하지는 않았지만, 도회는 도시보다 작은 규모에 복수의 촌락을 포함하는 지역 일대의 경제 중심지로 정의할 수 있겠지요. 인구는 수백~천 명 정도로, 광장과 인접한 종교 시설, 작은 요새와 약간의 숙소나 잡화점 등이 있으며, 중앙을 관통하는 길이 기본형이 됩니다.

마을은 크기가 더욱 작은데, 작은 교회를 둘러싸듯이 수십 채의 민가가 늘어서 있습니다. 잡화점이나 선술집을 겸비한 숙소가 한 채, 그리고 마을 밖에는 농지나 숲이 펼쳐져 있습니다. 대다수 농민에게는 마을과 가까운 도회가 세계의 전부였습니다.

도회·마을 창조의 체크 포인트

· 6장 step-5 '장원'의 영주는 여기에서 설명한 마을을 영지 안에 여러 개 소유하는 것이 일반적이다. 마을은 장원의 일부라고도 할 수 있다.
· 마을에서는 외부의 정보를 전해주는 여행자를 기본적으로 환대하지만 오래 머무르는 것은 경계한다.
· 도회나 마을 규모에서 사건이나 위기 상황이 생기면, 대개 전 주민이 같은 문제의식을 갖기 때문에 모험자에게 해결을 의뢰하는 방향으로 정리되기 쉽다.

나만의 상상에 도전하기
선술집의 정체

화폐경제가 발달하면서 처음에는 도회에만 있었던 선술집이 마을에도 생깁니다. 영주가 선술집을 만들고 사람을 고용해서 경영하게 한 것입니다. 마을 사람은 여기서 술을 마실 수밖에 없기 때문에 영주의 수입은 더욱 풍족해지는 구조였습니다. 이후에는 영주에게서 선술집의 경영권을 사들인 상인이나 농민이 나타나는데, 술을 파는 일 자체가 이윽고 특권화되어 그들은 도회나 마을의 유력자로 성장하게 됩니다.

명작 체크
도회와 마을의 적당한 관계

이와아키 히토시의 『히스토리에』는 알렉산드로스 대왕 밑에서 일하던 왕실 서기관 에우메네스를 주인공으로 한 역사 만화입니다. 창작한 내용이지만, 에우메네스가 소년 시절을 지낸 보아 마을은 자위 수단을 갖춘 자급자족 농촌 사회로서 매우 좋은 예제입니다. 주변 도회인 티오스와의 관계를 묘사한 내용도 빼놓을 수 없습니다. 이후 세계 제국으로 넓어져 나가는 이야기의 확산 구조를 이 작은 관계에서 볼 수 있습니다.

◈ 도회를 창조한다

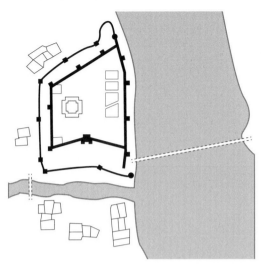

500~600명 정도의 도회라면 성벽 안은 200~300명 정도 수용할 수 있는 규모로 충분하다. 사내들은 즉석 수비병이 된다. 도회가 제대로 기능하려면 최소한 숙소 겸 선술집, 종교적인 시설(교회 정도), 임시 장터가 열리는 광장이 필요하다.

◈ 성벽이 없는 도회

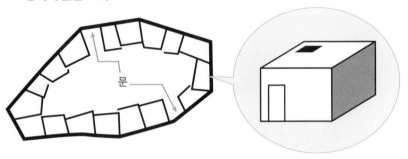

문

성벽을 만들지 않아도 도회의 수비를 굳히는 방법은 있다. 집 한 채, 한 채의 벽을 연결해서 일종의 성벽으로 만드는 것이다. 나아가 외측에 호를 파는 것도 좋다.

성벽을 구성하는 가옥은 성벽 부분에 창을 내지 않고, 두껍고 튼튼하게 만든다. 또한, 천정에는 사다리로 들어갈 수 있는 출입구를 만들어서 지붕 위에서 적을 공격할 수 있게 한다.

🐾 원 포인트 어드바이스

도시가 생겨나는 환경에 맞추어 다양한 성벽을 생각해보는 것도 재미있다. 공중 도시 마추픽추 같은 극단적인 사례도 판타지 세계에는 어울린다.

^{Step}4 삼림

◆ 은혜와 위험이 공존하는 세계

독일 남서부에 넓게 펼쳐진 슈바르츠발트(검은 숲)처럼 유럽 대륙은 일찍이 깊은 삼림에 둘러싸인 세계였습니다. 옛 유럽 사람들은 수목에 깃든 정령의 존재를 느끼면서 숲 속에서 살아간 것입니다. 중세가 되어서도 사람들은 숲에서 사냥감이나 나무 열매, 과일이나 벌꿀을 구하는 등 생활에 도움을 얻었지만, 숲 속 깊이 들어가지는 않았습니다. 숲은 은혜를 베풀어주는 한편 늑대나 괴물이 활개 치는 무서운 세계였기 때문입니다. 도시 생활자에게도 마찬가지입니다. 마을과 마을을 연결하는 가도는 낮에도 어두운 숲을 통과해야 했기에 도적이나 맹수에게 습격당할지도 모른다는 두려움을 항상 느낄 수밖에 없었습니다.

삼림 창조의 체크 포인트

· 치안이 나쁜 숲에 도적이 있는 것은 당연하지만, 지역 영주나 기사가 도적이 되어서 행상인을 습격하는 최악의 사례도 적지 않았다.
· 도회나 마을 같은 공동체에서 추방된 사람은 숲에 숨어서 생활할 수밖에 없었다. 이러한 사람들은 전설 속 마녀의 모델이 되었다.
· 깊은 숲에는 가도라고 부르기엔 어려울 정도로 형편없는 오솔길도 많았다.

명작 가이드
문명과 야만이
부딪치는 곳

독일인은 게르만 민족이라고 불리는데, 로마 제국 시대에 그들은 숲에 사는 거친 야만인으로 여겨졌습니다. 리들리 스콧의 영화 〈글래디에이터〉는 로마 군단이 게르만 부족을 토벌하는 장면으로 시작합니다. 넓게 트인 로마 군단 진지를 향해 숲에서 나타나 밀려오는 게르만 전사들…… 숲이 문명과 야만의 경계라는 것을 단적으로 연출하고 있습니다.

그때, 일본에서는
일본 특유의
사토야마(里山, 산촌)라는 풍경

일본에서는 일찍부터 논밭 개간이 진행되어 평지에는 숲이 거의 없고 산과 뒤섞인 숲밖에는 남아 있지 않습니다. 일본인은 예부터 이 숲에서 장작이나 비료, 숯 같은 다양한 재료를 얻었습니다. 이렇게 논밭과 촌락에 인접한 사토야마라는 풍경이 태어났습니다. 일본의 농촌에서 볼 수 있는 자연 풍경은 오랜 세월에 걸쳐 인공적으로 만들어진 것입니다.

◊ 숲에 둘러싸인 사람들의 생활

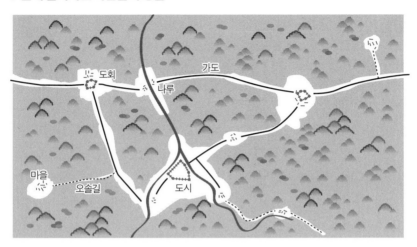

숲은 사람의 생활과 밀착되어 있지만 대부분은 미답의 장소였다. 경작된 영지가 숲 안에 섬처럼 떨어져 있으며 그 사이로 좁은 가도나 오솔길이 연결되어 있다. 다신교도들은 숲을 이교의 정령이 사는 곳이라고 여기며 사랑하고 공경했다. 그 때문에 기독교도(유일신교)에게는 공격과 배제 대상이 되어서 개척과 포교를 동시에 열성적으로 진행했다.

◊ 숲이 가져다주는 풍요로운 은혜

험한 자연에 둘러싸인 세계에서 숲은 인간이 이용할 수 있고 특별한 기술을 갖지 않은 사람에게도 다양한 은혜를 베풀어주는 유일한 장소다.

앞 세계	뒤 세계
영주나 기사에게는 사냥이나 모험의 무대로서, 농민에게는 생활의 부족을 메우고 돼지 같은 가축을 먹이는 방목장이 된다. 또한 목재나 장작, 벌꿀, 나무 열매, 과일 등을 생산하여 사람들의 생활을 풍요롭게 만들어준다.	길도 제대로 나 있지 않고 도적이나 강도가 출몰하는 위험한 세계. 광대한 숲은 악인이나 정체를 알 수 없는 마물에게 살아갈 곳을 제공하며 마녀도 숨어서 살고 있다. 숲은 인간의 문명과 반대로 '야생·야만'을 상징하는, 두려운 세계다.

🌱 원 포인트 어드바이스

숲에 사는 늑대는 늑대 인간 전설이나 다양한 민화에서 악역으로 등장하는 등 특히 두려운 존재였다. 영주의 명령으로 근처의 농민이 일제히 늑대 사냥에 동원되기도 했다.

Step 5 장원

🔹 농민 세계의 전부

토지 승인을 매개로 한 주종 관계를 봉건제라고 부른다고 앞에서 언급했는데, 그 봉건제의 기본이 되는 것이 장원입니다. 장원의 주권자는 영주라고 불리며 장원 내에서는 절대적인 군주입니다. 그리고 장원 영주를 여러 명 거느리는 것이 4장 step-3에서 설명한 연방이라고 생각하면 좋겠지요. 장원은 보통 몇 개의 마을을 포함하고 있으며 마을마다 배치된 영주의 대리인이 농민을 감시합니다. 농민 대부분은 가까운 도회에 몇 번인가 부역을 나가는 것 이외에는 평생 장원 내에서 생활합니다. 그래서 그들의 마음 속에 국가나 정치에 대한 의식은 거의 없고 일반적으로 장원 외부에는 관심을 두지 않았습니다.

장원 창조의 체크 포인트

· 장원은 통행세를 내야 하거나 여행자를 의심스럽게 여기는 일도 많은 귀찮은 땅이지만, 일반적으로 롤플레잉 게임에서 이벤트를 의뢰하는 것은 대개 이 장원 영주다.
· 영주의 대부분은 화폐경제가 발전하면서 몰락하고 상비군의 장교 등이 된다.
· 서유럽 각지, 특히 독일에 남은 작은 성 대부분은 과거에 장원 영주의 거주지였다.

역사 관련 사건
장원의 토지 이용

장원 토지 전체의 분배는 평균적으로 농지와 방목지가 각각 40%, 삼림이 20% 정도입니다. 오래전부터 존속했던 장원은 땅이 풍요롭고 농민도 많아서 농경지의 비율이 높지만, 새로운 장원은 농경지에 어울리지 않는 땅이 많아서 삼림이나 방목지가 많습니다. 영주는 삼림에서 사냥할 권리를 갖고 있으며 특히 다른 장원 사람의 밀렵 행위는 엄격하게 처벌했습니다.

역사 관련 사건
농가의 배치

중세 농민의 가옥은 대개 거칠게 회칠이 된 벽에 풀을 엮어서 만든 지붕으로 되어 있으며, 겉으로 드러나는 장식은 거의 없습니다. 눈에 띄면 용병단이나 도적이 노리기 쉽기 때문입니다. 큰 거실과 작은 헛간, 2곳으로 구성된 구조에 돌로 만든 아궁이를 놓고, 바닥에는 침구를 겸한 짚이 깔려 있었습니다. 헛간에는 농기구나 가축이 들어 있는데, 겨울을 나기 위해서 잡아먹거나 팔아버리는 가축이 사실상 농민의 전 재산이었습니다.

◆ 장원 경제의 기본 모델

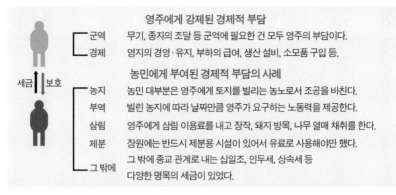

영주에게 강제된 경제적 부담

┌ 군역 무기, 종자의 조달 등 군역에 필요한 건 모두 영주의 부담이다.
└ 경제 영지의 경영·유지, 부하의 급여, 생산 설비, 소모품 구입 등.

세금 ↕ 보호

농민에게 부여된 경제적 부담의 사례

┌ 농지 농민 대부분은 영주에게 토지를 빌리는 농노로서 조공을 바친다.
├ 부역 빌린 농지에 따라 날짜만큼 영주가 요구하는 노동력을 제공한다.
├ 삼림 영주에게 삼림 이용료를 내고 장작, 돼지 방목, 나무 열매 채취를 한다.
├ 제분 장원에는 반드시 제분용 시설이 있어서 유료로 사용해야만 했다.
└ 그 밖에 그 밖에 종교 관계로 내는 십일조, 인두세, 상속세 등
　　　　　다양한 명목의 세금이 있었다.

장원 ······ 화폐경제가 발달하기 전 자급자족 사회에서는 왕이나 대귀족이 가신에게 토지를 주어 영주로 삼고, 그들의 권리를 보장하는 대신에 군역을 요구하면서 봉건 제도가 성립했다. 토지를 얻은 영주는 장원이라고 불리는 영지를 경영하면서 농민을 지배했다. 장원은 하나의 독립국이며 동서를 막론하고 비슷한 제도가 존재했다.

◆ 장원에서의 생산 활동

농업	농지는 셋으로 나누어 밀·양맥(洋麥)·대맥(大麥), 콩·완두콩, 휴경지 순서로 번갈아서 경작했다(삼포제).
영주 직영지	좋은 방목지나 농지를 중심으로 전체의 30%는 영주 직영지다.
농작업	파종이나 경작, 제초는 농가마다 한다. 수확만큼은 장원 전체에서 행하며 농지 면적이나 일한 양에 따라서 분배한다.

가축	사료용 곡물은 인간의 주식이기도 해서 고기를 먹기 위해 가축을 기르는 일은 거의 없다. 다만, 찌꺼기나 나무 열매로 기를 수 있는 돼지는 예외이며, 돼지 가공육은 겨울을 나는 귀중한 저장 식량이었다.
소	농민은 대개 암소를 1~2마리 길러서 휴양지에 방목하고 있었다. 노동에 사용되는 수소는 영주의 것으로 사용료를 받고 빌려주었다.
말	소보다도 농경에 도움이 되지만 매우 비싸서 영주만 기를 수 있었다.
돼지	삼림에 방목해도 잘 자라서 귀중한 고기의 원천이 되었다. 농민은 몇 마리를 길렀다.
닭·양	닭은 알이나 고기, 양은 털을 얻기 위해서 길렀다. 농민은 양털로 의복을 만들었다.
염소	젖이나 고기, 가죽을 얻는다. 소보다 험한 환경에서도 기를 수 있다.

🐦 원 포인트 어드바이스

장원 경제에서 농민은 대부분 화폐를 얻을 수가 없다. 다양한 '사용료'는 그 금액에 해당하는 현물, 또는 노동으로 지불했다.

Step 6 도량형·화폐

◆ 잘 사용하면 개성을 연출하는 데 효과적

오른쪽은 유럽의 주된 도량형 일부를 정리한 것입니다. 판타지 세계에서는 이들을 유용하거나 새로운 도량형을 만드는 일도 가능합니다. 미터법에 익숙하지만 일부러 익숙하지 않은 단위를 사용하는 일은 조금 지나친 것일지도 모릅니다. 하지만 독특한 유래를 가진 도량형은 판타지 세계에 색다른 재미를 부여합니다.

화폐도 마찬가지입니다. 금화(골드)나 은화(실버)라는 말로 거의 해결할 수도 있지만, 화폐는 국제 관계를 반영하고 있으며 왕이 바뀔 때마다 새로운 금화를 발행하는 나라가 있는 것처럼 이야기를 부여하기 쉽기 때문에 그냥 넘어가면 아쉽겠지요.

도량형·화폐 창조의 체크 포인트

· 독특한 도량형을 고안하더라도, 축척은 미터법에 맞추는 것이 좋다.
· 금화는 국가나 대상인 간의 거래에 사용했고, 일반적인 상업 활동에서는 대개 은화가 사용되었다.
· 자국에서 통화를 발행하지 않고 타국의 화폐를 수입해서 사용하는 사례도 있다.

나만의 상상에 도전하기
농지는 어느 정도 필요한가

대략적인 기준이지만 당시 한 사람이 살아가려면 최소한 1년에 20부셸(728ℓ)의 곡물이 필요했습니다. 농지는 1에이커(약 4,046㎡)마다 평균 10부셸을 생산할 수 있어서, 일가 4인이 살아가려면 8에이커의 경작지가 필요했습니다. 30%가 휴경지이므로, 농가 한 채당 할당 경지 면적은 최소한 12에이커가 됩니다. 장원이나 마을 규모를 생각할 때 참고해주십시오.

나만의 상상에 도전하기
화폐로 사용된 금속들

화폐에 금이나 은이 사용된 이유는 희소 금속이기 때문입니다. 그런데 화폐경제에 의해 사회가 변화하는 것을 두려워해서 금, 은화의 사용을 금지한 사례도 있습니다. 고대 그리스의 스파르타는 노예 노동에 의존하는 농촌 사회를 지키기 위해서, 독자적인 철 화폐의 사용만 인정하고, 외국에서 물자를 들여오는 것을 금지했습니다. 철 화폐는 금화에 비하면 말 그대로 쇠붙이이기 때문에 상인이 찾아오지 않게 됩니다.

◈ 유럽에서 사용한 도량형의 사례

미터, 킬로그램 이외의 도량형을 몇 개 소개하니 창조에 참고하기 바란다.

면적

120제곱야드 ····· 1아르(are, a)
(100㎡)

4,480제곱야드 ····· 1에이커(acre)
(4046㎡)

60~120에이커 ····· 1하이드(hide)
(한 가족을 부양할 수 있는 땅의 크기. 토지에 따라 다름)

6400에이커 ····· 1제곱마일(mile)
(2,59㎢)

부피(액체량)

2파인트(pint) ····· 1쿼트(quart)
(파인트=0.57ℓ) (1.14 리터)

4쿼트 ····· 1영국 갤런(gallon)
(4.54리터)

50영국 갤런 ····· 1혹스헤드(hogshead)
(230ℓ)

0.83영국 갤런 ····· 1미국 액량 갤런
(3.78ℓ)

거리

12인치(inch) ····· 1피트(feet)
(1인치=2.54cm) (30.48cm)

3피트 ····· 1야드(yard)
(91.44cm)

1,760 야드 ····· 1마일(mile)
(1,609m)

4,4000야드 ····· 1리그(league)
(4,023m)

중량

16드람(drachm) ····· 1온스(ounce)
(1드람=1.75g) (28g)

16온스 ····· 1파운드(pound)
(453g)

2,240파운드 ····· 1영국 톤
(1,016kg)

2,000파운드 ····· 1미국 톤
(907kg)

부피(곡물)

2펙(peck) ····· 1케닝(kenning)
(1펙=9.1ℓ) (18.2ℓ)

2케닝 ····· 1부셸(bushel)
(36.4ℓ)

8부셸 ····· 1쿼터(quater)
(290ℓ)

4쿼터 ····· 1턴(tun)
(1160ℓ)

◈ 화폐의 성립

화폐

불편한 물물 교환을 대신해 일정한 가치를 인정받은 물품을 매개로 교환이 행해졌다. 처음에는 귀한 조개나 곡물을 이용해서 교환했지만, 시간이 지날수록 다양한 금속으로 통일되었다. 처음에는 금, 은, 동 같은 금속의 무게를 재서 교환했지만 계산을 쉽게 하기 위해서 화폐가 탄생했다.

처음에 화폐는 표면에 새겨진 가치가 아니라
화폐의 금속 가치로 판단했다.
화폐는 다양한 나라나 지역에서 제조되었지만,
2개의 그룹으로 나뉜다.

발행 초기의 금은 함유량을 바꾸지 않고 유지한다.
주요 통화로서 신뢰를 얻음.
주조국의 구매력이 높아지고 물품이 모인다.

발행 초기보다 금은 함유량이 낮아진다.
일시적으로는 이익을 얻지만 신뢰를 잃고
가치가 내려가서 이윽고 소멸한다.

【환전상】
경제권이 작고 각지에서 멋대로 화폐를 제조했기 때문에,
교역 장소에는 반드시 화폐를 교환하는 일을 전문으로 하는 환전상이 있었다.

🌱 원포인트 어드바이스

혹스헤드란 지름 72cm, 높이 82cm의 위스키 통 용적으로, 대략 돼지(hog) 머리 하나
무게와 비슷해서 이렇게 불렀다.

Step 7 교역과 유통

◈ 세계를 여행하는 사람과 물건

오른쪽 그림에서는 주로 교역에 관해 설명하고 있는데, 중세 시대에는 물자와 함께 다양한 사람이 여행했습니다. 가장 많은 것은 종교 순례자이지만, 전쟁이나 기근으로 정착지를 잃은 방랑자나 거지도 꽤 많았습니다. 또한, 직업상 이동이 필요한 일도 있습니다. 예를 들면, 사교 같은 고위 성직자는 한국의 도(道) 정도 규모의 넓은 지역을 맡고 있었기 때문에 순찰만 해도 상당한 일이었습니다. 그들이 오가는 길의 상태도 지금과는 달랐습니다. 우선 가도 주변에 마을이나 촌락이 거의 없었습니다. 가도만큼 경작지가 줄어들기 때문입니다. 마을에 들어가려면 가도에서 마을로 연결된 좁은 갈림길을 이용해야 했습니다.

교역과 유통의 체크 포인트

· 거지나 순례자에게 기부하는 것은 내세의 구제와 연결되는 선행이기에 그들은 이동을 계속하는 한 어떻게든 살아갈 수 있었다.
· 악사나 음유시인도 이동하는 사람의 대표적인 존재다. 궁정이나 영주의 거성에만 머물 수는 없었기 때문에 각지를 떠돌았다. 오락이 없는 시대였기에 가난한 마을에서도 그들은 환영받았다.

역사 관련 사건
세계 유산이 된 '순례자의 길'

세계 유산이 된 스페인의 엘 카미노 데 산티아고(El Camino de Santiago)는 기독교 세계에서 가장 유명한 순례자의 길입니다. 피레네산맥에서 스페인 북부를 똑바로 횡단하는 순례자의 길은 800km나 되며, 순례자는 이 길을 한 달에 걸쳐서 걸어갑니다. 중세 전통에 따른 순례자의 숙소도 있어서 당시의 여행이 어떤 것이었는지 느낄 수 있는 귀중한 길입니다.

그때, 일본에서는
배에 굶주린 북쪽의 항구

계절에 따라서 물류가 멈추기도 합니다. 에도 시대에 일본은 동해에서 해운이 성행했지만, 바다가 거칠어지는 한겨울에는 배가 나갈 수 없었습니다. 그렇다 보니 간사이 방면의 물자에 의존하고 있던 도호쿠나 홋카이도의 항구는 활동을 멈추고, 상점도 죽은 것처럼 활기를 잃었습니다. 이 때문에 그들은 눈이 그치는 동시에 화물을 가득 싣고 찾아오는 교역선을 항구 사람 전원이 나서서 환영했습니다.

◆ 교역의 구조

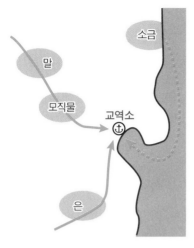

교역에 사용할 수 있을 만큼 대량 생산되는 자원과 산물은 일단 교역소에 모여서 거래된다. 이렇게 남거나 부족한 물자가 교환되면서 사람들의 생활 안정에 이바지했다. 일반적으로 육로보다는 해로 쪽이 대량의 물자를 빨리 옮길 수 있고 수송비도 낮다. 하지만 난파되면 피해가 막대해서 육상 수송의 위험과는 비교할 수 없었다.

◆ 행상인과 대상

행상인	다양한 지역을 이동하면서 운반하는 상품을 판매하는 소규모 상업. 정기 장터를 돌면서 상품을 사고팔거나, 여유 물자를 싸게 사서 부족한 지역에 파는 등 개인의 실력에 따라서 수법은 다양했다. 마차 한 대 정도의 자본금으로 시작할 수 있지만 사고나 위험 요소는 모두 자기가 책임져야 한다.
대상	상인에 의해서 조직된 수송·판매 집단. 육상 교역의 주력으로서 대상이 사용하는 가도에는 물류 유지에 관련된 많은 이해 당사자가 있다. 대상을 지키기 위해서 용병을 고용하기도 한다. 주요 대상은 상인 길드와 관계가 깊은 '우두머리'가 이끈다. 우두머리는 통과 지역의 지리에 밝고 인맥이 넓은 사람이 많다. 배에서는 선장이 우두머리 역할을 맡는다.

교역을 방해하는 요인

A에서 B로 이동하는 행상인이나 대상은 장원이나 도시, 다리, 고개의 관문 등 다양한 장소에서 통행세를 내야 한다. 이것은 교역을 방해하는 요인으로서 종종 기근을 악화시키는 원인이 되었다.

🔧 원 포인트 어드바이스

장원 영주의 통행세는 영내의 가도를 정비하거나 경비에 사용한다는 명목이 있었기에, 도적단이 출몰하면 인근의 제후가 토벌대를 출동시켰다.

창조 가이드
~다음으로 창조할 것~

이름과 개성을
창조한다

◆ 캐릭터에게 생명을 불어넣자

7장에서는 대륙이나 다양한 지형, 제국이나 왕국, 도시 등 판타지 세계에 배치해야 할 모든 것에 이름을 부여합니다. 이 작명(naming)이라고 부르는 작업은 재밌지만 어려움이 따릅니다. 가장 보여주고 싶은 주제에 대해서는 누구나 의미 있는 이름을 만들고 싶어 할 것입니다. 하지만 실제로 이것저것 만들다 보면 주제와는 그다지 관련 없는 무수한 요소에도 이름을 지어야 하는데, 상당히 귀찮은 작업입니다.

여기서 필자 나름대로 고안한 작명 방법을 전수하려고 합니다. '작명이야 말로 창작의 꽃이다'라며 흥분해서 달려드는 독자들에게는 분명히 사족이겠지만, 작명 때문에 어쩔 수 없이 창작 작업을 멈추는 사람들에게는 더없는 복음이 될 것입니다.

◆ 세계에 개성을 부여하자

처음에 말했듯이 이 장에서는 마법이나 주술, 몬스터, 전설의 무기 같은 이른바 판타지 세계의 주역에 대해서는 거의 설명하고 있지 않습니다. 우리에게는 경이롭고 두려워할 만한 현상이지만, 이 세계에서 실제로 살아가는 캐릭터에게는 분명히 쉽게 접할 수 있는 '일상'에 불과하기 때문입니다.

반대로 말하면 지금까지 설명한 토대를 바탕으로 창조한 세계라면 그 뒤에는 타락 천사가 소환되건 운석이 떨어지건, 그렇게 간단히 흔들리지는 않을 것입니다. 이후의 환상은 여러분 마음대로 생각하면 됩니다. 지금까지 마음속에 쌓아왔던 어떤 '중2병적인' 요소조차 여러분의 세계라면 충분히 받아들일 수 있을 것입니다.

Step 1 언어와 이미지

◈ 판타지 세계 구축도 이제 막바지로

드디어 언어에 도달했습니다. 바야흐로 판타지 세계 언어에 혼을 불어넣는 작업입니다. 여기서 말하는 언어란 요소에 붙이는 이름을 가리킵니다. 판타지 세계에도 현실과 같이 다수의 언어가 존재하겠지요. 또한, 같은 언어라도 지역에 따라 사투리도 있을 것입니다. 하지만 언어에 따르는 의사소통의 불편함을 충실하게 재현하는 것은 불가능하며, 그다지 바람직한 표현 방법도 아닙니다. 그보다는 오른쪽 표처럼 기존의 언어가 가진 이미지를 판타지 세계의 캐릭터나 지명, 사물에 부여하여 감상자의 상상력을 자극하는 방법이 훨씬 이치에 맞습니다.

언어의 이미지의 체크 포인트

· 중세 기독교 교회에서 많은 신부, 수도사가 라틴어를 익히고 있었던 것처럼 무언가 공통 언어를 설정하는 편이 좋다.
· 게임 시나리오에서는 언어에 의한 의사소통 문제를 역이용해서 아이템 등을 활용하여 언어 습득 이벤트를 설정하기 좋다.

명작으로의 초대

『달단질풍록(韃靼疾風錄)』

일본의 국민적인 작가 시바 료타로의 마지막 소설 『달단질풍록』은 에도 시대 '달단'이라고만 알려진 이국의 공주를 시골 무사가 호위하여 고국으로 돌려보내는 이야기입니다. 북방 기마민족이나 중국인, 조선인처럼 언어도 문화적 배경도 다른 사회에 일본 무사가 뛰어들면서 벌어지는 갈등이나 알력이 '언어'의 차이를 둘러싼 표현을 통해 실로 선명하고 역동적으로 그려지고 있습니다.

나만의 상상에 도전하기

에스페란토어란

19세기 말 폴란드의 언어학자 자멘호프가 고안한 인공 언어입니다. 유럽의 여러 언어를 모체로 하고 있지만, 복잡한 격변화나 발음의 차이를 단순하게 바꾸어서 배우기 쉽게 연구했습니다. 일정한 언어에 치우치지 않음으로써 언어에 의한 민족 감정에 좌우되지 않는 인격을 기르겠다는 이념이 있습니다. 일상에서 사용하는 이는 거의 없지만 습득하고 있는 사람은 백만 명이 넘는다고 합니다.

◆ 언어가 가지는 이미지

영어	일상에서 빈번하게 사용하는 친근한 언어로서 청자가 직감적으로 이미지를 떠올리기 쉽다. 다만 너무 흔하게 느껴지는 단어도 많아서 신선하지는 않다.
프랑스어	고급스러운 느낌. 귀족적인 이미지가 정착되어 패션이나 부동산 등에서 널리 사용되고 있다. 오만하고 독선적인 이미지에 사용하기 쉽다.
독일어	중후하고 장엄하며 오만한 이미지가 있다. 남성적이고 딱딱한 표현에 어울린다. 발음도 명료해서 사용하기 쉽지만, 군국주의적으로 사용하는 건 진부하다.
이탈리아어	경묘하고 세련되며 리듬감, 약동감이 넘친다. 격식 없고 음악적인 표현에 어울리지만, 어미의 처리가 스테레오 유형이라서 조금 경박하게 보일 수 있다.
스페인어	이탈리아어에 가깝지만 좀 더 토착적이고 대중적인 울림이 있다. 대항해시대의 활약으로 큰 바다의 이미지를 부여하기 쉽다.
러시아어	유럽 언어 중에서는 다른 문화의 느낌이 강하고 아시아적인 분위기가 있다. 음악적인 리듬이 있으며 시문도 풍부하다. 나라의 분위기를 반영해서 잔혹한 인상도 있다.
라틴어	로마 제국이나 천주교회 내에서 사용한 언어이기에 정치, 문화, 종교적이다. 각 언어의 원형이기에 조어를 만들 때 좋다.
중국어	유럽 언어와 대비하여 동양적이고 다른 문화라는 느낌이 강하다. 발음만이 아니라 뜻으로 조합해도 좋다.
에스페란토어	세계 공통 언어로서 알파벳을 바탕으로 만들어졌다. 판타지 세계에서도 공통 언어로 하고 다른 언어를 방언으로 사용하는 등 다양하게 쓸 수 있다.

◆ 언어와 나라, 민족의 이미지를 표현하는 방법

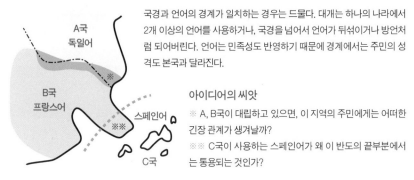

국경과 언어의 경계가 일치하는 경우는 드물다. 대개는 하나의 나라에서 2개 이상의 언어를 사용하거나, 국경을 넘어서 언어가 뒤섞이거나 방언처럼 되어버린다. 언어는 민족성도 반영하기 때문에 경계에서는 주민의 성격도 본국과 달라진다.

아이디어의 씨앗

※ A, B국이 대립하고 있으면, 이 지역의 주민에게는 어떠한 긴장 관계가 생겨날까?

※※ C국이 사용하는 스페인어가 왜 이 반도의 끝부분에서는 통용되는 것인가?

🔶 원 포인트 어드바이스

에도 시대 요시하라 유곽에서는 전국에서 유녀가 모였지만, 유녀의 출신 지역을 감추기 위해서 '……아린스.(……옵니다.)'라는 유녀만의 언어가 태어났다.

Step 2 작명·조어 작업

♦ 재밌지만 힘든 작명 작업

대상의 언어 이미지를 굳히고 나면 다음에는 작명할 차례입니다. 창조한 대륙이나 섬, 나라, 도회, 그리고 신들에게 차례대로 이름을 붙입니다. 그런데 이것은 상당히 귀찮은 작업입니다. 중요하게 생각하는 부분(주요 국가나 수도, 주신, 또는 적의 제국)은 일단 어느 정도 이미지를 생각하기 쉽지만, 이게 늘어나기 시작하면 무의식중에 언어의 경향이 한쪽으로 쏠리거나 통일감을 갖지 못하기 때문입니다. 누구나 직면할 수 있는 벽이지만, 이를 조금이라도 편하게 넘어설 수 있도록 작명 작업에 대해 몇 가지 정리해 보았습니다. 이를 구사하여 판타지 세계를 매력적으로 색칠해주십시오.

작명·조어 작업의 체크 포인트

· 처음부터 세계 전체의 세부를 정할 필요는 없다. 대륙과 주요 국가 정도로 한정하고 이야기의 무대가 되는 나라를 중점적으로 만들어야 한다.
· 문자의 인상만이 아니라 발음에도 주의하여 듣기에 편한 리듬을 찾아보자.
· 이미지를 중시한 외래어 이름만이 아니라, '탄식의 바다'나, '희망의 강'처럼 뜻이 그대로 드러나는 이름을 남겨두어도 좋다.

역사 관련 사건
국경의 마을 이야기

독일 국경 근처에 있는 프랑스의 마을 스트라스부르는 알자스 지역권의 주도입니다. 이 지역은 일찍이 독일령이었지만, 프랑스에 병합된 이후 전쟁 때마다 독일령이 되었다가 프랑스가 되찾거나 하며, 영유권이 몇 번이나 바뀌었기 때문에 슈트라스부르크라는 독일식 음독도 보급되어 있습니다. 이 알자스 지방의 언어 문제를 그린 것이 교과서에도 수록되었던 알퐁스 도테의 『마지막 수업』입니다.

나만의 상상에 도전하기
언어학자 톨킨

『반지의 제왕』의 작가로 알려진 J.R.R.톨킨의 본업은 언어학 교수입니다. 옛 영어에 정통한 그는 어릴 때부터 인공 언어를 창조하는 취미에 열중하여 평생에 걸쳐 15종류의 인공 언어를 고안했습니다. 그리고 언어에는 그것을 사용하는 사람들의 전설이 있어야 한다는 신념을 바탕으로, 결국 『호빗』,『반지의 제왕』이 탄생했습니다.

◆ 이미지의 언어화 = 조어 작업의 흐름

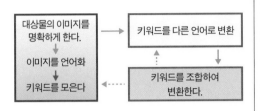

조어 작업 차트

'곳'이 가진 정보와 이미지		
일반	유사성	반도, 섬, 사주
	기능	항구, 등대
	성질	모양, 크기, 높이
특별	특성	지질, 색, 역사
	상황	도시, 도회, 마을
	소유	소유자 이름
	비교	주변 곳과의 관계

대상이 되는 언어를 직접 상상해낸 언어에서 얻어도 되지만, 위 그림 같은 작업으로 언어를 짜냄으로써 독창성을 연출하는 동시에 이미지나 스토리가 커지게 된다.

예를 들어 '곳'에 이름을 붙이려고 할 때도, 키워드로서 사용할 수 있는 이미지는 이처럼 다양하다.

◆ 조어의 법칙화

특징/성질 + 본질
또는
특징/성질+접착어+본질

예) '붉은 도회'를 독일풍으로

i) 단순히 연결

붉은 　도회
로트 + 부르크 = 로트부르크

ii) 접착어 'en'을 규칙화

로트 en 부르크 = 로텐부르크

iii) 특징과 본질을 바꾸기

로트 + 부르크 = 부르크로트

복수의 패턴화(그리스어의 경우)	
알렉산드리아	알렉산드로스 왕의 도시
네아폴리스	새로운 도시
비잔티움	뷔잔타스 왕의 도시

통일감을 주기 위해서 조어를 법칙으로 구성하는 것도 생각해본다. 다만, 너무 지나치면 획일화되기 때문에, 예를 들면, '어느 나라가 정복한 나라에 건설된 요새' 등으로 법칙을 나중에 추가함으로써 다양성을 추구하는 것도 좋다. 기존의 언어에 구애받지 않고 예를 들면 '~시', '~촌' 등과 같이 '본질'에 해당하는 독자적인 어미를 만드는 것도 재미있다. 이 경우, '~시'라도 여러 패턴이나 발음을 만들어두면 획일화를 피할 수 있다. 예를 들면 독일어풍으로 'en'을 접착어로 썼지만, 'es'나 'oi' 등 자유롭게 생각할 수 있다.

🌱 **원 포인트 어드바이스**

영국에는 본머스, 프리머스, 포츠머스, 다트머스처럼 '~머스'가 많은데, 이것은 '하구의 마을'을 뜻하는 옛 언어의 흔적이다.

Step 3 완전 조어에 도전

◆ 높고도 험한 독창성을 위한 길

필자는 이전에 롤플레잉 게임의 설정을 만든 적이 있습니다. 그중 가장 어려웠던 것이 작명 작업이었습니다. 7장 step-2의 내용처럼 '독창성'이 중요하다고 생각하여 이것저것 마을이나 몬스터, 무기의 이름을 만들었습니다. 하지만 이것들을 소개하기엔 조금 부끄럽습니다. 요즘 식으로 말하면 '중2병' 느낌이 풀풀 풍기기 때문입니다. 완전 조어는 여러 면에서 허들이 높다는 것이 필자의 결론입니다. 하지만 작명 사전의 소재도 언젠가는 다 떨어지고 말겠지요. 그래서 생각해낸 몇 가지 방법을 여기에 소개합니다.

완전 조어의 체크 포인트

- 이것은 하나의 사례이므로 사용하기 쉽게 수정하는 것은 당연히 가능하다.
- 알파벳이 아니라 한글 글자를 카드화하는 것도 가능. 이걸로 완전 조어를 구성하면 서구 스타일에서 벗어나 아시아 느낌의 언어가 만들어진다.
- 창작자 본인이 부끄럽다고 느끼는 단어라고 해도 받아들이는 쪽에서는 그다지 신경 쓰지 않는다.

나만의 상상에 도전하기
완전 조어의 세계

실제로는 7장 step-2와 step-3 사이를 오가면서 작명 작업이 진행되겠지요. 만일 이 완전 조어만으로 한 나라의 작명 요소를 모두 구성하게 된다면, 조금 문명의 차원이 다른 세계가 탄생한 듯한 인상을 버릴 수 없습니다. 몇 번이고 다시 이야기하지만 작품 감상자가 편하게 받아들이거나, 의도적으로 수상한 느낌을 주기 위한 목적으로 단어를 만든다는 것을 잊지 말아 주십시오.

역사 관련 사건
암호가 된 소수 언어

인류는 이제까지 다양한 '암호'를 고안해왔는데, 이들 대부분은 해독할 때 시간이 오래 걸린다는 단점이 있습니다. 태평양 전쟁 당시 미군에서는 북미 원주민인 나바호족 출신자로 통신팀을 편성하였고, 신속한 통신이 필요한 전장에서 도움이 되었습니다. 일본군이 어렵게 암호 통신을 입수해도 나바호어를 이해하지 못하므로 미군의 생각을 예상할 수 없었던 것입니다.

◈ 독창적인 조어법

① **하얀 종이 카드를 준비하여 아래의 지시대로 알파벳을 적은 덱을 만든다.**

메인 덱		모음 덱	
e ······ 10장	c,d,h,l,m,u ······ 각 4장	e	······ 10장
a,t ······ 각 8장	b,f,g,p,w,y ······ 각 2장	a / l / o	······ 각 8장
l,o,s ······ 각 7장	k,v ······ 각 1장	u	······ 각 7장
n,r ······ 각 6장	j,x,q,z ······ 1장에 전부		

② **카드를 뒤섞은 메인 덱에서 1장을 꺼내어 메모한다. 꺼낸 카드는 덱에 돌려놓는다.**

  ※ 좋아하는 문자를 사용한다. 주사위나 동전 던지기로 정해도 좋다.

③ **②의 순서를 적당한 횟수(4~12회) 반복한다.**

④ **메모한 문자를 정리한다.**

i) 연속된 언어로 읽거나 로마 문자 발음으로 연상한다.

ii) 자음(a,e,i,o,u 이외)이 너무 많이 반복되는 부분에서는 모음 덱을 펼쳐서 모음을 더한다.

iii) 모음(a,e,i,o,u)이 너무 많이 반복되는 부분에서는 메인 덱을 펼쳐서 자음을 더한다.

iv) 직감으로 마음에 들지 않는 소리에 대해서는 메인 덱을 다시 펼친다.

v) 완성된 소리를 수정한다.

⑤ **만들어진 소리의 사례를 7장 step-2의 법칙성에 맞추어본다.**

어떤 마을에 이름을 붙이는 사례

  ①~③ d,w,e,l,m,c,o,l = 드웰콜
  ④ d와 첫 번째 l을 빼서 wemcol = 웸콜
  ⑤ 독일어의 '도르프(~마을)'를 더하면, '웸콜도르프'가 완성.

카드의 배분은 알파벳 빈도 비율에 맞추고 있다. 엄밀히 말하면 이중 자음도 고려할 필요가 있지만, 어디까지나 조어법의 한 가지 사례이므로 이러한 부분까지 깊이 들어갈 필요는 없다. 발음에 자신이 있다면 영어에 한정하지 않고, 다른 언어의 발음에 도전해보는 것도 재미있다. 또한, 알파벳에 그치지 않고, 같은 방법으로 일본의 가타카나(또는 한글)를 카드로 만드는 것도 가능하다(한글로 카드를 만들 때는 모음과 받침이 더욱 다양하다는 점을 고려할 필요가 있다. 이 경우 초성과 중성만으로 소리를 구성하고 받침은 나중에 생각하는 것도 한 가지 방법이다-역자 주).

[응용] 카드를 준비하기 어렵다면 영어 사전에서 무작위로 단어를 선택하여 그 배열을 다양하게 바꾸면서 마음에 드는 소리를 찾는 방법도 좋다.

> **◉ 원포인트 어드바이스**
>
> 조어의 대표적 사례인 크툴루 신화에는 '이크나니스스스스즈(Ycnagnnisssz)' 같은 기괴한 이름의 구지배자가 등장한다.

7장 작명, 경치, 유적

Step 4 랜드마크

◈ 감상자의 감각에 호소한다

랜드마크란 '지도를 읽을 때 기준이 되는 특징적 지형'이라는 어원에서 바뀌어 '지역이나 도시를 대표하는 경관'이라는 의미로 사용합니다. '자유의 여신상'을 보면 뉴욕이라는 걸 알 수 있고, 후지산은 일본을 연상하게 합니다. 이러한 지형이나 건물이 랜드마크입니다. 그런데 판타지 세계에서 랜드마크를 눈에 띄게 하기란 어렵습니다. 감상자에겐 랜드마크와 지역을 연결할 수 있는 정보가 아무것도 없기 때문입니다. 하지만 '개선문=과거에 전쟁의 승리에 이바지한 도시' '훌륭한 성벽=중요한 전략 거점'을 의미하는 것처럼 그 지역의 역사나 성질을 일일이 설명하지 않고도 이해할 수 있는 좋은 연출 재료로서 효과적입니다.

랜드마크 창조의 체크 포인트

· 훌륭한 유적이나 대사원이 아니라도, 예를 들어, 아무것도 없는 황량한 마을의 교회에서는 '과거에 유명한 성인이 일으킨 기적' 같은 전승이 일종의 랜드마크가 된다.
· 랜드마크는 반드시 주민의 지지를 얻을 필요는 없다. 신흥 교단이 선전 목적으로 만든 대신상 같은 것은 수상쩍게 여기는 주민이 더 많을지도 모른다.
· 7장 step-7에서도 다루겠지만, 유래가 알려지지 않은 의문의 랜드마크도 재미있다.

나만의 상상에 도전하기
풍력 발전은 미래의 상징

가마치 가즈마의 라이트 노벨이자 애니메이션으로도 큰 성공을 거둔 『어떤 마술의 금서목록』(또한 만화 『어떤 과학의 초전자포』)에서는 학원 도시의 원경 여기저기에 거대한 풍력 발전기의 모습이 눈에 띕니다. 특별한 설명은 없지만 '자연 에너지 의존 사회=근미래·선진 과학'이라고 변환할 수 있는, 감상자의 감각을 자극하는 실로 훌륭한 랜드마크 연출이라고 하겠지요.

나만의 상상에 도전하기
입장이 바뀌면 견해도 달라진다

큰 건축물처럼 누구나 알 수 있는 랜드마크 이외에도 직업상의 랜드마크가 있습니다. 예를 들면 어떤 항구 마을에서 주민에게는 일상의 풍경에 지나지 않는 산이나 곶이, 오랜 항해를 거쳐서 찾아온 선원들에게는 무사히 항해를 마친 것을 의미하는 신성한 경치로 비추어집니다. 일상 풍경을 바라보는 시선의 차이도 랜드마크 연출의 재미있는 포인트입니다.

◆ 자연물 랜드마크

산	유명한 봉우리나 높은 산만으로도 충분하지만 활화산이라거나, 산 자체를 신격화하거나, 산에 신화나 전설 속 괴물이 산다는 등으로 응용하기 쉽다.
강·호수	하구나 강가에서 번영하는 대도시의 상징으로서, 그 강에 걸친 많지 않은 다리는 물류의 중심이 된다. 명승지로서의 폭포 등도 있다.
계곡	그랜드캐니언 같은 큰 계곡이나 깊은 산을 통과하는 고갯길 일부로서 계곡을 따라서 길이 뻗어 있을 수 있다.
삼림	독일의 슈바르츠발트(검은 숲)처럼 광대한 삼림뿐 아니라, 작아도 지방 전설의 무대, 도적, 위험한 동물의 은신처 등이 될 수 있다.
온천·간헐천	온천을 이용한 치료 효과는 예부터 알려졌다. 간헐천은 그 격렬한 모습 때문에 괴물이나 지방 전승, 신화 등에 관련된다.
동굴·종유동	현재도 전모가 알려지지 않은 동굴, 종유동이 무수하게 존재한다. 그것만으로도 이색적인 경치이며, 명부로 통하는 입구 등으로서 경외의 대상이 되기 쉽다.
바다·해안	해안선이 적은 나라에서는 바다 자체가 랜드마크가 될 수 있다. 해안의 기암 등은 명승지 또는 선원들의 신앙 대상이 된다.

◆ 인공물 랜드마크

분묘	피라미드나 대왕릉처럼 강대한 왕권이나 문명의 상징인 분묘는 일찍부터 나타난 인공의 랜드마크다.
성벽	인간이 모여서 도시를 만들 때 외적으로부터 지키기 위해서 처음에 성벽으로 거리를 둘러싼다. 외적의 공격이 많을수록 성벽은 거대해진다.
성	성은 치안의 중심으로 군사적인 요새 역할도 겸한다. 국력이나 권위를 상징하는 대표적인 랜드마크가 된다.
신전	모시고 있는 신이나 종교에 의해서 차이점이 명확하게 드러나지만, 같은 종교라도 장소나 시대에 따라서 양식이 다르다. 성의 역할을 겸비한 사례도 있다.
등대	보통 항만 곁에 서 있지만 위험한 반도나 곶처럼 인적이 드문 곳에 설치되는 경우도 있다. 해상의 교역 거점에는 꼭 필요하다.
조각상·개선문	전쟁의 승리나 위대한 인물을 기념해서 세운다. 문의 기둥이나 조각상 받침에는 전쟁 상황이나 위인의 공적 같은 것을 새겨 넣기도 한다.

🏺 원 포인트 어드바이스

나라를 둘러싼 만리장성은 중국을 상징하는 랜드마크지만, 전쟁 시에는 배신자들이 문을 여는 일이 많아서 별로 도움이 되지 않았다.

Step 5 동물

◈ 인간의 야성을 자극하는 위험한 존재

특수촬영 기술의 여명기에는 공룡이나 거대 생물과 싸우는 영화가 인기를 끌었습니다. 위험한 생명체에 대한 인간의 공포심은 그만큼 뿌리가 깊은 것이겠지요. 동시에 인간과 친숙한 가축이나 애완동물도 판타지 세계에서는 빼놓을 수 없는 존재입니다. 미야자키 하야오의 애니메이션 중 〈바람계곡의 나우시카〉에 등장하는 여우다람쥐 테트나 〈모노노케 히메〉에서 주인공이 타고 있던 사슴 모양 동물 야쿠르는 또 다른 세계라는 느낌을 잘 전달합니다. 동물을 잘 사용하면 판타지 세계는 한층 눈에 띄게 됩니다. 나아가 고도의 마법으로 만들어진 인위적인 생명체가 있다면 더욱 좋겠지요.

동물 창조의 체크 포인트

· 동물의 생태계는 현실 세계와 꼭 일치할 필요는 없다. 하지만 독창적인 위험 동물을 생각한다면 어떤 것을 먹고 사는지 정도는 생각하자.
· 동물 창조를 너무 의식한 나머지 설정이 어지러워져서는 안 된다. 이동용 동물처럼 세계관에 크게 영향을 주지 않는 것부터 착수하자.
· 식물도 창조의 대상이 되지만 현실 세계에 즉효 치사성 위험 식물이 적은 것처럼 판타지 세계에서도 다루기가 어렵다. 독초나 독버섯 등 식량 쪽에서 생각해보자.

나만의 상상에 도전하기
인위적인 생명체

키메라나 좀비처럼 인위적인 생명체의 존재는 롤플레잉 게임 같은 데서는 필수적입니다. 하지만 생명체의 재미있는 측면만이 아니라, 아라카와 히로무의 만화『강철의 연금술사』에서 나온 것처럼, 신의 섭리에 반하여 인간이 생명체를 만들어내는 것에 대한 '죄·허물'에 초점을 맞추어 문제를 파고드는 방법도 참고할 만하겠지요.

나만의 상상에 도전하기
공룡 연구는 나날이 진보

공룡과 인간의 만남은 고전적인 설정으로서, 어지간한 아이디어는 거의 나온 것 같지만 공룡 연구는 꾸준히 진보하고, 생각치도 못했던 새로운 학설이 계속해서 나오면서 공룡 세계를 바꾸어가고 있습니다. 영화 〈쥬라기 공원〉이 최신 학설을 바탕으로 새로운 공룡을 등장시켰듯, 공룡이나 야생 생물에 대한 자료를 찾아보는 것도 의미가 있습니다.

◈ 위험한 생물의 연출

현실 세계

육식성 포유류	사람을 해칠 수 있는 위험 동물로는 불곰, 북극곰, 대형 고양잇과 동물 등을 들 수 있다. 일반적으로 한랭지일수록 개체의 크기는 커지며, 반대로 귀나 코처럼 튀어나온 부분은 작아진다. 초원지대나 침엽수림처럼 사냥이 어려운 곳에서는 무리를 이룬다.
파충류	악어 같은 것을 제외하면 위험한 파충류는 독사로 집중된다.
곤충	말벌 같은 독충 외에도 병원균을 옮기는 존재가 있어 위험하다.

판타지 세계 응용

육식성 포유류	곰이나 대형 고양잇과가 기본(대형 곰이나 검치호[사벨 타이거] 등)이지만, 흉포한 유인원(육식 고릴라나 원숭이) 같은 것도 위험한 동물로서 재미있다. 다만 지능이 너무 높으면 인류에게 위험하게 인식되어 절멸할 수 있다.
파충류	공룡 같은 대형 파충류는 살아가기 어렵다. 다만 인류가 살지 않는 대륙 등에서 독자적으로 진화하거나 지능을 얻었을 가능성은 있다.
조류	아이를 낚아채가는 초거대 맹금류 등을 생각할 수 있다. 미지의 생명체로서 목격담도 많다.
곤충	동물과는 반대로 열대에 가까울수록 커진다. 내골격이 없는 구조상, 커지는 데 한계가 있다. 집단으로 인간을 습격하는 개미나 벌을 생각할 수 있다.

◈ 가축이나 애완동물의 연출

식용 가축	그리고자 하는 지방의 사람들에게는 이로운 동물이라는 것부터 생각한다. 예를 들면 소와 비교하여 염소는 고기, 젖, 가죽을 얻기 위한 가축으로서는 뒤떨어지지만, 아무 풀이나 잘 먹고 험하고 건조한 기후에 강해서 공업화 이전에는 매우 대중적인 가축이었다. 또한, 고지나 건조 지역에서는 지금도 소중하게 여기고 있다.
노동 가축	농경에 도움이 되는 동물 외에도 이동 수단 역할을 하는 가축도 생각할 수 있다. 현실 세계에서는 말이 중심이지만, 사막에서는 낙타, 극지에서는 순록이나 개썰매가 사용되는 것처럼 이동 수단용 가축은 독자성을 발휘하기 좋다. 또한, 길동무로서 함께하는 만큼 캐릭터성을 부여하기 좋다.
애완동물	개나 고양이, 다람쥐, 작은 원숭이처럼 다양한 종류의 애완동물을 생각할 수 있다. 애완동물은 마음대로 상상을 펼쳐도 세계관을 망칠 우려가 적다. 위험한 대형 육식 동물을 길들여서 사냥용 가축이나 애완동물로 만드는 민족, 부족, 직업이 있어도 좋다.

> 🌱 원 포인트 어드바이스

인간과 생활권이 겹치는 위험 동물은 진화 과정에서 도태되기 때문에 문명사회에서 일상적으로 위험한 동물을 마주치는 경우는 드물다.

Step 6 아인류

◆ 대립인가 융화인가, 아니면 무시인가?

엘프, 드워프, 호빗……. 판타지 세계에는 다양한 아인류가 존재합니다. 아인류란 인간과 동등하거나 그 이상의 지성을 갖추고 확고한 사회나 문명을 가지면서도, 확실하게 인간과 다른 종족을 가리킵니다. 신화나 민화를 바탕으로 만들어진 아인류 대부분은 이미 성격이나 외모의 이미지가 완성되어 있다 보니 여기서 벗어나기란 쉽지 않습니다. 따라서 아예 새로운 아인류를 생각해내는 것도 좋겠지요. 이때 오른쪽과 같은 레이더 차트를 사용하여 인간과의 차이를 확실히 한 뒤에 세부나 사회 구조, 생활권, 그리고 종교나 성격을 추가해 나간다면 시각화하기 쉬워집니다.

아인류 창조의 체크 포인트

· '자연과의 공존'이나 '다른 종족에 대해서 오만하다'는 것처럼 아인류의 기본적인 성격을 정한다.
· 기존의 아인류를 사용할 때는 사람들이 생각하는 이미지에서 너무 벗어나지 않도록 한다.
· 오크나 고블린 등의 사악한 성격은 인간의 주관에 불과하며 그들만의 사회가 있다.

나만의 상상에 도전하기
그 사랑, 기다렸다!

2009년에 공개한 제임스 카메론 감독의 〈아바타〉는 판타지 세계 영화의 최고봉이라고 할 만한 작품입니다. 그중에서 주인공인 제이크와 나비족인 네이티리가 사랑에 빠지고 두 사람이 마주 보며 입을 맞추는 장면이 있습니다. 여러 가지 연출이 더해져서 훌륭한 장면이지만, 다른 종족 간의 감정 교환은 위험한 오해도 낳을 수 있으므로 주의가 필요합니다.

명작 체크
『반지의 제왕』

『반지의 제왕』은 오늘날 판타지 세계에 등장하는 엘프나 드워프, 오크나 트롤 같은 아인류의 외형이나 성격을 결정한 작품입니다. 자연과의 관계부터 엘프와 드워프의 사이가 좋지 않고 호빗은 호기심이 왕성하다는 식으로 종족마다 큰 성격을 결정함으로써 세계가 위기에 직면했을 때 아인류가 공존하는 사회의 어려움이나 기댈 만한 부분에 사실성을 부여하고 있습니다.

◈ 『반지의 제왕』에서 아인류의 모델

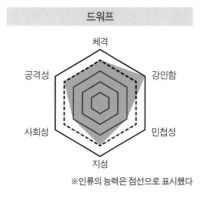

엘프

체격 / 강인함 / 민첩성 / 지성 / 사회성 / 공격성

드워프

체격 / 강인함 / 민첩성 / 지성 / 사회성 / 공격성

※인류의 능력은 점선으로 표시했다

호빗

체격 / 강인함 / 민첩성 / 지성 / 사회성 / 공격성

판타지의 걸작 『반지의 제왕』에 등장하는 세 종족의 능력을 레이더 차트로 만들어보았다. 새로운 아인류를 창조할 때 참고가 될 것이다.

◈ 아인류와의 관계

현실 세계에는 아인류가 존재하지 않으므로 인간과의 기본적인 관계를 생각할 필요가 있다.

생식 관계	두 종족이 생식할 수 있는지. 그것이 가능한 경우, 양자 간에 긴 역사가 있고 신뢰 관계가 구축되어 있다면 혼혈을 전제로 한 관용적인 사회가 존재한다. 하지만 다른 대륙에 떨어져 있어 접촉이 어렵다면 생식이 가능하다는 현실은 방어 본능을 자극하여 두려움에 의한 반응을 가져온다.
지성의 문제	인간과 동등한 지성이나 사회, 문명을 갖춘 개나 원숭이, 포유류 등과 공존하는 문제. 이것도 양자가 관계를 맺은 역사에 따라 달라지지만 이러한 종족끼리 접촉한 경우의 반응은 상당히 격렬한 공포나 충돌을 일으킨다.

> 🍄 원 포인트 어드바이스
>
> 일찍이 인류(인간속, 호모속)에는 다양한 아종이 있었지만 도태, 절멸을 반복한 결과, 현생 인류(호모 사피엔스)만이 남았다. 인류는 고독한 것이다.

불가사의한 경관

◆ 창작자의 혼을 담은 신전

조너선 스위프트가 쓴 『걸리버 여행기』의 라퓨타와 같은 하늘에 떠 있는 도시는 일찍부터 존재한 고전적인 설정입니다. 하지만 그 원리에서 운용 방법, 정치 체제, 지상과의 관계에 이르기까지 창조의 나래를 펼쳐보면, 같은 것을 만드는 사람은 없습니다. 다시 말해 기발한 경치만이 아니라 그것을 통해서 무엇을 표현하고 싶은지가 중요합니다. 저는 판타지 세계의 경관은 본디 창조자의 혼을 담은 그릇이며, 여기를 채우고 펼쳐지는 색이나 빛에 신이 깃들게 된다고 생각합니다. 어떤 기발한 경치라도 그것만으로는 금방 질리고 맙니다.

불가사의한 경관 창조의 체크 포인트

- 일반적으로, 놀라운 경치의 가치를 인정하고 널리 알리는 역할은 그곳에 사는 당사자가 아니라 외부에서 찾아온 사람이다.
- 지나치게 놀라운 기술은 이야기를 망칠 수 있다. 그러한 기술의 사용자에게는 반드시 그에 합당한 위험 요소를 두어서 균형을 맞추어야 한다.

역사 관련 사건
세계 유산은 위법 건축물

1882년부터 건설되기 시작한 바르셀로나의 성가족 속죄교회(사그라다 파밀리아)는 완성까지 300년은 걸린다고 합니다. 현재도 건축 중인 거대한 교회이지만, 오늘날 스페인 최대의 관광객을 불러들이고 있는 자타가 공인하는 경이로운 건축물이 되었습니다. 게다가 세계 유산으로 인정받은 뒤에 무허가 위법 건축물이라는 사실이 드러나는 등 불가사의한 요소로 가득합니다.

명작 체크
『히페리온』시리즈

SF 영화나 소설은 놀라운 경관을 가장 충실하게 보여주는 장르입니다. 그중에서도 댄 시먼스의 『히페리온』시리즈는 20세기 SF의 총결산이라고 할 만한 소설이겠지요. 첨단기술을 한순간에 잃어버린 인간의 모습을 통해서 문명이나 종교의 의미라는 무거운 과제를 파고듭니다. 판타지 세계를 파고들면, 이런 작품이 태어난다는 것을 보여줍니다.

오파츠……불가사의한 유물과 경관

오파츠를 확대 해석하여, 그 시대에는 존재하기 어려운 유적이나 경관, 생태계를 도입한다. 설정만을 위한 설정이 되지 않도록 인과관계를 확실하게 밝히고 도입하는 것이 바람직하다.

거석 유적

영국의 스톤헨지, 이스터섬의 모아이인상처럼 건설 목적이나 기술이 명확하지 않은 거석 유적. 잉카 제국의 마추픽추처럼 도시 자체가 유적이 되는 사례도 있다.

로스트 월드(잃어버린 세계)

공룡이 현존하는 대륙 등을 등장시킨다. 고전적인 아이디어이지만 오스트레일리아나 마다가스카르섬처럼 다른 대륙에서 떨어져 독자적인 생태계를 가진 대륙이나 섬은 실제로 존재한다.

로스트 테크놀로지(잃어버린 기술)

태양계 행성으로 향하는 우주 이민선이 난파되어 미지의 행성에 불시착하면, 수백 년 후에 우주선의 잔해는 로스트 테크놀로지가 되어 정확한 지식이나 조작 방법을 잃고, 사회를 불안하게 만드는 원인이 될지도 모른다.

부유 섬, 부유 도시

갑자기 출현하면 큰 충격이지만, 그렇지 않으면 하늘의 일부로서 일상적인 풍경이 된다. 다만, 비행 기술을 획득한 인류가 가장 먼저 향하면서, 각국의 이해가 충돌하는 화약고가 될 것이다.

🔮 원 포인트 어드바이스

'먼 옛날, 또 다른 은하계에서……'라는 것이 〈스타워즈〉의 시대 설정이다. 현대 문명이 위대한 과거의 자취라는 설정은 『반지의 제왕』에도 등장한다.

포로드와이스

얼음의 만

카른 둠

앙마르
군다바

포르노스트(북쪽요새)

청색산맥

에 리 아 도 르

포를린돈

미슬론드
(회색항구)

수우자
(샤이어)

동서대로

깊은골

포를론드

묵은 숲

룬 만

하를론드

탑언덕

아 르 노 르

안개산맥

모리아

바랜두인강

에레기온
(호랑가시나무땅)

라우렐린
도레난
(로스로리엔)

하를린돈

사르바드

팡고른

민히리아스

던랜드
(갈색땅)

에륀 보른

회색강

아이센가드

에네드와이스

백색산맥
(에레드 님라이스)

곤 도 르

에델론드

구축의 장 extra-1

가운데땅
제3시대 초기의 지도

돌암로스

돌팔라스

벨팔라스 만

호빗골(수우자 부근)에서 외로운 산(에레보르)까지 동서로 거의 일직선의 도
정이 있었음을 알 수 있는데, 이때의 지리적인 설정이 지도 북쪽의 기본적
인 지형을 형성한다. 어둠숲 남쪽에는 네크로맨서(사우론)의 거성(돌 굴두
르)이 있으며, 다섯 군대 전투가 일어났을 때 네크로맨서는 간달프 등의 압
박을 받아 모르도르로 도망친다. 여기서부터 『반지의 제왕』으로 이어지는
사건이 시작된다.

해적의 도시

움바르

『호빗』이 낳은 기본 지형

◈ 산을 넘고 숲을 지나서

『호빗』은 아이들도 친근하게 느낄 수 있는 작은 어른 호빗이라는 가공의 아인류와 땅 요정으로 알려진 드워프가 주역인 작품입니다. 악룡에게 빼앗긴 선조의 재산을 되찾기 위해 떠나는 내용인 만큼 『호빗』이 여러 장소를 이동하는 모험 이야기가 된 것은 자연스러운 일입니다.

톨킨이 무대로 고른 가공 세계는 영국을 중심으로 한 서유럽의 고대부터 중세의 모습을 모델로 하고 있는데, 여기서 그는 큰 벽에 부딪힙니다. 이동에 따르는 어려움을 어떻게 설정할지를 고민한 것입니다.

산을 넘고 계곡을 지나고 숲을 통과하여, 마지막으로 악룡을 물리치고 대단원을 맞이하는 이야기. 말로는 간단하지만, 세부에 집착하는 톨킨이기에 더욱 쉽지 않았습니다. 현실적인 과거를 모델로 하는 이상 그에 어울리는 문제가 발생하는데, 실제 중세 유럽은 매우 이동하기 힘든 세계였습니다. 당시 소귀족은 여기저기에 자신의 영지를 갖고 있었고, 농민에게서 세금을 거두고 있었습니다. 동시에 인접한 귀족과 경계선 다툼이 시도 때도 없이 벌어졌기에 유력한 왕이나 대귀족에게 충성을 맹세하고 그들의 보호를 받았던 것입니다. 이것은 연방, 군주제로서 설명한 구조입니다. 이 경우 영지의 경계선을 넘어서려면 관문을 통과하거나 세금을 내야 하며 의심을 받기도 쉽습니다. 또한, 가도는 반드시 사람들이 사는 마을을 통과하는 데다, 집단으로 이동하는 드워프나 호빗은 당연히 주위 시선을 끌기 마련입니다. 톨킨은 빌보 일행과 주변 주민이 복잡하게 얽히는 것을 바라지 않았습니다. 이야기 진행과는 그다지 관계가 없기 때문입니다.

여기서 그는 『호빗』의 세계를 사람이 상당히 드문 세계로 설정했습니다. 호빗골 바깥 지역에서부터 일부러 사람들의 생활 흔적을 지우고 어색하게 이동을 계속하는 사이에, 갑자기 트롤의 숲으로 말려들게 하면서 빌보 일행을 단숨에 이세계로 보낸 것입니다.

『호빗』의 플롯을 상세하게 살펴보면, 정처 없이 야만적인 땅을 헤매는 불안한 모습과 안전하지만 귀찮은 마을이 교대로 등장합니다. 트롤 때문에 고생한 뒤에 깊은골, 안개산맥의 고블린 습격 뒤에 베오른의 집, 큰 거미에게 쫓긴 뒤에 숲 엘프의 왕국이 나오는 구조입니다. 인간 사회와 부딪치지 않는 대신에 목숨이 오가는 위험한 사건을 준비한 것입니다.

톨킨은 이야기의 흐름에 맞추어 지도를 만들었는데, 『호빗』 이후에 가운데땅을 창조하는 단계에서 빌보 일행이 여행을 한 세계가 기본적인 지형의 뼈대가 되었습니다. 왜냐하면, 그들은 가운데땅 북서부를 거의 직선으로, 동서로 횡단하며 여행했기 때문입니다. 앞에서 소개한 가운데땅의 지도는 즐거운 창조로 가득 차 있습니다.

빌보 일행의 여행은 호수 마을 에스가로스에서 일단 끝납니다. 하지만 큰 이동을 마친 후에 이야기의 분위기가 갑자기 변합니다. 지금까지 빌보 일행은 다른 사람의 삶을 그저 통과할 뿐이었는데 호수 마을에서는 정치에 휘말리게 됩니다.

당시 호수 마을은 탐욕스러운 시장이 지배하였고, 민중은 만성적인 불황에 처해 있었습니다. 시장은 민주적인 방법으로 뽑힌 것 같지만 교묘하게 민중을 분산시키며 반대파의 결속을 방해했습니다. 바르드는 반대파의 인망을 얻고 있었지만, 자신의 선조이자 너른골 영주였던 선주 기리온의 실패를 신경 쓰며 적극적인 모습을 보이지 않았습니다. 기리온이 스마우그를 죽이는 데 실패했기 때문에 마을이 불타서 많은 주민이 죽었고, 살아남은 사람들이 이 호수 마을에 살게 되었기 때문입니다. 그는 힘들게 살아가는 마을 사람들에게 책임감을 느낍니다. 이러한 구성은 아동문학의 설정으로는 조금 무거운 느낌이지만, 그만큼 현실을 절박하게 보여줌으로써 악룡이 가져오는 피해의 무게를 빌보 일행이 더욱 심각하게 느끼게 합니다.

📖 NOTE

영국 사회를 비유

호수 마을 주민은 오래전(이라곤 해도 200년 전이지만) 외로운 산의 기슭에 마을을 세우고, 드워프와 교역하면서 번성했습니다. 그런데 스마우그의 습격으로 황폐해지고 호수 마을에서 곤궁하게 살아가게 된 것입니다. 이 스마우그의 행위를 제1차 세계대전의 참상으로 치환하면, 대영 제국의 영광과 몰락에 비유할 수 있습니다. 안이한 비유일지도 모르지만, 많은 독자가 공감할 수 있는 판타지 세계 설정이었을 겁니다.

좀 더 배우고 싶은
여러분께

이 책은 어디까지나 판타지 세계 창조의 '교과서'입니다. 사람에 따라서는 소개된 내용을 모두 흡수해버리고, 좀 더 배우고 싶다고 생각하는 분도 계시겠지요. 여기서 이 장에서 얻은 지식을 더욱 강화하는 데 도움이 될 만한 좋은 책을 소개합니다. 제가 집필할 때 참고 문헌이 되기도 했습니다. 관심 있는 분들은 꼭 읽어보세요(국내에 번역된 것은 제목을 굵게 표기했으며, 그렇지 않은 것은 원서 제목을 함께 소개합니다-역자 주).

- 『13개 국어로 이해하는 네이밍 사전(13か国語でわかるネーミング辞典)』 가쿠슈겐큐샤
- 『그리스 로마의 신화(ギリシア・ローマの神話)』, 요시다 아쓰히코(吉田敦彦) 지음, 지쿠마쇼보
- **『문명의 붕괴』, 제레드 다이아몬드 지음, 강주헌 옮김, 김영사**
- **『서양 중세 문명』, 자크 르 고프 지음, 유희수 옮김, 문학과지성사**
- 『세계신화사전(世界神話事典)』, 가도카와쇼텐
- 『세계의 역사(世界の歴史)』 각 권, 주오코론샤
- 『세계의 종교 이야기(世界の宗教ものがたり)』, 아라키 미치오(荒木美智雄) 감수, 소겐샤
- 『세계종교백과(World Religions: The Great Faiths Explored & Explained)』, 존 보우커(John Bowker) 지음
- 『시베리아 민화집(シベリア民話集)』, 사이토 기미코(斎藤君子) 지음, 이와나미쇼텐
- 『아베킨야 걸작집(阿部謹也著作集)』 제1권~10권, 지쿠마쇼보
- 『아티카의 대기오염(Smog über Attika)』, 칼 윌헬름 위버(Karl-Wilhelm Weeber) 지음
- **『의식의 기원』, 줄리언 제인스 지음, 김득룡・박주용 옮김, 연암서가**
- 『일본의 역사(日本の歴史)』 각 권, 주오코론샤
- 『재미있는 만큼 잘 이해되는 세계의 종교(面白いほどよくわかる世界の宗教)』, 오노 데루야스(大野輝康) 감수, 니혼분게샤

- 『중세 유럽 농촌의 생활(Life in a Medieval Village)』, 조셉 기즈 · 프랜시스 기즈 지음

- 『중세 유럽 도시의 생활(Life in a Medieval City)』, 조셉 기즈 · 프랜시스 기즈 지음

- 『중세 유럽 성의 생활(Life in a Medieval Castle)』, 조셉 기즈(Joseph Gies) · 프랜시스 기즈(Francis Gies) 지음

- 『중세 유럽의 생활(Life in the Middle Ages)』, 기네비어 드쿠르(Geneviève d'. Haucourt) 지음

- **『중세의 가을』, 요한 하위징아 지음, 이종인 옮김, 연암서가**

- **『총, 균, 쇠』, 제레드 다이아몬드 지음, 김진준 옮김, 문학사상사**

- 『크로닉 세계 전사(クロニック 世界全史)』, 고단샤

- 『타이탄: 파이팅 판타지의 세계(Titan: The Fighting Fantasy World)』, 마크 가스코이그네(Marc Gascoigne) · 스티브 잭슨(Steve Jackson) · 이안 리빙스톤(Ian Livingstone) 지음

- **『판타지 사전 - 게임 시나리오를 위해 꼭 알아두어야 할 110가지 역사. 문화. 규칙』, 야마키타 아쓰시 지음, 곽지현 옮김, 비즈앤비즈**

- 『한 월드(Harn World)』, 콜롬비아게임즈

- 『헬레니즘 문명(Hellenistic Civilization)』, 프랑수아 샤무(Francois Chamoux) 지음

- **『환상 네이밍 사전』, 신키겐샤 편집부 엮음, AK커뮤니케이션즈**

※ 이 밖에도 다양한 서적이나 잡지, 웹사이트, 게임을 참고했습니다. 권수가 많은 전집은 전집 제목만 표기했습니다.

환수의 장

다음은 판타지 세계의 환수에 대해서 배워봅시다.
「구축의 장」보다 정보량이 늘어났지만,
차근차근 순서대로 읽으면
여러분만의 환수가 모습을 드러낼 것입니다.

「환수의 장」으로 들어가기에 앞서

환수란 무엇을 말하는가?

환수에게 생명을 불어넣는다고 하면 조금 거창한 작업처럼 들립니다. 언어나 그림을 사용해서 생물의 움직임을 표현하는 일은 이야기를 만드는 것과 다르지 않기에, 조금 긴장한다고 해도 이상하지 않습니다. 하지만 이 장을 읽어나가는 사이에 그 정도로 거창한 작업은 아니라는 사실을 깨닫게 될 것입니다.

'환수'란 무엇인지 한 번 더 확실하게 정리해봅시다. 환수란, 판타지 세계, 특히 판타지 세계를 무대로 한 소설이나 게임, 만화, 애니메이션, 영화 등에 등장하는 상상의 세계 속에서 살아가는 모든 존재를 가리킵니다. 물론, 대개는 주인공으로 등장하는 인간도 마찬가지입니다.

아래 그림은 이 장에서 다루는 환수의 개념입니다. 환수 중에서 동물이나 아인류(판타지에서 익숙한 엘프나 드워프)가 있으며, 나아가 그 안에 우리 인류가 있습니다. 인류까지 환수에 포함하는 것에 조금은 위화감이 들지도 모르지만, 인

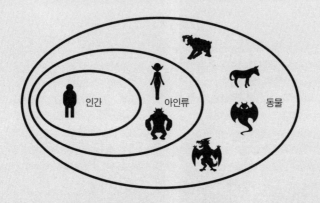

간의 모습으로 신에 가까운 능력을 발휘하는 캐릭터가 라이트 노벨 같은 데서 빈번하게 등장합니다. 이러한 능력자도 환수의 일종으로 볼 수 있습니다.

각 장의 구성과 역할

모두 7장으로 구성된 「환수의 장」은 각 장의 내용을 읽어나가면서 환수를 창조하는 데 필요한 지식이나 생각을 갖추게 됩니다. 또한, 환수와의 관계에서 중요한 문제도 제시합니다.

1장 「환수를 어떻게 그려낼까」에서는 게임이나 소설, 영상 등 각 매체에서 환수가 어떻게 그려지는지를 정리합니다. 2장 「환수가 사는 세계」에서는 던전이나 와일더니스(문명에서 떨어진 황야), 바다, 일상생활 등 환수가 서식하는 세계를 게임적으로 분석합니다. 3장 「저低레벨 환수의 역할」에서는 판타지 세계에서 비교적 흔히 볼 수 있는 환수의 삶이나 이야기에서의 역할을 소개합니다. 4장 「중中레벨 환수의 역할」과 5장 「고高레벨 환수의 역할」에서는 이야기나 게임 진행의 열쇠가 되는 것은 어떠한 환수인지, 또한 신에 필적할 만한 힘을 가진 환수는 어떻게 탄생하는지, 그 조건을 생각합니다. 6장 「환수를 어떻게 움직일까?」에서는 환수와 그들이 살아가는 세계를 함께 창조하는 방법에 관해서 설명합니다. 그리고 마지막 7장 「나만의 환수 창조」에서는 환수를 아인류와 동물로 나누어서 창조 작업에 들어갑니다. 모든 장에서 최고의 본보기가 되는 과거부터 현재까지의 소설이나 게임을 사례로 들어서 환수를 활용하는 방법을 해설합니다.

Step 1 환수를 어떻게 도입할까

◈ 판타지 세계에 도입하는 구조

강대한 드래곤, 모험가를 습격하는 오크나 고블린 같은 아인류, 그리고 새롭게 만들어 낸 세계에 처음으로 모습을 드러내는 신비한 마수……. 이처럼 매력적인 환수를 창조하기 전에 먼저 환수와 주변의 관계를 명확하게 정리합시다. 상상의 산물로 그려지는 이상, 작품 감상자가 느낄 수 있는 위화감에 대해서 항상 주의를 기울일 필요가 있기 때문입니다.

'몬스터가 배회하는 암흑시대' '검과 마법 이야기'처럼, 감상자의 머릿속에 있는 익숙한 이미지를 빌려서 도움받을 수도 있지만, 판타지 세계는 여러분의 독자적인 세계이므로 세계관이나 환수와의 관계에는 객관적인 기준이나 규칙이 존재할 것입니다.

오른쪽에는 이른바 주인공과 환수가 관련되는 형태의 모델을 나열해보았습니다. 자신의 이미지가 어느 쪽에 가까운지 검토해보세요. 또한, 이들을 짜 맞춤으로서 더욱 연출 폭을 넓힐 수 있습니다. 소설이나 게임을 재미있게 만들려면 문장을 어떻게 구성하는지가 중요한데, 『판타지 유니버스 창작 가이드』는 견고한 세계관을 구축함으로써 창조의 폭이 넓어질 수 있다는 점을 중시하고 있습니다.

명작 체크

판타지 세계에 뛰어든 주인공, 『걸리버 여행기』

18세기 전반에 영국 작가 조너선 스위프트가 쓴 『걸리버 여행기』는 환수와의 만남을 이용해 당시 사회를 비판하는 풍자문학이었습니다. 릴리퍼트인이나 라퓨타인, 휴이넘 등 각각의 세계에 뛰어드는 과정은 오른쪽의 4)를 따르고 있으며, 인간 사회에 귀환할 때마다 걸리버의 인식이 2)처럼 넓어지는 구조로 되어 있습니다. 2장 step-6에서 자세히 해설합니다.

나만의 상상에 도전하기

매우 편리한 기독교

유럽을 모델로 만든 판타지 세계는 보통 기독교가 바탕이 되는데, 우리가 창조를 생각할 때도 이 기독교를 기반으로 한 세계관의 영향에서 벗어날 필요는 없습니다. 무엇보다도 감상자 대부분이 '판타지=기독교적인 세계'라고 받아들이는 경향이 있습니다. 하지만 이 책에서는 조금 더 거리를 두고 접근합니다.

판타지 생물의 세계를 도입하는 4가지 패턴

1) 현재 세계에 있는 상태에서 시작한다

주인공과 아인류가 처음부터 공존하고 있는 세계. 많은 이야기에 도입되어 있다. 아인류끼리의 차이나 정신적인 거리감이, 세계를 구축할 때 중요한 요소가 된다. 설명을 제외하고 공존 상태에서 시작하더라도 힘의 관계에는 유의해야 한다.

2) 현재 세계에서 확장한다

이동 수단의 발달 등으로 기존 세계의 외부를 알게 되는 상황. 역사적으로는 유럽의 대항해시대에 가깝다. 주인공의 능력이 깨어나거나 하여 지각하지 못했던 세계나 아인류와 관계를 맺게 되는 경우도 이 상황에 해당한다.

3) 다른 세계가 침입·나타난다

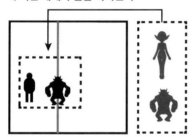

본래 알지 못했던 다른 세계에서 일어난 대립, 정변 등이 주인공의 세계에 영향을 주어 나타나는 구조. 주인공이 말려드는 이야기의 기본 구조로 사용하기 쉽고 판타지 세계를 구축할 때 발생하는 문제도 피할 수 있다.

4) 주인공이 이동한다

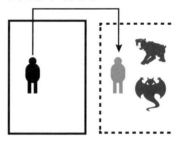

주인공이나 그 주변의 작은 세계가 그대로 다른 세계로 전이하는 패턴. 전이한 곳에서 주인공은 실질적으로 그 세계에서 '환수'가 된다. 인공 동면 같은 것을 포함하여 이것도 이야기를 만들기 쉬운 구조다.

아인류(데미 휴먼)가 등장하는 판타지 세계를 구축할 때, 주인공 주변의 세계와 아인류의 관계성을 명확하게 인식하고서 착수해야 한다. 이 관계성의 차이에 의해서 아인류를 둘러싼 세계를 구성하는 데 필요한 요소의 양이나 질이 달라진다.

🐾 원 포인트 어드바이스

이것들의 변형으로 영화 〈매트릭스〉처럼 지금 있는 세계가 사실은 교묘한 지배 시스템의 장치라는 것을 깨닫는 형태의 연출도 만들 수 있다.

Step 2 환수의 위치를 생각한다

◈ 개성에 앞서서 기본 능력을 정한다

일상생활에서는 쉽게 인식하기 어렵지만, 인간을 비롯한 동물은 처음 만나는 상대의 '강함'을 느낄 수 있는 본능을 누구나 갖추고 있습니다. 또한, 곰이나 늑대와 만난 적이 없더라도 그들이 위험한 생물이라는 지식을 어딘가에서 얻었기 때문에 그에 대해서 알고 있게 마련입니다. 환수를 창조할 때도 이러한 기본을 만들어두도록 합시다. 그러면 나중에 생길 수 있는 오류를 피할 수 있습니다. 처음에는 명확한 이미지가 없는 환수의 관계성도 오른쪽처럼 간단한 도표를 만들어본다면 구체적으로 확장되어 갈 것입니다. 또한, 이렇게 정리함으로써 환수를 객관적으로 바라볼 수 있으며 판타지 세계를 구축할 때의 균형도 잡을 수 있습니다.

아인류라면 특히 인간과 비교하는 것이 좋습니다. 지성과 사회성이 높은 아인류는 이야기 속에서도 그것을 그려내는 여러분조차 쉽게 접근하기 어려운, 긴장할 만한 존재가 될 것이 틀림없습니다.

나만의 상상에 도전하기

남자들이 꿈꾸는 아이템 '스카우터'

인기 만화『드래곤볼』의 프리저편에서 등장한 스카우터. 상대의 강함을 수치로 알 수 있다는 이 우수한 아이템은, 이야기 속에서 애매했던 '강함'이라는 개념을 수치화하여 우주인의 상상을 초월하는 위력을 멋지게 연출했습니다. 그리고 전투력이 계속 상승하면서 감당할 수 없게 되었을 때, 계측 불능 상태가 되면서 폭발하는 퇴장 방법도 훌륭했습니다.

환수 매뉴얼

지하의 세공사 드워프

드워프는 톨킨의『반지의 제왕』을 통해서 그 이미지가 정착되었는데, 본래는 북유럽 신화에 등장하는 난쟁이로서, 놀랍게도 거인 위미르의 사체에 모인 구더기에서 생겨났습니다. 빛을 쬐면 돌이 되어버린다는 설정도 있는데, 톨킨은 이 성질을 트롤의 약점으로 사용하고 있습니다. 이처럼 환수나 아인류를 창조할 때는 신화나 전승을 변형할 수 있습니다.

◆ 기본 능력 분포로 본 판타지 생물

사회나 조직력에 주목

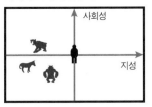

신체의 기본 능력에 주목

크기와 속도에 주목

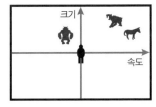

알기 쉽도록 보기에서는 인간을 기준으로 두었다. 이처럼 상대화하면 '하등 아인류'는 인류보다 '지성이나 사회성은 뒤떨어지지만, 신체 능력이 뛰어나다. 다만 둔중하다'고 성격을 붙일 수 있다.

◆ 레이더 차트를 사용한 아인류의 능력 판정

『반지의 제왕』에서 엘프

레이더 차트를 사용하여 아인류 같은 복잡한 판타지 생물의 위치를 결정할 수 있다. 보기는 『반지의 제왕』에 등장하는 엘프를 차트로 만든 것이다. 이 같은 기본 요소 이외에도 '자존심의 크기'나 '역사', '인류와의 관계'처럼 창조 목적에 따라서 필요한 요소로 바꾸어도 좋다.

※ 점선은 인류의 능력을 나타낸다.

🐾 원 포인트 어드바이스

이 같은 대비를 통해서 각 생물, 아인류의 기본 능력이나 성질을 결정하면 판타지 세계를 구축할 때 오류를 줄일 수 있다.

Step 3 비디오 게임의 환수

◈ 판타지 세계의 마리오네트들

비디오 게임은 등장하는 환수의 수나 종류에서 다른 매체를 압도하고 있습니다. 특히 눈에 띄는 것은 롤플레잉 게임RPG이겠지요. 〈드래곤 퀘스트〉나 〈파이널 판타지〉처럼 판타지 세계를 무대로 한 대표적인 시리즈는 수백 가지의 환수를 등장시켜 마지막까지 질리지 않고 플레이할 수 있게 합니다.

다만 RPG의 환수에는 부족한 부분도 있습니다. RPG에서는 이야기 진행상 마지막 보스에 다다르기 전에 설정된 여러 관문을 지키는 중간 보스를 물리치기 위해서, 주인공은 무수한 적성敵性 환수를 쓰러뜨리고 성장해야 합니다. 이러한 환수 대부분은 경험치를 얻기 위한 연습 상대에 불과하며 중간 보스를 통과한 시점에서 이전까지 등장했던 환수는 역할을 잃고 맙니다. 또한, 의사가 없으며, 성장하지도 않는 존재이기 때문에 그들의 능력은 전투 중에만 발휘됩니다. RPG에서 환수 각각의 개성이 뚜렷하지 않은 것은 숫자와 종류로 이를 메우고 있는 측면이 있기 때문입니다. 다만 하드웨어 성능이 향상되면서 앞으로 환수 표현에 어떻게 신경을 쓰게 될지, 여기에 큰 가능성이 남아 있습니다.

명작 체크
의외로 적은 환수의 유용

일본 판타지 RPG의 양대 거두인 〈드래곤 퀘스트〉와 〈파이널 판타지〉에는 현존하는 신화나 전승 속 괴물이 다수 등장합니다. 하지만 실제로 등장하는 몬스터 중 신화나 전승 속 괴물 비율을 조사해보면 시리즈 중기의 〈드래곤 퀘스트5〉에서 약 20%, 〈파이널 판타지5〉에서는 18% 정도이며 ○○드래곤 같은 파생종을 제외하면 더욱 줄어듭니다. 그만큼 게임에는 독창적인 환수가 많이 등장합니다.

환수 매뉴얼
쓰러뜨린 망령의 수를 기억하는가?

RPG의 몬스터(적성 환수)는 별로 눈에 띄지 않지만, 단번에 경험치를 높여주는 〈드래곤 퀘스트〉의 '메탈 슬라임' 같은 것은 게임을 지루하지 않게 해주는 중요한 환수입니다. 고전 게임 팬에겐 익숙한 〈위저드리〉의 '머피즈 고스트(Murphy's Ghost)'가 이러한 환수의 원조입니다. 제작진의 이름을 패러디한 초반의 중간 보스지만, 한 곳에서 계속 출현해서 경험치를 위해 끝없이 사냥당하는 불쌍한 환수입니다.

◈ RPG(비디오 게임)에서 환수의 주된 역할

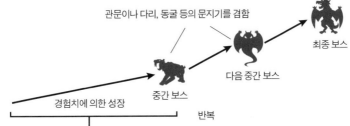

관문이나 다리, 동굴 등의 문지기를 겸함

최종 보스

다음 중간 보스

중간 보스

경험치에 의한 성장

반복

물리적으로 제약된 공간(지역)에 임의로 등장하는 적으로 복수의 환수가 등장. 캐릭터는 이들을 쓰러뜨려 경험치를 얻는다. 그 지역을 총괄하는 중간 보스1을 쓰러뜨리면 다음 지역으로 이동하며 이야기가 진행된다. 환수는 캐릭터의 성장을 조정하는 역할을 맡는다. 게임 구조상 이러한 구성에서 크게 벗어나기 어렵다.

◈ RPG(비디오 게임)의 문제점과 트렌드

■ 능력이 전투 능력에만 수렴하여 단일 패턴화
게임에서는 공격력이나 방어력 같은 전투 스킬만 주목받아서, 본래는 개성이 풍부한 환수가 획일화되고 진부해질 수 있다.

■ 재고 부족으로 인한 판타지 생물의 남용. 세계관과의 미스 매치
게임 진행상 다수의 환수를 등장시켜야 하는 만큼, 세계 각지의 신화, 민화, 박물지 등에서 유용한다. 결과적으로 그리스 신화와 남미 신화의 환수가 동거하는 등 세계관이 뒤섞이는 결과가 된다.

다음과 같이 해결하거나
돌파를 시도할 수 있다.

정원(3D)화	침투성	배타성
자유도가 높은 공간을 창조하고 환수의 움직임이나 행동을 3D CG로 만드는 등 가상 현실감을 연출한다.	온라인을 통해서 복수 플레이어가 참가하여 플레이어의 능력적인 역할을 강화한다.	소셜 게임 안에서 다양한 계층으로 분류하여 등장한다. 판타지처럼, 게임의 테마에 색채를 더하는 방법으로 기호화를 추구한다.

🐾 원포인트 어드바이스

16비트 시대에는 몽상에 불과했던 게임 연출이 지금은 가능해졌지만, 근본적으로 환수의 '재고 부족'은 해소되지 않았다.

TRPG의 환수

◆ 플레이어와 캐릭터의 괴리

비디오 게임은 근본적으로 프로그램으로 만들어진다는 제한이 있습니다. 반면 TRPG(테이블 탑 RPG)는 자유도가 높으며 환수가 더욱 다양하게 활약할 수 있는 무대라고 할 수 있습니다. TRPG의 원조이자 지금도 시리즈가 계속 나오는 『던전&드래곤(Dungeons&Dragons)』 자체가 판타지 세계에서 개인 전투를 재현하고자 하는 목적으로 디자인되었기 때문입니다. TRPG에서는 플레이어가 조작하는 캐릭터와 대치하는 환수의 개성이 풍부할수록 플레이할 때 흥분이 올라갑니다.

캐릭터가 환수와 관계하는 중에(주로 전투) 경험을 쌓으면서 성장하여 스토리가 진행되는 것이 TRPG의 기본 구조입니다. 등장한 지 사반세기가 지나 시스템도 다양해진 만큼 하나로 묶어서 이야기할 수는 없지만, 베테랑 플레이어가 많은 정보를 갖게 됨으로써 캐릭터가 활약하는 판타지 세계에서의 현실성이 떨어지는 상황은 공통된 고민거리입니다. 베테랑을 놀라게 하는 효과적인 연출을 위해서는 독특하면서도 설득력 있는 환수를 창조할 필요가 있습니다.

명작 체크
『던전&드래곤』

미국의 TSR사에서 출간된 『던전&드래곤』은 그 이름 그대로 모험가가 던전(=지하 미궁이나 동굴)을 탐사하고, 보물을 지키는 환수와 싸우는 TRPG입니다. 일본에서는 세밀한 개인 전투만이 아니라, 중세 유럽을 모델로 한 판타지 세계의 이야기나 환수를 친근하게 느끼게 했다는 점에서 중요한 게임입니다.

명작 체크
『크툴루의 부름 RPG』

미국 소설가 H.P. 러브크래프트가 창조한 가공의 신화 계통인 크툴루 신화는 TRPG로도 즐길 수 있습니다. 플레이어가 구(舊)지배자의 책략을 탐구하는 추리형 시나리오가 중심입니다. 신에 가까운 능력을 갖춘 환수와 대치하여 진실을 알면 알수록 정신이 혼란해지며 캐릭터가 폐인이 되어 갈 가능성을 높여나가는 시스템은 스토리성을 중시하는 팬의 마음을 사로잡았습니다.

◈ TRPG(테이블 탑 RPG)를 플레이할 때의 환수

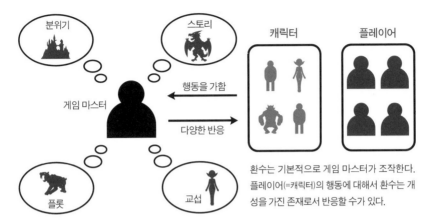

환수는 기본적으로 게임 마스터가 조작한다. 플레이어(=캐릭터)의 행동에 대해서 환수는 개성을 가진 존재로서 반응할 수가 있다.

◈ TRPG의 문제점과 유행

플레이어가 경험을 쌓을수록 그가 지닌 지식과 미지의 상황에 맞서는 캐릭터의 행동 사이에 균열이 커지게 된다. 특히 스토리를 중시하는 TRPG에서는 너무 지나치게 잘 아는 플레이어를 어떻게 상대할 것인지에 대해 게임 마스터의 뛰어난 대처 능력이 요구된다. 동시에 너무 잘 알고 있는 플레이어에 대비하여 디자인적인 노력도 계속되고 있다.

🐾 원포인트 어드바이스

PSP 게임기가 대성공을 거두는 데 기폭제가 된 헌팅 액션 게임 〈몬스터 헌터〉는 TRPG 전투 시스템이 디지털화된 예라고도 할 수 있다.

Step 5 소설의 환수

◆ 판타지 세계의 완성도를 좌우하는 존재

환수가 표현되는 필드(무대)에서는 그것이 게임이건 영상이건 우선 그 토대가 되는 이야기가 필요합니다. 삽화만 그리려 해도, 환수뿐만 아니라 그 배경에까지 의미를 부여하려면 어느 정도는 이야기나 설정이 필요합니다. 그것이 설득력에도 영향을 주기 때문입니다. 그러므로 이 책도 소설을 쓰고 싶어 하는 독자를 강하게 의식하고 있습니다.

환수를 그려낼 때는 몇 가지 사항에 주의해야 합니다. 독자는 SF소설에서 상상을 넘어선 이세계가 전개되는 것을 기대하고 있으며, 작가도 어떻게 이세계를 표현할지에 중점을 둡니다. 판타지 소설에 대해 독자는 분명 검과 마법, 불을 뿜는 드래곤 등 흔한 이미지를 갖고 있다고 생각할 수 있습니다. 작가는 독자가 가진 이미지에 바탕을 두고 연출하여 이야기에 힘을 부여할 것인지, 또는 세계관의 독창성에 집중할 것인지, 아니면 양자를 모두 추구하는 힘든 길을 갈 것인지, 처음에 그 방향성을 의식해야 합니다.

나만의 상상에 도전하기

캐릭터가 세계를 구하는가?

소설이나 시나리오 작법서 등에서는 이야기를 재미있게 만들기 위해 필요한 요소로서 매력적인 캐릭터를 창작하는 방법에 많은 분량을 할애하고 있습니다. 하지만 이야기는 캐릭터만으로는 성립하지 않습니다. 조연들이 주변에서 확실한 역할을 하고 있을 때, 그 캐릭터의 개성이 살아나고 이야기는 안정됩니다. 환수 대부분은 이 조연에 해당할지도 모르지만, 그 중요성은 전혀 다르지 않습니다.

명작 체크

『불꽃 산의 마법사』

수백 개의 항목으로 구성되어 독자의 선택에 따라 스토리 전개와 결말이 나뉘는 게임 북이라는 장르는 1982년에 영국에서 출판된 『불꽃 산의 마법사』를 통해 일본에서도 정착되었습니다. 판타지라는 범위를 넘어 게임 북 시스템에 영향을 받은 창작지는 적지 않아서, 시나리오 분기형 미소녀 게임 등이 이 흐름에서 탄생했습니다.

◆ 이야기 작품의 역사와 환수의 관계

과거

신화	세계가 완성되는 과정이나 삼라만상을 설명하면서 환수를 등장시킨다. 예) 계절이나 밤낮의 변화를 빛이나 어둠의 대립으로 보는 등.
기사도 이야기	용감한 기사가 아름다운 공주를 지키거나 구한다는 구조로 정형화. 드래곤이나 악마, 온갖 요괴들이 위협적인 존재로 등장한다.
초기 판타지 문학	신화나 전승을 이야기로 만드는 것에서 벗어나 독자적인 판타지 세계나 판타지 생물을 창조하려는 시도. 『신곡』이나 『걸리버 여행기』가 대표적인 작품.

20세기~현재

판타지 문학	20세기 초반에 걸쳐서 판타지 문학은 사실주의 문학에 대한 반동으로, 하나의 장르로서 확립되어 갔다. 이 돌파구가 되었던 톨킨의 『반지의 제왕』은 신화나 환수, 아인류의 사회 구조, 정치, 언어까지 창조하여 판타지 문학의 전환점이 되었다.
전기 문학	일본에서는 동양, 일본에 기원을 두고 있는 '괴이물'과 유럽의 '판타지(마법이나 판타지 생물)' 표현을 뒤섞은 전기 문학이라는 장르가 확립한다. 많은 라이트 노벨이 이를 따르고 있다.
게임 등	보드 게임이나 카드 게임의 무대로서 판타지 세계가 도입되어 보드 게임 말이나 카드, 이야기 진행상의 도구로 환수가 사용된다. 게임과 판타지 문학을 융합한 게임 북 등도 탄생했다.

◆ 이야기 작품의 문제점과 트렌드

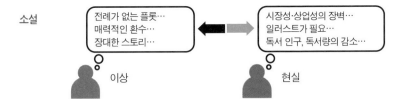

소설

전례가 없는 플롯…
매력적인 환수…
장대한 스토리…

이상

시장성·상업성의 장벽…
일러스트가 필요…
독서 인구, 독서량의 감소…

현실

전자책 개인 출판을 할 수 있다는 것이 이점으로 거론되지만, 전업 작가라도 편집자나 출판사의 교열 (전문가에 의한 오타나 내용 확인 작업)이 필요하지 않은 사람은 드물며, 완성도 면에서도 불안 요소가 존재한다. 또한, 환수가 중요시될 경우 빼놓을 수 없는 삽화 같은 것을 조달해야 한다는 장벽이 있어서 마음대로 창작하기란 상당히 어렵다.

🛡 원 포인트 어드바이스

개인 출판에서 생기는 문제를 타파하는 것은 어렵다. 하지만 가치관을 파괴함으로써 새로운 가능성을 모색할 수 있는 만큼, 창작에 대해서는 자유로운 자세를 갖기를 바란다.

Step 6 영상·삽화의 환수

◆ 끊이지 않는 표현 방법의 추구

컴퓨터 그래픽 기술이 진보하면서 환수는 정말로 살아 있는 것처럼 그려지게 되었습니다. 현재는 단순히 세밀한 조형이 아니라 사실적인 동작을 표현하는 방향으로 나아가고 있습니다. 멋진 외형만이 아니라 환수가 왜 그렇게 움직이고, 왜 그처럼 행동하는지에 대한 배경까지 의식해야 합니다. 사실적인 영상을 제작할 수 있게 되면서 더이상 그 생태를 얼버무리지 못하게 된 것입니다. 조금 과장하면 환수의 문화에까지 신경 써야 합니다.

표현 수단이 고성능화된 반면, 환수의 독창성은 그만큼 높아지기 어렵다는 문제도 있습니다. 특히 상업 기반의 작품은 모에(일본 대중문화에서 사랑스러운 캐릭터나 그 캐릭터에 대한 호감을 표현하는 단어-역자 주)나 의인화하는 경우를 제외하면, 환수 하나의 조형이나 일러스트만으로는 책 표지나 삽화 같은 데 사용할 수 있을지는 몰라도 주역으로 활약시키기 어려운 만큼 환수를 자유롭게 표현할 수 있는 폭이 좁습니다. 다만, 게임의 경우에는 일러스트가 많아서 자유도가 높은 편입니다.

명작 체크
판타지 만화의 최고봉,
『베르세르크』

미우라 겐타로의 『베르세르크』는 중세 유럽의 세계관에 확실하게 기반을 두면서도 압도적인 그림 실력과 이야기의 힘으로 흔한 판타지상을 초월한, 세계에 자랑할 만한 일본의 판타지 작품입니다. 특히 독자가 가진 판타지상에서 지나치게 벗어나지 않으면서도 작가만의 다크 판타지 세계관을 충실하게 반영했으며, 다양한 환수 묘사가 매우 훌륭합니다.

명작 체크
대성공을 거둔 카드 게임,
〈매직: 더 개더링〉

1993년에 발매되어 세계 전역에서 큰 성공을 거둔 〈매직: 더 개더링〉은 훌륭한 카드 게임으로, 트레이딩 카드 게임(카드를 모아서 대결하는 게임-역자 주)의 대중화에 이바지했습니다. 그 판타지 세계관과 광대한 수의 환수가 그려진 아름다운 카드도 플레이어를 매료시키는 큰 힘이 되었습니다. 일본에서도 『유희왕』이나 『건담 워』 같은 히트작에 영향을 주었습니다.

◈ 삽화와 환수의 관계와 유행

소설의 삽화	판타지 소설이나 라이트 노벨 삽화, 표지 그림으로 효과적이다. 모에나 의인화 삽화의 일반화로 인해 사실적인 스타일의 수요는 한계점에 도달한 상태다.
영상 작품	20세기 말 이후, CG 기술의 향상으로 표현력이 현격히 올라간다. 조형만이 아니라 연출력도 요구되기에 이른다. 게임 시장이 활성화되면서 외국에서는 영화 장르 제작자가 게임 분야로 진출해 이러한 영상 완성도 역시 급격하게 향상되고 있다.
게임의 요소	트레이딩 카드 게임을 시작으로 보드 게임이나 피겨를 사용하는 게임 요소로서 환수가 필요해진다. 〈포켓몬스터〉나 〈유희왕〉이 대표적인 사례. 앞으로는 온라인 게임에서의 수요가 증가하리라 예상한다.

◈ 이미지 고정이 가져오는 폐해

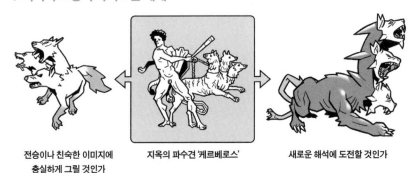

전승이나 친숙한 이미지에 충실하게 그릴 것인가 ── 지옥의 파수견 '케르베로스' ── 새로운 해석에 도전할 것인가

전형적인 이미지가 강한 친숙한 환수는 사실적으로 그릴 것인지, 그렇지 않으면 새로운 해석에 도전할 것인지, 어느 쪽이든 일장일단이 있어서 항상 제작자는 갈등하게 마련이다.

도전의 실마리 … 진부해진 환수를 재구축하려는 노력은 항상 필요하다.

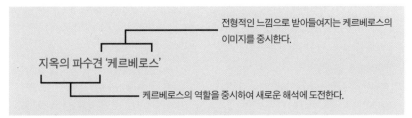

지옥의 파수견 '케르베로스'

전형적인 느낌으로 받아들여지는 케르베로스의 이미지를 중시한다.

케르베로스의 역할을 중시하여 새로운 해석에 도전한다.

🔰 **원포인트 어드바이스**

원소스 멀티유즈(하나의 작품을 다양한 미디어에 활용하는 것-역자 주)의 확대에 따라 영상, 삽화, 조형 등 각 미디어 특성을 벗어나지 않는 모에화, 의인화가 보급되는 것은 당연한 흐름이다.

Step 7 특수촬영·전대물의 환수

◆ 일본에서 만든 환수의 백귀야행

판타지라는 규격에서는 벗어난다고 볼 수 있지만, 〈고지라〉, 〈울트라맨〉 같은 특수촬영물이나 〈슈퍼 전대〉, 〈파워레인저〉 같은 전대물에 등장하는 환수에게는 배울 점이 상당합니다. 서양 판타지에 대한 자료는 많지만 아쉽게도 우리에게는 빌려온 것에 지나지 않으며, 외국인이 가진 '닌자'에 대한 오해 등이 담긴 자료도 많습니다. 하지만 특수촬영물이나 전대물은 일본의 독자적이고 세계에 자랑할 만한 현대판 '요괴 문화'라고 해도 좋습니다.

이 특수촬영·전대물은 '고레인저형'과 '울트라맨형'으로 크게 나뉩니다. 전자는 집단이나 조직을 중시하며 후자는 환수의 능력을 중시하는 구조입니다. 이들 작품은 아이들이 좋아한다는 인식이 있는데, 성공을 거두려면 그 부모까지 함께 매료시켜야 합니다. 무엇보다도 목표 시청자인 아이들은 제작비 같은 어른들의 사정 따위는 신경 쓰지 않고 재미없으면 금방 떠나버리기 때문에 관계자는 아이들을 끌어들일 만한 괴수나 괴인 등의 환수를 만들어내는 데 혈안이 됩니다. 이처럼 힘겨운 환경에서 단련된 환수들에게 사람들을 끌어들이는 매력이 있는 것은 당연할지도 모릅니다.

명작 체크
수많은 덫을 회피한
〈에일리언 대 프레데터〉

할리우드가 낳은 두 환수가 남극의 고대 유적에서 격돌한다는 B급 영화입니다. 주인공인 렉스는 여성 모험가이자 고고학자, 대졸 출신 흑인으로 미혼에 30대라는, 정치적인 시점에서 비판받을 만한 설정상의 구멍을 모두 막아버린, 훌륭한 경력의 소유자입니다. 즉 그녀의 존재 자체가 현대 할리우드가 겨우 다다른 궁극적인 환수라고 할 수 있습니다.

명작 체크
괴수의 존재감이 돋보인
〈클로버필드〉

2008년에 공개된 미국 영화. 거대 괴수가 뉴욕을 파괴한다는 흔한 플롯이지만, 공황 상태에 빠져서 정신없이 도망치는 사람들이 찍힌 필름을 주워서 재구성한다는, 페이크 다큐멘터리 같은 제작 방식으로 거대 괴수의 존재감을 사실적으로 그려냈습니다. 할리우드판 고지라(고질라)의 빈약한 사상성을 비웃었던 일본 괴수 영화 관계자의 자존심을 파괴한 괴수 영화였습니다.

◈ 전대물에서의 괴인(=환수)

고레인저형

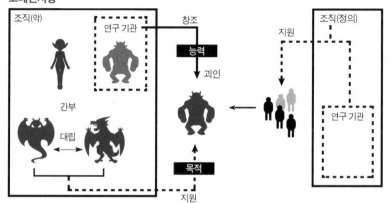

조직(악)은 세계 정복 같은 구체적인 목적이 있어서 항상 능동적으로 행동하며 첨병이 되는 환수(괴인)의 연구 개발에 여념이 없다. 때로는 간부끼리의 대립 등도 있어서 세계관에 깊이가 있다.

조직(정의)은 적의 행동을 보고 나서 움직이는 수동적인 존재. 개개의 능력은 환수에 미치지 못하지만, 단결력과 같은 인류의 장점을 이용해서 대치한다.

◈ 〈울트라맨〉 속 괴수(=환수)

울트라맨형

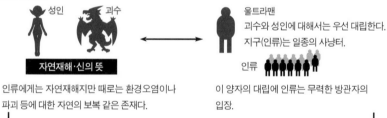

인류에게는 자연재해지만 때로는 환경오염이나 파괴 등에 대한 자연의 보복 같은 존재다.

괴수와 성인에 대해서는 우선 대립한다. 지구(인류)는 일종의 사냥터.

이 양자의 대립에 인류는 무력한 방관자의 입장.

사상성이나 세계관 구축의 깊이는 '전대물'에 조금 뒤지지만, 괴수·성인이 짧은 시간에 입장과 퇴장을 반복하는 상황이나 그들의 신체 크기에 어울리는 강력한 힘 또는 기발한 능력이 발현되기 쉽다. 환수의 독창성이나 아이디어의 풍족함은 전대물을 앞선다고도 볼 수 있다.

> 👽 원포인트 어드바이스
>
> 1972년에 방영한 〈울트라맨 A(에이스)〉는 침략 조직원으로서 이차원 세계의 야푸르인이나 남녀 합체 변신 같은 전대 세계관을 도입하고자 노력한 의욕적인 작품이지만 울트라맨의 설정에 어울리지 않아 좋은 평을 받지 못했다.

Step 1 던전(지하미궁)

◆ 악의가 숨어 있는 깊은 어둠

판타지 세계에서 모험이나 싸움의 무대로 던전을 빼놓을 수 없습니다. 자연적인 종유동이나 버려진 폐광, 일시적인 지하 거주지, 또는 산속에 만들어진 지하 요새나 버려진 성 등 패턴은 다양하지만, 던전에는 반드시 건조된 목적이 있습니다. 산적의 아지트라면 눈에 띄지 않는 게 중요하며 사악한 마법사의 연구 시설이라면 덫이나 미로, 환상으로 침입자를 물리치려고 하겠지요. 좋은 던전은 독자를 매료시킵니다. 던전을 창조할 때는 손을 대기 전에 먼저 건조 목적이나 환수가 그곳에 사는 이유부터 구성하면 나중에 생길 수 있는 모순을 줄일 수 있습니다.

던전 창조의 체크 포인트

· 던전은 기본적으로 법률의 보호가 미치지 못한다. 다시 말해, 일확천금을 노리는 모험가를 유혹하는 공간이며, 던전은 발견되었을 때 그 수명이 다했다고도 볼 수 있다.
· 같은 던전에 지배·피지배 관계에 놓인 복수의 아인류가 있는 경우, 피지배자 측이 탈출할 수 없는 이유를 생각해야 한다.
· 역병으로 버려진 마을 등도 일종의 던전을 형성할 수 있다.

명작 체크
던전 탐색 게임 북, 『데스트랩 던전』

쓸쓸한 마을에서 던전 탐험 경기를 개최, 자신의 실력을 믿고 위험을 감수하며 부와 영광을 얻고자 던전에 뛰어든다는 설정의 게임 북으로, 이 장르에서는 가장 어려운 작품으로 알려졌습니다. 오랫동안 절판된 상태였지만, 2009년에 『데스트랩 던전』이라는 이름으로 하비 재팬에서 미소녀 삽화를 수록하여 출판했습니다. 던전 설정에 참고하기를 권합니다.

나만의 상상에 도전하기
가시올빼미의 신비한 굴

북미와 남미에 걸쳐서 널리 살아가는 가시올빼미는 초원의 지면에 굴을 파는 특이한 습성이 있습니다. 북미에서는 복잡한 굴을 파는 것으로 알려진 프레리도그를 잡아먹으며 그 굴을 빼앗아서 아무렇지 않게 살아갑니다. 이러한 특성을 응용해서 거대 곤충 같은 흔한 설정만이 아니라, 던전을 좋아하며 굴을 파는 의외의 환수를 창조하는 것도 재미있겠지요.

◆ 던전(지하 미궁)의 패턴

던전은 무질서하고 자연 발생적인 것이 아니라 만들어진 이유나 원인이 있다. 그 설정에 따라서 환수의 성질도 바뀐다.

1) 목적형

일관된 계획 아래에서 건조된 것. 공사나 작업을 총괄하고 관리하는 존재가 있으며, 피라미드형 사회 구조, 상하 관계가 구축되어 있다. 비밀 통로나 목숨을 잃을 만한 함정 같은 것도 배치될 가능성이 높다. 가장 깊은 곳에 강력한 마법사가 있어서 비밀 연구를 진행한다는 설정이 전형적이다.

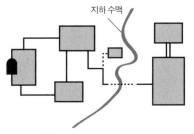

지하 수맥

'지배자의 거주 공간으로 가는 방법을 아는 것은 간부뿐' 이라는 구조를 연출하기 쉽다.

2) 무계획형

던전 내부가 일관성이 없으며 혼돈 상태다. 슬럼가가 지하 미궁으로 완성된 느낌이다. 각각의 던전은 형편없는 구조인데, 이러한 구조가 만들어지는 과정에는 인구가 급증하거나, 세력 다툼, 또는 전초 기지의 건설 같은 어떠한 큰 사건이 발생한다고 생각할 수 있다.

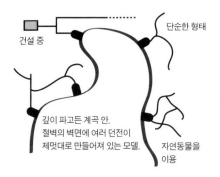

단순한 형태

건설 중

깊이 파고든 계곡 안.
절벽의 벽면에 여러 던전이
제멋대로 만들어져 있는 모델.

자연동물을
이용

3) 집단 거주형

한번 버려진 거대 던전에 다시금 아인류 등이 정착한 경우다. 자리싸움 등이 끊임없이 벌어지며, 자연히 던전 내부에서 거주지가 나뉜다. 입구 근처로 밀려난 레벨이 낮은 아인류나 환수는 항상 '모험가' 같은 외부 위협에 직면하게 된다.

산속을 파내듯이 거대 던전이 건설된 상태. 위로 올라갈수록 강력한 환수나 아인류가 살아가고 있다.

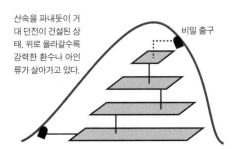

비밀 출구

🍃 원포인트 어드바이스

던전(Dungeon)은 본래 성 같은 곳에 건설된 지하 감옥을 가리키는 말이었지만, 게임 등을 통해서 '지하 미궁'이라는 이미지가 정착되었다.

Step 2 성채

◆ 우뚝 솟아오른 지배자의 의사

성채나 요새도 판타지 세계, 특히 환수와 밀접한 관계가 있는 건조물입니다. 내부 구조는 던전과 큰 차이가 없으며, 외형이 드러나 있는 만큼 건조 목적은 확실하게 존재합니다. 밖에서는 침입을 막고, 안에서는 반란을 감시하기 위해서 요새가 존재합니다. 그러므로 오른쪽 그림1과 같은 모델로 하면 다른 나라 성채에 잠입하는 임무를 수행할 때는 적어도 2개의 성채를 돌파해야 한다는 사실을 의식해야 하며, 아인류의 나라라면 도중에 충돌이 일어날 수 있겠지요. 요새 간 네트워크에 환수의 능력이 활용되는 것을 생각하면서 판타지 세계에 색채를 더해봅시다.

성채 창조의 체크 포인트

· 중세 유럽처럼 돌로 만들어진 성에 집착할 필요는 없다. 삼림에서 살아가는 종족에게는 국경에 펼쳐진 깊은 숲이야말로 요새 역할을 할 수 있다.
· 고개나 산악 지대, 사막 같은 자연 장해물에 그곳에서만 살아갈 만한 맹수를 덧붙이는 조합도 생각할 수 있다.
· 요새는 랜드마크로서도 중요하기 때문에 환수의 개성과 잘 연결해두자.

나만의 상상에 도전하기

거대 분묘나
신전 지하 미궁

거대 분묘는 도굴을 막기 위한 함정이나 환수 배치에 적합하며, 신전 역시 가고일이나 골렘처럼 인위적으로 창조한 환수를 등장시키기 쉬운 장소입니다. 이들은 요새와 던전의 중간에 있는 건조물로서 다룰 수 있습니다. 또한, 어느 쪽이건 기본적으로는 호위병이 적기 때문에 잠입 임무 같은 데서는 함정이나 수수께끼 돌파, 환수와의 대결에 집중하기 쉽습니다.

명작 체크

중세와 첨단 기술의 훌륭한 융합
〈바이오 해저드〉

1996년 캡콤사에서 발매한 인기 공포 액션 게임 시리즈. 중세풍 저택을 흉내 낸 비밀 연구소나 여기에서 진행되는 생명공학 연구로 만들어진 좀비나 변이체, 다양한 합성 생명체가 매력적이어서 큰 인기를 끌었습니다. 첨단 과학이 판타지 세계의 환수를 낳는다는 설정을 바탕으로 하면서 〈바이오 해저드 4〉에서는 사악한 종교가 등장하는 등 지금도 계속 진화하고 있습니다.

◈ 요새의 배치와 그 목적

높은 지능을 가진 아인류와 공존하는 세계의 경우, 국가 수준이 되면 인간 사이에서 있을 법한 일정한 규칙이 발생한다. 그것은 요새의 건설 목적 등도 마찬가지다.

1) 요새의 기본적인 역할과 각각의 관계

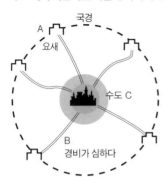

【국경의 성채·요새】/ A
군사적인 목적으로 만들어서 견고하다. 구조물의 내부 출입자가 한정되어 있어서 침입한 이후가 어렵다. 다만, 내부 구조는 간소하다.

【도중의 길】/B
국경에서 수도나 대도시로 향할 때는 정보 부족이나 적대 관계 등의 영향을 받기 때문에 방심할 수 없다.

【수도나 도시부의 성채】/ C
행정 기구도 겸비하고 있어서 출입자가 많아 섞여 들어가기 쉽다. 다만 중추부는 엄중하게 지켜지고 있어서 침입하기 매우 어렵다. 당연히 중추부에 들어가는 방법은 가장 중요한 기밀이다.

어느 나라에 침입하여 그 수도에서 어떤 임무를 수행하는 경우, A) 국경 침입 시, B) 이동 시, C) 성채 침입 시의 3단계 장벽이 있다. 이것이 환수나 아인류의 영역이라면 훨씬 어려워진다.

2) 단독으로 존재하는 성채의 의의와 역할

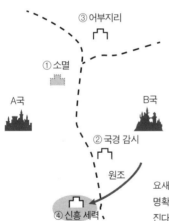

① 소멸 …… 국경의 성채를 유지할 수 없게 된 상황은 A국이 약해지고 있음을 나타내는 상징적인 사건이다.

② 국경 감시 …… 전쟁 중인지 아닌지에 따라서 달라지지만, 기본적으로는 수비하는 측이 상주하고 있다. 반항적인 주민 감시도 이루어진다.

③ 어부지리 …… A, B 양국이 대립하고 있는 상황에서 제3세력이 그 틈을 파고들어 건설한다.

④ 신흥 세력 …… A, B 양국이 눈치채지 못하는 사이에 아인류 등의 침공을 받아서 변경 지방에 성채가 세워진다.

요새나 성채를 이야기의 무대로 도입할 때는 그 존재 의의나 역할이 명확해야 배치해야 하는 환수나 아인종, 그 조직 등의 윤곽이 확실해진다.

👳 원포인트 어드바이스

괴물이 정착해서 살아갈 만한 버려진 성을 설정하기 위해서는 국경선의 변경이나 역병의 유행 등 큰 사건이나 혼란이 필요하다.

Step 3 와일더니스(황야)

◆ 환수들의 현실 세계

와일더니스란 '미개척지, 황야'라는 의미지만, TRPG를 포함한 판타지 세계에서는 던전과 대비되는 야외 전반을 가리키는 용어로 정착되어 있습니다. 던전이나 성채와 달리 연출이 어려워 보이지만, 환수를 배치한다면 와일더니스는 매력적인 무대입니다. 포로가 되었다가 탈출한 뒤 도피 생활을 하거나, 어떠한 사건에 휘말려서 변변한 장비도 없이 내던져진 주인공에게 와일더니스 자체가 큰 시련이 되기 때문입니다. 오른쪽 페이지에 와일더니스에서 만날 만한 동물의 형태를 정리해놓았으니 독자적인 환수를 만들 때 참고해주십시오.

와일더니스 창조의 체크 포인트

· 난폭한 육식 동물을 시작으로 야생동물 대부분은 인간을 두려워하며 접근하려 하지 않는다.
· 와일더니스에서 만나는 동물 중 가장 무서운 것은 자신과 비슷한 수준의 인류와 아인류.
· 드래곤이나 와이번, 히드라처럼 포식 동물의 정점에 서 있는 환수가 배회하는 와일더니스의 문명 수준은 황폐하기 이를 데 없다고 상상할 수 있다.

역사 관련 사건
루이스·클라크 탐험대

19세기 초반, 미국 정부는 해안선 근처를 제외하면 거의 정보가 없는 중서부의 조사를 위해서 루이스와 클라크, 두 사람의 군인을 지도자로 앞세워 33명의 탐험대를 파견했습니다. 임무는 육로로 태평양에 도달하는 것. 그들은 미지의 세계에 변변찮은 장비로 뛰어들었지만, 아메리카 원주민의 협력을 얻거나 때로는 적대하면서 진귀한 동식물을 많이 발견했습니다.

나만의 상상에 도전하기
잃어버린 체험을 찾아서

문명에서 떨어진 황야나 산속에 버려지면 어떻게 될지, 와일더니스에서 자신의 한계를 체험해본 사람은 드물겠지요. 자신의 한계를 알지 못한 채 극한 상황을 연출하기란 상당히 어렵습니다. 와일더니스에서의 생활 경험이 부족한 점을 메우려면, 잭 런던을 비롯한 외국 작가의 자연 소설 등을 참고하는 것이 판타지 세계에 익숙해지는 데 도움이 됩니다.

◆ 물리적 거리에 따라 변화하는 판타지 세계의 특징

박물지(동물지나 지리지), 여행기 등에 등장하거나 소개된 생물은 물리적인 거리가 멀어질수록 환상적·비현실적인 것이 되며, 신비한 능력을 겸비하게 된다.

위험한 육식수: 늑대
곰

사자
호랑이

만티코어
그리핀

물리적인 거리가 가깝다 ——————————————————→ 물리적인 거리가 멀다

◆ 와일더니스에서 만나는 판타지 생물의 기본적인 특징

	초식 동물	포식 동물	창조의 힌트
초원	중형~소형 동물은 위험성이 낮다. 하지만 코뿔소나 코끼리 같은 대형 초식 동물은 돌발적으로 인간을 습격할 수 있으며 목숨을 앗아갈 확률이 높다.	사자부터 하이에나까지 다양하다. 기본적으로 인간 사냥은 그들의 가치 기준에는 맞지 않지만, 아인류를 포식하고 있는 세계라면 이야기가 다르다.	생존 경쟁은 물가에서 가장 첨예해진다. 이 땅에서 살아가는 아인류는 서바이벌이나 집단 전투 전문가로서 생태계의 정점에 선다.
삼림	대부분 위험성은 낮지만 번식기에 갑작스레 마주치면 위험하다. 공격성이 강한 곤충도 주의해야 한다.	늑대, 곰 같은 것에 주의해야 한다. 특히 늑대는 우두머리의 통솔력에 따라서 극적으로 전투력이 높아진다. 숲 속의 동물에 대한 신화, 전승도 많다.	동물의 위험성은 낮지만, 식량이 풍부하기에 산적이나 강도가 출몰한다. 엘프처럼 레벨이 높은 아인류의 생존 공간으로도 어울린다.
우림	침팬지 같은 대형 유인원은 인간을 맨손으로 죽일 수 있다. 소형 원숭이는 무리를 지어 공격하는 것도 생각할 수 있다. 그 외에 위험성은 낮다.	포식 동물보다는 독사나 대형 파충류, 독충 등이 위협적이다. 다만 남미의 재규어처럼 대형 고양잇과 동물도 존재한다.	남미의 아마존이 현재도 전모가 드러나지 않았듯이 미지의 세계라는 설정을 도입하기에 좋다. 반면 정글에 특화된 생물은 의외로 밖으로 나가기 힘들다.
사막	낙타와 같이 이동 동물로서 특화된 가축 이외에는 그다지 보이지 않는다. 살아가려면 물이 있는 곳이 필수다.	사냥감이 되는 초식 동물이 있으면 그와 함께 포식 동물도 존재한다. 독사, 전갈 같은 것도 있지만, 본질적인 위협은 되지 않는다.	인간을 포식할 수 있는 정도의 대형 맹금류를 생각할 수 있다. 사막을 일종의 바다라고 생각해서 땅속을 헤엄치듯이 이동하는 환수를 등장시킬 수 있다.
타이가 (taiga, 북방 수림)	종류는 적지만 크기가 크다. 또한, 한랭지에서는 집단화한다. 가축화되지 않으면 인간에 대한 경계심이 매우 높다.	북극곰 같은 대형 동물로 매우 위험하다. 사냥감을 보면 인간의 두 배 속도로 종일 추적할 수 있어서 도망칠 수 없다.	이 땅의 동물은 대형화되는 경향이 있으며 미확인 생물로 유명한 빅풋처럼 대형 아인류를 도입하는 것도 어색하지 않다.

◈ 원 포인트 어드바이스

하마나 코뿔소는 영역 의식이 매우 높아서, 영역을 침범하는 자는 설사 인간이라도 가차 없이 공격한다. 아프리카에서 가장 위험한 야생동물은 하마를 비롯한 대형 초식 동물이다.

Step 4 바다

◆ 판자 한 장, 그 밑은 지옥의 환수 세계

지금보다 훨씬 빈약한 배로 항해에 나서야 했던 시대에 바다에서의 사고는 바로 죽음으로 이어졌습니다. 사체도 발견되지 않기 때문에 바다는 다양한 환수가 서식하는 공포의 장소로 여겨졌습니다. 실제로 선원들의 입에서 입으로 전해진 이야기 때문에 고래나 범고래, 상어는 바다를 모르는 사람들에게 괴물로 생각되었습니다.

바다에 등장하는 환수 대부분은 바다의 위험성을 반영하여 거대하거나 인간을 포식하는 존재입니다. 선원들은 배가 부서지는 것을 두려워했으니까요. 바다 저편은 신세계로 연결됩니다. 다만, 그곳에 도달하려면 큰 위험을 감수해야 합니다.

바다 창조의 체크 포인트

· 바다는 자유로워 보이지만 해협이나 암초 지대처럼 사실은 어려움에 직면할 수 있는 곳도 많으며, 환수를 등장시킬 만한 미끼는 얼마든지 있다.
· 바다 자체를 모험의 무대로 삼는 것은 어렵지만, 무인도에 표류하거나 위험한 환수가 배에 숨어들거나 하는 설정으로 밀실 공간을 연출할 수 있다.
· 난파선, 유령선과의 만남은 그대로 던전 탐험으로 변환할 수 있다.

명작 체크
여객선을 습격한 거대 생물,
〈딥 라이징(Deep Rising)〉

1998년의 미국 영화. 호화 여객선이 미지의 심해 생물에게 습격당하여 3,000명의 승객이 사라진다는 B급 영화. 제임스 카메론 감독의 〈심연(Abyss)〉이 성공한 뒤 마구 쏟아져 나오던 해양 재난물의 마지막을 장식하게 되었지만, 호화 여객선이라는 밀실 공간, 경이로운 심해 생물, 무장 테러리스트와의 협력 등 환수를 중심으로 한 재난 영화로서 기본은 갖추고 있는 모범적인 작품입니다.

명작 체크
해양 모험 소설
『먼바다에서 온 쿠』

피지 제도에 이주한 해양생물학자 부자가 태풍이 분 다음 날 절멸한 수장룡 프레시오사우르스의 새끼를 웅덩이에서 발견하는 장면으로 시작되는 해양 모험 소설. 이 소설 이후 트롤 어선이 끌어올린 돌묵상어 사체가 미확인 생명체라며 소동이 일어나는 등 바다는 지금도 공룡이 살아남아 있을지도 모른다고 기대하게 하는, 낭만으로 가득한 판타지 세계입니다.

♦ 바다에 등장하는 판타지 생물의 모델

1) 자연의 위협 …… 배로 왕래할 수밖에 없는 바다에서는 자연현상이 생명의 위기로 직결된다. 그 두려움이 판타지 생물을 낳는다.

세이렌 (Seiren)
절해의 고도에 있는 암초에 사는 여성형 괴물. 배가 지나가면 아름다운 노래로 선원을 유혹하여 좌초시키고 잡아먹는다. 처음에는 반은 인간, 반은 새 모양이었지만, 시간이 흐르고 인어와 뒤섞이면서 중세에는 반은 인간, 반은 물고기 모습이 정착된다.

스킬라 (Scylla)
시칠리아섬과 이탈리아반도 사이의 메시나 해협 동굴에서 목만 내밀고 있다. 상반신은 여자, 하반신은 여섯 개의 개 머리와 12개의 다리를 가진 모습. 그리스 신화 곳곳에서 등장한다.

카리브디스 (Charybdis)
메시나 해협의 해저에 살면서 하루에 3번 큰 소용돌이를 일으켜 근처를 지나가는 배를 가라앉힌다. 카리브디스를 피하다 보면 반대편의 스킬라에게 잡히고 만다.

2) 거대 해저 생물 …… 바다에는 고래나 범고래 같은 대형 해저 동물이 있다. 바닷속은 대부분 미지의 세계이며, 난파의 원인으로 많은 환수가 만들어졌다.

크라켄 (Kraken)
유럽의 북쪽, 북해에 산다고 여겨진 거대한 문어 괴물. 일설에는 신체의 둘레가 2km에 이르며, 거대한 거미줄처럼 배를 감싼다고 한다.

시 서펜트 (Sea Serpent)
배를 습격하는 거대한 뱀 모양 생물의 총칭. 크라켄과 마찬가지로 기존 생물을 거대화했다. '향유고래와 싸우고 있었다', '배 앞을 통과하는 데, 며칠이나 걸렸다'는 전승도 많다.

시 몽크 (Sea Monk)
직역하면 '바다 스님'이다. 모습은 인간을 닮았지만, 피부는 비늘로 덮여 있다고 전해진다. 세계의 다양한 지역에는 사람과 닮은 생물에 관한 전승이 많다.

3) 생태계가 다른 섬들 …… 바다에 둘러싸인 섬은 서로 왕래하기 어려워서 하나하나가 정원 같은 판타지 세계, 판타지 생물의 거주 공간이 된다.

오디세이아
트로이아 전쟁 승리에 공헌한 영웅 오디세우스는 바다의 신 포세이돈의 증오를 사서 귀환 도중 지중해의 다양한 섬을 떠돌게 된다. 세이렌, 스킬라, 카리브디스, 키클롭스, 나우시카와 만나는 등 항해와 표류를 반복하는 내용이 이야기의 기본이 된다.

킹콩
남해의 고도 '해골섬'에 사는 거대 생물이 인간의 문명사회에서 날뛴다는 내용을 이 책에 적용하면 167쪽 step-1의 2)와 3)이 공존하는 구조다.

오디세우스의 모험

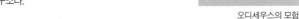

🐴 **원포인트 어드바이스**

〈돌아온 울트라맨〉 제13~14화에 등장하는 시먼스와 시고라스는 각각 회오리바람과 해일을 담당하는 서이리안 제도의 괴수다. 자연현상을 모티브로 한 괴수가 등장한 편은 명작이 많다.

Step 5 일상에 끼어드는 환수

◊ 세계는 환수로 가득 차 있다

환수 사전이나 화집을 살펴보면 세계에는 다양한 환수가 있으며, 이들을 모두 합치면 일상의 모든 순간마다 우리는 환수에 둘러싸인 채 생활하고 있다고 해도 과언이 아닙니다. 일본에는 800만의 신이 있으며 백귀야행이라는 풍습도 있다는 점에서, 환수의 숫자나 종류에 있어 세계에서도 최상위에 속하는 요괴 대국입니다. 게임의 시나리오나 소설에 출신 지역이 다른 환수를 뒤섞어서 등장시키는 것을 어색하게 여기지 않을 뿐만 아니라, 변화를 가하여 독자적인 세계관에 도입해버리는 넓은 포용력을 가진 것도 일본인이 요괴 문화에 둘러싸여 살아가고 있기 때문일지도 모릅니다.

일상에 끼어드는 환수 창조의 체크 포인트

· 환수라는 말에 얽매일 필요는 없다. 신들이 인간의 모습으로 나타나 일상생활을 함께한다는 구조도 흔해진 지 오래다.
· 환수를 일상에 '있는 것'이 아니라 '찾아온 것'으로서 다룬다면, 2장 step-7도 참고할 수 있다.
· 환수 그 자체보다 폴터가이스트 같은 현상에 주목해 공포 요소를 높이는 괴기 소설 같은 것도 이 부류에 들어간다.

나만의 상상에 도전하기
신화 세계의
새로운 확대

그리스 신화나 북유럽 신화, 그리고 그 파생인 게르만 신화의 신과 환수는 다양한 변형을 거쳐 원형과 매우 달라지긴 했지만, 일본에서도 널리 알려지게 되었습니다. 다만 이들 못지않은 깊이나 다양성을 가진 켈트 신화나 동유럽에서 유래한 환수는 아직 많이 알려지지 않았습니다. 이 매력적인 세계를 어떻게 도입할 것인지 새로운 가능성이 기대됩니다.

명작 체크
마니악한 환수 선정
『바보와 시험과 소환수』

학원 코미디물 라이트 노벨 작품으로서, 학생의 학력이 전투력에 반영되는 '소환수' 시스템이 이야기의 열쇠가 됩니다. 보통 소환수는 학생을 2등신 캐릭터로 만든 모습이지만, 시스템이 고장 난 에피소드에서는 바보 같은 주인공 머리 없는 기사 듀라한, 가슴이 작은 히로인 요괴 누리카베(투명한 벽 모양 요괴-역자 주), 숨겨진 육식계 히로인 음마 서큐버스와 같이 소환수가 각자의 본질에 가까운 환수가 되어 등장합니다.

✿ 일상에 관련된 판타지 생물의 모델

1) 요정 …… 인간 생활의 일상에 폭넓게 관련되는 존재. 주로 민화나 전승에서 등장하며, 창작 작품에선 주인공의 여행 파트너로서 적극적으로 관여한다.

거주형

퍼크 (Puck)	민가나 성, 고목 등에서 사는 요정의 일종으로 수호령 같은 존재다. 용모는 그 지방의 생활이나 풍습에 밀착한 동물의 특징을 갖고 있다. 작은 보답만으로도 인간을 도와주지만, 그것도 그들의 심심풀이에 지나지 않는다. 인간 쪽에서 지나치게 접근하면 모습을 감춘다.
보거트 (Boggart)	이른바 폴터가이스트 현상의 장본인이다. 쫓아내려면 강력한 마법이 필요하다.

추종형

픽시 (Pixy)	요정의 대표적인 존재. 등에 날개가 달린 모습으로 등장하는 경우가 많으며, 성별은 중성적이다. 동료와 무리 지어 생활하며 여행자나 마을 사람에게 장난치곤 하지만, 성격도 다양해서 마음에 드는 인간 곁에 붙어 다니기도 한다.

2) 인간의 변용 …… 다양한 이유로 인간이 변하여 판타지 생물이 된다.

외부에 의한 변용

흡혈귀 (Vampire)	이른바 흡혈귀의 희생자가 된 인간은 마찬가지로 흡혈귀가 된다. 이때 주종 관계가 발생하기도 한다. 브램 스토커의 『드라큘라』로 이미지가 정착되었으며, 이후 다양한 창작물에서 새로운 해석이 진행되어 현재는 '흡혈 행위'라는 원형은 거의 남아 있지 않다.

내부에 의한 변용

라이칸 슬로프 (Lycanthrope)	웨어울프(=늑대 인간)처럼 변신 능력을 갖춘 인간. 평소에는 인간 모습이지만, 보름달이 뜬 밤처럼 특별한 조건에서 변신한다. 변신했을 때 인간의 기억을 가졌는지 아닌지에 차이가 있다.

3) 어둠의 상실과 의식의 변화 …… 인간이 밤의 어둠에 둘러싸여 있던 시대에는 어둠 그 자체가 공포의 대상으로서 환수도 어둠이라는 속성으로 직결되었다.

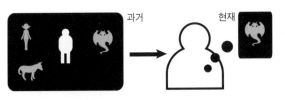

과학 기술 등으로 인간이 어둠을 극복하면서, 자신이나 타인의 마음속에 깃든 어둠을 의식하여 연쇄살인범으로 대표되는 '괴물 같은 인간'으로 공포의 대상이 바뀐다.

🎙 원 포인트 어드바이스

2011년 가을에 타이 중부에서 발생한 대홍수로 인해 파충류 동물원에서 악어가 도망치면서 작은 소란이 일어났다. 이것을 '근처에 환수가 출연했다'고 하면 지나칠까?

Step 6 환수의 세계로 침입

◈ SF, 판타지 소설의 고전적인 전개

과학 기술이 발달하고 인류가 지금까지 상상이나 신화에서만 거론하던 세계에 진출하게 되면서, 그다지 특별할 게 없는 평범한 시민이 판타지 세계에 말려든다는 구조의 판타지 작품이 다수 탄생했습니다. 판타지 세계를 가깝게 느끼게 된 세태를 반영하고 있는 것이겠지요. 현재는 2장 step-7「나타나는 이세계」에서 설명하는 것처럼 외부에서 찾아오는 거대한 대립이나 이세계의 법칙에 주인공이 말려든다는 플롯이 주류이기 때문에 조금 흔해 빠진 느낌도 있습니다. 하지만 판타지 세계와 환수를 종합적으로 구축하는 이 작업은 창작자의 상상력이나 세계관의 깊이를 물어보는, 진지한 도전 과제라고 할 수 있습니다.

환수의 세계로 침입 창조의 체크 포인트

· step-7의 내용과 합쳐서 현실 세계를 왕복한다는 설정으로 확장될 수 있다.
· 우선은 환수 측의 판타지 세계부터 확실하게 구축하고, 이후 주인공 후보가 말려들면 어떻게 되는가를 생각하며 플롯을 구축한다.

나만의 상상에 도전하기
우주 다음은 어디로?

인간의 과학 기술이 발전하면서 판타지 세계도 확대되어 갔습니다. 처음에는 지평선이나 수평선 너머에 있다고 상상하던 판타지 세계는 지구의 변경 지역이 소멸하면서 우주로, 그리고 바닷속으로 넓어져 갔습니다. 2009년 영화 〈아바타〉는 판타지 세계를 생태계까지 포함하여 묘사해낸 하나의 종착점이라고 할 수 있는 작품이겠지요. 다음에는 어떤 세계가 창조될지 기대됩니다.

명작 체크
일본인은 '평평한 얼굴족', 『테르마이 로마이』

야마자키 마리의 만화 작품. 고대 로마 제국의 뛰어난 목욕탕 설계기사가 현대 일본으로 시간 여행 하여 최신 목욕탕 문화를 로마에 가져간다는 이야기입니다. 우리가 보기에는 주인공 루시우스가 이세계에서 나타난 존재이지만, 루시우스 시점에서 바라보면 현대 일본이야말로 이세계가 됩니다. 로마 목욕 문화의 혁명아가 역사와 어떻게 얽히는지 주목할 만합니다.

◆ 환수 세계에 침입한 주인공의 모델

조너선 스위프트 『걸리버 여행기』

선의(船醫)이자 선장인 걸리버의 표류 여행기라는 구조를 통해서 기묘한 판타지 세계나 환수와의 접촉을 그린 이야기다. 18세기 초반의 영국을 둘러싼 국제 정세나 사회, 사람들의 사고방식을 환수와의 대립을 이용해서 비판적이고 풍자적으로 그려냈다. 이 책의 3장~5장에서 설명하는 모델을 한 권의 책에 모두 담고 있다.

릴리퍼트국

체구가 인간의 1/12밖에 되지 않는 릴리퍼트인의 나라에 표류한다. 인간과 문명 수준은 다르지 않으며, 릴리퍼트인에게는 큰 문제도 걸리버에게는 사소하게 보인다. 유지 경비가 부담되어 걸리버는 살해될 뻔한다.

브로브딩나그국(걸리버가 하위)

키가 18m에 이르는 거인국. 문명이나 군사 면에서는 걸리버에게 뒤져 보이지만, 분쟁을 다툼으로만 해결하려 하는 인간의 모습은 고결한 브로브딩나그인에게는 이성이 부족해 보이며 인간은 경멸의 대상이 된다.

걸리버

> 사소한 일로 기뻐하고 다투는 야만적인 소인. 배은망덕.

> 전쟁에는 도움이 되지만, 대식가로 교육이 어렵다. 쫓아내고 싶다.

릴리퍼트인

체구, 지성 모두 걸리버가 우위인 세계.

브로브딩나그인

> 신이 가련하게 여겨서 살려두고 있는, 해충처럼 불쾌한 생물.

걸리버

> 고결하지만, 문명을 어떻게 써야 할지 모르는 사람들. 나의 지식으로 계몽하고 싶다.

체구, 지성 모두 걸리버가 하위인 세계

라퓨타·발니바비국

외모는 인간과 똑같은 사람들이 산다. 뛰어난 과학 기술로 하늘에 뜬 도시국가 라퓨타가, 풍요롭지만 기술이 뒤진 농업국 발니바비국을 지배하고 있다. 발니바비에서 반란이 일어나자 라퓨타는 상공에서 실력 행사로 진압한다.

글룹둡드립·루그낵국(걸리버와 같은 수준)

강령술을 사용하는 글룹둡드립의 족장을 통해서 과거의 위인으로 알려진 사람들이 얼마나 어리석었는지를 안다. 루그낵국에는 불사자가 살고 있지만 불로가 아니라 80세에 법률의 보호를 받아들여서 계속 살고 있다.

휴이넘국

말 모습을 한 휴이넘이 통치하는 세계. 그들은 '야후'의 증가로 고민하고 있다. 야후는 인간과 똑같이 생겼지만, 이 세계에서는 성욕이 강하고 욕심 많은 인간의 동물성만으로 살아가는 하등 생물로서, 걸리버는 야후와 동일시될 뿐만 아니라 야후에게도 동료로 여겨지면서 정체성의 혼란을 겪게 된다.

휴이넘

> 야후치고는 이성이 있는데, 이런 변종도 있나?

> 나는 야만인이 아니야! 휴이넘이 되고 싶어!

야후

걸리버가 하등이라고 생각하는 생물에게 지배되는 세계.

🐴 원 포인트 어드바이스

루그낵국에서 탈출한 걸리버는 6대 쇼군 도쿠가와 이에노부 시대 무렵의 일본에 방문하여 장군을 알현한다. 국교가 없었던 아시아의 섬나라는 독자에게 판타지 세계처럼 느껴진다.

^{Step}7 나타나는 이세계

◈ 매력적인 이야기의 최소공배수

'고양이형 로봇이 찾아온다' '미소녀 전학생이 찾아온다' '갑자기 여동생이 생긴다' 이렇게 외부에서 다가오는 일상의 변화를 그린 이야기는 무수히 많습니다. 이 플롯에서는 환수의 특성보다는 캐릭터가 가진 매력이 중요하며, 처음에 이세계나 환수를 창조하지 않아도 주인공 주변의 작은 세계에서 이야기를 시작할 수 있는 점도 매력적입니다.

2011년 최고의 히트 애니메이션 〈마법 소녀 마도카☆마기카〉에서는 큐베라는 환수가 열쇠가 되어서 그 배후에 장대한 세계관을 구축하고 있습니다. 다루기 쉬운 플롯이지만, 감상자를 즐겁게 해주려면 그만큼 시간과 노력이 필요하겠지요.

나타나는 이세계 창조의 체크 포인트

· 이세계는 캐릭터를 통해서 생각할 수 있어서 플롯이나 도입은 단순하더라도 상관없다. 그런데도 호흡이 긴 작품은 처음부터 '나타나는 이세계'가 확실하게 구축되어야 한다.
· 이야기의 진행상 시간 여행 요소가 도입되기도 한다. SF 작품에도 관심을 기울이면서, 환수를 추가하여 재미있어질 만한 아이디어를 모으는 것도 흔한 구성을 타파하는 좋은 방법이다.

역사 관련 사건

**문명 미접촉
부족의 발견**

2008년 아마존에서 미개한 인디오가 새롭게 발견되었다는 소식이 있었습니다. 실제로, 촬영을 위해 저공비행을 한 세스나기에 몸 전체를 칠한 남성들이 활을 날리는 영상도 남아 있습니다. 금속 냄비를 사용하는 것을 보면 물물 교환 같은 방법으로 문명의 이기를 접하기는 한 모양이지만, 비행기에 의한 촬영 행위 같은 것은 그들에게는 이세계의 침입에 가깝겠지요.

명작 체크

**학교 공포 만화의 최고봉
『표류 교실』**

우메즈 가즈오의 만화 『표류교실』은 앞 항목 step-6처럼 일상에서 이세계로 넘어간 이야기입니다. 초등학교라는, 아이들에게는 완결된 세계가 미래의 시간 축으로 표류한다는 내용은 '나타나는 이세계' 스타일에 가깝겠지요. 누구나 반드시 체험하는 초등학교이지만, 끔찍한 환수에게 둘러싸이는 상황이 기묘한 현실성을 낳고 있습니다.

◆ 현실 세계에 나타나는 이세계

1) 이세계 일부가 나타나는 패턴

주인공이 생활하는 현실 세계의 일상에 이세계 일부
가 모습을 드러낸다는 표현은 말려드는 구조 스토리
의 기본으로서 많은 이야기나 게임에 이용되고 있다.
나타나는 세계는 캐릭터가 증가하면서 서서히 확대
되는 것이 일반적이지만, 난데없이 이세계가 대규모
로 나타난다는 도입도 재난 영화의 정형으로 자주 사
용된다.

현세(주인공의 일상)

이세계

평범하기 이를 데 없는 주인공의 일상에 이세계
일부가 갑자기 나타난다.

2) 능력이 각성하면서 세계가 확대되는 패턴

위대한 선조에게서 계승된 능력이 평범한 주인공의
몸에서 각성하여 그에 어울리는 세계가 일상 속에 모
습을 드러낸다는 플롯. 휘말리는 구조보다도 주인공
의 적극성을 연출하기 쉽다는 점이나, 왕도적 영웅 성
장물 같은 느낌을 줄 수 있다는 점에서 라이트 노벨의
기본 패턴이라고 할 수 있다. 이러한 각성을 두려워한
이세계가 보이는 반응이 스토리의 축이 된다.

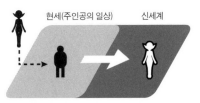

현세(주인공의 일상)   신세계

선조에게 계승받은 능력을 각성해 세계가 확대된다.

이세계가 특정한 형태(생태계나 독특한 인간관계)를 보이고 일상생활에 모습을 드러내는 플롯은 미디어와 관계없이 널
리 사용된다. 그만큼 이세계의 구조나 형태를 확실하게 구축하지 않으면 매몰되기 쉽다.

🐾 **원 포인트 어드바이스**

특별한 능력의 각성은 주인공의 성격과 비주얼 요소를 유지하면서도 능력을 강화할
수 있어서 원소스 멀티유즈(one source multi use)에 좋다.

창조 가이드
~다음으로 창조할 것~

환수를 분류한다

◆ 환수에게 역할을 부여한다

3장에서 5장까지는 우선 환수를 분류하고 각각의 입장이나 역할을 분석합니다. 서식 장소나 환수를 탄생시킨 신화나 전승, 또는 그 모습 등 환수를 분류하는 기준은 다양해서, '환수 사전' 계열의 서적이라면 모두 분류 방법을 여러모로 고민해서 만들었을 것입니다.

　이 책에서는 환수를 두 개의 기준으로 분류하고 있습니다. 하나는 인간, 아인류, 동물, 정령, 신수 등 종류별로 나누는 방법입니다. 또 하나는 레벨에 의한 분류입니다.

◆ 환수 과제에 착수하자

레벨이란 무엇일까요? 게임으로 생각하자면, 출현 빈도나 희소성과 같은 개념에 가깝습니다. 인간을 기준으로 보면 '레벨=직업'이라고 할 수 있는데, 이것은 일의 내용을 말하는 것이 아닙니다. 예를 들어 여러분이 중세 판타지 세계의 모험가라고 할 때, 농민과 대귀족 중에서 어느 쪽을 더 많이 접하는가. 또한, 어느 쪽이 모험에 큰 영향을 미치는가. 그러한 모험가의 시선을 중시해서 분류하는 것입니다. 물론, 적으로 등장하는 환수도 마찬가지입니다. 목숨을 걸고 뛰어든 던전이라도 굽이굽이마다 샐러맨더나 만티코어가 있으면 목숨이 몇 개라도 부족합니다. 야외라고 해도 항상 비룡이 날아다니는 세계라면 조금 곤란하겠지요. 그러니 환수를 레벨로 나누어 해설하는 동시에 환수와 공존하는 세계에서 직면할 만한 과제를 생각하는 부분도 준비하고 있습니다.

Step 1 흔한 직업

◆ 평범함 속에 존재하는 드라마에 대한 기대

'흔한 직업=우습게 볼 만한 직업'은 아니며, 사회의 기반을 만들고 지탱하는 직업이라는 의미가 포함되어 있습니다. 그들이 적극적으로 모험이나 싸움에 뛰어드는 일은 없지만, 그들의 삶이 존재하지 않는 세계에는 뭔가 중대한 문제가 있게 마련입니다.

군대에서 병사와 용병의 차이도 중요합니다. 병사는 충성을 바치는 대상이 정해져 있어서 그 영민들에게 폭력을 행사하는 일은 거의 없습니다. 반면 용병은 어제까지 계약했던 고용주의 영지에서는 어느 정도 삼가겠지만, 적의 영지나 이해관계가 없는 토지에서는 매우 위험한 존재이므로 주민은 자경단을 조직해서 맞섭니다.

흔한 직업 창조의 체크 포인트

· 직업에서는 인류·아인류를 구별하지 않는다. 어느 정도의 사회를 구축하고 있다면 아인류에게도 비슷한 직업이 존재하기 때문이다.
· 사망률이 높은 시대나 전란 시대에는 다수의 고아가 문제가 된다. 보호받지 못한 고아는 뒷골목 같은 데 모여서 일종의 갱이 된다.
· 성에 근무하는 병사의 급료가 높은 것은 사실상 관리이기 때문이다.

나만의 상상에 도전하기
힘겨운 고아의 사회

많은 사회에는 고아를 수용할 수 있는 시설이나 제도가 준비되어 있습니다. 그런 곳에 수용되지 못한 고아는 믿음직한 우두머리 아래에 모여서 무리를 만듭니다. 그들을 잘 이끌 수 있다면 많은 이를 구제할 수 있지만, 도덕심을 배울 기회를 갖지 못하고 폭력 집단으로 변하면 위험한 존재가 됩니다. 그것은 가히 판타지 세계에서 그려지는 공격적인 아인류의 모습 그대로입니다.

역사 관련 사건
무진 전쟁의 사냥꾼 부대

흔한 직업인들은 전투에 익숙하지 않지만, 사냥꾼은 예외입니다. 정규 군대가 상상도 하지 못하는 산길을 자유롭게 이용하며 엽총이나 활을 능숙하게 사용해서 펼치는 공격은 가히 신출귀몰합니다. 일본의 에도 막부 시대 말기의 무진 전쟁 때도 아이즈번이나 조슈번에서는 사냥꾼 부대를 편성하여 게릴라전에 투입했습니다. 어부도 수군의 물길 안내인이나 해군력이 약한 나라에서는 임시 선원이 되어 전장에 투입됩니다.

◆ 흔한 직업의 모델

다음은 일반적인 직업 목록이다. 직업은 평범한 일상과 연결되어 있어서 놓치기 쉽지만, 캐릭터가 생활하는 데 기본적인 가치관을 구성한다.

농민·사냥꾼(어부)

식량 공급을 책임지는 사회 기반. 토지와 강하게 연결되어 평생 마을이나 작은 도회에서 생활하지만, 양봉처럼 주로 이동하면서 일하는 경우도 있어서 고정된 이미지에 사로잡히지 않고 판타지 세계의 식량 사정에 어울리는 직업을 만들 수 있다. 다만 사회의 주요 구성원이라는 점은 잊지 말자.

지방 관리·하급 관리

판타지 세계에서 지방 관리의 일은 세금을 거두는 일이 대부분이다. 수수료를 받고 세금을 징수하는 징세 청부인이라는 신분도 있다. 성이나 관청에서 근무하는 하급 관리도 국왕이나 대귀족의 측근이나 재상 밑에서 일하는 것이 현실이다. 상사의 명령과 민중의 반감 사이에서 궁지에 몰리는 상황은 지금도 큰 차이가 없다.

선원

위험한 직업으로, 하급 선원의 대우는 노예와 별로 다르지 않지만, 다른 직업보다 훨씬 넓은 세계를 볼 수 있다. 선내의 질서에 따라서 일정량의 사유물을 소지하고 기항한 장소에서 사적인 거래를 하는 것이 묵인되었기에, 상업적 재능이 있는 사람들은 큰 성공을 거두기도 했다.

젊은이·수습

관리 등으로 승진할 만한 가능성이 있는 우수한 젊은이도 수행하며 성장하는 수습생 시기에는 인생 경험이 부족하다는 점도 있어서, '젊은이'라는 이름으로 한데 묶어서 다루어진다. 하지만 그들의 적극적인 행동 자세나 판단이 이야기를 움직이는 중요한 열쇠가 되곤 한다.

◆ 병사와 용병의 차이

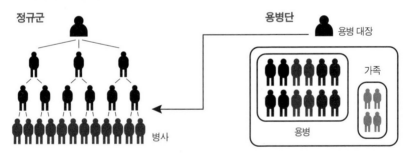

병사는 국왕 같은 이들이 이끄는 군대에서 근무하고 봉급을 받으며 생활하고 있어서 상관의 명령에 복종해야만 한다. 전쟁을 수행하는 관리로서 그들의 충성심은 상관과 군을 향해 있다. 정규군은 용병단을 고용하여 전쟁 시에 부족한 병력을 메운다.

말 그대로 고용된 병사다. 용병은 용병단에 소속되고, 계약에 따라서 군무에 임한다. 충성심의 대상은 돈에 따라 다르다. 용병 대장은 용병과 그 가족의 생활을 뒷받침하는 대신에 용병단 내에서의 서열은 절대적이다. 용병은 전장에서 펼친 활약에 따라 보상을 받는다.

> **◆ 원 포인트 어드바이스**
>
> 농민은 착취당하기만 하는 존재라는 개념은 적절하지 않다. 전장이 된 지역의 농민은 자신의 터전이 불태워지는 것에 대한 반감으로 패잔병을 가차 없이 습격한다.

Step 2 아인류의 기본형

◈ 판타지 세계의 대표적인 주민

아인류, 다시 말해 엘프나 드워프, 오크처럼 인간과 같은 생활을 하는 환수는 판타지 작품과 떼려야 뗄 수 없는 존재입니다. 하지만 이러한 아인류 대부분은 각지에서 전해지는 신화나 전승에 등장하는 요정 등의 모습에 후세 작가가 상상을 추가하여 살을 붙인 존재로서 본래 모습과는 완전히 다릅니다. 그러므로 창작을 꿈꾸는 사람이라면 흔한 엘프나 오크가 아니라 새로운 아인류를 만들고 싶어지겠지요. 편한 길은 아니지만 그만큼 창조하는 재미와 색다른 맛을 느낄 수 있습니다.

아인류의 기본형 창조의 체크 포인트

· 많은 아인류의 이미지가 완전히 정착되어 이제는 아인류 자체가 아니라, '뾰족한 귀'나 '요정의 날개' 같은 그들만이 가진 기호를 사용하는 작품도 눈에 띈다.
· 판타지에서 활용하기 좋은 엘프는 톨킨의 『반지의 제왕』을 거치면서 대폭으로 간략화되었고 현재는 다크 엘프 같은 어둠의 속성을 가진 종류까지 일반화되어 포화 상태다.

나만의 상상에 도전하기
적의 생활을 살펴본다

아인류의 생활은 분명히 신비로 가득 차 있지만, 하나의 세계에서 전쟁을 벌이는 관계라면, 증오만이 강조되면서 적의 생활 같은 것은 상상하기 어려워집니다. 예를 들어 〈기동전사 건담 UC(유니콘)〉에서는 지온군 잔당 소데쓰키에게 사로잡힌 주인공 버나지 링크스 소년이 그들이 잠복하고 있는 거점 파라오에서 가난한 병사 가정의 실태를 알고 충격을 받는 장면이 인상적입니다.

명작 체크
나는 누군가!?

스티브 잭슨의 게임 북 『몬스터 탄생』은 동굴의 깊은 곳에서 자신이 누군지 전혀 알지 못하는 채 살아가는 몬스터로 시작합니다. 독특하지만, 다른 아인류와 만나서 대화를 나누려고 해도 독자의 판단을 무시하고 본능에 따라서 때려죽인다는 내용입니다. 독자가 몬스터 캐릭터인 자신에게 휘둘린다는 점에서 참신한 환수 표현이었습니다.

❖ 아인류의 기본형과 모델

아인류가 등장하는 경우에는 우선 종족 전체의 성격이나 특성을 정해야 한다. 인간(사회)과 비교하는 것이 한 가지 방법이지만, 사회성의 기준에는 각각 합리적인 이유나 사정이 있으므로 무작정 우열 관계로 비교하지 않도록 주의한다.

지성형·질서형 아인류
톨킨의 『반지의 제왕』에 등장하는 엘프가 모델. 일반적으로 다른 아인류보다 높은 지성이나 정신, 문화, 역사를 가진 종족이라는 설정으로 만들어지는 경우가 많다. 나아가 그들이 질서를 어지럽히는 다른 종족에 대해서 공격적인 모습을 보이는지, 아니면 자연이나 신의 섭리를 받아들이며 흐름에 맡기는지에 대한 구분이 개성을 나누는 분기점이 된다.

폭력형 아인류
『반지의 제왕』의 오크가 모델. 대개 고블린이나 코볼트, 호브 고블린 등 도깨비 같은 요괴 전승에서 나온 것이지만, 문명이나 질서를 파괴하는 측의 첨병이 되면서 원형은 사라져버렸다. 적으로 등장시키더라도 그들의 사회성이나 존재 이유에는 주의를 기울이는 편이 좋다.

가치관이 다른 아인류
『반지의 제왕』의 드워프나 호빗이 모델. 생활권이 다른 아인류와 겹치지 않게 함으로써 독자적이고 확고한 생활철학을 갖고 살아갈 수 있다. 때로는 그들의 독선적인 행동이 다른 아인류에게 해악을 가져오기도 해서 반드시 평화적인 존재라고는 할 수 없다.

❖ 아인류의 전투 집단 모델

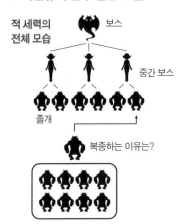

주인공의 적 세력이 군대 같은 조직으로 모습을 드러낼 때는 복수의 아인류나 지성적인 환수의 혼성 부대로 등장하는 사례가 많은데, 그 조직을 통제하거나 충성을 유지하는 것은 단일 종족 집단보다 훨씬 어렵다.

🐾 원 포인트 어드바이스

전투 집단의 모델은 전대물의 하부 구성원 등에도 적용할 수 있다. 『가면 라이더』 초기의 쇼커처럼 친숙한 전투 조직이 시리즈를 거듭하면서 어떻게 변화했는지도 참고할 만하다.

Step 3 주변의 동물

◈ 판타지 세계에 절묘한 맛을 더한다

환수 창조의 관점에서 보면 2009년 개봉한 영화 〈아바타〉는 행성 판도라의 생태계를 상당히 치밀하게 그려냈다는 점에서 놀라운 작품입니다. 하지만 잘 살펴보면 우리를 둘러싼 생태계를 모델로 변형했다는 점을 눈치챌 수 있습니다. 동물을 환수로 만드는 작업은 삽화나 영상을 만드는 사람들에게는 높은 장벽처럼 느껴지는데, 먼저 우리 주변과 가까운 부분을 준비하면서 새로운 세계관에 뛰어드는 작업이 필요합니다. 세심하게 주의할 부분은 7장에 나오니, 여기에서는 오른쪽처럼 큰 분류 속에서 어떤 카테고리가 필요한지, 그리고 어디에서부터 착수할지를 결정해두면 좋겠지요.

주변의 동물 창조의 체크 포인트

· 수탕나귀와 암말을 교배시켜 탄생한 노새처럼 후손을 낳지 못하는 가축도 환수 창조에 좋은 아이디어가 된다.
· 개의 탄생과 비슷한 형태로, 돼지도 멧돼지를 가축화하여 탄생한 동물이다.

명작 체크

일본 중부를 괴멸시킨 쥐의 대군

니시무라 주코의 『멸망의 피리』(만화책도 출간)는 알프스 남부 산자락에서 발생한 수억 마리의 쥐 대군이 마을을 습격한다는 동물 재난 소설입니다. 조릿대의 개화에 맞추어 쥐가 대량으로 늘어난 사건을 인간에 의한 생태계 균형 붕괴와 연결한 장대한 플롯과, 자연계 균형을 잡기 위해서 포식자들이 자연스럽게 집결하는 장면이 강렬했습니다. 조금 오래된 작품이지만 만화로도 나왔습니다.

명작 체크

농업 고교를 무대로 한 경제 동물의 세계

아라카와 히로무의 『은수저 Silver Spoon』은 일본 홋카이도의 농업 고등학교를 무대로 한 청춘 만화입니다. 기본은 코미디지만, 인문 진학계에서 농업 고등학교로 도망친 주인공 소년이 직면하는 농업이나 축산의 현실, 그리고 경제 동물로서의 생명을 어떻게 마주할 것인지와 같은 문제의식이 넘쳐납니다. 작가의 체험이 바탕이 된 충실한 내용은 과연 『강철의 연금술사』 작가의 작품답습니다.

◆ 주변 동물의 모델

판타지 세계관을 연출한다면 이들을 사용하는 것이 좋다. 삽화의 원경에 추가하는 등 다양하게 활용할 수 있다. 다만, 다음과 같은 제한은 의식하자.

탈것으로 사용되는 동물

소, 말, 당나귀, 낙타, 코끼리 등 다양한 동물이 세계 각지에서 탈것으로 사용되고 있지만, 장거리 이동에 적합한 것은 일부 말과 낙타뿐이다. 개썰매나 마차, 달구지처럼 여러 마리를 묶어서 차량을 끄는 동력으로 사용하는 방법도 있다.

가축·애완동물

대부분의 농민에게 가축은 삶을 좌우하는 경제적 동물이다. 실제로는 농경용 말이나 소를 가진 농민은 한정되어 있었다. 또한, 그들은 대개 겨울을 나기 위한 식량인 돼지나 닭을 소중하게 길렀다. 양치기나 사냥 파트너로서 도움이 되는 개도 중요한 가축이다.

해로운 동물

인명을 해칠 수 있는 곰이나 늑대를 시작으로 농작물에 피해를 주는 사슴이나 원숭이, 멧돼지, 집에 피해를 주는 흰개미나 쥐처럼 해를 끼치는 동물은 다양하다. 이야기의 중심이 될 만한 동물은 아니지만, 주인공 일행이 처한 상황을 쉽게 공감하게 하는 조미료로 사용하면 유용하다.

해충·독사

한두 마리라면 큰 위협이 되지 않지만, 무리를 지으면 위험이 커진다. 직접적인 위협이 되는 것만이 아니라 천변 재해나 재앙, 더욱 강력한 환수 등장의 징조로도 사용할 수도 있다. 실제로 농작물에 큰 손해를 끼치는 메뚜기 대군은 「요한 묵시록」에서 신격화된 나락의 악마 '아바돈'이 되었다.

◆ 육식수의 가축화

판타지 작품에는 흉악한 육식수를 기르는 적대 아인류와 같은 묘사가 등장하지만, 실제로 육식수를 가축으로 만드는 것은 매우 어렵다. 그런데도 도전하고 싶은 사람들은 이 사례를 참고하길 바란다.

늑대에서 개로 진화

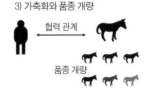

가축으로서 인류와 함께한 동물은 다양하지만, 그중 육식수는 개뿐이다. 어미 늑대와 사별한 새끼들을 사육한 인간이 그중에서 인간을 잘 따르는 개체를 선별하고 번식시키는 동안에 개가 탄생했다고 여겨진다. 개는 집단행동과 리더에 복종하는 성질을 가졌기에 사냥개를 시작으로 다양한 상황에서 인간과 공존관계를 구축할 수 있었다. 육식수의 가축화는 매우 어렵다. 물론 이 같은 가축화와 일방적으로 인간이 보호하는 애완동물화는 완전히 다르다.

> **✿ 원 포인트 어드바이스**
>
> 생태계를 처음부터 시작하는 것은 어렵지만, 파충류나 양서류, 조류 등에 속하는 환수 동물 무리를 생각하여 중점적으로 창조하면 확대하기 쉽다.

Step 4 다락방의 정령

◆ 동화의 주민들

민화, 전승이나 실제 건축물에 반영된 환수는 모두 인간의 상상에서 태어났으며 전부 비현실적인 존재입니다. 이러한 사례는 환수를 창조할 때 이유나 상식에 지나치게 얽매일 필요가 없다는 사실을 뒷받침하며 자신감을 갖게 해줍니다.

　하지만 무엇이든 상관없다는 이야기는 아닙니다. 바로 옆에 사는 다락방 요정은 인간의 원시적인 공포나 동경, 희망에 근거하여 만들어졌다는 사실을 잊지 말아 주십시오. 살아 있는 시체인 좀비가 때로는 '사령'이라고 불리는 것도 사후의 영혼이 악의에 의해 지배되는 것을 인간이 두려워하기 때문입니다.

다락방의 정령 창조의 체크 포인트

· 가족이 없이 집이나 가구에 숨어 사는 퍼크 같은 환수는 아인류보다는 정령에 가깝다.
· 사체는 인간이 아니라는 점에서 좀비를 사용한 과격한 유혈 표현이 유행했다.

환수 매뉴얼

오해 덕분에 힘을 얻은 요정
버그베어(Bugbear)

버그베어는 영국 남서부 웨일스 지방의 민화 속 괴물로, 털이 숭숭한 요정입니다. 밤 늦게까지 밖에서 노는 아이들을 잡아먹는 (다고 어른들이 말하는) 점에서 아이를 겁주기 위한 대중적인 괴물이었습니다. 그런데 베어라는 단어에 대한 오해로 인해 게임 등에서 실체를 가진 거대한 곰의 모습을 한 괴물로 다루어지면서 꽤 강력하게 연출되기도 하는 등 위험한 환수로 변했습니다.

환수 매뉴얼

언데드와 차별되는
스켈레톤

움직이는 해골 괴물인 스켈레톤은 어떻게든 살이 남아 있는 다른 언데드와는 분위기가 다른 존재입니다. 원형은 역병에 의한 대량 사망에 직면한 중세 사람들이 열광한 '죽음의 춤' 예술에 있었다고 합니다. 환수로서 기본 형태는 해리하우젠이 특수 효과를 연출한 영화 〈신밧드의 7번째 모험〉에 등장해 멋진 움직임을 보여준 해골 전사 모습이 굳어졌습니다.

◆ 다락방 정령의 모델

환수를 레벨에 따라 나누기란 쉽지 않다. 게임처럼 전투력의 높낮이에 따라서 레벨을 나눌 수 있지만, 이 책에서는 자유의사의 유무나 지성을 판단 기준으로 삼는다.

인공적인 정령

골렘, 가고일, 지니(특히 '램프의 정령') 등 물리적·마법적으로 강력한 힘을 갖고 있지만, 창조자나 술사의 의사에 묶여 있거나 활동 조건이나 범위가 제한된 기계 같은 존재다. 게임이나 이야기에서는 주로 함정처럼 다루어지며, 소재의 특성상 방어력이 높다.

남은 사념이나 영혼

고스트나 윌 오 위스프(Will-o'-the-wisp, 도깨비불)처럼 죽은 자가 생전의 인연에 얽매여서 현세에 머무른다는 해석 아래에서 태어난 환수. 죽은 자와의 교신(영매 등) 능력을 갖춘 캐릭터와 합쳐져서 문제 해결의 실마리를 제공하는 역할도 생각할 수 있다.

민화·전승의 정령

인간이 성장하면서 점차 보이지 않게 되는 형태의 정령. 대개는 '늦게까지 놀고 있으면 ○○에게 잡아먹힌다!'와 같은 방식으로 어른이 아이들을 유괴(=실종)와 같은 위험으로부터 보호하기 위해서 만들어낸 무해한 정령으로 세계 각지에 존재한다. 2장 step-5의 '거주형 요정'과도 겹친다.

◆ 살아 있는 시체 '언데드'의 세계

정령 중에서도 최악(최강은 아님)의 존재가 언데드, 즉 좀비 같은 살아 있는 시체라고 불리는 환수일 것이다. 아래에 언데드 형식의 모델을 제시한다.

1) 사령 마법에 의해 생성

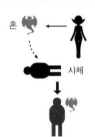

마법 등으로 만들어진 인공적인 혼을 사체에 깃들게 하여 소생시킨다. 언데드는 술사의 지배하에 놓인다. 생명공학 기술을 이용한 생성에도 응용 가능하다.

2) 지옥의 정원 초과

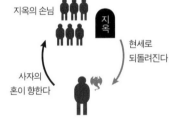

로메로 감독의 좀비에 대한 해석. 생전의 선악과 관계없이 죽은 자가 부활하여 살아 있는 사람을 습격한다는 영화의 근간 부분에서 이치에 맞는다.

3) 공격에 의한 전염

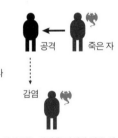

살아 있는 사람을 자신과 같은 상황으로 만들려는 죽은 자의 질투가 드러난 패턴. 말하자면 감염 능력이다. 흡혈귀가 같은 종족으로 만드는 것도 같은 방법이다.

> 🏵 **원 포인트 어드바이스**
>
> 환수에서 정령은 그 폭이 넓어서 간단히 정의하기 어렵지만, 이 책에서는 인공 생명이나 4대 원소(불, 물, 흙, 공기)에 유래하는 생명을 적용해서 생각한다.

^{Step} 신수(神獸)의 성립

◆ 세계로 확산하는 신들의 사도

신수는 종교의 힘이나 영향에 의해서 태어난 존재입니다. 다만, 이 책에서는 이와 관계없이 같은 시대에 존재하면서 신과 비슷한 힘이나 지식을 가진 환수, 아인류도 신수의 일종으로 봅니다.

오랜 역사를 가진 종교에서는 종종 모순이나 오류가 생겨나면서 종교 설정에서 제외되거나, 다른 종교에 흡수되는 신수도 출현합니다. 또한, 종교가 소멸하면서 결과적으로 떠돌이 신이 되어서 본래의 능력이나 역할을 잃어버리는 환수도 적지 않습니다. 이처럼 주류 종교와 떨어져서 존재하는 신수는 이야기에 도입하기 쉽다는 점에서 인기 있는 소재입니다.

신수의 성립 창조의 체크 포인트

· 일본에서는 출산율 저하와 고령화로 계승자가 사라져버린 신사 등에서 앞으로 떠돌이 신이 많이 생길 것으로 보인다.
· 애니미즘적인 배경을 가진 세계에서는 큰 나무나 강, 산 같은 곳에도 신수가 머무른다. 자연 파괴에 대해서 그들이 보복한다는 플롯은 상당히 대중적이다.

명작 체크

프랑스의 평화를 지킨 음마 서큐버스

애니메이션으로도 제작된 이시카와 마사유키의 만화 작품 『순결의 마리아』에서는 전쟁을 싫어하는 마녀 마리아가 음마 서큐버스를 사역마로 삼아서 각지의 군 지휘관의 숙소에 보내어 섹스에 빠지게 함으로써 전쟁을 저지하고 있습니다. 음마로 알려진 서큐버스를 정말로 독특하게 활용한 사례입니다. 같은 작가의 『모야시몬』도 균이나 바이러스를 실체(=환수)로 만든 내용입니다.

역사 관련 사건

나는, 예수의 동생이다!

19세기 중반, 공무원 시험에 낙제한 홍수전(홍슈취안)은 한 장의 기독교 안내문에서 착상을 얻어 자신을 예수의 동생이라고 칭하면서 기독교풍 신흥 종교 '배상제회'를 만들었습니다. 이윽고 사회에 불만을 품은 세력과 손을 잡고 청 제국을 뒤흔드는 태평천국의 난이 일어납니다. 아시아권에서는 교조가 예수의 동생이라고 주장하는 신흥 종교가 많아서, 바티칸에서도 골치 아픈 문제가 되고 있습니다.

◈ 종교상 신수의 모델

환수는 종교와 관련된 경우가 많다. 이 장은 그러한 환수 창조가 목적인 만큼 신의 뜻을 품은 환수(즉 신수)의 창조 모델을 실제로 생각해보고자 한다.

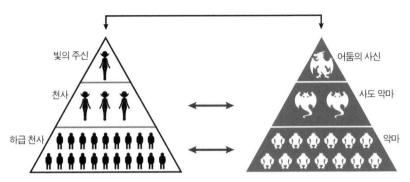

위 그림은 배일신교(자세한 것은 「구축의 장」 3장 참조)의 대립 모델. 빛과 어둠의 대립 구조는 기본적으로 균형이 잡혀 있어서 구성원은 각자의 위치에 맞는 상대와 대치하게 된다. 또한, 기독교나 이슬람교 같은 유일신교에서도 그 원형이 된 조로아스터교나 흡수한 토착 종교의 영향을 받으면서 신의 세계와 대치하는 악마라는 존재가 정착했다. 신수는 이러한 신화 체계에서 역할을 부여받는다는 점에 주의한다.

◈ 종교에서 신수 창조 과정

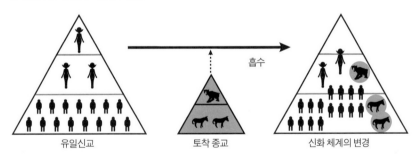

어느 종교가 그 종교를 믿는 나라의 영토 확대를 통해서 새로운 신자를 얻을 때, 그들이 본래 믿고 있던 토착 종교의 신들이나 신수를 자신의 신화 계통에 흡수하여 지배 체제를 원활하게 구축하는 방법이 빈번하게 사용되었다. 긴 역사를 가진 종교 안에는 많건 적건 이러한 역사의 흔적이 남아 있다.

🐾 원 포인트 어드바이스

위 그림에서 볼 때, 악마가 하급 천사를 공격하면 더욱 강력한 천사에게 반격당할 우려가 있어서 레벨을 넘어선 다툼은 어지간한 이유로는 등장하지 않는다.

_{Step} ₆ 과제 1 : 뒷산의 몬스터

◈ 아인류를 배제하는 근거

'아인류가 뒷산에 정착해서 곤란해진 촌장이 모험가에게 도움을 요청한다'는 설정으로 시작하는 TRPG나 게임이 많습니다. 흔한 얘기라고 볼 수 있겠지만, 사실 이 의뢰에는 오른쪽에 열거된 여러 문제가 감추어져 있습니다. 이러한 문제에 창조자가 의식적으로 대응하는가, 아니면 타성적으로 생각하는가에 따라서 환수의 움직임, 나아가 이야기의 전개가 완전히 달라집니다. 물론 아인류가 버티고 있는 뒷산의 모험이 목적인 만큼, 던전에 숨겨진 함정들만으로도 충분히 전율과 흥분을 연출할 수 있습니다. 다만, 환수에 대해서도 좀 더 깊이 생각해주길 바랍니다.

뒷산의 몬스터 창조의 체크 포인트 ────

· 몬스터가 아니라 도적이나 산적이라고 하면 설득력이 높아질지도 모르지만, 둘 다 어딘가 덜 떨어진 느낌을 지울 수 없다.
· TRPG에는 사실적인 전투 중시형 시스템도 있어서 가볍게 도입해보는 것도 나쁘지는 않다. 다만, 그렇다고 하면 이 내용 자체가 필요 없는 상황도 생긴다.

나만의 상상에 도전하기
인구 폭발의 여파

뒷산 몬스터가 나타난 배경으로 아인류의 인구 폭발이라는 문제도 생각할 수 있겠지요. 인구 폭발은 어느 일정한 세대의 급격한 증가가 원인입니다. 그리고 그 세대가 성인이 되었을 때 사회 안에 그 인구만큼의 일이나 지위가 준비되지 않으면 폭동이나 혁명과 같은 인구 폭발의 진정한 문제가 일어납니다. 이러한 배경이 있으면 조금 더 무섭게 느껴지겠지요.

나만의 상상에 도전하기
곤란에 감추어진 함정

뒷산의 몬스터가 모험가를 끌어들이기 위한 덫이었다고도 생각할 수 있습니다. 모험가가 동굴에서 나오는 순간 마을 사람들이 습격하거나, 또는 동굴의 몬스터와 손을 잡고 모험가를 협공합니다. 최악의 상황에는 마을 사람이 몬스터를 연기하고 있다는 설정도 가능합니다. 무엇보다도 이 정도 함정을 눈치채지 못하는 모험가가 어떻게 이제까지 살아남았는지 이상하긴 합니다.

♦ 과제를 생각한다 1 : 뒷산의 몬스터가 일으키는 문제

환수의 모습을 설정하고 능력을 부여하는 것만으로는 그들은 절대 움직여주지 않는다. 왜 그 환수가 모습을 드러냈는가? 무엇을 생각하고 살아가는가? 무엇을 위해서 존재하는가? 그 배경까지 도달했을 때 처음으로 환수는 이야기 속에서 움직인다.

촌장

> 모험가 여러분. 뒷산의
> 동굴에 고블린이…….

> 우리가 오지 않으면
> 대체 어쩔 셈이었던
> 거야?

모험가

> 뒷산의 동굴에 아인류가 숨어들어서 곤란하다…….
> 이젠 고전적이라고 할 수 있는 흔한 모험의 도입 부분이지만, 그 이면에는 인간 측, 환수 측 각각의 큰 문제가 감추어져 있다. 환수를 주인공과 대치하는 존재로서 다룰 때, 그들을 단순히 경험치의 원천 수준이 아닌 실체가 있는 존재로 다뤄야 한다는 것을 기억하라.

인간 쪽 사정

· 아인류가 위험한 존재라면, 마을 사람을 지켜야 할 영주나 자경단은 기능하지 않는가?
· 위험한 아인류가 진출할 만한 토지에서 농촌 생활을 할 수 있는가?
· 아인류를 배제할 법적, 또는 윤리적 근거가 있는가?

아인류 쪽 사정

· 마을 사람들에게 발견될 만한 곳에 왜 머무르게 되었는가? 숨지 않아도 좋은가?
· 본래의 거주지는 어떻게 되었는가? 거주지가 있다면 왜 동굴에서 살아야 하는가?
· 군사 침공 준비라면 전초 기지 건설 장소로서는 너무 경솔한 것이 아닌가?

이 과제와 같은 가정에는 '아인류는 인간의 영역을 침범한 물리쳐야 할 존재'라는 고정관념이 영향을 주고 있다. 가령 뒷산 동굴에 숨어든 것이 인간 난민이었다면 마을 사람의 반응은 완전히 달라질 것이다.

> 🐺 원 포인트 어드바이스

'뒷산의 몬스터'에 의해 피해가 생겼을 때 우연히 지나가는 모험가에게 해결을 부탁하는 건 최악의 대처 방법이라는 지적에 대응할 논리를 준비할 수 있는가?

Step 7 **과제 2 : 살인 면허**

◆ 빈약한 연출과 통쾌한 전투 사이

step-6에 이어서 TRPG를 염두에 둔 과제입니다. 저는 중학생 때, 〈드래곤 퀘스트〉 붐으로 판타지에 흥미를 느낀 친구를 TRPG에 끌어들였습니다. 하지만 적을 보면 무조건 죽여버린다는 자세로 플레이가 진행되어서 환수와의 대화나 두뇌 싸움을 제안해도 전혀 통하지 않았습니다. 잡지에 게재된 리플레이(TRPG 플레이 내용을 기록한 내용-역자 주)와 같은 전개를 동경했었기에 상당히 실망했지요. 지금 생각해보면 TRPG를 주최한 저의 실력 부족이 문제였지만, 비디오 게임이 플레이어의 발상을 빈약하게 만들어버린 것도 한 가지 원인일 겁니다. 이러한 체험은 환수를 탐구하는 동기가 되었습니다.

살인 면허 창조의 체크 포인트

· 플레이어를 어떤 틀에 묶지 않고, 인원에 따라서 시나리오의 방향성을 바꾸는 유연성도 필요하다.
· 이야기를 중시하는 시나리오는 플레이어와 함께 만들어가는 것이다. 적을 무조건 죽이는 플레이가 된다면 전력으로 캐릭터를 죽이기 위해 노력하라. 그것이 죽어가는 환수에 대한 최소한의 예의다.

나만의 상상에 도전하기
학살자 울트라맨

몰락한 우주 비행사인 쟈미라와의 대결이나 우주 난민이 된 발탄 성인을 비전투원을 포함해서 대량 학살하는 등 정의의 용사 이야기인 〈울트라맨〉에도 끔찍한 장면이 나옵니다. 하지만 현실 사회의 부조리나 추한 모습을 반영하고자 하는 제작자 측의 노력과 분투가 30분 드라마 속에 새겨져 있습니다. 그러므로 그러한 부조리를 넘어선 명작으로 기억에 남은 것입니다.

나만의 상상에 도전하기
판타지 세계의 '민족 문제'

아인류와 공존하는 사회를 그려낼 때 국경이 문제가 됩니다. 국경 안팎으로 나뉘어 살아가는 아인류는 완벽하게 구분할 수 있지만, 해결의 실마리가 보이지 않는 현실의 민족 분쟁처럼 실제로는 간단히 나눌 수 없습니다. 또한, 주로 지하에 사는 아인류와의 영역 다툼도, 양자 간에 어느 정도 신뢰가 없다면 쉽게 해결하기 어려운 대립을 낳게 됩니다.

♦ 과제를 생각한다 2: 살인 면허

비디오 게임이나 TRPG에서 환수는 대부분 싸워야 할 존재이고, 그 결과 경험치나 아이템을 얻으며 주인공이 성장하면서 이야기를 넓혀나가는 구조로 되어 있다. 다만, 이 자명한 시스템이 환수 창조에 가져오는 폐해는 상당히 심각하다.

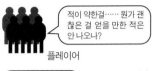

적이 약한걸…… 뭔가 괜찮은 걸 얻을 만한 적은 안 나오나?

플레이어

지루해진 거야? 별수 없지, 슬슬 드래곤 동굴로 유도할까……

게임 마스터

환수와의 전투만 계속되어 이야기가 고조되지 않는 TRPG에서 나타나는 흔한 전개다. 게임 마스터는 이야기 위주로 즐기고 싶어 하지만, 플레이어가 별로 호응하지 않아서 전투 중심 시나리오 전개에 빠져버린다. 마스터의 실력이 부족하기 때문이라고 할 수 있지만, '환수나 적대 세력=검이나 마법으로 물리쳐야 할 것'이라는 공식을 주입한 비디오 게임의 영향도 무시할 수 없다.

플레이어나 감상자의 사정

· 판타지 세계=비일상의 놀이를 즐기는 공간. 여기서 최대의 연출이 전투라는 현실에 솔직하게 반응.
· 캐릭터의 고통이나 상실감을 실제로 느끼지 않는다.
· 무엇보다도 게임 시스템이 재미있는 전투를 내세우고 있다.

게임 마스터나 제공자의 사정

· 환수 연출이 너무 뻔해서 플레이어가 앞으로의 전개를 모두 예측한다.
· 플레이어를 즐겁게 해주려고 너무 의식한 나머지 게임 진행이 지나치게 쉽다.
· 마스터가 바라는 전개로 유도하고 싶지만 게임 시스템이 지원하지 않는다.
· 플레이어는 자신의 캐릭터만 사랑한다. 환수를 사랑하고 이해하는 것은 마스터의 역할이다.

호전적인 인간과의 공존 사회에서 필사적으로 살아남으려고 하는 환수들에게 경험치나 아이템을 얻기 위해 아무런 예고도, 교섭도 없이 습격해오는 모험가 무리는 공포 그 자체다. 그런 일이 빈번하게 일어나는 세계에서 인간, 아인류, 환수가 서로 마주치자마자 교섭도 없이 전투에 돌입하는 것은 당연하다.

🐾 원 포인트 어드바이스

시청률이 떨어지는 전대물이나 괴수물, 게임 시리즈의 인기를 올리기 위해 설문 조사를 하면 '화려한 전투나 강한 적의 등장'이 상위에 오른다. 전투를 중시하는 일이 반드시 나쁜 것만은 아니다.

Step 1 중요성을 높여가는 직업

◆ 양심과 현실 사이에서 괴로워하는 사람들

오른쪽에서 제시한 직업을 '중(中)레벨'이라고 하는 이유는 특성상 다양한 정보, 특히 이야기 진행에 중요한 정보를 얻기 쉬운 사람들이기 때문입니다. 동시에 일반적으로, 그들 자신이 고민하는 존재이기도 합니다. 누구나 살아가면서 많은 고민을 하지만, 그들은 여러 종업원이나 거래처, 그 가족의 생활을 뒷받침할 책임이 있고, 항상 그것을 위해 애쓰고 있다는 점에서 더욱 깊은 고민을 안고 있다고 할 수 있습니다. 하지만 그만큼 보답도 커서, 성공한 이들의 명성이나 권력에 모두가 선망의 눈길을 보냅니다. 그다지 등장한 적은 없지만, 장사에 소질이 있는 아인종 같은 존재도 독특합니다.

중요성을 높여가는 직업 창조의 체크 포인트

· 대기업의 중견 간부직이나 지점장 같은 지위도 이 부류로 볼 수 있다.
· 농촌의 평범한 삶에서 도망치려는 젊은이와 같은 이유로, 가업의 무게로부터 도망치려는 후계자도 있다.
· 신분은 매우 낮지만, 숲으로 쫓겨나서 살아가는 마녀 같은 이도 동물이나 약초 관련 지식 등에 있어서 이 부류에 들어간다.

나만의 상상에 도전하기
마녀의 조건

구겨진 삼각 모자를 쓰고 검은 도마뱀을 거느리는 마녀는 현실에 존재하지 않습니다. 사정이 있어서 공동체에서 쫓겨나 자급자족 생활을 하는 여성을 경시한 것이 마녀의 원형입니다. 영화 〈뻐꾸기(Kukushuka)〉는 마녀 영화는 아니지만, 동유럽에서 '마녀'라고 여길 만한 여성이 어떻게 살고 있는지를 느끼게 해주는 독특한 드라마입니다.

명작 체크
즐겁고도 음습한 테나르디에

프랑스 문호 빅토르 위고의 『레미제라블』에는 파리 교외에서 도적 숙소를 운영하는 테나르디에 부부가 등장합니다. 특히 남편은 위고조차 '구제할 수 없는 악당'이라고 표현하는 사내지만, 여관 일을 하며 얻은 네트워크로 자신만만하게 살아가는 모습은 하나의 모델로서 훌륭합니다. 장 발장에 이어서 제3의 주인공으로 평가할 만한 존재입니다.

♦ 중요성을 높여가는 직업의 모델

이야기에서 중요한 열쇠가 될 만한 직업이나 신분을 소개해보았다. 직업에 따르는 어려움도 있지만, 이러한 형태의 직업은 다른 사람에 비하여 많은 정보를 보유하게 된다.

상인·술집 주인·직공
물건이나 돈이 모이는 장소에는 정보도 모이게 마련이다. 그러한 점에서 상인은 자신의 상권, 즉, 마을의 인간관계나 정치에 밝아야 하며, 그렇지 않으면 장사가 되지 않는다. 술집은 대개 숙소를 겸하고 있으므로 다양한 사람들이 오가며, 각지의 정보가 모이는 장소다. 술기운을 빌려서 허풍을 떠는 일도 있어서 정보의 질은 오락가락하지만, 가벼운 대화 속에 놀라운 진실이 숨어 있을지도 모른다. 직공은 특히 정보가 이익에 직결되는 사람들은 아니지만, 그의 기술 자체가 정보 덩어리이기 때문에, 군사 기밀에 관련된 직공은 엄격하게 감시받는다.

상인의 종류

행상인	산지와 소비지 사이를 정기적으로 오가는 상업. 밑천은 적어도 좋다. 상권은 대개 고정되어 있으며, 견식이 넓고 중개업 등에도 적극적이다.
만물상	잡화점. 작은 마을이나 촌락에서 생활필수품을 다양하게 취급한다. 취급하지 않는 물건이라도 시간 여유만 있으면 행상인을 통해서 손에 넣는다. 숙소나 술집을 겸하는 경우도 많다.
소매상	자신의 가게를 가진 정착 상인. 상품에 대한 전문성이 높다. 신뢰가 제일이라 믿을 만하지만, 정치나 권력과 결탁하기 쉬운 존재이기도 한다.
도매상	산지에서 대량으로 사들여 일정한 넓이를 가진 상권의 소매상에 물품을 넘긴다. 취급 금액이 높고 양이 많은 만큼, 산지 동향에 민감하여 독자적인 정보망을 가진다.

기사(지방 영주)
전장에 나가지 않을 때 기사는 기본적으로 지방의 작은 영주, 성주이다. 국왕이나 대귀족에게 영지에 대한 권리를 인정받는 대신에 전시에는 군사 활동에 복무한다. 가신을 거느리는 경우도 있으며 전장에서는 신분에 따라서 장교나 부사관 같은 역할을 맡는다.

선장
자신의 배를 가진 선주 선장과 상인에게 고용되어 배를 맡는 고용 선장이 있다. 선주 선장은 수익과 지위가 더 높지만 조난하면 피해도 크다. 해상에 있을 때 선장의 권한은 절대적이며 기항지의 상인들과 폭넓게 교류한다.

지방 종교 지도자·은자
기독교에서 사제에 해당하는 종교상 신분을 가리킨다. 근처 마을을 돌아다니거나 참회를 받거나 하면서 자연히 사람들의 고민거리나 문제를 알게 된다. 한편 세속 일에는 관여하지 않고 변경의 촌락에 숨어 사는 종교인이나 학자도 적지 않다. 은자라고 불리는 사람들은 약에 관한 지식을 활용해 주민을 돕기도 한다.

♦ 와일더니스에 사는 사람들

도적·의적
도적에 대해서는 따로 설명이 필요 없을 것이다. 기본적으로 그들이 가까운 촌락에 사는 사람을 습격하는 일은 없다. 지리에 밝은 지방 농민이나 사냥꾼을 적으로 돌리면 한순간에 토벌되기 때문이다. 가혹한 지배자를 위해 일하는 자들을 습격하여 빼앗은 금품을 가난한 사람들에게 나누어주는 의적은 서민들에게 일종의 안전을 보장받는 존재라고도 할 수 있다. 다시 말해 악질적인 지배자와 의적은 불가분의 관계다.

> 🎯 원 포인트 어드바이스
>
> 여기에 소개된 사람들은 자신뿐만 아니라 어떤 형태로든 다른 사람의 인생을 책임지고 있기에 고민하고 스스로 뭔가를 해결해야 하는 처지다.

Step 2 손해 보는 거인

◊ 인간보다 강하지만, 신과는 거리가 너무도 멀다

step-1에서는 직업의 중요성에 주목했습니다. 아인류 사이에서 중(中)레벨 존재라고 한다면 역시 거인이 되겠지요. 체격이 큰 만큼 대부분의 아인류를 능가하는 괴력과 전투력을 가진 거인은 전투에서 부대 지휘관이나 비밀 병기로 다루어집니다. 또한, 덩치 큰 사람은 지혜가 부족하다는 인상 때문인지 둔감한 사람의 상징으로 그려지는 경우가 많은데, 매우 뛰어난 지성을 겸비한 거인도 많습니다.

인간과의 체격 차이가 엄청나기 때문에 주인공과 같은 반열에서 다루기는 어렵습니다. 그만큼 일단 등장시키면 그에 어울리는 활약을 보여주고 싶은 아인류입니다.

손해 보는 거인 창조의 체크 포인트

· 편의적으로 '거인'이라는 단어를 사용하지만, 이 단어가 동족 아인류 중에서 특히 뛰어난 능력을 갖춘 개체를 부르는 말이라는 해석도 살리면 좋다.
· 당사자의 의사와는 관계없이 거인의 역할을 강요당하는 상황도 있다.
· 독점적인 권력이나 지위를 가진 조직도 일종의 거인이라고 할 수 있다.

명작 체크
되살아나는 늑대 인간 전설

영화 〈울프(Wolf)〉는 야생 늑대에게 물린 잭 니컬슨이 점차 늑대 인간이 되어 간다는 이야기입니다. 능력이 깨어나는 동시에 남자로서의 자신감과 능력을 되찾아가는 연출은 중년 남자의 비애와 함께 판타지를 훌륭하게 그려내고 있습니다. 그 능력은 상처 입힌 상대를 감염시킨다는 문제도 있어서, 현대 사회에서 늑대 인간으로 살아가기 어려운 현실을 느끼게 하며, 마지막에 그가 내린 결단이 마음을 자극합니다.

환수 매뉴얼
죽음을 부르는 도플갱어

도플갱어는 독일에서 기원한 요괴로, 자신과 완전히 똑같은 모습을 한 분신을 말합니다. 자신에게서 분리된 혼을 보는 것이라고도 하여 다른 사람에게는 보이지 않으며, 이를 만난 자는 이윽고 죽음을 맞이한다고 합니다. 다만, 그러면 이야기가 끝나버리기 때문에, 정신 병리적 해석이 활발한 오늘날에는 주인공이 도플갱어와의 공존에 대해 고뇌하는 내용이 더 공감을 얻겠지요.

◆ 손해 보는 거인의 모델

3장에서는 아인류의 종족적인 특징이나 성격에 주목했지만, 여기에서는 조금 개별적인 요소를 살펴본다. 비디오 게임에서, 말하자면 '중간 보스'에 해당하는 아인류는 대개 거인의 모습으로 그려지며 어딘가 고독한 역할이다. 여기에 그들의 비애가 숨어 있다.

1) 능력이 있기에 강요되는 고독

· 거인은 개체로서는 인간이나 동족을 초월하는 능력을 갖추고 있지만, 동료(=동족)의 수가 적은 만큼 고독하며 고립되기 마련이다. 능력이 뛰어나다는 이점을 상쇄하기 위해 번식 능력이 낮고, 성장에 시간이 걸리며, 특정 질병에 약하다는 약점을 갖기도 한다.

· 고독한 것은 거인만이 아니다. 동족 내에서 '특별한 능력자'인 경우도 있다. 전형적인 사례는 늑대 인간으로 알려진 라이칸스로프일 것이다. 평상시에는 인간이기 때문에 늑대 인간으로서의 능력을 감추고 살아가야만 한다. 만일 정체가 드러나면 배제 대상이 되어버리기 때문이다.

2) 지위에 얽매인 부자연스러운 입장

동족 내에서 뛰어난 능력을 갖추고 있어서 지도자와 같은 처지에 놓인 자도 거인과 마찬가지다. 예를 들면 '고블린 부대를 이끄는 호브 고블린'처럼 단순히 전투 능력만으로 지배, 피지배 관계가 성립되는 사례도 있다. 잘 생각해보면 이 상황이 피지배자 측인 고블린들에게 좋을 리가 없다. 호브 고블린은 항상 우두머리로서 권위를 실력으로 증명하지 않으면 부대를 통제할 수 없다는 압박감에 시달릴 수밖에 없다.

◆ 손해 보는 역할을 맡는 거인

인간·평균적인 아인류

시각적인 공포감 때문에 기본적으로 배제 대상이 된다. 이사야마 하지메의 만화 『진격의 거인』에서는 능력과 수적으로 인류를 능가한 거인으로 인해 멸망 위기에 처한 인류의 고투가 그려진다.

거인

큰 몸집에서 나오는 신체 능력 때문에 군사나 건설 노동에서 중요시된다. 다만 그에 따른 식량문제로 인해서 숫자는 적을 수밖에 없다.

큰 몸집에서 오는 시각적인 설득력을 우선하여 지성이 낮고 공격적인 아인류의 서브 리더 역할이 강요된다. 더욱 지성이 떨어지면 공격의 첨병으로서 돌파구를 열기 위한 희생양이 된다.

그리스 신화의 티타노마키아(거신 전쟁), 기간토마키아(거인 전쟁)처럼 세계 각지의 거인은 이 세계의 섭리를 형성하는 과정에서 더욱 인간과 가까운 신들에 의해서 배제되는 구도로 다루어진다. 그러한 의미에서 거인은 인류가 처음으로 창조한 환수일지도 모른다.

> 🐾 **원포인트 어드바이스**
>
> 늑대 인간의 비율이 증가하면 언젠가 인간과의 역학 관계가 역전된다. 그러므로 그들은 동료를 늘리려 하고 반대로 인간은 그들을 철저하게 배제하려 한다.

Step 3 이야기에 관련된 동물

◈ 이야기의 기반을 받치는 보조 플레이어

영화나 애니메이션을 살펴보면 여기에서 다루는 동물은 주인공의 중요한 장면에서는 반드시 모습을 드러내며 어떠한 역할을 하는 존재입니다. 그러므로 다른 동물에게 매몰되지 않고 눈에 띄게 행동하는 것이 중요합니다. 적으로 등장시킨다면 반드시 주인공을 궁지에 빠뜨리려는 행동을 해야만 합니다. 환수를 창조할 때 뿔이 있거나 송곳니가 날카롭다는 등의 외형 조건에 관심이 갈지도 모르지만, 중요한 것은 행동입니다. 어떠한 장면에 등장해 활약할 것인가. 눈에 띄는 거구나 희귀한 외형은 어디까지나 이 움직임을 돕기 위한 수단에 지나지 않습니다. 이처럼 캐릭터성을 중시하여 환수를 만들어주십시오.

이야기에 관련된 동물 창조의 체크 포인트

· 전투에도 견딜 수 있는 군마는 매우 비싸서 훌륭한 말은 그 자체로 지위를 상징했다. 그러므로 일개의 모험가가 훌륭한 군마에 타고 있다는 사실만으로도 판타지 세계 사람들에게 큰 충격을 줄 수 있다.
· 덫을 치고 기다리는 환수는 이야기를 망치지 않으면서도 아이디어를 발전시키기 좋아서 RPG나 이야기의 중반 연출에 매우 효과적이다.

명작 체크	역사 관련 사건
묵시록의 네 기사가 되어라	**최약+최강 벌꿀 길잡이 새와 라텔**
2010년에 발매된 게임 〈레드 데드 리뎀션(Red Dead Redemption)〉은 미국 서부를 무대로 한 액션 어드벤처입니다. 추가 시나리오인 〈언데드 나이트메어(Undead Nightmare)〉에서는 묵시록의 네 기사 '전쟁·죽음·역병·기아'를 모델로 한 좀비 호스가 주인공 전용 말로 등장합니다. 모두 그 이름에 부족함이 없는 흉악한 능력을 갖춘 환수로, 게임에 호쾌한 느낌을 더해줍니다.	라텔은 1m 정도의 체격에도 불구하고 '초(超)'라는 단어를 붙일 만한 공격성과 튼튼한 피부를 갖춘, 하이에나와 사자도 두려워하는 포식 동물입니다. 하지만 그가 가장 좋아하는 것은 벌꿀입니다. 벌집 조각을 매우 좋아하는 벌꿀 길잡이 새는 벌꿀은 싫어하기 때문에 라텔에게 벌집의 위치를 알려주고 그가 먹고 남은 것을 섭취합니다. 조금 치사한 공존 관계가 성립한 것입니다.

◈ 이야기에 관련된 동물의 모델

중(中)레벨 동물에 대해서는 동물의 역할이나 능력에 주목한 3장 내용에서 한 발짝 더 나아가 개체의 특질, 특히 희소성을 중시해야 한다. 수가 적은 동물은 물론 동물 사이에 맺어진 기묘한 관계도 환수 연출에 필요하다.

탈것으로 이용되는 동물
같은 말이라도 거대한 체격이나 한눈에 차이를 알 수 있는 털가죽 모양, 외견의 차이 등을 강조함으로써 타는 사람과 함께 이세계 느낌이나 특별한 힘을 갖고 있음을 연출할 수 있다. 예를 들면 만화 『북두의 권』에서 라오우가 타는 흑왕호나 〈모노노케 히메〉에서 아시타카가 타고 있던 야쿠르가 좋은 사례다.

애완동물
단순히 마음을 위로하는 파트너라는 존재를 넘어서 적극적으로 주인에게 관여하는 관계. 예를 들어 〈글레디에이터〉에서는 주인공 막시무스를 따르던 늑대개가 전투 중에 주인공이 위기에 처했음을 깨닫고 그 이빨로 적을 습격한다. 육식수의 충성을 얻기 어렵다는 점과 연결한 효과적인 연출이었다.

◈ 강약을 조합한 위협의 연출

동물계에서 볼 수 있는 공생 관계의 응용으로, 가볍게 상대하던 저(低)레벨 환수가 도망치는 흉내를 내면서 중(中)레벨 환수가 기다리는 함정으로 유인하는 설정이 있다. 정면에서 대치하면 그다지 위험하지 않은 환수도 기습을 당하면 이야기가 달라진다. 환수를 독특하게 조합함으로써 발생하는 위기는 이야기를 고조시킨다.

잠복 중인 환수

미끼가 되는 환수

가벼운 상대라고 생각해 방심했다간 모퉁이 너머에서 그 전설의……

🌱 **원 포인트 어드바이스**

매복이라는 요소로 생각하면 던전 깊은 곳에서 보물을 지키는 환수는 그 보물이 모험가를 끌어들이는 좋은 미끼라는 사실을 알 것이다.

Step 4 4대 원소와 정령

◆ 현대 판타지가 만들어낸 성과

이 장에서는 '마법'이라는 요소를 일부러 다루지 않고 있는데, 이 마법과 중요한 관련이 있는 것이 4대 원소와 4대 정령입니다. 특히 판타지 RPG에서는 이 4대 원소를 기반으로 한 '속성'이 인기가 있습니다. 왜냐하면 '불은 물에 약하고, 바람의 효과를 받지 않는다'와 같은 원소 속성이 환수나 아이템 성능에 다양성을 부여하며 전투나 마법효과를 다양하게 연출할 수 있기 때문입니다. 마법사나 연금술사가 제창하는 4대 원소에 대한 견해는 오늘날엔 완전히 부정되었지만, 원소 속성의 관련성만은 살아남아서 판타지 창작 등에서 널리 활용되고 있습니다.

4대 원소와 정령 창조의 체크 포인트

· 파라켈수스의 연구에서 벗어나 지금은 많은 환수가 4대 원소의 특성을 갖고 있다.
· 번개(전기)처럼 4대 원소 이외의 속성도 일반화되었다.
· 지금은 창작 현장에서도 고전적인 개념이 되어 가는 4대 원소이지만, 이른바 '중2병 요소'로 가득 차 있는 만큼 자신의 창작에 도입하고 싶을 때는 그 나름대로 정리하고 체계화하지 않으면 위험하다.

역사 관련 사건
희대의 연금술사 파라켈수스

16세기에 독일에서 활약한 연금술사. 본업은 의사였지만, 의사 업계에서 추방당하고 연금술의 체계화에 진력했습니다. 호문쿨루스(인조인간)를 연성하는 데 성공했다는 전승도 남아 있습니다. 그의 이름이나 연구 개념은 『강철의 연금술사』의 세계관에 채용되어 더욱 널리 알려졌습니다. 그의 연금술은 실패했지만 『강철의 연금술사』라는 명작을 낳음으로써 나름대로 보답을 받았다고도 할 수 있겠지요.

환수 매뉴얼
바람의 요정 실프

라틴어의 '숲(SILVA)'과 그리스어 '요정(NYMPH)'이 합쳐진 이름으로, 바람이 지나가는 길에서 춤을 춘다고 합니다. 그만큼 대중적인 존재는 아니었지만, 만화 『베르세르크』에서 주인공 가츠 일행과 관련된 세르피코는 바람의 요정 '실페'의 사랑을 받아서, 갖고 있던 단검에 바람의 공격 속성을 얻었다고 묘사되면서 단번에 유명한 존재가 되었습니다.

🔷 정령(중[中]레벨)의 모델

환수를 잘 아는 독자들이 정령이라는 말을 들으면 가장 먼저 떠올리는 것이 4대 정령이다. 세계가 '불·흙·물·공기'의 4대 원소로 구성되어 있다는 생각에서 생겨난 환수다. 이 착상은 이윽고 따로 떨어져 이야기되면서, 독자적으로 성장한 모습을 보여준다.

원소를 담당하는 환수, 4대 정령이란?

16세기의 연금술사 파라켈수스가 4대 원소와 함께 정리한 다음의 4가지 환수를 말한다.

샐러맨더   '불'의 환수. 수생 동물이면서 불에 강한 도롱뇽 특성이 반영되었다.

노움   '흙'의 환수. 귀금속 지식에 해박하다고 여겨져서 연금술사에게 인기 있었다.

운디네   '물'의 환수. 아름다운 여성 모습이며, 물의 요정을 원형으로 한다.

실프   '공기'의 환수. 숲의 요정이 어원으로, 산 정상처럼 바람이 그치지 않는 곳에 산다.

4대 정령의 형성과 진화

1) 각각의 기원

그리스의 철학자 아리스토텔레스가 세계의 구성에 관련된 4개의 소재, 즉 '4대 원소'라는 개념을 발견한다. 일부 환수는 이 4대 원소 각각에 소속된 존재로 분류되었다.

2) 원소 속성에 대한 성격 부여

불에 대한 내성
위험한 금속의 용융 온도에 관계 부여
연금술에 대한 관계 부여
'불'을 상징하는 환수로서 인식된다

샐러맨더

연금술이 번성하면서, 4대 원소의 조합이 중시된다. 16세기에는 파라켈수스에 의해 '샐러맨더=불의 정령'처럼 4대 원소를 상징하는 4대 정령이 성립되었다.

3) 창작을 통해서 단순화, 일반화되었다

화염 공격이 특징
화염 계열 공격에 내성 있음
화산 등에서 등장

물 속성 공격이 유효
화염에서 떨어지면 죽음
쓰러뜨리면 분화가 진정

다양한 이야기나 박물지를 통해서 창작자의 독자적인 해석이 4대 정령에 더해짐으로써 변용이 진행된다. 최종적으로는 게임 등을 통해서 위와 같이 단순화, 일반화되어 간다.

4) 원소 속성의 아이콘이 된다

불 속성을 가진 검
화염 마법 등이 깃들어 있다
화염 계열 공격에 내성 있음

샐러맨더의 검

계속된 변용과 창작으로 4대 정령의 속성이 분리되어, 무기나 갑옷, 장비에 4대 정령의 혼이 깃들어 있다는 등의 해석이 탄생하고 4대 정령은 특별 능력을 갖춘 장비의 아이콘이 된다.

> 🌿 **원 포인트 어드바이스**
>
> 정령은 그 폭이 넓어서 간단히 정의하기 어렵지만, 이 책에서는 인공 생명이나 4대 원소(불, 물, 흙, 공기)에 유래하는 생명을 적용해서 생각한다.

Step 5 과대평가된 신수

◈ 판타지 세계의 헤비급 챔피언

2011년 3월 11일 동일본 대지진이 일어났을 때 저도 적지 않은 피해를 봤는데, 직후에 도호쿠를 습격한 지진 해일은 인지를 초월한 엄청난 것이었습니다. 일찍이 그와 같은 피해를 마주한 사람들이 신에 필적하는 힘을 가진 환수의 악의를 떠올린 것도 무리는 아니겠지요. 다만 이러한 힘을 가진 환수는 원점이 되는 동물로부터 상상에 상상을 거쳐 생겨난 것에 지나지 않습니다. 그리고 그 개념이 신화에서 분리되어 우리가 실제로 만들어낸 것이 특수촬영물 등에서 자주 보이는 괴수입니다. 자연의 섭리를 무시한 채 오직 흉포한 모습으로만 그려지는 그들이야말로 '현대의 환수'라고 부르기에 적합할지도 모릅니다.

과대평가된 신수 창조의 체크 포인트

· 1950년대부터 70년대에 걸쳐서 미국 영화 등에서 생겨난 괴수는 화학 약품이나 방사능에 의해서 대형화된 동물·곤충이 압도적이었다. 현재는 생명공학 기술의 폭주가 주류가 되었다.
· 성경의 베헤모스나 레비아탄의 예를 반대로 이용하여 원생동물에 상상을 더해서 거대 환수를 창조하면, 이유를 붙이는 일은 쉽게 마무리된다.

명작 체크

태평양을 가득 메운 큰곰

아라이 히데키의 만화 『더 월드 이즈 마인』에는 홋카이도에 떨어진 운석에서 탄생한 거대 괴수가 등장하는데, 작중에서는 자이언트 큰곰(히구마돈)이라고 불립니다. 이야기 중반부터 살육과 파괴의 화신이 된 이 괴수를 인류는 어떻게든 반죽음 상태로 몰아넣는 데 성공하지만, 그것은 새로운 파괴의 시작에 불과했습니다. 속도감 넘치는 연출이 돋보이는 작품입니다.

명작 체크

용각류 모습을 빌린 대해수 베헤모스

1959년에 영국에서 나온 괴수 영화로, 〈대해수 베헤모스(Behemoth, the Sea Monster)〉라는 제목으로 일본에서 소개되었습니다. 해저 깊이 잠들었던 고대 거수(巨獸)가 핵실험으로 변이되어 눈을 뜨고 런던에 상륙한다는 내용입니다. 모습은 공룡 프라키오사우루스 같은 용각류이지만, 흥분하면 생체 전기와 방사능 공격으로 적을 태워버립니다. 이 영화에 의해서 대해수 베헤모스는 더욱 강화되었다고 할 수 있습니다.

◊ 과대평가된 신수의 모델

대규모 자연재해를 일으키며 그 힘만 보면 신에 필적할 정도인 대형 환수는 가히 신수라고 부를 만한 존재다. 그 대부분은 3장 step-5처럼 다른 종교에 포함되었던 신수에서 유래하지만, 먼 나라의 동물을 기반으로 사람들의 상상을 통해 태어난 환수도 있다.

카토블레파스(Catoblepas)

고대 로마의 문헌에 나오는 나일강 원류 지역에 사는 무거운 머리를 한 소 형상의 생물로서, 사악한 시선으로 상대를 노려보아 죽인다고 한다. 실제로 로마군 부대가 카토블레파스를 만나서 괴멸했다는 전승도 남아 있다. 물소가 원형으로 여겨지지만, 창조를 반복하는 사이에 쳐다보는 대상을 돌로 만드는 능력을 갖춘 괴물이 되었다.

베헤모스(베히모스, Behemoth)

베헤모스라는 호칭으로 일반화되어 있다. 하마나 코뿔소가 원형인 성서에 등장하는 괴물로, 레비아탄과 세계를 나누며 육상 동물 중에서는 최강의 자리를 부여받은 환수다. 기독교가 퍼져나가면서 '악마적인 존재'를 표상하는 존재로서 두려움의 대상이 된다.

레비아탄(리바이어선, Leviathan)

악어를 원형으로 한 오리엔트 신화 속에서 발전한 환수. 이윽고 본래 모습은 잊히고 모든 해저 생물을 다스리는 '혼돈의 상징'과 같은 존재가 된다. 유대교에서는 레비아탄 때문에 바다가 좁아지는 것을 피해 베헤모스가 육지에 올라갔다고 한다. 기독교에서도 악마적 존재의 최상위를 점한다.

> 이상은 거대한 짐승이 신수로 변한 사례지만, 역병이나 이상 기상, 태풍 같은 재해의 원인을 거대한 짐승이나 해로운 생물의 발생과 연결하는 예도 많다. 다신교 세계에서는 신들의 사생아라는 묘사도 있다.

◊ 거대 괴수와의 전투를 어떻게 연출할 것인가

거대 괴수가
출현했다!

가이아(지구 생명)식 해결
지구와 생태계를 하나의 생명으로 보아서 그 생태계에 어울리지 않는 괴수에 대해서 지구의 면역 시스템이 작동한다. 이치에는 맞지만, 인간의 창의성이 부족하다.

할리우드식 해결
힘을 갖추고 힘에 대항. 한 번은 괴멸적인 상황에 부닥치지만, 인류가 지혜를 모아서 약점이나 대처 방법을 찾아내고 마지막에는 미군의 무력으로 마무리한다.

일본식 해결
무력으로 대항하다가 점차 가이아적인 해결을 모색하며 그 효과를 촉진한다. 또는 대항할 수 있는 환수(괴수)를 등장시킨다.

울트라맨식 해결
지구에 나타난 영웅의 사투를 수용하여 이에 따르는 해결 방법. 단지 구경만 하는 게 아니라 목숨을 걸고 영웅을 지원한다.

거대 괴수에게 인간이 무력이나 과학 기술로 대항하는 모습은 감동적이지만, 인간 쪽 대항 수단에 다양성을 주기 어려우며 결과적으로 괴수의 능력도 다양해지기 어렵다. 〈고지라〉 시리즈도 괴수를 다양화하여 시리즈를 이어나갔고, 그 구조는 〈울트라맨〉 시리즈에서 계승되었다.

🍃 원 포인트 어드바이스

1984년에 부활한 〈고지라〉는 가이아식 해결과 일본식 해결을 뒤섞었지만, 다음 작품인 〈고지라 vs. 비오란테〉 이후 헤이세이 〈고지라〉 시리즈는 괴수 대 괴수로 고정되었다.

Step 6 과제 3 : 강하면 그만인가?

◆ 판타지 세계의 상승 군단

게임 속 판타지 세계를 모험하는 파티(목적 달성을 위한 게임 내 모임-역자 주)는 전사나 승려, 마법사 같은 다양한 직업(JOB: 기능)의 캐릭터로 구성되는 것이 상식입니다. 전사나 마법사만으로 구성된 파티는 너무 편향적인 만큼, 예기치 못한 사태가 발생하기 쉬운 모험에는 어울리지 않습니다. 나아가 아인류마다 어울리는 직업이 상세하게 설정되어 있습니다. 당연히 플레이어는 자신이 연기하고 싶은 직업과 그 직업에 맞는 아인류를 선택합니다. 분명히 직업 효율을 생각하면 '드워프 도적'은 적합하지 않습니다. 다만, 능력 추구를 가장 우선하여 캐릭터를 나누면 오른쪽 페이지 같은 문제도 발생합니다.

강하면 그만인가의 체크 포인트

· 서부극 캐릭터는 기본적으로 총잡이를 직업으로 하고 있으며, 치료술이나 나이프 던지기처럼 개별적인 기능을 갖고 파티에 공헌한다.
· TRPG에서 직업마다 어울리는 아인류를 등장시켜 아인류가 넘쳐나는 상황은 게임 마스터의 권한으로 제한할 수 있지만, 그 때문에 플레이어의 흥미가 깨진다면 앞뒤가 바뀐 것이다.
· 아인류는 종족 갈등을 불러오기 쉽기 때문에 이야기 속에서 사용하기 쉽다.

환수 매뉴얼
인기 판매 중인 흙의 정령 노움

파라켈수스가 흙의 정령으로 선정한 노움은 지면 아래에 살면서 보물을 모으는 등 생태나 외형이 드워프와 유사한 환수입니다. 다만, 드워프보다 좀 더 호리호리하고 4대 정령 중 하나라는 점 때문에 많은 게임에서 승려 적성을 가진 아인류로 채택하고 있습니다. 드워프 전사만 넘쳐나는 문제를 해소하기에 적당한 캐릭터로 널리 사용됩니다.

명작 체크
위대한 전사 캘리포니아 주지사로

캘리포니아 주지사였던 아놀드 슈왈제네거는 1982년 영화 〈코난 바바리안(야만인 코난)〉의 성공으로 스타 반열에 올랐습니다. 원작은 1930년대에 만들어진 『야만인 코난』이라는 오래된 소설입니다. 아인류는 나오지 않지만, 그가 연기한 전사 코난을 중심으로 마법사나 도적, 승려로 편성된 파티 구성은 판타지의 기본 양식에 영향을 주었습니다.

♦ 과제를 생각한다 3: 강하면 그만인가

『반지의 제왕』 이후 많은 판타지 작품에서 인간과 아인류가 섞인 파티가 주인공 주변을 장식하게 되었다. 또한, RPG에서는 아인류마다 다른 기본 능력을 보유하기 때문에 다양한 아인류가 모일수록 파티의 결점이 적어진다.

전사는 인간과 드워프, 마법사는 엘프로, 도둑은 호빗이지. 노움은 승려일까? 그리고 픽시는…….

플레이어

능력 우선으로 파티를 편성했지만, 위화감이 든다. 동굴 채굴에 능숙하고 튼튼한 드워프, 자연이나 정령과 조화를 이루는 엘프, 민첩한 호빗 등 아인류를 균형 있게 배치하면 전투력에 빈틈이 없는 파티를 편성할 수 있다. 하지만 너무 지나치게 편의적인 느낌이다.

뭐야 저거…… 대륙의 모든 종족을 모을 생각인가……

게임 마스터

RPG 같은 게임이라면

게임 시스템이나 세계관이 처음부터 아인류의 다양성과 공존을 인정한다면 문제없다. 위의 갈등은 게임 마스터 측이 고민하고 극복해야 할 부분으로, 다양한 아인류가 섞인 파티의 결속이 어렵다는 점이나, 그들이 모험지에서 마주치는 갈등과 분쟁은 시나리오 내용으로 연출해야 할 것이다. 다만 게임은 어디까지나 엔터테인먼트다. 플레이어와 함께 판타지 세계에서 모험을 즐긴다는 대전제를 잊지 말아야 한다.

소설이나 이야기 작품이라면

기본 전제는 RPG와 크게 다르지 않다. 다만 공존이나 공생이라는 전제를 보증해주는 세계관까지 처음부터 만들어야 하기 때문에 구성은 자유롭지만, 갈등이나 과제도 크다. 물론 매력적인 캐릭터를 그린다면 '그 세계에는 다양한 아인류가 평화롭게 살고 있다'와 같은 도입으로 충분하겠지만, 창작자 또는 감상자의 문제의식이나 주제가 명확하지 않으면 모순이 생긴다.

힘겨운 모험 끝에 드디어 마을에 도착한 아인 파티. 하지만 욕망을 드러내는 방법이 제각각이어서 예기치 못한 문제를 일으킬 수 있다.

🦌 원 포인트 어드바이스

종족은 달라도, 그 판타지 세계에서 살아가기 위한 상식이나 원리, 원칙은 어느 정도 일반화되어 있다고 보아야 한다.

Step 7 과제 4 : 결국, 슬픈 학살자

◆ 때로는 금기를 직시하는 각오를

3장 step-7「살인 면허」를 바탕으로 생각하다 보면, 아인류나 환수에 대한 학살 행위로까지 이르게 됩니다. '인간은 적대하는 아인류의 생존을 용납하는가?'라는 질문입니다. 현재 야생 곰은 많은 지역에서 보호 대상이지만, 만일 그들이 사람이라고 한다면 흉포하고 살육을 즐기는 그들을 보호 대상으로 삼을 수 있을지는 상당히 고민되는 문제입니다. 또한 이미 인류가 진화 과정에서 그러한 대형 짐승을 몇 종류나 멸망시킨 것은 아닌지 상상해볼 수 있습니다. 지구에 인간의 동료는 존재하지 않았기 때문입니다. 상당히 무거운 과제이지만, 아인류를 만들어내는 이상 무시할 수는 없습니다.

결국, 슬픈 학살자 창조의 체크 포인트

· 계속 반복하는 이야기지만, 게임이나 이야기가 엔터테인먼트를 추구하는 이상 작가의 사상을 과도하게 감상자에게 강요하는 것은 바람직하지 않다. 하지만 문제의식이 없는 이야기의 수명은 길지 않다.
· 노새처럼 아인류 간의 생식으로 태어난 교배종은 후손을 낳지 못한다는 설정도 가능하지만, 마법과 환상으로 가득한 판타지의 특성상 받아들이기 어렵다.

나만의 상상에 도전하기
선악 감정을 시스템화할 수 있는가?

TRPG에서는 일찍부터 아인류에 성격을 부여할 때 성향('법을 잘 따르는 질서'나 '자유분방한 혼돈' 같은 행동 성향-역자 주)이라는 요소가 준비되어 있었습니다. 행동 원리를 나타내는 성향이 일치하지 않으면 충돌하기 쉽습니다. 이 요소는 직업 적성만으로 캐릭터를 만들기는 어렵다는 생각에서 나왔지만, 실제론 플레이어의 성격이 캐릭터에 투사되기 때문에 게임 진행에 익숙한 마스터가 아니면 제대로 작동하지 않습니다.

역사 관련 사건
가장 악했던 새, 스티븐섬 굴뚝새

뉴질랜드에는 새의 천적이 적었기 때문에 독특한 새가 많이 살았습니다. 하지만 인간이 이주하면서 경계심이 적어 잡히기 쉬웠던 새는 차례차례 절멸했습니다. 대표적인 사례가 스티븐섬에 살고 있던 날지 못하는 참새의 일종인 스티븐섬 굴뚝새입니다. 섬으로 이주한 등대지기 가족이 가져온 단 한 마리의 고양이에 의해서 2년 만에 절멸했습니다.

◆ 과제를 생각한다 4: 슬픈 학살자

환수나 아인류와 공존하는 세계에서 인류는 무엇을 생각하며 어떻게 행동할 것인가. 실제로 다른 동물이나 동료에 대해서 인류는 어떤 일들을 해왔을까.

1) 문명보다 먼저 살인을 배웠다?

400만 년 전에 등장한 원초 인류 오스트랄로피테쿠스는 거의 항상 동료를 살해했으며, 베이징 원인은 동족의 시체를 불로 구워서 먹었다는 유력한 증거가 남아 있다. 또한, 약 3만 년 전에 절멸한 네안데르탈인도 현세 인류(즉, 우리의 조상)의 공격으로 절멸했을 가능성이 크다.

2) 취미 목적으로 절멸시켜버린다

18세기 중반에 베링해에서 발견된 7m 이상의 길이로 성장하는 스텔라 바다소는 남획으로 약 30년 만에 절멸했다. '아직 바다소가 2~3마리 남아 있어서 죽였다'라고 적힌 선원이 남긴 업무일지가 이 신비한 생물에 관한 최후의 기록이다.

3) 종교 차이 때문에 벌어진 학살의 정당화

중세 유럽 십자군의 이교도 박해 행위나 아스텍·잉카 제국 정복 이후 현지인에 대한 잔혹한 행위는 물론, 독일의 30년 전쟁이나 위그노 전쟁처럼 천주교와 개신교로 분열된 기독교도 간 종교 전쟁에서도 주민 학살이 일어났다.

4) 인종 차이에 의한 지배나 박해의 정당화

미국의 흑인 노예, 나치 독일이나 구소련의 조직적인 유대인 박해와 그 유대인에 의한 팔레스타인 점령과 식민지 확대 같은 것이 근현대에 벌어진 학살·박해의 문제다.

◆ 아인류와의 교배를 생각한다

인간에게 도움이 되는 교배는 성립하고 있지만……

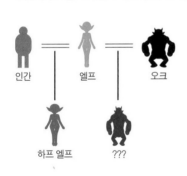

인간   엘프   오크

하프 엘프   ???

심각한 과제이지만 아인류와의 성 교섭에 대해서도 생각해보고자 한다. 만일 인간과 교배할 수 있는 아인류가 모습을 드러내면 우리는 어떠한 반응을 보일 것인가? 폭력으로 인해 그와 같은 아인류와 인간 여성 사이에서 아이가 태어나버리면, 또는 아인류 여성에게 아이를 낳게 한다면 우리의 윤리는 어떻게 작동할 것인가?

엔터테인먼트에 어울리는 주제는 아니며 자칫 잘못 다루면 인종차별, 성차별 같은 오해를 불러일으킬 수 있는 문제이기에 아인류와의 교배는 불가능하다고 선언하고 그 이상 접근하지 않는 것도 가능하다. 어느 쪽이건 창조주의 책임이기에 기준을 명확하게 가질 필요가 있다.

> 🛸 **원 포인트 어드바이스**

어두운 역사만 본다면 인류는 신도 저버린 끔찍한 실패작이 되지만, 그에 필적할 만한 선행이 있으며 아름다움을 창조해낸 것도 사실이다.

권력이 따르는 직업

◆ 권력이야말로 인간이 낳은 최강의 환수

판타지 세계를 그린 이야기에서 권력자는 매우 중요한 존재입니다. 권력자와 주인공이 가까운 관계인 경우가 꽤 있기 때문입니다. 그만큼 권력자에 대해서 적절한 지식이나 인식을 가질 필요가 있습니다. 이때 권력자가 사실은 고독한 존재라는 점이 열쇠가 됩니다. 통치자, 큰 문제나 임무의 최고 책임자는 그 결과에 대해 큰 압박을 받기 마련입니다. 압박을 견딜 수 없게 된 권력자가 폭주하는 일도 있습니다.

권력이 따르는 직업 창조의 체크 포인트

· 이때의 권력이란, 실제로 다른 사람을 움직이는 권세, 권위만이 아니라 세계에 거대한 영향을 미치는 결단을 강요받은 인간 그 자체를 포함한다.
· 권력자의 공적은 대개 후세에 크게 바뀌어 전해진다. 전설적인 왕의 실태를 아는 것은 그것만으로도 하나의 이야기가 된다.

역사 관련 사건
프로이센 거인 연대

18세기 전반의 프로이센 국왕 빌헬름 1세는 키가 매우 큰 병사만으로 편성한, 통칭 '거인 연대'라고 불리는 기묘한 부대를 강화하려고 노력했습니다. 군대를 진심으로 사랑하던 왕은 키가 큰 사내가 최고의 병사라고 믿으면서 거의 유괴에 가까운 방법으로 거인을 모았습니다. 국왕의 망상으로 만들어진 거인 연대는 한 번도 실전을 경험하지 않고, 왕의 사후에 해산되었습니다.

나만의 상상에 도전하기
곤도르 왕국 섭정의 중압

『반지의 제왕』에 나오는 곤도르 왕국의 섭정 테네도르는 당시 가운데땅에서 가장 강력한 권력을 가진 인간이었습니다. 하지만 본래 총명했던 그도 사우론과의 싸움으로 피폐해지고, 아들 보로미르가 죽은 것을 알고는 완전히 제정신을 잃습니다. 그리고 또 한 명의 아들 파라미르가 중상을 입자, 아들과 함께 자살을 결심하는 등 조국 멸망이라는 중압에서 도망치려고 했습니다.

◆ 인류(고레벨) 직업 모델

습득하기에 매우 어려운 기능이나 노력, 행운이 필요한 직업, 또는 태어나면서부터 고귀한 신분을 열거해본다. 능력에 맞지 않는 지위에 오른 자도 있겠지만, 그 지위에 오르기까지 사라지지 않았던 권세욕이나 출세욕도 일종의 특별한 능력이라고 할 만하다.

근위병·암살자

평소에는 왕의 거성을 지키고, 전시에는 왕의 직속 부대가 되는 근위병은 무예가 뛰어난 자나 유력한 귀족의 자제가 아니면 될 수 없다. 또한, 암살 같은 위험하고 더러운 일을 맡는 자는 특별한 훈련으로 갈고 닦은 실력만이 아니라, 붙잡히더라도 쉽게 입을 열지 않을 각오나 프로 의식을 갖춰야 한다.

종교 지도자

종교계의 최고 지도자도 엄청난 노력이 필요하다. 유일신교에서는 조직 내의 경쟁이, 다신교 세계에서는 다른 종교가 경쟁 상대가 된다. 신앙보다 출세를 우선시하는 인물은 이야기에서 악당으로 등장하곤 하는데, 주위 사람에게 신앙심을 의심받지 않을 만큼 지식을 습득하는 것만 해도 쉬운 일은 아니다.

마법사·연금술사

마법사나 연금술사도 높은 레벨의 영역에 이르면, 단순한 술사가 아니라 독자적인 마법이나 고차원 마법의 연구 개발에 뛰어들게 된다. 당연히 비싸고 희귀한 약물이나 촉매, 영매가 필요하며, 그러한 것을 획득하기 위해서 희생을 치러야만 한다. 연구 결과로 생겨난 사악한 부산물도 개의치 않는다.

◆ 통치자의 최대 적 '고독'

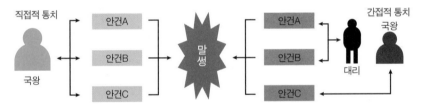

국왕·통치자의 고독

국왕의 임무는 '결단하는' 것이다. 많은 가신이 따르고 권력이 집중되어 있어 그의 책임은 더욱 커진다. 모든 안건을 스스로 살피건, 일부를 가신에게 맡기건 최종적인 결과나 책임은 자신이 져야 하기 때문이다. 유능한 국왕일수록 고뇌는 깊으며, 그 고뇌를 이해하는 친구도 없다. 국왕은 세상에서 가장 고독한 존재다.

왕자/왕녀

이후에 국왕이나 왕비가 될 왕자나 왕녀도 '젊은이'라는 시기를 거친다. 3장 step-1에서 본 것처럼 젊은이는 위험하고 약하다. 또한 자질이 부족한 왕자나 왕녀는 고귀한 신분인 만큼, 결국 그 자리에 적응하지 못하고 비극을 낳는다. 정열은 파멸이나 비극과 항상 함께하게 마련. 그들의 청춘 시대는 위험으로 가득 차 있다.

> 🐸 원 포인트 어드바이스
>
> 여기서 제시한 지위가 높은 인물에게는 그 지위에 도달하기 위해 수단을 가리지 않는 마음이야말로 성가신 환수다.

Step 2 감당할 수 없는 아인류

♦ 인류와 함께할 수 없는 절대 지도자

신에 필적할 만한 능력을 갖춘 아인류에게 평범한 인간이 대응할 방법은 없습니다. 그들이 우리 세계에 흥미를 갖지 않고, 숭고한 목적만을 추구하면서 다른 세계에서 계속 살아가기만을 바랄 뿐입니다. 물론 이야기의 주인공은 그렇게 할 수 없습니다. 99% 패배가 예상되는 싸움에 목숨을 걸고 뛰어드는 것이 그들의 역할이기 때문입니다. 일반적으로 절대적인 능력을 갖춘 아인류나 환수가 아군이 되는 일은 없습니다. 무관심하게 지내준다면 오히려 다행이겠지요. 그들과 대치하여 승리하기 위해서는 때때로 다양한 환수의 도움이 필요합니다.

감당할 수 없는 아인류 창조의 체크 포인트

· 폭력적인 힘을 가진 환수도 감당할 수 없다는 점에서는 닮았지만, 여기에서 중시하는 것은 물리적인 힘만이 아니라 신에 가까운 능력의 유무다.
· 이 레벨의 환수와 대치하는 이야기는 필연적으로 규모가 커진다. 등장시키려는 환수의 능력은 확실히 정리해야 한다.

명작 체크
생식 본능만으로 살아가는 미녀

1995년의 영화 〈스피시즈〉는 인간의 DNA 개조로 탄생한 변이 생명체 '씰'이 단지 생식 본능만으로 움직이면서 남자들을 살육하는 공포 영화입니다. 특히 '씰'이 생식 성공에 유리한 아름다운 외모를 갖고 있다는 점이 남자들에게는 얄궂은 느낌입니다. B급 SF 영화이지만, 아이디어가 넘쳐나는 작품입니다.

명작 체크
사람의 욕망을 초월하여 계속 살아가는 불사조

데즈카 오사무의 대표작 『불새』는 그 피를 마시면 불로불사의 힘을 얻는다는 불사조 불새를 찾는 사람들의 이야기입니다. 각 시대, 각 지역에서 권력자는 영원한 생명을 얻고자 고통받습니다. 연재했던 잡지가 대부분 폐간되었지만, 그때마다 다시 부활해 새로운 이야기를 그려냈다는 점에서 작품 자체가 불새와 같은 초대작입니다.

◈ 감당할 수 없는 아인류의 모델

다른 자를 지배하고 착취하는 구조를 만드는 것은 권력이며, 권력을 바라는 인간의 다툼은 계속된다. 하지만 이 수준에 올라선 환수는 다른 자를 지배하는 능력, 즉 권력을 그 능력이나 특성으로 손쉽게 갖춘 존재다.

뱀파이어(흡혈귀)

불사·불멸의 육체를 갖고 있으며 높은 지능을 가진 환수의 정점에 선 존재다. 수명은 수백 년 정도로, 인간과는 비교할 수 없다. 다양한 능력이나 속성을 갖추고 있지만, 가장 강력한 힘의 원천은 손을 댄 숫자만큼의 흡혈귀를 부하로 거느린다는 점이다.

에키드나

그리스 신화에서 모든 괴물의 어머니 같은 존재다. 히드라나 키마이라, 케르베로스 같은 환수계에 군림하는 엘리트를 낳았다. 나아가 그녀의 출처를 거슬러 올라가면 각지의 세계 창세 신화에 등장하는 '대지모신'이라는 존재에까지 이르게 된다.

피닉스

불사조라는 이름으로 알려진 환수. 수명은 수백 년이고, 수명이 끝나도 불 속에서 재생된다는 전승이 전해진다. 대지의 생명을 상징하는 뱀을 잡아먹고 태양에 다다를 정도로 하늘을 높이 난다는 점에서 매의 모습으로 그려지게 되었다. 피닉스 자신은 단순한 환수로서 권력을 바라지 않지만, 수많은 왕후와 영걸들이 불사 능력을 얻고자 막대한 재산과 노력을 들여 잡으려고 한 사실에서 권력 그 자체를 뜻한다.

◈ 이야기 속의 '인지를 넘어선 아인류'

『강철의 연금술사』의 모델

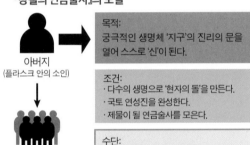

아버지
(플라스크 안의 소인)

목적:
궁극적인 생명체 '지구'의 진리의 문을 열어 스스로 '신'이 된다.

조건:
· 다수의 생명으로 '현자의 돌'을 만든다.
· 국토 연성진을 완성한다.
· 제물이 될 연금술사를 모은다.

수단:
아메스트리스국을 처음부터 건국한다.

호문클루스

7대 죄악에 유래하는 감정과 함께 아버지로부터 태어났다. 경이로운 능력을 갖춘 환수이지만, 아버지의 목적을 위해서 헌신적으로 활동한다.

인기 만화 『강철의 연금술사』에서는 연금술의 부산물로서 만들어진 '플라스크 안의 소인'이 인지를 넘어선 힘을 얻어 더욱 높은 영역을 추구하는 음모가 이야기의 기반이 되어 있다. 목적 달성의 조건과 그 수단이 인간의 이해를 넘어선 가치관과 희생 위에서 수립되기 때문에 주인공은 물론 독자도 마지막까지 음모의 전체상을 파악하지 못한다는 구조다. 이 작품의 '아버지'는 다양한 창작물 중에서도 가히 최상위급 환수다.

> 🐾 원포인트 어드바이스
>
> 이 책에서는 고레벨 환수란 신에 필적하는 힘이나 사상, 지식을 갖지만, 신 그 자체는 아니라고 판단했다.

Step 3 최강의 환수 : 드래곤

◈ 환수 창조의 큰 분기점

판타지 세계에서 최대·최강의 환수는 드래곤입니다. 많은 미디어에서 부연 설명 없이 이 이름을 사용한다는 점에서 알 수 있듯이, 드래곤이라고 하면 모든 사람이 거의 같은 모습을 떠올리는데, 이는 정말로 굉장한 일입니다. 드래곤은 원형을 거슬러 올라가면 생명력이나 번식 능력을 담당하는 자연현상의 일반적인 개념에 이르지만, 드래곤이라는 이름만 들어도 구체적인 모양이 생각날 정도로 보편적인 존재인 만큼 그런 원형을 굳이 파고들지 않고 지식으로만 남겨두어도 좋겠지요. 그보다도 드래곤은 멋진 모습이 요구되기 마련입니다. 일단 멋지게 묘사한 다음, 독자적인 해석이나 아이디어로 승부해야 합니다.

최강의 환수: 드래곤 창조의 체크 포인트

· 원칙적으로 어떠한 모습의 드래곤이건 그 날개만으로 하늘을 날 수는 없다고 한다. 마법의 역장을 발생시킨다는 설정도 있다.
· 지능이 높아서 자신이 살던 시대에 사용된 언어들은 모두 말할 수 있다고 한다.
· 능력을 인정한 사람만을 등에 태운다는 '드래곤 라이더' 설정도 인기 있다.

환수 매뉴얼

용의 일종 와이번(Wyvern)

와이번은 드래곤을 닮은 몸에 박쥐의 날개, 두 개의 다리를 가진 환수 뷔브르(Vouivre)가 드래곤과 결합한 것이라고 여겨지는데, 지금은 드래곤의 일종(특히 비룡)으로 다루어집니다. 양자의 차이는 앞발에 있습니다. 드래곤은 다리가 넷이지만, 와이번은 앞발이 날개로 되어 있습니다. RPG에서는 드래곤의 야생 부분을 강조한 존재로 그려집니다.

명작 체크

드래곤 같은 최강 포식 동물

영화 〈아바타〉에서는 2종류의 익룡 같은 환수가 등장합니다. 하나는 '이크란'이라는 나비족 전사만이 탈 수 있는 익룡이며, 또 하나가 '투르크'라는 행성 판도라 생태계의 정점에 군림하는 거대 익룡입니다. 투르크를 타는 나비족은 모든 부족을 통솔하는 힘을 인정받는다는 설정이 이야기의 중요한 열쇠가 됩니다.

◈ 최강의 환수: 드래곤의 모델

드래곤은 본래 생명력이나 생산성을 담당하는 개념적인 존재였지만, 이윽고 날개가 달린 거대 파충류라는 형질이 일반화되었다.

각지의 신화·전승에 등장하는 드래곤 계열 환수

고리니치(gorynich) - 러시아 전승
드라코스(dracos), 라돈(rodan) - 그리스
요르문간드(Jormungandr), 니드호그(Nidhogg) - 북유럽
무슈흐슈(Mušḫuššu) - 중근동
나가(Naga) - 인도
야토노카미, 야마타노오로치 - 일본
청룡, 황룡 - 중국

【성 게오르기우스의 드래곤 퇴치】
로마 제국 말기의 순교자 게오르기우스는 리비아 습지에서 독을 품은 숨을 뿜어내는 드래곤을 퇴치하여 주민을 구했다. 기독교에서도 드래곤은 '사악'의 상징으로서 두려워했다. 성 게오르기우스(조지)의 드래곤 퇴치 에피소드는 중세 기사에게 특히 인기가 있었다.

드래곤의 능력이나 속성

【모습】
다리 4·날개·거대한 도마뱀……기본형
다리 2·날개……와이번
다리 없음·날개……웜(Worm, 윌름)
다리 없음·날개 없음……동양의 용

【속성·입김/색】
화염……레드 드래곤
눈보라……화이트 드래곤
번개……블랙 드래곤
무속성(모든 종)……골드 드래곤

【기타】
신 중 하나로 자리……신룡
물속에 거주……수룡, 레비아탄
언데드화……드래곤 좀비, 스컬 드래곤
마법을 사용함……드래곤 로드

【속성의 강화】
분화구 속에 거주……볼캐닉 드래곤
금속의 신체를 가짐……메탈 드래곤
무조건 강함……그레이트 드래곤
물짐승의 정점에 선다……용왕, 바하무트

3개의 목, 각종 입김, 무기 공격, 마법 능력, 해골 모양 꼬리…… 명명한다면 드라코푸흐 맥시몬드 라곤? 속성을 적당히 추가해도 상관없다는 점에서, 환수로서 포용력이 넓은 것도 드래곤이라는 환수의 매력이다.

🗨 원 포인트 어드바이스

드래곤이란 용어는 드래곤을 죽이거나, 그 공격력에 버틸 수 있는 성능을 의미해 무기나 방어구의 이름이 되기도 하고, 용사의 칭호인 '드래곤 슬레이어'에도 사용된다.

Step 4 세계를 만드는 정령

◈ 삶과 세계의 이치를 연결하는 힘

고레벨 정령은 세계의 이치를 뒷받침하는 역할에 주목하여 분류해보았습니다. 정령精靈이라고 부르지만, 반드시 정신적이거나 영적인 존재만을 뜻하는 것은 아닙니다. 그들이 존재한다고 믿는 지역이나 주민의 세계관을 반영하여 때로는 다양한 형질이 따르는 존재로서 다루어집니다. 풍요로운 자연에 둘러싸여서 살아가는 일본인은 '8백만의 신들'로 상징되는 정령의 존재를 자연스럽게 받아들입니다. 하지만 이것이 세계의 표준은 아닙니다. 험난한 자연이나 기후 속에서 살아가는 사람들에게는 그에 어울리는 세계관이 존재합니다.

세계를 만드는 정령 창조의 체크 포인트

· 지금의 세계를 신화시대의 조형물로 보는 것은 평범한 생각이다. 도리어 현재 진행형으로 세계가 만들어지고 있다는 세계관이나 감성이 필요하다.
· 신화·종교의 사고방식에 대해서는 「구축의 장」 3장을 참고한다.

역사 관련 사건	**나만의 상상에 도전하기**
눈과 얼음의 세계 창세 신화	**육체에 감추어진 인간의 숙명**
일본의 '8백만의 신들'과 대비되는 것이 북유럽 신화 세계입니다. 이 신화는 몇 가지 원류가 있지만, 모두 한랭지의 북유럽에서 태어났으며, 세계는 얼음이나 서리, 그리고 이들이 녹은 물방울과 관련이 있다고 이야기합니다. 또한, 환수가 거인과 뱀만으로 구성되어 다양성이 부족한 점도 자연환경을 반영하고 있습니다. 다만 그만큼 이야기는 깊게 창조되어서 매력적인 세계가 펼쳐져 있습니다.	주인 제우스와 적대한 티탄족 거신 프로메테우스는 신과 인간이 제물 부위를 나눌 때, 신을 속이고 인간의 편이 되어 그들이 맛있는 살덩어리를 갖게 했습니다. 인간은 살코기를 먹게 되었지만, 결과적으로 뼈를 받아들인 신들은 불사의 존재가 되고, 부패하는 살을 받은 인간은 죽음의 숙명을 짊어지게 되었습니다. '뼈는 영원히 썩지 않는다', 이것이 신들의 불사를 상징합니다.

◈ 세계를 만드는 정령의 모델

거인이란 한 개체를 가리키는 말이지만, 판타지 세계에는 그 거인의 몸을 바탕으로 세계가 태어났다는 신화가 등장한다. 즉, 거인의 육체가 정령을 낳는 원천이 된 것이다. 대표적인 사례가 그리스 신화의 우라노스나 북유럽 신화의 위미르다.

북유럽 신화 최초의 거인 '위미르'

신들의 시조인 브리의 손자로 탄생한 주신 오딘은 군림하는 원시 거인들을 방해물로 생각하여 우선 거인 위미르를 살해했다. 그러자 위미르의 시체로부터 세계가 생겨났다.

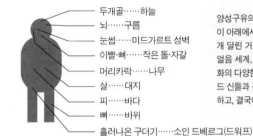

두개골……하늘
뇌……구름
눈썹……미드가르트 성벽
이빨·뼈……작은 돌·자갈
머리카락……나무
살……대지
피……바다
뼈……바위
흘러나온 구더기……소인 드베르그(드워프)

양성구유의 위미르가 잠든 사이에 땀을 흘리자 겨드랑이 아래에서 남녀 거인이, 다리를 교차하자 머리가 여러 개 달린 거인이 멋대로 태어났다. 거인은 서리 세계나 얼음 세계, 거인 세계 등 곳곳으로 흩어져서 북유럽 신화의 다양한 버전 속에서 주신 오딘을 비롯한 아스가르드 신들과 관계를 맺으며 세계를 창조하는 역할을 담당하고, 결국에는 '라그나로크(신들의 황혼)'로 멸망한다.

수면 중에 태어난 거인들

◈ 거인화·신격화된 정령

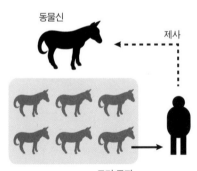

동물신

제사

고기·모피

수렵이나 채취, 목축으로 생활하는 사람들 사이에서 등장하는 동물의 신격화. 대상 짐승의 상위에 신들이 존재하며 그 신의 하인인 짐승의 일부를 받아서 생활에 사용하는 것을 감사하고, 그 증거로 제사 등을 지낸다. 애니미즘 색채가 강하고 구조는 간단하지만, 정신성이 매우 높다.

【이오만테: 곰 축제】
일본 홋카이도에 사는 아이누족의 제사. 불곰 사냥으로 잡은 새끼 곰을 신으로서 소중하게 대접하며 성장 후에 의식을 통해 살해한다. 대접을 받은 불곰의 영혼은 모피와 고기를 통해서 아이누의 곁으로 돌아온다.

🌱 원 포인트 어드바이스

여기에서 제시한 환수는 판타지 세계에서도 신화의 영역에 속하기 때문에 이야기에 직접 관련되기보다는 건국 신화의 조미료로 사용하면 좋다.

Step 5 신화를 만드는 일반인

◆ 갑자기 열리는 판타지 세계로 통하는 문

신들은 때때로 전능한 존재로 그려집니다. 전능한 힘 중에서도 특히 눈에 띄는 '시공의 초월(시간 이동)' 능력이 기술로 구현되면 우리 같은 평범한 사람도 신들에게 필적할 만한 존재가 될지도 모릅니다. 오른쪽 페이지에는 그러한 패턴을 인간을 중심으로 한 모델로 나열하고 있습니다. 신체 능력은 인간이지만, 그들이 가진 지식이나 세계관은 신에게 필적할 만합니다. 시간 이동은 아니지만, 일반적인 인간이 신화를 만드는 사례로서 유명한 영화 〈에일리언〉을 모델로 정리해보았습니다. 신화에 어울리는 강고한 세계관을 일관되게 유지한 매우 중요한 작품입니다.

신화를 만드는 일반인 창조의 체크 포인트

- 시간 이동 묘사가 목적이 아니라, 매력적인 환수를 연출하는 수단으로 시간 이동을 사용하고자 하는 것이 이 책의 목적이다.
- 〈에일리언〉 속 리플리의 인생에는 냉동 동면과 DNA 클론 기술이 관련되어 있다. 판타지 세계라면 양쪽 다 마법으로 대용할 수 있지만, 그에 어울리는 벌칙을 준비해도 좋다.

나만의 상상에 도전하기
현대에 되살아난 베이징 원인의 가족애

우주 공간에서 얻은 DNA로부터 세포를 부활시켜 태양 광선을 쬐면서 흔들자 놀랍게도 '베이징 원인'이 부활했다. 그것도 가족으로…… 일본 영화 〈베이징 원인 Who are you?〉는 그런 황당한 설정의 영화입니다. 비판 요소가 넘쳐서 추천할 만한 영화는 아니지만, 〈에일리언 4〉에서 리플리가 재생되는 것과 같은 구조입니다. 베이징 원인 가족의 시각에서 보면 생각할 점이 많을지도 모르지요.

명작 체크
정보 통합 사념체가 낳은 신세기의 여신

'고도의 지적 생명체가 인간을 관찰하기 위해서 우주인을 보냈다. 그것도 16세의 미소녀.' SF에 가까운 설정이지만, 큰 성공을 거둔 『스즈미야 하루히의 우울』에 나오는 나가토 유키 또한 환수의 한 가지 모델을 제시하고 있습니다. 애니메이션으로 만들어진 것을 계기로 이 캐릭터가 많은 팬을 매료시킨 것도 '정보 통합 사념체'가 인간을 꾸준히 조사한 결과임이 틀림없습니다.

♦ 신화를 만드는 일반인의 모델

1) 〈시간을 달리는 소녀〉

미래 세계로부터 허가된(제어된) 시간 이동으로 현 세계에 찾아온 인간. 목적은 관광(표현을 바꾸면 관찰)이며, 그 시대에 일어나는 일에 간섭할 수 없다. 당연히 캐릭터와의 관계로 인해서 발생하는 '역사 간섭'과 갈등이 주제가 된다. NHK 드라마 〈타임 스쿠프 헌터〉도 같은 구조다.

2) 『왕가의 문장』, 『하늘은 붉은 강가』

현대의 평범한 소녀가 주술에 의해서 과거로 넘어가버린다는 설정의 순정만화. 주인공이 고대 왕가의 인간관계에 휘말리는, 즉 정치 권력에 관여하는 것이 1)과의 큰 차이다. 고고학 지식이나 우연히 눈을 뜬 군사적인 감각이 왕족과 엮이는 열쇠가 되지만, 정말로 중요한 것은 주인공이 과거 세상에서 발휘하는 현대적인 감각이나 휴머니즘이다. 의사가 막부 말기로 시간 여행을 하는 만화 『타임슬립 닥터 진』도 같은 구조다.

3) 〈터미네이터〉 시리즈

미래 세계에서 일어날 종말을 피하기 위해 역사를 바꾸고자 하는 미래인이 현대로 시간 이동하는 구조. 목적이 명확한 만큼 힘의 행사를 꺼리지 않으며 엔터테인먼트로서 뛰어나지만, 타임 파라독스(시간여행으로 인한 모순-역자 주)를 일으킨다. 특히 시리즈를 거듭할수록 모순이 심해진다.

♦ 시간이 축적되면서 태어나는 신화

〈에일리언〉 시리즈는 숙주의 특질을 계승하는 위협적인 환수 에일리언을 창조하는 동시에 평범한 여성이 350년이라는 시간과 모성을 통해서 새로운 생명을 낳는다는 신화를 구축하고 있다.

A.D.2122 〈에일리언〉	엘렌 리플리는 우주 화물선으로 항해하던 중, 행성 LV-426에서 에일리언과 조우. 물리치는 데 성공하지만, 리플리를 제외한 전원이 사망한다. 리플리는 냉동 수면 상태로 57년간 표류. 그사이에 딸 아만다가 늙어서 사망하고 후손은 소멸된다.
A.D.2179 〈에일리언 2〉	리플리 구출 후 LV-426 이민 집단의 연락이 두절된다. 리플리는 우주 해병대와 동행하고 퀸 에일리언과 대치하여 이를 물리친다. 냉동 동면 중에 해병대의 모선이 의문의 사고를 당한다. 91년 탈출 포트에서 표류한 뒤에 교도소 행성 퓨리에 추락한다. 〈에일리언 2〉에서의 생존자는 리플리를 제외하고 추락 중에 사고사한다.
A.D.2270 〈에일리언 3〉	탈출 포트 안에 있던 알에서 에일리언이 부활. 자신에게도 기생한 것을 알게 된 리플리는 용광로에 투신자살하여 에일리언을 말살한다. 리플리에게 기생했던 것이 퀸 에일리언이었기 때문에 생물 병기로 이용하려 한 군대에 의해서 200년의 연구를 거쳐 DNA로부터 기생체와 함께 재생된다.
A.D.2470년경 〈에일리언 4〉	리플리의 DNA와 융합하여 태생 생식 능력을 획득한 에일리언 뉴본이 탄생한다. 리플리는 유전자를 나눈 사실상의 자식을 자신의 손으로 제거한다.

🐾 원 포인트 어드바이스

과거로의 시간 이동이라면 지식과 현대적인 감각이 무기가 되며, 미래로의 시간 이동에서는 '현대인이 잊은' 소박한 감성이 무기가 된다.

과제 5 : 악의 조직이란 무엇인가?

◈ 환수의 활약을 뒷받침하는 등뼈

판타지 세계에서 조금 벗어난 이야기지만, 만일 〈기동전사 건담〉에서 적으로 등장하는 지온군이 충실하게 묘사되지 않았다면 과연 건담 시리즈는 오늘날까지 계속될 수 있었을까요? 그만큼 적을 묘사하는 방법은 중요합니다. 이것을 판타지 세계에 적용하면 환수와 그 힘을 충분히 끌어내는 조직이 중요하다고 할 수 있겠지요. 그리고 조직에는 목적이 필요합니다. 목적이 애매한 조직은 제대로 기능하지 않고 타락합니다. 조직이 꼭 적이어야 할 필요는 없습니다. 이야기에 깊이 관련되는 조직이 등장한다면 확실하게 만들어봅시다.

악의 조직이란 무엇인가?의 체크 포인트

· 악의 조직이 세계 정복을 노리는 이야기는 황당무계하지만, 시청자인 아이들에게는 '세계=가족과 주변'이므로 충분한 정합성을 가진다.
· 악의 조직의 목표는 대범해야 한다. 작은 꿈에는 사람들이 따르지 않는다.

나만의 상상에 도전하기
항상 위험한 정의의 조직

악의 조직에 필요한 것이 계획성과 목적의식이라고 한다면, 정의의 편에 필요한 것은 즉응성과 현장 판단 능력입니다. 그런데 조직이 비대해지면 관료주의화되어 결정이 늦어지고 긴급 상황에 도움이 되지 않는 조직이 되고 맙니다. 울트라 시리즈의 괴수 공격 부대 MAT는 2대 젯톤의 공격으로 괴멸했지만, 재건된 TAC는 조직 구성이 젊어 강력한 괴수의 출현에도 견딜 수 있을지도 모릅니다.

명작 체크
초수 조직자 야푸르인

울트라맨 세계관에서는 괴수의 침략을 예기한 울트라맨 일행이 우주 경비대를 조직하고 있었고, 괴수 측이 단발적이거나 소집단으로 공격을 반복하면서 실패하고 맙니다. 이 구조를 처음으로 타파한 것이 〈울트라맨 A(에이스)〉에 등장한 이차원인 야푸르입니다. 울트라맨의 '빛'에 '어둠'의 힘으로 대항하는 야푸르는 괴수를 능가하는 '초수'를 창조하여 위협적인 적이 됩니다.

◆ 과제를 생각한다 5: 악의 조직이란 무엇인가?

이번 신작에서는 악의 비밀 결사가 일본의 정치가를 사용해서……

악의 비밀 결사!? 20세기냐? 인기 없어.

아래에 나오는 '정의의 아군과 악당의 특징'은 인터넷에서 나왔던 내용이다. 전대 특수촬영물 이야기 구조상의 설정을 조금 비꼬는 개그지만, 선과 악이라는 간판을 감추고 내용만 보면 어느 쪽이 매력적인 조직인지 말할 필요가 없다. 즉, 이 내용은 '악당·악의 조직'을 만들어내는 과정에 이야기를 재미있게 해주는 요소가 담겨 있다는 본질을 잘 보여준다.

【정의의 아군과 악당의 특징】

정의의 아군 특징

1. 자기 자신의 구체적인 목표를 갖지 않는다
2. 상대의 꿈을 저지하는 것이 삶의 목표
3. 단독·소수로 행동
4. 항상 뭔가 일어난 뒤에 행동
5. 수비자의 자세
6. 항상 화내고 있다?

악당의 특징

1. 큰 꿈, 야망을 품고 있다
2. 목표 달성을 위해서 연구 개발에 여념이 없다
3. 나날이 노력을 거듭하며 꿈을 향해 최선을 다한다
4. 실패해도 포기하지 않는다
5. 조직으로 행동한다
6. 자주 웃는다

악의 조직 모델

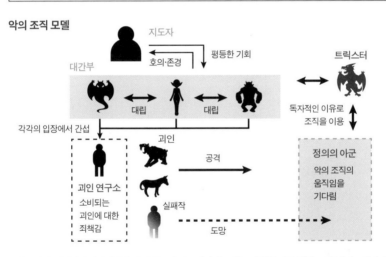

악의 조직의 캐릭터가 매력적이며 각자 목표가 미묘하게 다르다는 점 등을 더욱 신경 쓰면 '정의vs악'이라는 큰 구조 속에서 무수한 이야기가 싹트고, 환수가 활약하는 무대를 장식한다.

🌱 **원 포인트 어드바이스**

전대 영웅물도 시리즈를 거듭하면서 조직이 수비적으로 행동하는 이유가 이야기에 등장하는 등 지금도 계속 진화하고 있다.

과제 6 : 환수의 경제학

◆ 던전에 잠들어 있는 보물은 사회의 독

위험한 모험에 대한 보상으로 얻을 수 있는 막대한 부와 명성. 하지만 마차에 다 실을 수 없을 정도로 많은 금화 무더기는 현실 경제의 관점에서 보면 오른쪽 페이지처럼 불편한 문제를 낳습니다. 특히 금은보화를 모은다고 알려진 드래곤이라도 물리치는 날에는 국가 재정에 필적할 정도의 부가 난데없이 시장에 풀리게 됩니다. 제가 위정자라면 이를 저지하기 위해서 바로 군대를 움직일 겁니다. 중세 사회의 경제를 소재로 한 라이트 노벨 『늑대와 향신료』의 등장으로 판타지 세계도 경제를 의식하기 시작했습니다. 이제는 검과 마법만으로 살아남기는 어렵습니다.

환수의 경제학 창조의 체크 포인트

· 왕후 귀족의 영지에서 사냥이나 수렵이 금지되었던 것처럼 환수 퇴치나 던전 탐색에도 세금이나 상납금이 발생하는 것은 당연하다.
· 위의 사례와 반대로 환수나 아인류의 약탈로 인해서 시장에서 화폐가 고갈되어버리면 모험가가 이를 탈환하는 것을 환영하게 마련이다.

명작 체크

드래곤을 물리쳤더니 전쟁이 일어났다

『반지의 제왕』 이전 시대를 묘사한 『호빗』에서는 황금이 비늘에 붙어서 온몸이 빛나는 악룡 '스마우그'가 등장합니다. 이 악룡은 에스가로스의 영웅 바르드가 퇴치하는데, 그 결과 막대한 보물을 노리고서 드워프와 엘프, 인간 사이에 대전쟁이 일어납니다. 반지의 모험이 있기 전에 가운데땅에는 이처럼 추한 전쟁이 있었던 것입니다.

역사 관련 사건

네트워크 공간에서의 사실적인 거래

1990년대 후반부터 〈울티마 온라인〉을 필두로 하여 온라인 RPG라는 장르가 확립되었습니다. 한정된 정원과 같은 세계로서 유통도 한정되어 있어서 화폐 시스템은 특별하지 않지만, 그 때문에 게임 속 희소 아이템 등을 실제 현금으로 거래하는 플레이어가 나타나 사회 문제가 되기도 했습니다. 나아가 사기 사건까지 발생한 것을 보면 인간의 욕망은 끝이 없습니다.

◈ 과제를 생각한다 6: 환수의 경제학

이번 모험에서 얻은 재물은 금화 60만 개와 왕관 2개, 마법 검 2자루, 스크롤 7개. 좋았어, 성을 살 수 있다!

성 유지비도 모험으로 벌 거야? 자가발전인가?

드래곤이나 적대 관계에 있는 아인류와의 위험한 싸움에 모험가가 뛰어드는 것은 그들이 던전 깊은 곳에 감추어져 있는 재물에 끌리기 때문이다. 모험의 성공은 부와 명성을 보장하지만, 그것을 기뻐하지 않는 자도 무수히 존재한다.

1) 갑자기 넘쳐나는 통화로 시장이 어지러워진다

통화는 엄밀한 관리 체제에서 발행된다. 양질의 통화가 유통되면 환영받지만, 상품이 한정된 상태에서 화폐만 대량으로 유통되면 통화 가치가 폭락하고 물가가 폭등한다. 원인을 만든 자는 수많은 사람에게 원한을 살 것이다.

생각할 수 있는 문제:

운반 방법이나 숨길 장소의 확보, 방출했을 때의 물가 급등, 재물을 노린 습격, 소유자가 반환을 요구, 희소 아이템의 가치 저하 등.

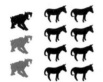

포식 동물이 줄어들면 초식 동물이 증가한다.

2) 생태계 균형이 붕괴되면 예기하지 못한 피해로 이어진다

육식 동물이나 저급 아인류는 문명 세계에서는 쓸모없는 존재일지라도, 생태계에서 중요한 역할을 담당하고 있을 수 있다. 귀중한 이빨이나 모피, 또는 얼마 안 되는 재물을 노리고서 남획하면 예기치 못한 결과를 낳을지도 모른다.

생각할 수 있는 문제:

초식 동물의 증가로 인한 자연 파괴, 농민의 반감, 영주에 의한 수렵 금지 설정, 영적인 연결 관계를 믿는 종교의 보복, 질병의 만연 등.

관리된 모험-모험을 통해서 재물을 얻으려는 욕심이 지나치게 높아지면, 환수의 수가 너무 줄지 않도록 수렵이나 모험을 금지하는 기간이 생기거나 모험 요금이 부과되고, 수렵 금지 지역이 설정되어 모험은 부자만의 취미가 되어버릴지도 모른다.

🐉 원 포인트 어드바이스

〈드래곤 퀘스트〉 같은 비디오 게임 RPG 종반에는 변경의 마을에서 엄청나게 비싼 무기를 팔기도 하는데, 당연히 인플레이션 조정도 신경 쓸 필요가 있다.

환수의 눈동자에
빛을 넣는다

◈ 환수의 세계를 넓혀보자

이제까지 진행한 1장에서 5장까지는 환수에 관한 지식이나 과제를 발견하는 방법을 설명했습니다. 6장에서는 드디어 실천적으로 환수를 창조할 차례입니다.

그려내고 싶은 환수의 모습, 또는 이야기를 만든다면 어떤 장면에서 어떤 환수를 등장시킬 것인가, 이러한 이미지는 여러분의 머릿속에서 확실해졌으리라 생각합니다. 그러면 실제로 어떻게 그려내면 되는가. 그리고 무엇부터 시작해야 하는가. 이 장에서는 우선 전반부에서 몇 가지 패턴을 제시합니다. 사실은 가장 어려운 이야기의 도입 부분을 좀 더 구체적으로 그릴 수 있겠지요.

◈ 환수의 유행을 파악하자

기독교 세계에서 가장 중요한 책 중 하나인 단테의 『신곡』은 환수를 효과적으로 사용하여 지옥이라는 애매한 세계관을 시각적으로 크게 확장했습니다. 그런 설명을 바탕으로 후반에는 최근에 유행하는 환수 표현인 '신체의 부분 변화'나 '내면 능력 부여'에 관해서 설명합니다. '중2병' 환자들의 "큭, 진정해라 내 오른손……"처럼, 몸에 특별한 능력이 생기면서 환수가 되는 사례는 오랜 역사를 거쳐서 태어난 새로운 종류의 환수입니다. 하지만 그것도 생물계, 나아가서 환수 세계에서 펼쳐지는 가혹한 진화 경쟁 속에서는 어느 정도 필연적인 현상이었던 것을 알 수 있습니다. 신체 일부가 변하거나 특수한 힘을 갖게 되는 건 결코 단순한 유행은 아닙니다.

이에 더하여 환수의 대량 사망, 또는 절멸이라는 문제도 생각해봅니다. 환수의 창조자가 되고 싶다면, 그늘 속에서 퇴장할 수밖에 없는 환수에 대해서도 책임을 져야만 합니다.

Step 1 작은 세계관을 쌓아 올린다

◈ 그려내고 싶은 세계에 솔직해지는 것

'판타지 세계를 만들고 싶다' '환수의 활약을 그려내고 싶다' 이렇게 생각하는 여러분은 분명히 판타지 작품의 팬으로서 많은 명작을 보았으리라 생각합니다. 대개는 대작이며, 굉장한 내용을 다루고 있겠지요. 자신이 창작하려고 할 때는 그러한 대작을 만들고 싶다는 마음을 갖게 마련이지만, 무엇을 해야 할지 전혀 떠올리지 못하고 펜이 멈추어버리는 일이 종종 일어납니다. 엄청나게 큰 대작이라도 처음에는 대부분 단편으로 시작했습니다. 장기 연재된 인기 만화조차 기획하거나 처음에 투고했을 때는 가볍게 볼 수 있는 단편이었지요. 우선은 너무 부담 갖지 말고 작은 세계의 작은 이야기를 몇 개 정도 그려내어 머릿속에 떠다니는 망상을 형상화해봅시다.

작은 세계관을 쌓아 올린다의 체크 포인트

· 만들기 시작했다면 완성하자. 미완의 명작보다 완성한 범작 쪽이 몇 배나 가치 있다.
· 작은 세계의 작은 이야기이기 때문에 세부에 항상 주의를 기울인다. 세부가 정말로 '세부'가 되는 것은 이야기가 대작으로 성장했기 때문이다.

명작 체크

본편 130권, 미완의 정통파 판타지

표범 머리의 전사 구인이 주인공으로 활약하는 판타지 소설 『구인 사가』 시리즈는 구리모토 가오루의 일생을 건 작품이지만, 2009년에 작가가 서거하면서 미완되었습니다. 본편만으로도 130권에 이르는 놀라운 대작으로, 현재는 뛰어난 작가들이 그 세계관을 계승하여 새로운 대계를 창조하기 시작했습니다. 새로운 신화 탄생의 최전선에 있다고 하겠습니다.

나만의 상상에 도전하기

심원한 시베리아 민화의 세계

'장작을 주워서 돌아가는 길에 문득 생각이 나서 똥을 누었더니 그것이 여자로 변신해서, 데리고 돌아가 아내로 삼았다…….' 입이 딱 벌어질 만한 이 이야기는 시베리아 민화입니다. 시베리아 민화는 모두 황당무계한 내용이지만, 극한 환경에서의 힘겨운 생활과 그만큼 예기치 못한 삶의 기쁨이 솔직하게 살아 있습니다. 이것 역시 판타지 세계의 원형입니다.

🔹 작은 세계를 쌓아 올려 나가는 모델

공포 소설이나 게임 팬이라면 누구나 알고 있는 크툴루 신화도 그 근본을 살펴보면, 한 작가의 대형 문어에 대한 공포심이라는 작은 세계에서 시작한 것이다. 환수의 모습과 연출이 확실해지면 부담 갖지 말고 하나의 이야기부터 움직여보자.

크툴루 신화 체계의 형성

H.P.러브크래프트(1880~1937)

『인스머스의 그림자』, 『크툴루의 부름』처럼 일찍이 지구를 지배하고 있던 무서운 이형의 존재들인 '구지배자'가 현대에 되살아난다는 구조의, 우주적인 공포(코스믹 호러) 작품을 남겼다. 자신이 가진 해저 생물에 대한 극단적인 혐오감을 반영하여 구지배자의 일원이기도 한 거대 두족류 요괴 '크툴루 신'을 중심으로 한 작품이 많았다.

어거스트 덜레스(1909~1971)

러브크래프트의 사후, 아캄 하우스 출판사를 설립하여 자칫 묻혀버릴 뻔한 러브크래프트의 작품들을 소개했다. 동시에 러브크래프트가 창작한 신화 체계를 '구지배자'와 '구신'의 대립 구조를 축으로 하는 '크툴루 신화 체계'로 정리하여 자신도 창작에 나서 크툴루 신화를 유지, 발전하는 데 진력했다.

세계 각지의 작가, 창작자

크툴루 신화는 미국은 물론 세계 각지의 작가나 창작자에게 영향을 주었다. 그들은 크툴루 신화의 세계관을 바탕으로 작품을 만들었다. 그 결과, 전문가도 그 전모를 파악하기 어려울 정도로 크툴루 신화의 세계는 확대되어, 크툴루 신화 대계의 이름 아래 지금도 계속 성장하고 있다. 일본에서는 판타지 작가인 구리모토 가오루, 기쿠치 히데유키, 배우인 사노 시로 등이 작품을 발표하고 있다.

어거스트 덜레스 이후의 여러 작품은 구지배자나 구신만이 아니라 무수한 환수가 태어나, 그 위계나 서로의 관계가 거대한 성전처럼 장대한 넓이를 갖기에 이르렀다.

판타지 창작의 대가에게서 태어난 장대한 판타지 세계도 본래는 작은 환수의 삶이나 모험에서 시작된다. 토대가 확실하다면 어떤 세계라도 지탱할 수 있다.

> 🔹 원포인트 어드바이스
>
> 덜레스에 대해서는 러브크래프트가 상정하지 않았던 세계관으로 크툴루 신화를 자의적으로 바꾸어버렸다는 비판도 있다.

Step 2 이웃 세계에 작은 구멍을 뚫자

◈ 잃어버린 세계의 존재를 안다

step-1의 내용과 중복되지만, '현실 세계와 판타지 세계를 가르는 벽에 작은 구멍을 뚫는다면 어떻게 될까?'라는 이야기도 인기가 있습니다. 판타지 세계를 처음부터 완성하고 그 세계에서 단계를 거쳐 정통파 판타지로 이어나가는 것이 아니라, 현실 세계에 판타지 세계의 일부를 끌어들여서 우선은 이야기를 움직이게 하는 것입니다. 이 경우, 중요한 것은 환수의 캐릭터이므로 캐릭터를 그리기는 정말로 좋아하지만, 판타지 세계까지 생각하기는 너무 어렵다고 여기는 사람들도 쉽게 손댈 수 있겠지요. 그리고 이야기가 진전되면서 판타지 세계를 쌓아 올리는 것입니다.

이웃 세계에 작은 구멍을 뚫자의 체크 포인트

· 캐릭터가 움직이기 시작하면, 그 언어나 대화에서 판타지 세계의 모습이 보인다.
· 주인공과 환수, 1대 1의 관계라면 판타지 세계는 말로만 존재하고 내부는 없어도 좋다. 하지만 환수와 얽히게 되는 제2의 환수가 출현할 때는 반드시 판타지 세계가 필요해진다.

명작 체크

〈문(Moon)〉, 사랑을 모으는 이야기

'이젠 용사 안 할래'라는 문구를 내세운 게임 〈문〉은 게임 속에 등장하는 RPG 〈페이크 문(FAKE MOON)〉의 세계에 말려든 소년이 자신이 조종하던 용사가 죽인 환수의 혼을 찾아내어 그들을 성불시키고 얻는 '사랑(Love)'으로 성장한다는, 상당히 참신한 RPG입니다. 1997년에 나온 플레이스테이션 게임이라서 구하기는 어렵지만, 지금도 퇴색하지 않은 독특한 세계관과 무엇보다도 환수(애니멀)에 대한 사랑으로 가득한, 훌륭한 판타지 세계 작품입니다.

나만의 상상에 도전하기

이세계로 향하는 입구를 찾는다

이웃 세계로 향하는 작은 입구를 어디로 설정할지 고민하게 될지도 모릅니다. 하지만 그렇게 어렵게 생각하지 않아도 좋습니다. 아버지의 서재, 골방의 낡은 거울, 덤불 속 어두운 도랑, 닫힌 상점의 셔터 저편 등 아이 때는 모든 문 뒤편의 이상한 세계를 상상할 수 있었지요. 『도라에몽』에서 책상 서랍이 미래로 연결되는 문이 된 것은 공부를 싫어하는 진구(노비타)가 그것을 좀처럼 열어볼 일이 없기 때문입니다.

♦ 판타지 세계로 향하는 작은 문이 열리는 사례

전대물의 영웅이나 미소녀 피겨는 판타지 세계의 이데아(이상)를 삼차원화한 존재다. 이러한 조형물에 환수의 혼이 깃들어 세상에 나타나는 것은 매우 자연스러운 일일지도 모른다.

태고의 세계

일찍이 세계에는 인간만이 아니라, 우수한 힘을 가진 환수도 공존하여 생활권이 겹친 상태로 신앙이나 우정으로 맺어진 삶을 살아갔다. 인간은 우수한 이웃의 도움을 받는, 연약한 생물이었을지도 모른다.

~현대

하지만 지혜를 쌓고, 힘을 얻어서 환수의 도움을 받을 필요가 없게 되면서 오만해진 인간들이 싫어진 환수들은 세계를 나누어서 모습을 감추게 된다. 인간 사회에는 환수가 있던 세계의 희미한 흔적만이 신화나 전승, 풍습에 남겨진다.

이야기의 무대

이윽고 나뉜 환수 세계에서 인간에게 흥미를 갖고 다시금 인간 앞에 나타나는 자들이 등장한다. 그 결과 인간은 신화나 전승, 풍습이 진실을 바탕으로 한다는 사실을 알게 되고, 희미해진 과거의 환수 흔적도 윤곽을 되찾기 시작한다.

환수나 아인류를 통한 '보이 미트 걸(소년이 소녀를 만나는)' 이야기 등에 어울리는 세계관 설정의 한 사례다. 전승에 남아 있는 인간이나 아인류의 슬픈 사랑을 이 만남이 다시 불러일으켜 비극을 피하기 위해서 주인공이 분투한다는 등의 연출로 연결하기 쉽다.

🐾 원 포인트 어드바이스

인간과 환수 양쪽 모두 근처의 작은 세계에서 이야기를 시작할 수 있다. 물론 착수하기 쉬운 만큼 캐릭터의 완성도가 가장 중요하다.

Step 3 인류를 따르게 하는 상부 구조

♦ 운명에 휘둘리며 맞서는 인간

과학 우선 시대가 된 현대에는 신앙심이 점점 약해지고, 그 점은 생활이나 마을 경관에서도 확실하게 드러나고 있습니다. 하지만 옛날 사람들도 같은 것을 느끼고 있었을지도 모릅니다. 인간이 문자를 발명하고 기록을 남기게 된 시기에 이미 신들은 신화 속 등장인물이 되어서 이야기나 의식을 통해서만 접할 수 있게 되었기 때문입니다. 그런데도 현대인이 꾸준하게 종교에서 시작된 행사나 축제를 지키고, 선조를 경배하며 종교를 도덕규범으로 삼는 것은 일찍이 신들을 믿던 무렵의 흔적일지도 모릅니다. 그러한 상부 구조의 흔적 또한, 판타지 세계와 환수의 자취가 됩니다.

인류를 따르게 하는 상부 구조의 체크 포인트

- 신앙의 내면은 시대에 따라서 조금씩 변화하지만, 점점 약해지는 신앙심에 위기를 느낀 사람들은 신앙의 원점, 즉 원리주의로 회귀하곤 한다.
- 여기서는 인간의 관점에서 해설하고 있지만, 신앙의 소멸을 막기 위해서 신들이 분투한다는, 관점을 바꾼 설정도 재미있다.

나만의 상상에 도전하기
상당히 실리적인 21세기의 신들

『퍼시 잭슨과 올림포스의 신』은 영화로도 만들어진 판타지 소설입니다. 이 이야기에서 재미있는 점은 그리스를 떠난 올림포스의 신들이 항상 그 시대에 가장 번영한 장소에 머무른다는 설정입니다. 그런 점에서 그리스인의 선조로서 어울리는 실리적인 신들이지만, 인간의 가치관 따위에 얽매이지 않는 존재입니다. 그들 입장에서는 멋대로 인간들을 휘두르는 것도 당연하겠지요.

역사 관련 사건
언젠가 자유인이 되고 싶다

고대 로마 제국은 노예제 사회였지만, 능력이 있거나 운이 좋은 노예는 주인에게서 해방되거나, 자유로운 신분을 돈으로 살 수 있었습니다. 또한, 사업을 펼치기 위해서 해방한 노예를 종업원으로 다시 고용하는 노예주도 있었습니다. 지금은 당연해진 자유를 얻는 것이 노예라는 신분을 받아들여야 하는 그들의 가장 큰 바람이었던 겁니다.

◈ 신들이 사는 세계와 현실 세계의 연결 패턴

많은 인간은 신앙을 통해서 자신들의 세계 위에 신이라는 우수한 존재가 있다고 인정한다. 하지만 또 한발 내디디면 육체나 질감을 가진 신들이 실제로 존재하는 세계에서 인간이 생활해도 이상하지 않다.

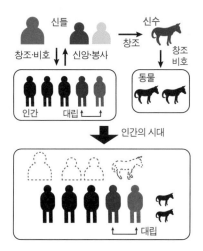

성서의 『창세기』에도 나오는, 신의 모습을 본떠서 인간을 만들었다는 견해는 세계의 신화에서 공통으로 등장한다. 동물도 신이 목적을 갖고 만들었기에 최초의 신수로부터 번식해 나간다. 그리스 신화에서 인간은 신들의 연애 대상이 되거나, 신들의 대립이 그대로 신자들의 대립이 되는 일도 드물지 않다. 신화의 시대가 끝나고 인간이 주역인 시대가 와도, 과거 신들의 흔적은 생활에 깊이 뿌리를 내리고 있다. 신들이 다른 종교의 신들에게 폭력적으로 배제된다면 일찍이 신자였던 인간들이 새로운 세계에서 그 새로운 신들에 의해 지배, 억압받는 상황도 생각할 수 있다. 이 경우, 저항 이야기 같은 것이 신화로서 몰래 전승되기도 한다.

자신이 믿는 신들의 가호를 받아서 시련에 맞서는 용사. 어떠한 이유로 직접 손쓸 수 없는 신들은 인간 중에서 용사를 선택하여 문제를 해결한다. 신들의 시대에서 인간의 시대로 옮겨가는 과도기의 이야기다.

🐎 원 포인트 어드바이스

노예로 살아가는 주인공이 사실은 신들에게 피를 물려받은 운명의 자손이라는 이야기도 이러한 흐름 속에서 태어난다.

Step 4 판타지 세계의 재구축

◆ 환수에 대한 재발견이 창조의 시작이었다

이야기의 테마 속에 환수를 도입함으로써 성공한 것이 이탈리아 시인 단테의 『신곡』입니다. 단테는 자신을 주인공으로 하여 지옥에 말려든 체험담 형식으로 이야기를 진행하는데, 단테의 지옥에서는 곳곳마다 그리스 신화를 기반으로 한 환수가 존재하여 죄 많은 영혼들에게 고통을 줍니다. 기독교 세계에 지옥이라는 개념은 있었지만, 『신곡』 이전에는 사실 애매한 장소였습니다. 그것을 단테는 당시에는 잊힌 그리스 신화의 괴물이 사는 세계로 재구축하여 독자에게 구체적인 모습을 심어주는 데 성공했습니다. 환수가 세계의 재구축에 공헌한 좋은 사례입니다.

판타지 세계의 재구축의 체크 포인트

· 모호한 개념을 구체적인 사례로 표현하는 것은 매우 중요하다. 단테는 지옥이라는 모호한 개념에서 가능성을 끌어냈다.
· 단테의 시대, 그리스 신화의 세계는 일반 지식인들에게만 알려져 있었는데, 『신곡』을 계기로 케르베로스나 미노타우로스가 대중에게 알려졌다.

나만의 상상에 도전하기
지옥을 수립한
또 하나의 장치

단테의 지옥에서는 고금의 영웅호걸, 정치가, 성직자가 이름 없는 이탈리아인과 함께 벌을 받고 있습니다. 이 이름 없는 사람들은 대부분 단테를 배신한 정적이나 악당입니다. 단테는 이러한 사람들의 죄를 영웅호걸의 죄나 그들이 받는 벌과 같은 위치에 둠으로써 독자에게 지옥에 떨어져야 할 죄의 본질을 전하려고 한 것입니다. 이것이 『신곡』의 훌륭한 점입니다.

역사 관련 사건
이슬람 세계에서 금서가 된
단테의 『신곡』

『신곡』은 기독교 세계에서는 중요한 문학으로 선정되었지만, 이슬람 세계에서는 금서였습니다. 왜냐하면, 이슬람교의 교조인 마호메트(무함마드)가 단테의 지옥에 나오는 8번째 층에서 이슬람교를 만들어 작위적으로 세계에 불화를 가져온 극악인으로서 벌을 받고 있기 때문입니다. 이것은 극단적인 사례이지만, 이야기를 쓰다가 다른 사람을 상처 입힐 수도 있다는 점을 주의해야 합니다.

◈ 판타지 세계의 재구축 모델

중세 이탈리아가 낳은 최고의 시인 단테의 『신곡』 그 지옥편에는 수많은 환수가 등장하며 강렬한 인상을 준다. 당시에 잊혀버린 환수는 단테의 판타지 세계에서 '지옥'이라는 거주지를 얻어 오늘날 대중적인 지위를 손에 넣은 것이다.

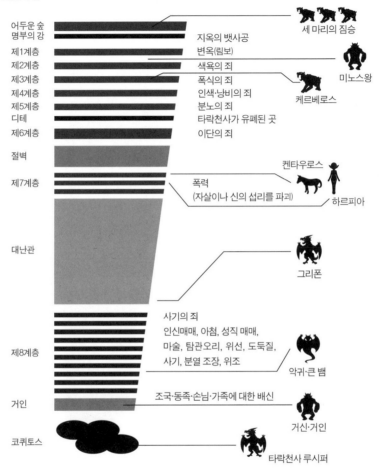

기독교 세계의 개념이었던 지옥의 명소에 그리스 신화를 배치함으로써 단테는 상상의 지옥에 현실감을 안겨주었다. 죄인은 죄에 걸맞은 처벌을 환수에게 받는 것이다.

🔱 원포인트 어드바이스

정치적인 배신으로 조국에서 쫓겨난 단테의 분노를 반영하여 사기나 배신의 죄가 지옥의 가장 깊은 곳에 놓여 있다.

끊임없이 계속되는 진화 경쟁

◊ 일거수일투족이 내일의 진보를 약속한다

지구는 생명을 낳고 풍요로운 생태계를 길러온 어머니와 같은 행성인 동시에, 생명에게 가혹한 시련을 주며 끊임없이 절벽으로 몰아붙이는 일면도 갖고 있습니다. 소행성의 충돌, 슈퍼 플룸(화산 활동)의 출현, 지구 동결처럼 대기의 조성까지 바꿀 만한 변화 속에서 생명은 대멸종을 거치며 살아남아 더욱 튼튼하게 성장해왔습니다. 판타지 세계에서 이 같은 신화 이전의 이변을 반영할 필요는 없지만, 오른쪽 그림처럼 환수의 포식 행위에는 항상 주의해야 합니다. 영원히 승자로만 남은 동물은 유구한 역사 속에서 단 한 종도 존재하지 않습니다. 인류의 번영도 한순간의 꿈일 뿐입니다.

끊임없이 계속되는 진화 경쟁의 체크 포인트

· 가축은 진화 경쟁에서는 보호받고 있지만, 대신에 경제 동물의 숙명으로 효율이 떨어진 순서대로 처분된다.
· 야생동물, 환수의 포식 관계는 와일더니스의 모험에서 현실감을 높여준다. 타고 다니는 동물을 잃어버리는 등 위기 연출에서도 사용하기 좋다.

나만의 상상에 도전하기	명작 체크
『거울 나라의 앨리스』의 붉은 여왕 이론	**인간의 욕구가 낳은 하이퍼 바퀴벌레**
루이스 캐럴의 소설 『거울 나라의 앨리스』에서는 계속 달리더라도 풍경이 변하지 않는 신비한 장소에 있는 '붉은 여왕'이 "이곳에 있고 싶으면, 계속 달려야만 한다"고 설명합니다. 이 표현은 생명의 진화나 자본주의의 발달에 따르는 현상, 여러 문제를 상당히 정확하게 표현하고 있다는 점에서 다양한 창작자들이 상징으로 인용하고 있습니다.	'바퀴벌레 끈끈이 집'에 쫓기고 강력한 살충제에 시달려온 집안의 바퀴벌레는 약 30년 사이에 놀라운 수준의 진화를 이룩했습니다. 신체에 어울리지 않을 정도로 강력한 다리를 갖추고, 독에 대한 내성을 얻게 된 것이지요. 그들은 결코 달리는 것을 멈추지 않았던 것입니다. 현재는 몸을 굳혀서 질식시키는 방법이 일반적이지만, 다음에는 어떤 방법으로 극복할지 주목됩니다.

포식자와 피포식자의 경쟁

자연계의 생물은 항상 진화한다. 포식 관계가 약한 것은 도태되기 때문이다. 그리고 열세가 된 쪽은 대항책을
추가하여 강자의 강점을 상쇄시키려 한다.

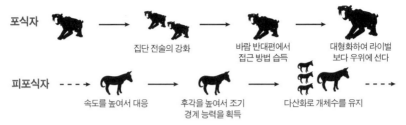

포식자가 진화하여 일시적으로 우위에 서더라도, 피포식자 쪽은 회피 능력을 갖추고 살아남은 개체끼리 번식을 거듭하
며, 이윽고 포식자의 능력을 뛰어넘는다.

진화 경쟁의 멍에에서 벗어난 인간

농업 발전이나 산업혁명 결과, 토지 재생 능력을 인위적으로 강화해온 인류는 자연 순환의 이치에서 벗어나 인구를 계속
늘려왔다. 하지만 원자력이나 생명공학 기술의 영역에까지 이른 인류가 항상 우위에 선다는 보장은 없다.

자신들보다 열등하고 포식 대상에 불과했던 아인류가 문명의 이기인 '불'을 손에 넣으면, 양자의 관계에 어떤 변화가 일어
날 것인가?

🐾 원 포인트 어드바이스

위의 사례 중에서 가령 피포식자가 모두 잡아먹혀서 절멸한 경우에는 다른 피포식자
가 나타나 그 구멍을 메운다.

Step 6 신체나 형질의 변화

◆ 원소스 멀티유즈 시대에 적응한 진화의 형태

늑대 인간으로 대표되는 라이칸스로프처럼 인간이 환수로 변신하는 사례는 예부터
존재하며, 전통적인 변신형 환수의 태반을 차지합니다. 하지만 근래에는 인간의 외모,
좀 더 확실하게 말하자면 인간의 아름다움을 남기거나, 강화하기 위한 신체 변용이 주
류가 되었습니다. 솔직하게 말하자면, 그쪽이 캐릭터 산업에 초래하는 문제가 적기 때
문이라고 할 수 있습니다. 또는 인간의 생활에서 어둠이 사라지고, 많은 환수가 거주
지를 잃어버린 결과, 그들이 어쩔 수 없이 인간 사회로 도망쳤다고 생각할 수도 있겠
지요.

신체나 형질의 변화의 체크 포인트

· 형질 변화가 항상 좋은 것만은 아니다. 특수한 능력을 얻는 대신, 벌칙으로 중요한 부위를 잃
  을 수 있다는 구조도 있다.
· 해적 후크 선장처럼 의수나 의족을 캐릭터의 상징으로 삼는 것도 좋은 아이디어다.

명작 체크
마법 소녀는 성장하여 마녀가 된다

2011년 큰 성공을 거둔 애니메이션 〈마법
소녀 마도카☆마기카〉는 환수 '큐베'와 계
약을 맺은 소녀가 마법 소녀로 변하여 세계
에 재앙을 가져오는 기괴한 마녀와 대치하
는 설정이 중심입니다. 마법 소녀로 변신할
때는 옷만 바뀌며, 능력은 외장 무기를 통해
나타납니다. 하지만 이것은 아직 성장 중인
모습으로, 이후에 변화와 함께 깊은 음모가
드러나게 됩니다.

명작 체크
악마의 열매를 먹은 대가의 무게

국민적인 만화 『원피스』의 해적 루피는 '악
마의 열매'를 먹고 고무 인간이 되지만 그
대가로 물에서 수영을 하지 못한다는 해적
에게는 치명적인 결점을 갖게 됩니다. 바다
악마의 화신이라고도 하는 악마의 열매. 무
엇보다도 손에 넣기 쉬운 장소에 있으면서
도 손을 대기 꺼리게 하는 그 벌칙이 악마
의 열매를 둘러싼 해적의 복잡한 행동과 관
련되어 있습니다.

◆ 신체나 형질 변화의 모델

캐릭터의 성격이나 기본적인 형질을 바꾸지 않고 신체 일부나 내면의 변화로 능력을 얻는 패턴이다. 오랫동안 SF 세계에 머물렀던 아이디어지만 설득력 있는 생명공학 기술이나 과학 기술의 발전 덕분에 친근한 기술이 되었다.

형질 변화로 인간이 환수가 되는 작품

『암스Arms』 미나가와 료지(만화)	사건이나 사고로 인해서 체내에 나노 머신 생명체를 갖게 된 소년, 소녀의 이야기. 암스(ARMS)라고 불리는 나노 생명체는 루이스 캐럴 소설의 등장인물을 모티브로 한 특성을 갖고 있으며, 보유자에게 특수한 능력을 부여한다. 주인공 다카쓰키 료의 암스 '자바워크'는 처음에는 오른팔의 강력한 변화에 머무르지만, 이윽고 몸뿐만 아니라 정신까지 잠식한다.
『우주 해적 코브라』 데라사와 부이치 (만화)	한 마리 늑대 같은 우주 해적 '코브라'는 왼쪽 팔꿈치 아래에 그의 상징과도 같은 '사이코건'을 장착하고 있다. 이것은 단순히 육체 일부를 무기로 바꾼 것이 아닌, 코브라의 정신력을 파괴 에너지로 변환하는 특수한 총으로, 그의 생각에 따라서 탄도를 자유롭게 바꿀 수 있다. 같은 사례를 찾기 힘든 이 특수 능력은 환수로 다루기에 적합하다.
『괴물 이야기(바케모노가타리)』 니시오 이신(소설)	평범한 고등학생 아라라기 고요미는 공격을 받아서 죽기 직전이었던 흡혈귀에게 자신의 피를 빨게 해서 구해줌으로써 자신도 '인간의 한계를 넘어선 재생 능력'이라는 흡혈귀의 성질을 얻고, 반쯤 흡혈귀가 되어버린다. 주변을 둘러싼 '괴이(=환수)'도 태반은 인간의 형질을 가진 채 빙의된 존재로서, 빙의된 본인이 자각하지 못하는 경우도 있다.

『기생수』의 형질 변화 모델

이와아키 히토시의 만화 『기생수』는 인간이 잃어버린 자연계에서의 포식 관계나 휴머니즘, 인류의 에고(ego) 같은 문제를 깊이 있게 그려내고 있다. 작중 '패러사이트(parasite)'의 기생, 행동 모델은 다음과 같다.

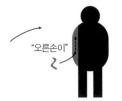

통상적인 기생 패턴

15㎝ 정도의 지렁이 모양 패러사이트는 인간의 머리에 기생하면서 '생각하는 근육'이 되어 인체를 장악한다. 그 본능은 인간을 포식하는 것에 있다. 인체에 손상을 입으면 영양을 섭취할 수 없게 되어 사망한다.

주인공 이즈미 신이치

기생 진행 중 사고로 인해서 패러사이트가 뇌에 도달하지 못하고 오른팔에 기생했다. 그로 인해 이즈미 신이치는 인간이면서도 오른팔에 고도의 지적 생명체를 갖게 된다. 나아가 일체화가 진행되면서 신이치는 초인으로 변한다.

고토

패러사이트의 실험으로 같은 인체에 복수가 기생한 형태. 고토(다섯을 총괄하는 두뇌)의 완전한 통제 아래에서는 놀라운 신체 능력을 발휘하며, 나아가 다리를 말 다리처럼 변화시켜서 달리는 특기도 있다.

> 🌱 **원 포인트 어드바이스**
>
> 과거에는 늑대 인간처럼 전신 변화가 대부분이었지만, 캐릭터의 기본 조형을 중시하기 시작한 현대에는 위에서 소개한 것 같은 표현이 주류가 되었다.

Step 7 퇴장을 강요당하는 환수

◈ 판타지 세계의 엄격한 규율

행성 규모의 천변지이를 그리는 것은 극단적인 경우겠지만, 이야기 진행상 어떤 특정한 종이나 아인류를 퇴장시켜야 할지도 모릅니다. 전형적인 사례로서 특정한 종류에만 작용하는 질병이 유행하거나 포식 동물의 이상 증식을 생각할 수 있지만, 이러한 일에 대응할 만한 문명을 지닌 아인류가 절멸하는 상황을 그려내고 싶다면 좀 더 복잡한 이유가 필요합니다. 4장 step-7에서는 정치나 종교상의 이유로 진행되는 학살에 관해서 설명했지만, 유사 이래 인위적으로 인간이 어느 인종을 완전히 말살해버린 사례는 없기 때문입니다. 또한, 특정 지역에 사는 아인류 등을 무차별적으로 대량 학살하는 상황(핵전쟁 등)을 그려낼 때도 그에 적합한 이유와 각오가 필요합니다.

퇴장을 강요당하는 환수의 체크 포인트

· 환수나 아인류의 대량 말살을 목적으로 그리기보다는 이를 피하고자 주인공 일행이 분투하는 쪽이 이야기로서 더 알맞다.
· 민족 말살과는 다르지만, 중국의 문화대혁명이나 캄보디아의 폴 포트 정권은 지식인 계급의 배제라는 정치적 목적이 있었고, 대량 학살의 방아쇠를 당기고 말았다.

역사 관련 사건
육식 포유류에게 쫓겨난 공조류(恐鳥類)

현재의 조류가 공룡의 자손이라는 점은 잘 알려졌는데, 오래전 공룡이 멸종했을 때 남미를 중심으로 공조류라는 포식 동물이 번영했습니다. 날개 달린 공룡에서 날개는 퇴화하고 신체가 커진, 실로 괴상하게 생긴 생물이었지만 공룡의 성질을 충실하게 계승했습니다. 하지만 오래지 않아 땅이 연결된 북미에서 침입해온 육식 포유류에 의해 절멸했습니다.

나만의 상상에 도전하기
마야 문명이 예언한 2012년 인류 멸망설

거의 히스테릭하게 유행하는 인류 멸망설이지만, 동일본 대지진의 참상이나 후쿠시마 원자력발전소 사고, 그리고 옐로우 스톤 국립공원의 이상 지반 침하나 유럽의 대한파와 같은 사례를 듣다 보면, '혹시 다음에는 정말로?'라는 의문이 생겨납니다. 과거에 몇 번이나 반복되었던 문명 소멸 현상은 의외로 이러한 막연한 공포심의 연쇄에서 시작되었을지도 모릅니다.

◆ 퇴장을 강요당하는 환수의 모델

각지에 남아 있는 창세 신화에서는 다수의 환수가 멸망하거나 모습을 감추었지만, 여기에서는 좀 더 창작에 어울리는 이유로 멸망하는 환수나 아인류를 제시하고 싶다.

공룡이나 공조의 부활

일찍이 생태계 최상위에 군림하던 환수의 부활은 곤란한 일이다. 예를 들어, 백악기의 공룡 한두 마리가 아니라, 생태계가 통째로 현대에 부활한다면 과연 인류는 공존을 선택할 것인가? 어디에 부활하건, 말살시키거나 가두는 선택밖에는 할 수 없을 것이다.

방치로 인한 위험한 진화

그리스 신화에서 방직 기술을 뽐낸 소년 아라크네는 여신 아테나에 의해서 거미 모습으로 변했으며, 음악 기술로 아폴론에게 도전한 마르슈아스는 피부가 벗겨져 죽었다. 자식이 많다고 자랑한 니오베는 모든 아이가 아르테미스의 활에 맞아 죽고 만다. 아무리 작은 것이라고 해도 정점에 선 자는 피지배 측 환수나 아인류의 급성장을 용납하지 않는다.

갑작스러운 이유로 배제

예를 들면 소행성의 충돌이나 극적인 기후 변동을 가져오는 대분화가 내일이라도 일어난다면, 인류는 절멸을 면하더라도 상당한 기간(약 만~수십만 년), 생태계 최상층에서는 벗어나게 될 것이다. 갑작스럽긴 하지만 자연의 섭리라면 어쩔 수 없다.

신들의 장기 말이 되어버린 아인류들. 양자의 수준이 너무 다르면 목숨조차 게임처럼 가볍게 빼앗겨버리고 만다. 그런 세계가 계속되는 건 바람직하지 않다.

🐾 원 포인트 어드바이스

어떠한 이유로 과거에 절멸하여 현세까지 약간 명맥이 남아 있는 아인류와 마주친다는 설정에서 아인류 측은 기본적으로 인류와의 접촉을 바라지 않을 것이다.

세계에 하나뿐인 환수를 만든다

◆ 환수의 모습을 그려보자

드디어 독자적인 환수를 창조할 차례입니다. 7장에서는 환수를 크게 아인류와 동물계, 둘로 나누어서 각각의 묘사 방법, 창조 방법을 해설합니다. 아인류라면, 우선 크기부터 생각하고 다음에 신체적인 특징을 부여하고 마지막으로 사회를 구성하는 식으로, 하나씩 쌓아가는 방식으로 설명합니다. 동물계에 대해서는 육식, 초식, 그리고 잡식으로 식성에 의한 분류에 주목하여 각각의 환수로 그려야 할 요소를 드러냅니다. 내용 전체적으로는 합리성을 중시합니다. 환수가 그러한 형태가 된 이유를 순서에 따라서 생각하는 것의 중요성을 알게 됩니다.

◆ 환수에게 표정을 부여하자

이 책의 독자 중에는 좀 더 실용서와 같은 내용을 기대한 사람도 있겠지요. 하지만 환수를 멋지게, 그것도 아름답게 그려내기 위해서는 외형을 다듬는 것만으로는 부족합니다. 그들이 딛고 서 있는 대지의 모습, 쫓고 쫓기는 포식 관계까지 생각했을 때, 환수는 여러분의 세계 안에서 진정한 거주지를 얻을 수 있습니다. 여러분 스스로 창조한 환수의 모습을 받아들이지 못한다면 자신의 세계관과 환수 사이에 맞지 않는 부분이 생겨나고 있다는 것입니다.

물론, 비디오 게임에 나올 법한 화려한 환수를 창조하고 싶은 사람도 있겠지요. 이를 위해서 필요한 것이 환수의 기초 체력입니다. 명확한 세계관 아래에 구축한 판타지 세계, 그리고 그에 어울리는 환수가 있다면, 어떠한 '장식'에도 견딜 수 있습니다. 그것이 여러분의 감각이자 독자적인 세계입니다.

Step 1 아인류의 기본 스펙을 생각한다

◆ 우선 처음에는 인간과의 차이부터

아인류의 '아(亞)'는 '다음가는, 비슷한'이라는 의미로 인류를 닮은 인류, 나쁘게 말하면 '인류보다 떨어지는 존재'라는 말이 됩니다. 하지만 판타지 세계에서는 인류보다 낮게 보는 일은 많지 않으며, 다수의 아인류가 공존하는 세계에서는 도리어 인간 쪽이 '의심 많고, 호전적이며 야만적인 종족'으로 여겨져서 열등하게 인식되는 상황도 적지 않습니다. 같은 이유에서 아인류의 외견을 생각할 때는 최소한 한 가지는 인간보다 확실하게 우수한 팔이나 다리 같은 부위를 가져야겠지요. 그 후에는 여러분이 창조하는 장르에 따라서 필요한 만큼 살을 붙여 나가면 됩니다.

아인류의 기본 스펙을 생각한다의 체크 포인트

· 같은 세계에 사는 것을 전제로 한다면 생애 주기(라이프 사이클) 자체는 아인류라고 해서 엄청나게 다르지 않게, 한국인과 외국인의 문화·풍습의 차이 정도로 제한하면 좋다.
· 변화를 크게 만들고 싶다면 엘프는 삼림, 드워프는 지하라는 사례를 참고해 거주 공간에 차이를 두면 상상하기 쉽다.
· 도마뱀 인간, 뱀 인간 등은 상당히 원시적인 아인류의 이미지다.

나만의 상상에 도전하기

중력이 높은 행성이 낳은 불굴의 여인

댄 시먼스의 SF 소설 『히페리온』에 등장하는 여탐정 브론 레이미아는 고중력 행성 루사스에 살고 있어서, 평균적인 인간에 비해서 키가 작고 몸이 튼튼하다는 특징을 갖고 있습니다. 그림이나 영상은 아니지만, 소설 속에서 묘사된 그녀의 활약을 통해서 신체 특징이 눈에 띄도록 스토리나 표현을 끌어내는 연출은 정말로 훌륭합니다.

나만의 상상에 도전하기

구역감이 생길 만한 포식 표현

아직 결말이 전혀 예상되지 않는 만화 이사야마 하지메의 『진격의 거인』은 인간을 단순히 살육 목적으로 포식하는 거인에 관하여 그 생태나 생애 주기를 블랙박스처럼 감추면서 이야기를 구성하고 있습니다. 인간 같으면서도 미묘하게 인간과 다른 거인의 외형이 혐오와 공포를 불러옵니다. 만화의 표현을 최대한으로 살린 작품이라고 하겠지요.

아인류의 기본 스펙 결정 순서

키·체격을 결정한다

우선 키를 기본으로 결정한다. 아인류가 하나일 경우 간단히 정하면 되겠지만, 아인류가 여럿 등장한다면 개별적인 크기보다도 상대적인 비교를 중시한다. 이후에 거주 분포 범위(온난이나 기후)를 대충 정한다. 이미 대륙이나 국가를 창조해두었다면, 여기에 맞추어도 좋다.

가족 관계를 정한다

아인류의 가족 구성을 생각한다. 대가족인가, 그렇지 않으면 핵가족화가 진행되고 있는가. 전자라면 부족 사회에 가깝고 후자라면 문명화가 진행되었다고 할 것이다. 다음에 아이의 평균적인 숫자나 독립하는 시기, 성별, 출산 패턴 등도 생각해보자.

생애주기(라이프 사이클)를 정한다

태어나면서부터 죽을 때까지의 시간(판타지 세계라면, '1년'의 차이도 중요)을 생각한다. 그리고 사춘기의 유무나 평균적인 인생의 분기점(아인류 내에서의 진로 결정 시기) 같은 것도 생각해두자. 인간 사회에서도 '성인'의 개념이 다양하며 만국 공통은 아니다.

인생의 경이를 정한다

아인류 창조에는 작가의 인생관이 반영된다. 인간과 같지 않더라도 그들 또한 희로애락과 같은 감정을 가졌으며, 지성적인 존재라면 그들의 인생관이나 윤리관, 살아가는 희망, 자부심의 원천이나 그들의 사회가 구성원에게 요구하는 자세 등에도 관심을 기울여야 한다.

병역에 나서는 아인류 젊은이. 병영의 문을 통과할 때, 그에게는 어떤 운명이나 진로가 기다리고 있을 것인가? 왜 이 사회는 병사를 필요로 하는가? 작은 상상에서부터 환수의 삶이 넓어져 간다.

> **원 포인트 어드바이스**
>
> 공포나 스릴이 넘치는 내용을 더하고 싶다면 아인류 간의 포식 관계는 빼놓을 수 없는 요소가 된다. 원시 인류가 서로를 잡아먹었을 가능성도 크다.

Step 2 아인류의 신체적 특징을 생각한다

◆ 기발함보다는 아름다움과 균형으로

아인류라고 해서 인간과 같은 외형에 얽매일 필요는 없습니다. 천수관음이나 아수라 상 같은 모습을 한 아인류도, 오른쪽 페이지의 설명과 같은 모습을 한 괴물 인종도 자유롭게 그리는 것이 창조입니다. 다만, 감상자를 생각한다면 필요 이상으로 이상한 모습을 만드는 일은 고민해봐야 합니다. 기괴한 아인류가 주제나 이야기의 진행상 꼭 필요한 것이 아니라면 아인류는 인간 형태를 기본으로 하면 좋겠지요. 기발하게 하기보다는 아름답게, 괴상하기보다는 강하고 늠름하다는 범위 내에서 뿔이나 이빨, 또는 무늬와 같은 작은 상징에 창조자의 의사를 충실하게 부여하는 방법이 이상적입니다.

아인류의 신체적인 특징을 생각한다의 체크 포인트

· 생태계를 망가뜨리지 않으면서 기괴한 아인류를 도입하고 싶다면, 마법이나 연금술, 과학에 의한 외골격 같은 것을 부여(사이보그화)하는 방법도 있다.
· 겉모습은 인간과 거의 같지만, 논리적인 사고나 언어의 구조가 엄청나게 달라서 대화나 의사소통이 거의 곤란하다는 묘사도 생각할 수 있다.

나만의 상상에 도전하기
금기나 종교에 도전한
애니메이션 〈사우스 파크〉

미국의 CS 애니메이션 〈사우스 파크〉에 등장하는 화이트 트래쉬(쓰레기 같은 백인)의 거울과 같은 존재인 카트먼 소년은 「스테로이드로 금메달!?」편에서 신체장애자로 분장하여 패럴림픽에 출장하지만 여러 종목에서 대참패를 겪게 됩니다. 금기나 차별 용어를 방패로 타인을 공격하는 사람이야말로 차별하는 자라는 견해가 카트먼의 행동에 반영되어 있습니다.

환수 매뉴얼
제다이를 넘어선
최강의 전사

〈스타워즈〉 프리퀄(Prequel) 삼부작에서 제다이 기사와 적대하는 그리버스 장군은 내장을 제외한 모든 부분을 기계로 바꾸고, 4개의 전투용 의수와 전자두뇌를 도입한 모습으로 등장합니다. 전투만을 위해 개량된 신체가 펼치는 놀라운 공격력 때문에 많은 제다이가 희생되었습니다. 파충류 종족인 칼리쉬 전사로서 잠재 능력을 활용해 놀라운 활약을 벌이는 존재였습니다.

◆ 표현에 주의가 필요한 아인류의 사례

아인류를 창조할 때 피부나 머리칼, 눈동자 색깔, 귀의 모양 등 겉으로 보이는 기호에만 신경 쓰는 경향이 있는데, 여기에는 큰 위험이 존재한다.

키클롭스(사이클로프스, Cyclops)

그리스 신화에 등장하는 외눈 거인. 우라노스와 같은 시기에 태어났다고 하며 매우 역사가 깊다. 대개는 야만적이고 잔혹한 성격으로 그려지는 한편, 야금이나 공예의 신 헤파이스토스 곁에서 장인으로 활동하는 일면도 갖고 있다. 당시의 그리스에서는 인간이 저승과 관계하려면 외눈이어야 했기 때문에 신에게 봉사하는 무녀에게 성스러운 존재의 증거로서 같은 신체적 결함을 요구하는 일도 있었다.

스키아포데스(Skiapodes)

유럽의 박물지나 여행기에 빈번하게 등장하는 거대한 외다리 괴물 인종. 외다리임에도 불구하고 상당히 빠르게 달릴 수 있다. 강한 햇볕 아래에서 잠을 청할 때는 다리를 굽혀서 해를 가린다. 이들도 '미개'한 땅의 상징으로 여겨지며, 때로는 머리가 여러 개 달린 모습으로 표현하기도 한다.

브렘뮈아에(Blemmyae)

리비아의 사막에 살고 있다고 하며 동체에 눈, 코, 입이 있으며 머리와 목이 없는 괴물 인종. 중세 이후에는 키클롭스나 스키아포데스와 마찬가지로 '미개'인의 일종으로 다루어졌다.

외눈증(사이클로피아, cyplopia)이나 무뇌증 같은 선천적인 기형이 바탕이 되었다고 여겨진다. 대개는 사산하거나 출산 후 짧은 시간 내에 사망하는데, 그들이 성장할 수 있는 이세계가 있다고 상상했을 것이다. 다만 현대에는 문맥을 판단하기 이전에 이러한 묘사 자체가 차별을 조장한다고 비판받을 수 있다.

중세 유럽 사람들이 생각한 '미개'의 땅. 시대의 한계라고도 볼 수 있겠지만, 자신들이 알지 못하는 땅에는 이 같은 괴물이 산다고 믿는 사람들이 많았다.

원 포인트 어드바이스

창작자로서 활동하고자 한다면 차별 용어의 사용에 대해서는 명확한 자세를 가졌으면 한다.

Step 3 아인류의 사회성을 생각한다

♦ 종족의 이념으로 이질감을 연출한다

아인류가 한 명의 캐릭터로만 등장한다면 사회성은 그다지 고민할 필요가 없지만, 종족 단위가 되면 주의가 필요합니다. 그 종족의 행위가 개별 캐릭터만이 아니라 대상이 되는 아인류의 성질을 결정하기 때문입니다. 이 성질을 사회성이라고 말할 수 있습니다. 여기에서는 오크 군단을 예로 들어서 아인류의 성격을 좌우하는 사회성과 관련하여 놓치기 쉬운 부분을 설명하고 있습니다. '군사 국가'라던가 '전투를 좋아하는 종족'처럼 말로서 정의하는 건 간단하지만, 이러한 이념을 뒷받침하는 사회 구조는 간단하면서도 나름대로 고민이 있는 법입니다. 그에 대해 고민하고 한 발짝 내딛으려는 노력으로 아인류의 성격은 크게 변하게 마련입니다.

아인류의 사회성을 생각한다의 체크 포인트

· 위와 마찬가지의 이유로 이른바 평화로운 종족도 그 평화를 유지하기 위한 노력이 필요하다.
· 아인종 전체의 성격도 결코 불변하는 것은 아니다. 주인공과 관계하면서 장로가 새로운 가치관을 깨닫고, 종족 전체에 그것을 전파하는 내용도 종종 찾아볼 수 있다.

명작 체크
한 장면에서 엿볼 수 있는 오크의 영웅

『반지의 제왕』의 헬름 협곡 전투에서 공격자인 사루만군은 견고한 성벽 때문에 고전하고 있었습니다. 하지만 단신으로 폭탄을 안고서 성벽 아래에 뛰어든 오크 전사의 희생으로 전국은 크게 바뀝니다. 병사가 자기희생을 꺼리지 않는 군대는 짧은 시간에 완성되지 않습니다. 야만적인 느낌으로 보이는 사루만군의 규율이 어떤지는 이 한 장면에서 엿볼 수 있습니다.

나만의 상상에 도전하기
개인의 생각을 버린 초개체는 가능한가

다수의 개체가 모여 마치 하나의 생명체로서 의사를 가진 것처럼 행동하는 생물이 있습니다. 자주 개미 사회를 인용하곤 하는데, 이를 '초개체(초유기체)'라고 부릅니다. 이것은 완벽하게 분업화된 사회이며, 여기에서 떨어진 개체는 오래 살 수 없습니다. 아인류가 이와 같은 사회를 구축할 수 있는지는 호러 요소를 겸비한 이야기로서 도전할 만한 주제입니다.

◆ '전투 종족' 실태의 모델

전사가 모이는 것만으로는 싸울 수 없다

지휘관　　　　전사　　　　보급병

오크는 호전적인 아인류의 대표적인 사례지만, 실제로 전사가 끊임없이 전장에서 활동하려면 이를 뒷받침하는 후방 지원(보급이라고 한다)이 최소한 전사의 3배는 필요하다. 예를 들어 노예를 쓴다고 해도 이를 감시하기 위해서 병력을 준비해야 한다. 후방 지원은 반항적인 노예에게만 맡길 수 없는 중요한 일이다.

군사국가 스파르타의 사례

스파르타 정규 시민

반시민

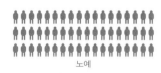

노예

'스파르타 교육'으로 유명한 스파르타는 성인 남자가 30세가 될 때까지 군사 캠프에서 공동생활을 하는, 유례없는 초군사 국가다. 그들은 인구의 10배 이상에 달한다고 알려진 노예에게 농업 생산을 맡겼기에, 그들의 반란에 대비하여 혼자서 노예 10명을 상대할 수 있는 무력이 필요했다. 스파르타의 전사는 전쟁용이 아니라 치안 유지 목적으로 단련하고 있었다.

> 【스파르타의 규율】
> · 허약한 아이는 강한 전사가 될 수 없으므로 산에 버린다.
> · 노예를 죽여서 살인 경험을 쌓는다.
> · 전장에서 겁에 질린 자는 머리카락을 반쯤 깎아낸 모습으로 지내게 한다.

판타지 작품 속 사회 이미지의 변천

초기: 사회성 중시
인간이 아인류 세계에 말려드는 구조가 유행하면서 관찰자의 관점에서 인간 사회와 비교하여 아인류 사회를 자세히 그려내고자 노력한다.

중기: 사상 대립의 반영
인류와 아인류가 대립하여 전쟁 상태에 놓인다는 이야기가 늘어난다. 아인류 사회의 설명은 단순화되고 동서 냉전이나 사회 문제와 같은 현실의 대립 구조가 반영되기 시작한다.

현대: 이미지의 차용 시대
이야기와 캐릭터성을 중시한 작품이 주류가 된다. 영상 작품 등으로 일반화된 대기업이나 독재 국가, 종교와 같은 익숙한 이미지를 빌려서 설명이나 관찰 묘사를 줄인다.

🌱 원 포인트 어드바이스

성격을 충실하게 부여하기 어렵다면, 아인류만이 아니라 그 종족 전체의 의사 결정이 어떻게 행해지고 있는지를 결정하면 편하다.

육식 환수를 창조한다

♦ 판타지 세계 야생의 상징

육식 환수를 생각할 때는 우선 오른쪽의 3가지 패턴을 상정하고서 변형을 가하는 것이 좋다. 다만 육식 동물은 그 자체만으로도 꽤 멋진 존재이기 때문에 굳이 변형시킬 필요 없이 그대로 묘사할 만한 환수다. 물론 판타지 세계의 성격에 따라 우리가 포유류 모습으로 의식하는 육식수의 역할을 대형 파충류나 조류, 또는 기존 분류로 나눌 수 없는 완전히 새로운 환수에게 부여해도 좋을 것이다. 영화 〈쥬라기 공원〉이 종래의 공룡 모습을 완전히 바꾸어 놓았듯이, 공룡의 후예이면서 지능이 높은 동물로 알려진 조류를 활용한다면 환수로서 새로운 전개를 기대할 수 있다.

육식 환수를 창조한다의 체크 포인트

· 『걸리버 여행기』의 휴이넘과 야후와 닮았지만, 야생 육식 동물의 정점에 원시 아인류를 배치하면 와일더니스에서의 위험도가 크게 높아진다.
· 육식 동물을 가축화하거나 탈것으로 만드는 경우는 3장 step-3을 참조.

나만의 상상에 도전하기

시튼을 유명하게 만든 전설적인 늑대

『시튼 동물기』로 유명한 어니스트 시튼은 19세기 말에 서부에서 맹위를 떨치던 늑대에 의한 가축 피해에서 착상을 얻어 『늑대왕 로보』를 집필하여 대중적인 인기를 얻었습니다. 악마와 같은 지혜와 통솔력을 가진 로보와 시튼의 격렬한 충돌, 그리고 자신의 짝인 흰 늑대 '브랑카'를 잃은 로보의 숭고한 결단……. 자연 소설 최고의 명작입니다.

명작 체크

처지가 바뀌면 견해도 바뀐다

일본 최대의 육식 동물 불곰의 무서운 점은 한번 먹이로 인식한 인간에게 집착하는 것입니다. 예를 들면, 불곰이 민가를 습격해 7명이 사망한 산케베쓰 불곰 사건이나 등산 중인 학생을 습격해 3명이 사망한 후쿠오카대학 반더포겔부 습격 사건처럼 많은 사망자가 발생한 비참한 사고가 있었습니다. 이야기로 읽고 싶다면 요시무라 아키라의 『구마아라시(羆嵐)』 기바야시 잇코의 『팬텀 픽스(ファントム・ピークス)』를 권합니다. 후자는 나가노현에서 발생하는 불곰 피해를 상정한 판타지 소설입니다.

🔶 육식 환수의 모델

단독으로 사냥하는 육식 동물

단독으로 사냥하면서 살아가는 동물은 기본 능력치가 매우 높다. 달리기 시작하면 몇 초 만에 최고 속도에 달하는 치타가 대표적인 사례다. 무기이자 약점이기도 한 유리 같은 다리를 다치는 것을 두려워하여 인간이나 다른 육식수와는 다투지 않는다. 호랑이나 곰도 단독으로 사냥하지만, 기본적으로는 끈질기게 기다린 채로 접근해 오는 동물을 기습한다. 그들은 강인한 육체를 갖고 있으며 대형 동물과 싸우는 것을 두려워하지 않기에, 아인류 에겐 위험한 존재.

무리를 지어서 사냥하는 육식 동물

사자가 대표적인 사례다. 백수의 왕이라는 이미지가 강하며, 사냥은 대개 암사자가 집단으로 한다. 수사자는 체격이 큰 대형 초식 동물에게 최후의 일격을 가한다. 이런 동물 중에서는 아프리카 들개(리카온)를 주목할 만하다. 중형 개 크기의 개과 사냥꾼으로, 그 수렵 방법은 사냥감이 지쳐서 움직일 수 없을 때까지 계속 추적하는 방식이다. 사냥 성공률은 거의 100%를 자랑하지만, 사냥으로 얻는 것과 거의 비슷한 열량을 무리 전체가 소비한다는 점이 재미있다.

썩은 고기를 먹는 육식 동물

많은 육식 동물은 썩은 고기라도 먹는다. 썩은 고기로 영양을 섭취할 수 있는 강인한 내장이 있기 때문이다. 이들은 '스캐빈저'라고 불리는데, 공룡 중 최강의 폭군 티라노사우루스도 스캐빈저라는 이야기가 있을 정도로 육식 동물의 생태에서는 당연한 행위다. 대머리독수리나 까마귀 등도 여기에 해당한다. 환수로 직접 묘사하기는 어렵지만, 사냥하는 육식수와 짝을 이루거나, 스캐빈저를 자주 등장시켜 근처에서 대학살이나 전쟁이 일어났다는 인상을 주는 방법을 생각할 수 있다.

생존 경쟁의 최전선에 서는 육식 동물에게 무리를 지어서 행동하면 잡을 수 없는 사냥감은 없다. 그들의 영역에 잘못 침입하면 무서운 체험을 하게 될 것이다.

> 🌱 **원 포인트 어드바이스**
>
> 인류가 멸망한 뒤, 폐허가 된 도시부에서 생태계의 정점에 서는 것은 야생 조류 사냥의 달인인 고양이일 것이다.

Step 5 초식 환수를 창조한다

◈ 남용은 피하면서 효과적으로 연출한다

육식 동물과 달리, 초식 동물은 무리해서 환수로 만들 필요는 없습니다. 숲에 들어간 아이가 나무 위에서 발견하는 동물이 평범한 다람쥐건, 아니면 다람쥐를 닮은 환수건 상관없습니다. 중요한 것은 그 묘사를 통해서 전하고 싶은 무언가입니다. 판타지 작품에서 멋진 기사를 그려내기 위해서는 말을 빼놓을 수 없습니다. 무리하게 환수의 요소를 추가하여 기사의 비주얼을 망칠 바에야 평범한 말을 그대로 등장시켜도 상관없습니다. 앞에서 말한 다람쥐와 같은 판타지 세계의 초식 동물은 황야를 방황하는 주인공이 사냥하다 지친 장면에서 소도구처럼 활용하는 등 등장 방법을 연구함으로써 독자를 어떻게 끌어들일지부터 생각해봅시다.

초식 환수를 창조한다의 체크 포인트

· 초식 동물을 새로 정의한다면, 식물도 새롭게 창조해야 할까. 거기까지 간다면 거의 작가의 취미라고밖엔 볼 수 없다.
· 나만의 초식 동물을 창조할 때는 그것을 주로 포식하는 육식 동물과 세트로 생각하면 상상하기 쉽다.

환수 매뉴얼
상상이 낳은 고결한 일각수

사악한 힘을 물리치고, 어떠한 병도 고칠 수 있다고 알려진 전설적인 일각수 유니콘. 이처럼 성스러운 힘을 갖고 있음에도 종교와 관련 없는 환수는 독특합니다. 이것은 진귀한 해저 생물 일각돌고래의 뿔이 사람들의 상상을 자극하여 백마와 연결되면서 탄생했다고 합니다. 판타지 세계에 다른 판타지 세계의 환수를 등장시킨다는 기본 구조도 생각해보면 좋겠지요.

나만의 상상에 도전하기
야생화한 가축의 무서움

현재, 세계 각지에서 야생화한 가축이 문제가 되고 있습니다. 그 대표적인 사례가 염소입니다. 거친 땅에서도 살 수 있는 염소는 풀뿌리까지 파낼 뿐만 아니라 나무에 올라가서 새싹이나 껍질까지 먹어치우면서 환경에 큰 부담을 줍니다. 특히 포식 동물이 없는 섬 같은 데 방치된 염소는 심각한 문제를 일으킵니다. 오랜 세월에 걸쳐서 야생화된 염소가 우연히 찾아온 모험가를 습격하는 내용도 괜찮겠네요.

◆ 초식 환수의 모델

소형 초식 동물

토끼나 다람쥐, 또는 잡식이지만 너구리나 두더지 등 뒷산에서부터 정글, 사막 같은 다양한 환경에 어울리는 모습으로 분포하고 있다. 새로운 모습으로 만들어야 하는 경우는 많지 않으며, 현재 우리가 알고 있는 동물을 그대로 판타지 세계에 끌어들여도 상관없다. 다만, 주인공의 애완동물(여행 파트너)처럼 캐릭터의 열쇠가 되는 동물에 대해서는 가능한 한 정확한 묘사와 생태를 생각하는 편이 좋다. 동물이 움직이기 시작하면, 이후에 중요한 역할을 맡게 될 가능성도 있으므로 설정이 엉망이면 고생하게 된다.

중형 초식 동물

일본이나 한국의 야산이라면 사슴이나 양, 염소. 아프리카의 정글이라면 얼룩말이나 임팔라, 영양 등 무수하게 존재하므로, 특별히 심각하게 생각할 필요 없이 그대로 사용해도 상관없다. 이세계 느낌에 집착한다면 동물도감을 적당히 펼쳐서 진귀해 보이는 무언가를 가져오거나, 어떤 이유로 절멸해버린 선조 포유류에서 아이디어를 가져올 수도 있다. 창조를 위해 무리할 필요는 없다. 과거의 사례에 힌트가 얼마든지 숨어 있다.

대형 초식 동물

코끼리나 하마, 코뿔소, 기린 같은 사례를 보면 알 수 있듯이, 대형 초식 동물은 환수로 만들기 좋다. 이들은 재미있게 생긴 외형과는 달리 영역 의식이 강하기 때문에 실수로 영역에 들어온 사람들을 가차 없이 공격한다. 실제로 아프리카에서는 사자보다 하마나 코뿔소에게 공격당해 죽는 사람이 훨씬 많다. 악어조차 하마를 두려워해 접근하지 않으며, 물소 같은 동물은 강을 건널 때 하마가 있는 장소인지 확인할 정도다.

해수 레비아탄과 세계를 둘로 가른 거수의 왕 베헤모스가 하마의 잘못된 전승에서 만들어진 것처럼 판타지 세계에서도 대형 초식 동물은 얕볼 수 없는 존재다.

🐾 원 포인트 어드바이스

『반지의 제왕』에서 이시리엔 북쪽에 도착한 프로도와 샘은 비쩍 마른 토끼를 잡아서 수프로 만들어 먹었다.

Step 6 잡식 환수를 창조한다

◆ 가장 넓은 전개를 기대할 수 있는 환수

잡식이라고 간단하게 묶어서 이야기하지만, 이 중에서도 유인원에겐 특별히 신경을 쓸 필요가 있습니다. 우리 인류는 진화 과정에서 호모 사피엔스 이외의 동료를 모두 배제해버렸다고 합니다. 그것이 의도적이었는지 아니면 우연의 산물인지는 알 수 없지만, 우리가 고독한 존재라는 사실은 분명합니다. 특별히 사랑이라는 감정을 발달시킨 것은 이 슬픈 역사의 반동일지도 모릅니다. 영화 〈혹성탈출〉 시리즈에서처럼 유인원은 큰 이야기 속에서 인류를 역전할 가능성을 가진 존재입니다. 아이디어에 따라서 활약하는 장면을 얼마든지 떠올릴 수 있는 이상적인 환수의 사례입니다.

잡식 환수를 창조한다의 체크 포인트

· '털북숭이 인간', '나무 위에서 사는 인간'처럼 선원들이 술집에서 떠드는 원숭이에 관한 이야기는 대개 과장된 내용이 붙어서 사람들에게 전해진다.
· 미개한 아인류를 도입할 때는 7장 step-2(신체적인 특징)에도 주의하자.
· 유인원은 사회적인 동물이지만, 오랑우탄처럼 단독 생활을 하는 경우도 있다.

나만의 상상에 도전하기

사상 최대의 동물과 공존하는 기적

흰긴수염고래는 평균 몸길이가 25~30m, 최대 34m에 이르는 개체가 확인된 지구 최대의 동물입니다. 백악기에 대지를 활보하던 공룡, 용각류인 아르헨티노사우루스는 이에 필적하거나, 좀 더 컸을 것으로 추정됩니다. 어느 쪽이건 공룡 시대의 크기를 느끼게 해주는 동물과 같은 시대에 살아가고 있다는 사실이 놀랍습니다.

명작 체크

병사 곰 보이테크

곰은 자신의 발자국을 밟으면서 돌아가 사냥꾼을 따돌리는 등 지능이 높다고 알려졌습니다. 가장 똑똑한 곰으로서 유명한 것이 폴란드 육군의 이등병이 되어 싸운 병사 곰 보이테크입니다. 어떤 계기로 탄약 보급 중대에서 기르게 된 이 곰은 병사로서 입대하는 것을 인정받아 전장에서 탄약 수송을 맡았고, 그 영예를 기리는 뜻으로 부대 마크의 모델도 되었습니다.

♦ 잡식 환수의 모델

초원이나 사바나에 사는 동물만 있는 것이 아니다. 해저 생물이나 영장류, 그리고 가장 두려운 미개의 아인류도 다루어본다.

대형 해저 동물

물개, 물범, 바다사자처럼 주로 한랭지의 해안에 사는 대형 포유류는 배경 지식이 없다면 괴물 무리라고 여겨도 이상하지 않다. 또한, 고래나 범고래, 상어도 바다를 알지 못하는 사람에게는 괴물이나 마찬가지다. 바다에 나가는 것이 매우 드물거나 위험한 행위라고 인식되는 판타지 세계를 만드는 경우, 뭐든 바다 위에 떠 있는 것을 보면 가차 없이 공격하는 고래나 돌고래가 있다고 상정해도 좋을 것이다.

유인원이나 미개한 아인류

소형 유인원

일본원숭이나 대만원숭이가 이와 가장 가까운 부류다. 마다가스카르섬에 살고 있는 여우원숭이나 안경원숭이도 포함된다. 특별히 치명적인 위험성은 없지만, 집단으로 습격하면 위험하다. 생명을 노린다기 보다 주인공이 갖고 있는 식량이나 장비에 흥미를 가질 것이다. 또한, 초소형 원숭이라면 반려동물로서도 이상적이다. 인간의 말을 어느 정도 알아듣거나 의사소통이 가능하다면, 소형 아인류의 대역이 될 수 있다.

중형 유인원

침팬지 등이 해당한다. 이 종류의 유인원은 유럽에 서식하지 않기에, 일찍이 인도까지 대원정에 나선 알렉산드로스 대왕의 군대는 나무 위에서 생활하는 원숭이를 발견하고는 인간보다 조금 작은, 나무 위에 사는 털북숭이 인간이라고 여겼다. 침팬지가 갑작스러운 진화로 인간과 같은 지능을 가질 일은 없지만, 일찍이 멸망한 동료들의 실수를 반복하지 않기 위해서 사실은 인간 정도의 지능을 갖고 있지만 그 사실을 감추고 있는 유인원이 있어도 이상하지 않다.

대형 유인원

오랑우탄이나 맨드릴, 고릴라가 해당한다. 고릴라의 키는 180cm, 체중 200kg에 달하며, 인간을 맨손으로 찢어 죽일 수 있다. 보통 무리를 지어서 생활하고 있기에 숲이나 정글에서 이들에게 습격당하면 장비가 충실한 파티라도 상당히 위험한 상황에 처하게 될 지도 모른다. 일찍이 아시아에는 키가 3m를 넘고 체격이 고릴라의 3배에 달하는 기간토피테쿠스라는 유인원이 존재했다.

미개한 아인류

미개한 아인류와 만나는 것은 어떠한 유인원을 만나는 것보다 훨씬 위험한 일이다. 다만, 기묘한 모습을 한 동족을 만난 그들 역시 당황하게 마련이라는 것을 이해할 필요가 있다. 공황에 빠진 그들이 습격해올 것인지, 아니면 뭔가 의사소통에 나서려 할 것인지, 아니면 예상치 못한 행동에 나설 것인지 그러한 상황 처리를 창조주인 여러분이 정해야만 한다.

🌱 **원포인트 어드바이스**

지구 온난화로 북극곰과 불곰의 서식지가 겹친 결과, 서로 교배하여 양자의 특징을 가진 잡종이 출현해서 문제가 되고 있다.

Step 7 환수의 목소리를 포착한다

◆ 환수는 표현되기를 기다리고 있다

여기까지 읽어온 여러분은 어떤 한 가지 감각을 익히게 되었을 것입니다. 무수하게 존재하는 이야기 속에서 환수의 목소리를 들을 수 있는, 그러한 감각입니다. "나는 아직 아무것도 만들어낼 수 없어. 환수의 지식이나 분석 방법을 알아봐야 해." 바로 이러한 태도가 중요합니다. 분석은 창조하기 위한 힘입니다. 그 힘을 여러분은 얻었습니다. 환수란 무엇인지를 생각하는 것, 그것이 가능성입니다. 존재했을지도 모르는 생명의 이야기를 떠올리는 것입니다. 환수란 어쩌다 보니 같은 시간 축에서 살아갈 수 없었던 우리의 동료입니다. 환수를 알고 싶다, 환수를 그려내고 싶다, 그렇게 생각하면서 이 책을 손에 넣은 것은 틀림없이 여러분의 혼이 그들의 목소리를 포착했기 때문입니다.

환수의 목소리를 포착한다의 체크 포인트

- 환수 사전 계열의 책을 읽을 때는 해설문만이 아니라 그 서식지나 전승이 전해지는 지역의 지리 정보나 역사, 종교까지 함께 묶고 환수를 중심에 놓는다.
- 애완동물을 기르는 것 같은 기분으로 환수에게 사랑을 쏟아붓는다. 캐릭터와 마찬가지로 사랑하고 아껴야 한다.
- 뿔 모양이나 이빨 숫자, 내뿜는 화염 등의 성질은 본질적인 문제가 아니다.

명작 체크	나만의 상상에 도전하기
환수와 판타지 세계의 최전선, **〈스카이림(Skyrim)〉**	**감동의 원점을** **되새긴다**
2011년에 발매된 액션 RPG 〈엘더스크롤: 스카이림〉은 오픈 월드, 즉 거대한 정원처럼 자유롭게 여행할 수 있는 판타지 세계가 매력적입니다. 파괴 신의 일종인 드래곤과 이를 파멸하는 힘을 가진 드래곤 혈통을 계승한 주인공이 중심을 이룬 이야기입니다. 때때로 치명적인 버그가 발견되어 수정되고 있지만, 근래에 꾸준하게 진화를 이룬 게임 장르 중에서도 최고봉입니다.	환수에 대해서 여러 가지 적었지만, 그럴수록 첫 체험에 대한 생각이 강해지게 마련입니다. 저는 초등학생 시절에 게임 북 『소서리(Sorcery!)』 4부작과 만나서 환수의 세계에 빠져버렸습니다. 그때부터 지식을 늘려나갔지만, 첫 체험은 절대 퇴색되지 않았으며, 창작하다가 진전이 없을 때는 이 첫 체험에서 힘을 얻었습니다. 여러분도 첫 체험을 의식해서 창조를 즐기시길 바랍니다.

♦ 환수의 목소리를 포착한다

환수의 역할을 깊이 생각한다

주인공의 모험을 가로막는 관문이 될 것인가, 탈것이 되어 매우 힘든 여행을 맞이할 것인가, 믿음직한 파트너로서 뒤를 맡아 악의 조직에 맞설 것인가. 어떤 모습으로 나타나건, 환수는 이야기를 재미있게 장식한다. 아무리 생태계를 치밀하게 구축하고, 멋지고 훌륭한 모습으로 디자인해도 여기에 혼을 불어넣고 이야기 속에서 확실하게 역할을 부여하지 않으면, 그들은 도움이 되지 않는다.

국민적인 만화 『원피스』의 훌륭함

· 산적 두목인 히그마에게 죽을 뻔한 소년 루피를 붉은 머리 샹크스가 구한다.
· 히그마가 루피를 납치하여 바다로 도망친다.
· '근해의 주인'에게 히그마가 잡아먹힌다. 루피가 위험에 빠진다.
· 루피를 구한 샹크스가 오른팔을 잃는다. 근해의 주인을 퇴치한다.
· 10년 뒤, 성장한 루피는 근해의 주인을 가볍게 날려버린다.

이것이 오다 에이치로의 『원피스』 제1화 「ROMANCE DAWN-모험의 여명-」 종반의 플롯이다. 여기에 등장하는 거대 바다뱀 같은 '근해의 주인'은 몇 컷밖에는 등장하지 않음에도 『원피스』의 세계관을 충실하게 설명한다. 루피가 동경하는 바다 세계에는 난폭한 산적을 단숨에 삼켜버리고, 전설적인 해적의 한쪽 팔을 찢어버리는 괴물이 우글우글하다. 그리고 그 괴물을 눈빛만으로 물리쳐버리는 박력이 없으면 해적으로 살아갈 수 없다. 마지막으로 단 10년 만에 소년 루피가 '근해의 주인'을 가볍게 물리치는 실력을 갖추게 된다. 아무런 설명도 없지만, 근해의 주인을 축으로 하는 단 몇 컷의 이야기가 원고지 수십 장 분량의 역할을 하는 것이다. 환수는 사용하기에 따라서 이 정도로 간단하면서도 파괴력 있는 역할을 한다.

상처투성이의 주인공과 파트너인 드래곤, 그리고 하늘을 질주하는 동료들. 그들은 어떤 모험을 마쳤고, 앞으로 어떤 모험이 기다리고 있을까. 상상은 끊이지 않는다.

🎗 원포인트 어드바이스

이 장에서 얻은 환수의 목소리를 포착하는 감각을 충실하게 사용하여 매력적인 환수를 마음껏 날뛰게 해보길 바란다.

환수가 살아가는 공간 만들기

◈ 생활환경과 연결하기

「환수의 장」에서는 '환수를 어떻게 그려낼까?'를 발상의 시작 지점으로 삼고 있습니다. 종래의 아동용 동화 같은 데서 명확하지 않은 모습으로만 나타나던 환수, 특히 아인류에게 처음으로 명확한 규칙을 부여한 것은 톨킨입니다. 그가 『호빗』과 『반지의 제왕』에서 축적한 세계관을 분석하는 과정을 통해서 이른바 '검과 마법 판타지'가 확립되었습니다. 그래서 톨킨이 환수에 접근하는 방법이 어떻다고 말하기에 앞서서, 창조주가 되기를 바라는 여러분 자신이 톨킨이 정한 규칙, 바꾸어 말하면 가운데땅의 환수들과 비교하여 어떠한 환수를 만들 것인지를 생각해보면 큰 도움이 되겠지요.

모험 소설인 『호빗』의 환수 묘사 방법은 간단하면서도 효과적입니다. 소설을 재미있게 만드는 기본은 주인공을 움직이는 것이지만, 톨킨은 환수와 그 거주지를 함께 묶는 방법을 통해서 깊이 있는 장면 전환을 연출했습니다. 처음에 만나는 깊은골과 엘론드의 집은 빌보의 입장에서 아직 일상이 계속되는 듯한 느낌이 있지만, 안개 산맥에 깊이 들어가 바위 거인의 전투를 목격하는 부분에서 단숨에 변합니다. 악룡도 한 방에 쓰러뜨려버릴 듯한 거인으로, 분명히 이것은 깊은 바위산에서 만난 폭풍을 상징한 것이겠지요.

문제는 여기에서 숨 쉴 틈도 없이 연속적으로 고블린의 동굴이나 어둠숲에서 엘프와의 만남이 벌어진다는 것입니다. 고블린과 엘프는 동화에서는 모두 전통적인 땅의 정령이나 요정 같은 존재로 정착되어 있지만, 톨킨의 고블린은 바위산 지하에 수상쩍은 동굴을 만들고 고블린 왕에게 복종하면서 사로잡은 다른 약한 종족을 잔학하게 고문하고 죽이는 일을 즐깁니다. 이런 상황이니 그들이 사는 동굴에서 더욱 깊이 들어가 어둠 속에서 골룸이 살아가는 것도 당연한 일이겠지요.

엘프는 문화 수준만큼은 매우 높지만, 수상쩍은 어둠숲 깊은 곳에 왕궁을 세운 채 외부인의 접근을 가로막고 있는, 상당히 배타적인 삶을 살아간다고 묘사됩니다. 이 생활 방식 자체가 아인류로서의 종족 성향을 잘 보여줍니다. 나아가 아무도 살아가지 않는 땅으로 변한, 큰 강가에 펼쳐진 황야에서 벌어지는 고블린과 와그에게 쫓기는

그다지 눈에 띄지 않지만, 톨킨은 신성한 동물로서 새의 역할을 이야기 속에서 중시하고 있습니다. 영화에서도 상징으로 종종 사용하고 있습니다.

상황이 어쩔 수 없이 어둠숲으로 도망칠 수밖에 없는 빌보 일행의 절박함을 잘 살려 냅니다.

다만 톨킨은 우리 세계의 신화를 만들겠다는 목적이 있었기에, 세계의 외관을 처음부터 새롭게 만드는 작업은 진행하지 않았습니다. 어디까지나 우리가 살아가는 세계의, 태고의 세상에서 펼쳐지는 일이라는 범위에서 벗어나지 않습니다. 만약 이것이 다른 행성, 다른 세계의 이야기였다고 한다면 다소 편집증적인 톨킨의 성격을 볼 때, 동식물에 대해서 일일이 설명하고, 주민의 삶에 앞서서 역사를 해설하고자 수십 페이지는 가볍게 넘어가버렸겠지요(실제로『반지의 제왕』을 집필할 때는 광대한 시간을 들여서 세계 창조에 도전했습니다).

📘 NOTE

손해 보는 거인족

톨킨 세계에 등장하는 거인으로는 트롤이 대표적입니다. 트롤은 체격이 인간의 몇 배나 되며, 힘은 비교할 수도 없습니다. 하지만 지혜가 낮고 향상심이 없어서 오크들의 노예로 이용당합니다. 『호빗』에서 트롤이 사용하는 언어는 당시 영국의 교양 없는 하층민이 구사하는 영어를 참고했다고 합니다. 이러한 점에서 톨킨의 계급 의식을 엿볼 수 있으며, 당시 현실 세계를 반영한 것이기도 합니다.

악룡 스마우그를 넘어서

♦ 지혜를 시험하는 용의 독

'고레벨 환수의 역할' 단계에 이르러『호빗』의 이야기는 급격하게 뻗어 나갑니다. 이미 설명한 엘프나 드워프는 고도의 문명을 갖춘 아인류이며, 그 생활 방식은 권력 그자체입니다. 또한, 고블린이나 오크는 다른 종족과 조화롭게 어울리는 관계를 기대할수 없는, 손을 쓸 수 없는 아인류로 등장하고 있습니다.

톨킨은 그들의 생활 방식을 명확하게 만들어내고, 이를 겹쳐서『호빗』세계 속에서아인류로서의 생활공간을 창조했습니다. 삶을 즐기고 맛있는 식사와 따뜻한 침대를인생의 보물로 삼는 빌보 집의 둥근 문을 수많은 드워프와 마법사가 통과하는 모습이뜻밖의 이야기가 시작되는 장면으로 어울리는 이유는 아인류 자체의 성격이 확실하게 그려져 있기 때문입니다. 이 설정을 만드는 과정이 있었기에, 톨킨은 가운데땅을창조하고『반지의 제왕』을 집필하면서『호빗』의 설정을 버리기는커녕, 더욱 확장할수 있었습니다.

하지만 그러한 아인류의 역할도 악룡 스마우그 앞에서는 희미해지고 맙니다.『호빗』집필 단계에 세계 북쪽에는 드래곤이 살고 있다는 설정이 등장하는데,『반지의 제왕』에 이르면 스마우그는 제1기라고 불리는 신화시대부터 존재한 드래곤 일족의 마지막세대이며, 이야기가 진행되는 제3기에서는 최대 악룡이라고 불립니다. 톨킨은 이러한높은 레벨의 환수를 이야기의 핵심적인 존재로 설정하면서 황금이라는 장치를 사용하여 그들의 행동, 다시 말해 '환수를 어떻게 움직일까?'라는 과제에 뛰어들었습니다.

본래 드래곤은 황금이나 보물에 집착하는 종족이라고는 하지만, 스마우그의 탐욕은 일반적인 수준을 훨씬 넘어섭니다. 스마우그는 외로운 산의 드워프 왕국에 황금이많다는 것을 알고는 왕국을 습격하여 저항하는 드워프를 모두 죽여버린 뒤에 200년가까이 황금에 파묻혀서 살아갑니다. 확실히 드워프는 황금을 마주하면 기분이 고양되고 시야가 좁아지는 아인류로 그려지고 있습니다. 그 점에서 스마우그와는 큰 차이가 없다고도 할 수 있지만, 드워프는 생활필수품을 얻기 위해서 황금 가공품을 외부로유통하고, 산 아래 마을이 드워프와의 교역으로 번영하고 있는 것처럼 건전한 사회생

톨킨은 과거의 영국을 이야기로서 재현하려고 했습니다. 이야기에 진전이 없었을 때 돌파구를 연 것이 『고 에다』나 『베오울프』 같은 오랜 전승이었습니다.

활도 꾸려나갑니다. 스마우그처럼 단지 쾌락만을 위해서 황금에 집착하지 않습니다.

하지만 스마우그가 남긴 황금은 아니, 악룡이 200년에 걸쳐서 남긴 전설적인 황금의 매력은 상상 이상이었습니다. 이를 직접 마주한 것이 드워프 왕족의 후예 소린입니다. 그는 고향을 잃고 방랑하는 드워프를 잘 이끌면서 사람들에게 존경받는 훌륭한 지도자였습니다. 하지만 동족을 구하는 열쇠가 되는 황금에 대한 집착이 강했으며, 여기에 지배자가 지녀야 할 자존심이 나쁜 형태로 연결되어 왕으로서 적절한 외교적 판단을 할 수 없게 됩니다.

톨킨은 황금에 의해서 사람들의 마음이 망가져 가는 상황을 '용의 독'이라고 부릅니다. 스마우그는 살아 있을 때보다도, 도리어 죽어서 그 보물의 주인이 사라진 상황에서 고레벨 아인류에게 악영향을 끼치고 있는 것입니다.

📖 NOTE

오크와 고블린

『반지의 제왕』에서는 어둠 세력의 첨병으로 존재감이 넘쳐나는 오크이지만, 『호빗』 원작에서는 별로 눈에 띄지 않으며, 다섯 군데 전투에 참여하고 있음에도 세력으로 간주되지 않습니다(어둠의 세력은 고블린과 와그 두 군데). 하지만 영화판에서는 와그가 오크의 '탈것'으로 역할이 한정되어 있어서 오크의 존재감이 올라갔습니다. 사실 원작에서는 왕 아조그가 150년 전 드워프와의 전투로 전사한 상태입니다.

좀 더 배우고 싶은
여러분께

이 장은 판타지 세계의 이야기나 게임 속에서 환수를 어떻게 활약시킬 것인지, 그리고 어떻게 환수를 창조하면 좋을지 힌트가 될 만한 해설서 역할을 추구하고 있습니다. 이 장을 활용하려면 환수에 관한 지식이 많을수록 좋겠지요. 이 장에서도 많은 환수나 판타지 관련 책을 참고하고 있습니다(국내에 번역된 것은 제목을 굵게 표기했으며, 그렇지 않은 것은 원서 제목을 함께 소개합니다-역자 주).

- 『13개 국어로 이해하는 네이밍 사전(13か国語でわかるネーミング辞典)』 가쿠슈겐큐샤

- 『괴물 사전(Encyclopedia of Monsters)』, 제프 로빈(Jeff Rovin) 지음

- 『그리스 신화의 영웅, 신, 그리고 몬스터(Heroes, Gods and Monsters of the Greek Myths)』, 버나드 에브슬린(Bernard Evslin) 지음

- 『그리스 신화집(ギリシャ神話集)』, 히기누스(Hyginus) 지음, 고단샤

- **『엑스퍼트 규칙책』, 『던전&드래곤 룰 북』 커뮤니케이션그룹**

- 『도설: 유럽 괴물 문화지 사전(図説: ヨーロッパ怪物文化誌事典)』, 마쓰다이라 도시히사(松平俊久)·구라모치 후미야(蔵持不三也) 지음, 하라쇼보

- 『동물 병사 전서(Les animaux-soldats: Histoire militaire des animaux, des origines á nos jours)』, 마르탱 모네스티에(Martin Monestier) 지음

- 『라루스 세계의 신들 신화백과(Les grandes figures des mythologies)』, 페르낭 콤트(Fernand Comte) 지음

- 『메인 숲을 향하여(メインの森をめざして)』, 가토 노리요시(加藤則芳) 지음, 헤본샤

- **『보르헤스의 상상 동물 이야기』, 호르헤 루이스 보르헤스 지음, 남진희 옮김, 민음사**

- 『세계 신화 사전(世界神話事典)』, 가도카와쇼텐

- 『세계의 역사(世界の歴史)』 각 권, 주오코론샤

- 『세계의 요정·요괴 사전(Spirits, Fairies, Leprechauns, and Goblins: An Encyclopedia)』, 캐롤 로즈(Carol Rose) 지음

- 『아메리카 대장정』, 제임스 도허티 지음, 오소히 옮김, 리빙북

- 『아폴로도로스 신화집』, 아폴로도로스 지음, 강대진 옮김, 민음사

- 『일본의 역사(日本の歷史)』 각 권, 주오코론샤

- 『초 간단! 팔리는 스토리&캐릭터 창작법(超簡単!売れるストーリー&キャラクターの
  作り方)』, 누마타 야스히로(沼田やすひろ) 지음, 고단샤

- 『캐릭터 레시피(キャラクターレシピ)』, 에노모토 아키(榎本秋) 지음, 신키겐샤

- 『캐릭터 메이커』, 오쓰카 에이지 지음, 선정우 옮김, 북바이북

- 『환상 네이밍 사전』, 신키겐샤 편집부 엮음, AK커뮤니케이션즈

- 『환상 세계의 주민들(幻想世界の住人たち)』 1~2권, 다케루베 노부아키(健部伸明)·가
  이헤이타이(怪兵隊) 지음, 신키겐샤

- 『환수대전(幻獣大全)』, 다케루베 노부아키(健部伸明) 지음, 신키겐샤

- 『환수의 이야기(幻獣の話)』, 이케우치 오사무(池内紀) 지음, 고단샤

※ 이 밖에도 다양한 서적이나 잡지, 웹사이트, 게임을 참고하고 있습니다. 권
수가 많은 전집은 전집 제목만 표기했습니다.

무기·전투의 장

여러분만의 무기 사용법을 창조해봅시다.
우선은 전투에 관련된 지식을 익히고,
어떤 무기를 사용하여 싸울 것인지를
이 장을 읽으면서 생각해봅시다.

「무기·전투의 장」으로 들어가기에 앞서

무기와 전투의 관계를 알다

『판타지 유니버스 창작 가이드』는 독창성이 넘쳐나는 판타지 세계를 창조하도록 돕기 위한 책입니다. 판타지 세계는 검과 마법의 세계라고도 불리듯이, 전투가 세계관의 중심이 됩니다.

전투할 때는 무기를 사용하겠지요. 무기에는 많은 종류가 있으며, 각자 사용방법은 다릅니다. 하지만 사람을 살해하기 위한 도구라는 점에서는 차이가 없습니다. 예외가 없는 것은 아니지만, 의도해서 사람을 상처 입힌다는 본질은 다르지 않습니다. 검과 마법의 세계를 그려내려면, 우리 일상에서는 생각하기 어려운 폭력 행위에서 시선을 돌릴 수 없습니다.

이 장에서는 이처럼 사람을 상처 입혀야만 하는 상황과 그 배경에 주목합니다. 특히 전쟁을 중시합니다. 무기의 대부분은 전장에서 사용하기 때문입니다. 사진이나 그림으로는 사용법을 전혀 알 수 없는 무기도 전장에 가져갔을 때, 또는 특수한 훈련을 받은 병사가 손에 들었을 때 비로소 그 역할이나 진가를 발휘합니다.

역사에 바탕을 둔, 올바른 무기 사용법을 알게 됨으로써 검이나 창 같은 기본 무기는 물론이고, 무기 사전에만 실려 있을 법한 기묘하기 이를 데 없는 무기도 자신 있게 여러분의 판타지 세계에 도입할 수 있는 것입니다.

물론 판타지 세계에는 사람만 등장하지는 않습니다. 「환수의 장」을 활용해 환수와 무기를 조합하여 더욱 다양한 선택지를 마련할 수 있겠지요.

각 장의 구성과 역할

이 장에서는 각 장의 내용을 읽어 나가면서 무기나 전투에 관련된 올바른 이해와 지식을 갖출 수 있도록 합니다. 또한, 각각의 항목에서는 참고할 만한 소설이나 만화, 영상 작품을 소개하거나, 여러분의 판타지 세계에 무기나 전투를 도입할 때 신경 써야 할 점이나 주의 사항도 제시합니다.

1장 「전투나 무기를 어떻게 그려낼까?」에서는 전체 모습과 세부라는 두 가지 측면에서 무기와 전투의 관계를 소개합니다. 2장 「단독 전투를 그린다」에서는 모험가가 판타지 세계에서 살아남는 데 필요한 장비나 무기를 고찰하면서 무기를 사용해 생계를 꾸려나가는 직업 전반을 다룹니다. 3장 「집단 전투를 그린다」에서는 군대 안에서의 역할 분담이나 행군, 명령 전달 방법처럼 전투 시의 순서를 상세하게 설명하며 전투 장면을 그릴 때 필요한 지식을 보강합니다. 4장 「전쟁에 관련된 사람들」과 함께 살펴보면, 판타지 세계에서의 군대를 상당히 상세하게 설정할 수 있겠지요.

5장 「전쟁을 창조한다」에서는 사전에 나오는 의미만으로는 그 차이를 알기 어려운 군사 용어를 설명하면서 판타지 세계에서 전쟁을 그려낼 때 필요한 아이디어를 얻는 방법을 설명합니다. 6장 「무기 사용법을 창조한다」에서는 권말의 자료편을 염두에 두면서 다양한 무기를 사용하는 상황이나 전투 시의 역할을 설명합니다. 마지막 7장 「전설의 무기를 창조한다」에서는 무기 자체를 주역이나 주인공의 매우 중요한 존재로서 활용하는 아이디어를 제안합니다.

Step 1 전투란 무엇인가?

● 판타지 세계에서 벌어지는 전투의 의미를 생각하자

하늘을 가득 메운 듯한 화살, 질주하는 기병이 일으키는 흙먼지, 갑옷이나 방패·무기가 격렬하게 부딪치는 금속성 소리, 그리고 넘쳐나는 호령과 단말마의 외침……. 전투 장면은 영화나 만화, 소설에서 매우 중요한 구경거리입니다. 하지만 작품에 도입하기 전에 이 전투라는 행위에 대해 한 발짝 더 들어가서 생각할 필요가 있습니다. 왜 싸울 것인가, 그리고 왜 그것은 전투라는 수단이어야만 하는가. 무엇보다도 전투란 무엇인가.

전쟁에서 일어나는 싸움만이 전투가 아닙니다. 인간 사이 다툼의 연장으로 전투가 일어난다고 생각하면, 가까운 생활 속에도 전투의 불씨는 무수히 존재합니다. 오른쪽 페이지에서 전쟁과 전투의 정의, 그리고 판타지 세계에서 일어날 만한 전투와, 이를 통해서 드러나는 사회의 모습을 몇 가지 소개해보았습니다.

무기를 휘두르며 상대를 굴복시키고, 경험치를 쌓아서 기술을 높여나가는 것만이 전투의 목적은 아닙니다. 판타지 세계에서 일어나는 전투의 의미를 생각하는 일에서부터 앞으로 표현해야 할 과제가 떠오를 것입니다.

역사 관련 사건

인골화석에 남아 있는 전투의 기원

인류의 시조인 원시인 화석에는 두개골에 날카로운 창 모양 막대로 찔러서 생긴 듯한 구멍이 존재하기도 합니다. 사가현의 요시노카리 유적에서 발굴된 관 속에서는 머리가 없는 남성의 유체가 발견되었습니다. 전쟁에서 잘린 것이겠지요. 태고 시대부터 인류는 상대를 살해하기 위해서 폭력을 행사하는 행위를 반복해왔습니다.

명작 체크

전투로 향하는 심리

우리는 창작 작품 속에서의 폭력 행위에는 익숙하지만, 일상생활에서 살의나 폭력에 직면하거나 자신이 그러한 행위를 하는 일은 드뭅니다. 데이브 그로스먼의 『전투의 심리학』은 이러한 일상의 반대편에 있는 전쟁 속에서 평범한 사람이 어떻게 살인이라는 현실에 직면하는지를 실례를 바탕으로 상세하게 설명한 귀중한 역사서입니다.

◆ 『전쟁론』에서 얻는 전쟁과 전투의 정의

18세기 독일 군인에 의해서 전쟁은 명확한 정의를 얻게 되었다. 판타지 세계에서는 이와 더불어 전투에 대한 명확한 정의가 필요해질 것이다.

카를 폰 클라우제비츠(1780~1831)『전쟁론』에서

전쟁이란 일련의 폭력 행위이며, 그 목적은 상대에게 나의 의지를 강요하는 데 있다.

전쟁은 기존 정치와는 다른 수단으로 행하는 정치의 연장에 지나지 않는다.

이를 판타지 세계의 전투에 연결하면……

· 전쟁을 승리로 이끌기 위한 수단으로서 행해지는 군사력을 통한 실력 행사.
· 일상생활에서 다른 해결 수단이 없을 때, 상대에게 자신의 의지를 강요하기 위한 폭력 수단.

주로 폭력으로 상대(적대자)를 무력화하려는 행위가 전투다.

◆ 전투 상황과 그 배경

전투(폭력)가 발생하는 장소나 상황은 창조하는 세계의 모습이나 성격을 반영한다.

장소	상황		배경
마을	마을 안에서 난투나 집단 폭력, 무기를 사용한 살상 행위가 빈발한다.	→	마을의 인구 증가에 치안 준비가 따라가지 못한다. 또는 치안이 붕괴할 만한 배경 상황이 있다.
	폭력을 행사하는 자가 남의 시선을 신경 쓰고, 목격자가 비명을 지르거나 알리려는 것을 막으려고 한다.	→	치안이 안정되어 있다. 통치자의 권위를 인정하고 있다. 다른 마을과의 치안 차이가 너무 크다면 그 이유도 필요하다.
	위정자나 통치 기관이 공연하게 폭력을 집행한다. 주민이 보고도 무시한다.	→	통치자에 의한 폭력을 묵인하려는 사회 차별, 인종 차별 같은 박해가 있다.

 '마을' 이외 장소에서의 대응

야외 (필드)	성인 남성이 혼자 여행하는 상황에서 어느 정도 위험한지가 세계관의 기준이 된다.	→	위험한 상황에서 홀로 여행할 수 있는 사람은 도리어 마을이나 촌락에서 위험하게 여겨진다.
전쟁	포로를 관대하게 대하는가, 아니면 학대하는가.	→	학대나 살해 대상이 될 정도로 증오가 심각한 것인지 아니면 단순한 몸값의 대상에 지나지 않는지는 전쟁의 심각성과 관련된다.

🎯 원포인트 어드바이스

무질서한 폭력이나 살인을 피하려고 인류는 사회나 법을 만들어왔다. 창작에 전투가 관련된다면, 판타지 세계 속에서의 전투(폭력) 기준을 확실하게 세워야 한다.

Step 2 근접 전투란?

🔶 육체는 무기가 된다

근접 전투는 간단히 말하면 무기를 사용하여 치고받는 행위입니다. 하지만 이것이 전쟁의 수단이 된다면, 단순히 치고받는 것으로 끝나지 않습니다. '평범한 사람의 몸을 병기로 바꾸어서 싸우는 것'이라고 이해할 필요가 있습니다.

무기와 방어구를 부여하면 인간의 전투력은 높아집니다. 나아가 적절한 훈련을 받음으로써 전투력은 비약적으로 향상됩니다. 하지만 무작정 단련하기만 해서는 싸우는 사람들의 집단, 다시 말해 부대나 대열의 전투력은 그다지 상승하지 않습니다. 강인한 병사가 아무리 많아도 약한 병사가 한 명이라도 섞여 있으면, 거기서부터 대열은 간단히 무너지고 맙니다. 집단으로 싸울 때 중요한 점은 전투력의 평균화입니다. 일단 평균화를 이뤄내야 병사 각자의 개성이나 특수 기능이 도움되는 것입니다.

또한, 무장에는 균형이 중요합니다. 여기에는 경제성도 포함되어 있습니다. 아무리 우수한 무기나 갑옷이라도 너무 비싸서 충분한 수량을 마련하지 못하면 평균화라는 대전제가 무너지기 때문입니다.

역사 관련 사건
방패를 타고 돌아가라

고대 그리스의 군사 국가 스파르타에서는 어릴 때부터 군사 훈련을 시작하며 "방패를 들고 돌아가거나, 방패를 타고 돌아가라"며 계속 가르쳤습니다. '방패에 탄다'는 것은 사체가 되어서 실려 간다는 말입니다. 방패는 자신의 몸이 아니라, 대열의 동료들을 지키기 위한 것이며, '방패를 버리고서 도망치는, 겁쟁이 같은 행동은 용납하지 않는다. 방패를 버리지 말고 죽을 때까지 계속 싸워라'라는 엄격한 가르침입니다.

나만의 상상에 도전하기
필요한 것은 기동력

부대의 위력은 공격력, 방어력, 기동력의 균형으로 정해집니다. 군사 전문가 대부분은 기동력을 중시합니다. 필요한 때, 필요한 장소에 뛰어들지 못한다면 아무리 병사가 강하고 우수한 무기나 갑옷을 장비하고 있더라도 의미가 없기 때문입니다. 이 기동력은 단순히 날렵함을 말하는 게 아니라 지휘관의 명령대로 움직일 수 있는지 어떤지에 대한, 부대 전체의 훈련 수준도 포함되어 있습니다.

◆ 훈련과 무장의 목적

'인간의 육체'를 병기로 바꾸기 위한 수단이 훈련과 무장이다. 그 최종 목적은 부대 전체의 평균화에 있다.

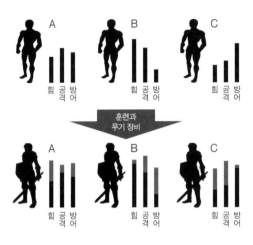

A 평균적인 능력을 갖춘 인간은 성장 속도는 늦지만, 안정적으로 성장한다. 훈련이나 무장이 적절하지 않으면 전투력 손실이 크다.

B 체구나 힘이 뛰어난 병사는 방어를 중점적으로 키우면, 연동해서 공격력도 상승한다.

C 몸놀림이 빠른지 어떤지는 그대로 방어력에 직결된다. 이러한 유형은 무기를 잘 다룰 수 있게 되면 우수한 병사가 된다.

> 병사의 능력을 평균화함으로써, 전장에서 부대의 규율이나 행동력을 장시간 유지할 수 있다.

◆ 무기와 방어구의 조합과 임무

병기로서 인간의 가치는 무기와 방어구 조합이 가져오는 공격력, 방어력, 기동력의 균형으로 결정된다.

	조합의 장점	조합의 단점
레더 아머/한손검/방패	레더 아머(가죽 갑옷)처럼 가벼운 갑옷의 병사라면 기동력을 살린 임무에 투입할 수 있다. 무장도 저렴하며 궁병이나 기사의 보조역으로서 도움이 된다.	기본적인 방어력이 낮아서 전열을 유지하거나 적의 돌격을 막아내는 것처럼 한곳에 머물러서 맞서는 전투에는 도움이 되지 않는다.
체인 메일/한손 장검/방패	체인 메일(사슬 갑옷)은 기동력과 방어력의 균형이 좋아서 중추가 되는 전사로서 기대할 수 있다.	많은 수를 점유하고 있는 이상, 병사의 훈련 수준이 그대로 군 전체의 전력에 반영된다. 체인 메일은 찌르는 병기나 무거운 촉을 가진 활 공격에는 대항하지 못한다.
플레이트 갑옷/양손용 무기	플레이트 아머(철판 갑옷)는 전열에서 쐐기처럼 활동할 수 있다. 적절한 지원이 있다면 장시간 전열을 유지할 수 있다.	육체적인 능력이 뛰어난 병사가 아니면, 중무장에 맞는 무기를 사용하기 어렵다. 또한, 기동성이 낮아서, 전투에 돌입하기 전에 이동 수단을 확보하는 게 좋다.

🎯 원포인트 어드바이스

'중무장+대형 무기'로 예기치 못한 힘을 발휘할 수 있는 병사는 대열에 넣어서 족쇄를 채우기보다는 다른 사용 방법을 생각하는 쪽이 좋을 것이다.

Step 3 원거리 전투란?

● 최대의 비결은 기습에 있다

활이나 총, 대포를 사용하여 싸우는 것이 원거리 전투이지만, 대전제로서 '신체 접촉이 따르지 않는 전투'라고 생각하면 편합니다. 원거리 전투는 근처에 있는 돌을 집어서 상대에게 던지는 행위에서 시작되었는데, 과연 그 이점은 무엇일까요? 먼 곳에서 적을 노릴 수 있고, 상대의 얼굴을 보지 않고 살상할 수 있습니다. 그러나 무엇보다도 중요한 것은 적이 눈치채지 못하는 시점에 기습할 수 있다는 점입니다. 기습 단계에서 대량으로 활이나 탄환을 날릴 수 있다면, 적은 큰 손해를 입을 뿐만 아니라 얼마 동안 혼란에서 벗어날 수 없게 됩니다. 아군은 그사이에 유리한 상황에서 근접 공격에 돌입할 수 있습니다. 다만, 기습 효과를 잃으면 원거리 공격만으로는 적을 물리칠 수 없습니다. 마지막에는 칼의 힘이 모든 것을 결정하겠지요.

총기, 화포의 발달과 미사일, 유도 장치의 진화로 원거리 공격 수단은 비약적으로 향상되고 있는데, 이 책에서는 화승총 같은 초기의 화포까지만 대상으로 상정하고 있습니다.

명작 체크
기습의 위력을 나타내는 '고스트' 전투

영화 〈패트리어트〉에서는 초반에 산장에서 멜 깁슨이 연기하는 마틴 대령이 머스킷총을 가진 어린 두 자식과 함께 영국군 1개 분대를 거의 괴멸시키는 장면이 그려집니다. 기습의 중요성은 물론, 적에게 포위되었다고 여기게 하여 혼란을 일으키는 것, 그리고 근접 전투로 돌입할 때의 효과 등이 훌륭한 템포로 연출되어 있습니다.

나만의 상상에 도전하기
기략을 이용한 공명, 화살을 빌리다

원거리 전투는 활이나 탄약 같은 대량 물자를 소비합니다. 소설 『삼국지(삼국지연의)』에서는 동맹군 오나라 군사 주유가 화살이 부족하다고 말하자, 촉의 군사 제갈량(제갈공명)은 병사를 흉내 내어 만든 허수아비를 배에 세워놓고 적에게 보입니다. 그러자 적들은 화살을 쏘기 시작했고, 하룻밤 사이에 10만 개의 화살을 구합니다. 작은 기습에도 이만큼의 화살을 쓸 정도로 원거리 공격은 물자 소비가 심합니다.

◈ 원거리 공격 병기의 목적

원거리 공격 병기는 본격적인 전투에 앞서서, 적을 교란하고 아군이 주도권을 쥐기 위해서 사용된다.

매복에 의한 기습 효과

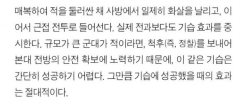

매복하여 적을 둘러싼 채 사방에서 일제히 화살을 날리고, 이어서 근접 전투로 들어선다. 실제 전과보다도 기습 효과를 중시한다. 규모가 큰 군대가 적이라면, 척후(즉, 정찰)를 보내어 본대 전방의 안전 확보에 노력하기 때문에, 이 같은 기습은 간단히 성공하기 어렵다. 그만큼 기습에 성공했을 때의 효과는 절대적이다.

적의 공격 위력 경감

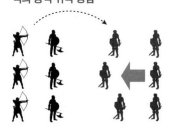

아군을 향해서 다가오는 적군 전열의 대열을 흐트러뜨리고 공격력을 감소시킨다. 최초의 충돌을 막아낼 수만 있다면, 설사 병력이 열세라도 간단히 붕괴하지 않는다. 아군의 방어 시 가장 위력을 발휘하지만, 공격하는 진영이 먼저 사격전을 걸어오기도 한다. 다만, 대개는 방어 진영이 유리한 지형에 있어서 사격으로 인한 손실은 공격 진영이 더 크다.

◈ 원거리 병기의 특징

원거리 병기의 장점

· 적보다 사정거리가 긴 원거리 병기가 있다면, 일방적으로 공격을 가하여 주도권을 쥘 수 있다. 이 같은 거리의 이점을 살린 공격을 '아웃 레인지 공격'이라고 부른다.
· 원거리 병기의 능력이 동등하다면 높은 언덕처럼 유리한 지형을 점유한 쪽이 아웃 레인지 공격을 할 수 있다.
· 근접 전투만큼의 스트레스가 없어서 사수가 공황 상태에 빠지지 않으므로 전력으로 계산하기 쉽다.

원거리 병기의 단점

· 원거리 사격 능력이 높을수록 전과를 확인하기 어렵고, 화살 등의 낭비가 심해진다.
· 심리적인 효과가 큰 무기이므로, 어느 정도 규모 있게 집중적으로 투입하지 않으면 효과는 적다. 적 기마 부대 등의 침입을 허용한 시점에서 전력으로서의 가치는 격감한다.
· 아무리 우세하더라도 원거리 병기만으로 전장에서 승리하기는 어렵다. 최종적으로는 근접 전투를 통해서 승리를 확정 지어야만 한다.

🐾 원 포인트 어드바이스

1발(100g)의 화살을 2,000명의 궁병이 1명당 50발씩 사격하려면 10톤의 물자와 수송 수단을 확보해야만 한다.

공성전이란?

♦ 적에게도 아군에게도 희생이 큰 전투

도하점이나 도로가 집중된 장소, 농작물이나 자원의 산지, 그리고 물론 수도와 같은 중요한 장소에는 요새나 성 같은 거점이 세워집니다. 이 거점을 둘러싼 싸움이 공성전입니다. 공성전은 공격 측, 방어 측 양쪽 모두에 최고의 군사 기술을 투입합니다. 희생이 크고, 비참한 싸움이 되기 때문에 이야기의 클라이맥스나 중요한 전환점에서 그려지는 전투입니다.

하지만 의문도 있습니다. 왜 공성전 같은 것을 해야만 하는가. 적이 성에 틀어박혀 있다면, 주변을 적당히 둘러싸고 점점 군을 진격시키면 되지 않을까? 이 의문에 답하기는 쉽지 않지만, 공성전이 발생하는 데는 충분한 이유가 있습니다. 오른쪽 페이지에는 공성전이 발생하는 이유, 그리고 공성전을 그리는 데 주안점을 두어야 할 부분을 소개하며 설명하고 있습니다. 판타지 세계를 창작할 때 꼭 참고해주십시오. 공성전의 이유가 명확할수록, 생각하지 못했던 공성전 아이디어가 떠오를 것입니다.

역사 관련 사건

유럽 중세의 정화 로도스 기사단의 전투

십자군 시대에 창설된 성 요한 기사단(구호기사단)은 성지에서 쫓겨난 후에도 로도스섬을 거점으로 이름을 바꾸고, 200년에 걸쳐 이슬람교 세력과 계속 싸웠습니다. 1520년에는 20만 명이 넘는 튀르크군의 습격을 받았지만, 7,000명 정도의 기사단은 지금도 남아 있는 견고한 성벽을 거점으로 잘 싸웠으며, 마지막엔 시칠리아섬으로 퇴각하여 몰타섬으로 거점을 옮긴 뒤에도 300년이나 계속 싸웠습니다.

역사 관련 사건

성의 병사를 고무한 목숨을 건 외침

일본의 전국시대, 다케다 가쓰요리가 이끄는 군대에 포위된 도쿠가와 세력의 나가시노 성은 함락 직전이었습니다. 원군이 오고 있다는 것을 성에 전하려던 도리이 스네에몬은 다케다군에 사로잡혀 "원군은 오지 않는다"고 외치라고 강요받지만, 반대로 "원군은 온다!"고 외치다가 처형되었습니다. 스네에몬의 용기에 분발한 나가시노 성의 병사가 저항을 계속하면서 가쓰요리의 계획은 무너지고, 나가시노 전투에서 대패한 원인이 되었습니다.

◈ 공성전이 발생하는 이유를 생각한다

공격 측, 방어 측 모두에 큰 피해를 주는 공성전은 이야기의 클라이맥스나 전환점에서 중요한 장면이 된다. 그만큼 판타지 세계에서 사용한다면, 우선은 발생하는 이유를 명확하게 해두는 게 좋다.

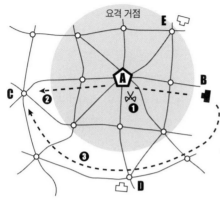

요격 거점

공성전이 발생하는 이유를, 그림의 전쟁 모델로 설명한다. 마을C 방면을 향하여 B를 전진 중인 흑군 앞에 성A가 버티고 있다.

흑군이 선택할 수 있는 작전

① 성A를 공략한다. 흑군은 B방면에서 보급을 받으면서 공성전을 하지만, 오래 지속되면 E방면의 적 원군 부대에 배후를 공격당한다.

② 성A는 최소한의 부대로 포위한 뒤 전진한다. 출격한 성A의 수비대에 포위 부대가 패배하면, 흑군 본대는 적진에서 고립된다.

③ 성A의 요격 범위를 우회하여 전진한다. 보급선이 너무 길어져서 군의 기동력이 떨어지고 D방면에서의 증원에 취약해진다.

◈ 공성전을 그리는 상황에서의 주안점

공격 측, 방어 측 각자의 입장에서 공성전에 대한 주의점을 객관적으로 점검해보면, 플롯의 구멍이 확실해질 것이다.

공격 측의 주안점	방어 측의 주안점
· 성 안에 있는 적 병력을 어느 정도 정확하게 파악하고 있는가. 공격 측 전력이 5배 정도 많지 않다면, 힘으로 점령하는 건 어렵다고 한다. · 적이 기습 반격을 해왔을 때의 대비는 충분한가? 모든 방향을 포위했을 때, 취약한 부분은 없는가? · 어느 정도 기간의 농성에 대비해야 하는가. 외부에서 식량을 보급한다면 수송 부담이 있는 만큼, 공격 측의 부담이 커진다. · 큰 도움이 될 만한 공성 병기가 있는가? 있다면 연출 면에서 인상적인 장면을 만들 수 있다.	· 성 안에 민간인 같은 비전투원을 어느 정도 데리고 있는가. 많다면, 의료나 수선, 잡무 등에 동원할 수 있지만, 식량 소모가 커진다. · 원군의 구조는 기대할 수 있는가. 외부와의 연락은 어느 정도 확보되어 있는가. · 병사의 사기는 어떤가. 용병 같은 것이 많다면, 내분의 위험은 없는가. · 성이나 요새의 약점을 객관적으로 파악하고 있는가. 공격 측에 간파당할 가능성은 어느 정도로 보고 있는가.

🔹 원 포인트 어드바이스

힘으로 밀어붙이는 공성전을 피하고자, 포위망 일부분에 허점을 보여서 방어 측이 도망치도록 유도하는 전술은 너무 흔하기 때문에 더 고민할 필요가 있다.

Step 5 파괴 병기란?

◈ 사용하지 않는 것에 가치가 있는 병기

이 세계에 종말을 가져오는 파괴 병기는 이야기에 긴박함을 주기 위해서 생각보다 자주 등장하는 장치입니다. 그런데 파괴 병기란 도대체 뭘까요? step-1에서 다룬 클라우제비츠의『전쟁론』원칙에 따라서 생각해보면, 파괴한 이후의 세계가 필요한 것이 아니라면 파괴 병기 사용은 그다지 이성적인 행동이 아니며, 그러한 목적으로 전쟁을 일으킨 이상 패했을 때는 자신의 생존을 전혀 보장받을 수 없습니다. 그러한 점에서 파괴 병기는 사용하지 않는 것에 최대 가치가 있다고 할 수 있겠지요. 이야기에서는 그 사용을 저지하기 위해서 사람들이 일치단결하는 상황을 유도하는 역할로 생각할 수 있습니다.

실제로 핵병기라는 파괴 병기의 위협을 안고 살아가는 우리는 위기를 맞이하고 있습니다. 그만큼, 판타지 세계에 도입할 때는 좀 더 세밀한 배려가 필요한 병기입니다.

역사 관련 사건
광기의 전략 '상호 확증 파괴'

핵병기를 사용하지 않으려면 자신도 핵병기를 가져야만 합니다. 그 결과, 현재 세계에는 미국, 러시아, 중국을 시작으로 복수의 핵보유국이 존재합니다. 그들이 펼치는 전략은 한쪽이 핵병기를 가지면 확실하게 보복하기 위해 핵병기를 사용하는 '상호 확증 파괴'라는 협박입니다. 전후 오랜 기간 핵보유국은 핵에 의한 보복 강도를 높이기 위해 지나치게 군비를 투입해왔습니다.

명작 체크
일본이 핵보유국으로, 『적과 동지』

톰 클랜시의 테크노 스릴러 『적과 동지』에서는 90년대 후반에 일본이 비밀리에 대륙간 탄도탄을 보유하고 미국을 기습하는 가상전이 그려져 있습니다. 지금 생각하면 황당무계하지만, 9·11을 예견한 듯한 마지막 장면으로 화제가 되었습니다. 톰 클랜시는 『공포의 총합(또는 베카의 전사들)』에서 미국 본토에서 일어난 핵 테러 이야기를 그리는 등 핵 문제를 적극적으로 다루는 자세가 눈길을 끕니다.

◈ 파괴 병기의 성격을 명확하게 한다

판타지 세계가 놓인 위기의 크기를 효과적으로 연출하는 파괴 병기. 하지만 사용 방법이 틀리면 무대가 망가져 버릴 수 있어서 역할을 명확하게 할 필요가 있다.

군사 균형의 붕괴

어느 나라가 현재 기술로는 대처할 수 없는 파괴력을 가진 병기를 보유하게 된다. 또는 현재 양국의 균형을 지키고 있는 주력 병기를 무력화할 만한 병기나 기술을 한쪽이 보유한다. 예를 들어 보유국에 사용하려는 의지가 없어도, 보유하지 않은 나라나 진영은 큰 스트레스를 받는다.

정변이나 혁명의 혼란

상호 확증 파괴로서 균형이 잡혀 있는 나라나 지역은 정변이나 혁명이 일어나면 파괴 병기를 사용하는 명령 계통이 불안정해진다. 이 경우, 내전이라는 형태로 국내를 향해서 사용될 가능성이 크지만, 주변국에 어떠한 피해가 생길지 예측하기 어려우며, 혼란 수습 뒤에도 심각한 불신감이 남는다.

미지의 파괴 병기 출현

국가 조직이나 군사의 의도와는 관계없이 파괴 병기가 등장하기도 한다. 예를 들어 연금술이 폭주하거나, 고대 병기의 발견, 고대 지배 종족의 부활 같은 것이다. 이 경우, 파괴 병기를 어느 나라나 세력이 제어할 수 있는지, 아니면 인류 공통의 위협으로서 나타나는지가 이야기에서 큰 분기점이 된다.

파괴 병기 사용 이후의 세계

많은 이야기에서 사용되는 패턴. 문명이 일단 백지화된 상태에서 파괴 병기 사용 전의 일부 기술이 살아남았다는, 판타지와 SF, 메카가 뒤섞인 듯한 묘사도 가능하다. 파괴 병기에 관한 이야기는 전승이나 민화로 전해지기에 미지의 파괴 병기 출현보다는 갑작스러운 느낌이 적다.

◈ 파괴 병기의 아이디어

물리적인 파괴력을 가진 병기만이 파괴 병기가 아니다.

전염병	14세기에 서유럽을 황폐하게 한 흑사병이나 미국 신대륙에 유럽인이 가져와 대량 사망의 원인이 된 천연두 등은 당시 사람들이 원인을 알지 못한 만큼 파괴적인 공포를 낳았다. 적이 농성하는 성에 병사한 말의 사체를 던져 넣어 전염병을 확산시켰다는 기록도 있어서, 어느 정도 원인은 추측하고 있었다고 생각해도 좋다.
종교	새로운 종교의 유행도 기존 사회 체제를 파괴할 수 있기에 충분히 강력하다. 신흥 종교의 유행에는 복잡한 인과관계가 있지만, 도입부에서 사악한 종교가 유행한다는 이야기를 전개하고 진상에 접근하는 방법도 있다.
경제	사회의 기반이 되는 경제 체제의 붕괴는 돌이킬 수 없는 피해를 준다. 자원의 고갈 등도 이 아이디어에 적합하다.
미지의 민족	미지의 전투 민족을 분쟁에 끌어들이는 것도 맹독처럼 작용한다. 같은 이유로 죽은 자의 부활(좀비 병사의 실용화) 등도 사회 규범을 붕괴하는 점에서 강력한 파괴력을 갖고 있다.

> 🌱 **원 포인트 어드바이스**
>
> 종교에서 말하는 종말론이나 사후 재판 같은 내세관도 사람들에게 공포심을 일으키고, 민심을 장악한다는 점에서 파괴력이 있다.

Step 6 전쟁 기술의 계승

◈ 군대를 어떻게 만들어낼 것인가

군대는 그 사회의 본질을 반영하는 거울입니다. 수렵과 농경 부족이 고도로 발달한 통신 기기를 사용한다는 것은 상상하기 어려우며, 독재 국가의 군대가 자유로운 발상이나 창조력을 살려서 임기응변으로 대처하는 모습도 일단은 생각하기 어렵지요.

그런데도 군대는 그 사회의 최첨단 기술과 인재가 모인 조직입니다. 총사령관의 명령이 말단까지 전해지고, 병사가 사지로 뛰어드는 구조나, 총사령관을 보좌하는 사람들, 전선에서 병사를 이끄는 사람들의 활동 방식 등 군사 제도는 오랜 역사와 끊임없는 노력으로 완성되었기 때문입니다.

판타지 세계에서 모델로 삼기 쉬운 중세 유럽 구조를 반드시 금과옥조로 삼을 필요는 없지만, 창조력을 마음껏 펼치기 위해서는 전제가 되는 사회 구조나 사람들의 사고 방식 등에 일관성을 갖추어야 합니다. 그렇지 않으면 어딘가에서 설정이 무너져버릴 위험이 있습니다. 그 사회가 군대나 군사 기술을 어떻게 계승하고 있는지에 대한 관점을 잊지 말아 주십시오.

역사 관련 사건
말할 필요 없이, 맥라렌이군

미국 남북전쟁에서 승리한 북군은 처음에는 사기가 낮고 오합지졸이었습니다. 조지 맥라렌 장군은 미국식 합리주의를 발휘하여 군을 구성하고, 강력한 남군을 저지했습니다. 북군 사회의 힘을 발휘한 것입니다. 훗날 소극적인 지휘 때문에 해임되었지만, 남군의 명장 로버트 리 장군은 맥라렌이 가장 힘든 상대였다고 평가했습니다.

명작 체크
개성적인 문자와 함께 사라진 환상의 대국 '서하'

이토 유의 『슈토 헬』은 칭기즈 칸의 몽골 제국에 의해 멸망한 서하를 무대로 한 역사 만화입니다. 서하는 6,000자 정도의 독자적인 문자를 발명했다고 알려졌지만, 몽골에 의해 파괴되어 그 문화는 거의 사라져버리고 말았습니다. 그 환상적인 서하 문자를 바탕으로, 전쟁의 굴곡과 문명의 소멸이라는 큰 주제를 그려낸 의욕적인 역사 만화입니다.

◆ 전쟁·전투 기술 계승의 모델

단순히 부대를 모으는 것만으로는 군대가 되지 않는다. 병사를 지휘하는 사람은 그 부대의 규모나 책임에 따라서 사회적인 지위나 실적이 요구된다. 그림은 군의 직책과 신분의 사회적인 배경을 설명하고 있다.

군의 지휘 계통

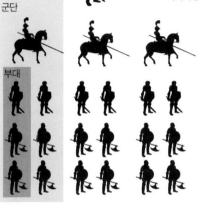

총사령관 한 나라의 정치나 운명을 좌우하는 싸움에 임하는 이상, 군을 지휘하는 총대장은 국왕이나 왕자, 대귀족처럼 국가 운영을 좌우할 만한 지위의 인물이 아니면 책임과 권한이 맞지 않는다.

장군 귀족이나 지방 영주처럼 일정한 재산이나 동원력을 가진 사람이 맡는다. 중요한 지위이므로 세습화하여 항상 일정한 숫자를 확보할 필요가 있다.

대장 소귀족이나 고참 병사가 임명된다. 보통은 이 지위와 장군 사이의 벽이 높지만, 손해를 메우기 위하여 승격하기도 한다.

병사 농민이나 시민, 용병 등이 여기에 속한다. 기본적으로는 일시적으로 고용되지만, 수입이 좋은 경우에는 대장 직속 병사로서 상근화되는 사례도 생겨난다.

군단

부대

◆ 시대나 발달 단계에 의한 변화

고대 그리스 /로마	고대 민주주의를 확립한 그리스나 로마에서는 정치가 중에서 총대장, 장군을 선출했다. 정치적인 지도력과 군사적인 재능은 연관되는 부분이 많다고 생각했기 때문이다. 로마 군단의 백인 대장이라면 전문가의 대명사다.
중세 초기 (5~9세기)	유럽에 침입한 다양한 부족이 서로 싸우면서 정착 생활에 이르는 과정에서 오래된 부족 방식의 군사 제도를 기반으로 다양한 변화를 도입했다.
근대~근세 (17~19세기)	군의 전문화, 분업화가 진행되었기에 대장 이상을 육성하는 데 시간이 걸린다. 대장 이상은 전업 군인 귀족이 되어, 가정교육이나 문벌을 통해서 반쯤 세습화한다.
현대 (20세기)	징병 의무가 있는 대다수 국가에서 대장 이상은 사관학교나 군사 대학 등에서 교육을 받는 것을 전제로 하여, 그 성적순으로 정해진다. 군의 첨단기술화가 진행되어 양보다 질이 중시되기에 이르면서, 징병제에서 모병제로 전환한다.

> **🛡 원 포인트 어드바이스**
>
> 장군이나 총대장으로서의 자질을 객관적으로 측정하는 방법은 없어서, 평화가 오래 계속되면 고급 사관의 질은 떨어지게 된다.

Step 7 인물을 전쟁이나 군대로 편입하기

◆ 적재적소가 반드시 옳다고는 할 수 없다

이제까지 전쟁이나 전투를 판타지 세계에 도입할 때 도움이 될 만한 구조를 설명했습니다. 여기에서는 이야기에 등장하는 인물을 전쟁에 어떻게 도입할 것인가, 군사 조직의 관점에서 생각해봅니다.

세상에는 '적재적소'라는 말이 있습니다. 하지만 실제로는 그렇게 적절하게 맞출 수 없어서, 이 말은 이상에 불과합니다. 군대는 합리적인 조직이기에 개인의 내면에 대해서는 생각하지 않고, 객관적인 기준으로 인원을 배치합니다. 적재적소가 횡행하는 조직이라고 하겠지요.

군대를 무대로 한다면 이야기를 조금 비틀 필요가 있습니다. 의외의 인물이 소속 부대를 옮기면서 재능을 발휘한다, 또는 능력 없는 인물이 중요한 지위에 있음으로써 필요 없는 희생이 발생한다……. 그러한 것들을 해소하는 과정에서 재미를 연출할 수 있습니다. 실제 역사에서도 군 조직이 와해하려는 상황에서 때때로 예상하지 못한 영웅이 등장합니다.

나만의 상상에 도전하기
시청자를 끌어들이는 '전술예보사'의 덫

애니메이션 〈기동전사 건담 00(더블 오)〉에서는 전술예보사라는 직업이 등장합니다. 이것은 여러 가능성을 계산하여 초 단위의 임무까지 조합하는 자격을 보유한 사람입니다. 우수한 전술예보사가 있으면 대원들은 안심하고 싸울 수 있겠지요. 하지만 이것을 거꾸로 생각하면, 뻔하게 전개되는 로봇 애니메이션에 긴박감을 주고자 제작자 측이 설치한 장치라고 할 수 있습니다.

명작 체크
창작 작품 사상 최고의 지장(智將) 양 웬리

창작 작품 속 최고의 지장이 누구냐고 묻는다면, 많은 사람이 『은하영웅전설』의 양 웬리라고 할 것입니다. 예상치 못하게 한 함대를 맡게 된 게으름뱅이 제독이 적 제국에 나타난 불세출의 천재 라인하르트를 능가하는 군사적 재능을 보여주면서, 실제 실력을 감춘 채 퇴장한다는 연출 덕분에 그의 이름은 영원히 남았습니다. 과연 그를 넘어서는 천재가 나타날 수 있을까요?

◈ 전쟁·전투 시의 캐릭터 분류

군 조직 제도상의 위계에 얽매이지 않고, 캐릭터의 종류에 따라서 역할을 분담할 수 있다. 아래는 전형적인 네 가지 유형을 보여준다. 물론 이들을 자유롭게 섞어도 재미있다.

관료 유형	군이라는 조직 안에서 입신출세를 바라는 유형. 업무 내용이나 입장에 대해 이렇다 할 의문을 갖지 않고, 부하들이 규칙이나 규율을 지키기를 바란다. 보통 전장에서 지위를 잘하지 못하거나, 재능이 있다고 해도 이를 좋아하지 않는다. 병참(군비의 보급) 업무나 조달, 훈련 등에서 능력을 발휘한다.
군사 유형	군이라는 조직을 사용하여 작전 입안이나 지략으로 적군을 격파하는 능력이 뛰어나다. 또한, 아군에 대해서는 모략 등도 뛰어나다는 점에서 관료 유형에 가까운 역할을 맡을 수도 있다. 재능이 넘치며 시야가 넓은 만큼 지도력이 떨어지는 경향이 있다.
야심가 유형	군이나 전쟁을 수단으로 개인적인 야심(왕위의 찬탈이나 경쟁자 제거)을 달성하려는 인물. 평시에는 관료 유형에 가깝지만, 혼란기에는 시대의 방향성을 제시하여 많은 사람을 끌어들이는 카리스마가 있다.
전사 유형	전선 지휘관 또는 무기를 이용한 싸움을 잘하는 전사. 지휘관으로서 유능하다면 군사와 같은 성격을 겸비한다. 후자라면 저돌적으로 맹진하는 성격으로, 부하들을 격려하며 불리한 상황을 국지적으로 뒤집기도 한다. 어느 쪽이건 두드러진 활약이 많은 유형이다.

◈ 분포도를 사용한 캐릭터의 배치

캐릭터를 다음과 같은 분포도로 맞추어본다. 위에서 제시한 유형의 캐릭터는 아래 그림 같은 배치에 맞추어 구성할 수 있다. 야심가 유형 2는 배후에서 음모를 꾸미지만 어딘가 망가지는 연출로 재미를 주는 독특한 캐릭터로 설정해보았다.

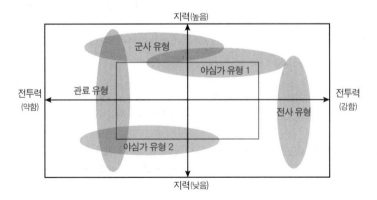

🌰 원 포인트 어드바이스

군사(軍師)라는 역할은 기본적으로 존재하지 않는다. 근현대에서는 참모 본부에 가깝지만, 이것도 작전 입안 후의 기술적인 조정이 업무 대부분을 차지한다.

창조 가이드
~다음으로 창조할 것~

싸우는 사람들에게
역할을 부여하자

◈ 무기에 대한 결의를 부여하자

2장과 3장은 싸우는 사람들에게 초점을 맞추고 있습니다. 무기를 갖는 직업을 선택하는 이들은 대체 어떤 사람들일까. 여기서 의문이 시작됩니다.

검과 마법의 세계에는 당연하다시피 모험가라고 불리는 사람들이 있습니다. 특히, 다양한 요소를 추상화하는 것을 허용하는 게임에서는, 모험가가 무기와 갑옷만을 갖추고 디지털 데이터나 룰 북을 통하여 제공하는 무대 속 과제에 전력을 다해 도전할 수 있도록 충실한 환경을 준비하고 있습니다. 하지만 이것을 문자로 표현하려 하면 그렇게 되지 않습니다. 모험 속에도 생활이 있으며, 살아가기 위해서 무언가를 얻지 않으면 안 되기 때문입니다. 2장에서는 생활 수단으로서 무기를 손에 쥔 사람들의 실태와 판타지 세계의 관계를 생각합니다.

◈ 전투의 흐름을 파악하자

3장에서는 전쟁에 투입되는 각 부대의 역할이나 전장에서의 정보 전달 수단이라는 기술적인 부분에 도전합니다. 나아가 포진을 마친 양군의 행동이나 주도권을 둘러싼 소규모 전투, 그리고 돌격 타이밍, 승리의 기회를 잡는 방법처럼 전장을 무대로 군중극을 그릴 때 장면 전환에 필요한 전장의 '호흡' 등을 순서대로 설명하고 있습니다. 지휘관이 전사한 경우에 생겨나는 혼란의 정체나 그 대처법처럼, 예상치 못한 사태에 대응하는 방법도 소개합니다.

전투 장면을 세밀하게 그려내는 창작물은 많지만, 행군이나 퇴각전, 추격전 같은 것은 생략되곤 합니다. 하지만 여기에 감상자를 끌어들일 만한 연출이 더해진다면, 틀림없이 여러분의 이야기에서 강력한 매력 포인트가 될 것입니다.

모험가의 장비

◈ 1인 군대를 만들어낸다

여명기의 RPG라면 몰라도, 최근 작품 중에선 이야기 전반에 걸쳐 캐릭터가 혼자서 활동하는 이야기는 생각하기 어렵습니다. 하지만 캐릭터가 홀로 위험에 맞서는 장면은 종종 발생합니다. 그때 갖추어야 할 장비에 대해 고민하겠지만, 결국은 '만능성'이라는 방향으로 정착되기 쉽지요. 오른쪽 페이지에 이른바 모험가의 만능 장비를 열거해 보았습니다. 다만, 이것만으로는 너무 획일적이어서 재미가 없습니다. 기본에서 벗어나지 않으면서도 캐릭터만의 개성이나 취향을 어떻게 반영하며, 이야기에 재미를 더할 것인가. 여기에서 창작자의 실력이 드러납니다.

모험가의 장비 창조의 체크 포인트

· 상정된 위험에 맞추어 적절히 준비해 도전하는 상황뿐만 아니라, 갑작스럽게 말려든 위기에서 탈출하려면 어떤 게 필요한가라는 관점도 도입한다.
· 남미의 고대 문명이 차륜전(車輪戰)을 몰랐던 것처럼, 여기에서 설명한 '모험가의 장비'가 존재하지 않는 세계에 뛰어든다는 설정도 생각할 수 있다.
· 게임 등에서 장비를 너무 제한한 나머지 자유도가 낮아지면 모든 것을 잃고 만다.

명작 체크

저격부터 총격전까지
고르고가 고른 최강 장비

만화 주인공인 고르고 13(서틴)은 반세기에 걸쳐 세계의 암살 시장에서 군림하고 있는데, 애용하는 M16 돌격 소총은 고르고가 자신 있어 하는 저격에 반드시 어울린다고 할 수 없습니다. 하지만 AK 돌격 소총의 설계자인 칼라니시코프에게 이 내용을 지적받은 고르고는 '원맨 아미'인 자신에게는 저격만이 아니라 집단 전투에까지 넓게 대응하며 소구경이면서도 탄약을 많이 가질 수 있는 점이 중요하다고 설명합니다.

무기 전투 설명서

일상 장비를 완전히 바꾸어버린
시키자키 기키의 '변체도'

에도 시대의 사무라이에게 혼이라고도 불린 칼. 니시오 이신의 『칼 이야기』 시리즈는 이 칼에 대범한 상상을 부여하여 12화의 이야기를 통해 칼의 개념을 파괴해 나간 작품입니다. 베이는 맛이나 경도라는, 칼 본래의 특성을 넘어선다는 왕도 전개에 몰락해가는 닌자 군단의 암약까지 더하여 이야기는 오락가락하고, 마지막에는 권총까지 등장합니다. 게다가, 이를 능가하는 고고한 칼의 정체가 드러나는 등 일관성이 뛰어납니다.

◈ 단독 모험가의 기본 장비

전투나 위험이 함께하는 판타지 세계에서 홀로 살아남는 데 필요한 장비를 검토해보자.

기본적인 장비

주요 무장	쇼트 소드	다루기 쉽고 만능이라서 단독 모험가에게 가장 도움이 되는 무기. 다만 적의 입장에서 보면 예상하여 대처하기 쉽다고 볼 수 있다.
	손도끼	산악 지대, 삼림, 와일더니스(황야, 고원)에서 행동한다면, 쇼트 소드보다 손도끼나 쿠쿠리 칼, 산악도 쪽이 편리할 것이다.
보조 무장	대형 나이프	전투 장면 이외에서 물건을 베는 용도로 쇼트 소드나 손도끼는 사용할 수 없다. 대형 나이프는 긴급할 때 무기로도 쓸 수 있는 귀중한 도구다.
갑옷	레더 아머	방어력이라면 체인 메일(사슬 갑옷)이지만 방수, 통기성, 보온성이 필요한 야외에서 사용할 것을 고려한다면 레더 아머(가죽 갑옷)가 최적이다. 손목 보호대(건틀릿)나 정강이받이도 중요한 장비다.
방패	버클러	방패는 최고의 방어구이지만, 한 손을 쓸 수 없다는 단점도 크고, 무의미한 무게(데드웨이트)가 되기도 쉽다. 팔에 장착해서 손을 자유롭게 쓸 수 있는 버클러나 금속제의 손목보호대를 장비하는 것이 적당하다.
투척 병기	투척 칼	던져서 살해하거나 무력화하기는 어려우며, 실제로는 상대를 물러나게 하여 주도권을 쥐는 용도로 사용할 것이다. 닌자가 사용하는 작은 투척 칼인 '구나이'는 훌륭한 만능 도구이다.
기타	랜턴	어디서나 횃불을 피울 수 있는 건 아니다. 어둠 속에서 휴대 광원을 갖지 않으면 치명적인 위험에 직면할 수도 있다.

변칙적인 장비

주요 무장	투 핸드 소드 등	기본적인 장비가 안정감이 높지만, 창작물에서는 캐릭터의 상징으로서 개성 있는 주요 무장을 주는 것도 좋다.
보조 무장	권총 등	마법 능력이 담겨 있거나, 권총처럼 그 시대에는 존재하지 않을 만한 무기는 이른바 비밀 병기로서 설정한다. 주요 무장으로 대처할 수 없을 때 사용하지만, 그에 따른 위험도 있다.
갑옷	의복	일상적인 의복 곳곳에 철판을 넣어 방어 기능을 부여하거나, 무기를 감추어 두는 것도 전형적인 수법이다.
방패	마두(Madu)	방패에 칼날을 붙인 마두 같은 방패나, 칼날이 감추어져 있는 버클러를 주요 무장 대신에 사용하는 선택도 가능하다.
투척 병기	동전	무술에 가깝지만, 중량이 있는 금속판은 눈을 찌르거나, 일시적으로 전투력을 빼앗는 데 효과가 있다.

🌱 **원 포인트 어드바이스**

단독 장비의 한계를 파고들면, 파티에서의 역할 분담 의식이 명확해질 것이다.

무기 이외의 필요 장비

◆ 모험에 필요한 생활필수품

무기와 방어구만으로는 모험에서 살아남을 수 없습니다. 도시나, 하루에 마을을 몇 군데나 들를 수 있는 땅이라면 돈으로 안전과 식량을 보장할 수 있지만, 적지에 잠입하거나 와일더니스(사람이 살지 않는 황야나 고원)에서 탈출하는 경우에는 무기 이외의 장비를 휴대하지 않으면 살아남을 수 없습니다. 다만, 유랑 생활과는 거리가 먼 현대인은 어떤 게 필요할지 전혀 알 수 없겠지요. 그런 현대에서 판타지 세계 속 와일더니스의 이동을 이해하고 싶다면, 며칠에 걸쳐 숲이나 능선을 걷는 종주 등산을 참고하면 좋습니다. 판타지 세계에서는 어떤 것이 필요할지, 오른쪽 페이지의 목록을 참고해주십시오.

무기 이외의 필요 장비 창조의 체크 포인트

· 충분한 장비를 갖추고 와일더니스를 극복하기보다는, 와일더니스에서 장비를 잃어버린 상황이 이야기로는 자연스럽다.
· 말을 사용하면 이동 거리를 크게 늘릴 수 있다. 다만, 말을 관리해야 한다는 제한이 있다. 충분한 목초나 물을 확보할 필요가 있다.

명작 체크
젊은이는 왜 황야를 향하고 목숨을 잃게 되는가

'크리스 맥켄드리스라는 젊은이가 풍요로운 생활을 버리고, 알래스카의 황야에서 굶어 죽은 모습으로 발견된다…….' 존 크라카우어의 『인투 더 와일드』는 그러한 젊은이의 모습을 통해서 황야를 떠도는 일에 끌리는 사람들의 심리를 그려내고 있습니다. 젊은이의 돌발적인 감정으로만 설명할 수 없는 문제입니다. 중세에도 존재한 은자, 방랑 수도사라고 불린 사람들을 그려낼 때도 도움이 되겠지요.

명작 체크
미국의 전통과 자연의 경계를 걷는다

미국 동부의 아팔래치아 트레일(Appalachian Trail)은 조지아주에서 메인주로 이어진 3,500km에 이르는 자연적인 도로로, 매년 많은 사람이 스루 하이킹에 도전합니다. 가토 노리요시의 『메인 숲을 향하여』는 이 트레일을 실제로 답파한 자연주의자의 기록입니다. 사람들의 도움을 받기는 하지만, 고독한 여행이 어떤 것인지를 알 수 있는 훌륭한 책입니다(한국에 출간된 작품 중에는 헨리 데이비드 소로의 『소로의 메인 숲』을 권합니다-역자 주).

◈ 장거리 이동의 배경을 정한다

단독으로 장거리를 이동하는 경우, 배경에 대해서 신경 써야 할 점이 몇 가지 있다.

거점에서 목적지까지의 이동

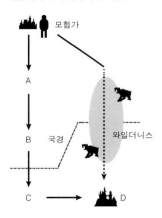

인구 밀집지를 이동하는 패턴

밀명을 받은 모험가나 병사가 이웃 나라의 성 D로 향할 때, B까지는 식량과 물자가 부족하지 않지만, B 이후에는 이방인이기 때문에 눈에 띄지 않도록 행동해야 한다. 또한, 국경을 넘어설 때 무기를 휴대할 수 없다면, C에서 무기를 조달하거나 협력자가 꼭 필요하게 마련이다. 어느 쪽이건 사람들의 시선이 따르는 만큼 행동은 크게 제약된다.

와일더니스를 이동하는 패턴

국경이 애매하기 때문에 잠입하기 쉬운 와일더니스를 이용하는 경우에는 우선 식량 확보와 생존술, 일체의 장비가 필요하다. 또한, 와일더니스에서 빠져나오자마자 이웃 나라 사람들에게 발견되는 것은 곤란하다. 그런 곳에서 갑자기 나타나면 수상해 보이기 때문이다.

◈ 와일더니스의 모험에서 필요한 장비

일주일 정도의 등산에 필요한 장비와 중량을 나열해보았다.

룩색	2.0kg	배낭이라고 불러도 좋다. 장기 등산용 룩색은 높이가 1m 정도에 이르며, 머리 위로 튀어나올 정도로 크다. 용적은 대략 80ℓ. 중심이 높아서 기민하게 움직이기 어렵다.
물통	2.0kg~	하루에 최소 필요량은 2ℓ. 물통은 되도록 채워두어야 하므로, 항상 무거울 것이다.
텐트/침구	2.5kg~	상당한 첨단기술 장비다. 중세나 미국 서부 개척시대라면 모포와 외투로 충분히 대용할 수 있다. 다만, 꽤 크기가 크다는 점에 주의하자.
비 가리개 (우비 등)	1.0kg	한랭지나 높은 곳에서 의복이 젖어버리면 체온 저하를 일으켜서 사망하기 쉽다.
지팡이	1.0kg	피로 해소나 무릎 보호, 디디는 곳의 균형을 확보하는 데 도움이 된다.
조리 도구/식량	8.0kg	조리하지 않은 식사를 계속하면 정신적으로 지치기 쉽다.
합계	20.0kg	목록 이외의 잡화도 포함.

> 🍀 **원포인트 어드바이스**
>
> 던전(미궁이나 동굴) 탐색이나 잠입을 할 때는 입구 근처에 도착한 시점에 와일더니스용 장비 대부분을 어딘가에 감출 필요가 생긴다.

Step 3 용병

◆ 목숨이 상품인 용병 활동

칼 솜씨를 앞세워 살아가겠다고 마음을 먹어도 그 바람이 쉽게 이루어지지는 않습니다. 중세 유럽에서 국왕이나 영주는 평시에 병사를 고용할 여유가 없고, 전쟁 때는 돈으로 용병단을 고용했기 때문입니다. 그러므로 인맥도 실력도 없이 오직 의지만으로 도전한다면, 용병단에 들어갈 수밖에 없겠지요. 하지만 용병의 길은 매우 가혹합니다. 고용주 쪽에서 보면 용병단은 소모품이며, 용병 대장에게도 단원은 상품에 불과합니다. 어느 정도 전우 의식이나 동료 의식이 작용하기는 하지만, 오직 자신의 목숨밖에는 상품 가치가 없는 용병에게 이기적인 생활 방식과 판단은 죽음으로 돌아옵니다.

용병 창조의 체크 포인트

· 마을이나 촌락에 머물러 살면서 생산 활동에 종사하는 것이 생활의 전부였던 중세에는, 용병이라는 떠돌이가 된다는 것은 서민이 가장 꺼리는 일 중 하나였다.
· '용병은 죽는 것도 일'이라고 생각하는 용병 대장은 국왕 등에게 고용될 때 높은 계약금을 받는 대신에 희생이 클 것으로 예상되는 작전에 부대를 투입하는 일도 드물지 않았다.
· 미개한 야만 부족을 통째로 용병으로 고용하는 사례도 많았다.

역사 관련 사건
타이에서 활약한 일본인 용병 대장

에도 시대 초기, 누마즈번의 하인이었던 야마다 나가마사는 교역선으로 시암(타이)에 건너가서 용병단에 가입하여 이름을 떨쳤습니다. 당시 세키가하라 전투에서 패한 무사 등 많은 일본인이 아시아 각지로 향해 용병이 되어 전술이나 무술로 생계를 꾸려 나갔습니다. 야마다 나가마사는 시암 왕국의 신임을 받아서 출세했지만, 정치적 대립 속에서 독살되고 말았습니다.

나만의 상상에 도전하기
용병단의 괴로움과 동료의 인연

미우라 겐타로의 만화 『베르세르크』의 주인공 가쓰는 용병단의 도움을 받으며 자랐습니다. 이후 방랑 용병이 되어 거칠게 살아가는 동안에 신진기예의 용병단 '매의 단'에 들어갑니다. 가쓰의 인생 전반부에 걸쳐 용병 생활의 다양한 패턴이 묘사되면서, 장대한 세계관을 가진 다크 판타지 세계에서 그를 지탱하는 강인한 기반이 되었습니다.

❖ 용병으로 등용되는 패턴

용병도 다양한 등용 패턴이 있는데, 생명을 담보로 하여 대가를 얻는다는 생활 방식은 공통된다.

용병단에 입단한다

단원

용병 대장

용병단 입단의 이점

전쟁이 없는 기간에도 일정한 등용이나 인간관계를 확보할 수 있어서 생활이 안정된다. 가정을 꾸리는 사례도 적지 않다.

용병단 입단의 단점

용병 대장(단장)의 절대적인 지배하에 놓인다. 보수는 낮고, 그만큼 약탈에 열중하기 쉽다. 또한, 양동 작전의 미끼처럼 위험한 임무를 고액으로 받아서, 단원 수를 줄이려고 하는 용병 대장도 적지 않았다.

> 용병 대장이 받는 보수는 단원의 장비(창병이나 궁병 등의 병종마다 일정한 양)를 기반으로 단장이나 용병단의 실적이 더해져서 결정된다. 용병단으로서 전투에 참여하는 사례도 있지만, 병종마다 따로 나누어 빌려주는 사례도 있었다.

왕족이나 귀족에게 직접 고용된다

근위기병   근위병·위병   전령병

직접 고용의 이점

무예나 능력이 뛰어난 무술가나 공적을 올린 용병 등은 국왕이나 대귀족에게 직접 고용될 기회가 있었다. 상비군의 규모가 작은 시대에는 상당한 지위와 수입이 따랐다.

직접 고용의 단점

기본적으로 등용문이 좁아서 고용될 기회를 얻기 힘들었다. 전장에서는 부대로서 소중하게 여겨지지만, 병사 개인으로서는 충성심을 시험하기 위해 힘든 임무를 부여하기 때문에 편한 일은 아니다.

요새 수비대에 등용된다

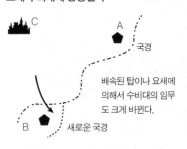

C

A

국경

배속된 탑이나 요새에 의해서 수비대의 임무도 크게 바뀐다.

B   새로운 국경

A…변경의 수비대

요새보다는 탑 정도의 시설로 군사적 가치는 낮지만, 침입자에 대비하는 목적으로 중요하다. 경비 업무가 중심으로, 매복 공격을 받기 쉽다. 위험도 크다.

B…새로운 영토의 요새 수비대

전쟁으로 얻은 지 얼마 안 되는 영토에 세워진 요새는 군사적인 긴장도가 높고, 정규군과 동등한 지휘 계통에 편입된다. 실적을 올릴 기회도 많다.

C…수도나 도시의 수비대

치안 유지나 경찰과 같은 역할이 중심이다. 정치가 불안정한 나라에서는 징세 청부인을 호위하거나 폭동에 대한 대비책이기 때문에, 시민에게 미움을 받는 존재다.

🌱 원 포인트 어드바이스

군사 기능으로 전환하기 쉬운 사냥 기술이나 항해술을 주민이 생활 속에서 터득하는 지방에서는 출가해서 용병이 되어 주요 수입원을 얻는 사례도 있다.

^{Step}4 암살자

◆ 무엇이 사람을 암살자로 만드는가

실력 하나만으로, 그것도 용병단 같은 조직에 속하지 않고 살아가고자 한다면 암살자라는 직업을 선택할 수도 있습니다. 다만 어느 날 갑자기 "나는, 암살자가 되겠어!"라고 선언하는 캐릭터는 거의 찾아보기 어렵습니다. 그보다는 마음속 깊이 간직한 어떤 이유로 암살자로 성장했다는 설정을 시작으로 생각할 만한 직업입니다. 오른쪽 페이지에 제시한 사례를 시작으로 암살 방법을 다양하게 생각할 수 있는데, 직업으로 활동했을 때 너무 시간이 걸리면 안 된다는 점, 그리고 암살 결과를 고용주에게 확실하게 증명해야 한다는 철칙을 지켜야 할 것입니다. 이러한 제한이 새로운 아이디어를 낳을지도 모릅니다.

암살자 창조의 체크 포인트

- 용병단 같은 조직이 지켜주지 않는 암살자는 특히 임무 수행 중에는 의뢰자조차 믿기 어렵고, 한순간이라도 방심할 수 없다.
- 스파이도 암살자와 같은 부류에 들어간다. 잠입 기술이 중시되지만, 여차할 때는 암살 기술도 필요하다.
- 영화 〈레옹〉처럼 암살자의 고독과 혼의 구제는 큰 주제가 될 수 있다.

역사 관련 사건

이슬람교 암살 교단 전설

십자군과 이슬람교의 세력 다툼 속에서 목적을 달성하기 위해 죽음조차 두려워하지 않고 암살 임무에 임했다고 하는 암살 교단의 전설이 태어났습니다. 공포심을 극복하기 위해 하시시라는 마약을 사용했다는 이야기에서 암살자를 뜻하는 '아사신'이라는 단어까지 만들어졌습니다. 하지만 암살 교단이라는 존재는 유럽 사람들의 오해가 만들어낸 산물에 불과합니다.

명작 체크

고고한 암살자 섀도

게임 〈파이널 판타지 6〉에는 매력적인 캐릭터가 많이 등장합니다. 그중에서도 암살자 '섀도'는 특히 이색적인 존재입니다. 닌자 개 인터셉터에게만 마음을 여는 그의 모습은 고독해 보입니다. 설사 동료라고 해도 마대륙에서 플레이어가 선택을 잘못하면 영원한 이별이 찾아오는 섀도. 암살자의 가혹한 운명에 놀라게 됩니다.

◊ 다양한 암살 수단

암살 방법이나 아이디어는 무수히 많은데, 다음과 같이 크게 3가지로 나눌 수 있다. 각각의 성공 조건과 단점을 생각한다.

저격에 의한 암살

저격에 성공하기 위한 조건

우선 저격 지점을 확보해야 한다. 몸을 감출 것, 시계를 확보할 것, 저격 위치를 특정하기 어려울 것. 최소한 이러한 조건이 필요하게 마련이다. 무기 선택도 어렵다. 성능이 좋은 장궁은 너무 크고, 크로스 보우는 다루기 쉽고 작지만 사정거리나 살상력이 떨어진다. 독약과의 병용도 가능하다.

저격의 단점

암살 성공 확인이 어렵고 의뢰인이 바라는 확실성이 보장되지 않는다. 또한, 암살 수단으로서는 사정거리가 애매해서(크로스 보우는 30m, 장궁이라도 100m), 이 안에서 사격 가능 지점을 확보하는 것은 매우 어렵다. 이 사정거리 제한을 극복하기 위한 노력도 필요한데, 그것은 암살자의 비기가 된다.

가장 대중적으로 보이지만, 사실은 난도가 높은 암살 수단. 총화기가 보편화된 20세기에도 케네디 대통령 암살이 전설적인 이야기로 남은 것은 그만큼 저격이 어렵다는 것을 뒷받침한다.

칼이나 검을 사용한 암살

척살・참살에 성공하는 조건

무기가 목표의 몸에 닿을 정도로 접근해야 한다는 장벽을 넘어서는 게 문제다. 목표가 요인(要人)일수록 곤란하다. 하지만 접촉할 수 있다면 무기의 살상력은 크게 문제가 되지 않는다. 이 종류 암살 중 가장 널리 쓰이는 건 밀실 상태에서 쓰기 좋은 유혹 기술이다.

척살・참살의 단점

도주가 어렵다는 점을 생각하면 성이나 저택의 침실, 서재에 잠입할 수 있는 기술이 필요할 것이다. 직접 손을 쓰지 않고, 폭탄을 감춘 꽃다발을 아이들에게 들려보내는 등의 방법도 이에 해당하지만, 판타지 세계에서 폭발물은 익숙하지 않고 도입이 어렵다.

대부분의 암살은 접촉 상태에서 행해진다. 현대라면 권총도 여기에 해당할 것이다. 남자가 유혹 기술을 쓰는 건 어렵기 때문에 목표에 안전하게 접근하는 솜씨가 필요하다.

독물에 의한 암살

독살에 성공하는 조건

독을 몸에 주입하는 방법이라면 척살과 비슷한 조건이 필요하다. 독을 먹이려면, 입에 들어가는 물질에 접근할 수 있을 정도의 신뢰를 얻어야 한다. 실제로는 암살자가 직접 손을 쓰기 보다 요리사나 사환, 의사 등을 매수하여 독을 사용하는 것이 좋겠지만, 당연히 이에 대한 대항책도 마련되어 있을 것이다.

독살의 단점

독의 종류에 따라서는 성공 확인이 어렵고, 확실성이 떨어진다. 암살자의 안전을 확보하려면 지효성 독을 사용하거나, 눈치채기 어려운 약한 독을 여러 번 마시게 하는 등의 방법을 시도할 수 있지만, 그사이에 암살 대상이 자신이 독을 마시고 있다는 것을 눈치채면 대개는 목숨을 건진다.

기본적으로 암살이 성공하려면 시간이 걸린다는 점에서 직업적인 암살자보다는 종교적・사상적 열정이나 복수와 같이 개인적인 동기가 강한 사람이 사용하는 암살 수단이라고 할 수 있다.

> **◊ 원 포인트 어드바이스**
>
> 왕후 귀족의 암살은 대개 측근이나 위병의 배신으로 행해졌다. 로마 제국에서는 친위대가 빈번하게 황제를 살해했다.

Step 5 현상금 사냥꾼

◆ 무법 사회의 필요악

현상금 사냥꾼이라는 존재는 서부극에서 친숙합니다. 본래 범죄자였던 자가 현상금 사냥꾼이 되는 사례도 드물지 않아서, 직업이라고 단언하기에는 어렵습니다. 그러나 상금을 받아 생계를 꾸려나가는 이상 이것이 직업이라는 점을 부정할 수는 없습니다. 서부극뿐만 아니라 비슷한 상금이 발생하는 장면은 판타지 세계에서도 충분히 가능하겠지요. 무술 교관이라는 직업에도 주목할 만합니다. 군인은 비밀 정보의 보고입니다. 예를 들어, 멸망한 나라의 군인이었던 사람이 가진 전투 기술이나 경험, 전술을 여러 나라나 조직에서 바라고 있을지도 모릅니다.

현상금 사냥꾼 창조의 체크 포인트

· 단독 전투라는 범위에서는 조금 벗어나는 면도 있지만, 의뢰인의 요청에 따라서 현상금 사냥 조직으로부터 지원을 받는 현상금 사냥꾼이 파견되는 설정도 가능하다.
· 현실적으로 보면 현상금 사냥에 의한 수입은 안정적이지 않으므로, 임시 수입의 일종으로 생각해야 한다.

역사 관련 사건
지중해 세계에 떨친 엘리트 군인의 위세

정예 군사 국가로 알려진 고대 스파르타는 기원전 4세기 초에 패배하여 국가 제도가 붕괴했지만, 스파르타 출신 군인은 지중해 세계 각지에서 군사 교관이나 용병 대장으로 크게 활약했습니다. 이 시대에는 새로운 군사 이론이나 전술이 개발되어 스파르타의 군사 사상은 낡아빠진 것이 되었지만, 그들에 의해 진행되는 훈련이나 무술에는 충분한 가치가 있었습니다.

명작 체크
고대 중국의 전수방위 이론

고대 중국에는 묵가(墨家)라는, 평화 사상을 내세운 집단이 있었습니다. 그들은 절대로 함락되지 않는 성을 만들면 전쟁이 없어질 것으로 여겼고, 실행에 옮겼다는 점에서 독특합니다. 사케미 겐이치의『묵공』은 이 묵가 중 한 사람인 혁리라는 가공의 인물을 주인공으로 그린 소설로서, 만화와 영화로 만든 작품도 성공했습니다. 공격이 아니라 방어를 전투의 주제로 선정한 역발상이 멋집니다.

◆ 현상금 사냥이 생겨나기 위한 배경

현상금 사냥이라고 간단히 정리하고 있지만, 사실은 굉장히 다양한 일을 수행한다. 이 직업의 보조 활동을 몇 가지 소개하겠다.

공권력을 대리하는 역할로서 현상금 사냥

그 나라나 지역에서 제도화되어 있는지 어떤지에 따라서 구성에 차이는 있지만, 경찰 권력이 충분히 정비되지 않은 상황에서 현상금 사냥 행위가 인정된다. 누명을 씌우는 걸 피하기 위해(실제로는 여죄를 추궁하기 위해) 살아 있는 채로 잡는 쪽이 상금이 크지만, 생사를 불문하는 조건일 경우, 중대 흉악범이라는 점 외에도 그 표적의 입을 막으려는 의도가 담겨 있을 가능성도 있다.

법의 바깥에서 현상금 사냥

탄압 대상인 이교도나 인간의 법률에 보호받지 못하는 아인종을 습격하여 약탈하거나 수탈하는 것을 생업으로 삼는 유형. 아인종과 대립 관계에 있는 사회라면 현상금 사냥의 일종이지만, 그렇지 않다면 강도나 산적이나 다름없다.

호위병으로 등용

위와 같은 '법의 바깥에서 현상금 사냥'에 대비되는 존재로서, 실력을 인정받아 고용된 존재다. 용병과 비슷하지만, 전쟁에 관여하지 않는다. 적극적으로 일을 찾는 것이 아니라, 여행지에서 사건에 휘말려서 어쩌다 보니 이렇게 됐다는 도입이 많다. RPG에서 흔한 '뒷산의 몬스터 퇴치' 의뢰도 호위의 일종이라고 할 수 있다.

> 현상범이 단독으로 활동하는 사례가 드문 것처럼 현상금 사냥꾼도 집단으로 행동하는 일이 많다. 홀로 활동하는 현상금 사냥꾼이 존재하려면, 상상을 초월하는 전투 능력이나 특수 기능이 필요하다.

◆ 무술 교관이라는 직업

현상금 사냥꾼이 조직에 속하지 않고 살아간다면, 무술 교관은 자신의 무예나 군사 지식을 조직에 팔아서 살아간다.

왕후 귀족, 유력자의 무술 사범

신분이 낮다면 어렵지만, 국왕이나 유력 귀족의 자제에게 검술 같은 무술을 가르치는 직업도 있다. 이 경우, 유력자에게 존경받으며, 친교를 쌓음으로써 개인적으로 정치에까지 영향력을 미칠 가능성도 있다.

전문 군사 교관

군사 선진국의 군인이었던 사람 등의 경력을 사서 군사 교관으로 끌어들이는 경우가 많다. 장비 사용법만이 아니라, 그 장비에 적합한 새로운 전술 훈련이나 군 전체의 조직적인 개혁에도 관련된다면, 정치적인 영향력이 커져서 보수파로부터 위험시된다.

🪐 원 포인트 어드바이스

군인이 아니라도, 선진적인 아이디어를 가진 요새 건축가나 무기 장인이 크게 대접받는 사례도 많다.

Step 6 무술가

무술이나 기술을 판다는 선택

방랑 예인이나 놀이패도 판타지 세계에서는 대중적인 존재입니다. 궁정이나 귀족의 저택, 또는 마을 잔치나 큰 도시의 축제처럼 사람들이 모여드는 곳에 나타나서 다양한 예능을 보여줍니다. 이 중에는 무술을 구경거리로 보여주는 사람들도 있었습니다. 현재도 스턴트 쇼나 격투기가 인기 있는 것처럼, 무기를 사용한 연기나 때로는 이종격투기 대결과 같은 구경거리는 많은 사람을 흥분하게 만들며 큰돈을 벌어들였습니다. 또한, 실력을 인정받아서 유력자나 암살자에게 고용되어 이용당하는 사례도 있었을 것입니다. 어떤 경우건, 무기를 다루는 일에는 위험이 따릅니다.

무술가 창조의 체크 포인트

· 유명인에게 싸움을 걸어서 돈을 뜯어내려는 자들도 존재한다.
· 공공장소에서 벌어지는 결투에는 구경꾼이 모여들기 쉽다. 당연히 결투를 연출하거나, 도박 대상으로 삼아서 돈을 벌려는 인간도 등장할 것이다.

명작 체크
둘이 들어가서 나오는 건 한 사람

핵전쟁에 의해서 황폐해진 세계를 그려낸 영화 〈매드맥스 3: 썬더돔〉. 무대가 되는 거래 도시(Barter Town)에서는 주민들 사이에 다툼이 일어나면 '썬더돔'이라 불리는 반구형 철망 안에서 결투를 벌여서 해결하게 합니다. 전작 〈매드맥스 2〉의 퇴폐적인 세계관을 계승하면서도 서서히 문명이 부활해 나가는 과도기의 모습으로 상당히 독특한 구조라고 할 수 있겠지요.

역사 관련 사건
결투를 너무도 좋아했던 특수부대장

나치 독일의 무장 친위대에서 수많은 특수 작전을 성공시켜 영국 총리 처칠이 '유럽에서 가장 위험한 사나이'라고 부른, 오토 슈코르체니는 학창 시절 결투를 계속하다가 큰 상처를 입기도 했습니다. 그러나 이것은 드문 일이 아니었습니다. 일찍이 독일의 대학에서는 펜싱 결투를 인정하는 전통이 있어서 결투를 학생 간의 다툼 정도로밖에는 생각하지 않았기 때문입니다.

◆ 무기를 사용하는 예능인

목숨을 잃을 위험이 있는 무기를 사용하는 예능(=무예)은 방랑 예인에게 빼놓을 수 없는 과목 중 하나였다.

흔해 빠진 무기를 사용한 무예

여성 머리 위에 놓인 사과를 칼로 베거나 화살로 떨어뜨리는 형태의 무예는 오랜 역사를 갖고 있다. 관객들이 무예가 어렵다는 것을 쉽게 실감할 수 있도록 칼이나 활, 나이프 던지기처럼 흔한 무기를 사용하는 것이 포인트였다. 이 종류의 무예에서는 여성 파트너를 빼놓을 수 없다. 여성이 칼날 앞에 놓인다고 하는, 비일상적인 상황이 관객을 흥분하게 만든다.

진귀한 무기를 사용한 무예

대조적으로 그 문화권에서는 거의 알려지지 않은 외국의 무기를 사용한 예능도 생각할 수 있다. 사용 방법을 상상할 수 없는 무기라면, 기본적인 무예만으로도 어느 정도 거창한 연출을 더함으로써 이국적인 느낌이나 비현실감을 연출하여 관객을 끌어들일 수 있다.

> 중세에는 무술 대회가 성행하여, 마상 창술 시합(토너먼트) 같은 것이 대유행하게 된다. 기본적으로는 스포츠화된 유사 전투가 메인이었지만, 오프닝 이벤트나 여흥, 바람잡이 공연 등에서는 이런 무술가가 중시되었다.

◆ 문제 해결 수단으로서의 결투

무기를 휴대하는 게 당연했던 시대에는 작은 다툼도 위험한 살상 행위로 이어질 수 있었기에 일정한 규칙 아래에서 결투가 행해졌다. 결투는 널리 세계 각지에서 등장한 분쟁 해결 수단이었다.

결투에 이르는 과정

명예가 손상되었다고 여긴 쪽이 재판으로 해결하는 게 어렵다고 판단한 경우에 상대에게 결투를 신청하고, 이를 받아들이면 결투가 진행된다. 기본적으로는 같은 신분끼리가 아니면 행해지지 않는다.

규칙과 무기

명예 훼손을 둘러싼 양자의 정당성을 다투는 싸움이었기 때문에 평등한 조건에서 용기를 겨루는 것이 규칙의 대전제가 된다. 쌍방이 같은 방패와 곤봉을 들고 서로 죽고 죽였다는 것이 가장 오랜 기록으로 남아 있다. 권총이 등장하자, 유효 사정거리 3m 정도의 소형 권총을 들고 서로 한 걸음씩 다가가면서 쏘거나, 러시안룰렛과 같은 다양한 결투가 행해졌다. 이 책의 목적에 맞추어서 다양한 무기를 사용한 결투를 고안해보면 재미있을 것이다.

결투의 형식

입회인(결투 책임자)

대리인

정식 결투에는 입회인(결투 책임자)이 있어야만 한다. 재판 판결로서의 결투도 있으며, 결투를 거부하는 것은 귀족에게는 죽음보다도 더 수치스러운 행위라고 보았다.

🎯 원 포인트 어드바이스

19세기 말~20세기 초에 미국에서는 권총이나 라이플을 사용한 사격 쇼가 대유행했고, 전설적인 사격술이 수없이 많이 태어났다.

Step 7 사냥꾼

♦ 자연을 상대로 싸우는 삶

무기를 사용하여 생계를 꾸리고자 한다면 사냥꾼이 되는 것도 한 가지 방법입니다. 인간을 상대하는 건 아니지만, 위험한 자연 속에서 야생동물을 상대하면서 때로는 곰이나 늑대, 또는 더욱 위험한 환수와 싸우는 것은 상상 이상으로 훨씬 힘들고 곤란한 상황입니다. 동시에 사냥은 인류가 탄생한 때부터 오랫동안 주된 식량 확보를 위해 단련된 기술로서 인간의 의식 속에 깊이 뿌리내리고 있을 것입니다. 다른 존재의 목숨을 빼앗아서 그 목숨으로 자신의 목숨을 이어나간다는 생각은 판타지 세계의 밑바탕에 어울리는, 깊은 주제를 담고 있는 것처럼 여겨집니다.

사냥꾼 창조의 체크 포인트

- 사냥감을 쫓아서 야산을 질주하는 사냥꾼은 그 지역을 잘 알고 있어서, 전시에는 종종 안내인 등으로 고용된다.
- 실재하는 동물만이 아니라, 환수도 당연히 사냥 대상이 될 수 있다.
- 바다의 어부 역시 노리는 목표에 따라서는 사냥꾼 이상으로 가혹한 자연에 맞서야 하는 직업이다.

나만의 상상에 도전하기

안이한 구제론에 경종을 울린 사냥꾼의 실태

마을 주변 산이 황폐해지면서 멧돼지에 의한 피해가 늘어나고, 곰이 출몰하는 일이 종종 뉴스가 되고 있습니다. 그때마다 해결책으로서 사냥꾼이 등장하곤 하지만, 실제 사냥은 매우 어렵고 또한 효율이 낮습니다. 핫토리 분쇼의 『수렵 서바이벌(狩猟サバイバル)』은 그 문제를 실제의 체험으로 그린 소설입니다. 어디까지나 등산가의 관점에서 그린 사냥 행위이지만, 직업으로 삼기 어렵다는 것을 실감하게 하는 내용이 가득합니다.

무기 전투 설명서

사냥 성공률 85%, 그 가혹한 무대의 뒤편

아프리카에 널리 분포하는 육식 동물인 리카온은 무리를 지어서 사냥하며, 85%에 이르는 성공률을 자랑합니다. 그 사냥 스타일은 사냥감이 지쳐서 움직일 수 없을 때까지 계속 추적하는 것. 즉, 스토킹입니다. 그런데 사냥감으로 섭취하는 열량은 추적하면서 무리 전체가 소비한 열량을 겨우 보충하는 정도에 불과하다는 점에서 비효율적이며, 수렵 생활의 가혹한 현실을 보여줍니다.

수렵 생활의 변화와 수요

사냥꾼은 자연을 상대로 무기를 들고 싸우는 직업으로, 그 생활은 상당히 힘들고 불안정하다.

초기의 수렵

집단, 부족의 생활을 뒷받침하는 데 중심이 되는 성인 남성을 동원한 공동 작업. 짐승 고기는 열량이 높지만, 수렵 성과가 불안정해서 완전하게 의존할 수는 없다. 동시에 여성이나 아이들이 숲이나 바다의 산물을 채취하면서 필요한 열량을 겨우 섭취했다.

농업 발견 이후의 수렵

농업으로 일정한 수확을 기대할 수 있게 되면서, 수렵은 농한기의 수입을 메우는 수단으로 변화해갔다. 무기나 사냥 도구가 진화한 덕분에 단독 또는 적은 수로 사냥할 수 있게 되었지만, 남자가 수렵, 여성이나 아이가 농업이라는 기본적인 분담은 바뀌지 않았다.

수렵 전업자에게 요구되는 조건

수렵만으로 생활하기란 어려운 일이지만, 이를 가능하게 하는 조건을 설정하면 수렵과 관련한 독특한 무기나 도구, 덫을 도입할 수 있다.

> ▶ 해수 구제의 수요가 항상 있다
> 그물이나 울타리로는 막을 수 없는 강력한 해수(해로운 짐승)가 존재하여, 일정한 보수를 조건으로 제거해 달라는 의뢰가 항상 존재하면 수렵 전업자가 살아갈 수 있다. 더욱이 해치운 짐승의 고기나 가죽에 상품 가치가 있다면 더욱 설득력이 있다.

> ▶ 경제적인 가치가 높은 동물이 있다
> 모피나 고기는 물론, 강력한 약효가 있거나, 애완동물로서 귀중하게 여겨지는 동물은 적극적인 수렵 대상이 된다. 포획이 어려운 동물일수록 사냥꾼의 전문성이 요구된다.

> ▶ 위험한 짐승에 대한 대책이 필요하다
> 목숨을 잃을지도 모르는 위험한 동물과 접촉할 가능성이 있는 지역에서 사냥꾼이 필요해질 것이다. 여기에 환수를 설정한다면, 사냥꾼이 사용하는 무기나 덫에도 독창성을 부여하기 쉽다.

인간과 동물의 공존 관계

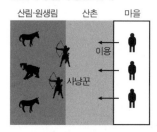

산림·원생림　　산촌　　마을

이용

사냥꾼

장작이나 목재로 쓰기 위해 나무를 벌채하고, 그루터기를 제거하는 등 인간의 활동으로 산림·원생림과 마을 사이에 '산촌'이라는 일종의 인공적인 지형이 등장한다. 야생동물에게 산촌은 거주하기에 좋지 않으며, 나아가 산촌의 경계선에서 사냥꾼들이 찾아오기 때문에 한층 경계심을 높이게 된다. 이렇게 인간의 활동이 계속되는 사이에 여러 야생동물이 뒤섞여 사는 상황이 생겨난다.

🌱 원 포인트 어드바이스

기술 전반에 해당하는 이야기겠지만, 일단 사라져버린 사냥 기술을 부활시키는 것은 매우 어려운 일이다.

Step 1 전장에서의 역할 분담

◆ 적절한 포진으로 적을 상대한다

대치 중인 적을 쓰러뜨리려면 전술이 필요합니다. 그 전술의 기본이 되는 것이 진형입니다. 진형이라면, 삼국지나 전국시대의 전투를 떠올려 어렵게 생각할지도 모르겠지만, 간단히 정리하자면 '역할 분담'을 말합니다. 강하고 튼튼한 자가 전방에, 속도가 빠른 자는 측면에, 약하지만 현명한 자는 후방에. 그러한 생각에서 진형이 생겨나고 전술이 태어납니다. 「자료편」의 무기 부분을 살펴보면, 판타지 세계의 군대나 캐릭터에 어떤 것을 부여할지 고민할지도 모릅니다. 그때, 전투에는 역할 분담이 있다는 원칙을 떠올리면 매우 설득력 있는 여러분만의 군대가 생겨나겠지요.

전장에서의 역할 분담 창조의 체크 포인트

· 전장은 예측하지 못한 상황이 계속해서 벌어지는 장소로서, 전투를 필요 이상으로 복잡하게 구성할 필요는 없다.
· 여기에 제시한 것은 기본형이므로, 약한 병사를 전위에 내세워 적을 유인하는 등의 응용은 얼마든지 가능하다. 다만, 기본을 지키지 않고 싸우다가 패배하면 피해도 커진다는 점에 주의하자.

무기 전투 설명서
선택지 하나로 즐거움이 2배

〈드래곤 퀘스트〉나 〈파이널 판타지〉 같은 커맨드 선택형 전투 시스템에서 캐릭터의 위치는 전위와 후위로 나누는 것이 주류였습니다. 이 전투 시스템은 이 장에서 설명한 역할 분담의 원칙과 완전히 일치하지는 않지만, 전원을 전위에 배치할 수도 있다는 높은 자유도를 부여해 전투 연출을 높였습니다. 플레이어의 선택지를 늘리는 것은 게임에서 매우 중요한 아이디어입니다.

무기 전투 설명서
미사일이 바꾼 군함의 역할 분담

범선의 전투에서, 대포를 잔뜩 실은 거대한 전열함이 벽을 만들고, 쾌속선이 적을 교란한다는 역할 분담이 해전에서도 성립할 수 있습니다. 하지만 미사일과 유도 시스템이 진화하면서 이러한 사고방식은 통용되지 않게 되었습니다. 판타지 세계 나름의 기술이 상식을 어떻게 파괴할 것인가, SF로 조금 접근하면서 생각하는 것도 한 가지 방법이 되겠지요.

RPG에서의 파티 역할 분담

많은 RPG에 등장하는 캐릭터는 다양한 직업(잡/클래스)을 선택할 수 있으며, 전투 시에는 직업의 역할에 따라서 위치가 정해진다.

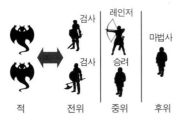

검사나 전사처럼 근접 전투에 자신 있는 캐릭터는 전방에서 직접 공격으로 적을 막아선다. 그 후방의 중위에서는 민첩한 캐릭터가 활로 적의 움직임을 봉쇄하거나, 은밀한 행동으로 적의 배후를 노리면서 적을 교란하고, 승려 같은 회복 계열 캐릭터가 전위를 지원한다. 후위에서는 방어력이 낮은 마법사 계열이 전반적인 상황을 보면서 공격 마법이나 방어 마법, 보조 마법을 구사하여 전투를 유리하게 이끈다. 파티의 균형이 적절하게 잡혔을 때, 캐릭터는 최대 능력을 발휘할 수 있다.

군대의 역할 분담

전투에 임하는 대군도 상세하게 나누어보면 각 부대에 기본적인 역할이 정해져 있다. 중세 유럽의 전형적인 예로 살펴보자.

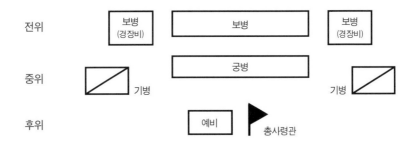

수천, 수만 규모의 군대가 되어도, RPG 파티와 같은 역할 분담의 원칙은 달라지지 않는다. 우선 전방에서는 수많은 보병이 최전선에 포진하여 적의 공격을 막아선다. 적이 파고들면 약점이 되는 측면에는 경장비 보병을 배치하여 전황의 변화에 유연하게 대처하면서 보병이 전투에 집중할 수 있는 환경을 만든다. 중위의 궁병은 원거리 공격으로 적을 견제한다. 측면의 기병은 적 전열이 붕괴하거나 하는 기회의 순간에 돌입하는 공격 임무나 적의 기병 움직임에 맞추어 견제하는 방어적인 임무를 수행한다. 후위에는 총사령관이나 막료가 포진하여 군대 전체에 적절한 지시를 내리며, 필요하다면 휘하의 예비 부대를 전선에 투입하여 주도권을 잃지 않도록 한다. 대군끼리의 전투는 이러한 역할 분담 아래에서 행해진다.

> 🔰 **원 포인트 어드바이스**
>
> 축구 같은 팀 스포츠는 물론, 인간이 모여서 하나의 목표를 향할 때는 항상 역할 분담 수준에 따라서 전체의 능력이 결정된다.

Step 2 전장에서의 정보 전달

◆ 올바른 정보는 최고의 전력이 된다

전장에서 대군을 지휘하게 되었을 때, 가장 필요한 것은 정보입니다. 적의 전력은? 아군은 명령대로 움직이고 있는가? 어느 정도의 피해가 발생하고 있는가? 원군은 언제 도착하는가? 이렇듯 전장의 상황은 시시각각 변화하며, 잘못 대처하면 한순간에 전군이 와해할 수도 있습니다. 서바이벌 게임을 해본 사람이라면 필드 상황을 알 수 없게 되었을 때의 불안감을 체험했을 것입니다. 그래서 고금동서의 군대는 예외 없이 전장에서 정보를 전달하는 수단을 확보하고 개량하는 데 심혈을 기울여왔습니다. 이것은 판타지 세계에서도 마찬가지입니다. 뛰어난 승전의 뒤에는 반드시 뛰어난 정보 전달이 감추어져 있습니다.

전장에서의 정보 전달 창조의 체크 포인트

· 전장에서 정보 전달은 '지휘와 통제(Command&Control)'라는 단어로 오래전부터 중시됐는데, 현대에는 통신(Communication)과 컴퓨터(Computer), 정보(Intelligence)가 더해져서 C4I 시스템으로 체계화되고 있다.
· 전군에 일제히 명령을 내리는 수단으로 신호탄이나 봉화 같은 것도 유효하다.

명작 체크

도술(導術)로 유지하는 불리한 전국

19세기 말경의 기술을 바탕으로 한, 사토 다이스케의 가상 전기소설 『황국의 수호자』에서는 도술이라고 불리는 일종의 텔레파시를 사용하는 자가 존재해, 열세인 황국에서 전장의 정보 전달에 중요한 역할을 합니다. 하지만 사람들이 그 능력 자체를 혐오해 박해받았다는 역사도 설정되어 있어서, 자칫하면 이야기를 망칠 수 있는 능력을 적절하게 제한하고 있습니다.

역사 관련 사건

노기 장군이 자결한 이유

러일 전쟁에서 여순 요새를 함락시켜 국민적인 영웅이 된 노기 마레스케 장군은 메이지 덴노가 사망하자, 자신의 아내와 함께 자결했습니다. 그의 죽음에 대한 한 가지 이유로 노기 장군이 보병 제14연대장 보좌로서 세이난 전쟁에 종군할 때 실수로 적군에게 연대의 기(旗)를 빼앗겼기 때문이라는 설이 있습니다. 그의 자결이 옳은지 아닌지는 여전히 논쟁이 되고 있지만, 군기(軍旗)에 그만큼의 무게가 있는 것은 분명합니다.

◈ 정보 전달의 개념과 구조

군대가 효과적으로 기능하기 위해서는 전달 수단이 확실해야만 한다. 시대를 가리지 않고, 전장에서 부대 간 연락 확보와 유지는 군대에서 매우 중요한 관심사 중 하나다.

브리핑에서의 결정 사항

전투 직전에 총사령관은 군단장이나 주요 부대 지휘관을 소집해 브리핑을 진행해 전투 방침과 각 부대의 큰 역할이나 전달 방법을 확인한다. 그 후, 군단장들은 군단 막료에게 소속 부대의 대장을 모으게 해서 전투에서 군단의 역할을 설명하고, 각 부대 간 정보를 통일한다. 전투 개시 이후에는 다양한 계층에서 전령을 이용해 구체적인 명령이 오가게 된다.

전투 시 부대 간 연락

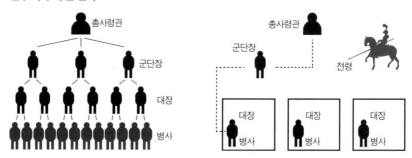

왼쪽 그림은 군의 명령 계통을 모델화한 것이다. 구체적으로는 오른쪽 그림처럼 총사령관은 군단장에게, 군단장은 그들이 지휘하는 대장들에게 전령을 통해서 명령한다. 군대는 상명하달 문화가 철저한 조직으로서, 각 부대는 상관의 명령이 없으면 사전에 결정된 것 이외의 판단은 할 수 없다. 그러므로 브리핑을 충분히 하지 못하거나, 전령이 전사하는 등 예측하지 못한 사태는 때때로 중대한 위기를 가져온다.

◈ 전선 부대에 대한 정보 전달

최전선에서 수백 명을 지휘하는 대장이 되면 소리를 질러서 명령을 전할 수는 없다. 전장의 혼란 속에서 병사가 알아듣지 못하며, 심하면 병사가 잘못 해석해 부대가 엉망이 될 수도 있기 때문이다. 그래서 대장은 나팔수나 고수, 기수를 거쳐서 부대에 명령을 전달한다. 부대 전체의 명령 내용이 정해져 있으며, 이동할 때는 군기나 부대기의 움직임이 기준이 된다. 또한, 군기는 전장에서 대열이 흩어졌을 때 재집결 장소의 기준으로도 사용된다.

> 🌱 **원포인트 어드바이스**
>
> 군기를 잃는 것은 그 부대의 실질적인 괴멸을 의미한다. 군기를 적에게 빼앗기는 것은 가장 큰 굴욕이며, 반대로 적의 군기를 빼앗은 이의 공적은 매우 컸다.

Step 3 전초전의 진퇴

◆ 전장이 정해지기 전까지

전쟁의 역사에는 불리한 장소에서 싸워서 패하고 만 군대가 종종 등장합니다. 하지만 당사자에게는 불리함을 각오하면서도 거기에서 싸워야 할 이유가 있습니다. 이동 중인 군대는 가는 파이프 속을 지나가는 뱀과 닮았습니다. 분기점을 통과한 뒤에 잘못을 깨달아도, 되돌아갈 수 없기 때문입니다. 그리고 꼬리나 동체가 공격당하면 한순간도 버티지 못하고 패하고 맙니다. 즉, 이동 중인 적을 공격할 수 있다면, 거의 승리는 정해진 것이나 다름 없습니다. 전쟁사에 남겨진 섬멸전에는 많은 사례가 있습니다. 전장을 향해 서서히 양군이 집결하는 장면은 긴장감을 높이는 최고의 소재입니다.

전초전의 진퇴 창조의 체크 포인트

· 전장으로 향할 때 군에서는 '어떤 부대가 어떤 길을 사용할 것인가'와 같은 사전의 결정 사항이 매우 중요해진다.
· 정보를 수집, 전달하는 척후(정찰 임무)는 군에서 가장 중요한 임무이기 때문에 매우 우수한 사람이 맡아야 한다.

역사 관련 사건
도쿠가와의 최대 오산

일본의 세키가하라 전투에서 도쿠가와 이에야스는 적군과의 전투에 대비해 자식인 히데타다에게 3만 8천의 병사를 내어주고 다른 길로 진군하게 했습니다. 하지만 이 부대가 세키가하라에 늦게 도착하는 바람에 이에야스는 다른 장수의 군대에게 의존해야 했습니다. 결국, 전후 보상 등의 처리로 고심하게 되었죠. 군대가 늦게 도착한 건 히데타다만의 책임은 아니며, 도로가 부족해서 부대를 나눌 수밖에 없었다는 점에서 대군의 행군이 어렵다는 것을 알 수 있습니다.

명작 체크
『반지의 제왕』의 정찰 부대

『반지의 제왕: 두 개의 탑』에서는 로한 왕 세오덴의 조카인 에오메르가, 『반지의 제왕: 왕의 귀환』에서는 이실리엔 북부에서 섭정 데네소르의 아들인 파라미르가 각각 척후(정찰)대를 이끌고 등장합니다. '가운데땅'에서 벌어지는 전쟁은 정찰 활동의 폭이 넓다는 점과 정찰한 정보의 신빙성을 뒷받침하려면 그만큼 고위급 인물이 가담해야 한다는 것을 알 수 있습니다.

🔹 전투가 일어나기까지의 과정

대군끼리의 전투는 일단 어떻게 발전하는가. 그 메커니즘을 모델화해보았다.

전장을 선택하는 기준

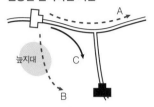

백군이 진로 A를 향하고 있을 무렵, 분기점 앞에서 흑군이 전진 중이라는 것도 판명되었다. 이대로 전진하면 적에게 측면을 찔리고 만다. 여기서 B의 진로를 거쳐서 반대로 적의 측면을 노리고 싶지만, 이 경로는 늪지대가 방해되어 이동에 적합하지 않다. 여기서 C 지점이 전장이 될 것으로 예상해 진로를 화살표처럼 변경했다. 행군 대형을 습격당하지 않으려는 생각에서 전장이 정해진다.

회의에서의 결정 사항

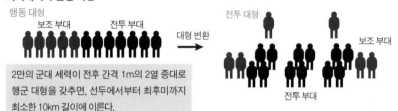

2만의 군대 세력이 전후 간격 1m의 2열 종대로 행군 대형을 갖추면, 선두에서부터 최후미까지 최소한 10km 길이에 이른다.

군대에는 이동 중 행군 대형과 전장에서 포진할 때 전투 대형, 2종류의 대형이 있다. 부대 규모에 따라 다르지만, 진형을 바꾸려면 거의 하루는 걸린다. 행군 대형을 습격당하면 한순간에 붕괴할 수 있어서 적의 위치를 확인하면 바로 전장을 검토하게 된다. 한 개의 도로만으로는 행군하기 어려울 정도의 대군이라면, 부대를 복수로 나누어서 각기 다른 경로로 목표 일자에 맞추어서 전장에 집결한다.

🔹 정찰 부대의 임무

행군 중인 군대는 반드시 전방을 정찰해야 한다. 좀 더 자세하게 살펴보면 정찰에는 다음과 같은 임무가 있다.

적정 파악	행군 중인 본대보다 앞서 나가 적의 정확한 위치나 병력, 이동 속도 등을 파악한다. 이 정보를 바탕으로 본대는 결전 장소나 그 날짜를 검토하고 행군 계획을 조정한다.
지형 정찰	전장이 될 만한 장소나 그 도중의 지형을 조사한다. 유리한 장소를 발견하면, 먼저 점령하기 위해서 선발대를 보내기 때문에 때로는 선발대끼리 전초전이 발생한다.
위력 정찰	병력이 불분명한 적진지 등에 대해서 어느 정도의 병력이 전개되어 있는지 조사하기 위해 일정한 규모의 부대로 공격을 가하는 것. 기습에 적절히 성공하면, 그대로 승리하기도 한다.

🐸 원 포인트 어드바이스

RPG의 이동 중 매복을 피하기 위한 아이템이나 적을 발견하기 쉬운 직업의 존재도 군사적으로 보면 정찰 행동의 일종이다.

Step 4 주도권 다툼과 돌격

◆ 유리한 위치 빼앗기

양군의 포진이 끝나면, 드디어 싸움이 시작됩니다. 어떤 경우에도 전투는 기본적으로 대기하면서 적을 맞아 싸우는 방어 측이 유리합니다. 하지만 적극적으로 이동하는 쪽은 유리한 지점을 먼저 빼앗아서 한 수, 두 수 앞의 전개를 유리하게 만들 수 있습니다. 선수를 치기 위해서 이동하는 진영은 많은 병사가 희생될 수도 있지만, 대신에 전투의 주도권을 쥐게 될 수도 있습니다. 또한, 대열을 이루어 이동할 때 특징도 파악합시다. 예를 들어, 기마대가 돌격 능력은 강하지만, 진형이 흐트러지기 쉽다는 식으로 장비와 이동 속도로 예상할 수 있는 간단한 내용 정도를 파악하는 것만으로도 충분합니다. 이러한 것들을 설정하는 사이에 자연스럽게 전투의 구조가 떠오를 것입니다.

주도권 다툼과 돌격 창조의 체크 포인트

· 전투만이 아니라 전쟁에서는 '망치와 모루'라는 기본적인 전술이 있다. 견고한 아군의 전열로 적을 확실하게 밀어붙이고, 배후에서 기동력이 있는 부대가 두들겨 부순다는 작전 방침을 말한다.
· 충실하게 진을 구축하고 있는 적에게 돌격하면 거의 확실하게 실패한다.

명작 체크

히로시마 야쿠자의 대사가 보여주는 필승의 신념

후카사쿠 긴지의 야쿠자 영화 〈의리 없는 전쟁〉에서는 사지로 향하는(또는 도망치려고 하는) 사나이들의 본심으로 가득한 대사가 계속 흘러나옵니다. 특히 히로노 쇼조가 적을 우습게 보는 사카이 데쓰야에게 "쫓기는 자보다 쫓는 자가 강한 법이야. 그렇게 생각하면, 틈이 생기지"라고 말하는 장면은 뒤로 물러설 수 없는 결전에 뛰어드는 각오란 무엇인가를 생각하게 합니다.

나만의 상상에 도전하기

지휘관이 가장 두려워하는 조우전

이동 중인 군대가 서로 예상하지 못한 상태에서 마주쳐 벌어지는 전투를 조우전이라고 합니다. 행군 대형인 채로 전투하기 때문에 준비는 부족하고, 지휘와 통제도 엉망입니다. 대개는 양군 모두 큰 손해를 봅니다. 그 유명한 4차 가와나카시마 전투도 양 군대가 서로 선수를 치려 하다가 조우전이 되어버려서 전국시대를 통틀어 손가락 안에 꼽힐 정도의 큰 피해를 낳은 전투가 됐습니다.

◆ 전투 대형의 버릇이나 약점을 생각한다

전투 대형이 갖추어져도 총사령관의 의도대로 부대를 자유자재로 움직이는 것은 쉬운 일이 아니었다. 전장은 지휘관들을 고민하게 만드는 요소로 가득 차 있다.

고대 그리스의 팔랑크스(위에서 본 그림)

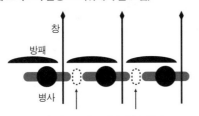

창
방패
병사

본능적으로 오른쪽 병사의 방패 쪽으로
오른쪽 반신을 넣으려 한다.

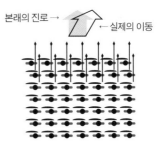

본래의 진로 →
← 실제의 이동

왼쪽 그림은 고대 그리스의 팔랑크스(밀집 장창 대형) 병사 모델을 바로 위에서 내려다본 것이다. 그들은 왼손에 방패, 오른손에 장창을 들고 견고한 밀집 대형을 취하지만, 전투가 시작되면 병사는 본능적으로 오른쪽 병사의 방패에 숨으려고 해서 오른쪽으로 중심을 옮긴다. 이것이 결과적으로 부대 전체의 모양을 기울어지게 해 부대가 똑바로 전진하기 어렵게 만들었다. 가장 오른쪽에 강인한 병사를 모아서 부대가 기울어지는 걸 막았기에, 제일 앞 열 오른쪽 끝의 병사는 부대에서 최고의 용사로 여겨졌다.

◆ 돌격 타이밍을 파악한다

돌격은 용맹하고 과감한 군사 행동이지만, 부대 지휘 통제가 흐트러지기 쉬운 만큼 돌격 거리는 짧은 쪽이 바람직하다. 또한, 돌격에는 다음과 같은 심리도 작용한다.

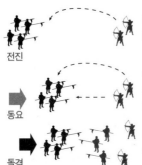

전진

전진 중인 창병의 대열이 곧 적 궁병의 사정거리에 들어간다. 창병의 사기는 높고, 전진 속도에 변화는 없다.

동요

창병 부대의 반 정도가 적 궁병의 사정거리에 들어서게 되면, 부상병이나 전사자가 눈에 띄기 시작한다. 그 이상으로 창병 부대에 동요가 퍼져나가면 전진할 수 없게 된다.

돌격

바로 이때라고 생각한 창병 대장은 돌격 명령을 내렸다. 돌격 나팔에 이끌린 창병의 사기가 회복된다. 적도 궁병을 물리고 창병 부대를 앞으로 내세운다. 이렇게 전투가 시작된다.

> **원 포인트 어드바이스**
>
> 먼저 돌격하는 진영은 아무래도 손해가 커지지만, 공격 타이밍을 자신이 결정할 수 있다는 점에서 유리하다.

Step 5 승리의 기회를 잡는 법

◈ 결단 없는 승리는 존재하지 않는다

지금까지는 전투 초반의 전초전과 포진, 중반의 주도권 다툼과 돌격을 살펴보았습니다. 드디어 종반, 전투의 승패를 생각합니다. 부대를 지휘ㆍ통제할 수 없게 되었을 때, 또는 다음 한 수를 놓지 못하게 되었을 때, 그 진영은 패배합니다. 손에 쥔 패가 남지 않은 쪽이 패하는 것입니다. 구체적으로는 적의 대열 배후에 병력을 보내는 순간, 이 것이 바로 승리할 기회입니다. 적이 배후로 돌아오면 손에 쥐고 있던 패를 단번에 잃어버릴 뿐만 아니라, 전선 부대의 사기도 극적으로 떨어집니다. 숙련도가 낮으면 도망치는 부대도 나오겠지요. 그런데도 어떻게든 버티려고 한다면 괴멸이라는 최악의 결과가 기다리게 됩니다.

승리의 기회를 잡는 법 창조의 체크 포인트

· 기회의 여신은 앞머리밖에 없다. 지나간 후에 잡으려고 하면 이미 늦었다.
· 예비는 항상 남겨두어야 하지만, 기회라고 생각되면 아낌없이 투입하는 결단도 필요하다. 예비대 투입을 망설이다가 승리를 놓쳐버린 사례는 얼마든지 있다.

나만의 상상에 도전하기

예비 부품으로 구해낸 하야부사의 궤적

하야부사는 소행성 이토카와에서 인류 최초로 표본을 가져오는 데 성공한 탐사 위성입니다. 연료 가스 분사에 의한 자세 제어나 고장 난 이온 엔진의 크로스 운전 등 수많은 위기를 넘어설 수 있었던 것은 여분으로 탑재한 연료 가스나 부품 덕분이었습니다. 우주에서 수리할 수 없는 탐사기는 엄격한 중량 제한 속에서 예비 부품을 확보해 예기치 못한 사태에 대비합니다.

역사 관련 사건

군인들을 사로잡은 공전절후의 포위 섬멸전

기원전 216년, 약 5만 군대를 이끈 카르타고의 장군 한니발은 칸나에 전투에서 7만 로마 군단을 상대로 전사자 6만, 포로 1만이라는 성과를 거두며 완승했습니다. 열세의 군이 양 날개를 포위한 섬멸전은 이후 군인의 본보기가 되어 다양한 군사 작전에 응용되었습니다. 하지만 정말로 위대한 것은 이 패배 후에 국가를 재건해 대제국을 세운 로마일지도 모릅니다.

◆ 전투에 승리하는 3가지 패턴

적군이 퇴각하도록 몰아넣어서 전장에 마지막까지 남아 있는 진영이 전투의 승자가 된다. 승리에는 여러 단계가 있지만, 다음의 3가지 패턴에 맞는다면 대승리라고 할 수 있을 것이다.

포위

반포위

돌파

'포위'는 적군의 반수 이상의 퇴로를 차단해 전투력을 상실하게 하는 것으로, 가장 완벽한 승리다. 비슷한 규모의 접전에서는 거의 발생하지 않지만, 이민족 간의 싸움에서는 상대가 어떻게 나올지 알지 못해 때때로 의표를 찌르는 형태로 달성할 수 있다. '반포위'는 적의 측면을 돌파해 국소적으로 적 대열을 압도하는 것. 계속 내버려두면 포위로 연결되기 때문에 대개 반포위를 당한 쪽에서는 퇴각을 시작한다. 돌파에 성공하면 적 대열은 거의 확실하게 붕괴하지만, 돌파를 달성하기까지 희생이 크고, 또한 처음부터 돌파를 노리고 진행하는 돌격은 대개 실패해 큰 손실이 발생한다.

◆ 가장 위험한 돌파 순간

돌파 직전에 공격 쪽 전력이 돌파 부분에 지나치게 집중된다면, 반대로 돌파 지점의 근본에서부터 차단되어 역포위 상태에 빠질 위험이 있다. 실제로는 돌파에 가까운 상황을 만들어낸 쪽이 압도적으로 유리해 방어 측은 어쩔 수 없이 역포위를 시도하는 것이 보통이지만, 열세인 군을 이끌고 의도적으로 적이 돌파하게 만들어 역포위를 완성하는 명장도 존재한다.

◆ 예비 부대의 중요성

군대는 전투 상황뿐만 아니라 다양한 곳에서 예비 부대를 확보하려고 노력한다. 전장에서는 항상 예측하지 못한 사태가 발생한다. 그 상황에 대처할 수 있는 예비 부대가 없으면 그 부대는 한순간에 전투력을 잃는다. 이를 바탕으로 생각하면, 상대의 예비 부대를 모두 사용하게 하는 것이 전투에서 승리하는 황금률이라고도 할 수 있다.

> 🌀 **원 포인트 어드바이스**
>
> 적의 전력이나 포진을 시각적으로 쉽게 알 수 있는 전략 게임 등에서는 예비가 그다지 중요하지 않다. 이것이 실제 전쟁과의 큰 차이다.

Step 6 퇴각전과 추격전

◊ 시작보다 끝내는 것이 어렵다

전쟁은 시작보다 끝내는 쪽이 어렵다고 하는데, 그것은 전투 현장에서도 마찬가지입니다. 정확히는 '퇴각전이 어렵다'는 것입니다. 전쟁은 승리가 목표이지만, 패배할 가능성을 고려하지 않고 싸워서는 안 됩니다. 상황이 좋지 않을 경우, 모든 군대는 다음 전투를 기대하고 손해를 최소한으로 줄이면서 물러서는 방법을 생각합니다. 추격전에 대충 나섰다간 크게 데이고 만다는 의식도 가져야 할 것입니다. 오른쪽 페이지의 설명처럼 추격전은 힘듭니다. 그 이유는 일시적으로 총사령관의 지휘와 통제를 벗어나기 때문이며, 추격전에 실패하면 모처럼 얻은 승리가 수포가 되는 일도 많습니다.

퇴각전과 추격전 창조의 체크 포인트
· 퇴각하는 진영은 후방에 놓인 '야영지'라는 구축 진지나 아군 지배하의 성채로 물러서서 군이 재집결하는 것을 노린다.
· 용병이 주체인 군대라면 퇴각하는 적이 남긴 전리품 수집에 분주한 나머지 추격전이 불가능해지는 경우도 많다.

나만의 상상에 도전하기
승리의 그늘에 있는 패배

"군의 승리에는 반드시 국소적인 패배가 발생한다"라는 격언이 있습니다. 이것은 국소적으로 패한 부대가 적의 더 많은 부분을 끌어들인 결과, 전체적으로는 유리한 상황을 만들었다고 생각할 수도 있습니다. 하지만 진정한 의미는 승리에 눈이 멀어 그 속에 있었을 실패에 대한 반성을 게을리하면, 결국 미래에 큰 실패가 되어 돌아올 수도 있다는 경고일 것입니다.

역사 관련 사건
추격전이 죽음을 불러온 도쿠가와 사천왕

세키가하라 전투에서 패배한 서군 여러 장수의 부대는 적에게 집요하게 추격당해 괴멸 상태에 빠졌습니다. 하지만 시마즈군만은 '시마즈의 탈출구'라는 책략으로 적군을 돌파해 반대 쪽으로 무사히 도망칩니다. 이 때, 시마즈군을 추격한 도쿠가와 사천왕 중 하나인 이이 나오마사는 총에 맞아서 다리를 다칩니다. 목숨은 건졌지만, 후유증으로 고생하면서 파상풍으로 2년 뒤에 사망했습니다.

◈ 전장에서 퇴각하는 순서

전투에서 패한 진영엔 퇴각전이 기다리고 있다. 아무리 유리한 상황이라도 군은 반드시 퇴로를 의식해 퇴각 순서도 시스템으로 확립한다.

퇴각 순서

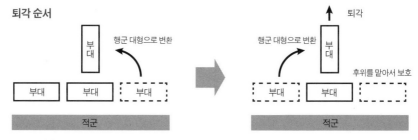

전군이 일제히 퇴각할 수는 없다. 후방의 비전투 부대나 피폐한 부대부터 순서대로 물러나 행군 대형으로 전환하면서 후방의 안전한 거점으로 향한다. 예비 부대나 일부 부대가 남아 전선의 틈을 메우면서 적의 추격을 떨쳐낸다. 행군 대형의 적군은 전투 대형인 채로 추격할 수 없어서, 일정한 거리만큼만 버틸 수 있다면 퇴각은 완료된다. 행군 대형이 될 여유도 없이 퇴각을 시작해버리는 것이 '패주'로서, 이것은 실질적으로 군의 붕괴를 의미한다.

◈ 실시하기 어려운 추격전

추격의 한 예

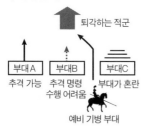

퇴각하는 적을 추격하는 건 쉽지 않다. 전선 부대 대부분은 격전으로 피폐해졌기 때문에 지리멸렬한 추격으로 도리어 피해가 커질 우려도 있다. 다만, 아직 전투에 들어서지 않은 기병 부대처럼 예비 쾌속 부대가 추격전에 투입되면, 퇴각 진영에서는 비참한 추격전이 시작된다.

추격의 실패 사례

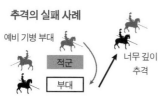

실패한 추격전 사례도 많다. 왼쪽 그림은 측면을 노리고 있던 기병이 적을 너무 지나치게 뒤쫓은 결과, 텅 비어버린 측면에 적군이 예비 기병 부대를 투입해 반쯤 포위되어 버린 상황. 전선 부대는 눈앞의 적에 대한 승리가 최우선이기에 전체 국면을 알기 어려워서 이렇게 치명적인 실수를 저지르고 만다.

> 🛡 **원 포인트 어드바이스**
>
> 퇴각에 성공한 군은 대개 중장비나 무기 대부분을 도중에 버리기 때문에 전투력을 회복하려면 상당한 시간이 걸린다.

3장 집단 전투를 그린다

Step 7 지휘관의 전사

◆ 군의 저력이 요구되는 비상사태

지휘관의 전사는 특히 직속 부대에 심각한 타격입니다. 병사의 정신적인 동요도 있겠지만, 필사적으로 눈앞의 적과 맞서고 있는 병사들은 이런 사실을 알지 못합니다. 게다가 명령이 도달하지 않기 때문에 사태가 더욱 나빠집니다. 상황을 넓게 바라보며 정보를 수집하고 상관의 명령을 실행에 옮기고, 부대를 적절한 장소로 배치하는 것이 지휘관의 최대 임무입니다. 이를 잃어버렸다는 것은 수백, 수천의 부대가 전력을 상실하는 것과 같은 의미입니다. 이야기에 따라서 지휘관의 전사가 사람들을 움직이는 중요한 사건이 되는 것은 영향을 받는 사람들의 숫자가 많기 때문입니다.

지휘관의 전사 창조의 체크 포인트

· 용맹한 군에서는 지휘관이 전선에 설 기회가 많으며, 필연적으로 지휘관이 희생되기 쉽다. 반면, 약소한 군일수록 지휘관이 희생될 가능성은 작지만, 그만큼 지휘관이 전사한 약소 군대는 한순간에 괴멸한다.
· 국왕이나 지휘관 개인의 능력이나 개성에 의존해 융성한 군이나 국가는 대부분, 지도자가 전사하는 예기치 못한 상황에서 버티지 못한다.

나만의 상상에 도전하기
군인 사회의 벼락출세?
야전 임관

지휘관이 계속해서 전사하면서 그 직책에 어울리는 계급의 인물이 없어졌을 때, 하위 계급의 사람이 직책을 계승할 수 있도록 임시로 승진시키는 것을 '야전 임관'이라고 합니다. 평시가 되면 본래 계급으로 돌아가는 것이 보통인데, 이때 임무를 충실하게 완수한 사람에게는 장래에 큰 출세의 길이 열리게 됩니다. 젊은이가 군에서 급격하게 대두하기 위해 필요한 구조입니다.

역사 관련 사건
전쟁이 길어지게 만든
북방 사자의 퇴장

1618년에 시작된 독일의 30년 전쟁에서 스웨덴 국왕 구스타브 아돌프는 최대 적이었던 용병 대장 발렌슈타인의 군을 뤼첸에서 격파했지만, 그 직후 부주의하게 뛰쳐나갔다가 적에게 공격당해 전사하고 맙니다. 그 결과, 전쟁을 종결시킬 힘을 가진 세력이 사라져 전쟁은 주역이 없는 채로 1648년까지 계속되었고, 독일은 극도로 황폐해졌습니다.

322 판타지 유니버스 창작 가이드

♦ 지휘관의 전사가 미치는 영향

지휘관의 전사는 군이나 부대가 두려워하는 사태이지만, 반드시 계산해야 하는 위험 요소이기도 하다. 군은 이를 뒷받침하는 자세를 구축해 지휘관의 전사로 인한 위험을 최소화하고자 노력한다.

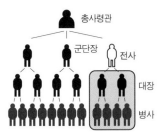

부대장의 가장 중요한 임무는 휘하 부대의 행동에 관한 '결단'이다. 그러므로 그림처럼 군단장이 전사하면 격자 안의 부대가 한 순간에 마비 상태에 빠진다. 물론 야전 임관으로 그곳에 있던 최고위 사관(예를 들면 선임 대장)이 대신 맡게 되지만, 임무에 익숙하지 않은 데다 총사령관과의 명령 전달 경로를 재구축하고 지휘 계통이 회복되려면 일정한 시간이 필요하다.

> 다만, 무능한 상관의 명령으로 무익한 손실을 반복하는 부대에서는 상관의 전사는 곧 기회이며, 군에서 출세하는 이야기에 빠질 수 없는 사건이기도 하다.

♦ 총사령관의 역할과 포진

군의 실력이 거의 대등한 상황에서, 또는 절체절명의 위기에 놓여 있을 때, 국면을 바꾸는 힘을 발휘할 수 있는 건 총사령관뿐이다.

통상적인 총사령관의 위치

전군에 명령을 내리는 사령관은 국면 전반을 객관적으로 볼 필요가 있으므로 최전선에서 조금 떨어진 안전한 후방에 있는 것이 바람직하다. 유럽 중세를 모델로 한 판타지 세계의 전장에서도 총사령관은 이 위치에 포진해야 하는데, 열세이거나 패배할 만한 상황에서 그가 어떻게 행동하는지가 중요한 장면이 된다.

'결전'에 임하는 총사령관의 사례

열세인 군대의 사기를 높이기 위해서 총사령관이 최전선에 서는 일도 많다. 하지만 영웅적인 계산을 하는 것만이 아니라, 예를 들면 승패를 결정하는 비밀 병기나 절묘한 판단이 요구되는 기병 부대의 투입처럼, 기회를 놓치지 않고 순간적인 결단을 요구하는 군사적인 목적으로 전선 부대에 총사령관이 포진하는 일도 있다. 어느 쪽이건, 다른 부대의 지휘를 대행하는 우수한 총사령관 대리의 존재가 필요하다.

🌱 원 포인트 어드바이스

지휘관이 너무 무능해서 병사에게 암살당하는 것을 우려한 사관이 주변을 경계하는 이야기는 고금동서에 넘쳐난다.

전쟁을
다층적으로 창조한다

◆ 군대의 구조를 이해한다

여기서부터는 군대의 구조에 발을 들입니다. 군대 내에는 다양한 계급이 존재하는데, 계급마다 주어진 역할이나 상위 계급으로 진급하기 위한 과정에 관해 설명합니다. 이 장에서 제시한 계급 명칭이나 역할, 또는 부대 명칭의 모델이 된 것은 20세기 이후의 군대입니다. 그러면 중세 유럽을 모델로 한 판타지 세계에는 어울리지 않는 것이 아니냐고 생각할지도 모르지만, 걱정할 필요는 없습니다. 이 책에 나오는 모델은 매우 깊게 파고들어 자세히 정리했습니다. 검과 마법의 세계라면 부대나 계급 명칭은 훨씬 단순해도 상관없습니다. 다만, 군에서 활동하는 사람들에게는 계급에 따른 역할이 있다는 점, 그리고 4장, 5장에서 그 역할의 상세한 내용을 이해할 수 있게 돕고자 합니다. 오른쪽 페이지에는 이제부터 설명하는 계급 명에 혼란을 겪지 않도록 목록을 두었습니다.

◆ 전쟁의 메커니즘을 파악하자

전장에서의 충돌에 대해서는 3장 「집단 전투를 그린다」에서 설명하고 있습니다. 하지만 여러분은 전쟁을 좀 더 자세히 파고들어서 그려내고 싶다고 생각할지도 모릅니다. 예를 들면 『삼국지연의』에서 제갈량이 보여준 것 같은 계략이나, 적장을 농락하는 새로운 전술 등을 판타지 세계 안에서 그려내고 싶다는 바람이 생겨나는 것은 당연한 일입니다.

5장 「전쟁을 창조한다」는 대열끼리 충돌할 때 더욱 상위 레벨의 지휘관이 직면하는 문제에 초점을 맞추면서 사막이나 정글 같은 특수한 전장이나 검투사 경기와 같은 무기를 사용한 오락 해설을 통해서 무기나 전투 표현의 폭을 넓혀나가고자 합니다. 3장에서 익힌 전투 순서와 합친다면 아이디어의 씨앗은 놀랄 정도로 늘어날 것입니다.

【군대 계급의 한 사례】

사관

장관
(대장·중장·소장)

영관
(대령·중령·소령)

위관
(대위·중위·소위)

부사관
(원사·상사·중사·하사)

병사(병졸)
(병장·일등병·이등병)

Step 1 병사

◈ 공격도 수비도 최전선

판타지 세계의 전쟁 장면에서 가장 대중적인 존재, 그것은 병사입니다. 성의 문지기도, 전선 초소의 위병도, 모두 병사입니다. 그런데 그토록 흔한 존재이긴 하지만, 그 실태를 그려내는 일은 매우 어려울지도 모릅니다. 이야기의 캐릭터를 군 외부에 있는 인물로 설정하고 있다고 해도, 다수의 병사를 만날 기회가 많을 것이므로 이래서는 곤란합니다. 여기서 병사라고 불리는 사람들에 대해 각 조직의 입장이나 사회와의 관계에 관해 오른쪽 페이지에서 몇 가지 패턴으로 해설하고 있습니다. 적당히 맞는 모델을 찾아봐주십시오.

병사 창조의 체크 포인트

· 병사는 현대의 군대로 말하면 이등병~병장이라고 불릴 만한 위치의 사람들이다.
· 반드시 단번에 어느 군대나 용병단 소속인지 알 수 있는 문장이나 부대 마크를 붙여둘 것. 그렇지 않으면 도적 무리와 구별할 수 없다.
· 병역을 세금의 일환으로 생각하는 경우, 나라에 따라서는 무기나 갑옷을 직접 준비하게 하는 사례도 많다.

나만의 상상에 도전하기
이색적인 에피소드가 만들어내는 세계관의 깊이

애니메이션 〈기동전사 건담〉 15화 「쿠쿠루스 도안의 섬」에서는 양산형 병기인 자쿠를 훔쳐 군을 탈출한 뒤 전쟁고아를 데리고 떨어져 사는 지온군 탈주병이 등장합니다. 만화로 다시 제작된 『더 오리진』에서는 이 에피소드가 삭제되었지만, 지온군 병사의 시선에서 이야기를 보여주는 걸작 중 하나입니다. 탈주병을 토벌하려고 다른 자쿠를 동원하는 지온군의 자세도 놀랍습니다.

명작 체크
패전이 낳은 불세출의 검호

일본 에도 시대 초기의 검호, 미야모토 무사시는 검호로서의 전설만이 지나치게 강조된 나머지 그 실상, 특히 젊은 날의 업적은 잘 알 수 없습니다. 하지만 이노우에 다케히코의 만화 『배가본드』에서는 일족의 보병으로서 우키다 히데이에의 군대에 참여해, 세키가하라 전투에서 거의 죽을 뻔한 젊은이로 그려졌습니다. 무사로서 출세하는 것을 꿈꾸며, 감정적으로 전쟁에 뛰어드는 젊은이의 정열은 예나 지금이나 다르지 않습니다.

◈ 판타지 세계에 등장하는 병사들

판타지 세계에서 병사는 흔한 존재이지만, 그에 관한 내용은 천차만별로 각각의 인생이 있다. 크게 3개의 패턴을 나누어 살펴보았다.

 정규군 상황   유럽 중세의 군대는 오랜 기간 용병에 의존했기 때문에 정규군 병사가 되기 위한 문호는 좁다. 그 점을 바탕으로 한다면 채용 기준이 다양한 만큼, 용병 출신을 고용하거나 빈곤한 귀족의 자제처럼 입구를 유연하게 설정해도 좋을 것이다.

 용병 상황   전란으로 사회가 황폐해지면서 일자리나 생활을 잃어버린 사람들이 용병이 된다. 용병이 살아가려면 전쟁이 필요하게 마련이다. 적지라면 약탈이나 파괴 행위도 묵인되기 쉽다. 용병이 늘어나거나 수요가 늘어가는 배경에는 사회의 혼란이 관련되어 있다.

 징집병 상황   군무는 세금 중 일부라는 생각에서 징집병이 생겨난다. 자경단으로 활동하는 시민군이나 점령지에서 강제로 끌어모은 노예병 등 다양하지만, 대부분 사기가 낮거나, 훈련 수준이 낮아서 사용자 입장에서 보면 불안정한 존재.

◈ 징집병이 필요해지는 모델

징집병에는 다양한 스타일이 있지만, 민중이 그 나라의 병사가 되는 전형적인 모델을 몇 가지 목록으로 만들어보았다.

지역·시대	주요 지형	내용
고대 그리스	밀집 장창 대형	고대 그리스의 폴리스(도시국가)는 민주정이 확립되었지만, 참정권은 병역을 수행하는 사람에게만 주어지며, 무장도 스스로 갖추어야만 했다. 목숨을 걸고 폴리스를 지키는 자만이 정치에 참여할 수 있다. 장창과 방패가 밀집한 대형은 군사적으로 융통성은 낮지만, 평등하다는 시민군의 이념을 구체화한 모습이기도 했다.
북방 기마 민족	기마궁병 경기마병	일상생활에서 말을 다루고, 활로 사냥하는 기마 민족은 금방 우수한 병사가 될 수 있다. 농경 지대를 침공해 약탈하는 것은 그들에게 대규모 사냥과 다를 바 없다. 엄격한 환경에서 살아가는 기마 민족에게 부족은 자신의 삶을 지키는 모든 것이며, 족장의 명령은 절대적이다. 그에 따라서 우수한 부족장이 통솔하는 기마 민족은 무서운 전력이 된다.
백년 전쟁의 영국군	장궁	용병을 고용할 자금이 없었던 영국군은 귀족의 종군을 면제하는 대신에 세금을 부과하는 한편, 지방 주민 중에서 병사를 소집했다. 고육지책이었지만, 영국 병사 대부분은 도보로 전장까지 가 싸우게 되어서 기사의 지위가 저하되었으며, 웨일스 출신자를 중심으로 한 궁병 부대가 프랑스 중장기병대를 무찔러 기사 시대의 막을 내렸다.

🟢 **원 포인트 어드바이스**

세금을 '혈세'라고 부르기도 하지만, 군무를 의무화한 징병 제도는 문자 그대로 심혈을 다해 내는 조세다.

Step 2 부사관(副士官)

◆ 전장을 잘 알고 있는 프로 집단

전쟁 중에는 경험을 쌓아서 출세한 징집병이 부사관이 되는 경우가 드물지 않습니다. 하지만 평시의 부사관은 기본적으로 군인을 생업으로 정한 사람들로 그려내는 것이 좋겠지요. 군은 사회의 축소판이기 때문에 부사관도 다양합니다. 하지만 전장에서의 역할을 볼 때 무능한 부사관은 매우 드문 존재입니다. 군인으로서 무능하다면 이미 목숨을 잃고 말았을 것이며, 평시에는 고용되지 않을 테니까요. 병사로서 우수할 뿐만 아니라, 부하의 목숨을 책임져야 하는 상황이 그들을 강하게 만듭니다. 그러한 점에서 군의 엄격함을 체현하는 상징으로서의 '전문가' 같은 모습이 어울립니다.

부사관 창조의 체크 포인트

· 현대 군대에서는 원사, 상사, 중사, 하사에 해당하는 사람들. 병기를 다루는 기술적인 프로로서 그들이 없으면 군이 기능하지 않는다.
· 판타지 세계에서는 일대일 대결에서 병사들보다 뛰어난 실력을 갖추고, 전장에서 병사들의 선두에 서서 충분한 지도력을 발휘할 수 있는 존재다.

명작 체크
호랑이 교관의
기본형이 된 사나이들

영화 〈풀 메탈 재킷〉의 하트먼 상사를 통해 신병 훈련장 호랑이 교관의 모습이 확립되었습니다. 실제로 배우인 리 어메이는 해병대 교련 지도 경험자로서 영화에서는 본래 연기 지도자로 참가했지만, 코폴라 감독의 눈에 들어서 출연이 결정되었다는 유명한 일화가 있습니다. 영화 〈사관과 신사〉에서는 사관후보생 앞에 호랑이 교관 폴리 하사가 등장합니다.

명작 체크
인류 반격의 계기가 된
호랑이 교관의 전과

곤충형 우주 생물 '아라크니드'와의 전투를 그린 고전 SF 걸작 『스타쉽 트루퍼스(우주의 전사)』를 원작으로 한 영화에서도, 신병을 괴롭히는 짐 상사라는 훈련 교관이 등장합니다. 이 짐 상사는 전반에만 등장하는 듯했지만, 이야기 후반에서 인류의 항방을 결정하는 큰 전과를 올립니다. 그 장면이 직접 등장하지는 않지만, 호랑이 상사의 면목을 충실하게 보여줍니다.

◈ 다양한 군대나 조직에서의 부사관

현대 군대에서 상사나 중사 같은 부사관에 해당하는 사람들은 군무를 생업으로 하고 있다는 점에서 병사와 다르다. 부사관이 없으면, 군은 제대로 기능하지 않는다.

 성채라면, 탑이나 초소 같은 한 구역의 책임을 진 상황으로 5~10명의 병사를 지휘한다. 평상시에는 직속 부하의 관리나 기초 훈련을 담당한다. 또한, 공성포나 배의 함재포처럼 여럿이서 다루는 대형 병기도 책임진다.

 정규군과 마찬가지로 부하를 지휘한다. 고참 용병에 어울리는 지위다. 명확한 지위가 없더라도, 여러 전쟁을 거쳐서 살아남은 고참 용병은 단번에 알아볼 수 있는 존재였다. 주로 풋내기 용병에게 전장의 엄격함을 가르치는 역할을 한다.

 징집병은 평소에는 병졸인 채로 군역에 참여하지만, 부사관의 결원을 보충하기 위해 전장에서 활약한 병졸이 승진하는 사례도 있다. 또한, 일단 정규군에서 물러나서 예비역이 되었던 병사가 다시 징집될 때 부사관으로 임명되기도 한다.

◈ 군에서 부사관의 위치와 역할

최전선에 서서, 젊고 미숙한 병사를 접하는 부사관은 군대를 무대로 하는 다양한 창작물에서 중요한 역할을 맡는 일이 많다.

군의 뼈대

어떤 군대건, 부사관은 군의 뼈대로 인식된다. 최전선에 서서 병사들이 적을 향하도록 하며, 높은 전문성이 필요한 병기를 조작하는 부사관이 없으면, 군대는 전투 조직으로 기능하지 못한다. 부사관은 군대의 본질을 가장 잘 이해하고 있는 사람들이다.

전선 부대의 실질적인 책임자

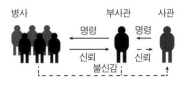

사관은 승진할 때마다 임지를 옮기곤 하지만, 부사관은 경력 대부분을 같은 부대에서 지내게 된다. 사관의 능력은 즉시 병사에게 알려지는데, 설사 사관이 무능하더라도 부사관은 이를 인식하면서도 사관의 권위를 지키고, 부대를 어떻게든 기능하게 하고자 한다. 그 노력이 부대의 사기 저하를 막고, 쓸데없는 희생을 줄일 수 있다는 것을 알기 때문이다.

훈련 교관으로서

전선 근무나, 전선에서 사용하는 무기 전문가인 부사관은 훈련병이나 사관후보생의 훈련 교관 역할도 한다. 또한, 실전 부대에 배치된 풋내기 병사는 부사관의 호된 훈련으로 엄격한 전장 상황을 배운다.

> 🎗 원 포인트 어드바이스
>
> 풋내기 병사에게 직속 부사관은 절대자로서 군림하는 존재인데, 부사관도 인격자만 있는 것은 아니다. 새내기를 괴롭히는 행위는 어느 시대건 존재했다.

Step 3 위관(尉官)

♦ 밖에는 알려지지 않은 사관의 부담

부사관보다 높은 계급은 사관(또는 장교)으로 통칭하지만, 여기에서 이야기하는 위관은 최하급 사관을 말합니다. 전쟁 영화나 애니메이션에서 위관은 말단 사관이나 사망 플래그로 그려지곤 하는데, 사실은 병사나 부사관과는 비교할 수 없는 존재입니다. 예를 들어 사관학교를 졸업해서 소위가 되자마자, 단련된 부사관 여러 명을 포함한 수십 명의 부하를 이끄는 처지가 된다는 것은 쉽게 상상하기 어렵겠지요. 다만, 그 부담도 적지 않습니다. 사관은 지휘하는 부대를 바꾸면서 승진하지만, 그때마다 강한 결속을 보이는 부하의 평가에 노출되기 때문입니다.

위관 창조의 체크 포인트

· 포로가 됐을 때도 위관 이상의 사관은 어느 정도 쾌적한 환경이 보장되는 대우를 받는다.
· 전쟁이 길어지면 사관의 소모도 늘어난다. 우수한 부사관을 전선에서 데려와 임시로 세운 사관후보생 학교에 넣어서 사관을 보충하기도 한다.

명작 체크
신임 소위의 자기만족

2002년 영화 〈위 워 솔저스(We Were Soldiers)〉는 제7기병연대의 전투를 그린 베트남 전쟁 영화입니다. 여기서 초반에 도망치는 적 정찰병을 발견하고, 공적에 눈이 먼 제1소대장이 부대를 저돌적으로 진격시킨 끝에 고립됩니다. 본인도 총탄을 맞아서 "조국을 위해 죽는다……"라고 말하며 만족스러운 모습으로 전사합니다. 부대를 사지로 몰아넣은 주제에, 제대로 명령도 내리지 않고 죽어버린 신임 소위의 모습에 황망해하는 상사의 표정이 인상적입니다.

명작 체크
시종일관, 병사의 결속을 묘사

제2차 세계대전을 무대로 한 미군 부대의 창설부터 종전까지를 묘사한 드라마 〈밴드 오브 브라더스(Band of Brothers)〉는 같은 부대에서 각 화마다 주인공을 바꾸면서, 위관이 지휘하는 부대 병사들의 기분을 입체적으로 보여줍니다. 지도력이란 무엇인지, 겉모습만이 아니라 깊은 내면까지 잘 묘사하고 있습니다.

♦ 고위 장교로 향하는 입문 기간

현대 군대에서는 위관이라고 부르는 사람들. 부사관과 함께 병사를 이끌고 전선에서 지휘를 맡는 동시에 고급 장교가 되기 위한 기초를 다지는 기간이기도 하다.

정규군 상황　성채라면 주요 탑, 지방이라면 작은 요새를 책임지며 30~100명 정도의 병사를 지휘한다. 평시에는 전선 근무와 수도나 대도시 사령부 근무를 반복하면서 출세한다. 공성포나 배의 함재포, 수문의 전술적인 운용을 책임진다.

용병 상황　용병단의 규모에 따라 다르지만, 1,000명 정도 규모라면 단장 직속으로 한 부대를 이끄는 지휘라고 할 수 있다. 창 부대, 활 부대처럼 병종마다 지휘권이 나뉘어 있는 것이 보통이지만, 독립 부대로서 이들을 혼성한 '미니 용병단'도 지휘할 수 있어야 한다.

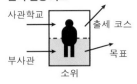

군의 신경 회로

사관학교 → 출세 코스
부사관 → 목표
소위

부사관이 군의 뼈대라고 한다면, 위관은 군의 신경회로다. 군의 다양한 부분을 오가면서 두뇌(총사령부)의 명령을 전달하는 존재다. 군에는 다양한 형태가 있지만, 일반적으로 사관학교와 같은 엘리트 양성 코스로 시작한 군인은 졸업 후 소위로 임관해 큰 문제가 없으면 출셋길에 오른다.

♦ 위관의 계급 패턴

사관학교를 막 졸업한 젊은이부터 부사관에서 올라온 베테랑까지, 위관에는 다양한 유형이 있다. 매력적인 캐릭터로 설정하기 쉬운 계급이기도 하다.

소위　막 사관학교를 졸업한 신입 소대장 등으로 그려지는 것이 일반적이다. 판타지 세계에서는 첫 전투를 맞이하는 귀족 자제 등 고급 군인으로 향하는 길이 어느 정도 보장된 젊은이가 성장하는 곳이기도 하지만, 어느 쪽이건 베테랑 부사관의 보좌가 필요하게 마련이다.
참고 : 소대장~임시 중대장(30~100명)

중위　신임 소위보다는 전선 근무에 익숙한 베테랑으로 그려지는 존재이지만, 이 계급이 되면 지휘 능력이 유능한지 아닌지가 상사의 눈에 확실하게 인식된다. 중위 격의 인물을 확실하게 묘사하고 있는 영상, 문학 작품은 명작이 많다.
참고 : 중대장(100~200명)

대위　전선 지휘관인 동시에 영관 후보 위치이기에, 전선 근무를 떠나서 고급 장교 양성 코스에서 교육을 받거나, 참모 본부에 소속되는 등 뭔가 바쁜 지위이기도 하다.
참고 : 엘리트 중대장~대대장(500명~1,000명)

> 🔷 **원포인트 어드바이스**
>
> 위관과 부사관은 제도상의 권한 차이가 크기 때문에 그 차이를 메우기 위해서 임시로 준위 같은 계급을 두는 군대도 많다.

Step 4 영관(領官)

◈ 엘리트 등용문

근대 이후 군에서 영관의 역할은 오른쪽 페이지에서 해설하는 대로입니다. 판타지 세계에서는 다양한 역할을 생각할 수 있지만, 비교적 간단하게 묶어서 말하자면 '정치가 관련되지 않은 범위 내에서의 군사 지도자'라고 부를 수 있습니다. 다크 판타지 걸작『베르세르크』의 '황금시대편'에서 자서성 기사단장인 보스콘이나 푸른 고래 중장갑 기사단장인 아돈처럼, 앞으로 성장할 주인공들에게 일정한 벽이 되어서 가로막아서는 존재입니다. 위관보다 책임이나 권한이 큰 만큼, 음모를 주도하거나 깊이 관여하기도 합니다.

영관 창조의 체크 포인트

· 이른바 귀족이라고 불리는 사람들이 일단 부임하는 지위로 설정하기 쉽다.
· 사회적인 신분도 높아지기 때문에 여객선을 무대로 하는 미스터리 소설 같은 데서 눈에 띄는 조연으로 활약하는 군인 캐릭터로서도 중요시된다.
· 특수 기능을 가진 민간인을, 예를 들면 연구자 같은 존재로 군에 편입시킬 때도 명목이나 급여 등급 등에서 취임시키기 좋은 지위이기도 하다.

나만의 상상에 도전하기
우주 세기의 역사를 바꾼 유능한 야심가

일본에서 가장 유명한 영관이라면 역시 애니메이션 〈기동전사 건담〉의 샤아 아즈나블이겠지요. 탁월한 조종사로서 공적을 세워 2계급 특진해 소령이 되고, 가르마의 전사에 대한 책임으로 좌천된 후에도 순조롭게 출세해 잠수함대 사령관 같은 전선 임무만이 아니라, 뉴타입 연구에도 관여하는 등 다양한 재능을 발휘합니다. 이 정도로 유능하면서도 인간적으로 결함을 지녔다는 매력이 있습니다.

역사 관련 사건
내전으로 이 땅을 떠난 세계에서 가장 유명한 대령

샤아가 일본에서 가장 유명한 대령이라면, 세계에서 가장 유명한 대령은 리비아의 최고 지도자였던 카다피 대령이겠지요. 다만, 이것은 정식 군의 지위에 바탕을 둔 것이 아니라, 일종의 별명으로 본인이 사용하던 것이며, 그가 왜 대령이라 했는지는 알 수 없습니다. 사정은 복잡하지만, 무작정 장군이라고 자부하는 것보다는, 열정적이고 젊은 독재자의 이미지를 만드는 데 도움이 되었습니다.

◈ 전선의 승리를 결정하는 엘리트 집단

군대를 대기업으로 비유하면 임원을 겸하지 않는 부장직, 공장장 등에 해당하는 이들이 영관일 것이다. 한 부처의 최고 책임자로서 그들이 내리는 결단은 중요하다.

정규군 상황 한 요새 지휘관에 해당하는 권한을 갖는다. 전장에서는 군단이나 병단(일본이나 중국에서 독립적인 작전 수행이 가능한 부대를 가리키는 말)을 지휘하는 인물이라고 할 수 있다. 이 단위의 부대라면, 지휘관에 따라서 부대의 전투 방법이나 용맹함 등에 개성이 확실하게 반영된다.

용병 상황 정규군과 비교해서 생각하면, 용병 대장은 이 지위의 인물이 맡아야 할 자리다. 이끄는 부대 규모에 따라서는 장군 등급에 이를 수도 있지만, 고용주 쪽에서는 그 정도의 권한을 용병 대장에게 주려고 하지 않을 것이다.

◈ 영관의 계급 패턴

위관과 영관은 권한상 차이는 없으며, 소위부터 대령까지는 일관되게 같은 보폭의 계급이 이어진다. 하지만 영관 계급이 이끄는 부대의 책임은 중대하다.

소령 작전 단위라 불리는 규모의 부대를 지휘하는 처지다. 구축함 함장, 잠수함 함장에 해당하는 해군을 통해서 살펴보는 쪽이 연상하기 쉬울지도 모른다. 대위가 소령으로 출세하는 과정에선 능력을 시험하고자 많은 군대에서 전문교육기관을 구성하고 있다.
참고: 대대장(500~1,000명)

중령 '대령 대리'라는 권한이 이 지위의 원점에 해당한다. 역사적으로 스스로 한 군대를 이끄는 대귀족은 대령급으로 군에 편입되었고, 그 대령을 군사 전문가로서 보좌하기 위해 군에서 파견된 인재가 중령이었다는 것이다. 해군에서는 경순양함 같은 주요 함정을 지휘한다.
참고: 대대장~준연대장(1,000~2,000명)

대령 예외도 많지만, 전선 부대의 실질적인 최고 지휘관이라고 해도 좋다. 해군이라면 전함이나 항공모함, 순양함 같은 대형 함정, 또는 구축함대, 잠수함대 같은 것을 지휘한다. 전통 있는 군일수록 대령 격에는 복잡한 역사가 따라오기 때문에 판타지 세계에서도 배려해야 한다.
참고: 연대장(2,000~3,000명)

> **판타지 세계의 영관 모델**
> 영관의 지위는 책임과 임무의 규모가 확실하므로, 판타지 세계에서는 주인공에 가까운 주요 캐릭터로 등장시키기 좋다. 만화 『강철의 연금술사』에서 국가 연금술사의 자격을 가진 군인은 영관급부터 경력을 시작한다. 그 능력이 하나의 독립적인 군대 수준이라고 인정받기 때문이다.

🛡 **원 포인트 어드바이스**

영어로 육군 대령은 콜로넬(Colonel), 해군 대령은 캡틴(Captain)이지만, 육군 대위 역시 캡틴이기 때문에 상당히 복잡하다.

Step 5 장관(將官)

🜂 군의 최상위에 군림하는 사령관들

판타지 세계에서는 장관(장수)보다 장군이라는 호칭이 더 익숙할지도 모르지만, 어느 쪽이건 '한 군부대의 장'이라는 지위를 가진 만큼, 수많은 병사를 이끌며 그 책임을 져야만 합니다. 또한, 많은 사람이 모인 집단에 영향을 주는 이상, 정치를 의식해서 행동할 수밖에 없는 장면도 많아집니다. 이야기에서는 압도적인 권한을 가진 존재로서 주인공 일행 앞에 서며, 그의 승리나 패배, 배신이나 개과천선으로 인해 극적으로 이야기가 움직이기 시작합니다. 또한, 동년배의 장군이 주인공인 경우, 거대한 권한을 갖고 있어도 결국은 인간이라는 문맥도 생각할 수 있습니다.

장관 창조의 체크 포인트

· 조직이나 지휘 통제에 구속되지 않고, 만화 『원피스』의 해군처럼 개인 전력에 초점을 맞추어 위계를 설정하는 것도 감상자가 이해하기 쉽게 만드는 좋은 방법이다.
· 장관에도 다양한 위계가 있지만, 장군이라는 통칭이 있다는 점에서 다른 계급과는 큰 차이가 있다.

역사 관련 사건
고대 민주정의 장군 선택 방법

민주주의가 발달한 고대 그리스의 아테네에서는 매년 1년 임기로 시민 10명이 장군(스트라테고스)으로서 민회에서 선출되었습니다. 민회에서 지지를 받는 재능은 군사 능력과 일치한다고 여긴 것입니다. 다만, 10명 전원이 전장으로 향하는 것이 아니라, 적임이라고 생각되는 한두 명만이 실제로 군을 이끌었습니다. 영어 strategy(전략)의 어원이 되었습니다.

역사 관련 사건
용병 대장 발렌슈타인

독일의 30년 전쟁에서 신성 로마 제국 합스부르크가를 위해서 일했던 소귀족 출신 용병 대장 발렌슈타인. 그는 용병 군단을 구성해 적 세력을 차례대로 물리치고, 결국에는 대귀족 자리에 올라 황제 군의 총사령관이 되었습니다. 기존과 같은 약탈이 아니라, 점령지에서 세금을 거두어 용병에게 지급하는 시스템을 확립해 근대적인 군대의 원형을 구성한, 정치가형 장군입니다.

◆ 전략 단위의 군을 이끄는 존재

장관(장군)은 전선 부대만이 아니라, 이를 지원하는 후방 부대 일단도 지휘하기 때문에 그들이 이끄는 부대는 전략 단위라고 불린다.

소장 장관 중에서는 최하위에 해당하며, 육군에서는 '사단'이라고 불리는 부대를 지휘한다. 사단은 보급이나 의료에서부터 인사에 이르기까지, 전선 부대가 기능하게 돕는 후방 조직을 겸비한 부대로, 단독으로 1개 작전을 수행할 수 있는 최소 규모의 전략 단위다.
참고: 사단장 (1만~1만 5,000)

중장 전통 있는 사단이나 복수의 사단을 포용하는 '군단'이라고 불리는 편제의 부대를 지휘한다. 군단이라는 말이 가리키는 범위는 매우 넓어서 무적 군단, 상승 군단처럼 관례 표현과는 구별할 필요가 있지만, 규모가 거대한 근대 이후의 군단을 판타지 세계에 적용하기는 어렵기 때문에, 장관은 '장군/대장군'의 두 계급 제도로 설정해도 좋을 것이다.
참고: 군단장 (3만~10만)

대장 군의 최상층 계급이다. 다만, 근대 이후, 거대화한 군에서는 '군 집단(집단군)'이나 '방면군'이라는 거대한 편제가 탄생해 대장 이상의 계급이 필요해졌기 때문에, 상급 대장이나 원수 같은 상위 계급이 존재하기도 한다.
참고: 군사령관 (30만~50만)

◆ 참모 본부의 조직과 구성

참모라는 제도가 등장한 것은 19세기 중세 유럽으로, 판타지 세계에서 응용할 경우를 생각해 그 구성을 간단히 설명하겠다.

자신의 영지나 선거구를 전장으로 만들고 싶지 않은 대귀족이나 정치가, 큰 돈벌이를 바라는 대상인 등의 개입은 군사 작전에 심각한 장해가 된다. 이러한 외부 영향을 배제하고, 순수하게 군사적인 작전 계획을 입안하는 것이 참모 본부의 임무다. 이른바 기이한 책략을 생각하는 것이 아니라, 일정한 작전 방침을 실현하는 데 필요한 군사적 준비나 조치를 각각의 전문적 관점에서 검토하고 연구하여 구체적인 계획을 구성해 나가는 전문가 집단이다.

> 🎯 **원 포인트 어드바이스**
>
> 장관이 승선하고 있는 군함에는 장관기가 걸린다. 해군에서는 장군이라고 부르지 않고 제독이라고 호칭한다.

Step 6 정치가

◆ 항상 강요받는 군대와의 긴장 관계

이야기에서 정치가와 군은 기본적으로 긴장 관계에 있는 모습으로 그려지게 마련입니다. 양쪽 모두 강력한 권력과 권한을 갖고 있어서 같은 방향을 향하고 있으면 캐릭터가 겹치기 때문입니다. 그러한 창작상의 목적을 제외하더라도 오른쪽 페이지의 해설처럼 '민주주의와 문민 통제의 군대'에서는 악덕 정치가가 군을 이용하려 한다는, '왕정, 군주제 군대'에서는 악습을 몰아내고 군 개혁에 나서려는 국왕을 군의 보수파가 저해한다는 플롯이 기본이 되겠지요. 정치가와 군대, 각각의 배경을 생각한다면 자연스레 역할이 결정될 것입니다.

정치가 창조의 체크 포인트

· 한 나라 안에서 최대 폭력 장치로서 군림하는 군대는 그 자체가 변화를 싫어하는 존재다. 총사령관(=군주)이 변화를 바란다고 해도, 대귀족의 태업으로 좌절되기 쉽다. 그만큼, 내부에서 군을 개혁할 수 있는 정치나 군주는 명군이라고 부르기에 적합하다.
· 군사 독재자가 가장 두려워하는 것은 군이다. 그들이 이빨을 드러내고 달려들지 않도록 독재자는 분단 통치 방법에 모든 신경을 쏟는다.

명작 체크
일본을 내전으로 몰아넣은 정치 대립

니시무라 주코의 『창망의 대지, 멸망하다』는 대륙으로 날아온 메뚜기 떼가 도호쿠 지방을 습격한다는 소설입니다. 정부는 도호쿠 지방을 버리는 정책을 추진하며, 반발하는 아오시마현 지사를 중심으로 도호쿠는 독립의 길을 택하지만, 자위대도 분열되어 내전 상황에 빠집니다. 민주주의의 한계나 폭력 장치는 무엇을 위해 존재하는지, 깊은 사고를 던져주는 걸작입니다.

나만의 상상에 도전하기
노래하며 춤추는 지구 연방군 총사령관

2008년에 공개된 영화 〈스타쉽 트루퍼스 3〉에서는 주요 캐릭터로 오마 아노키 총사령관이 등장합니다. 그는 크게 히트한 군가 「It's Good Day to Die(오늘은 죽기에 좋은 날)」의 가수로 언론에 노출되어 시민의 사기를 높이는 선동 재능을 발휘합니다. 매우 바보 같은 장면이지만, 정치와 군의 관계를 잘 보여주는 사례입니다.

◆ 군과 정치의 관계성

이야기 속에서 군과 정치의 관계를 설명해야 하는 장면도 있을 것이다. 다음과 같은 전제를 바탕으로 한다면, 그 후에는 자유롭게 바꾸어 나가는 것도 가능하다.

민주주의와 문민 통제의 군대

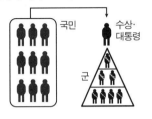

근대 민주주의 국가의 군과 정치의 관계를 나타낸 모델. 선거권을 가진 국민이 선택한 수상이나 대통령이 군의 총사령관을 겸임하는 제도로, 정치가 군을 통제한다. 이를 문민 통제(civilian control)라고 한다. 물론 총사령관의 생각이 군의 통치에 악영향을 끼치지 않으려는 조치가 강구된다. 국민의 징병 의무가 사라지면서, 군과 국민감정이 서로 멀어지기 쉬운 단점도 있다.

왕정·군주제의 군대

근대 민주주의 확립 이전의 정치와 군의 관계성을 모델로 한 것이다. 평시의 정치 기구가 그대로 군사 기구로 옮겨진다. 선악의 가치 판단을 제쳐놓고 생각할 때, 총사령관이나 장군의 군사적 재능이 발휘되기 쉽고, 시대를 바꾼 전투나 새로운 전술이 극적으로 탄생하는 구조다. 판타지 세계에서는 캐릭터가 정치적·군사적으로 서 있는 위치를 명시하기 쉽다.

◆ 판타지 세계 속 군과 정치의 관계

정치와 군사의 관계가 밀접한 '왕정·군주제 군대'는 외부 공작에 의해 움직이기 쉬우므로 음모 등이 뒤얽힌 판타지 세계에 어울리는 제도다.

국왕을 조종하는 존재들

국왕이 총사령관이며 그를 배제할 수 있는 구조가 없다면, 국왕에게 개인적으로 영향을 미칠 수 있는 존재는 군에서도 거대한 영향력을 발휘할 수 있게 된다. 이 패턴은 단순한 만큼 종류도 많다.

· 왕비·애인의 개입……다른 나라에서 온 왕비 같은 인물이 영향력을 행사하는 사례. 현명한 인물인 경우도 많지만, 이 인물이 다른 사람의 영향을 받는다면 사태는 악화한다.
· 종교의 개입……본래부터 널리 많은 사람이 믿는 종교(국교)라면 문제는 없지만, 이교나 이단이 개입에 성공하면 곤란하다. 하층 병사 사이에서 맹렬하게 퍼져나가는 이교라는 형태도 있다. 어느 쪽이건 군에 심각한 분열을 일으킨다.
· 어리석은 국왕……어리석더라도 아무것도 안 하면 피해가 줄어든다. 문제는 어리석은데도 의욕만은 넘치는 국왕으로, 확실하게 안팎으로 사건을 일으킨다.

> 👤 원 포인트 어드바이스
>
> 역사적으로 보았을 때, 군 개혁을 단번에 추진하게 되는 동기는 끔찍하기 이를 데 없는 참패의 경험에서 생겨난다.

Step 7 상인

◆ 전쟁으로 단련된 물류 시스템

전쟁이나 군에 상인이 관여한다면 막대한 물자 거래나 점령지에서 이권을 챙기려는 악덕 상인의 이미지가 먼저 떠오르지만, 그 이외에도 군사 행동은 많은 상인이나 기술자의 도움이 필요하게 마련입니다. 특히 관료화가 충분히 이루어지지 않았던 중세 유럽의 군대는 무기를 휘둘러서 싸우는 것 이외에는 모두 남에게 맡겨버리고, 모든 종류의 서비스를 돈으로 샀습니다. 물론, 아군이 패배하면 상인들도 약탈을 당하고 때로는 목숨을 잃겠지요. 그런데도 사업인 이상, 선악을 판단하기보다는 군의 뒤를 쫓아서 돈벌이를 찾고 있는 것입니다.

상인 창조의 체크 포인트

· 돈벌이를 위해서는 단지 군을 따르기만 하면 되는 게 아니다. 원정 등에 따르는 수요를 예측해 선물 거래나 사재기를 통해 이익을 얻는 것도 재능이다.
· 대상(隊商)의 호위 같은 형태로 상인이 돈으로 군대를 고용하는 경우도 있다.
· 대상인의 지원이 없으면, 전쟁을 일으킬 수 없는 경우도 있다.

무기 관련 설명서

'상인'이라는 직업을 발견한 선견지명

게임 〈드래곤 퀘스트3〉는 전투와 상업의 관계를 가장 먼저 발견한 RPG입니다. 직업의 자유도가 시스템의 중요한 요소이지만, 이야기 진행상 반드시 상인이 필요하며, 그 이벤트가 기발합니다. 이렇게 확립된 상인이 다음 편에서 토르네코라는 무기 상인 캐릭터로 확립되어 인기 외전 게임 시리즈가 탄생합니다.

역사 관련 사건

전쟁과 대기업의 기묘한 관계

다국적 기업은 때때로 복잡한 상황을 낳습니다. 예를 들어 제2차 세계대전 때, 독일의 트럭 제조사로서 다수의 군용차를 독일군에 공급했던 오베르사는 미국 GM사의 100% 자회사였습니다. 즉, 같은 그룹의 기업이 적과 아군, 양쪽의 군용 차량을 생산한 것입니다. 국적이나 주권 개념이 모호한 시대라면 좀 더 기발한 일이 있어도 좋겠지요.

◆ 군의 후방을 책임지는 대(大)상업 자본

빈약한 관료 조직밖에는 없었던 중세 유럽의 군대에서는, 병사 뒤에 대상인들이 따르며 거대한 대열을 이루고 있었다.

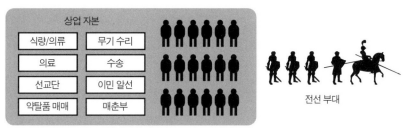

상업 자본

식량/의류	무기 수리
의료	수송
선교단	이민 알선
약탈품 매매	매춘부

전선 부대

수만 명의 생활과 그들의 수요는 막대한 부를 낳는다. 원정이 있을 때마다 대상인들은 경쟁하듯 참가하므로, 그 결과, 물류 제도도 점차 세련되어진다. 때로는 대상인이 막대한 군자금을 제공하는 대신에 왕국이나 점령지에서 특권적인 지위를 얻기도 한다.

◆ 대상인이 개입한 제4차 십자군

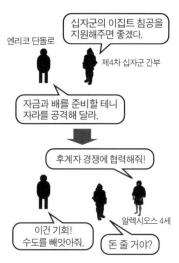

엔리코 단돌로

제4차 십자군 간부
십자군의 이집트 침공을 지원해주면 좋겠다.

자금과 배를 준비할 테니 자라를 공격해 달라.

후계자 경쟁에 협력해줘!

이건 기회! 수도를 빼앗아줘.

돈 줄 거야?

알렉시오스 4세

13세기 초, 베네치아 원수 엔리코 단돌로는 자금이 부족한 십자군을 전면적으로 지원하는 대신에 경쟁자인 자라를 공격하게 했다. 나아가 비잔틴 제국의 알렉시오스 4세가 후계자 경쟁에 지원을 요청하자, 엔리코는 제국과 관계가 깊은 경쟁자 제노비를 몰아낼 호기라고 생각하며, 십자군 제후들에게 수도인 콘스탄티노플을 공격하게 했다.

🌱 원포인트 어드바이스

비잔틴 제국과 십자군을 마음대로 갖고 놀았던 엔리코 단돌로는 사람들에게 두려운 존재였다. 뒤마의 소설 『삼총사』에서 아토스는 엔리코의 자손으로 설정되어 있다.

Step 1 군사 용어를 확인한다

◆ 전쟁을 그릴 때 필수 도구

군사 용어 대부분은 게임이나 영화, 소설에서 사용되고 있기에 많은 사람이 들어보았을 것입니다. 하지만 실제로 사용하려고 하면 꽤 어렵습니다. 비슷한 단어가 많아서 구별하기 힘들기 때문입니다. 예를 들어, 한 개 부대를 이끄는 사람을 가리키는 용어로 지휘관, 사령관, 대장, 단장 등이 있습니다. 판타지 세계를 창조한다면 어떤 것을 쓰든 상관이 없지만, 같은 이야기 속에서 사용 방법이 이리저리 바뀌면 감상자들은 혼란스러워집니다. 오른쪽 페이지를 참고로 판타지 세계에 적용해보십시오. 특히 '지휘 계통의 개념도'는 현대 군대를 기준으로 한 것이므로, 판타지 세계의 느낌에 어울리는 지휘 계통으로 다시 만들 수 있습니다.

군사 용어를 확인한다 창조의 체크 포인트

· 진형은 전술을 실행하기 위한 사전의 부대 배치를 의미한다.
· 완전히 새로운 개념의 군사 용어를 만들 때도 그것이 현실 세계의 어떤 군사 제도와 닮았는지를 설명할 수 있어야 한다.

명작 체크

그 실태는 대작전!? 스토리에서 전략으로

〈대전략〉 시리즈는 매우 일반적인 전략 시뮬레이션 게임입니다. 적의 수도를 함락시키기 위해 부대를 지휘하는 일에 중점을 둔 게임으로, 다양한 병기를 활용해 적의 약점을 노린다는 발상은 전술적이라고도 할 수 있습니다. 그리고 승패 내용이 뒤에 이어지는 게임 지도 상황에 영향을 주는 스토리 모드를 탑재해 전략적인 게임이 되었습니다.

나만의 상상에 도전하기

상관으로 위장한 잠입 공작

스파이 영화에서는 계급 상위자로 분장해 적군의 기지나 시설로 잠입한 주인공이 신분증을 검사하거나 방문 목적을 묻는 경비병을 강하게 압박하는 등 권력을 내세워 상황을 헤쳐 나가는 장면이 등장하곤 합니다. 제도와 관계없이 운용하는 것은 인간이라는 현실을 꿰뚫는 연출이지만, 군에서 지휘 계통의 엄수는 존립 기반과 관련된 것입니다. 이것이 애매한 군대의 수준이 어떨지는 쉽게 떠올릴 수 있습니다.

전략, 작전, 전술을 나누어서 사용한다

군사 용어는 자주 듣게 되는 용어일수록 깊게 파고들었을 때 어떻게 사용해야 할지 알기 어렵다. A국과 B국이 전쟁 중이라고 상정하고서 정리해본다.

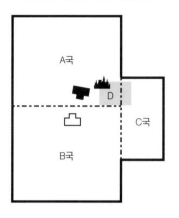

전략
A국과 C국은 분쟁 지역 D를 둘러싸고 대립하고 있다. B국은 분쟁 지역 D를 C국과의 협상 재료로 활용해 C국을 자신의 동맹군으로 끌어들이려 한다.

작전
A국은 분쟁 지역 D에 성채를 건설하고 있다. A국에 대한 패배를 인정하지 않기 위해서 B국은 성채를 점령해야 한다. 이를 위한 군사 행동이다.

전술
아군 부대나 병기를 사용해 전장에서 적군 부대를 파괴하는 방편. 전선에서의 교묘한 부대 운영을 말한다.

지휘와 지휘 계통을 명확하게

지휘 계통도 혼란해지면 곤란하다. 지휘 계통이 명확하지 않은 군대는 병력이나 병기에 어울리는 전투력을 발휘할 수 없다.

지휘 계통의 개념도

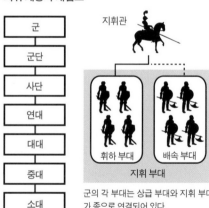

군의 각 부대는 상급 부대와 지휘 부대가 종으로 연결되어 있다.

부대는 엄밀하게 규정된 지휘 계통에 따라서 지휘된다. 이 계통에서 벗어난 명령에는 따를 필요가 없는 것이 기본이다. 어느 군단의 지휘하에 있는 사단이 다른 군단의 명령을 받는 일은 결코 없으며, 이것은 군의 말단까지 이어진다. 지휘관과 부대의 관계에 따라서 지휘관이 가진 지휘권을 행사해 지휘하는 부대를 지휘 부대라고 한다. 지휘 부대는 본래 그 지휘관에게 소속된 휘하 부대와 일시적으로 그 지휘관의 아래에 배정되는 배속 부대로 구성된다.

🌱 원 포인트 어드바이스

지휘 계통이 애매한 군은 부대 지휘를 둘러싼 내부 조정에 시간과 수고가 들며, 긴급 사태에 대처하는 능력이 떨어진다.

Step 2 새로운 전술을 고안한다

◈ 감상자를 끌어들이는 연출의 절정

'열세한 군이 기존 형식을 초월하는 전술로 대군을 물리치고, 젊은 천재 군사가 화려한 지휘로 완고한 노장을 가지고 논다.' 이것은 전쟁을 주제로 한 작품에서 가장 신나는 장면 중 하나입니다. 군사와 전쟁은 그 시대의 최고 기술과 뛰어난 인재가 집중되는 일이지만, 새로운 전술은 그렇게 쉽게 생겨나지 않습니다. 또한, 모처럼 새로운 전술을 고안했다고 해도 실제로 채용되기란 쉬운 일이 아닙니다. 효과가 미지수인 새로운 전술을 사용하는 것은 도박과도 같아서 많은 군인이 기피하기 때문입니다. 그래서 전술을 변경하려면, 먼저 아군을 설득하고 이해시켜야 합니다. 전원이 새로운 전술의 의미를 이해했을 때, 진정한 위력이 발휘됩니다.

새로운 전술을 고안한다 창조의 체크 포인트

· 즉흥적인 개편이나 아이디어로 만든 새로운 전술을 사용해 엄청난 손해를 본다는 연출도 매력적이다.
· 적보다 열세이기 때문에 새로운 전술을 채용할 필요가 있다는 사정도 있다. 병력이 우세하다면 불안 요소가 많은 새로운 전술보다는 전통적인 전술 쪽이 성공률이 높고, 실패했을 때의 위험도도 낮다.

역사 관련 사건
테베의 신성대, 동성애자의 최강 부대

오른쪽 페이지 해설에 등장하는 테베의 신성대는 150쌍의 동성애 커플 300명으로 구성되어 있었습니다. 고대 그리스에서는 인격을 인정받는 동성애자는 터부시되지 않았습니다. 신성대 커플은 장년과 청년 조합이 기본입니다. 장년은 청년의 존경을 얻기 위해서, 청년은 장년에게 인정받을 만한 용기의 소유자라는 것을 드러내기 위해서 함께 용감하게 싸웠던 것입니다.

역사 관련 사건
신병기를 둘러싼 슬픈 영역 다툼

전차라는 신병기가 등장했을 때, 그 소속을 둘러싸고 각국의 군에서는 영역 다툼이 일어났습니다. 전차는 기병의 후속 병기라고 주장하는 기병과, 움직이는 대포라고 주장하는 포병, 보병을 지원하는 강철 방패라고 주장하는 보병의 다툼입니다. 성능에 따라서 소속을 나누어야 한다는 황당한 상황도 벌어졌지만, 전차 부대를 독립시킨 독일군이 가장 성공했습니다.

♦ 새로운 전술이 역사를 바꾼 사례

새로운 전술이나 신병기가 길게 이어진 전쟁을 종결시키고 역사를 바꾼 사례도 있다. 굳어진 전술을 개혁해 역사를 바꾼 고대 그리스의 사례를 살펴보자.

고대 그리스의 일반적인 전투

고대 그리스에서는 장창과 둥근 방패를 지닌 중장 보병끼리 밀집 대형을 짜서 정면에서 부딪쳤다. 대열의 오른쪽에 정예 부대를 모아두었기 때문에(→ 317쪽), 전투는 어느 쪽 정예 부대가 먼저 정면의 적 부대를 격파하는가에 달려 있었다.

레욱트라 전투(기원전 371년)

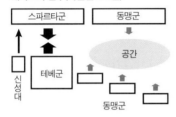

테베 장군 에파메이논다스는 새로운 전술인 '사선 진형'을 고안했다. 아군 우익을 사선형으로 배치해 적 부대와 부딪칠 때까지 시간을 번다. 그 사이에 적의 최강 부대에 두 배 이상의 두께로 대열을 짠 아군 최강 부대를 부딪쳐서 단번에 승패를 결정지은 것이다. 적군의 우익은 신성대라는 테베의 엘리트 부대가 공격해 측면으로 돌아가는 것을 막기 위해 애썼다. 이렇게 테베군은 무적 스파르타군을 격파했다.

♦ 개혁과 변화에 맞서는 벽

대범하고 새로운 전술을 채용하기 위해서는 군의 개혁이나 변화가 필요하다. 다만, 군은 스스로 변화하는 것을 싫어하는 조직이기도 하다. 그 요인을 몇 가지 소개해보자.

전통이나 역사적인 권위

전란이 끝나고, 오랜 평화가 계속되면 전통을 지키는 것을 중시하게 된다. 일본 에도 막부 등이 전형적인 사례다. 전란이 일어나지 않도록 막겠다는 관점에서 병기를 개량하거나 대형화하는 것을 금하고, 개혁의 필요성을 외쳐도 도쿠가와 이에야스 훈시 등을 이유로 보수파가 군사 기술을 독점해버렸다.

성공 체험

보통 전쟁에서 승리한 직후의 군대가 헤어지지 못한다. 승리한 전투 중에서도 반성할 점이나 개량할 점이 있지만, 승리라는 성공 체험이 끼어들어 방해한다.

신병기 도입 시의 영역 분쟁

신병기 도입은 군에 새로운 인사와 직위를 불러오기 때문에 영역 다툼이 일어나기 쉽다. 최악의 경우, 그 신병기의 진화를 이해하지 못하는 보수적인 부대에 흡수되어 '돼지에 진주' 같은 상황이 만들어져 힘을 발휘할 수 없게 되는 병기도 적지 않다.

> **⚓ 원 포인트 어드바이스**
>
> 신병기를 도입할 때 새로운 전술과 한 세트로 구성할 필요는 없다. 기존 전술에 신병기를 도입해 한층 강력해진 사례도 많다.

Step 3 대제국이나 대국의 전쟁

◆ 서로 닮아가는 운명에 놓인 대제국

대제국의 적은 대제국밖에는 없습니다. 특히 영토를 접하고 있다면 더 말할 필요가 없습니다. 하지만 대제국끼리 상대를 멸망시킬 정도로 철저한 대전쟁을 벌이는 상황은 거의 일어나지 않습니다. 역사적 · 정치적인 배경의 영향도 있지만, 군사적으로 보았을 때 제국은 국내외의 다양한 문제에 대응하기 위해서 군이 점차 만능형으로 변질되고, 문명이 달라도 그 구성 내용이 비슷해지는 경향이 있기 때문입니다. 강력한 국력을 가진 제국이 비슷한 군대를 갖고 있다면, 전쟁은 반드시 장기화됩니다. 그 결과, 표면상으로는 대립하는 듯하면서도 공존을 추구합니다.

대제국이나 대국의 전쟁 창조의 체크 포인트

· 인접한 제국의 생각과는 달리 급성장한 신흥국이 이들을 흡수해, 결과적으로 다른 대제국을 만드는 사례도 있다.
· 대제국 군대의 구성이 닮아가는 것과 마찬가지 이유로, 동서의 서로 다른 문명에서 비슷한 무기가 발달하기도 한다.

명작 체크
군사적으로는 이치에 맞은 황당무계한 글리제 성계인

피터 버그 감독이 연출한 2012년에 개봉한 영화 〈배틀쉽〉은 지구에서 메시지를 받은 글리제 성계인이 앞뒤를 가리지 않고 강행 정찰 중대를 보내는 상황으로 시작하는 난폭한 전쟁 영화입니다. 하지만 예측하지 못한 사고로 통신선을 잃은 글리제 성계인이 적절한 부대 배치로 통신 수단을 재구축하는 모습은 우수한 지휘관을 연상시킵니다.

역사 관련 사건
서로를 받아들일 수 없는 대제국의 전쟁

고대 지중해 세계 대제국인 이탈리아반도의 로마와 현재의 튀니지에 위치했던 카르타고는 총 3번의 포에니 전쟁을 거쳐 카르타고의 멸망으로 결말이 났습니다. 당시 로마가 급성장기에 들어섰고, 해외 진출에 나선 로마와 통상 제국인 카르타고의 상권 이해가 완전히 부딪쳤다는 점 등이 두 나라가 치열한 전쟁을 장기간에 걸쳐서 계속한 원인이 되었습니다.

◈ 대제국 간의 대립과 갈등

영토를 접하고 있는 두 대제국. 그사이에 대립이 일어나지 않을 수가 없다. 다만, 어느 한쪽이 멸망할 때까지 싸우는 일은 드물다.

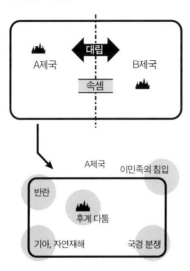

대립하는 두 대제국

인접한 대제국은 기본적으로 적대 세력이다. 하지만 적의 존재가 국내 결속을 굳혀서 통치를 수월하게 만든다는 일면도 있다. 제국은 국력이 크기 때문에 한두 번의 패배로는 멸망하지 않는다. 그래서 적국과 생존을 건 전면 전쟁을 벌이기보다는 만성적인 소규모 충돌 정도로 적을 막고 싶다는 생각을 각자 갖게 된다. 전면 전쟁은 이겨도 져도 피해가 크기 때문이다.

대제국 내부의 문제와 군사

앞서 「구축의 장」에서 언급했듯이 제국이란 다른 민족도 포용하고 있다. 다양한 종류의 대립이나 분쟁에 대처해야 하기 때문에 대제국 군대는 자연스럽게 그 시대에 만능형으로 범용적인 편제가 된다. 결과적으로 대제국들의 군대는 내부 구성이나 전투 방법이 비슷해지므로, 전쟁을 끝내기 어렵다.

◈ 대항 세력이 성장하는 판타지 세계 모델

판타지 세계에는 급속하게 대두하는 신세력이 때때로 등장한다. 하지만 그 원인은 대부분 대제국 내부 문제에서 발생한다.

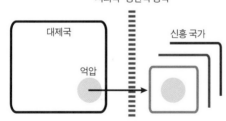

어느 대제국의 억압으로부터 도망친 한 무리의 사람들이 새로운 세상에서 힘을 키워서 이윽고 대제국과 맞서는 존재로 등장한다. 문화나 문명의 기반을 공유하면서 젊고 급성장하는 신흥 국가는 대제국에 큰 위협이 된다.

🌱 원 포인트 어드바이스

중국의 한(漢)민족 제국에 억압받은 기마 민족이나, 대영제국 입장에서 미국은 역사 속에서 볼 수 있는 급성장하는 대항 세력이다.

무적의 군대가 패배할 때

작은 구멍에서부터 붕괴하는 대군

무적이라고 알려진 군대가 상상도 못 할 이유도 무너지는 사례는 종종 있습니다. 생각해 볼 수 있는 공통적인 이유는 강한 군일수록 변화에 취약하다는 점입니다. 대처가 늦어지는 사이에 사태가 악화되거나, 전력을 유지하기 위한 막대한 보급 물자, 사령관에게 부여되는 과대한 임무와 책임, 병사들의 과신과 남에게 의존하는 태도 등 군 내부에는 이미 약점을 키우는 강력한 불씨가 자라고 있는 것입니다. 무적의 군세에 대항할 때는 그 약점을 찌르는 것 이외에 승리할 방법은 없습니다. 궁극적으로 전쟁이란, 지휘를 맡은 사람 간의 심리전입니다. '물고기는 머리부터 썩는다'는 말처럼 병사와 부사관이 아무리 우수해도 지휘관이 어리석다면 대군이라는 점이 도리어 발목을 잡을 수도 있습니다.

무적의 군대가 패배할 때 창조의 체크 포인트

· 시대나 기술, 환경에 따라서 사람 한 명이 이끌기 적정한 규모가 있다. 그 규모를 넘어서는 군대를 움직이기 위해서는 거대한 관료 조직이 필요하다.
· 카리스마 있는 지휘관이나 작전 입안 능력이 있는 참모역이 전사하면서 급속하게 세력이 쇠퇴하는 사례도 있다.

역사 관련 사건

100만 군대를 물리친 300명의 전사

기발한 의상과 참신한 무기 사용법이 화제가 된 영화 〈300〉은 스파르타 병사의 전설적인 전투를 소재로 했습니다. 페르시아 제국이 무너진 진짜 이유는 전투 후 해군이 함정에 빠져서 전멸해 보급선을 유지할 수 없게 되었기 때문입니다. 레오니다스 왕들의 희생 덕분에 전후 스파르타는 그리스에서 주도권을 쥐는 데 성공했습니다.

나만의 상상에 도전하기

적의 약점을 둘러싼 군사 추리 이야기

무적 대군을 열세인 진영이 농락하면서 물리치는 이야기에는 적의 약점을 발견하는 과정이 항상 등장합니다. 우연을 가장하거나, 의도적으로 덫에 빠뜨리는 등 방법은 다양한데, 적의 약점을 발견한 시점에 승패는 결정됩니다. 이것은 전쟁을 무대로 한 추리물의 변화구 패턴입니다. 전쟁 장면은 승리를 장식하는 연출에 불과합니다.

◈ 무적의 군대가 패배한 사례

모두가 무적이라고 두려워한 군대가 의외의 상대에게 가볍게 패배하는 사례가 있다. 상세하게 살펴보면 몇 가지 패턴으로 나눌 수 있다.

방심, 준비 부족으로 공격당한 사례

기원전 9년, 로마 제국의 바루스 총독은 토이토부르크 삼림 지대를 행군하던 중에 게릴라전에 당해 3개 군단이 소멸했다.

> 행군 대형을 습격당한 전형적인 사례. 적 영내(領內)에 깊숙이 침공했을 때 일어난 게릴라전이었기 때문에 군단이 붕괴한 뒤 사방으로 흩어진 병사들은 남김없이 처형됐다. 게르마니아에 대한 제국령 확대 작업은 불가능해졌다.

배신이 일어났을 때

1644년, 명의 오삼계 장군은 수도인 베이징에서 발생한 이자성의 반란을 진압하는 원군으로 만주족에 포섭되어 명나라 멸망의 원인을 제공했다.

> 오삼계는 만리장성 동쪽 끝에 있는 요충지인 산해관의 수비 장수였다. 이 시대까지 만리장성은 공격으로 무너진 적 없이 잘 기능하고 있었지만, 수비대가 내통해 성문을 열고 적이 침입하는 일이 많았다.

보급선이 붕괴했을 때

612년, 수나라의 양제는 100만 군대를 이끌고 고구려를 침공했지만, 보급 부족으로 어려움을 겪다가 원정 도중 군대가 와해했다.

> 100만이라는 숫자는 신빙성이 떨어지지만, 원정 목적과 동원한 병력의 규모가 맞지 않는 시점에서 계획은 망가졌다고 할 수 있다. 완성된 지 얼마 되지 않은 대운하로 보급할 예정이었지만, 탁상공론에 불과했다.

정보가 부족할 때

1241년, 폴란드를 침공한 몽골군에 대해 폴란드와 독일의 제후군이 맞서 싸웠지만, 레그니차 전투에서 완패했다.

> 제후군은 이제까지의 패배를 반성하지 않고, 적 중앙으로 맹렬히 돌격하는 자신들의 전투 방식을 바꾸지 않았다. 몽골군 역시 기존과 같은 방식으로 제후군을 자군 진영으로 끌어들여, 활을 중심으로 공격해 포위·섬멸했다.

◈ 또 다른 문명과의 충돌 모델

또 다른 문명, 또 다른 세계와의 충돌을 생각하면 무기나 전투에 대해서도 대범한 상상을 할 수 있다.

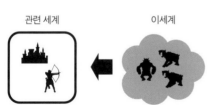

관련 세계　　　이세계

또 다른 문명, 또 다른 세계를 도입할 때는 적대하는 진영 중 한쪽을 감상자들이 상상하기 쉬운 입장으로 그려내고, 역사에 바탕을 두고 상황 등을 설정하는 게 현실감을 높일 수 있다.

🍃 원포인트 어드바이스

서로 다른 문명의 충돌을 다룰 때는 열세한 진영을 우리 사회와 비슷하게 구성하면 이야기의 소재를 쉽게 얻을 수 있다.

오락 개념의 전투

🜂 전쟁보다 잔혹한 구경거리

오른쪽 페이지에서 해설한 검투사 외에도 중세 유럽의 마상 창 경기(토너먼트)나 결투처럼, 인류는 유사 전투 행위를 오락으로 바꾸어왔습니다. 현대에도 복싱이나 종합 격투기가 오락 콘텐츠로 자리매김하고 있듯이 본질은 바뀌지 않았습니다. 폭력은 우리에게 비일상적인 행위임과 동시에, 흔한 풍경인 것입니다. 오락 개념의 전투 행위는 사용하기에 따라서는 독특한 무기나 전술을 자유자재로 그려낼 수 있는 최고의 소재가 되기도 합니다. '전투는 그리고 싶지만, 사람이 죽는 건 싫어'라는 기준을 갖고 구성할 수도 있습니다. 특히 학교를 무대로 한 이야기에 도입할 때는 꼭 필요한 구조입니다.

오락 개념의 전투 창조의 체크 포인트

· 사관학교에서 이루어지는 군사 시뮬레이션도 오락 개념의 전쟁에 포함된다. 특히, 그 성적으로 군인의 진로가 결정되는 이상, 당사자에게는 전쟁 이상의 시련일지도 모른다.
· 군에서의 학대(린치) 문제는 현대에 와서도 절대 해결되지 않는다.

무기 전투 설명서
검투사의 세계를
디지털로 재현

〈검투사 글래디에이터 비긴즈〉는 검투사를 조작해 승리해 나가는 격투 액션 게임입니다. 상상의 극한을 달리는 다채로운 무기와 방어구를 고를 뿐만 아니라, 구경거리라는 점을 중시해 '아름답게 이긴다', '관객을 흥분하게 한다'와 같은 요소도 도입하고 있습니다. 후원자와 관련된 스토리 같은 요소도 추가되어 검투사의 세계를 만끽할 수 있습니다.

명작 체크
민족의 인연을 망친
참혹한 전쟁 모습

한국전쟁의 참상에 휘말린 형제 이야기를 다룬 영화 〈태극기 휘날리며〉에서는 상냥하고 강인했던 형이 전쟁 과정에서 냉혹한 군인으로 변화하는 모습이 사실적으로 그려집니다. 그중에서도 북한군 포로 사이에서 발견한 옛 친구를 끌어내어 포로끼리 싸우게 하는 장면은 차마 볼 수 없을 정도입니다. 민족이라는 관계조차 영원히 파괴해버리는 인간의 악의가 넘쳐납니다.

◈ 검투사가 대유행하기까지의 흐름

검투사 경기는 고대 로마 제국의 야만적인 오락으로 알려졌다. 하지만 실제로 사람을 해치는 것 이외에는 오늘날의 격투기 경기와 본질은 같다.

검투사란

고대 로마에서는 전쟁 포로나 노예에게 전투 훈련을 시켜서 투기장에서 구경거리로 삼기 위해 싸우게 했다. 로마 군단병의 무기인 '글라디우스'에서 유래해 그들은 '글래디에이터(검투사)'라고 불렸다.

발전

오락을 바라던 로마 시민은 검투사 경기에 열광했다. 황제나 정치가는 인기를 얻기 위해서 이것을 적극적으로 주최했다. 지방에서도 성행해 각지에 투기장이 세워졌다.

경기의 발달과 열광하는 사람들

유력한 후원자가 붙으면서 오락 산업으로 발전해 수많은 프로모터가 활약했다. 수없이 많은 독특한 무기가 사용된 것은 광대한 로마 제국 판도의 축소판이었다. 검투사 대 맹수, 집단 전투, 토너먼트, 모의 전투, 핸디캡 매치, 여성 검투사, 범죄자끼리 사면을 건 혈투⋯⋯. 인간이 생각할 수 있는 거의 모든 전투 오락은 검투사 경기에서 시험해보았다고 해도 과언이 아니다. 검투사는 현대의 인기 스포츠 선수와 같으며, 많은 여성이 검투사에 열광했다는 기록도 남아 있다. 그래서 유명해지고 싶다고 생각한 자유 시민이 스스로 검투사의 길을 선택하는 일도 많았다. 자유로워진 검투사가 프로모터가 되거나 검투사 양성소로 향하는 사례도 많았다.

> **검투사의 배경**
> 인간의 가치가 낮았다는 점이 그 바탕이다. 로마 제국 사람들에겐 전쟁에서 싸게 구할 수 있는 노예는 쓰고 버리는 자원과 같았다. 석탄이나 석유처럼 안락한 삶을 유지하게 해주는 당연한 존재였다.

◈ 인간 악의의 응용

인간의 악의를 일부러 판타지 세계의 전투 표현에 도입할 수도 있다.

전투에서의 오락

포로끼리 싸우게 한다. 승자에게 보상을 내려줄 필요는 없다. 죽고 싶지 않다면 상대를 죽여야 하기 때문이다. 구경하는 병사들 사이에선 당연히 도박이 행해졌다.

종교의식으로 응용

'승리를 준 신에 대한 감사'라는 문맥으로 포로끼리 검투사 경기를 그려낼 수도 있다. 종교를 변명으로 삼은 만큼 매우 악랄한 방식이다.

교육하기 위한 살인

군사 국가 스파르타에서는 소년병을 단련하기 위해서 노예를 살해하는 게 권장되었다. 물론, 반격당해서 죽을 정도로 약한 병사는 스파르타엔 필요 없었다.

🔰 **원포인트 어드바이스**

실제 사례는 피 냄새로 가득한 것들뿐이지만, 현대 스포츠를 판타지 세계에 도입해서 유혈을 피하는 방법도 생각해볼 수 있다.

_{Step} 6 특수한 전장

◆ 군을 시험하는 가혹한 환경

적당히 펼쳐진 공간에 사람들이 사는 토지. 군대는 그와 같은 장소에서 일어나는 전투를 생각하고 장비를 갖춰 훈련하고 있지만, 그 이외의 환경도 어느 정도 염두에 두고 있습니다. 오른쪽 페이지와 같은 특수한 전장에서는 그에 어울리는 적응 훈련을 받은 부대가 실력을 발휘하지만, 그래도 싸우는 것은 맨몸의 인간입니다. 생존하면서 전투해야 한다는 점을 생각하면, 특수한 전장은 군의 지원 능력을 포함한 종합적인 힘을 시험하는 장소라고 할 수 있겠지요. 오른쪽 페이지의 사례 외에도 군이 가혹한 환경에 처하는 원인에는 보급이나 정보 수집 중 한쪽(또는 양쪽)이 곤란하다는 공통점이 있습니다.

특수한 전장의 체크 포인트

· 북극권 등에서는 목표 지점에 안전한 방한 시설이나 야영지를 준비할 수 없어서 일 년 중 4개월~반년 정도밖에는 군사 행동을 할 수 없다.
· 현대 군대에서는 고도로 도시화한 지역에서 일어날 게릴라전을 대비한 훈련이 늘어나고 있다. 많은 벽이나 건물에 둘러싸인 시가전은 정글 이상으로 심한 희생을 강요하는 전장이다.

무기 관련 설명서
전쟁의 향방을 바꾼 항공기

오랜 기간 전쟁은 2차원 공간, 즉, 평면상에서 싸우는 것이었습니다. 하지만 항공기가 병기로 사용되면서, 하늘도 새로운 전장에 포함되기에 이릅니다. 항공기 등장 전후로 전쟁 상황이 일변하게 된 것입니다. 군은 정면뿐만 아니라 상공에서 공격받을 가능성에도 대비하게 되었습니다. 육군, 해군에 이어서 공군이라는 새로운 군사 조직을 낳을 만큼 큰 사건이었습니다.

나만의 상상에 도전하기
극한 환경이 낳은 신기술

영화 〈아바타〉는 행성 판도라에서 발견한 희소 광물 채굴에 나선 인류와 원주민인 나비족의 갈등이 세계관의 기반을 이루고 있습니다. 그리고 판도라의 대기에선 인간이 생존할 수 없어서 인간과 나비의 유전자를 이용해서 만든 아바타를 도입하게 됩니다. 막대한 이윤과 군사적 수요가 결합했을 때 기술이 진보하는 조건이 성립하는 것입니다.

◈ 사막의 전투를 그린다

일상에서는 상상하기 어려운 전장에는 어떤 어려움이 기다리고 있을까. 사막을 예로 들어보자.

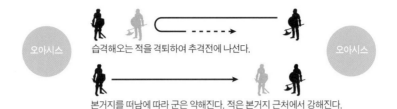

오아시스 / 습격해오는 적을 격퇴하여 추격전에 나선다. / 오아시스

본거지를 떠남에 따라 군은 약해진다. 적은 본거지 근처에서 강해진다.

사막에서의 전투와 보급의 어려움

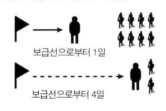

보급선으로부터 1일

보급선으로부터 4일

사막에서는 음료수도 수송해야 하므로, 거점에서 떨어진 거리에 비례하여 약해진다. 병사 한 명이 하루에 2kg의 물과 식량을 소비한다고 하면, 20kg을 수송하는 보급병은 하루에 8명분을 수송할 수 있다. 왕복으로 자신도 먹어야 하기 때문이다. 하지만 거리가 4일이 되면, 2인분밖에는 나를 수 없다. 이처럼 사막의 전투에서는 막대한 물자와 인원이 필요하다.

◈ 정글이나 삼림의 전투를 그린다

정글이나 깊은 삼림도 군사 행동이 어려운 지형이다.

게릴라의 거점

정규군의 한계

정규군은 도로(라도 해도 오솔길 수준)와 그 주변밖에는 경계할 수 없고, 부대를 넓게 전개할 수도 없다. 전문 훈련을 받은 특수한 부대가 아니면 전투력을 발휘할 수 없다.

게릴라 전투

도로에서 적당히 떨어진 숲 속에 거점을 두고, 적 보급부대나 길게 늘어진 대열을 습격한다. 게릴라를 소탕하려면 포위·섬멸할 수밖에 없으며, 대량의 병력이 필요하다.

🌐 원 포인트 어드바이스

사막의 제약은 빙설 지대나 황무지에, 정글의 제약은 산악전이나 도시전에 응용할 수 있다.

5장

전쟁의 신체 감각

◆ 전쟁의 규모를 정한다

병기가 진보하면서 전쟁 규모는 커졌습니다. 인간끼리 서로 얼굴이 보이는 상태에서 창을 던지던 무렵과 사정거리가 500m를 넘는 소총을 서로 쏘아대는 현대는 전장의 넓이는 완전히 다릅니다. 이러한 점을 고려하면, 과연 판타지 세계에서 어떠한 규모의 전투를 그려내야 할지를 고민하게 됩니다. 기본은 자신이 상상하는 판타지 세계에 가장 가까운 현실 세계의 전쟁을 참고하여 등장하는 무기나 기술로 조정하는 것입니다. 이때는 군대도 인간과 비슷한 신체 감각을 기준으로 행동하고 있다는 점만 생각해둔다면, 감상자들도 쉽게 받아들일 수 있겠지요.

전쟁의 신체 감각의 체크 포인트

· 3장 step-3 「전초전의 진퇴」에서 설명한 전장 설정 방법은 이른바 전투 장소가 정해질 때까지의 움직임이다.
· 전선이 형성되는 규모의 전투는 판타지 세계에서 다루기에는 규모가 지나치게 큰 편이다. 전쟁 그 자체를 그리는 것이 아니라면, 규모는 적당히 제한하는 게 좋다.

명작 체크
일본 최고의 스페이스 오페라

다나카 요시키의 『은하영웅전설』은 은하 제국과 자유 행성 동맹, 2대 진영의 전쟁을 소재로 한 SF 소설로, 거의 원작 그대로 애니메이션으로 만들어졌습니다. 은하로 퍼져 나가는 거대한 규모와 매력적인 등장인물들의 대립은 주목할 만합니다. 군대를 운영하는 모습은 19세기 나폴레옹 시대의 유럽 전장에 가깝지만, 무대가 우주로 넓어짐으로써 독특한 세계관을 만들어내고 있습니다.

나만의 상상에 도전하기
모든 전투 행위에 통하는 신체 감각

적을 정면에서 공격하기보다는 측면이나 배후에서 공격하는 편이 효과가 크다는 점은 〈몬스터 헌터〉 시리즈 같은 액션 게임에서도 익숙하지만, 군대에서도 마찬가지라고 할 수 있습니다. 대치하는 적의 측면이나 배후에서 공격을 가할 수 있는 위치를 얻기 위해서 작전이나 전술이 존재합니다. 이에 따라 전쟁에서는 필요할 때, 필요한 장소로 이동할 수 있는 기동력이 가장 중요한 무기입니다.

◈ 전투 범위의 확대

보통 사람도, 전투에 향하는 군대도 전장에서 '적을 발견해 공격한다'는 원칙은 다르지 않다.

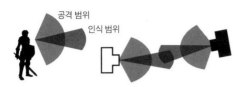

공격 범위
인식 범위

인간은 적을 가능한 한 자신의 정면에 두고 싸우려고 한다. 인간이 모여서 구성된 군대도 기본적으로는 비슷한 습관을 지닌다. 정면에서 적을 포착해 배후의 비전투원을 지키듯이 싸운다.

전선의 형성

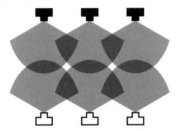

각 부대가 각자의 사정거리에 적을 넣으면서 점차 전선이 넓어진다.

총기, 특히 대포나 기관총이 발명되어 공격 범위가 비약적으로 넓어지는 동시에 철도 같은 수송 기관이 발달해 군대의 이동 속도가 향상된 결과, 적이 측면이나 후방으로 돌아오기 쉬워졌다. 이를 피하고자 부대를 옆으로 펼치려고 한다. 이렇게 20세기에는 '접전'이 없어지고, '전투'라는 것이 생겨났다.

◈ 우주 전투의 대원칙

설사 전장이 우주로 옮겨진다고 해도, 정면에 적을 두려고 하는 원칙은 쉽게 바뀌지 않는다.

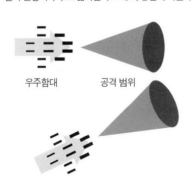

우주함대   공격 범위

우주는 3차원 공간이지만, 인간은 앞쪽으로 의식을 집중하게 된다. 우주 공간의 전투에서도 공격이 집중하는 범위는 한정된다. 따라서 전투 상황에서는 함대를 밀집 구성하고, 탄막을 펼쳐서 적과 대치하게 마련이다. 3차원 상황을 2차원에 반영하여 생각하면 상황을 파악하기 쉽기 때문이다. 한편 이 같은 공간에서는 3차원 공간 파악 능력에 뛰어난 조종사가 조종하는 전투기 등이 상당한 힘을 발휘한다.

> **◈ 원 포인트 어드바이스**
>
> 하드코어 SF에 집착하지 않는다면 『은하영웅전설』처럼 우주전에 지상전이나 해상전의 원칙을 그대로 적용해도 좋다.

창조 가이드
~다음으로 창조할 것~

무기에 생명을
불어넣는다

◈ 무기 사용법을 충분히 알자

지금까지 전쟁이나 전투에 대해서 배워보았습니다. 이들은 무기의 매력을 100%
끌어내기 위한 준비라고 할 수 있습니다. 무기 사전에 쭉 나열된 다양한 무기 중
아무 생각 없이 만들어낸 것은 단 한 개도 없습니다. 결과적으로 실패작이라고 해
도, 용도나 실용성부터 가격이나 생산성 등 생각할 수 있는 요소를 모두 고려해서
태어난 것이 무기입니다. 살상 도구라는 끔찍한 물건이긴 하지만, 여기에 담겨 있
는 기술은 인류 지혜의 결정이라 할 수 있습니다.

　참고로, 이 책에서는 무기와 대비되는 방어구에 대해서는 적극적으로 언급하
고 있지 않습니다. 방어구 형식은 무기가 결정하는 것이며, 창과 방패의 관계에서
항상 창이 우선되는 것이 전쟁이기 때문입니다. 사실, 총포가 등장하면서 방어구
로 부상을 막는 것은 어려워졌으며, 갑옷 등은 단숨에 쇠퇴했습니다.

◈ 무기에 표정을 부여하자

7장 「전설의 무기를 창조한다」에서는 전쟁이라는 큰 사건에서 벗어나서, 캐릭터
와 무기의 관계에 대해 아이디어를 떠올리는 방법을 제안하고 있습니다. 무기는
대량 생산품인 동시에, 캐릭터를 끌어내는 역할을 합니다. 특히 그것이 전설의 무
기라고 불리는 종류일수록, 주인공과 무기의 운명은 깊이 연결되고, 여기에서 새
로운 이야기가 태어납니다.

　21세기에 이르러 두드러진 의인화라는 창작 표현 수단에도 주목하고 있습니
다. 주인공과 의인화한 무기의 관계에서 발전하는 이야기는 이제 막 시작된 영역
입니다. 이 책 곳곳에는 여러분이 참고하면 좋을 만한 이야기가 숨어 있습니다.

Step 1 무기 창조의 이상과 현실

◈ 바퀴를 다시 발명하지 않기 위해서

이미 확립되어 있거나, 알려진 기술을 다시 구축하려는 것을 부정적인 의미로 '바퀴의 재발명'이라고 부르는데, 무기 창조에서도 마찬가지 상황이 일어날 수 있습니다. 군사 기술은 그 시대의 최첨단 기술과 지혜를 결집한 것이며, 막대한 이익을 낳는 무기의 개발이나 생산에는 많은 기술자나 직공, 군인이 관련되어 있습니다. 당연히 그들 사이에서 수많은 아이디어가 생겨나 시험하고 음미하며 도태되어 갔습니다. 판타지 세계에서 무기로 독창성을 발휘하려고 한다면, 기능이나 형태가 아니라 사용자나 표현 방법에 신경 써야겠지요. 무기만으로는 이야기가 성립할 수 없습니다. 이를 다루는 사람의 이야기가 재미있는 것입니다.

무기 창조의 이상과 현실의 체크 포인트

· 감상자에게 무기의 의미나 목적을 밝히기 위해 일부러 '바퀴의 재발명'을 할 경우에는 정도가 지나치지 않아야 한다.
· 얼마 안 되는 문화 교류 속에서도 무기 정보는 확실하게 전파된다. 역사적으로도 북방 기마 민족을 통해서 동서의 군사 기술 정보가 폭넓게 오갔다.

나만의 상상에 도전하기
무기 방어구 사전의 사용 방법

서점에는 많은 종류의 무기·방어구에 관한 사전이나 해설서가 진열되어 있습니다. 지켜보는 것만으로도 즐겁지만 판타지 세계를 창조하려는 이들에게는 창조력을 끌어내는 보고라고 하겠지요. '판타지 세계에 이 무기를 도입하면 어떻게 될까.' 그러한 상상을 거듭하는 사이에 매력적인 이야기의 씨앗이 싹을 틔울지도 모릅니다.

나만의 상상에 도전하기
신화가 소실된 세계

유럽의 그리스 신화, 북유럽 신화, 켈트 신화가 유명한데, 독일이나 프랑스, 영국에도 이민족의 지배를 받는 사이에 소멸해버린 독특한 신화가 있었던 것은 확실합니다. 문자가 없어서 재현할 수 없지만, 그 부족이 사용하던 무기는 그들의 신화 세계를 엿볼 수 있는 얼마 안 되는 흔적입니다. 여느 문화와는 조금 다른 하나의 무기에서 판타지 세계는 얼마든지 펼쳐집니다.

🔹 허들이 높은 무기 창조

무기 창조는 어려운 일이 아니다. 하지만 그것이 기존의 무기보다 쓸모가 있고, 전투나 전술에 혁신을 가져오게 하는 일은 쉽지 않다.

RPG나 액션 게임에서의 무기 창조

새로운 요소를 도입	4대 원소나 자연현상, 빛이나 선, 악이라는 속성 등을 기본적인 무기 위에 도입해 나가는 패턴. 대개는 적이 가진 속성과의 상성이나 게임 안에서의 수치 데이터 증감을 감추기 위한 조미료에 불과하다.
기존 무기를 유용한다	세계 각지의 신화나 전승, 실재하던 무기 같은 것을 유용한다. 감상자가 이미 알고 있는 것이 많아서 이해하기 쉽다는 점은 매력적이지만, 동양과 서양의 무기가 혼재하는 등 함께 엮어내기는 어렵다.
게임 내 신화를 도입	게임 속 판타지 세계에서 창조한 신들의 신화나 속성을 무기에 부여한다. 통일감이 생겨나지만, 위에서 소개한 새로운 요소를 도입하는 것과 본질은 같다.

RPG나 액션 게임에서의 무기 창조

판타지 세계 안에서 신화나 전설에 의존하는 무기(예: ○○의 검)의 창조는 간단하다. 하지만 미지의 무기 시스템(예: 도검보다 잘 잘리고, 도끼보다 타격에 뛰어난 신형 병기 등)을 창조하기란 매우 어렵다.

🔹 무기 창조에 반드시 필요한 관점

한 마디로 무기라고 하지만, 그 용도에 따라서 크게 둘로 나뉜다. 판타지 세계에 무기를 도입할 때 용도를 명확히 하면 전투의 개성을 잘 살릴 수 있다.

접전처럼 규모가 큰 집단 전투에서의 무기

집단 전투 안에서 병사는 활이나 창, 총포 같은 특정 병기의 전문가 역할이 요구된다. 병사는 같은 무기를 장비한 대열로 구축되지만, 그 무기 종류는 일반적인 것뿐만 아니라 무기 사전 등에서 마음에 드는 것을 골라 사용해도 좋을 것이다. 다만 병사가 멋대로 행동하는 것은 금지된다. 대열이 흐트러지면 동료가 위기에 빠질 가능성이 있기 때문이다.

단독이나 소규모 그룹 전투에서의 무기

단독이나 소규모 그룹 전투에서 전사나 모험가는 팔방미인일 필요가 있다. 검이나 단창 같은 평범한 무기를 휘두르면서 다양한 상황에 대비해야 한다. 물론 특수한 무기에 관한 전문가라고 해서 손해를 보는 건 아니다.

> 🔹 원 포인트 어드바이스
>
> 형태나 외견을 바꾸는 것만으로는 무기를 창조했다고 볼 수 없다. 새로운 전투 방법을 만들거나, 변화된 전술에 맞추었다는 점이 증명됨으로써 비로소 새로운 무기로 인정받게 된다.

^{Step}2 곤봉·도끼 사용법

◈ 인간이 손에 든 최초의 무기

아직 인류가 문명을 손에 넣기 전, 몸을 지키기 위해서 적당한 나뭇가지를 손에 든 것이 인류와 무기의 첫 만남이었습니다. 이윽고 흑요석이나 상어 이빨 같은 것을 박아 넣고 돌덩어리를 매달아 도끼나 전투 망치라는 무기로 발전했습니다. 곤봉이나 도끼 계열 무기에는 인류의 시행착오가 담겨 있습니다. 판타지 세계에서도 사용 방법은 다르지 않을 것이므로 관점을 조금 바꾸어서 궁지에 몰린 캐릭터가 근처에 있던 물건을 사용해서 곤봉을 강화하는 등의 구조를 생각해보는 것도 좋습니다. 특히 서바이벌 환경에서 사용하려면 때리는 것만이 아니라 찌르는 능력이 존재하는지에 따라 큰 차이가 생겨납니다.

곤봉·도끼 사용법의 체크 포인트

· 미국 원주민의 전통적인 무기 토마호크가 매우 유명한 것처럼, 도검이 생기기 전 많은 문명에서는 '곤봉·도끼'가 최상급 무기였다.
· 삼절곤이나 다절편처럼 곤봉 계열 무기는 동양 문화권 내에서 다양한 발전을 이루고 있다.

나만의 상상에 도전하기
도끼가 부족의 권위를 결정한다

철기의 발명이 없었던 미개 부족에서는 반대로 놀라울 정도로 정교한 돌도끼를 만들었습니다. 다만, 가공이 힘들어서, 부족의 주요 남성밖에는 가질 수 없습니다. 부족 여성에게 철제 도끼를 넘겨주었을 때, 즉시 부족 사회에 심각한 갈등이 생긴다는 오랜 연구가 있습니다. 남성만이 할 수 있는 많은 일을 여성과 쇠도끼가 빼앗기 때문입니다.

명작 체크
신이 준 유일한 나쁜 것

〈부시맨〉은 아프리카 수렵 부족의 생활을 그린 코미디 영화입니다. 비행기에서 버린 한 개의 콜라병이 소박하게 살아가는 부족 사이에 다툼의 불씨를 낳고, 병을 주운 주인공 니카우가 이 세상의 끝에 병을 버리러 떠난다는 이야기입니다. 호의가 담겨 있다고 해도 완성된 사회에 안일하게 외부 물건을 도입하면 안 된다는 주제가 잘 드러나고 있습니다.

◆ 곤봉·도끼의 성질과 특징

곤봉·도끼의 종합적인 능력을 데이터 도표로 살펴보자. 수치는 이 계통 무기의 최종형인 한 손/양손 겸용 전투 망치(곡괭이가 달린 망치)를 기준으로 하고 있다.

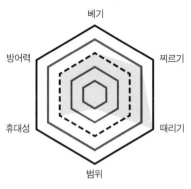

베기	전투 도끼는 베는 용도에도 적합하지만, 그보다는 때리는 힘의 부록 같은 느낌이 강하다.
찌르기	곡괭이 부분은 플레이트 아머의 틈을 노려서 적을 살상하는 목적으로 달려 있다.
때리기	체인 메일 계열의 방어구를 무력화한다. 타격을 반복하면 방패나 플레이트 장비에 대해서도 피해를 줄 수 있다.
범위	다른 휴대용 무기에 비해서 공격 범위는 좁다. 하지만 곡괭이 부분이나 망치 같은 다양한 부분으로 공격할 수 있다.
휴대성	중량과 수납 성능이 문제다. 픽(돌기부분)에 덮개를 씌우면 지팡이 대신 쓸 수 있다.
방어력	자루를 금속제로 하면 방어에 도움이 된다. 단, 찌르기 공격에는 상성이 안 좋다.

◆ 전투 시의 역할

쉽게 구할 수 있는 나뭇가지에서 곤봉·도끼 계열 무기의 역사가 시작되었듯이, 문명이 뒤처진 부족 등에서도 비교적 쉽게 장비할 수 있는 만능 무기다.

접전처럼 규모가 큰 집단 전투

전투 도끼나 전투 망치는 로마 제국에 저항하던 게르만 부족이나 바이킹 전사가 장비하고 있었다고 알려졌다. 검이나 창보다 가공하기 쉽고, 관리도 용이하며, 튼튼하다. 다만 위력을 발휘하려면 크게 휘두르거나 내리찍는 큰 동작이 필요한 데다, 공격 범위가 창보다 좁고 검처럼 가볍게 다루기도 어려워서 대열을 이루고 싸우기에는 어울리지 않는 무기다. 이를 보강하기 위해서 소형 도끼를 대열의 전원이 일제히 투척한 후에 돌격하는 전투 방법도 있다.

단독이나 소규모 그룹의 전투

종류는 무수하지만, 그 안에서도 망치(해머 부분), 곡괭이, 도끼의 특징을 겸비한 전투 망치는 만능 무기로서 메인으로 사용하기에 어울린다. 다채로운 공격은 물론이고, 이 무기로 어떻게 방어할 것인지에 대한 방법도 멋진 장면 연출에 필요하다. 드워프나 근육계 캐릭터에게는 상징으로서도 반드시 필요한 무기일 것이다. 조금 낡은 설정이지만, 승려나 신관 계열 캐릭터는 칼날이 있는 무기를 사용할 수 없다거나 하는 제약이 있는 세계에서는 쇠공을 사슬로 연결한 메이스(쇠공이 달린 곤봉)나 프레일(사슬로 연결된 곤봉)이 상급 장비가 된다.

> 🗨 **원 포인트 어드바이스**
>
> 전투 도끼나 전투 망치는 검이나 창의 보급으로 무대 뒤로 물러나면서, 종교적·군사적 권위를 나타내는 지팡이 등으로 사용하기에 이른다.

Step 3 창 사용법

🔹 인간에게 집단 전투를 가져온 무기

창의 이점은 손에 드는 무기 중에서 가장 공격 범위가 넓다는 점입니다. 적이 근접해 오지 않는 이상, 전투에서 패할 일은 없습니다. 아무리 긴 무기라도 상대가 품으로 파고들면 끝장이라는 견해도 있지만, 창병 사이로 뛰어들려면 엄청난 용기가 필요합니다. 또한, 창 자루가 길어서 작은 힘으로도 큰 원심력을 낳습니다. 이를 이용하는 것이 글레이브glaive나 언월도처럼 절단 능력을 중시한 창인데, 자루가 긴 반면 작은 날을 명중시켜야 하기 때문에 사용하려면 상당히 전문적인 훈련이 필요합니다. 창은 소총과 총검이 보급되는 17세기 말까지 오랜 시간 보병의 주력 병기였습니다.

창 사용법의 체크 포인트

· 창의 자루를 만들려면 튼튼하면서도 유연함을 겸비한 목재가 필요하다. 따라서 이러한 나무 산지가 전쟁의 원인이 되는 것도 이상한 일은 아니다.
· 전장에서 기마에 대해서 기동력이나 돌진력이 떨어지는 보병에게 창은 그 길이(=공격 범위)로 결점을 보완할 수 있는 몇 안 되는 무기 중 하나였다.

역사 관련 사전
창이 위력을 떨친 전국시대

일본의 검호 미야모토 무사시의 호적수였던 호조인 창술의 대가 인슌이나 '창의 마타자(槍の又左)'라고 불린 가가햐쿠만고쿠(加賀百万石)의 마에다 도시이에처럼 전국시대에는 수많은 창의 명수가 있었습니다. 적진에 가장 먼저 뛰어드는 것을 '일번 창(이치방야리)'이라고도 합니다. 이처럼 창은 전국시대의 주 무기며, 성안에 침입한 이후에는 칼로 바꾸어 들었습니다. 이윽고 에도 시대가 되면서 휴대하기 편한 칼이 무사를 상징하는 무기로 눈에 띄게 됩니다.

명작 체크
창을 사용한 참신한 전투 묘사

브래드 피트가 주연한 영화 〈트로이〉는 고대 그리스 신화시대에 있었던 전투를 그린 작품입니다. 세부적인 내용은 제외했지만 집단 전투 장면은 물론, 중반에 영웅 아킬레우스와 트로이의 주장 헥토르 사이에서 벌어진 쇼트 스피어와 둥근 방패를 사용한 결투 장면은 상당히 참신했습니다. 검극에 치우치지 않고, 창만으로 전투를 그려내고자 심혈을 기울인 마음이 엿보입니다.

◆ 창의 성능과 특징

아래의 레이더 차트는 매우 일반적인 잎 모양 날이 달린 창을 평가한 것이다. 도끼날을 붙이거나, 쇠스랑을 붙인 15세기의 핼버드(halberd, 도끼 모양 날을 붙인 창) 같은 것은 수치가 변화한다.

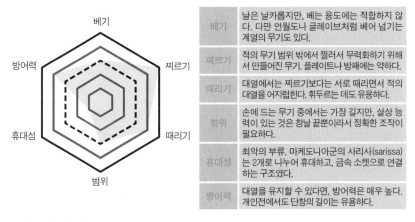

베기	날은 날카롭지만, 베는 용도에는 적합하지 않다. 다만 언월도나 글레이브처럼 베어 넘기는 계열의 무기도 있다.	
찌르기	적의 무기 범위 밖에서 찔러서 무력화하기 위해서 만들어진 무기. 플레이트나 방패에는 약하다.	
때리기	대열에서는 찌르기보다는 서로 때리면서 적의 대열을 어지럽힌다. 휘두르는 데도 유용하다.	
범위	손에 드는 무기 중에서는 가장 길지만, 살상 능력이 있는 것은 창날 끝뿐이라서 정확한 조작이 필요하다.	
휴대성	최악의 부류. 마케도니아군의 사리사(sarissa)는 2개로 나누어 휴대하고, 금속 소켓으로 연결하는 구조였다.	
방어력	대열을 유지할 수 있다면, 방어력은 매우 높다. 개인전에서도 단창의 길이는 유용하다.	

◆ 전투 시의 역할

창은 집단 전투에서 사용하는 이미지가 강하지만, 예를 들어, 보병만이 아니라 무사나 기사들의 주요 병기이기도 했던 것처럼, 숙련자가 사용하면 무서운 개인 장비가 된다.

접전처럼 규모가 큰 집단 전투

창은 접전 시 주력 부대의 기본 장비다. 밀집 대형으로 창날의 숲(병사가 일제히 창끝을 내밀어서 만드는 창의 벽)을 구성해 견고한 대열로 공격을 막아내면서, 전열을 안정시킨다. 그 후, 창끼리 타격을 가하면서 적의 전열을 무너뜨린다. 파이크(pike, 5m 정도의 장창)의 밀집 대형은 기병 돌격에 유효한 방어책이었다. 기병에 대해서는 보병 단독으로는 불리했지만, 핼버드로 적을 말에서 끌어 내리고, 경장 보병이 단도로 최후의 일격을 가하는 분업이 이루어졌다.

단독이나 소규모 그룹의 전투

개인 장비로는 스피어라는 2m 전후의 단창이 일반적이다. 일대일 전투에서는 숙련된 창술사의 틈을 파고들기 어려워 싸우기 힘든 상대가 된다. 원심력을 이용해 베어 넘기는 이점도 있어서 일본에서는 사무라이는 물론, 무가의 자녀가 사용하는 무기로도 중시되었다. 소규모 파티에 창술사가 있으면 큰 이점이 될 것이다.

🗣 원 포인트 어드바이스

전장의 기수는 무기를 갖지 않고 맨 앞에 나서지만, 깃대에 창날이나 금속의 돌기를 달면 찌르는 무기로 변신한다.

Step 4 도검 사용법

◈ 현대에도 살아 있는 무기의 정수

무기 사전을 살펴보면, 가장 종류가 많고 각각의 이야기도 풍부한 것이 '도검'입니다. 청동제 검으로 일어나서, 철기가 청동기를 몰아내고, 마지막에는 강철 검이 석권해 나가는 것은 무기 역사 그 자체입니다. 하지만 검의 분류는 그렇게 많지 않습니다. 양손용과 한 손용으로 크게 나누고, 베기와 찌르기 중 어느 쪽을 주체로 하는지에 따라 개성이 정해집니다. 칼날이 무뎌진 뒤에도 타격으로 일정한 공격력을 남기는 검은 가히 전장에 어울리는 무기입니다. 도검의 종류가 풍부해 보이는 것은 같은 용도의 검이 유럽을 시작으로 지역마다 다양한 이름으로 불렸기 때문입니다.

도검 사용법의 체크 포인트

· 도검과 나이프(단도)의 중간에 단검이라는 종류가 존재한다. 로마병의 글라디우스는 이 단검에 해당하는 무기라고 할 수 있다.
· 도검은 손잡이부터 칼날까지 일체화된 무기로, 견고함과 유연함이 양립해야 한다. 우수한 도검을 제조하기 위해서는 고도의 야금 기술이 필요했다.

나만의 상상에 도전하기
의외로 적은 신화의 도검

신화, 전승에서는 무수한 도검이 등장해 전설적인 힘을 발휘하지만, 기원이 오래된 신화일수록 도검에 관한 이야기는 많지 않습니다. 이는 도검이 비교적 후기에 보급되었기 때문일지도 모릅니다. 일본 신화에서는 칠지도나 구사나기 검이 유명한데, 이는 당시 일본의 문화적인 원류였던 대륙에서 도검 제조 기술이 확립되어 있었다는 점과 무관하지 않습니다.

무기 관련 설명서
한 손으로 잡을까, 아니면 양손?

검과 마법의 세계를 즐기는 게임에서도 검은 비주얼 요소로 가득하고, 인기가 높은 무기입니다. 대부분 한 손용 도검은 공격력이 낮은 대신에 방패를 장비할 수 있는 이점이 있는 형태로 양손용 검과 차별화하고 있습니다. 하지만 베어낼 때는 한 손, 찌르기에는 양손으로 사용한 전투용 도검의 혁명아 바스타드 소드(bastard sword)의 개성은 발휘되지 못합니다. 이처럼 무기의 세계는 알수록 매우 깊습니다.

◈ 도검의 성능과 특징

아래의 레이더 차트는 중세 유럽의 대표적인 도검인 바스타드 소드를 기준으로 한 평가다. 한 손인가 양손인가, 어떻게 사용하는지에 따라 방어와 공격 비중이 바뀐다.

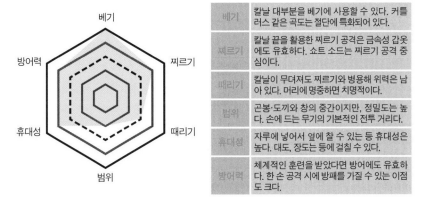

베기	칼날 대부분을 베기에 사용할 수 있다. 커틀러스 같은 곡도는 절단에 특화되어 있다.
찌르기	칼날 끝을 활용한 찌르기 공격은 금속성 갑옷에도 유효하다. 쇼트 소드는 찌르기 공격 중심이다.
때리기	칼날이 무뎌져도 찌르기와 병용해 위력은 남아 있다. 머리에 명중하면 치명적이다.
범위	곤봉·도끼와 창의 중간이지만, 정밀도는 높다. 손에 드는 무기의 기본적인 전투 거리다.
휴대성	자루에 넣어서 옆에 찰 수 있는 등 휴대성은 높다. 대도, 장도는 등에 걸칠 수 있다.
방어력	체계적인 훈련을 받았다면 방어에도 유효하다. 한 손 공격 시에 방패를 가질 수 있는 이점도 크다.

◈ 전투 시의 역할

손에 드는 만능형 무기로, 개인의 전투 스타일에 맞추어 폭넓게 사용할 수 있다는 점이 도검의 매력이다.

접전처럼 규모가 큰 집단 전투

접전에서 검을 장비한 대열은 의외로 많지 않다. 로마 군단은 글라디우스라는 쇼트 소드를 주로 찌르기 공격에 사용했다. 밀집 대형을 이루고 있어도 꺼내어 사용하기 쉽기 때문이다. 검을 자유롭게 사용하는 데는 시간이 걸리므로 귀족이나 숙련된 용병의 장비로 여겨진다. 기병이 장비하는 검은 사벨처럼 약간 휘어진 것이 많다. 불안정한 말 위에서 휘두르더라도 베어내는 위력이 크기 때문이다.

단독이나 소규모 그룹의 전투

선택에 제약이 없다면, 자유롭게 다루는 것을 중시하면 쇼트 소드, 만능형을 원한다면 롱 소드, 최대 공격력을 중시한다면 양손에 들 수도 있는 바스타드 소드를 선택할 것이다. 양손으로 휘둘러야 하는 클레이모어 같은 대검은 체격이 크지 않으면 사용하지 못하지만, 어지간한 방어구는 도움이 되지 않고, 무기로 받아치는 것도 무시해버릴 만큼 강렬한 공격을 가할 수 있어서, 적에게 가하는 위압감은 크다. 칼날이 휘어진 쿠쿠리나 코라(kora) 같은 것은 손도끼를 대신하는 기능도 발휘한다.

🛡 원 포인트 어드바이스

도검은 흔한 무기인 동시에, 개인의 취미를 반영하기 쉽다. 기본 모양이나 기능은 어지간한 것은 다 나왔지만, 장식은 자유롭게 할 수 있다.

Step 5 투척 무기 사용법

◈ 사냥용에서 대인 병기로 응용

무기 전반을 살펴보았을 때, 용도 면에서 가장 다종다양한 것이 투척 병기입니다. 상세하게 살펴보면, 주로 아프리카나 오세아니아, 태평양의 섬들처럼 도검류가 그다지 발달하지 않았던 지역에서 발달한 점이 흥미롭습니다. 이것은 무기인 동시에, 수렵 생활 속에서 발전해왔습니다. 과도한 공격력보다도 휴대성과 생산성을 중시하고, 명중률이나 포획 가능성을 추구하는 구조가 된 것도 목적이 명확하기 때문입니다. 인간 끼리의 전투에서는 주 무장으로 삼기는 어려울지도 모르지만, 기습용 무기로 다양하게 응용할 수 있습니다.

투척 무기 사용법의 체크 포인트

· 수렵용 투척 무기를 우리의 기준에서 판단하는 것은 위험하다. 수렵민족은 막대기를 던지기만 해도 박쥐를 잡을 수 있는 기술을 갖고 있다.
· 바람총처럼 살상력이 작은 무기는 독약과 조합하면 효과적인 암기(暗器)가 된다. 다만, 실제로 는 바람총의 용량 정도로 효과를 보이는 독은 존재하지 않는다.

명작 체크
정장을 입은 사막의 영웅

우라사와 나오키의 『마스터 키튼』은 영국 육군 SAS(특수공정부대)의 교관이었던 고고학자가 주인공인 만화입니다. 그는 사건에 휘말려서 중동의 사막에 버려졌을 때, 출토품 중에서 발견한 투창기를 사용해 위기를 탈출합니다. 서바이벌 기술에 특화한 특수부대원의 경력과 고고학자로서의 지식, 양쪽의 플롯을 살려낸 훌륭한 에피소드였습니다.

나만의 상상에 도전하기
조연을 주역으로 바꾸는 투척 무기의 존재감

투석기를 구사하는 만화 『베르세르크』의 이시도르나 슬링샷(새총)으로 저격 솜씨를 자랑하는 『원피스』의 우솝 같은 이들은 투척 무기를 사용해 대활약합니다. 투척 무기를 보조 무기로 사용하는 것은 간단하지만, 한 걸음 나아가 조연의 주 무장으로 사용하면 이야기의 폭을 넓히고 리듬을 부여할 수 있습니다. 전투 능력이 약해도 투척 병기는 얼마든지 사용할 수 있기 때문입니다.

투척 무기의 성능과 특징

던질 수만 있다면 무엇이든 투척 무기가 될 수 있지만, 여기서는 널리 보급되어 있고 살상 능력도 높은 '나이프'를 던지는 상황을 상정하고 있다.

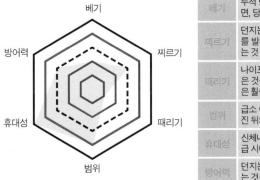

베기	투척 병기가 아니라 손에 드는 무기로 사용하면, 당연히 가장 높이 평가된다.
찌르기	던지는 나이프는 찌름으로써 처음으로 효과를 발휘한다. 정확도를 무시하면, 던져서 꽂는 것 자체는 쉽다.
때리기	나이프는 이 정도에 불과하지만, 납덩어리 같은 것을 탄환으로 사용한 투석기라면 타격력은 훨씬 높아진다.
범위	급소 이외에 대한 살상력이 낮은 나이프는 던진 뒤의 동작이 중요하다.
휴대성	신체나 옷에 장착할 수 있는지가 중요하다. 긴급 시에 바로 사용하지 못하면 의미가 없다.
방어력	던지는 동작을 보여줌으로써 상대가 달려드는 것을 막아낸다.

전투 시의 역할

투석기나 투창기는 중세 이후 활의 보급으로 전장에서 사라졌지만, 화약과 수류탄의 발명으로 되살아났다.

접전처럼 규모가 큰 집단 전투

가장 먼저 생각할 수 있는 것은 슬링(sling)이라고 불리는 가죽 띠로 만들어진 투석기다. 던질 수 있는 사거리는 200m에 달하며, 수평으로 노릴 만한 거리라면 얼굴 같은 특정 부위에 확실하게 명중할 수 있다. 다만 숙련되려면 상당한 시간이 필요해서 어릴 때부터 오랜 훈련 기간이 필요하다고 한다. 실제로 중세 유럽에서는 투석기를 사냥 도구로 사용하는 발레아레스 제도의 주민들이 투석에 탁월한 실력을 발휘해 용병으로서 중시되었다고 전해진다. 화약이 발명되자, 이를 도기로 된 병에 담아서 던지는 척탄이라는 무기가 등장한다.

단독이나 소규모 그룹의 전투

나중에 회수하는 것을 생각하지 않는다면, 기본적으로 쓰고 버리는 병기가 되기 때문에 양이 한정된다. 또한, 전투에서 견제나 매복처럼 특수한 조건이 아니면 효과적으로 사용하기 어려울 것이다. 연막 같은 것으로 눈을 가리는 등 기습 공격으로 적을 교란하고, 자신에게 유리한 조건을 만드는 것도 투척 무기의 역할 중 하나다. 또한, 볼라(bola, 사냥돌. 여러 개의 줄을 연결하고 양 끝에 무거운 물건을 매단 것)처럼 상대의 움직임을 봉쇄하는 무기는 사냥이나 생포 같은 임무에서 폭넓게 사용된다.

🛡️ 원포인트 어드바이스

북유럽 신화처럼 덩치 큰 사내가 지배자로 군림하는 세계에서는 도끼나 망치가 일종의 투척 무기로 사용된다.

 Step 6 활사용법

◆ 전장에서 여러 번 압승을 연출

대부분의 야생 생물은 인간보다 신체 능력이 뛰어나며 인간의 부족함을 보완한 것이 활입니다. 이 장점은 그대로 전장에서도 적용됩니다. 활은 왼손으로 겨누고 오른손으로 시위를 당기는 장궁(롱 보우) 계열과 기계로 감아서 당긴 시위에 볼트라고 불리는 전용 화살을 끼워서 발사하는 노궁(크로스 보우, 또는 십자궁) 계열로 크게 나눕니다. 전자는 구조가 간단하고 속사速射도 가능하지만, 다루기 위해 오랜 훈련이 필요합니다. 후자는 발사 속도가 느리고, 가격이 비싸지만 누구나 간단히 다룰 수 있습니다. 궁병은 전장에 꼭 필요한 병종으로, 그 운용 방법에 따라서 때때로 역사를 바꿀 만한 승리를 연출합니다.

활 사용 방법의 체크 포인트

· 롱 보우 계열은 바닥이 불안정한 곳에서는 전혀 도움이 되지 않는다.
· 영화 〈람보〉 시리즈에서는 람보의 특이한 전투 능력을 드러내는 상징으로 양궁의 일종인 컴파운드 보우를 사용한다.

역사 관련 사건
처형대로 보내는
악마의 화살촉

롱 보우에 뛰어났던 영국군은 보드킨(bodkin)이라고 불리는 강철제 화살촉을 사용했습니다. 이것은 관통력이 탁월해서 체인 메일을 마치 종이처럼 관통하고, 플레이트라도 연결 부위 같은 곳을 손쉽게 파고들 수 있습니다. 워낙 강력하다 보니 이 화살촉을 가지고 다니는 것만으로도 처형 대상이 될 정도였으며, 위정자는 암살에 사용될 것을 우려했습니다.

명작 체크
결코, 활을 놓지 않는
의외로 강고한 엘프 왕자

영화 〈반지의 제왕〉의 주요 캐릭터인 엘프 레골라스는 항상 활과 화살을 휴대합니다. 활은 엘프의 상징이기 때문입니다. 모리아의 지하 미궁, 호른 협곡, 그리고 미나스 티리스 공방에 이르기까지, 그는 항상 활을 사용해 무수한 적을 물리칩니다. 검을 사용하는 편이 유리해 보이는 장면에서도 활로 극복해 나가는 그의 모습은 강렬한 인상을 남겼습니다.

◈ 활의 성능과 특징

크게 나누면 롱 보우와 크로스 보우, 이 두 종류가 활을 대표하지만, 여기서는 전장에 혁명을 불러온 롱 보우를 기준으로 삼았다.

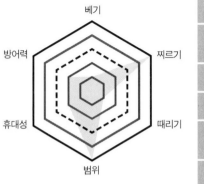

베기	명인이라면 밧줄을 자르는 등 특수하게 사용할 수 있지만, 베는 능력은 없다.
찌르기	체인 메일 정도는 간단히 관통할 수 있다. 넓은 공격 범위와 발사 속도를 결합하면 위협적이다.
때리기	활의 용도에 포함되지 않으므로 롱 보우의 판단 기준이 되지 않는다.
범위	최대 500m에 이르는 경이적인 사정거리는 동시대의 모든 무기를 능가한다.
휴대성	길이가 1.2m 이상으로 난폭하게 다루면 안 되는 롱 보우는 휴대성이 나쁘다. 화살을 포함하면 더욱 나쁘다.
방어력	1분간 최대 12회나 사격할 수 있으므로, 처음에 거리만 떨어져 있다면 공격당하는 쪽에는 위협적이다.

◈ 전투 시의 역할

사정거리와 사격 속도를 살린 탄막 공격 시 가장 위력을 발휘한다. 개인 장비라면 용도에 따라 다르다.

나무 말뚝

궁병은 기병의 공격에 약하다. 장시간 싸우려면 기병의 돌격 위력을 떨어뜨리기 위해서 말뚝을 박는 등 준비가 필요하다.

접전처럼 규모가 큰 집단 전투

총기가 등장하기 전까지는 전장에 탄막을 펼칠 수 있는 유일한 병종이었기에 궁병이 열세한 군대는 전장에서 거의 대부분 주도권을 잃고 만다. 다만, 그림과 같은 진지를 구축하거나 아군의 창병을 지켜야 했기에 기본적으로는 수비 쪽 병기라고 할 수 있다. 크로스 보우는 발사 속도는 낮지만, 다루기 쉬워서 장비가 빈약한 유격대가 사용했다.

단독이나 소규모 그룹의 전투

수렵용 도구를 겸한 쇼트 보우가 한계일 듯하다. 당길 때 큰 동작과 공간이 필요해서, 은밀한 임무에는 적합하지 않다. 한편, 겨냥하면 언제라도 사격할 수 있는 크로스 보우는 보초나 적의 척후를 제거할 때도 유효한 무기다.

> 🔰 원 포인트 어드바이스
>
> 숙련도 차이가 확실하게 드러나는 활은 과녁 맞추기 경기 같은 무예의 도구로 응용하기 쉽다.

Step 7 초기 총포의 사용법

◈ 선을 긋는 것이 어려운 최신 병기

총포의 역사는 의외로 오래되었습니다. 화약 폭발 원리를 탄 발사에 사용한 무기는 14세기에 이미 실용화되었습니다. 강선이 들어간 라이플의 등장으로 사정거리와 명중률이 비약적으로 올라갔지만, 이 책에서는 라이플이 등장하기 직전의 머스킷(활강총)까지만 다루기로 합니다. 검과 마법의 판타지 세계에서는 총포가 활약하는 장면은 그다지 많지 않습니다. 마법이 그것을 대신하기 때문이라고 생각할 수 있겠지만, 총이 주 무장이 되면 현대 사회의 인상이나 발상이 너무 강해져서 검과 마법의 세계관이 망가질지도 모릅니다. 하지만 그러한 사정을 반대로 이용한 발상도 재미있겠지요.

초기 총포의 사용법의 체크 포인트

· 머스킷이나 총검인 바요넷(Bajonett)에 대해서는 「자료편」의 '초기 총포'를 참조한다.
· 화약이나 탄환의 입수·제조가 뒷받침되지 않으면, 무기로 다루기는 어렵다.

역사 관련 사건
총포로 다른 문명을 부숴버린 유럽 사회

총포가 전장에 보급되기 시작한 17세기 이후, 유럽은 만성적인 전쟁 상태 안에서 총포를 계속 진화시켰습니다. 같은 무렵, 동아시아에서는 일본의 에도 막부나 중국의 청 제국처럼 드물게 보이는 군사 정권에 의한 안정적인 통치가 진행되어 무기의 진화는 거의 정체되었습니다. 이 200년간의 차이가 19세기 말에는 메울 수 없을 정도의 군사력 차이가 되어서 일본 역사를 내리누른 것입니다.

나만의 상상에 도전하기
기사가 총사로 귀족 전투의 전환점

뒤마의 『삼총사』는 여러 번 영상화될 정도로 인기 있는 소설입니다. 주역인 아토스, 포르토스, 아라미스가 소속된 총사대란, 기마 머스킷을 사용하는 엘리트 부대를 가리킵니다. 당시에는 귀족의 전매특허인 기마 공격과 총포를 어떻게 조합할지를 놓고 시행착오가 거듭되고 있었습니다. 칼싸움 장면에서 정장했을 때 착용하는 무기를 사용하는 것도 그들의 신분과 관련되어 있습니다.

◈ 초기 총포의 성능과 특징

가장 오랫동안 사용된 것은 플린트록(수발)식이지만, 여기서는 다른 무기와 시기적인 균형을 맞추기 위해서 매치록(화승)식 머스킷으로 평가하겠다.

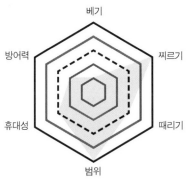

베기	바요넷(총검) 발명 후에는 크게 변하지만, 본래 베어내는 용도로 상정하고 있지 않다.
찌르기	총탄의 관통력으로 평가한다. 유효 살상 거리는 150m 전후로, 50m에서는 갑옷을 뚫을 수 있다.
때리기	부서지기 쉬워서 권하지 않지만, 총신을 쥐고 휘둘러서 개머리판으로 때리면 강력한 곤봉이 된다.
범위	살상 거리는 위와 같으며, 탄환이나 공기 저항을 받기 쉽고, 명중 거리는 30m 정도다.
휴대성	어깨에 메는 끈도 있어서 무기로서는 양호한 편이다. 다만 즉시 사용하기는 어렵다.
방어력	접근전에서는 곤봉 정도 용도로밖에는 사용할 수 없다.

◈ 전투 시의 역할

초기 총포는 사거리나 가격 면에서 활보다 떨어지지만 명중했을 때 살상력이 높고, 소리로 위압해 전쟁의 향방을 바꾸었다. 바요넷 발명 후의 변화를 중심으로 살펴보자.

접전처럼 규모가 큰 집단 전투
머스킷 부대가 처음 전장에 투입되었을 때는 그들을 지키기 위한 파이크병과 한 조로 포진했지만, 바요넷이 발명되면서 파이크병은 필요 없어졌다. 머스킷은 명중 거리가 짧았기 때문에 대열을 이루어 적에게 50m 정도까지 접근한 후, 한쪽이 패주할 때까지 일제 사격을 반복했다.

단독이나 소규모 그룹의 전투
판타지 세계 주인공의 장비로 총포를 매치하는 것은 어렵다. 호신용 피스톨 등으로 전환하는 것이 적당하며, 총포가 당연한 세계에서 갑옷이 도움이 되지 않기 때문에 방어구 등의 장비를 다루려면 좀 더 점검해야 할 것이다.

◈ 원 포인트 어드바이스

일본에서는 화승총과 라이플총 사이의 역사가 빠져 있어서, 여기에 초점을 맞춘 판타지 세계의 창작이 독특하게 느껴질지도 모른다.

Step 1 상징적인 무기

◈ 캐릭터의 개성을 뒷받침한다

깊이 생각해보면 무기란 전장에서 대량 소비되는 것으로, 개성과는 어울리지 않는 존재라고 할 수 있습니다. 그런데도 캐릭터의 개성을 뒷받침할 만한 무기가 존재한다는 점에 주목하면, 대량 생산품에 매몰되지 않는 캐릭터와 무기의 관계를 창조할 수 있겠지요. 이 경우, 기본적으로 무기는 말을 하지 않는 존재이므로, 애니메이션이나 만화, 소설, 게임 등 매체를 가리지 않고 무기를 적극적으로 캐릭터와 연결 지어 사람들에게 인상을 심어주려는 노력을 해야 합니다. 지나치게 거대한 대검을 쥐여주는 것을 주저하는 상식이나 균형 감각도 필요하지만, 목적은 수단을 정당화하게 마련입니다. 한번 정하면 적극적으로 내세우는 기백도 때로는 중요합니다.

상징적인 무기의 체크 포인트

· 무기만이 아니라, 군복도 충분한 상징이 된다.
· 이 책에서는 역사성과 현실감각을 중시해 무기를 해설하고 있지만, 황당무계한 장비라도 기본이 되는 지식만 확실하다면 이야기는 무너지지 않는다.

명작 체크
셔우드 숲을 질주하는 이슬람 친구

영국의 영웅 로빈 후드 이야기는 수없이 영상화되었습니다. 활의 명수로 너무 유명하기 때문에 로빈을 상징하는 것들을 새롭게 만들기란 어렵습니다. 1991년의 케빈 코스트너가 주연한 작품에서는 이슬람교도인 친구 아짐이 등장했습니다. 모건 프리먼의 명연기도 빛을 발해 다른 로빈 후드 영화와의 차별화에 성공했습니다.

나만의 상상에 도전하기
물리 법칙을 넘어선 광전사의 힘

만화 『베르세르크』의 주인공 가츠는 처음부터 자신의 키와 비슷한 대검을 휘두르며, '드래곤 죽이기'로 캐릭터를 확립하고 있습니다. 사실, 그가 아무리 힘이 좋아도 추정 체중만으로는 그 대검의 원심력을 버틸 수 없지만, 그가 이계에 한 발을 내디딘 존재라는 점에서 가능한 일이라고 해석하면 문제없습니다.

◈ 캐릭터를 장식하는 장비

무기가 중요시되는 판타지 세계를 창조할 때, 주요 캐릭터의 무기나 방어구는 그들의 개성이나 배경을 암시하는 중요한 상징이 된다.

외형이 장려한 장비

대량생산이 필요한 무기는 합리적인 외형이 되게 마련이다. 그중 특히 정교하고 희소 금속이나 보석, 귀금속이 달린 무기는 부와 권위를 상징한다. 이런 무기는 쉽게 강탈 대상이 되는 만큼, 권력이나 실력을 갖춘 인물의 상징도 될 수 있다.

> 캐릭터의 키워드는 '부귀'나 '지위'가 될 것이다. 보석이나 귀금속이 지나치게 노골적이라면, 예를 들어 고귀한 문장이나 왕가와의 관계를 드러내는 장식 등으로 바꾸는 것도 가능하다. 성을 빠져나온 왕족의 신분이 발각되는 계기가 되기도 한다.

비상식적인 무기

판타지 세계가 전제로 삼고 있는 사회에서 벗어난 무기를 장비하고 있다. 양날의 롱 소드나 쇼트 소드가 일반적으로 보급된 사회에서 곡도나 레이피어(날이 가는 찌르기용 검), 도끼나 전투 망치 등을 갖고 있다면 아무래도 사람들의 시선이 끌린다.

> 키워드는 '직업'이나 '자부심'이 될 것이다. 호신용 무기를 가지는 것이 당연한 세계라고 해도 획일화되어 있을 필요는 없다. 목숨을 맡기는 무기는 자신을 드러내는 수단이기도 하다. 해적 출신자라면 커틀러스(박도), 목수나 장인, 대장장이라면 도끼나 망치를 갖게 하고 싶어진다.

미지의 무기

판타지 세계에서 대다수 사람이 본 적도 없는 무기. 중세 유럽에서 일본도나 인도의 민족 무기 같은 것은 나름의 각오가 없으면 갖고 다니기 어렵다. 또는 그 시대에는 존재하지 않을 만한 권총이나 고대에 사라져버린 무기도 마찬가지다.

> 키워드는 '역사'가 될 것이다. 일본도가 발달한 가마쿠라~무로마치 시대는 유럽 중세 시대 중반기로, 이 시대의 유럽 기사가 우연히 손에 넣은 일본도에 매료된다는 설정도 재미있다. 권총이나 고대 무기는 시간 이동이나 평행 세계와 관련된 열쇠가 된다.

캐릭터와 어울리지 않는 무기

상식을 벗어난 대검이나 장궁, 여성 캐릭터의 양날 도끼나 칼날이 달린 철 부채처럼 균형을 벗어난 황당무계한 무기를 감출 마음도 없다.

> 게임이나 만화, 라이트 노벨 같은 매체를 통해서 어느 정도 기본으로 정착되어 있다. 이 경우, 주요 캐릭터는 물론이고, 적 캐릭터나 졸개들에게도 이러한 황당무계한 무기를 적극적으로 제공함으로써 전투에 특화한 이야기를 펼쳐내기 쉽다.

> 🌱 원포인트 어드바이스
>
> 판타지 세계에서 설정상의 이유만 분명히 제공할 수 있다면, 가냘픈 소녀가 거대한 양손검인 클레이모어를 마구 휘두르는 것도 이상하지 않다.

Step 2 마법 무기

◆ 의외로 불편한 마법 무기

현대 과학 기술의 태반은 개발에 관련되지 않은 사람에게는 설명도 재현도 불가능한 것들뿐이며, 마법이라고 불러도 전혀 이상하지 않습니다. 판타지 세계에서 마법도 이와 마찬가지입니다. 마법 검이 태어났다면, 반드시 이에 대항하는 마법 방어구가 나오게 마련입니다. 다시 말해서, 마법 무기와 같은 개념을 판타지 세계에 가져올 때는 우선 마법이 어떠한 설정 아래에서 존재하고 있는지, 어느 정도는 정의해야 합니다. 이러한 시도는 예부터 진행되었는데 마법이 요구하는 등가 교환 사이에서 갈등하는 인간의 내면을 그려내는 것이 현재의 추세인 듯합니다.

마법 무기의 체크 포인트

· 유령 같은 언데드처럼 물리적인 공격이 통하지 않는 환수에게 유효한 무기도 마법 무기의 범주에 들어간다.
· 화염탄이나 전격을 발생시키는 듯한, 물리 공격 보조형의 마법 무기는 지나치게 화려하면 이야기를 망치기 쉽다.

나만의 상상에 도전하기
원자력 전지로 모든 것을 해결

애니메이션 〈루팡 3세〉에서는 황당무계한 장치들이 무수히 등장하지만, 그중에서도 원자력 전지가 눈에 띕니다. 탈출용 잠수함이 움직이지 않는 상황에서 루팡이 귀에서 핑크빛으로 빛나는 입자를 꺼내면 그것이 잠수함의 동력원이 된다는 상황에 쓴웃음을 짓게 됩니다. 다만, 현대의 연금술이라 할 수 있는 원자력이 부딪친 상황을 생각해보면, 판타지 세계의 마법은 위험한 기술일지도 모릅니다.

나만의 상상에 도전하기
절실한 바람이 낳은 마법 무기

전투에 도움이 되는 것만이 마법은 아닙니다. 마법이란 사용자의 바람이기도 합니다. GPS 내비게이션을 판타지 세계에 응용해 떨어진 물건을 찾거나, 지면의 기울기를 알려주거나 하는 방패 등이 있어도 좋겠지요. 자른 식량의 부패를 늦추는 칼 같은 물건은 중세 사람들이 절실하게 바라는 물건일지도 모릅니다. 이러한 마법 무기를 복선으로 사용하는 것도 창작자의 실력을 알 수 있는 부분입니다.

◆ 마법 무기 생성 패턴과 경향

'무기+마법'의 효과에 의한 무기 생성은 예부터 있었지만, 큰 경향 속에서 다루기 어려워졌다.

마법에 따른 능력 강화 방법

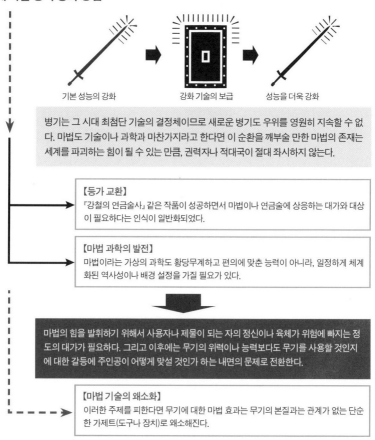

기본 성능의 강화　　강화 기술의 보급　　성능을 더욱 강화

병기는 그 시대 최첨단 기술의 결정체이므로 새로운 병기도 우위를 영원히 지속할 수 없다. 마법도 기술이나 과학과 마찬가지라고 한다면 이 순환을 깨부술 만한 마법의 존재는 세계를 파괴하는 힘이 될 수 있는 만큼, 권력자나 적대국이 절대 좌시하지 않는다.

【등가 교환】
『강철의 연금술사』 같은 작품이 성공하면서 마법이나 연금술에 상응하는 대가와 대상이 필요하다는 인식이 일반화되었다.

【마법 과학의 발전】
마법이라는 가상의 과학도 황당무계하고 편의에 맞춘 능력이 아니라, 일정하게 체계화된 역사성이나 배경 설정을 가질 필요가 있다.

마법의 힘을 발휘하기 위해서 사용자나 제물이 되는 자의 정신이나 육체가 위험에 빠지는 정도의 대가가 필요하다. 그리고 이후에는 무기의 위력이나 능력보다도 무기를 사용할 것인지에 대한 갈등에 주인공이 어떻게 맞설 것인가 하는 내면의 문제로 전환한다.

【마법 기술의 왜소화】
이러한 주제를 피한다면 무기에 대한 마법 효과는 무기의 본질과는 관계가 없는 단순한 가제트(도구나 장치)로 왜소해진다.

물리적인 무기를 개입시키지 않고, 마법 그 자체가 (화염이나 번개처럼) 물리적인 공격력을 갖는 판타지 세계도 있다. 이 경우, 무기라는 개념 자체를 재정의해야 한다.

🎭 원 포인트 어드바이스

어둠 속에서 빛을 내거나, 물이 있는 방향을 알려주는 무기 등은 고전적인 매력과 아이디어로 넘쳐난다.

Step 3 신체의 무기화

◆ 그 종족만의 이질감을 연출한다

동양에서 낳은 독창적인 콘텐츠인 쿵후 영화가 세계 각지에서 인기를 끄는 것은 누구나 가진 신체 능력을 끌어내 놀라운 액션을 탄생시켰기 때문입니다. 격투기는 민족성이나 문화, 역사와 깊이 관련되어 있습니다. 춤을 추는 듯한 무술인 브라질의 '카포에이라'는 흑인 노예의 저항을 바탕으로 하고 있는데, 브라질의 태양 아래가 아니었다면 만들어질 수 없었겠지요. 신체의 무기화에는 변신 히어로물도 포함되어 있습니다. 오늘날, 이러한 장르가 성행하는 것도 신체의 가능성을 새롭게 바라보는 경향이 있기 때문일지도 모릅니다.

신체의 무기화의 체크 포인트

· 판타지 세계를 창조할 때는 '신체 개조'에 주목하길 바란다. 개조하면서까지 도달하고자 하는 목표의 존재가 이야기를 낳기 때문이다.
· 구두에 장치하는 칼날이나 벨트 버클에 감추어둔 독침처럼, 몰래 감추는 것이 중요한 무기·장치도 신체의 무기화에 포함해 생각할 수 있다.

명작 체크

**격투기 표현의 지평을 개척한
포스트 성룡**

타이 영화 〈옹박〉은 그 나라의 전통 격투기 무예타이를 내세운 영화입니다. 주역인 토니 자는 스턴트 없는 훌륭한 액션 연기를 선보여, 홍콩 영화에 만연했던 와이어 액션을 과거의 유산으로 만들었습니다. 사용할 수 있는 무예타이 기술을 이야기 후반에서 거의 다 써버렸다는 느낌도 있지만, 이후에도 토니 자는 새로운 격투기 기술을 계속 모색하고 있습니다.

나만의 상상에 도전하기

**변신 능력이 가져오는
지나치게 무거운 등가 교환**

〈변신 닌자 아라시〉는 1972년에 만들어진 TV 특수촬영물로, 이야기 후반에는 거의 변신하지 않는 히어로로서 일부에서 화제가 되었습니다. 주인공 하야테는 신생 아라시가 되어 인간과는 비교할 수 없는 능력을 발휘하지만, 그 대가로 대마왕 사탄의 저주에 걸린 어머니가 무한 공간에서 지옥의 고통을 맛보아야 하기 때문입니다. 조금 시대를 앞서간 작품이라고 할 수 있겠지요.

◆ 신체를 무기화하는 패턴

도검이나 창뿐만 아니라 맨몸도 강력한 무기 또는 무기의 플랫폼이 된다. 그러한 예를 몇 가지 확인해보자.

격투기/암살술/살인술

격투기나 살인술, 권법 등은 매력적인 전투 장면을 연출할 수 있다. 다만, 비주얼화된 초인적인 신체 능력이 감상자를 끌어들이는 만큼 쿵후 영화나 만화 등에서는 익숙하지만, 소설 등에서는 깊이 있거나 반복해서 표현하기에는 다양성을 발휘하기 어렵다.

신체의 개조

신체 일부를 개조해 무기로 바꾸는 방법. 일찍이 만화 『우주 해적 코브라』의 사이코 건부터 『베르세르크』의 왼쪽 의수에 장착한 대포 등 열거하면 끝이 없다. 『원피스』에서는 모건 대령의 도끼에서 시작해 크로커다일의 갈고리를 거쳐, 사이보그화된 프랑키나 인격마저 잃어버린 바솔로뮤 쿠마 등이 등장하는데, 약간 만연한 느낌이다. 단검이나 침 같은 암기를 내장하는 것 정도가 적당한 수준이 아닐까.

초능력

사이코키네시스나 텔레키네시스 같은 물리적인 염력은 마법과 별 차이가 없게 느껴지지만, 『원피스』에서 적의 움직임을 느끼는 '견문색의 패기'처럼 좋은 감을 활용하는 능력은 반복적인 느낌을 주기 쉬운 물리적인 전투 묘사에 복잡한 선택지와 깊이를 제공한다.

◆ 동물 병기를 사용한다

동물이나 곤충도 강력한 무기가 된다. 긴 이야기라면, 빠르게 등장시킴으로써 마스코트 캐릭터 같은 존재로 성장할 수도 있다.

독사·독충 등

휴대하기에는 편리하다. 이국의 독사 등은 사용 방법에 따라서 암살 무기나 고전적인 미스터리 장치도 되지만, 기본적으로 이러한 기술은 주인공이 아니라 적의 기술일 것이다. 사자나 망자의 혼을 조종하는 네크로맨서처럼 상당히 기분 나쁜 부류도 널리 쓰인다.

개·원숭이 같은 파트너

판타지 세계라면, 개나 원숭이에 해당할 만한 환수를 창조하는 것도 좋다. 드래곤 라이더 등은 '세계의 운명을 바꿀 수 있는 존재'와 같은 내용으로, 주인공을 둘러싼 판타지 세계의 폭을 단번에 넓혀준다. 다만, 이와 같은 동물과의 의사소통을 소설로 그려내려면 약간의 노력이 필요하다.

👤 원 포인트 어드바이스

『원피스』나 『드래곤볼』처럼 오랫동안 연재한 작품들은 내용이 늘어나면서 전투력이나 특수 능력의 인플레이션이 일어나곤 한다.

공성포와 대포

◆ 광대한 인력을 소비하는 전투

판타지 세계에서 규모가 큰 전투를 그려낼 때는 야전보다 공성전 쪽이 편할지도 모릅니다. 평야전보다 목표가 확실한 만큼, 절박한 느낌을 쉽게 연출할 수 있기 때문입니다. 다만 공성전에서는 용사보다는 기술이 주역이 되기 마련입니다. 특히 대포가 등장하는 전장에서는 개인의 무용 따위는 별로 눈에 띄지 않습니다. 특히 총도 대포와 거의 동시에 등장한 만큼 양쪽 모두를 생각할 필요가 있습니다. 이 경우 공성전 묘사에서는 오른쪽 페이지 같은 지식이 필요합니다. 어렵게 느껴질지도 모르지만, 힘으로 밀어붙이는 연출만이 아니라 지략과 심리전을 겨루는 전장이라고 생각하면 좋겠지요.

공성포와 대포의 체크 포인트

· 공성포나 대포를 주인공의 무기로 다루는 것은 상상하기 어렵지만, 적군의 비장 무기이거나, 성을 지키기 위해 저지해야 할 대상으로 다루면 이야기의 보스 캐릭터 같은 느낌이 생겨나서 활용하기 쉽다.
· 대포를 사용하지 않고 지략으로 요새나 성을 점령하는 것도 이야기의 일반적인 흐름이다.

나만의 상상에 도전하기
톨킨의 트라우마가
영상화된 공성전

영화 〈반지의 제왕: 왕의 귀환〉은 곤도르 왕국 수도인 미나스 티리스에서 벌어진 공방전이 중반의 클라이맥스로서, 〈두 개의 탑〉의 헬름 협곡 전투를 훨씬 확대한 듯한 장렬한 공성전이 전개됩니다. 투석기는 물론 날개 달린 짐승과 나즈굴의 공격은 제2차 세계대전에서 톨킨이 체험한 런던 공습의 메타포일지도 모릅니다. 공성전의 정석에 따른 공격 방법이었습니다.

명작 체크
아군도 말려든
크레이터의 전투

2003년에 개봉한 영화 〈콜드 마운틴〉의 서두에는 주인공 인만 일행이 농성 중인 피터즈버그 남군 진지의 갱도를 북군이 폭파하는 장면이 묘사되어 있습니다. 이는 실제로 있었던 전투로, 남군 진지에 큰 구멍을 뚫었지만 북군의 공격 부대는 자신들이 만든 구멍에 빠져 큰 손해를 입습니다. 주인공이 도주하는 부분에서 배울 점이 많은 명작입니다.

◈ 공성전의 순서와 역사

공성전은 왕국이나 군의 존망을 건 큰 전투다. 유럽의 공성전 기술이나 전술은 다음과 같이 발달해왔다.

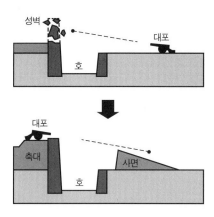

고대 제국의 공성전

알렉산드로스 대왕이나 로마 제국 시대의 공성전은 규모가 크고 복잡했다. 성벽을 무너뜨리는 파성추와 병사를 성안으로 들여보내는 공성탑이라는, 수백 명 규모로 운용되는 거대한 병기가 사용되었으며, 여기에는 성벽을 높여서 대항할 수밖에 없었다. 대형 투석기도 투입되었지만 정확하게 노릴 수 없었기에 확실한 공격 수단이 되지는 못했으며, 로마 제국이 멸망하자 공성전 기술도 규모가 한층 작아졌다.

공성포의 등장

15세기부터 공성포가 등장한다. 거석이나 철제 포탄을 비교적 정확하게 쏠 수 있게 되면서 높은 성벽으로는 공격을 막아낼 수 없게 되었다. 이윽고 대포 성능이 향상되면서 성벽도 낮아지고 두껍게 만들어진다. 그리고 성벽에도 대포가 거치되면서 공격 측의 우위는 사라졌다. 고착 상태를 타개하기 위해서 공격 측은 적의 보루(방어 거점) 지하에 터널을 뚫어서 바로 아래에 폭약을 설치해 기초를 파괴했다. 이를 갱도 폭파라고 부른다. 이처럼 공성전 기술은 20세기까지 계속 진화했다.

> 공성포가 발달하기 전에 전국시대가 끝났기에 일본의 성이나 성곽은 공성포에 대항하는 구조로 이루어지지 않았다. 무진 전쟁에서 성은 방어 거점 역할을 하지 않았다.

◈ 대포의 대인 병기화

공성 병기로 등장한 대포도 이윽고 야전에 사용되면서 보병을 공격했다.

소리나 포연의 박력을 제외하면 그저 쇳덩어리를 날려 보낼 뿐인 대포는 발사 속도도 늦기 때문에 보병에게 그다지 위협적인 병기는 아니었다. 하지만 그림과 같은 산탄이 고안되면서 단숨에 변화했고, 대열을 짠 보병에게 공포의 병기가 되었다.

🎙 원 포인트 어드바이스

항공기나 미사일이 발달하면서 군사적인 요새의 의미는 사라졌다. 한편으로 중요 시설의 분산과 은폐가 진행되면서 공격 측의 비용은 급격히 상승했다.

Step 5 전설의 무기와 마주한다

◗ 그 무기는 왜 전설인가?

전설의 무기도 판타지 세계에서는 유명한 개념이지만, 처음부터 모든 사람이 전설의 무기라고 인식하는 경우는 그렇게 많지 않으며, 설사 있다고 해도 주인공이 간단히 구할 수는 없겠지요. 그만큼 전설의 무기와 어떻게 만나는지가 중요합니다. 오른쪽 페이지에서 이 만남의 패턴을 몇 가지 제시해보았습니다. '대대로 전하는 가보'는 스토리를 만들기 쉽고, '신의 의지를 구현한 무기'라는 설정은 휘말리는 구조의 스토리에 어울립니다. '소유자를 지배하는 무기'에는 배후에 어두운 전설이 따라다니게 마련입니다. 어느 쪽이건, '전설'이라는 말의 무게에 어울리는 대가를 소유자에게 요구하겠지요.

전설의 무기와 마주한다의 체크 포인트

· step-2 「마법 무기」는 그 세계의 과학에 바탕을 둔 문제지만, 전설이라는 설정은 그러한 기준을 넘어서는 능력을 갖추어도 좋다.
· 전설의 실체가 알려지지 않아도 좋다. 중요한 것은 전설을 둘러싼 캐릭터의 성장이나 주제를 그리는 것이기 때문이다.

명작 체크

**신앙의 깊이를 측정하는
마법 소녀의 바통**

다카나시 에리의 만화 『칸나기』는 신사가 파괴되어 머무를 곳을 잃어버린 토지신이 소녀 모습으로 현신한 히로인 '나기'가 등장합니다. 신사를 지키는 마을 주민이 줄어들었기 때문에 그녀는 신으로서 지니고 있던 능력을 거의 잃어버렸습니다. 여기서 그녀는 신앙(=아이돌적인 인기)을 되찾으려고 하지만, 획득한 능력은 어째서인지 애니메이션 부록으로 주는 바통에 깃들게 됩니다. 작은 소재지만 좋은 아이디어입니다.

나만의 상상에 도전하기

**나치당이 탐구한
민족 창세 신화**

독재자 히틀러가 낳은 나치당은 종종 오컬트와 관련되곤 하는데, 경찰 권력과 친위대를 한 손에 쥔 하인리히 힘러 장관은 잃어버린 게르만 신화에 무한한 힘이 깃들어 있다고 믿고서 막대한 예산을 사용해 '아넨엘베(독일유산조사단)'라는 고고학 연구 기관을 창설했습니다. 그 연구 대부분은 엉터리였지만, 그들의 광범위한 활동이 오늘날 무수한 오컬트 창작의 소재를 제공했습니다.

◆ 전설의 무기와의 만남

전설의 무기는 대체 어떻게 하면 만날 수 있을까. 몇 가지 모델을 생각해보자.

대대로 전하는 가보 무기

소유자의 가문에서 대대로 전해지는 무기. 그 위험한 힘을 봉인하기 위해 자손에게 전해준다거나, 또는 진정한 힘이나 사용 방법을 잃어버린 상황. 혈통이나 혈맥과 깊이 관련된 무기로서, 진정한 사용 방법은 봉인되어 있다는 등의 장치가 있다.

신의 의지를 구현한 무기

태고 신들의 의지나 예언, 예견이 담긴 무기. 힘을 발동할 수 있는 자격을 지닌 캐릭터와 만나야만 힘을 발휘한다.

소유자를 지배하는 무기

무기가 의지를 갖고 소유자를 지배한다. 신의 의지 구현과 비슷하지만, 소유자를 고르지 않고 지배한다. 이 경우, 무기의 지배에 어떻게 대항하는가, 무기의 의지와 어떻게 타협할 것인가, 양자의 관계가 중심이 된다.

전설의 무기가 된다

결과적으로 손에 들고 있던 무기가 전설의 무기가 된다는 결말. 캐릭터의 이야기가 전설의 무기가 탄생하는 과정이 된다. 게임 〈드래곤 퀘스트 1〉 용사 계열 장비와 〈드래곤 퀘스트 3〉 주인공의 장비가 전설이 되는 형태에 가깝다.

◆ 무기 종류에 의한 능력 부여

전설에 어울리는 능력을 무기에 부여할 때, 무기 종류와의 조화를 생각한다. 무기에는 각각 특이한 원초적인 이미지가 있다.

망치·도끼 ………	생산, 농경, 풍요로움, 부
	물건을 만들어내는 능력이 와전되어, 파괴와 창조의 상징으로 여겨진다.
창 …………………	도전, 힘에 의한 굴복, 지배
	창은 검보다 오래된 권력자의 상징이다. 상대에게 던지는 행위는 선전 포고를 의미한다.
도검 ……………	지배, 통치, 저주
	창 이후에 태어난 것이 검이다. 신에서 인간으로 주역이 바뀌는 것을 뜻한다.
활 …………………	신의 뜻 전파
	원거리에 있는 대상에도 넓게 영향을 미친다. 보이지 않는 사이에 마음을 사로잡는다.

🛡 **원 포인트 어드바이스**

전설의 무기가 가진 능력은 단숨에 드러내기보다는 소유자의 성장과 자각에 맞추어 서서히 보여주는 것이 정석이다.

Step 6 의인화한 무기

◈ 앞으로도 성장이 기대되는 표현

무기가 의지를 가진다는 생각은, 일본의 요도 '무라마사'(도쿠가와 가문을 해친다고 알려진 검. 한국에도 우왕의 사진참사검 같은 전설이 있습니다-역자 주) 같은 사례를 통해 오래전부터 친숙한 개념입니다. 오늘날에는 한 발짝 더 나아가 무기가 생각하고 인격을 가지며, 때에 따라서는 소유자와 대화하는 존재로 그려지는 작품도 눈에 띕니다. 황당하다고 잘라 말하는 사람도 있겠지만, 창작 표현으로서 의인화가 확립되어 가는 과정에서는 도리어 필연적일지도 모릅니다. 또한, 이런 무기가 사람을 멀리하게 되는 원인을 가져오면서, 그러한 고독을 이해할 수 있는 것은 오직 의인화된 무기뿐이라는 악순환을 캐릭터의 운명에 연결하는 것도 가능하겠지요.

의인화한 무기의 체크 포인트

· 왠지 모르게 의사소통을 할 수 있는 정도의 관계부터, 평소에는 인간 모습으로 생활하다가 전투 시에 무기로 변한다는 대담한 설정에 이르기까지 무기 의인화의 폭은 넓다.
· 인간 복제 등의 기술도 무기의 의인화로 생각할 수 있다.

명작 체크
무기를 의인화해 역경에 견딘다

영화 〈풀 메탈 재킷〉에 등장하는 덜떨어진 훈련병 레이너드는 어느 날 밤 린치를 당한 이후 정신이 이상해져 총을 여성이라고 믿습니다. 연인에게 하듯이 말을 걸고, 총을 아끼는 나날 속에서 훈련생 중 최고의 저격수로 성장합니다. 결말은 비참하지만, 무기를 의인화해 역경을 넘어서고 기능이 향상되어 가는, 기분 나쁘지만 인상적인 장면입니다.

나만의 상상에 도전하기
계속 발전하는 무기의 의인화

니시오 이신의 소설 『칼 이야기』는 도검의 의인화가 이야기의 중요한 부분입니다. 미우라 이사오의 『성검의 블랙스미스』와 함께 무기가 의인화되는 표현은 라이트 노벨에서도 수없이 등장하며 지지를 받고 있지만, 이른바 일반 소설에서는 아직 익숙하지 않고 적당한 중간 지점을 찾기 어려운 상황입니다. 의인화를 유연하게 해석한다면 새로운 아이디어를 얻을 수 있겠지요.

무기 의인화의 역사

step-5 '전설의 무기와 마주한다'에서 한 발짝 나아간 무기의 의인화. 그 큰 흐름을 확인해보자.

생각하는 '절대 반지'

톨킨의 『반지의 제왕』에서 절대 반지는 소유자를 투명하게 만들어 예속하고, 창조주인 명왕 사우론의 곁으로 돌아가기 위해 시종으로 변하게 한다. 창조주의 손에서 멀어진 결과, 본래 장소로 돌아가려는 의지를 가진 것이다.

주인공을 물리적으로 지배하는 요검

마이클 무어콕의 『엘릭 사가』에 등장하는 흑도 '스톰 브링거'는 거의 모든 것을 베어낼 수 있는데, 혼에 대한 집착이 강해서 죽인 상대의 혼을 먹으며 살아간다. 엘릭 역시 검으로부터 생명력을 나누어 받지 않으면 살아갈 수 없다.

주인공의 파트너가 되는 '인면창'

기쿠치 히데유키의 『뱀파이어 헌터 D』의 주인공인 'D'의 왼손에는 말을 할 수 있는 다른 인격의 인면창(人面瘡)이 깃들어 있다. 베어내도 죽지 않고, 4원소를 먹으며, 광대한 에너지를 낳아 'D'를 지원한다.

사람 모습으로 활동하는 마검

미우라 이사오의 『성검의 블랙스미스』에서는 악마와의 계약으로 만들어졌으며, 아름다운 여성 모습을 한 '마검'이라고 불리는 무기가 다수 등장한다. 예를 들어 주인공이 사용하는 레이피어는 아리아라는 평범한 여성으로 생활하고 있다. 그녀들은 희로애락의 감정을 갖고, 아이도 낳는다.

무기를 의인화하는 길을 추구한다

무기의 의인화는 앞으로도 가능성이 많은 표현 방법이다.

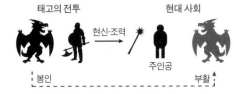

무기의 의인화는 파트너가 등장하는 패턴 중 하나로, 그들을 의인화하는 필연성이나 이유를 명확히 해두면 도입하는 데 무리가 없다.

원 포인트 어드바이스

형태나 크기, 공격 방법이 그대로 의인화한 캐릭터의 속성이나 성격과 연결된다고 생각하면 무기는 의인화에 매우 어울리는 소재다.

Step 7 살인 도구를 자각한다

◆ 멋지다는 이유만으로는 구원받지 못한다

전쟁은 위정자나 정부로부터 공인된 살인입니다. 예술적이고 아름다운 일본도도 진실을 파고들면 사람을 죽이는 칼에 지나지 않습니다. 무기의 목적은 생명을 빼앗는 것일 뿐, 그 이외에는 변명에 불과합니다. 판타지 세계를 그리는 행위는 일상과 다른 세계를 즐기려는 것이니 만큼, 여기엔 폭력이나 파괴도 발생하겠지요. 하지만 무기가 멋지고, 전쟁 장면이 화려해 보인다는 이유만으로 인간의 목숨을 다루는 장면을 그린다면 조금 용납하기 어렵습니다. 사람은 어리석고 역사는 반복된다는 말처럼 앞으로도 전쟁이 사라질 것 같지는 않습니다. 하지만 평화 역시 계속될 것입니다. 죽음과 파괴의 묘사 앞에는 희망이 기다리고 있길 바랍니다.

살인 도구를 자각한다의 체크 포인트

· 무기에 의한 상처를 인식한다. 판타지 세계에서 총포가 주역이 되기 어려운 것은 총상이 다른 무기에 비해서 너무도 비참하기 때문일지도 모른다.
· 영웅을 전면에 내세운 전쟁 이야기는 전쟁을 찬미한다는 비판을 낳을지도 모른다. 하지만 영웅이 탄생하지 않은 전쟁은 그저 비참할 뿐이다.

역사 관련 사건
나폴레옹 vs 알렉산드로스 대왕

고대 역사연구가인 아서 페릴은 『전쟁의 기원』에서 '나폴레옹 군대는 알렉산드로스를 넘어서지 못했을지도 모른다는 고찰'을 주요 전투를 비교해 소개하고 있습니다. 고대인이 화약은 알지 못했지만 대두분의 병기에서 고대 쪽이 동등하거나 우위에 있었고, 사기와 훈련에서도 나폴레옹 군대를 넘어섰다는 것입니다. 현대인이 최고라는 것은 어쩌면 오만일지도 모릅니다.

나만의 상상에 도전하기
웬지 바보 같은 무인 군대

9·11 테러 이후 미군은 계속 중동 각지에서 테러와의 전쟁을 펼치고 있는데, 이 과정에서 무인 병기가 크게 진화했습니다. 안전한 기지의 콘솔 룸에서 키보드를 두드리면서 적을 찾고 때로는 공격할 수 있게 된 것입니다. 앞으로의 전쟁이 무인화에 달렸다는 전문가도 있습니다. 그렇게까지 해서 싸워야만 하는지, 다른 방법은 없는지 궁금합니다.

◈ 무기나 전투의 결말을 의식한다

1장 step-1에서는 클라우제비츠의 말을 빌려 무기와 전투를 정의하고 있다. 하지만 우리에게는 더욱 대국적인 견해에서 바라보는 동양적 사상이 있다.

나카지마 아쓰시 『명인전』의 이야기 구조

조나라 한단에 사는 기창이 천하제일 활의 명수가 되려고, 명인 비위의 제자가 된다.

5년 동안 시각 기초 훈련을 하고 백발백중의 실력을 얻게 되자 진정한 천하제일이 되고자 비위를 암살하려 한다.

호각의 승부. 비위는 기창의 위험성을 깨닫고, 감승 노인의 제자가 될 것을 권한다.

바위 위에서 기창은 겁에 질려 활을 쏘지 못한 반면, 노인은 아무것도 갖지 않고 활을 쏘는 흉내를 냈을 뿐인데 멀리 상공에서 매가 떨어졌다.

9년 후, 한단으로 돌아온 기창은 다시는 활을 쏘지 않았으며, 만년에는 활을 보아도 그 용도를 완전히 잊어버렸다.

주목할 점은 '줄여 나가는 수업' 부분이다. 합리적이고 철저한 수업은 천하제일 명궁이 되기 위한 정공법이지만, 그보다 더 나아가 '활을 사용하지 않고도 활을 쏠 수 있다', '활이라는 도구의 존재를 잊어버릴 정도로 쓸모없는 지식이나 도구를 줄여 나간다'는 도를 이루는 방법이 있다. 경제와 효율을 우선하는 괴로운 일상 속에서 이와 같은 집착을 버림으로써 얻는 것을 잊어버리고 있지 않은가.

무기도 전투도 실체를 파고들면 사람을 죽이기 위한 수단이며, 피로 물든 길이다. 무기란 흉맹한 것으로, 무기를 들고 걷는 인생이나 운명에는 저주가 함께한다. 그러면 그보다 앞에 있는 무기도 전쟁도 없는 길, 무기 사용법조차 알지 못하는 세계라는 이상은 설사 문학으로 완성하지 못하더라도, 마음속에 품고 있길 바란다.

 원 포인트 어드바이스

적을 쓰러뜨리는 상쾌함이나, 전술이 들어맞았을 때의 성취감, 직감적인 쾌락만을 추구하고 창조한다면 조금 허무할 것이다.

검과 마법의 진수

♦ 영상화로 완성한 가운데땅의 전쟁

『호빗』은 아동 문학, 『반지의 제왕』은 거대한 신화와 언어학적인 축적의 집대성. 톨킨에게는 각각 창작 동기가 확실했습니다. 그렇기에 무기나 전투는 부차적인 역할로만 기능했습니다. 하지만 '검과 마법 이야기'의 시조로 다루어지면서 이윽고 많은 창작자가 톨킨 작품으로부터 판타지 세계에 필요한 전투 방법, 정확히는 아인류를 포함한 싸움의 현실감을 추구하게 되었듯이, 작품 속에서 무기나 전투가 큰 비중을 차지하고 있습니다. 다만, 이로 인해 가장 큰 혜택을 받은 것은 원작이 아닌 피터 잭슨 감독의 영화입니다. 그래서 이 글에서는 영화 표현을 전제로 하고, 원작을 보조적으로 사용하고자 합니다.

시대 배경이나 사회 구조에서 바라보면, 톨킨이 떠올리는 전투는 인간의 역사에서 말하자면 고대나 중세 사이에 있는 시대, 특히 그가 직접 연구하면서 명료하지 않은 점이 많아 고생했던 로마 제국 철수 후의 고대 브리튼섬이 배경이라고 생각해도 좋습니다. 그 증거가 바로 무기입니다. 극 중에서 다양한 등장인물이 사용하는 무기들은 로마 제국 시대부터 등장한 것들이 대부분입니다. 주목할 점은 그 사용 방법입니다. 세월이 흐르면서 사회가 진보하고 기술이나 조직도 진화한다는 것이 일반적인 견해입니다. 일본 역사도 그와 같이 흘러가고 있습니다.

하지만 유럽은 다릅니다. 로마 제국은 이러한 무기를 사용하는 인간을 집단화해 수만 명에 이르는 군대를 동원할 수 있었습니다. 여러 나라나 민족을 상대로 전쟁을 치르기 위한 구조도 갖추고 있었습니다. 하지만 제국이 멸망하고 시대가 중세로 옮겨가면서, 군대 규모는 많이 축소되고, 귀족이나 왕조차 자신의 영토를 충분히 지킬 수 없게 되었습니다. 유럽 사회가 로마 제국 수준으로 회복된 것은 18세기 후반의 일이었습니다.

톨킨이 그린 가운데땅의 제3기는 이 중세 암흑시대를 상징한다고 생각해도 좋습니다. 드워프는 외로운 산이나 암흑산맥에 강고한 세력을 갖추고 있었지만, 영토를 넓히는 데는 흥미가 없고 고립되어 있습니다. 깊은골의 엘론드는 세계의 동향을 주시하면서도 불간섭 원칙을 지키며, 어둠숲의 스란두일은 외부와의 교류를 차단하고 자신들의 안녕 이외에는 흥미를 보이지 않습니다(그렇게 되는 설정은『호빗』에서는 보이지 않습니다).

호빗골은 확실한 지배자의 모습이 보이지 않으므로 자치가 상당 부분 허용되는 것처럼 보이는데, 빌보의 선조이자 툭 가문의 황소 울음꾼 에피소드에서 알 수 있듯이 외적이 침략하면 자신의 힘으로 대처해야 했던 것 같습니다. 이에 더해, 남쪽의 인간 왕국 곤도르나 로한의 상황이『반지의 제왕』에서 묘사되고 있습니다. 과거의 세력을 잃어버리고 남쪽에서 침입하는 야만족이나 암흑 세력에 대처하는 것만으로도 버거운 상황으로, 결과적으로 드워프나 엘프와 차이가 없습니다.

한편,『반지의 제왕』에서 더욱 두드러지는 사우론의 암흑 세력, 즉 모르도르는 상당히 진보한 군사 국가입니다. 우선 전략 목표가 명확합니다. 사우론이 돌 굴두르에서 쫓겨나 모르도르로 도망친 것은 연기였으며, 사실은 착실하게 군비를 정비하고 있었습니다. 그리고 적대 세력이 단결하지 않는 사이에 백색의 사루만을 농락해 최강의 곤도르를 멸망시키는 일에 전력을 집중했습니다. 또한, 와그를 다루는 오크나 검은 기수를 이용한 정보전에서도 항상 한 발짝 앞서 있습니다. 이렇게 세계는 어둠과 빛의 세력이 맞서고 버티면서, 결정타를 '황금 반지'에 걸고 있는 것입니다.

📖 NOTE

다섯 군데 전투에서 보이는 인간의 의지

『반지의 제왕』에서 인간 세력의 중심이 되는 곤도르는 인간 중에서 가장 뛰어난 듀너데인이라는 종족이 창설한 위대한 왕국이며, 로한도 용맹한 기병으로 알려진 전투 민족으로 그려져 있습니다. 반면『호빗』의 인간은 중우정치에 빠진 호수 마을의 비참한 주민으로만 묘사되었는데, 그 인간들이 어떻게 일어서는지가 다섯 군데 전투의 볼거리 중 하나입니다.

가열하는 대립

🔹 종족 간의 불화가 전쟁을 낳는다

피터 잭슨의 영화 작품에서는 아인류의 상징인 무기를 매우 중시하고 있습니다. 가장 상징적인 것이 엘프, 특히 어둠숲 엘프 왕자 레골라스겠지요. 영화에 등장하는 레골라스는 뛰어난 궁수입니다. 숨 쉴 틈 없는 속도로 곡예를 하는 듯한 자세로 쏘는 화살은 백발백중이며, 칼을 잘 휘두르지 않는 독특한 전투 스타일로 많은 팬을 사로잡았습니다. 엘프의 주 무기가 활이라는 설정은 예부터 존재했지만, 영화 〈반지의 제왕〉의 레골라스가 결정타를 날렸습니다.

나아가 영화 〈호빗〉에서는 레골라스만이 아니라, 친위대장인 타우리엘을 필두로 숲의 엘프 전사 모두가 활의 달인으로서 묘사되고 있습니다. 거대한 거미나 오크와 싸우면서 그들은 신적인 활 실력을 발휘합니다. 생각해보면, 불로불사라는 치트키 같은 성질을 최대한 활용해 매일 같이 활을 사용한 전투 기술을 연마하고 있었을 테니 당연하다고 할 수 있겠지요.

또 다른 주역인 드워프는 전투 도끼나 망치처럼 그들의 생활 방식에 어울리는 무기를 즐겨 사용합니다. 몸집의 영향이 있겠지만, 가는 날의 도검을 사용하기보다는 안정된 중심으로부터 펼쳐내는 강렬한 일격을 좋아하는 드워프다운 상징입니다. 다만 소린처럼 고귀한 신분의 드워프는 그에 어울리는 도검을 사용하는 것을 즐깁니다.

무엇보다도 아인류와 무기의 조합은 톨킨 세계가 확립된 이후 다른 소설이나 영화 시나리오, 게임 시스템 등으로 확산되었기 때문에 지금에 와서 진귀하게 생각하는 것은 이상할지도 모릅니다. 도리어 『호빗』에서 주목할 만한 점은 드워프, 인간, 그리고 엘프가 어떠한 경과를 거치면서 일촉즉발의 위기에 빠졌는가 하는 이야기의 플롯 쪽이겠지요.

스마우그를 쓰러뜨린 바르드는 마을의 생존자들을 이끌고 외로운 산으로 향합니다. 그들은 드워프가 스마우그에 의해서 모두 죽었다고 믿고 있었기에, 우선은 마을 부흥에 필요한 자금을 얻기 위해 드워프의 재산을 차지하려고 한 것입니다. 하지만 소린 일행이 살아 있다는 점이 판명되자, 그들은 일단 공격을 위한 진을 구축하면서 교섭을 시작하려고 합니다. 이것이 드워프들에게 인간이 보물을 노리고 왔다는 오해를 불러일으키게 됩니다. 양쪽 모두에 옳은 점과 그른 점이 있으며, 여기에서 처음으로 불행하게 꼬이는 상황이 일어납니다. 톨킨이 말하는 '용의 독'의 영향입니다.

이러한 긴장 상태에서 어둠숲의 엘프가 찾아와 인간 편을 들게 되면서, 관계는 더욱 망가집니다. 어둠숲 사건으로 소린은 스란두일을 신뢰하지 않게 됩니다. 또한, 드워프를 지원하기는커녕 구속하고 방해했다는 약점이 있어선지, 스란두일도 적극적으로 교섭에 참여하려고 하지 않습니다. 전체적인 상황을 이해하고 해결책을 아는 것은 빌보 단 한 사람뿐이었습니다. 하지만 빌보의 노력은 도리어 대립을 격화시킵니다. '용의 독'에 빠져들어 방황하는 사람들의 마음은 쉽게 원래대로 돌아갈 수 없기 때문입니다.

그런데 이 세 세력이 임전 상태에 빠져든 것이 이어지는 오크와 고블린의 습격에 도움이 됩니다. 만일 교섭을 대비해 인간과 엘프가 진영을 해체하고 있었다면, 이 기습을 막지 못할 가능성이 있습니다. 이 장면을 편의에 맞춘 것이라고 말할 수는 없습니다. 그보다는 '새옹지마'라는 것이 『호빗』을 관통하는 중요한 주제로, 역경 속에서 열심히 살아가면서 해결책을 끌어내야 한다는 사실을 표현하고 있습니다.

📖 NOTE

트롤이 숨긴 전설의 무기

빌보 일행은 도중에 발견한 트롤의 동굴에서 예상치 못한 태고의 명도를 입수합니다. 이것은 신화시대의 엘프 왕국에서 만들어진 곤도린이라고 불리는 마법 무기로, 빌보가 얻은 '스팅'은 오크나 고블린이 다가오면 푸르게 빛나며 위기를 알려줍니다. 또한, 소린이나 간달프가 얻은 검도 이야기 후반에서 중요한 상징이 됩니다. 몇 자루의 검이 장대한 역사의 일면을 항상 보여주고 있습니다.

좀 더 배우고 싶은
여러분께

이 장은 판타지 세계의 이야기 속에서 전쟁이나 전투, 무기를 사용하는 장면에 대해서 정확한 지식을 바라는 여러분의 의문에 대답하면서 나아가 새로운 아이디어를 환기하는 '해설서'를 추구하고 있습니다. 내용을 어느 정도 이해한다면, 좀 더 전문적인 용어가 많은 전쟁사 책이나 무기 사전, 전투 해설서 같은 책도 좀 더 쉽게 읽게 될 겁니다. 이 장에서도 많은 군사서나 무기, 전투 해설서를 참고하고 있습니다(국내에 번역된 것은 제목을 굵게 표기했으며, 그렇지 않은 것은 원서 제목을 함께 소개합니다-역자 주).

- 『13개 국어로 이해하는 네이밍 사전(13か国語でわかるネーミング辞典)』 가쿠슈겐큐샤
- **『도감 무기 갑옷 투구』, 이치카야 사다하루 지음, 남지연 옮김, AK커뮤니케이션즈**
- 『도설 중세 유럽 무기·방어구·전술 백과(Weapons & Fighting Techniques of the Medieval Warrior 1000-1500 AD)』, 마틴 J 도허티(Martin J. Dougherty) 지음
- 『동물 병사 전서(Les animaux-soldats: Histoire militaire des animaux, des origines à nos jours)』, 마르탱 모네스티에(Martin Monestier) 지음
- 『라루스 세계의 신들 신화백과(Les grandes figures des mythologies)』, 페르낭 콤트(Fernand Comte) 지음
- 『무기: 역사, 형태, 용법, 위력(武器: 歷史, 形, 用法, 威力)』, 다이야그램그룹 엮음, 마르샤
- **『무훈의 칼날』, 이치카야 사다하루 지음, 이규원 옮김, 들녘**
- 『세계의 역사(世界の歴史)』 각 권, 주오코론샤
- 『알고 싶어 전설의 무기·방어구·도검(知っておきたい 伝説の武器·防具·刀剣)』, 가네미쓰 진자부로(金光仁三郎) 지음, 세이토샤
- 『유럽사에서의 전쟁(War in European History)』, 마이클 하워드(Michael Howard) 지음
- 『전쟁 기술의 역사 1: 고대편(Fighting Techniques of the Ancient World, 3000 BC - AD 500)』, 사이먼 앵글림(Simon Anglim) 외 지음

- 『전쟁 기술의 역사 2: 중세편(Fighting Techniques of the Medieval World AD 500 - AD 1500: Equipment, Combat Skills and Tactics)』, 매튜 베넷(Matthew Bennett) 외 지음
- 『전쟁 기술의 역사 3: 근세편(Fighting Techniques of the Early Modern World: Equipment, Combat Skills, and Tactics)』, 크리스테르 요르겐센(Christer Jorgensen) 외 지음
- 『전쟁의 기원(The Origins Of War)』, 아서 페릴(Arther Ferrill) 지음
- **『전투의 심리학』, 데이브 그로스먼 · 로런 W. 크리스텐슨 지음, 박수민 옮김, 열린책들**
- 『중세 유럽의 성채(The Medieval Fortress: Castles, Forts and Walled Cities of the Middle Ages)』, J.E.카우프먼(J.E. Kaufmann) 외 지음
- 『캐릭터 레시피(キャラクターレシピ)』, 에노모토 아키(榎本秋) 지음, 신키겐샤
- **『환상 네이밍 사전』, 신키겐샤 편집부 엮음, AK커뮤니케이션즈**

※ 이 밖에도 다양한 서적이나 잡지, 웹사이트, 게임을 참고하고 있습니다. 권 수가 많은 전집은 전집 제목만 표기하고 있습니다.

마법 창조의 장

여기서부터 마법 창조가 시작됩니다.
마법은 파악하기 어려워 보이지만,
몇 가지 규칙을 지키면 확실히 보이기 시작합니다.
자, 나만의 마법을 손에 넣어보세요.

「마법 창조의 장」으로 들어가기에 앞서

문자로 마법에 힘을 불어넣는다

『판타지 유니버스 창작 가이드』는 독창성이 돋보이는 판타지 세계 만들기를 도와주기 위한 책입니다. 이 판타지 세계는 '검과 마법'의 세계라고도 불리듯이, 마법이 세계관의 큰 줄기를 이루고 있습니다.

이 책을 통해서 태어나는 판타지 세계의 용도는 다양하지만, 각 해설은 마법 사용 장면을 문자로 표현하는 것을 의식해서 구성하고 있습니다. 구체적으로는 소설이나 만화, 그것도 현역 프로가 아니라, 이제부터 써보고 싶다고 생각하는 이들을 위한 해설이라고 볼 수 있습니다.

여기서 한 가지 중요한 점은 영상 속 마법을 일단 생각에서 떨쳐내야 합니다. 판타지 영화나 게임에서는 화려한 마법 영상이 홍수처럼 쏟아져 나오지만, 영상화된 마법 효과는 마법의 표층적인 일부에 불과합니다. 마법의 본질이 만들어내는 눈부신 환영과 같은 것입니다.

'문자나 말로는 영화나 게임처럼 알기 쉽고, 멋진 마법을 표현할 수 없다'고 겁먹는 사람이 있을지도 모릅니다. 하지만 그것은 엄청난 오해입니다. 영화화된 〈반지의 제왕〉도 그렇지만, 〈나니아 연대기〉나 〈해리포터〉 시리즈처럼 마법 표현으로 관객을 놀라게 하는 작품 대부분은 모두 명작, 걸작이라고 불린 원작 문학이 존재합니다. 소설 속에서 판타지 세계와 마법의 관계가 깊고, 확실하게 그려졌기 때문에 화려한 연출에도 견딜 수 있는 겁니다. 원작이나 각본에 힘이 없다면, 아무리 연출이 화려해도 관객은 쉽게 질리고 맙니다.

각 장의 구성과 역할

7장으로 구성된 이 장에서는 각 장의 내용을 읽어 나가면서 마법 그 자체나 마법에 관련된 인물을 창작하는 데 도움이 되는 지식을 이해하고 쌓을 수 있도록 배려하고 있습니다. 또한, 각 항목에서는 참고가 될 만한 소설이나 만화, 영상 작품을 소개하고, 판타지 세계에 마법을 도입할 때 착안할 만한 점이나 주의할 점을 제시하고 있습니다.

1장「왜 마법이 필요한가」에서는 판타지 세계에서 마법이 필요한 이유를 해설합니다. 2장「마법을 어떻게 그릴 것인가」에서는 막연하게 느껴지는 마법에 형태나 윤곽을 제공하고, 판타지 세계로 연결해 나가는 실마리를 발견하는 방법을 생각합니다. 3장「마법을 분류하자」에서는 다양한 마법을 체계적으로 분류하고, 각각의 구성이나 대립 구조를 설정하는 배경이나, 마법 간의 관계를 설명합니다. 4장「마법과 환수의 관계」, 5장「마법 도구를 창조하자」에서는 앞서 소개한 내용에 마법을 엮어내는 상황에서 판타지 세계를 확장하는 방법이나 주의할 점에 대해서 간단히 검토하고 있습니다. 잘 엮어낸다면 예상치 못한 마법 표현을 발견할 수 있겠지요. 6장「치유 마법을 파헤치자」에서는 대표적인 마법 체계인 치유 마법을 세분화해 판타지 세계의 깊이를 더하는 계기를 만드는 방법을 찾아내고, 7장「마법의 아이디어」에서 독창성이 넘치는 마법과 판타지 세계의 상승 효과를 꺼내는 방법을 제안하고 있습니다.

Step 1 왜 마법이 필요한가

◈ 마법이 태어난 이유를 생각하자

'마법은 판타지 세계에서의 최첨단 과학이다.' 이것이 이 책에서의 대전제입니다. 마법은 인지를 넘어선 신비한 힘처럼 보이지만, 이것은 과학도 마찬가지입니다. 여러분 대부분은 스마트폰을 사용하고 있으며 그 구조를 어느 정도 알고 있지만, 그렇다고 해서 직접 만들어낼 수는 없습니다. 다양한 과학 분야 기술이 모여서 가능해진 것입니다.

마법도 마찬가지입니다. 우리 눈에는 아무리 놀랍고 신비한 힘이라고 해도, 그것이 실재하는 판타지 세계에서는 부정할 수 없는 현실이자, 일상의 일부입니다. 그래서 마법에는 판타지 세계에서 살아가는 사람들의 절실한 바람이 반영되어 있습니다. 우리가 계속 마주하게 되는 세계의 여러 문제에 대한 해결책을 과학자의 두뇌에 바라고 있듯이, 마법 기술사는 판타지 세계의 여러 문제를 두 어깨에 짊어지고 연구와 연마에 매진하고 있습니다. 필요하기에 마법이 태어납니다. 이러한 전제를 바탕으로 여러분의 판타지 세계에 필요한 마법은 처음으로 빛나기 시작합니다.

나만의 상상에 도전하기
마법이 뿜어내는 이데아의 빛

고대 그리스의 철학자 플라톤은 세계에는 이데아라고 불리는 진실이 있으며, 인간은 그 일부를 보고 진실을 예상한다고 했습니다. 맨손으로는 완전히 둥근 원을 그릴 수 없지만, '한 점에서 같은 만큼 떨어진 점의 집합'을 원이라고 정의할 수 있는 것은 원의 이데아를 깨달았기 때문이라는 것입니다. 판타지 세계에서도 마법과 이데아의 관계는 성립합니다. 마법이나 소환수의 힘은 이데아가 뿜어내는 빛의 일부입니다.

마법의 연출
걸작 RPG를 분해하라

일본에서 '검과 마법' RPG라면 〈드래곤 퀘스트〉나 〈파이널 판타지〉 시리즈가 쌍벽을 이루는데, 마법에 대해서는 후자가 좀 더 깊이 파고들었습니다. 크리스털이 마법의 원천으로 존재한다는 기본형은 같지만, 그 묘사 방법이 작품마다 다릅니다. 이처럼 많은 지지를 받는 게임의 마법을 이 책을 바탕으로 분해하고 분석하면 마법 연출 방법의 실마리가 될 것입니다.

◈ 판타지 세계의 외견을 정하는 '마법'

판타지 세계를 창조할 때 마법은 상당히 큰 비중을 차지한다. 그만큼 마법을 충실하게 창조할 수 있다면, 매력적인 판타지 세계가 모습을 드러낸다.

판타지 세계를 창조하는 대전제

창작자가 창조한 판타지 세계를 다른 이에게 전하려면, 이야기(스토리)와 세부 묘사(디테일)가 필요하다. 이야기가 재미있어도 세부 묘사가 충실하지 못하면 판타지 세계는 드러나지 않는다. 판타지 세계의 혼은 세부 묘사에 들어 있다.

마법을 도입한 판타지 세계의 구조

판타지 세계에 '마법'을 도입하면, 그 영향력은 환수나 무기처럼 기존에 해설한 다양한 요소를 포용하게 된다. 또한, 판타지 세계 자체의 구조도 마법이 결정짓는다. 판타지 세계에서 마법은 그만큼 비중이 크며, 도입하면 돌이킬 수 없다고 각오해야 한다.

◈ '마법' 도입의 어려움과 즐거움

마법 묘사나 마법을 도입한 판타지 세계의 모습에는 창작자의 세계관이 여실히 반영되어 있다. 어려움과 즐거움이 공존하는 창조 작업이 될 것이다.

〈파이널 판타지〉 시리즈의 기본 모델

인기 시리즈 〈파이널 판타지〉는 세계를 지탱하는 근원적인 힘의 원천인 '크리스털'을 도입해 그 힘을 끌어내는 현상으로서 마법이나 소환 마법이 발동한다. 시리즈의 모든 작품이 이 세계관을 바탕으로 한다. 이 확고한 구조 속에서 각 시리즈의 창작자는 독자성을 낳고자 분투한다.

게임에서의 여러 현상, 특히 마법은 크리스털의 힘이 낳은 그림자 같은 것이다

🛡️ 원 포인트 어드바이스

마법을 이야기의 양념 정도 역할로 제한할 수도 있지만, 모순이나 편의주의에 빠질 위험은 항상 존재한다. 이 책에서 해설하는 요소를 이해하면 이것들을 피할 수 있다.

Step 2 인간의 바람

🍂 끝없는 바람이 마법을 낳는다

마법은 절실한 욕구나 바람에 대한 비법입니다. 적어도 그렇게 기대하는 존재가 있어야 합니다. 내일 당장 운석이 떨어져서 세계가 멸망한다면 우리는 어쩔 도리가 없습니다. 하지만 20년 후라면 인류 태반은 국경을 넘어선 여러 대립을 중단하고 모든 노력을 기울여서 인류 멸망을 막으려고 하겠지요. 그 노력 속에서 과학은 위대한 도약을 이루게 될 것입니다.

판타지 세계도 마찬가지입니다. 아무 바람도 없는 상황에서 마법은 태어나지 않습니다. 지금보다 나은 무언가를 실현하고자 하는 누군가가 마법 같은 귀찮은 일에 손을 대는 것입니다. 이것은 검과 마법 판타지의 반대편에 있는 SF도 마찬가지입니다. SF에 종종 등장하는 시간 여행이 가능해진다면, 과거로 이동할지 미래로 이동할지에 따라서 인류의 삶이나 가치관은 급격히 바뀔 것입니다. 그래서 많은 사람이 절대적으로 실현하고 싶지 않은 기술이나 마법을 꿈꾸면서 오래 전부터 시간 여행 이야기가 계속 만들어진 것입니다. 위로는 세계의 공통적인 의지로부터, 아래로는 개인의 욕망에 이르기까지 마법에는 절실한 바람이 담겨 있습니다.

명작 체크
**전갈 왕의
슬픈 바람**

영화 〈미이라〉는 경쾌한 액션과 고대 이집트의 장대한 신화 세계가 절묘하게 조합되어 큰 성공을 거둔 작품입니다. 2번째 작품인 〈미이라 2〉에 등장하는 악당 스콜피온 킹은 자신의 바람을 이루고자 몸을 바쳐서 아누비스신과 깊은 계약을 맺습니다. 그리고 다양한 야심가가 스콜피온 킹의 강대한 힘을 좇으며, 지나친 야망으로 파멸해 가는 내용입니다.

마법의 연출
**높이 뛰지 않으면
심하게 떨어지지 않는다**

많은 작품에서 마법이라는, 예측하기 어려운 힘을 사용하는 자들 대부분이 세계 정복이나 궁극 마법 실현 같은 '중2병' 수준의 거대한 야망을 꿈꾸는 이유는 무엇일까요? 창작자의 안일함이나 고정관념도 문제겠지만, 인간은 능력에 따라서 큰 바람을 끝없이 갖기 때문일 겁니다. 강대한 힘이 있으면 그 한계를 보고 싶다는 마음이 세계 정복에 다다른 것이겠지요.

◈ 세계가 바라는 가장 큰 과제

마법은 사람들의 바람이며, 공포이기도 하다. 인지를 넘어선 마법의 힘에는 그 시대나 사회의 바람이 집약된다. 여기에 창조의 첫 번째 힌트가 숨어 있다.

마법을 바라는 상황과 인류의 대응

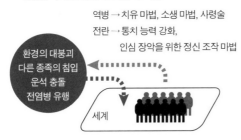

역병 → 치유 마법, 소생 마법, 사령술
전란 → 통치 능력 강화,
　　　　인심 장악을 위한 정신 조작 마법

환경의 대붕괴
다른 종족의 침입
운석 충돌
전염병 유행

세계

단시간에 문명 소멸
대처하려고 애쓴 노력 일부나 단편이
후세에 재발견되어 마법이 된다.

대처에 성공·문명 생존
신기술, 초과학의 체계화가 진행된다.
지식 독점으로 특권 계급 탄생.

현대 기술이나 지식으로는 대처할 수 없는 문제를 근본적으로 해결하려면, 지식 체계의 비약적인 발전이 필요하다. 그 문제로 문명이 붕괴하건, 또는 어떻게든 극복하건 그 뒤에는 새로운 마법을 설정하기에 충분한 지식 체계나 지식 체계의 단편 등이 남는다.

◈ 과거와 미래를 오간다

현대의 다양한 문제 중에서 대부분은 과거와 미래를 왕래해 해결할 수 있을지도 모른다. 지나치게 편리한 시간 여행 기술을 판타지 세계에 도입하려면, 이야기에 압도적인 힘이 필요하다.

시간 여행의 모델

시간 여행

과거: 고대 로마

미래: 21세기 일본

만화 『테르마이 로마이』에서 현대 일본에서는 평범한 목욕탕에 관한 기술이나 도구가 고대 로마에서는 마법과 같은 발상으로 받아들여지며, 다양한 문제를 해결하는 실마리가 된다. 여기서 정치권력의 상세한 설정이 문제가 되지 않고, 독자도 신경 쓰지 않는 것은 이야기의 힘이 압도적이기 때문이다.

> **원포인트 어드바이스**
>
> 평범한 목욕탕 설계 기사가 로마 제국의 존망에까지 관여할 수 있는 것은 고대 로마의 생활에서 빼놓을 수 없는 목욕 문화라는 튼튼한 소재를 기반으로 했기 때문이다.

정신을 안정시키는 수단

Step 3

◆ 넘쳐나는 경이를 일상화한다

올려다보면 별이 가득 넘쳐나는 밤하늘, 눈앞에는 끝없이 펼쳐진 넓은 바다. 우리는 대자연에 감동하지만, 그것은 별의 운행이나 지구의 모습을 알고 있기 때문입니다. 만일 아무것도 모르는 상황에서 자연의 경이에 직면하게 되면, 얼마나 불안한 기분을 느낄까요?

과거의 선조들은 세대를 거듭하는 사이에 제멋대로라고 여겼던 별의 운행에도 법칙성이 있다는 사실을 발견했습니다. 태양의 높이에 따라 계절이 바뀌며 조수 간만의 변화에도 정해진 규칙이 있다는 걸 알게 됩니다. 이처럼 인지를 넘어선 자연의 움직임을 설명하고자, 인간은 신화를 만들고, 합리화하려고 노력했습니다. 하지만 때때로 자연은 인간이 찾아낸 법칙성을 간단히 무시합니다. 갑자기 나타나는 혜성(살별)이나 일식, 하늘을 가로지르는 번개나 바다의 폭풍, 화산 분화. 이처럼 설명할 수 없는 상황에 직면했을 때, 사람들은 신들의 변덕스러운 마법이라고 이해하려고 합니다. 알 수 없는 것, 이해할 수 없는 자연현상에 직면한 인간이 필사적으로 이론화하고 체계화하고자 노력한 것이 신화와 마법입니다.

역사 관련 사건

문명개화가 불러온 혜성 소동

밤하늘에 길게 꼬리를 드리우며 날아가는 혜성이 주로 얼음으로 구성된 소행성이라는 건 누구나 알고 있습니다. 특히 76년 주기로 찾아오는 핼리 혜성은 일본에서도 일찍부터 알려졌습니다. 하지만 1910년 혜성이 가장 근접했을 때는 지구가 혜성 꼬리에 들어가서 시안화합물의 독으로 사람들이 죽게 된다는 소문이 퍼져서 소동이 일어납니다. 문명 개화가 가져온 과학의 함정입니다.

마법의 연출

거짓말도 백번 계속하면 진실이 된다

천문이나 기상을 신화와 마법으로 치환하여 민심이 안정된 것은 좋습니다. 하지만 이 안정이 오래 이어지면, 진실을 탐구하려는 노력을 방해하는 힘이 됩니다. 천주교가 오랫동안 천동설을 고집해 코페르니쿠스의 지동설을 배제하려 한 것처럼 새로운 진실에 부딪혀 혼란에 빠지는 것입니다. 오랜 사고방식이나 관습과 새롭게 발견된 진실에서도 마법이 태어날 수 있습니다.

◈ 미지의 문제를 넘겨버리는 수단

확실한 법칙에 바탕을 두었지만, 그 원리나 의미를 알 수 없는 미지의 거대한 사상 앞에 섰을 때, 인간은 '마법'으로 설명하고 넘겨버리려 한다.

자연현상에서 마법을 추출하는 과정

자연현상	각지의 신화 해석	마법 표현으로 응용하는 요소
태양의 움직임	천공을 달리는 헬리오스신이 타는 4두 마차로 예를 든다.	절기의 발견으로 계절 변화를 추측. 역법의 발명이나 일식의 예측. 해시계 같은 기술로 응용.
조수 간만	우미사치히코(海幸彦)가 '시오미쓰다마'와 '시오후미다마' 힘으로 조작한다.	법칙성을 먼저 발견한 자가, 주기에 따라서 의식을 행해 마법으로 연출한다.
씨앗의 발아	저승의 신과 결혼한 여신 페르세포네가 고향으로 돌아가면 싹이 튼다.	농경에 관련된 정기적인 제사나 제의 개최. 흉작의 원인을 규명하는 등 민심의 안정을 노린다.

◈ 로스트 테크놀로지의 단편

일찍이 존재했던 위대한 문명. 그 잔재에 의존해 살아가는 사람들도 있다.

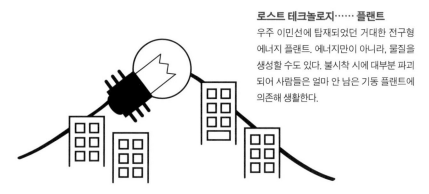

로스트 테크놀로지…… 플랜트
우주 이민선에 탑재되었던 거대한 전구형 에너지 플랜트. 에너지만이 아니라, 물질을 생성할 수도 있다. 불시착 시에 대부분 파괴되어 사람들은 얼마 안 남은 기동 플랜트에 의존해 생활한다.

만화 『트라이건』의 주민은 자신들이 이민자의 자손이라는 것이나 플랜트의 의미도 이해하고 있지만, 기술 원천을 잃어버렸기 때문에 플랜트에 대해서 최소한의 수리밖에 하지 못하고 미국 서부개척시대 같은 생활을 겨우 꾸려나가고 있다. 여기서 플랜트의 비밀을 아는 극소수의 사람이 마법에 필적하는 초월적인 힘을 발휘한다.

🍄 원 포인트 어드바이스

해변에서 살아가는 자들은 이유는 알지 못해도 조수 간만에 대한 상식이 있지만, 처음으로 바다를 본 사람은 모든 것이 마법처럼 느껴진다.

Step 4 자기실현 수단

🔷 신의 의지를 지배 도구로 바꾼다

대자연의 경이를 신화와 마법으로 바꾸어 넘겨왔던 인간은 다음으로 이를 사용해서 조금이라도 생활을 편리하게 만들려고 합니다. 경이건 신비건, 그것이 존재하는 이상 관계되지 않을 수 없기 때문입니다. 그 최선의 수단이 교육입니다. 모처럼 자연 속에서 법칙을 발견해도 이를 계속 이어나가지 않는다면, 어느새 잊어버리고 쓸모가 없어지기 때문입니다.

판타지 세계에서도 이러한 생각을 바탕으로 마법 교육이 행해지겠지요. 마법은 그 세계나 시대의 최첨단 과학이므로, 교육을 받는 사람은 일부에 지나지 않습니다. 하지만 선택된 엘리트에겐 중요한 지식을 계승하는 것만이 아니라, 이를 더욱 발전시켜서 사람들의 삶에 도움이 되는 이용 방법을 연구해야만 하는 책임이 있습니다.

또한, 마법 지식은 지배 도구가 되기도 합니다. 아무도 모르는 일식을 예측한 사람은 태양을 감추는 마법을 손에 넣은 것과 다를 바 없습니다. 가뭄이 계속되어 하늘을 보며 한탄하는 사람들은 비를 내리는 마법을 사용하는 술사를 신처럼 생각하겠지요.

역사 관련 사건

나일강이 낳은 천문학과 건축학

고대 이집트 신화나 피라미드를 시작으로 하는 거대 건축물은 지금도 우리를 매료시키고 있습니다. 이러한 발달을 크게 이끈 것이 나일강입니다. 매년 일정한 주기로 범람하는 이 강의 범람 시기를 정확하게 예측하는 일은 농업에서 가장 중요한 과제였습니다. 그래서 역법이 발달하고 강이 가져오는 풍요로운 결실에 힘입어 피라미드 같은 시설이 세워진 것입니다.

명작 체크

계승되는 힘에 어울리는 생활 방식을 찾아서

애니메이션으로도 만들어진 가도노 에이코의 동화『마녀 배달부 키키』는 마녀가 되기로 한 소녀는 13살에 집을 나와 마법의 힘으로 살아가는 것이 관례인 세계의 이야기입니다. 세계 또한 마녀의 존재를 기이하다거나 동경이 뒤섞인 복잡한 색채로 받아들입니다. 작품은 주인공 키키가 성인이 될 때까지를 그리고 있습니다. 애니메이션으로만 보기엔 아까운 작품입니다.

◆ 교육 대상이 되는 마법

마법이 사회에서 받아들여지는 판타지 세계에서는 이를 후세에 전하는 마법 교육이 필요하게 마련입니다. 마법에 사회가 의존하는 정도에 따라서 교육 방법이 변화합니다.

사회 그늘로서의 마법

사람들 대부분이 마법의 존재를 믿고 있지만 직접 본 사람이 적거나 접하기 어려운 수준이라면, 마법 계승은 한 사람이나 소수의 제자를 대상으로 수업하는 형태가 된다. 숲 속에 사는 마법사와 그 제자, 또는 어머니에서 딸에게로 전해지는 가정에 한정된 패턴이다.

권력으로서의 마법

마법의 습득에는 혈통이나 우연한 적성 같은 조건이 필요하며, 이는 일반에 공개되어 사회에서 중요한 역할을 맡는다. 마법과 술사는 사회에 도움이 되는 존재로서 권력자가 통제하며, 무리를 이루어 저항하거나 쿠데타를 성공시킬 만한 힘이 없다는 설정이 자연스럽다.

교육으로서의 마법

사회생활 전체를 유지하기 위해 마법이 꼭 필요한 세계에서 마법은 일반 교육 대상이 된다. 어릴 때부터 재능을 평가하는 제도나 기법이 확립되어 재능에 따라서 최적화된 마법 교육을 시행하며, 사회에서 일정한 역할을 맡는다. 이른바 마법 학교물이 성립하기 위한 전형적인 사회 설정이다.

설사 마법 학교라도, 학생의 고뇌는 현대 학교와 크게 다르지 않다. 다만 판타지 세계다움을 연출하고자 우리에게 익숙하지 않은 영국의 퍼블릭 스쿨이나 중세 유럽의 신학교, 또는 중세 일본의 대사원 같은 구조를 무대로 하는 등 변화를 주려는 노력을 기울이면 생각지도 못했던 이야기가 태어날지도 모른다.

> 🧙 **원 포인트 어드바이스**
>
> 마법 학교가 몇 개나 존재한다는 설정이라도 마법 사용에는 감상자의 예상을 넘어설 만한 제약이나 조건을 부여해야 한다.

Step 5 공포나 불만의 배출구

◆ 광기가 마법을 왜곡한다

마법에는 대자연의 경이를 쉽게 받아들이려는 의도가 숨어 있다고 설명했지만, 이것이 단락적으로, 그것도 나쁜 방향으로 적용되면 사람들의 공포나 불만의 배출구가 되어버립니다. 일찍이 유럽에서 맹위를 떨쳤던 마녀사냥이나 마녀재판이 바로 전형적인 사례겠지요. 갑자기 마을에 역병이 발생하거나 불온한 사건이 일어나 공황 상태에 빠진 사람들은, 마녀가 일으킨 나쁜 마법 때문이라고 생각하고 누군가를 마녀로 만든 뒤 그들을 태워 죽여서 정신적인 안정을 추구했습니다.

이것이 더욱 나쁜 방향으로 바뀌면 권력자도 영합하게 됩니다. 정치나 통치에 대한 민중의 불만을 마녀사냥이라는 형태로 돌려버리기 때문입니다. 그렇게 아무도 본 적이 없는 '마법'에 의해서 많은 사람이 희생되었습니다. 그 자백을 강요하기 위한 고문이나 처형 방법을 모으면 두꺼운 책이 만들어질 정도입니다. 또한, 홍수나 기근이 일으키는 '용신의 분노'를 잠재우고자 산 제물을 선택해 폭포에 던져버리는 구조도 같은 심리에 바탕을 두고 있습니다. 특히 마녀나 산 제물은 젊은 여성이 많았던 점이 흥미로운 지점입니다.

명작 체크
마녀의 삶을 엿볼 수 있는
〈콜드 마운틴〉

미국 남북 전쟁 시대, 중상을 입은 남군 병사 인만은 사랑하는 여성 에이다가 기다리는 고향으로 탈주하려 합니다. 그때 피로로 쓰러진 인만을 구한 것은 숲 속에 홀로 사는 노파였습니다. 그녀는 깊고 훌륭한 지혜의 소유자입니다. 마녀사냥이 끝난 시대지만, 마녀라고 불리는 고독한 여성의 삶을 상상할 수 있는 인상적인 장면입니다.

나만의 상상에 도전하기
마녀의 문장을
찾아라!

2007년에 발매된 닌텐도 DS 게임 〈두근두근 마녀신판〉은 현대에 숨어 사는 마녀의 비밀을 밝혀내고 끝까지 저항하는 마녀 후보를 터치펜으로 간지럽혀 마녀의 증거인 문장을 떠올리게 하는, 약간 과격한 연출로 화제가 되었습니다. '현대에 살아남은 마녀'라는 고전적인 소재도 연출에 따라 새롭게 눈길을 끌 수 있다는 것을 보여주는 사례로 속편도 제작되었습니다.

◈ 분노의 분출구가 되는 마법

돌발적인 기근이나 재해로 삶을 빼앗긴 사람들. 권력자가 구제 시스템을 준비할 수 없던 시대에는 '마법'이 분노의 분출구가 되었다.

중세 유럽 마녀사냥의 시작

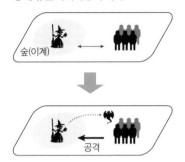

본래 마녀란 종교나 마을의 계율과 같은 터부, 금기 등의 이유로 집단생활 장소에서 쫓겨나 이계의 입구로 여겨졌던 숲 같은 데서 생활할 수밖에 없었던 사람들이었다. 약초 같은 것을 조합하고, 물물 교환으로 몰래 살아갔다.

마을이나 도시 같은 광범위한 세계에서 역병 등이 유행하면, 황폐해진 사람들은 역병을 마녀의 짓이라고 여겼다. 약초 같은 지식이 '마법'에 의한 역병으로 대체된 것이다.

◈ 마법이란 이름을 빌린 수탈 시스템

마녀를 역병이나 재해의 희생물로 삼는 행동 패턴이 생겨나자, 이윽고 중세 유럽의 마녀사냥처럼 사회 안정을 유지하기 위한 수탈 시스템으로 변모한다.

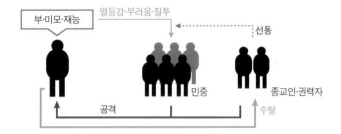

새롭게 등장한 부유 상인층을 억제하고 중앙집권화를 진전시키고 싶은 왕족, 대귀족이나 민중의 불만을 마녀사냥으로 해소하는 동시에 민중에게 종교적인 권위를 증명하려는 성직자 같은 이들이 결탁해 중세 유럽에서는 마녀사냥이 일종의 시스템으로 기능했다.

🌱 원 포인트 어드바이스

마녀사냥이라고 편의적으로 이야기하지만 성별이나 나이는 중요하지 않았으며, 상당한 수의 성인 남성도 마녀로 몰려 처형당했다.

Step 6 지배의 도구

◈ 마법술사는 세계 지배를 바라는가?

'세계를 지배하려는 사악한 마법사'라는 것도 너무 많이 들어서 귀에 딱지가 앉을 만한 소재이지만, 특히 마법을 동경하는 현대인에게는 왠지 받아들이기 쉬운 주제입니다. 확실히 만약 지금 이 순간 누군가가 '고대 마법사'의 힘을 얻게 되면, 세계를 지배하지는 못하더라도 자신의 현재 상태나 주위를 크게 바꿀 수 있는 것은 분명합니다.

하지만 판타지 세계에서 마법은 정말로 그렇게 편리한 것일까요? 마법을 거의 한 사람이나 고작해야 극소수 사람이 독점하고 있다면, 어쩌면 세계를 지배할 수 있을지도 모릅니다. 하지만 강력한 힘을 갖고 있으니 세계를 지배하겠다는, 억지스럽고 무의미한 사업에 인생을 낭비할 필요가 있을까요? 물론, 그래도 정복에 나서려고 하는 사악한 마법사는 있을 테니까, 그에 어울리는 동기가 있겠지요. 판타지 세계를 무대로 한 창작이나 이야기에서는 마법 그 자체보다 이 동기 쪽에 초점을 맞추면 지금까지 명확하지 않았던 마법의 모습이 확실히 보이게 되며, 마법을 둘러싼 이야기를 더욱 깊게 만들 수 있습니다.

명작 체크
햄버거 가게에서 일하는 마왕

라이트 노벨 『알바 뛰는 마왕님!』의 이야기는 성십자 대륙 엔테이슬라에서 쫓겨난 마왕 사탄이 지하철역 부근의 낡은 공동주택을 임시 '마왕성'으로 삼고, 역 앞 햄버거 가게에서 일하는 일상을 중심으로 전개됩니다. 마왕이라고 두려워하던 사람에 관한 뜻밖의 진실이 핵심이지만, 때때로 발생하는 마법 전투에서 보여주는 힘은 역시 악마 그 자체라고 할 만합니다.

나만의 상상에 도전하기
지배자 곁에서 싸우는 이유

세계 정복을 노리는 사악한 마법사는 보통 강대하고 흉악한 군단을 이끕니다. 그들은 주인에게 충성하지만, 주인이 세계를 노리는 건 자신들만으로는 만족하지 못하기 때문이라고 아쉬워하면서도 나름의 동기가 있어 싸우는 걸까요? 아니면 그런 걸 모르는 국민이라서 주인이 만족하지 못하는 것일까요?

◈ '마법'에 의한 세계 지배

판타지 세계 창조에서 마법술사가 세계를 지배한다는 내용은 고전적이다. 하지만 상세히 살펴보면 마법술사에게도 복잡한 사정이 있으며, 지배받는 민중도 꿋꿋하게 살아가는 것을 알 수 있다.

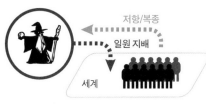

고전적인 '마법을 이용한 세계 지배'

사악한 마법술사에 의한 가혹한 지배와 영웅이 이끄는 민중의 저항……. 고전적인 구도이지만, 모든 걸 손에 넣었다면 무엇도 갖지 못한 것만큼 허무하게 마련이다.

마법에 의한 세계 지배의 실태

지배자인 마법술사 사이에도 대립이나 갈등이 있는 것이 자연스럽다. 동족과의 권력 투쟁 속에서 민중을 방패로 삼는 마법술사가 나타날 수도 있고, 지배 구조를 지키기 위해서 반목하던 마법술사가 일시적으로 협력하기도 한다.

◈ 마법을 사용한 분할 통치

마법을 물리적인 지배 도구로 삼을 뿐만 아니라, 마법술사를 등급으로 나누어 그들이 일치단결하는 것을 방지하는 구조다. 마법 학교 등이 존재하는 세계에서는 반드시 염두에 두어야 한다.

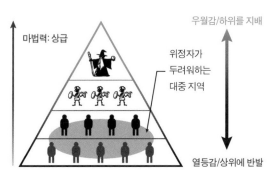

권력자는 마법술사의 능력보다 하급 마법사나 민중의 수를 두려워한다. 그래서 마법 능력으로 등급을 나눔으로써 상급자와 하급자가 반목하면서, 자신의 지배 의사를 눈치채지 못하게 한다. 이 같은 구조를 분할 통치라고 한다.

🛡 원 포인트 어드바이스

젊고 뛰어난 군주도 만년에는 폭군이 되기도 한다. 민중의 엄격함과 통치의 어려움에 지쳐버리기 때문이다.

Step 7 고정관념을 자각하게 하자

🔹 자기 자신과 마주한다

창작자라는 말에는 다양한 뜻이나 상황이 포함되어 있는데, 이 책에서는 주로 소설가나 게임 개발자 등을 말합니다. 그중에서도 현직 창작자보다는 창작자를 꿈꾸는 사람을 대상으로 합니다.

당연한 얘기지만, 제로 상태에서 뭔가를 만들어내는 창작자는 존재하지 않습니다. 모두 무언가로부터 깊이 영향을 받고, 그 감동이나 트라우마를 창작의 원천으로 삼아서 새로운 작품을 만들어냅니다. 시대를 넘어서 누군가에게 자극을 받고 이를 남에게 전하는 것이 창작자의 품성입니다. 이러한 전제를 바탕으로 하면 판타지 세계의 마법 창조만큼 창작자가 자기 자신을 내세우는 작업은 찾기 힘듭니다. 마법은 판타지 세계의 최첨단 과학입니다. 그것을 만들어내려면, 그에 어울리는 지식이나 충실한 세계관을 갖고 있어야만 합니다. 하지만 아무리 지식이 풍부해도, 마법을 통해서 전하고 싶은 것이 명확하지 않으면 아무것도 만들 수 없습니다. 반대로 동기만 있다면, 필요한 지식을 얻는 일은 쉽습니다.

나만의 상상에 도전하기
고고함을 가장한 M 나이트 샤말란

〈식스 센스〉나 〈사인〉 같은 유명한 영화를 만든 나이트 샤말란 감독. 그의 작품 연출에는 과거의 명작이나 걸작을 의식한 부분이 가득합니다. 물론 이는 샤말란이 공부를 열심히 했다는 것을 보여주는데, 인터뷰 같은 데서 그런 지적을 받으면 그는 항상 과거 작품에서 영향을 받은 사실을 인정하지 않습니다. 과연 진정한 창작자가 맞는지 의심스러운 태도입니다.

마법의 연출
그 독서량으론 한 자릿수 부족해요

"학생 시절에 400권의 책을 읽었는데, 소설가가 될 수 있나요?"라고 독자에게 질문을 받은 어떤 작가는 "한 자릿수 부족하네요"라고 말하며 질문을 끊은 모양입니다. 다만, 이 얘기에는 또 다른 의미가 있습니다. 정말로 필요한 것은 독서량이 아닙니다. 소설가가 되려면 그런 질문을 하기 전에 작품을 쓰고 있어야 합니다. 되고 싶다는 생각만으로는 소설가가 될 수 없습니다.

❖ 창작자의 자각

판타지 세계에 도입하는 마법에 창작자의 고정관념이나 세계관, 문제의식이 강하게 반영되는 것은 당연한 일이다. 자각하고 마주하면서 혼자서 씨름하지 말자.

고전적인 판타지의 원천

『반지의 제왕』 (J.R.R. 톨킨)	언어학자인 톨킨은 북유럽 신화와 같은 판타지 세계를 구축하고자, 세밀한 언어와 종족, 역사를 이야기에 반영했다. 작품에는 영국에서는 소수파인 천주교도의 가치관도 강하게 드러나 있다.
『나니아 연대기』 (C.S. 루이스)	톨킨과 같은 창작 모임에 소속해 있던 루이스는 톨킨 작품의 영향을 받아 아동용 스토리텔링에 힘을 쏟았다. 기독교 변증론자로서 종교의 중요성을 강하게 주장하는 것도 특징이다.
『어스시』 시리즈 (어슐러 K. 르귄)	동양과 서양이 뒤섞인 캘리포니아에서 문화 인류학자인 아버지의 영향을 받으며 성장. 페미니즘이나 인종 문제, 반전 문화, SF 등을 1960년대에 깊이 도입하면서 새로운 판타지를 모색한다.

일본 창작자의 특별성

동양 문명의 본질을 순결하게 계승한 일본 문화에서 자라나면서도, 책이나 영화, 애니메이션 등을 통해서 양질의 판타지 작품을 접하며 양쪽을 모두 받아들이고 있다. 창작자 자신은 스테레오 유형이라고 자각하지만, 그것은 서양도 동양도 아닌 일본 작품으로서 강한 바탕을 지닌 작품이 된다.

어떤 작품이건 반드시 과거의 다른 작품이나 기존 가치관의 영향을 받는다. 이를 자각함으로써 창작물에 배경이 생겨난다. 배경이 있는 창작물은 설사 나중에 설정이 추가돼도 쉽게 왜곡되거나 망가지지 않는다.

🗨 원포인트 어드바이스

위에서 소개한 고전 작품을 접하지 않고 판타지 세계를 구축하려는 사람은 독창성을 추구하는 것이 아니라 단순히 게으를 뿐이다.

창조 가이드
~다음으로 창조할 것~

마법의 목적을
명확히 한다

◈ 마법 연출 방법을 고민하자

2장과 3장은 마법 연출 방법을 다루고 있습니다. 여러분의 판타지 세계에서 마법이란 대체 어떤 것인지, 이를 명확하게 함으로써 창조를 시작하는 것입니다. 창작자에 따라서 마법을 바라보는 태도나 구성 방법은 다양하겠지요. 사실 주제가 이야기의 본질이며, 마법은 양념에 불과할지도 모릅니다. 반대로 마법의 소재야말로 항상 주제가 되며, 탐구해야 할 최종 목표일지도 모릅니다. 학원물이나 이능력 배틀과 같은 인기 장르에 마법 요소를 깊이 있게 도입하려는 것 역시 충분한 동기가 될 수 있습니다. 특히 2장에는 표현 방법을 고민하고 있거나, 첫 걸음을 내딛지 못하고 주저하는 창작자를 응원하기 위한 내용을 담았습니다.

◈ 마법을 분류해보자

3장에서는 마법의 분류를 주제로 삼고 있습니다. 서점에는 판타지 세계나 과거에 인류가 탐구해온 마법에 관한 서적이 매우 많이 나열되어 있는데, 이들은 예외없이 마법을 몇 가지 종류로 나누어 설명을 덧붙이고 있습니다.

　이 장에선 마법을 창조하는 것이 목적이며, 창작자는 자신이 창조하는 마법을 어떻게든 분류할 필요성을 느끼게 마련입니다. 그렇지 않으면 모처럼 창조해 체계화하려고 한 마법들이 단순히 이야기에 맞추어 만들어진 편의주의의 산물이라고 여겨질지도 모르기 때문입니다.

　여러분이 창조한 마법을 확실하게 교통 정리해 길을 헤매지 않고, 마법의 위력이 지나치게 높아지는 파워 인플레이션을 일으켜 수습할 수 없는 상황이 되지 않도록 방법을 제시하는 것이 이 장의 목적입니다.

마법의 위치를 정한다

마법의 한계를 짜낸다

마법을 사용한다고 해서 무엇이든 할 수 있는 건 아닙니다. 뭐든 할 수 있을 것 같은 마법이라도 통하지 않는 영역이나 발동할 수 없는 범위가 있어야만 판타지 세계에서 성립할 수 있기 때문입니다. 이 한계를 먼저 확실하게 정해두면, 창작을 시작한 뒤에도 쉽게 흔들리지 않습니다. 오른쪽에 소개한 분포도는 마법의 한계를 짜내기 위한 한 가지 도구입니다. 이제부터 창조할 마법이 이 도표의 어떤 부분에서 어느 정도 범위로 펼쳐져 있는지를 아는 것이 출발점입니다. 발동하는 범위를 시각화해 등장인물과의 관계나 도입의 실마리가 떠오를 수 있습니다.

마법의 위치를 정한다 창조의 체크 포인트

· 물론 가로축이나 세로축을 넘어서, I이나 II의 범위를 넘어서도 좋다. 처음에는 극단적으로 설정하고 서서히 윤곽을 좁혀나가는 것이 자연스럽다.
· 생각한 마법에 맞추어 범위를 구성하는 게 아니라, 먼저 범위를 구성하고 마법을 구체적으로 생각할 수도 있다.
· 처음부터 축의 교차점 부근을 포함할 수도 있지만, 기본적으로는 다시 생각해보기를 권한다.

명작 체크

일본인에게 마법을 의식하게 한 〈아내는 요술쟁이〉

지금은 꽤 고전이 된 미국 드라마 〈아내는 요술쟁이〉. 신혼인 아내가 사실은 마녀로서, 그녀의 마법에 남편이나 주변 사람들이 휘둘린다는 내용입니다. 마법의 힘을 집안일을 위한 도구 정도로만 사용하여 친숙한 느낌을 연출했습니다. 일본에서도 크게 성공해 마법 소녀 시대 수립의 기초가 된 작품입니다.

마법의 연출

기존 마법의 재조정

오른쪽 분포도는 기존 마법의 위치를 확인할 때도 사용할 수 있습니다. 정답이 있는 건 아니고, 여러분이 가진 마법에 대한 이해나 평가가 여기에 나타나게 됩니다. 물론 RPG 등에서 나오는 마법 체계의 분류에도 사용할 수 있습니다. 도표에 맞추었을 때 빠진 부분이 있다면, 그것이야말로 판타지 세계에 부족한, 창조해야만 하는 마법의 중심이 될 것입니다.

◆ 분포도를 사용한 마법 배치

제한 없이 발동한다고 설정되지 않은 이상, 마법이 세계에 관여하는 범위나 힘에는 한계가 있다. 다음 도표를 사용하면 창조하는 마법의 성격이 보인다.

영향 범위: 크다(세계)

III 첨단기술   I 신비·경이

현실적 ← → 환상적

IV 속박·부담   II 정신

영향 범위: 작다(개인)

◆ 마법에 살을 붙이자

다음에 몇 가지 마법 패턴을 제시하고 있는데, 성격이 명확하면 설정은 자유롭다.

I. 신비·경이	마법이 인지를 초월한 능력을 발휘해, 술사도 외경과 공포의 대상이 되는 세계. 세계의 구조에 영향을 주는, 설명할 수 없는 놀라운 자연현상이나 무한한 에너지원에 관여하는 술사의 능력도 이 분류에 들어간다.
II. 정신	세계가 아니라 개인의 정신이나 내면에 작용하는 마법. 항상 사람 곁에 있지만, 대다수 사람은 감지할 수 없다. 요정을 매개로 하는 마법이나 인류가 진화 과정에서 잃어버린 능력 같은 것도 여기에 속한다.
III. 첨단기술	판타지 세계에서 일종의 과학 기술로 인지하는 마법. 교통, 상하수도 같은 인프라로 사용하거나, 군사, 의학 등의 기술로서 확립되어 있다. SF 요소가 강하기 때문에 묘사가 약하면 설득력이 부족하다.
IV. 속박·부담	판타지 세계의 기반 시설이라는 점에는 차이가 없지만, 마법 교육이나 마법 능력으로 등급을 나누거나 해서 주민이 스트레스를 많이 느끼는 사회. 주민은 마법에 대한 지나친 부담감으로 인해 마비 상태에 빠져 의문조차 느끼지 못한다.

원 포인트 어드바이스

창조하려는 마법을 정확하게 떠올리기 어렵다면, 중심점에 연필을 두고 쓰러뜨려서 결정해도 좋을 것이다.

◈ 마법이 연출하는 비일상 공간

우리가 사는 세계에서 판타지 세계로 여행이나 모험을 떠나게 하면, 마법의 경이를 쉽게 이해할 수 있습니다. 반대로 고도의 마법을 사용하는 판타지 세계에서 살고 있는 이들이 우리 세계로 찾아오면 자동차나 비행기는 물론, 안경을 보기만 해도 충격을 받을지도 모릅니다. 이처럼 마법을 사용하는 이세계에 현대인이 날아간다……. 또는 그런 판타지 세계 주민이 우리 세계로 갑자기 날아온다는 구성은 '신비나 경이의 존재로서의 마법'을 구성할 때 편하고 간단한 해결책입니다. 이때 서로 다른 세계가 어떻게 연결되어 있는지에 대한 설명에 가능한 한 설득력을 제공하도록 합시다.

신비나 경이의 마법 창조의 체크 포인트

· 아무리 놀라운 마법이나 파괴적인 마법도 그것이 존재하는 판타지 세계의 주민에게는 현실이자 일상이다.
· 다른 세계 간의 이동을 이야기에 도입할 때는 그 설정이 판타지 세계의 마법과 밀접할수록 그럴듯하게 느껴진다.

나만의 상상에 도전하기
심원한 가공 지도 세계

실재하지 않는 가상 세계의 지도를 상상해서 그리는 취미를 가진 사람들이 있습니다. 판타지 세계 구축과 닮았지만, 지도 만들기 자체를 중시하는 것이 특징입니다. 마을이나 도로에 배경이 되는 역사를 부여하고, 공원의 형태에 과거에 존재했던 철도 건설 예정도의 흔적을 새기는 등 알면 알수록 놀랍기 이를 데 없습니다. 판타지 세계 구축도 조금 관점을 바꾸면 새로운 취미가 될 수 있습니다.

명작 체크
'무늬만 판타지'를 부정하는 『A군(17)의 전쟁』

고우야 다이스케의 라이트 노벨 『A군(17)의 전쟁』은 현대 일본의 평범한 소년이 이세계에 소환되어 미소녀들과 함께 싸우는 '검과 마법 이야기'로, 이런 상황을 아무렇지 않게 받아들이는 다른 작품을 비난하는 등 독기로 가득한 소설입니다. 전투 묘사가 면밀해서 「무기·전투의 장」의 구체적인 사용 방법을 엿볼 수 있습니다(한국에서는 극우적 표현으로 논란이 되었습니다-역자 주).

♦ 신비·경이의 마법 도입 패턴

경이로운 마법이 존재하는 세계에서도 이야기를 움직이는 것은 캐릭터다.

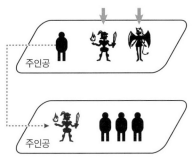

주인공의 세계에 판타지 세계 주민이 찾아온다

평범한 주인공이 살아가는 현실 세계에 마법을 사용하는 이세계 주민이 나타난다. 그들이 현실 세계에 정착하려면 주인공의 도움이나 활동이 필요한데, 그 보답으로 '신비·경이'가 주인공의 일상에 자연스럽게 도입된다.

주인공이 판타지 세계로 이동한다

평범한 주인공이 어떠한 이유로 이세계로 이동한다. 이동한 세계에서는 주인공이 현실 세계에서 쌓은 지식이나 능력이 신비·경이의 마법으로서 다루어지며, 이야기를 움직이는 원동력이 된다.

♦ 대자연의 신비·경이에 대한 모델

대자연의 신비나 위협을 일종의 마법으로 다루는 방법은 흔한 수법으로 종종 등장한다. 그만큼 변화를 줄 필요가 있다.

영화 〈아바타〉의 대자연 모델

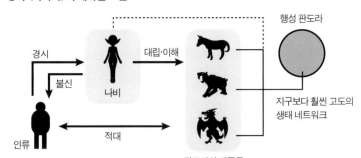

행성 판도라의 생태계는 독자적인 생태 네트워크로 연결되어 있어서, 인류처럼 외부에서 찾아온 파괴자는 생물군 전체의 의지에 따라 배제하고자 한다. 나비는 가장 지능이 발달해 이 네트워크에서 떨어져 나갔지만, 인류의 횡포를 계기로 판도라의 생태 네트워크를 다시 인식했다.

> 🗨 원포인트 어드바이스
>
> 인지를 초월한 명확한 현상이 있으며, 이것이 생활에도 일정한 영향을 주는 세계에서는 그 현상을 둘러싼 종교나 행동 규범이 탄생한다.

Step 3 마법이 가져오는 변화

◆ 쌓아 올려 가는 신세계

갑작스럽게 강력한 마법이 등장하거나, 마법을 사용하는 판타지 세계로 이동하는 것이 step-2의 사고방식인데, 그 반대편에 서 있는 것이 서서히 마법의 힘을 드러내고, 주위에 대한 영향력이 강해져 간다는 설정입니다. 가장 이해하기 쉬운 것은 평범한 소년이 어떠한 이유로 마법의 힘을 깨닫고, 조금씩 성장해 나가는 패턴입니다. 그는 마법의 존재에 당황하면서도 활약하고, 때로는 실패하면서 이를 경험으로 성장해 나갑니다. 물론 아이만이 아니라 어른에게도 충분히 적용할 수 있는 묘사 방법이지만, 주인공의 용모나 학력 등은 평범한 수준인 쪽이 공감을 얻기 쉽겠지요.

마법이 가져오는 변화 창조의 체크 포인트

· 이렇게 묘사할 때, 마법의 내면보다는 주인공의 성장이 주제가 되기 쉽다. 캐릭터 중심의 이야기 구성에 어울리는 세계관이다.
· 주인공이 마법을 사용해 복수하는 쪽으로 나아갈 때는 술사인 주인공 자신도 크게 다친다는 연출이 들어가는 게 좋다. (→step-7)
· step-2의 패턴도 인간 관계에 중점을 두면 step-3에 가까워진다.

명작 체크
스마트폰이 불러온 인류에 대한 보복

〈아이언 스카이〉는 패배 직전에 달로 도망친 나치 잔당이 슈퍼 테크놀로지를 얻어서 인류에게 보복한다는, 황당하고 바보 같은 영화입니다. 여기서 지구 침공의 결정타가 된 것은 포로가 된 미군의 월면 비행사에게서 우연히 입수한 스마트폰으로, 이를 통해서 병기 시스템의 소형화를 실현했기 때문입니다. 지구에서는 흔한 스마트폰이 최후의 토니가 된 것입니다.

나만의 상상에 도전하기
소년 소녀의 성장을 이끈 '라퓨타'의 최후

설명이 필요 없는 대걸작 〈천공의 성 라퓨타〉는 광산촌 소년 파즈와 비행석(飛行石)을 가진 소녀 시타의 만남으로 시작됩니다. 이때 시타는 비행석이라는 일종의 마법에 당황하면서도 변화에 몰리게 되는데, 그런 시타를 지키고 싸워 나가는 가운데 더욱 성장하는 것은 사실 파즈입니다. 이 두 사람의 성장 결과가 팬이라면 누구나 알고 있는 마법 주문 '바루스'로 연결됩니다.

◈ 조금씩 쌓여가는 마법

마법이 본래는 존재하지 않거나 잊힌 세계의 경우, 마법이 갑자기 전력으로 발동하는 것이 아닌, 서서히 그 힘을 각성하는 모습으로 그리는 게 적당하다.

마법이 쌓아 올려지는 패턴

가족·친구

① 평범한 주인공이 마법의 힘을 얻는다. 처음에는 시끌벅적 소동을 벌이거나, 욕망이 앞서 마법을 악용하다가 실패하고 울먹이기도 한다. 당혹감이나 갈등에 휩싸이면서도 마법으로 문제를 해결하면서 정신적인 자립이 시작된다.

학교

② 마법이 주인공의 일상이 되기 시작할 무렵, 마법의 원천이 되는 세계 주민이 모습을 드러내는 등 마법의 질이 크게 변화한다. 주인공의 힘이 증강하거나 자각의 변화로 인해 마법이 영향을 미치는 범위나 사람 수가 증가한다.

나라·세계

③ 주인공은 마법이나 자신의 정체를 알고 진정한 자각에 이른다. 판타지 세계의 존망을 좌우하는 존재가 되어버려 책임감과 중압감에 괴로워하면서도 강력한 동료를 얻거나 해서 난국을 돌파하고 세계를 구한다.

꿈은 이세계로 통하는 문이나 이능력을 얻는 계기로 자주 사용된다. 꿈속에서는 인간의 잠재의식이 드러나며, 바람이나 욕망이 나타나기 쉽다고 여겨진다. 작은 규모로부터 마법을 그려내기에는 어울리는 설정이다. 그만큼 보는 사람의 눈도 높아져 있음을 자각해야 한다.

> 🧙 **원 포인트 어드바이스**
>
> 개인의 내면에 쌓은 작은 마법의 힘도 다른 사람을 끌어들이고 깊이 관련되어 가는 과정에서 큰 힘을 낳는다.

기술로서의 마법

◈ 판타지 세계의 삶을 지탱하는 마법

마법이 매우 당연하게 존재하는 판타지 세계라면 그 힘을 인프라 정비에도 사용하는 것이 당연합니다. 바로 우리가 전기나 가스, 화석 연료에 생활 기반 대부분을 의존하는 것과 마찬가지 상황이 마법을 통해서 일어납니다. 다만, 마법을 이처럼 사용하면, 일상의 모든 부분이 마법으로 가득 차버리는 만큼 삽화나 게임처럼 시각적으로 보여줄 수 있다면 모르겠지만, 문자만으로 설명해야 한다면 상당히 귀찮은 장벽에 직면할지도 모릅니다. 하지만 마법 도시나 마법술사의 저택 등을 묘사할 때는 꼭 필요한 일이며, 마법 창조의 재미를 느끼게 됩니다.

기술로서의 마법 창조의 체크 포인트 ─────

· 모든 것을 묘사하려고 하면 힘이 들고, 괴로워질 것이다. 정말로 중요한 몇 가지 장치에만 힘을 쏟는 응용력을 키우자.
· 최신 기술만으로 판타지 세계를 그려낼 때는 SF 소설을 참고하는 것이 가장 좋다.
· 고도의 인프라에 익숙한 사람은 이를 잃어버린 순간에 가장 연약한 존재로 변한다.

명작 체크

순간 이동의 도구 '어디로든 문'

주인공의 이동이 이야기를 움직이는 열쇠가 됩니다. 그런 점에서 만화 『도라에몽』의 '어디로든 문'은 여러 장소로 순간 이동을 할 수 있다는 점에서 짧고 읽기 쉬운 단편 연재나 10분 애니메이션에 매우 어울리는 미래의 도구입니다. 하지만 영화판에서는 플롯을 망쳐버리기 때문에 대개는 '만약에 박스'와 함께 고장이 나서 미래 백화점에 수리를 보내게 됩니다.

나만의 상상에 도전하기

증기가 모든 것을 지배하는 스팀 펑크 세계

오토모 가쓰히로의 애니메이션 〈스팀 보이〉는 전기나 내연 기관이 발달하지 않고, 증기 기관이 주요 동력이 된 세계를 무대로 합니다. 이는 '스팀 펑크'라고 불리는 세계관으로, 사실은 오랜 역사를 갖고 있습니다. 19세기는 증기의 시대였는데, '세계가 그대로 이어졌다면 어떻게 됐을까'라는 설정입니다. 그 상상은 생활양식에까지 침투해 엄청난 인기를 얻고 있습니다.

◆ 마법을 활용할 만한 인프라

인프라는 그 시대를 살아가는 사람들에게는 상식 그 자체입니다. 하지만 인프라에 대한 생각이 창작자마다 다른 것이 판타지 세계의 매력이며, 상상력을 시험하는 요소입니다.

교통/통신망	판타지 세계의 인프라 수준이 확실하게 드러나는 장면. 중세 유럽을 기준으로 마법의 개입을 생각하면, 밤길에 마법으로 작동하는 발광 표식이나 가로등, 이동 동물의 회복 장소, 여명기의 전보보다 훨씬 원시적이고 성능이 낮은 마법 간이 통신 등이 있으면 재미있을 것이다.
의료	의술은 개인 사업으로 발달했지만, 동시에 권력과 밀접하게 관련된 기술이기도 했다. 왕가나 대귀족, 부유층이 거느린 의사의 치료 기술이 서서히 민간에 보급됐다. 미신도 많으며, 잘못된 의술로 인해 많은 사람이 목숨을 잃었기 때문에 마법으로도 간단히 상황을 바꿀 수는 없겠지만, 구급 의료용 지혈제나 연고에 마법이 담겨 있는 등 활용 폭은 넓다.
증기 등의 새로운 에너지	스팀 펑크로 대표되는 것처럼 '우리가 아는 상식적인 에너지원 이외의 기술이 비약적으로 진보했다면?'이라는 상상으로부터 인프라 마법을 조합하는 것도 재미있다.

◆ 이동 마법의 모델

자유롭게 모양을 감추거나, 장거리 순간 이동을 가능하게 하는 마법은 자칫하면 지나치게 편의주의적이거나 유치한 설정이 되기 쉬워서, 판타지 세계를 창조할 때 도입하기 어렵다.

SF 소설 『히페리온』의 전이 게이트

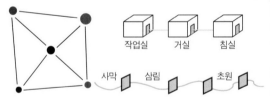

개인 주택의 각 방이 게이트로, 다른 행성의 방으로 연결되어 다양한 환경을 즐긴다.

각 행성의 명승지를 게이트로 연결해서 흘러가는 강이 존재한다.

주요 항성계나 성간들은 모두 전이 게이트로 연결되어 있다.

『히페리온』의 세계는 사람만이 아니라 물자나 대함대를 한순간에 이동시킬 수 있는 '전이 게이트'로 유지되고 있다. 독자는 그 존재를 신경 쓰지 않지만, 마법과 비슷한 인프라에 의존하는 사회의 두려움이 연출되어 있다.

> **원 포인트 어드바이스**
>
> '마법의 힘으로 물을 끓인다'는 설명보다 한 발짝 앞서서 생각하는 습관이 판타지 세계를 창조할 때 필요하다.

Step 5 마음이나 생각을 속박하는 마법

◈ 마법 습득에 얽매이는 생활 방식

마법이 인프라에 사용될 만한 세계라면, 그 인프라를 유지하기 위해서는 다수의 마법술사가 필요하며, 여기에서 일하는 마법술사들도 조직화되어 있을 것입니다. 이렇게 되면 우수한 마법술사를 확보하기 위해 마법 교육이 일반적으로 이루어지며, 격렬한 경쟁이 벌어지게 됩니다. 우리의 학력 사회와 마찬가지 상황이 벌어지는 겁니다. 그 밖에도 초능력이라고 할 만한 마법의 힘을 갖게 됨으로써 보통 사람은 생각할 수 없는 부담이나 의무, 운명을 짊어진 세계도 생각할 수 있습니다. 지나치게 강력한 마법의 힘이 술사에게 남들이 모르게 자신을 희생해 세계를 구하는, 고독한 생활 방식을 강요할 수도 있습니다.

마음이나 생각을 속박하는 마법 창조의 체크 포인트

· 본래는 인류의 바람이었던 마법의 힘도, 술사가 다수파를 점하면 사회적인 성공을 위한 기술로 타락하게 된다.
· 한곳에 머무르지 못하게 되거나, 자신의 의지로 고독이나 방랑 생활을 받아들일 수밖에 없는 마법은 대체 어떤 힘을 가진 건지, 이것이 창조의 실마리가 된다.
· 마법에 속박된 생활 방식에서 해방하는 것 또한 마법이다.

명작 체크	나만의 상상에 도전하기
무책임한 신의 사생아 퍼시 잭슨	**마법과의 조합이 발군, 귀종유리담(貴種流離譚)**
그리스 신화에 나오는 신들은 인간과의 사이에서 자식을 낳는 경우가 꽤 있습니다. 당연히 그 자손은 현대에도 살아 있으며, 기회만 있다면 그들은 '반신'으로서 능력을 깨우치게 됩니다. 『퍼시 잭슨과 올림포스의 신』 시리즈는 바로 그러한 소년을 주인공으로 한 이야기입니다. 신화와 마법, 그리고 현대가 잘 융합된 인기 작품입니다. 그 이름부터 영웅 '페르세우스'니까요.	고귀한 혈통을 가진 인간이 방랑 생활을 하며 고난을 겪으면서 성장하는 귀종유리담은 신화시대부터 끝없이 등장한 이야기의 전형적인 패턴으로, 일본 신화에서도 자주 보입니다. 방랑 이유는 다양하지만, 고귀한 출생과 마법을 조합하는 건 매우 좋습니다. 이 책의 독자 중에서 마법술사가 세계 붕괴를 막는 방랑 여행 이야기를 동경하지 않는 사람은 거의 없겠지요.

◆ 생활 방식을 속박하는 마법

마법 위력이나 그 능력의 희소성으로 인해서 본의 아니게 세계의 운명을 짊어지는 상황도 있다.

만화 『신만이 아는 세계』 마법이 낳은 속박

주인공 : 가쓰라기 게이마,
고등학생
특기 : 연애 게임 공략,
2D 여성을 한없이 사랑함

주인공은 인터넷에서 '함락신'이라고 불리는 뛰어난 실력의 미소녀 게임(연애 시뮬레이션)의 달인(이것이 설정상의 마법)으로, "공략해주길 바라는 여자가 있다"라는 수상한 메시지를 보고 악마와 계약을 맺는다.

각 화의 히로인
연애 감정의 틈에 '도주혼'이
머무르고 있다.

계약 내용은 도주혼에게 마음을 사로잡힌 여성을 원상태로 되돌리는 것. 도주혼은 연애 문제로 생긴 마음의 틈새에 숨어들어 나쁜 짓을 하는 악한 존재다. 그냥 놔두면 성장한 도주혼이 재앙을 일으킨다.

도주혼이 빙의하면
히로인은 감정을
느끼지 못한다.

도주혼은 히로인의 마음이 연애 감정으로 가득 차면 살 곳을 잃는다. 여기서 주인공은 본의 아니게 게임으로 단련된 연애 기술을 구사해 히로인과 연인 관계가 된다.

용사의 자손이라는 것만으로 민중의 기대를 한 몸에 받는 주인공의 모습. 그에게 마법을 사용하는 것은 고통과 고난의 씨앗에 지나지 않는다. 압도적인 능력을 갖추고 있다는 것은, 이를 사용해야만 한다는 안팎의 압력에 직면한다는 말이기도 하다. 영웅이나 용사는 매우 고독한 존재다.

> 🌱 **원포인트 어드바이스**
>
> 마법 능력에 의한 사회적 지위 변화는 생활 방법을 속박하는 마법의 일종이다. 학원물은 독자의 공감을 손쉽게 얻을 수 있어 작품 수도 많다.

_{Step} ₆ 마법의 깊이를 더하기 위한 노력

◈ 자신의 상식이나 양식을 배신한다

마법은 그 세계나 시대의 최첨단 과학입니다. 반복해서 이야기하지만, 이것은 이 책의 가장 기본적인 사고방식입니다. 마법을 만드는 것은 하나의 과학을 창조하는 일과 같은 만큼, 상당히 재능 있는 창작자라도 쉬운 일은 아닙니다. 따라서 이 책에서는 지나치게 커서 전체 모습을 파악하기 어려운 마법을 가능한 한 세분화해, 작은 부분부터 재구축하고자 합니다. 창작자가 되고자 하는 여러분도 한번 창조한 마법이나 그 설정을 다시금 고민하고 생각해보세요. 마법과 판타지 세계 창조에는 가설과 검증, 그리고 재구축을 반복하면서 그 바탕을 굳건하게 만드는 것이 중요합니다.

마법의 깊이를 더하기 위한 노력 창조의 체크 포인트

· 확고하게 굳혔다고 생각하는 설정을 다시 한번 뒤섞는 자세가 판타지 세계 창조에 필요하다.
· 더하기와 빼기를 아무리 해도 판타지 세계는 완성되지 않는다. 스스로 질문을 설정하고, 이에 답함으로써 자신이 창조하고 싶은 마법의 모습이 보이게 된다.

명작 체크

마녀가 전장으로 향할 때

하야미 라센진의 만화 『군화와 전선』은 깊은 숲의 마녀 '바바 야가'를 대신해 아직 덜 떨어진 제자 바센카가 전장으로 향하는 이야기입니다. 신화로 유명한 '바바 야가'가 아니라 그 제자가 소련군 동료와 함께 독일군을 상대로 싸우게 하고 러시아 고유의 신앙이나 잊힌 신들, 요괴를 뒤섞은, 작가의 독특한 취향이 충실하게 적용된 걸작입니다.

나만의 상상에 도전하기

진격의 추한

크게 성공한 만화 『진격의 거인』은 시각적으로 불쾌함을 불러오는 거인의 표정이나 얼굴 구조가 이세계 분위기를 연출합니다. 이 거인은 작가 이사야마 하지메가 아르바이트 중에 만났던 주정뱅이의 표정이나 행동에서 착상을 얻었습니다. 단순한 술주정뱅이라는 상식보다 한 발자국 앞에서 관찰함으로써 매력적인 생명체가 탄생한 것입니다.

◆ 지식과 지혜의 종합 예술

판타지 세계에서 마법은 경이나 비일상의 상징이 되며, 또는 최첨단 과학이 된다. 창작자에게 마법 창조는 지식과 지혜의 종합 예술이 된다.

아이디어: 마법에 의한 고속 통신

전제: 어떤 왕국이 반란군의 공격으로 괴로워하고 있다. 반란군은 서로 멀리 떨어져 있지만, 어째선지 고도의 연대 작전으로 왕국군을 농락하고 있다. 반란군은 멀리 떨어진 곳과 소통할 수 있는 통신 마법을 고안한 것이다.

대응: 반란군의 마법 통신 구조를 알아내 통신 마법 일부를 빼앗아 거짓 정보를 흘린다는 아이디어의 출발점이 될 수 있다. 현대는 통신을 도청하거나 방해하는 기술이 다양하게 실용되어 통신 안전성이 흔들리고 있다. 왕국 쪽에서도 마법에 의한 대항 수단을 가질 수 있게 해서 더 다양한 구조를 만들어본다.

아이디어: '어둠의 세력'의 이상과 현실

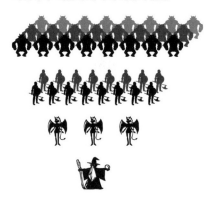

전제: 강력한 힘을 가진 마법술사가 무서운 마법 세력의 군대를 만들어 세계 정복을 노린다. 압도적인 수뿐만 아니라 미지의 악마 무리까지 확인되었다. 세계에 이들에게 저항할 수 있는 세력은 존재하지 않는다.

대응: 현실 문제로 다양한 민족으로 구성된 군대조차 잘 관리하기 어려운 상황에서, 다른 종족과 악마들까지 일치단결하려면 나름의 이유나 동기가 필요하다. 마법술사가 이끄는 것처럼 보이지만, 실제로는 다른 곳에 진짜 이유가 있다는 등 관점을 바꾸어 봄으로써 '마의 세력'의 진실이 밝혀진다는 식으로 고민할 필요가 있다.

🎙 **원 포인트 어드바이스**

위에 소개한 아이디어는 『반지의 제왕』에 나오는 팔란티르의 돌이나 사루만, 사우론의 군세를 모델로 하고 있다.

Step 7 마법의 원천을 명확하게 한다

◈ 무한한 힘을 부정한다

'마법은 최첨단 과학'이라는 전제와 함께, 이 책에서 중요하게 생각하는 것이 마법의 원천이 존재한다는 점입니다. 마법을 낳는 힘, 즉 마력이라는 단어가 가장 어울릴까요? 하지만 마력이라고 하면 술사가 가진 힘으로 한정하는 느낌이 있습니다. 여기에서 말하는 원천은 그 힘의 더욱 근본에 해당하는 부분입니다. 마력이 콘센트라고 한다면 '마법의 원천'이란 발전소, 나아가 여기에서 태우는 핵반응 물질이나 화석 연료에 해당합니다. 판타지 세계의 마법에서 이 원천은 세계의 근간이나 다를 바 없습니다. 마법을 도입하는 이야기에서는 정도의 차이는 있더라도, 예외 없이 마법의 원천을 의식하고 있습니다.

마법의 원천을 명확하게 한다 창조의 체크 포인트

- '마법을 사용한 만큼 뭔가가 줄어든다'는 것이 생각의 원천이 된다.
- 마법을 사용해도 줄지 않는 무한한 원천이 있다면, 당연히 이를 둘러싸고 격렬한 쟁탈전이 벌어진다.
- 세계에 가득 차 있는 원천이 고갈되기 시작할 때도 대붕괴가 발생한다.

나만의 상상에 도전하기
월면에 축적된 꿈의 에너지

앞서 소개한 영화 〈아이언 스카이〉에서는 스페이스 나치스의 침공에 대해서 세계 주요국이 몰래 건조하고 있던 우주 전함을 투입해 대역전을 이루게 됩니다. 그런데 나치스의 월면 기지에서 꿈의 에너지원인 '헬륨3'가 발견되자마자 이야기는 급격하게 반전되어, 일치단결하던 연합군은 한순간에 갈라서고 맙니다. 그만큼 현대 문명의 원천인 에너지 자원은 사람을 미쳐버리게 합니다.

마법의 도입
마력의 원천 보존 법칙?

여러분은 질량 보존의 법칙이나 에너지 보존의 법칙을 어느 정도 알고 계시겠지요. 우리가 초등학교 과학 수업 시간에 배운 이러한 법칙을 마법에도 적용해보자는 것이 아이디어의 시작점입니다. 많은 작품에서는 그 마법을 발동시키는 원천의 획득이 이야기의 중심이 됩니다. 이러한 관점을 갖고 바라보면, 작가가 어려움이나 돌파구를 그려내는 방법이 선명하게 드러납니다.

◊ 마법의 에너지원을 찾는다

마법을 판타지 세계의 과학이라고 보면, 그 능력의 크기와 상관없이 발동하려면 에너지나 촉매가 필요하다.

크크크……. 500마리의 오크와 야생마에 마법 늑대 10마리분의 혼을 더해서, 100캐럿의 다이 아몬드를 넣어 3개월 동안 쉬지 않고 주문을 외 우면 드래곤을…….

드래곤보다 센 거 아냐? 그거…….

마법 발동에 필요한 힘

우리의 삶은 거대한 에너지 산업에 의해서 지 탱되고 있으며, 상응하는 대가를 지불하지 않 으면 에너지를 얻을 수 없다. 현대의 '마법 에너 지'인 전력은 여러 방법으로 생산되는 만큼 선 택의 폭이 넓지만 그만큼 일장일단이 있다. 판 타지 세계에서도 마찬가지로 마법을 자유롭게 사용하려면 그만큼의 에너지원을 확보해야만 한다. 마법에 대해서 현대의 에너지 상황처럼 치밀하게 구성할 필요는 없지만, 힘의 근원은 명확하게 해두는 것이 좋다.

화석 연료 …… 출산지나 매장량
원자력 …… 고도의 운용 기술, 폭주 위험
자연력 …… 저효율, 운용 비용

판타지 세계의 마법에서는 술사의 영창(詠唱, 마법 주문을 외는 행위-역자 주)이나 마력진이 힘의 원천으로 인식된다. 고 도의 마법이나 위력이 높은 마법을 발동시키려면 그에 어울리는 영창 시간이나 복잡한 마법진이 필요할 것이다. 또한, 영 창 시간을 단축하고 싶다면 제물이나 희소 자원 등 대가를 투입해야만 한다. 이러한 딜레마의 연출이 판타지 세계 구축에 꼭 필요하다.

🛡 원 포인트 어드바이스

『강철의 연금술사』의 '현자의 돌'처럼 연금술(=마법)의 발동 원칙을 무시할 수 있는 에너 지원이 발견되면 국가 간 전쟁을 낳기 쉽다.

Step 1 전투계 마법

◈ 마법의 주역에 감추어진 함정

화구火球를 날리거나, 회오리바람을 일으켜 적을 날려버리는 공격 마법은 마법의 주역이라 할 수 있습니다. 하지만 이를 문장으로 표현할 때는 상당히 귀찮은 마법이라는 걸 금방 깨닫게 됩니다. 분명 게임 같은 영상 작품을 통해 화려하고 거창하며 편리한 마법에 익숙해졌기 때문이겠지요. 이는 독자들도 마찬가지입니다. 작가와 독자 모두 전투용 마법을 영상으로 이해하려는 성향을 갖고 있습니다. 소설 같은 문자 중심의 표현에서도 이러한 성향을 떨쳐내기란 어려우므로, 어떻게 하면 소설만의 연출로 전투 장면을 만들어낼 수 있을지 고민해야 합니다.

전투계 마법 창조의 체크 포인트

· 게임이나 영상에서 전투계 마법은 연출은 화려하나 본질은 또렷하지 않은 경향이다. 전투계 마법은 주로 사람을 상처 입히고, 때로는 목숨을 빼앗는 기술이란 점을 기억하라.
· 전투계 마법은 일종의 대형 병기와 같다. 이를 거리에서 맨몸의 마법사가 사용할 수도 있다는 가능성에 마법의 편리함과 두려움이 있다. 강력한 살상 능력을 갖춘 마법에 대해서는 그만큼 신중해져야 한다.

명작 체크
전투 모드를 강화하는 마법

도리야마 아키라의 『드래곤 볼』에서는 주인공인 오공을 시작으로 사이어인의 후계는 모두 '슈퍼 사이어인'으로 변신해 전투력을 높일 수 있습니다. 이 변화는 사이어인 특유의 개성이라고 설명되어 있지만, 필요에 따라서 육체를 전투 모드로 강화할 수 있는 능력 자체는 마법이라고 할 만합니다. 인간과의 혼혈인은 더 쉽게 '슈퍼 사이어인'이 된다는 추가 설정도 있습니다.

마법의 도입
4대 원소만으로는 부족하다

마법의 상징으로 우리는 '4대 원소'라는 발상을 당연히 생각하지만, 이 정의를 버리고 마법 원소를 처음부터 구축할 수 있다면 새로운 마법을 손쉽게 창조할 수 있을지도 모릅니다. 고민될 때는 원점으로 되돌아가라고 하는데, 이는 마법도 마찬가지입니다. 근본부터 바꾸려는 각오가 있다면 대담하게 창조할 수 있을 것입니다.

◈ 단순하고 귀찮은 전투계 마법

가장 쉽게 생각할 수 있는 마법이 적과 전투할 때 사용하는 종류의 마법일 것이다. 하지만 게임에서는 친숙한 마법이 판타지 세계에서는 어려운 요소다.

물리 · 직접 공격 마법

적에 대해서 직접적 · 물리적인 타격을 가한다. 불·물·흙·공기라는 4대 원소에서 유래하는 마법이 주류이지만, 번개(전기)나 유성의 비, 성스러움과 사악함의 속성 공격, 독(독충 등의 소환이나 소집)처럼 아이디어에 따라 종류를 다양하게 늘려갈 수 있다.

전투 지원계 마법

Strong!

Weak!

전투에 유리한 능력을 부여하는 마법. 속도나 반응 강화처럼 육체에 작용하거나 만용이나 고통을 경감시키고 전투 시간을 연장할 수 있다. 반대로 적을 약화시키는 지원 마법도 있다. 마비나 반응 저하를 일으키거나, 적 일부를 혼수상태에 빠뜨린다.

◈ 전투계 마법에 대한 대처

전투에 꼭 필요한 이들 마법도 일상으로 무대로 옮기면 한 나라를 무너뜨릴 만한 힘으로 변한다. 전투계 마법은 항상 대항 마법을 준비해야 한다.

문제	'마법 화살'이나 전격계 공격 마법은 암살 수단으로서 비교할 수 없는 힘을 발휘한다. 4대 원소 계열도 그렇지만, 수면이나 마비계 마법은 중요 인물의 호위나 안전에 매우 중대한 위험 요인이 된다.
대항책	'마법=과학'이라는 구조의 판타지 세계라면, 반드시 대항 마법이나 대항책을 고안하기 마련이다. 권총을 금속탐지기로 찾아내듯이, 전투계 마법의 촉매를 탐지하는 구조도 검토해볼 수 있다. 또한, 암살에 어울리는 마법에 대항책이 없다면, 권력자는 술사를 섬멸하고 마법 지식의 봉인에 나설 것이다. 적어도 대항책이 등장할 때까지는 봉인을 풀지 않는다.

🐾 원 포인트 어드바이스

군사의 역사에서 신병기나 새로운 전술이 위력을 발휘하는 기간은 놀라울 정도로 짧다. 같은 수준의 기술을 가진 나라가 전력으로 대항책을 개발하기 때문이다.

Step 2 치유계 마법

◊ 가까운 삶에서 일어나는 기적

치유계 마법에 대해 가장 먼저 '전투에서 받은 상처를 회복하는 것'을 떠올린다면 지나치게 게임의 영향을 많이 받았다고 생각해도 좋습니다. 물론 나쁜 건 아니지만, 판타지 세계의 마법을 창조하려면 일단 그러한 발상은 잊어버려야 합니다. 다만, 현재의 의료 기술이 최고의 두뇌와 연구 환경을 통해서 얻게 된 결과라는 점을 생각하면, 주문 하나로 상처를 봉합할 수 있는 마법은 최첨단 의료라고 할 수 있겠지요. 나아가 죽은 사람을 되살리는 것은 새로운 종교를 만들 수 있을 만큼 기적적인 일입니다. 전투계 마법과 묶어서 생각해보면, 치유계 마법을 창조하는 게 얼마나 어려운지 알 수 있습니다.

치유계 마법 창조의 체크 포인트

· 현대에 외과나 내과가 있는 것처럼, 치유계 마법에도 몇 가지 전문적인 계통이 있다고 볼 수 있다.
· 치유계 마법에는 판타지 세계 창조에 관련된 소재가 넘쳐난다. 집중적으로 다룬 6장도 꼭 참고하자.

나만의 상상에 도전하기
진실은 소설보다 가혹
〈롤 마스터〉

미국의 ICE사에서 개발한 TRPG 시스템 〈롤 마스터(Role Master)〉는 백면체 주사위와 풍부한 차트를 이용해서 판타지 세계를 치밀하게 재현하려고 한 의욕적인 작품입니다. 하지만 작은 전투에서도 부상자가 넘쳐나면서, 이를 치유하느라 허둥대는 진지한 설정 때문에 일본에서는 그다지 인기가 없었습니다. '게임은 게임이다'라고 생각하고 만드는 것도 중요합니다.

명작 체크
재생을 약속하는
기분 나쁜 성십자가

SF소설 대걸작 『히페리온』 시리즈에서는 착용한 사람을 죽음에서 부활시켜주는 '성십자가'라는 유물이 등장합니다. 가히 경이롭다고 할 이 유물은 이야기 곳곳에서 양념 역할을 할 뿐만 아니라 장대한 세계를 펼쳐내는 음모의 근간을 떠받치는 존재입니다. 고딕 호러적인 도입에서 떠올릴 수 있는 성십자가는 이 시리즈에서 중요한 상징입니다.

◈ 치유의 정의를 명확하게 한다

초미래 SF에서도 죽은 사람이 부활하는 것은 불가능하며, 중상을 치료하려면 엄청난 설비와 시간이 필요합니다. 따라서 게임 등에서 즉효성 높은 치유 마법은 이질적입니다.

치유의 패턴

전투 중의 부상자   치유 마법술사

원상태로 회복하는 치유 마법

전투 중에 찢어진 상처나 타박상, 골절 등을 원상태로 회복시키는 치유 마법. 하지만 단순히 찢어진 상처와 사지가 절단된 중상은 회복 속도나 주문의 난이도가 완전히 다를 것이다. 화염 공격에 의한 화상이나 강산에 의한 조직 파괴처럼, 부상 종류에 따라서 치유 마법도 달라져야 한다.

마약 같은 치유 마법

고통이나 출혈에 대한 반응을 둔하게 만들거나, 정신을 흥분 상태에 빠뜨려서 전투 지속 시간을 늘리는 마법. 치유라기보다는 진통제나 마약에 가깝다. 전투 지원계 마법이라고도 생각할 수 있다.

현실적으로 생각할 때 '원상태로 회복하는 치유 마법'은 예수를 넘어서는 기적 그 자체이며, 창작 이야기 묘사에는 적절하지 않다. 이 종류의 마법이 경이적으로 발전했기 때문에 인간의 죽음이 드문 세계가 된다는 것처럼, 세계관 설정을 바꾸어서 대처할 필요가 있다.

◈ 전투 불능과 죽음의 구분

전투 장면을 구성하기 위해서 체력을 수치로 표현하는 대부분의 게임, 특히 RPG에서는 죽음에 이르기 직전에 전투 불능 상태를 만들어서 치유 마법의 모순을 피하고 있다.

	정상	전투에 사용하는 체력(이른바 HP(히트 포인트))이 충분한 상태. 본래의 능력을 거의 완전히 발휘할 수 있다.
	부상	기본적으로 HP가 0이 될 때까지 전투 능력은 변화하지 않는다. 이 모순을 줄이기 위해서 '상태 이상(독이나 정신 착란)' 같은 벌칙을 주기도 한다.
	전투 불능	HP가 0이 된 상태. 이는 생명 활동의 정지가 아니라, 전투를 수행할 수 없는 '죽음 직전 상태'라는 것으로 모순을 피한다.
	죽음	생명 활동의 정지. 게임 안에서 '이후, 존재가 소멸했다'고 취급한다. 이야기의 진행상 발생하는 경우가 주류다.

🔹 원 포인트 어드바이스

게임에서 HP 저하를 전투력 감소로 반영하면, 처음에 타격을 준 쪽이 압도적으로 유리해져 '위기에서의 역전' 같은 다양한 전개를 잃게 된다.

Step 3 정신 조작계 마법

♦ 전파를 떠올리며 생각한다

다른 사람을 마음대로 조종합니다. 친구 관계부터 일에 관한 고민, 그리고 이룰 수 없을 것 같은 짝사랑에 이르기까지, 이른바 인간이 가진 고민 대부분을 해결하거나 그러한 꿈을 실현해줄지도 모르는 것이 정신 조작계 마법입니다. 하지만 주의가 필요합니다. 마법에 걸리는 대상이 만일 국가 지도자나 군대의 장군이라면, 그 영향력은 전투계 마법과는 비교할 수 없을 정도로 큽니다. 그래서 정신 조작계 마법을 도입해야 할 때는 확실한 제약이나 그 위력에 어울리는 단점을 설정할 필요가 있습니다. 가장 간단한 것이 거리와 마법의 상관관계를 설정하는 것입니다. 이 밖에도 독특한 제약을 떠올려보세요.

정신 조작계 마법 창조의 체크 포인트

· 정신 조작계 마법 위력의 상한을 정하면, 간단히는 사용할 수 없게 된다.
· 인간 이외의 동물에게도 정신 조작계 마법은 유용한가?
· 상대의 신체 기능을 빼앗아서 마음대로 조작하는지, 사고 회로까지 완전히 빼앗는지에 따라서 정신 조작의 의미는 크게 변한다.

명작 체크
가상공간의 의인화 묘사가 진수

시로 마사무네의 만화 『공각기동대』, 특히 이 작품의 TV 애니메이션 시리즈는 인간의 두뇌에 기계를 연결해 광대한 네트워크 세계에 들어가서 교신할 수 있는 기술이 세계관의 바탕을 이루고 있습니다. 이 복잡한 과정은 네트워크의 가상공간을 의인화한 캐릭터가 이동하며 표현하는데, 효과적으로 이세계 느낌을 연출하면서도 감상자들을 끌어들이는 힘이 되고 있습니다.

나만의 상상에 도전하기
신체를 빼앗아서 살아간다

1986년에 나온 PC 게임 〈렐릭스(RELICS)〉는 정신만 존재하는 주인공이 다양한 생명체의 육체를 빼앗으며 유적을 탐험하는 액션 어드벤처입니다. 주인공은 쓰러뜨린 상대에게 자동으로 옮겨가기 때문에 어떤 상대를 물리칠지 고민해야 하는데, 이러한 무시무시한 세계관이 히트해 다양한 게임 기종으로 이식되었습니다. 고전이지만 아이디어가 넘쳐나는 게임입니다.

정신 조작계 마법이 작용하는 거리

인간의 정신이라는, 눈에 보이지 않는 부분에 작용하는 정신 조작계 마법. 술사와 대상의 거리가 이 마법에 생명을 불어넣는 열쇠가 된다.

정신 조작계 마법과 거리의 관계

원거리: 안전하지만 효과가 작다.

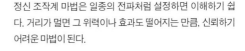

근거리: 위험하지만 효과가 크다.

정신 조작계 마법은 일종의 전파처럼 설정하면 이해하기 쉽다. 거리가 멀면 그 위력이나 효과도 떨어지는 만큼, 신뢰하기 어려운 마법이 된다.

거리가 가까우면, 정신 조작계 마법의 효과가 상승한다. 접촉 시에 최대 효과를 발휘하지만, 접근 방법이 문제가 된다.

정신 조작계 마법에 필요한 술사의 자원

정신 조작계 마법은 상대의 두뇌나 신체 기능을 빼앗아서 술사 마음대로 조종한다. 이 경우, 술사 자신의 몸이 어떻게 되는지가 문제가 된다. 상대의 사고를 빼앗아서 조작하기 위해서는 술사의 두뇌 자원을 상당히 나누어야 할 것이다. 마법이 강력할수록 자신의 몸은 다룰 수 없게 될 것이다.

마법이 실패하거나 문제가 일어나 사고를 빼앗아야 할 상대의 사고가 역류함으로써 술사에게 큰 피해를 줄 위험도 있다. 정신 조작계 마법을 현대 기술로 치환해보면, 컴퓨터의 원격 조작이나 해킹에 가깝다. 당연히 마법에 대해서도 방어 수단이나 피해를 막기 위한 준비가 되어 있을 것이다.

> 🧙 **원 포인트 어드바이스**
>
> 술사에게 생길 위험을 피하기 위해서 소형 동물 등으로 변신해 목표에게 접근하는 방법도 있지만, 과연 술사의 지능을 작은 동물이 받아들일 수 있을까?

점술이나 점성술

◈ 소망을 조작하는 네트워크

미래에 일어날 일을 미리 알 수 있다면 안심하거나 또는 필사적으로 지금을 살아갈 수 있을지도 모릅니다. 문명이 열린 시기부터 인류는 점이나 주술, 점성술을 발명했고, 세대를 거듭할수록 세련되어 갔습니다. 점은 불안정한 나날을 살아가기 위한 희망의 불빛이기도 하지만, 그만큼 악용하기도 쉽습니다. 지금도 황당하기 이를 데 없는 사기꾼 같은 점쟁이에게 인생을 휘둘려서 파멸하는 사람이 셀 수 없을 정도입니다. 이 책에서는 점술이나 점성술을 사람의 마음에 작용하는, 일종의 마법이라고 보고 있습니다.

점술이나 점성술 창조의 체크 포인트

- 거창한 연출이나 엄격한 의식, 복잡한 점성술의 설정 등은 점술을 받아들이는 사람을 일상적이지 않은 공간으로 이끌어 점의 결과를 쉽게 받아들이도록 하기 위함이다.
- 운명을 아는 것만이 아니라, 운명을 바꾸는 점술 마법이 있어도 좋다.
- 안타까운 일이지만, '점술 사기' 계열 사건에는 창조에 도움이 되는 아이디어가 가득하다.

역사 관련 사건

이솝이 죽은 땅 델포이

우화 창작자인 이솝(아이소포스)은 델포이에서 내리는 신탁의 수상한 점을 소재로 풍자가 넘치는 이야기를 만들어 호평을 얻었습니다. 이를 좋게 보지 않은 델포이 시민이 이솝에게 몇 번이나 경고했지만, 그는 풍자를 멈추지 않았습니다. 그러던 어느 날, 델포이 절벽 아래에서 이솝의 사체가 발견됩니다. 델포이에서 그가 참혹한 사고사를 당한다고 예언한 직후의 일입니다.

나만의 상상에 도전하기

바보가 바보를 부르는 바보 같은 점술

일본에서는 노래「꼬마 인디언」에 맞춰 여성의 가슴에 대해 말하는「가슴 점술 노래」라는 것이 화제가 되었는데, 이처럼 세상에는 바보 같은 점술이 가득합니다. 자기 가슴을 만져서 좋은지 나쁜지에 따라서 길흉을 점치는 '가슴 점술'이나 요리를 늘어놓은 상을 뒤집어서 그 상태로 점치는 점술 등 끝이 없지요. 가히 개그에 가까운 일이지만, 사람들에게 통하는가 봅니다.

◈ 소망을 낳는 정보 센터

일반적으로 '점술'이라고 불리는 마법의 기원은 인류 문명과 함께 시작되었다. 관계자는 점술의 가치를 유지하기 위해서 마법에 의존하지 않는 구조를 준비했다.

지중해의 정보 센터: 고대 그리스의 델포이

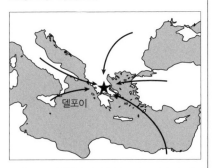

고대 그리스의 중심부에 위치한 델포이에서는 지리적인 이점과 좋은 항구들을 활용해 세계 각지에서 교역에 종사하는 그리스인이 정보원으로 활동하는 정보 센터를 창설했다. 이것이 델포이의 '아폴론 신전'이다.

신탁이 내려오는 과정

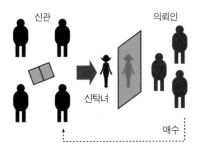

델포이에서는 우선 상담 내용에 대해서 신관들이 모은 각지의 정보를 바탕으로, 가장 적절한 판단을 내린다. 이를 난해한 말로 바꾼 것을 신탁녀가 신탁으로서 의뢰인에게 목소리만으로 전하는 구조다.

◈ 점술의 대원칙

끊임없이 변화하며, 결코 같은 날이 오지 않는 인생 속에서 대자연에는 절대로 변하지 않는 법칙이 존재한다. 사람들은 그 법칙성에 미래를 알 수 있는 힌트가 숨어 있다고 믿는다.

변하지 않은 대원칙

별이나 태양의 운행, 인과 관계가 명확했지만, 미묘하게 결과가 달라지는 현상 등.

혜성이나 일식 등 별의 운항이 흐트러지거나, 전례가 없는 타로카드가 늘어선 모양에서 재앙의 전조를 얻는다.

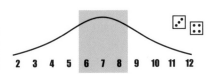

주사위 점의 원칙
주사위 2개의 합계로 점을 치는데, 6~8의 점수에 맞추어 크게 틀리지 않을 만한 점술 결과를 모아둔다.

> 🎯 원 포인트 어드바이스
>
> 결혼이나 승진처럼 본인에게는 진지하지만, 매우 내면적인 고민에 대해서는 당연히 복채에 맞추어 간소한 점술로서 처리하게 된다.

Step 5 물리 간섭계 마법

◈ 누구나 다룰 수 있는 마법

'물리 간섭계 마법'이라고 말하면 쉽게 와 닿지 않겠지만, 가장 대표적으로 생각할 수 있는 것이 바로 연금술입니다. 물질 간의 작용에 대해서 반응을 조작해 원하는 것을 만들어 낸다는, 가히 우리 삶의 바탕을 이루고 있는 과학과 연결되는 발상입니다. 매드 사이언티스트인 척하는 연금술사처럼 독특한 인물을 내세우기 좋은 설정이면서 받아들이기 쉬운 마법이기도 하지요. 또한, 다른 발상으로서 멀리 떨어진 것을 움직이거나 순간 이동시키는, 일종의 초능력과 같은 마법도 생각할 수 있습니다. 어느 쪽이건 아이템 제작이나 궁지에서 탈출하는 방법 등 다양하게 응용할 수 있는 마법입니다.

물리 간섭계 마법 창조의 체크 포인트

· 약물을 조합하거나, 도구에 마법을 부여하는 마법사의 일상에서 조금 특이한 이야기를 찾아 낼 만한 마법이다.
· 염력(사이코키네시스)이나 텔레포테이션(순간 이동) 같은 초능력을 마법의 일종으로 재구축하면 설정을 넓혀나갈 수 있다.

명작 체크	역사 관련 사건
역사를 바꾼 거리의 발명가	**연금술사의 실력을 가늠하는 알루미늄의 정제**
영화 〈백 투 더 퓨처〉 시리즈는 거리의 발명가인 닥이 발명한 자동차형 타임머신을 중심으로 벌어지는, 시간 여행 이야기의 걸작입니다. 닥과 같은 거리 발명가의 원류를 찾아보면 연금술사에 이르게 되는데요. 최근에는 상당히 줄었지만, 예전에는 거리의 발명가가 여기저기에 넘쳐났습니다.	알루미늄은 지각의 주성분 중 하나로, 지금은 어디서나 쉽게 볼 수 있는 금속입니다. 하지만 이 금속을 정제하는 것은 매우 어려우며, 19세기에는 엄청난 귀금속 중 하나였습니다. 과학자는 서로 경쟁하듯 경제적인 정제 방법을 얻기 위해 애썼습니다. 지금은 전기 정제 방법이 도입됨으로써 저렴한 금속이 되었지만, 만일 전기가 사라지면 다시 희소 금속이 되겠지요.

◈ 우리의 과학이 낳은 마법

일반적으로 마법은 대부분 터무니없는 것이지만, 연금술만큼은 근대 과학의 기반이 된 지적 체계이며, 쉽게 이해할 만한 마법이라고 할 수 있다.

연금술의 성립과 발전

물질의 근본을 찾아내어, 그 구성이나 규칙적인 변화를 이용해 새로운 물질을 낳는 마법

"모든 금속은 같다.
그 형상이 다를 뿐!"

- 4대 원소
- 3원질
- 7금속

금속 중에서 금과 은을 '완전한 금속'이라고 본 파라켈수스는 우선 금속에서 은을 추출하고, 그 은에서 금을 추출할 수 있다고 생각해, 그 촉매로서 '현자의 돌'을 발명하고자 했다.

파라켈수스(1493~1541)

의사이자 철학자였던 그는 바젤 대학의 교수로서 성공했지만 당시 의학계를 통렬하게 비판해 대학에서 추방당했고, 여러 나라를 떠돌았다. 광범위한 학문 지식을 바탕으로, 기적적인 연금술을 선보이며 다양한 물질을 황금으로 바꾸었다고 한다. 연금술 관련 저서도 많아서, 연금술에 위대한 족적을 남겼다.

연금술의 한계

가설을 세워서 실험을 진행하고, 그 실험 결과를 검증해 가설을 비판하는 태도는 근대 과학적 사고의 기초다. 문제는 당시 실험 도구가 간소한 증류나 열량이 부족한 가열기 정도에 불과했기에 개인 수준으로는 충분한 실험 데이터도, 촉매의 순도도 유지할 수 없었다.

게임에서 사용되는 물리 간섭계 마법

염력 (사이코키네시스)	손을 대지 않고 물체를 이동시키거나 모양을 바꾸는 능력. 무거운 물체를 자유롭게 들어 올리는 등 전투 중이건 일상에서건 응용의 폭이 넓다.
무속성 공격	4대 원소 이외의 자연계 물질을 사용한 마법. 게임에서는 우주 공간에서 운석을 떨어뜨리거나, 화염 속성과는 다른 (원자력 같은) 강력한 열원을 불러내는 마법을 가리킨다.
시간/ 시공 간섭	적 주변 좁은 공간의 중력을 조작해 적 움직임을 둔하게 하거나, 적의 신체를 공중에 띄워서 발을 딛지 못하게 한다. 마찬가지로 일정한 범위의 시간 흐름을 조작해, 결과적으로 적의 움직임을 막거나 하는 마법이다.

🌱 원 포인트 어드바이스

연금술처럼 시작부터 쇠퇴까지 역사를 살펴볼 수 있는 마법 체계를 응용해 새로운 마법 체계를 창조하려는 노력은 마법을 판타지에 자연스럽게 도입하는 데 도움이 된다.

Step 6 변신과 변용

♦ 자신의 몸을 마법의 그릇으로 만든다

일반적으로 우리는 마법이란 술사가 일으키는 신비한 힘이 다른 것에 작용하여 이를 파괴하거나, 그 형태를 바꾸는 일이라고 이해합니다. 하지만 의식만이 아니라, 자신의 신체를 바꿈으로써 마법을 쉽게 받아들이는 방식도 존재합니다. 중국 선인의 생활 방식, 즉, 선술이나 일본의 슈겐도(일본의 산악신앙에 도교, 불교 등이 혼합돼 만들어진 수행 종교-역자 주) 등이 이에 해당합니다. 어느 쪽이건 마법을 사용할 수 있게 된다는 최종 목적은 다르지 않지만, 오른쪽 설명처럼 그 과정은 매우 다릅니다. 마법을 수련하는 과정에서 심리적인 갈등이나 넘어야 할 고비가 몇 번이나 찾아올 수 있는 만큼, 긴 호흡으로 그려내는 이야기에 어울립니다.

변신과 변용 창조의 체크 포인트

· 변신은 말 그대로 마법을 이용해 모습을 다른 무언가로 바꾸는 것이다.
· 변용도 의미는 비슷하지만 마법의 힘처럼 겉을 물리적으로 바꾸는 것이 아니라, 인간다움이나 형태를 잃게 되더라도 마법을 받아들일 수 있는 그릇이 되기 위해서 변하는 것을 뜻한다.

나만의 상상에 도전하기
영화사에 남은 문제작
〈라스트 에어벤더〉

이 칼럼에서는 기본적으로 명작이나 걸작을 언급하는데, 영화 〈라스트 에어벤더〉는 비교할 만한 작품을 찾기 어려울 정도로 엄청난 졸작입니다. 4대 원소 개념과 동양의 변용 사상을 융합한 원작의 매력적인 개념을 아무도 이해할 수 없게 망쳐버렸습니다. 반면교사로서 한 번쯤 볼 만한 영화입니다.

역사 관련 사건
현대를 살아가는
슈겐도

일상에서 보기는 어려워졌지만, 슈겐도는 지금도 존재합니다. 후지현의 구로베타테야마 같은 일본 각지의 성지에서 슈겐도 사당을 볼 수 있습니다. 그중에서도 나라의 요시노와 구마노 삼산을 연결하는 수행 지역은 핵심부인 산악 주변을 여성 출입을 금하는 지역으로 지정하는 등 현재도 슈겐도 수업의 장으로서 지켜지고 있으며, 그 수업을 지원하는 숙소 등도 정비되어 있습니다.

◊ 자신의 변혁을 추구하는 동양의 마법

동양에 존재하는 마법 대부분은 기술을 몸에 익히는 것보다는 자신을 변혁해 이상이 되는 존재(=술사)에게 다가가려는 발상이 강하다.

동양과 서양의 마법 습득 과정

서양: 기술을 축적해 술사가 된다.

초보적인 마법부터 습득해 나가면서, 술사로서 완성을 꿈꾼다. 습득한 기술이나 지식에 따라서 일정한 수준의 마법을 사용할 수 있다.

동양: 자신을 단련해 술사로서의 그릇을 완성한다.

습득하는 마법과 관계없어 보이는 육체와 정신 단련이 중심이 된다. 수업을 거듭하면서 술사로서 필요한 신체나 정신을 완성한다.

마법 원점의 차이

서양 마법이 과학과 유사한 일종의 기술 체계라는 것에 반해, 동양 마법은 인도 요가나 중국 도교와 같은 철학, 또는 일본의 신토나 불교, 산악신앙에서 유래한 것이 많으며, 민중도 존경심을 품고 받아들인다. 서양에서는 기독교 이전의 이교에서 유래하는 마법도 많아서, 때로는 금기시된다.

일본의 슈겐도는 산악 지대에서의 엄격한 수행을 통해서 초자연력 '험(겐)'을 획득하는 것이다. 동양의 다양한 마술, 종교적인 요소를 도입하면서 밀교의 영향을 강하게 받고 있다. 일상을 버리고, 기도와 수업에 전념하는 모습은 서민의 숭배를 받으며, 슈겐도 수련자라는 존재 자체가 숭배 대상이 되기도 한다.

🌱 **원 포인트 어드바이스**

닌자 마을인 이가와 고가는 슈겐도가 성행한 산악 지방에 인접하고 있다. 산악에 사는 닌자의 기술과 슈겐도는 유사점도 많다.

Step 7 로스트 테크놀로지

🔹 지금 여기에 있는 마법의 흔적

과거에 존재한 마법을 재발견하거나 부활시키는 것은 차원 이동과 함께 마법의 경이를 연출하는 데 효과적인 수단입니다. 일찍이 존재했던 문명의 마법으로, 이야기가 진행되는 시대와는 관계없이 발동시킬 수 있으며, 후세 사람들에게 경고하는 의미로 의도적으로 남겨진 기술이라고 볼 수도 있기 때문이겠지요. 과거나 지금이나 인간의 행동이 크게 달라지지 않았다고 생각하면, 로스트 테크놀로지에 대한 기대는 줄어들게 마련입니다. 하지만 세계를 바꾸는 마법은 아니지만, 먼 옛날 인간이 뭘 생각하고 어떻게 살아갔는지를 아는 것만으로도 이야기의 소재를 새롭게 찾아낼 수 있을 것입니다.

로스트 테크놀로지 창조의 체크 포인트

· 각종 세력이 뒤섞여서 로스트 테크놀로지를 서로 빼앗는 내용이 보통인데, 로스트 테크놀로지 자체는 항상 중립이자 중성적이어야 한다.
· 로스트 테크놀로지로 위장한 악의의 산물도 있다. 특히 정치가 개입할 때는 주의하자.
· 물건이나 유적만이 아니라, 전승이나 민화에도 로스트 테크놀로지의 열쇠가 감추어져 있다.

역사 관련 사건
장난에서 대소동으로
베링거 사건

18세기 독일, 뷔르츠부르크 대학의 의학 박사인 베링거 교수는 자신이 발견한 화석의 연구서를 출판해 평판을 얻었습니다. 하지만 이것은 사실 그와 사이가 안 좋았던 동료가 장난으로 발굴 현장에 묻어놓은 수제 화석이었습니다. 연구 성과로 발표되어 돌이킬 수 없게 되자 장난을 친 동료는 쫓겨나고 말았습니다.

나만의 상상에 도전하기
상상을 자극하기에 충분한
파에스토스 원반

세계 각지의 유적에서 해독할 수 없는 문자가 발견됩니다. 그중 크레타섬의 파에스토스 유적에서 발견된 '파에스토스 원반'에 새겨진 문자는 독특하고 사실적이며, 인상적인 나선형 구조 등이 눈길을 끕니다. 다른 곳에서 발견된 사례가 없고, 유사한 문자가 존재하지 않는다는 점에서 발견 이래 백 년 이상 지난 지금까지도 수많은 상상을 이끌어내고 있습니다.

♦ 로스트 테크놀로지의 열쇠를 만들다

문명이나 민족, 잃어버린 종교나 극단적으로는 우주인이나 다른 차원의 사람에 이르기까지 남겨진 흔적에서 그들의 모습을 복원할 수 있다면, 그것은 하나의 마법 체계가 된다.

로스트 테크놀로지들

해독할 수 없는 문자

문자를 잃어버린 시대나 배경을 고려하면 석판이나 석조 건축물에 새겨진 패턴이 주류일까. 돌처럼 딱딱한 소재에 새긴 경우에는 직선을 많이 사용하고 형태도 단순하다. 반면, 종이나 양피지에 남긴 경우, 곡선 또는 문자와 문자의 연결을 의식하는 형태가 된다. 한자처럼 점술을 기원으로 하면 문자 자체에 신비성이 담긴다.

목적을 알 수 없는 건조물

대표적인 사례가 피라미드다. 왕의 무덤이라는 것만 알려졌을 뿐 방향, 별의 운행과의 기묘한 일치, 여기저기에 남겨진 초기술이나 방의 의미처럼 밝혀지지 않은 것이 많다. 영국의 스톤헨지도 어떻게 만들었는지는 알려졌지만, 왜 만들었는지는 밝혀지지 않았다.

계속 지켜지는 풍습

각 지역과 민족의 현재 생활 속에 남겨진 풍습에도 로스트 테크놀로지의 흔적이 남아 있다. 제사나 의식 등이 전형적이지만, 그 밖에 동요나 민화도 열쇠가 된다. 로스트 테크놀로지 발동 열쇠가 되는 혈족이나 자격 보유자의 증거라는 내용도 흔하다. 이러한 것은 때때로 우주인 또는 이차원인이 존재했다는 흔적이 되기도 한다.

로스트 테크놀로지의 진가는 현대의 상식적인 사고와는 완전히 다른 가치관이나 사상이 바탕이 된다는 점에 있다. 미지의 발상이 현재 기술의 지평선을 크게 넓힐 가능성이 있기 때문이다. 인기 만화 『원피스』의 고대 문자 '포네그리프'가 상상을 초월하는 거대한 힘을 가진 로스트 테크놀로지의 존재를 보여주듯이, 해독할 수 없는 문자는 장대한 이야기의 큰 수수께끼로서 빼놓을 수 없는 장치이기도 하다.

🛡 원포인트 어드바이스

해독할 수 없는 문자는 문법적으로 해독하더라도, 실제로 사용한 사람들의 사고 패턴이 너무 달라서 이해할 수 없는 경우도 많다.

마법과 기존 지식을 연결한다

◆ 마법과 환수의 관계를 생각하자

드디어 실천적인 해설에 들어갑니다. 마법과는 떼려야 뗄 수 없는 판타지 세계의 주민이 환수입니다. 이미 「환수의 장」에서 환수라는 존재와 마법의 관계에 대해서 간단하게 언급했는데, 이 장에서는 관점의 중심에 마법을 두고 환수와의 관계를 새롭게 생각합니다.

환수 중에서 무엇보다 마법과 관계가 깊은 것은, 이 책에서는 마법 종족이라고 부르는 아인류일 것입니다. 마법을 구사하려면 인간 이상의 지능이 필요하기 때문입니다. 하지만 동시에 고도한 지능은 없지만 본능적으로 마법을 발동시킬 수 있는 환수가 있어도 이상하지 않습니다. 또한, 마법으로 만들어낸 환수나, 마법 소녀도 고찰 대상입니다.

인간과 생활 방법이나 가치관이 다른 환수가 마법을 구사하는 판타지 세계. 여기에서 어떤 문제가 발생하고, 그 문제를 어떻게 해결할 것인지에 대해 상상력을 충분히 동원해야 합니다.

◆ 마법 도구를 창조한다

마법의 힘을 사용하면 도구를 만들어 내거나, 또는 도구에 생명을 불어넣을 수 있겠지요. 5장의 주제는 마법과 도구의 관계입니다.

처음에 주제가 되는 것은 마법과 무기의 관계입니다. 마법 검이나 마법 갑옷 같은 존재는 오늘날 아무 위화감 없이 받아들여지고 있습니다. 그 이유를 바탕으로, 창조를 진행할 때 중요한 점을 빼놓지 않도록 지식이나 실례를 정리합니다.

또한 마법으로 만들어진 인간의 생활 공간. 즉, 마법 학교나 마법 도시도 앞으로의 판타지 세계에 꼭 필요한 존재입니다. 이러한 거대한 장치를 만들려면 처음에 어떤 준비가 필요할까요? 그것을 알 수 있다면, 자신감을 갖고 창조에 나설 수 있겠지요.

Step 1 마법을 사용하는 종족·환수

◆ 인류와의 영원한 긴장 관계

마법은 인류만 사용하지 않습니다. 인류보다 마법을 잘 사용하는 종족이나 환수가 있어도 전혀 이상하지 않습니다. 이 상황에서 인간을 중심으로 생각하면 판타지 세계가 혼란해지기 쉽습니다. 오른쪽 페이지에서 마법을 사용할 수 없는 인간이 마법 종족과 공존하는 형태를 모델화했습니다. 양자의 마법 습득 상태에 따라 내용은 상당히 변하겠지요. 또한, 게임 등에서는 아인류 이외의 환수가 마법을 사용하는 사례도 얼마든지 있습니다. 이를 판타지 세계에 도입하는 방법은 창작자마다 달라지게 마련입니다. 환수와 마법이 펼쳐내는 의외의 조합에 도전해보십시오.

마법을 사용하는 종족·환수 창조의 체크 포인트

· 종족마다 다른 사회를 구성하려면 「환수의 장」을 참고한다.
· 아인류 같은 마법 종족으로 설정하지 않고, 기존 문명과 접점이 없던 인간 부족 집단을 마법 종족으로 설정하는 방법도 있다.
· 아인류 이외의 환수가 사용하는 마법은 삼림이나 황야를 방랑하는 상황과 연결하면 이세계 느낌을 연출할 때 효과적이다.

명작 체크

순진하면서도 흉악한 마법 종족

스티브 잭슨의 게임 북 『소서리』 시리즈에서는 주변 공간에 대한 마법 효과를 무효로 만드는 '미니마이트(콩 사람)'가 등장합니다. 여행 동료로서는 쾌활하고 유쾌한 요정이지만, 그들은 본능적으로 주변의 마법 효과를 완벽하게 없애는 애물단지입니다. 하지만 그런 그들을 통해서 마법이 가진 궁극의 모습을 알 수 있다는 점이 참 아이러니합니다.

나만의 상상에 도전하기

돌로 만드는 매혹적인 눈동자

중세 유럽인은 아프리카에 살고 있다고 여겨지는 '바질리스크'를, 그 눈동자로 인간을 노려보는 것만으로도 죽음에 이르게 하는 환수라며 두려워했습니다. 이윽고 바질리스크는 석화 능력(돌로 만드는 능력)을 가진 괴물 새 '코카트리스'와 혼동되어 석화 능력을 획득하게 되고, 다음으로 그 능력은 거대한 환수 '카토블레파스'에게 계승됩니다. 그만큼 아프리카에서 볼 수 있는 동물의 모습은 그들에게 경이로웠겠지요.

◈ 마법 종족과 인간

태어나면서부터 마법을 쓸 수 있는 종족과 마법을 쓸 수 없는 인간이 혼재하는 판타지 세계에서는 쌍방의 인구나 세력의 균형에 따라서 상황이 크게 바뀐다.

마법 종족 〉인간

마법 종족이 인간보다 우세한 판타지 세계에서는 인간의 발달이 매우 늦어진다. 공격 마법이 존재한다는 설정에서는 최악의 경우 가축 같은 취급을 받게 될지도 모른다.

마법 종족 〈 인간

인간이 우세한 경우, 정신, 육체와 관계없이 공격 마법을 사용하는 종족이라면 인간의 적개심을 사 상당히 가혹한 운명에 처할 것이다. 마력의 원천을 추출하기 위해서 관리되어 살아간다는 설정도 있다.

마법 종족 = 인간

마법 종족과 인간의 세력이 비슷한 경우에는, 둘 사이에 복잡하고 긴 교섭의 역사가 있다고 상상할 수 있다. 또한, 각자의 내부에는 상대 종족과의 관계에 대해서 강경파와 공존파가 대립하며 복잡한 구도가 생겨난다. 군상극의 세계관에 어울리는 설정이다.

◈ 마법을 발동시키는 환수

판타지 세계에서는 마법을 사용할 수 있는 환수가 있어도 이상하지 않다. 다만, 동물적인 본능에 의해 발동한다고 설정하는 것이 자연스럽다.

위험한 외견
환수의 마법은 자위용과 포식용으로 크게 나뉘지만, 포식 동물이라면 대개 외견으로 판단할 수 있어서 인간이 스스로 근거리, 즉 마법이 발동하는 거리에 들어서는 일은 드물다.

무해한 외견
자위용 마법을 발동하는 유형의 환수다. 대개의 동물은 위험이 접근하는 것을 민감하게 감지해 피하려 하지만, 효과적인 자위 마법 능력을 가진 동물은 그렇다고만 볼 수 없다. 이 경우, 멋모르고 접근한 인간은 피해를 입게 된다.

> 🦉 **원 포인트 어드바이스**
>
> 종족 특성상 마법을 습득하기 어려운 인간이 단결해 우세한 마법 종족에게 역습을 가하는 설정도 재미있다.

Step 2 마법이 낳은 환수

◆ 생명을 만들어내는 대상이 열쇠

마법의 힘으로 만들어진 환수도 있습니다. 오른쪽 설명에서는 위에서 아래로 내려올수록 사용할 수 있는 마법의 내면이 강력해지고 있습니다. 최초의 '생명을 불어넣은 도구'는 5장에서 해설하는 마법과 도구의 관계와도 관련되어 있지만, 여기에서 제시한 사례 이외에도 예를 들면 전투 시 궁지에 빠진 마법술사가 근처에 있던 의자에 생명을 불어넣어 싸우게 해 시간을 버는 사이에 도망치는 방법도 있습니다. 이처럼 연구의 폭은 무한하겠지요. 다만, 마법으로 만들어낸 환수와 이 장 Step-5에서 다루는 소환 마법으로 불러낸 환수의 차이는 창작자 자신이 명확하게 해두어야 합니다.

마법이 낳은 환수 창조의 체크 포인트

· 외견만이 아니라, 신체 기능이나 각종 장기의 역할부터 시작해 생식이나 본능 같은 것도 필요하다. 마법을 이용한 환수 창조는 기본적으로 매우 고도한 지식의 집대성이 된다.
· 돌로 만든 경비용 '고렘'이나 '가고일'처럼 소재나 기능, 목적이 잘 맞으면 매우 강력한 환수가 탄생한다.

명작 체크

인간의 마음을 타락시키는 매혹적인 부정형 생물

데즈카 오사무의 『불새』에서는 '무피'라는 부정형 생물이 등장합니다. 타고난 텔레파시 능력으로 주인의 생각을 읽고 원하는 모습으로 변신해 의사소통할 수 있어서, 일종의 가상 체험인 '무피 게임'에 많은 사람이 빠져듭니다. 인류를 타락시키는 생물이라며 국가에서 말살 명령이 내려오지만, 무피에게 죄나 악의가 있는 것은 아닙니다.

역사 관련 사건

고양이와 기계가 융합한 새로운 환수

로봇 청소기 '룸바'는 가전 분야에서 오랜만에 탄생한 히트 상품입니다. 이것이 완벽히 작동할 수 있는 환경이라면 더 이상 직접 청소할 필요가 없는 게 아니냐고 생각할 수도 있는데, 전자동 가전의 새로운 장을 연 존재임은 분명합니다. 그런데 가동 중인 '룸바'는 고양이에게 매우 편안한 자리인가 봅니다. 둘이 합체한 '룸바 고양이'의 사진이나 동영상이 매일같이 인터넷에 소개되고 있습니다.

◆ 마법이 만들어낸 환수

마법으로 의도적으로 만들어내거나, 개조한 환수도 있다. 이 같은 환수를 창조하는 경우에는 그 목적이나 역할을 명확하게 해야 한다.

생명을 불어넣은 도구

마법으로 생명을 부여한 도구. 자율적인 지능을 가진 경우는 너무도 높은 수준의 마법이라서 균형이 맞지 않는다. 이해하기 쉽게 생명이라고 했지만, '일정한 조건에 대한 반응'이라는 것이 현실적이다. 방에 침입한 자를 공격하는 칼 같은 것이라고 생각하면 편하다.

지성을 부여한 동물

인간과 같은 수준의 사고나 대화를 할 수 있는 동물 대부분은 인간을 넘어선 존재가 되는 것은 아닐까? 여기에서는 인간의 명령을 이해할 수 있어서 다루기 쉬운 가축 등을 생각하고 있다. 군마로서는 이상적이다.

모습이 변한 동물

경비견의 이빨이나 발톱을 강화하면 한층 효과적이며, 기마의 다리를 빠르게 하거나 지구력을 높이는 방법도 가능할 것이다. 인류사에서 가축의 개량이 비슷하게 진행되어왔지만, 마법은 좀 더 즉각적으로 작용하기 때문에 적용하기 쉽다는 설정으로서 판타지 세계다운 면이 드러난다.

신종 창조

완전히 새로운 신종 환수를 창조하는 것은 마법의 매력이지만, 이는 신에 가까운 행위라는 점에서 가볍게 도입하지 않는 것이 좋다. 다만 마법 실험으로서는 많은 술사나 마법이론가가 도전하며, 예비 연구를 거듭한다는 것은 이상하지 않다.

인간의 창조

아기로 창조할 것인가, 성인으로 창조할 것인가에 따라서 '지성'을 부여할지에 대한 갈등이 생겨난다. 지성을 인정하지 않는 경우는 인체 실험의 소재가 될 가능성이 높으며, 어느 쪽이건 윤리적으로 무거운 주제다.

지적 생명체의 창조

창조한 생명에 지성을 부여하기보다는 인공 생명에 육체를 부여하는 방법. SF에서 말하는 안드로이드 창조와 과정이 비슷할 것이다. 판타지 세계의 로봇이라고 생각하면, 재미있는 구조가 될 것 같다.

🛡 **원 포인트 어드바이스**

마법으로 환수를 창조할 수 있다면, 당연히 권력자들이 군사적으로 이용하려고 할 것이다. 현대의 바이오 기술은 일종의 국가사업이다.

Step 3 이세계를 연결하는 환수

◈ 비일상을 상징하는 매개자

환수를 이 세상에 없는 존재로 묘사한다면, 환수는 현세와 이세계를 연결하는 촉매와 같은 존재로서 모습을 드러낼지도 모릅니다. 물리적으로 다른 세계로 인간을 꾀어 데려가는 것을 기본 모델로 한다면, 이세계와 관련된 능력을 현세의 인간에게 부여하거나, 또는 반대로 영혼과 같은 인간의 일부를 이세계로 끌고 가는 상황도 생각할 수 있습니다. 어느 쪽이건, 현세와 이세계를 연결하면서까지 관계를 가지려는 행동에 숨겨진 목적이 있다고 경계하는 것이 자연스럽습니다. 이 경우는 환수의 능력보다도, 그 행동의 배후에 감추어진 동기에 마법과 얽힌 진의가 있다고 보아야 할 것입니다.

이세계를 연결하는 환수 창조의 체크 포인트

· 대개는 대상(많은 경우 인간)의 경계를 풀기 위해서겠지만, 이 종류의 환수는 무해하고 무구한 모습으로 나타난다.
· 환수의 이 같은 능력이나 진정한 의도를 알면서도 이용하려는 술사도 있을 것이다. 이 경우 술사와 환수는 일종의 공존 관계, 상호 의존 관계가 된다고 볼 수 있다.

명작 체크
우주 범죄 조직도 의식하는 홈 게임의 힘

TV 특수촬영물 〈우주 형사 가반〉에 등장해 우주 전역에서 암약하는 우주 범죄 조직 마크는 가반과의 전투에서 승리하기 위해 특별한 공간을 만들어내어 전투 무대로 사용합니다. 이 공간에서는 마크의 지배하에 있는 더블맨이나 뱀 괴수의 능력이 3배나 강해지는데, 일개 우주 형사를 물리치기 위해 홈 게임의 장점을 숙지하고 매번 이를 충실하게 실행하는 모습이 비정한 범죄조직의 정체인 것입니다.

역사 관련 사건
아이들은 어디로 사라졌을까?

쥐를 퇴치한 보수를 지급하지 않자 마을 아이들을 데려가 버렸다는 얘기로 유명한 『하멜른의 피리 부는 사나이』 이야기의 주역은 피리 부는 사나이라는 마법술사이지만, 그 배경에 독일인의 동방 식민 문제가 관련되어 있다고 간파한 역사학자 아베 킨야는 『하멜른의 피리 부는 사나이: 전설과 그 세계』라는 연구서로 일본의 유럽 중세사 연구에 큰 발자취를 남겼습니다.

◈ 이세계를 마법으로 연결하는 환수

인간은 감지할 수 없는 이세계로 통하는 문을 여는 환수가 있다. 인간에게 변용을 가져온다는 점에서 그 능력은 일종의 마법이지만, 큰 힘에는 그에 맞는 대가가 따른다.

애니메이션 〈마법 소녀 마도카☆마기카〉의 모델(스포일러 주의)

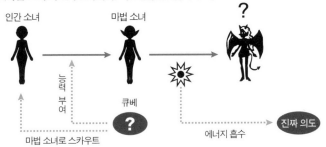

인간 소녀   마법 소녀

능력 부여

큐베   ?

마법 소녀로 스카우트   에너지 흡수   진짜 의도

2011년 봄에 TV에서 방송한 애니메이션 〈마법 소녀 마도카☆마기카〉는 큐베라고 불리는 환수가 인간 소녀를 마법 소녀로 스카우트해 능력을 부여하고, 적절한 타이밍에 그 대가를 회수한다는 구조가 이야기의 배경이 되었다. 가련하고 활달한 소녀의 바람이 비극으로 변해가는 구조가 화제를 불러 큰 인기를 끌었는데, 이 책에 나오는 마법도 이 애니메이션의 세계관을 긍정하면서 구축하고 있다.

귀여운 요정이나 난쟁이가 인간 아이를 동화 세계로 끌고 가는 내용은 예부터 흔한 동화 설정이다. 이는 본래 아이의 유괴나 인신매매를 암시하는 우화를 바탕으로 하고 있다. 겁이 많으면서도 잔인한 인간에게 환수가 일부러 적극적으로 접근하는 경우, 그 배경에는 나쁜 의도가 숨어 있다고 보는 게 자연스럽다.

> 🗨 **원 포인트 어드바이스**
>
> 이세계를 연결하는 마법을 부리는 환수의 반대편에는 이세계와의 교신을 차단하는 환수가 넘쳐난다.

Step 4 신화 체계와 마법

◆ 온고지신의 자세로 도전한다

앞에서 대자연의 경이나 불합리함을 받아들이고 나름의 이유를 부여하기 위해 인간은 신화나 마법을 이용했다고 설명했습니다. 이것을 역이용해 신화로부터 마법을 재구축하는 것도 가능합니다. 신화를 새로운 이야기로 짜내는 시도는 다분히 진부하게 보일지도 모르지만, 신화 속 신들의 설정을 그대로 가져오는 게 아니라 그들의 마법적인 능력이나 보유하고 있는 마법 도구를 이용해서 이를 분해하고 재구축하는 것입니다. 또는 단편적으로만 전해진 신화를 새로운 마법을 매개로 다시 구축하는 것도 가능하겠지요. 온고지신의 태도는 판타지 세계 창조에서 중요합니다.

신화 체계와 마법 창조의 체크 포인트

· 주제가 되는 신화를 선정했다면, 그 신화에 대해서 비슷한 시도를 하는 작품은 모두 체크해보아야 한다.
· 신들의 마법적인 능력과는 별개로, 그들이 인간에게 흥미를 느끼는 이유는 이야기의 중요한 소재가 된다.
· 신들의 마법에 대한 의식이나 태도도 묘사의 열쇠가 될 수 있다.

명작 체크
무적의 신도 강등인가?

뇌신 토르라고 하면 거친 인물이 넘쳐나는 북유럽 신화에서도 가장 난폭한 사나이입니다. 그런 그가 현대 인간계에 떨어져 펼쳐지는 이야기가 마블 시리즈의 〈토르: 천둥의 신〉입니다. 마블 세계에서는 다른 작품의 히어로와 거의 동격이지만, 몰니르를 휘두르며 싸우는 모습은 전설의 북유럽 전사 그 자체입니다.

나만의 상상에 도전하기
만화 속에 역사의 진실이 있었다

'미국 만화에는 신화의 단편이 그려져 있으며, 그 주인공들은 지금도 평범하게 살아간다.' 그런 세계를 그린 것이 나이트 샤말란 감독의 영화 〈언브레이커블(Unbreakable)〉입니다. 고속 열차가 정면충돌하는 사고에서 유일하게 살아난 주인공이 자신의 힘을 자각하면서 이야기가 본격적으로 시작되는데, 재미있는 아이디어 뒤에 남는 찝찝한 기분이 옥에 티라 하겠습니다.

◆ 마법을 축으로 한 신화의 재구축

우리는 세계의 신화를 이야기나 학문적 지식의 원천으로서 즐기곤 하는데, 판타지 세계의 마법으로 재구축할 수 있을지도 모른다.

신화에 관련된 과거와 현대의 접근

고대인

· 이상적 인간상　· 대자연의 신비
· 생명 창조의 신비　· 인지를 초월한 존재
· 인간은 신의 모방　· 영웅적인 행위

현대인

· 자연 과학의 발달　· 심리학의 발달
· 과학적 사고　· 바이오 기술
· 신화의 병렬화　· 신화는 인간의 공상

고대인은 인지를 초월한 신들의 압도적인 힘을 마법으로 묘사해 세계 이치의 전체적인 형태를 잡고자 했다. 현대인은 지식의 축적이나 세련된 과학적인 정신, 유전자 공학의 발달, 심리학적 분석을 통해서 신화를 세부까지 분석할 수 있게 되었다. 이를 재구축함으로써 마법 창조의 실마리를 잡을 수 있을지도 모른다. 예로 든 '묠니르' 하나로도, '부서지지 않는 소재의 제조', '중량 변화의 마법' 등 생각할 만한 요소(=이야기)가 넘쳐난다.

일본의 창작계는 라이트 노벨 『기어와라! 나루코양』을 통해 크툴루 신화마저 '모에화'에 성공했지만, 인도 신화의 신들은 비교적 대중적이면서도 아직 충분히 소화하지 못한 분야야. 세계 창세에서 종언까지 무한한 시간을 눈 깜빡임 한 번으로 끝내버리는 비슈누신이나 세계의 파괴와 창조를 홀로 해내는 시바신을 어지간한 각오로 판타지 세계에 도입하는 건 곤란하다.

🔧 원 포인트 어드바이스

현대인은 고대인보다 신들에 대한 경외심이 많이 부족한 만큼, 이야기의 크기가 작아질 위험이 있다.

Step 5 소환 마법과 환수

◈ 마법에 속박된 강력한 환수

'이세계에서 강력한 힘을 가진 환수가 소환되어 술사에게 도움을 준다…….' '소환 마법과 소환수'의 관계는 이제까지 마법을 주체로 한 판타지 작품에서도 다양한 모습으로 그려졌습니다. 이 책에서는 마법으로 창조하는 환수와 소환수의 차이를 명확하게 하는 것을 중시하고 있습니다. 오른쪽 설명을 보면, 많은 소환수는 강력한 위력을 발휘하면서도 비교적 단시간에 모습이 사라져야 하는 존재이며, 또 그처럼 묘사되어야 할 이유를 알 수 있습니다. 또한, 환수의 지능이나 지성, 신체 능력 수준이 술사에게는 목숨이 걸린 문제가 될 수 있다는 발상도 중요합니다.

소환 마법과 환수 창조의 체크 포인트

· 소환 마법술사와 소환수의 관계는 항상 긴장이 감돈다. 소환수를 복종시키고 싶다면, 그에 맞게 마법이 강력해야 한다.
· 아무런 조짐 없이 나타난 환수에게 대응하려는 노력이 마법에 필적하는 기술적인 혁신을 인류에게 가져다준다.

나만의 상상에 도전하기

**IT 기술이 돌파구가 된
강대한 적과의 싸움**

오래전부터 게임 개발자들은 강대하고 강력한 괴물이나 전투 머신을 여럿이서 협력해 물리치는 게임을 만들고자 했지만, 생각만큼 잘 기능하지 못했습니다. 고전으로 〈오거(Ogre)〉라는 게임도 있었지만, 여럿이 함께 협력하는 개념과는 거리가 있었죠. 하지만 전자기술과 게임기가 발전하면서 〈몬스터 헌터〉 시리즈 같은 게임이 탄생해 오랜 꿈이 실현되었습니다.

명작 체크

**이빨의 유전 정보에서
소환되는 환수**

게임 북 『소서리』 시리즈는 판타지 계열 게임에 사용되는 마법의 원형이라고 할 만한 다채로운 마법이 특징입니다. 그중 몬스터의 이빨을 촉매로 고블린이나 자이언트를 소환하는 마법이 존재합니다. 촉매는 전투가 끝나면 소멸하지만, 이빨 하나의 대가로는 충분하고도 남는 활약을 보여주죠. "호브 고블린을 불러내는 마법도 있지만, 지금은 전해지지 않는다"라는, 쓸데없이 진지한 해설이 눈에 띕니다.

◆ 소환 마법과 소환수

이세계에서 불러낸 환수를 술사가 조종하는 것이 소환 마법이다. 게임이나 애니메이션에서 흔히 등장하는 오랜 장치이지만, 관점을 바꾸어 보면 계약에 바탕을 둔 생명 창조에 가깝다.

〈파이널 판타지〉 시리즈의 소환 마법

이계에서 소환된 환수가 그 능력을 전투용이나 전투 지원용 마법으로 일방적으로 발동시킨 뒤에 사라진다. 소환수가 실체를 가진 채로 전장에 머무르는 일은 없다.

소환수의 의무

〈파이널 판타지〉에서는 소환수의 능력을 빌리는 계약이라고 볼 수 있다. 하지만 소환수가 계속 머무르며 적과 싸우면서 목숨을 잃을 수 있는 설정으로 만든다면 소환수가 그렇게까지 해야 하는 이유를 설명하는 것이 좋다.

높은 지능을 가진 소환수

높은 지능을 가진 소환수라면 소환수와 술사 사이에 계약이나 교섭이 필요해져 술사도 주의를 기울여야 한다.

◆ 위기가 낳은 창조력

현대의 군사력이나 기술력으로는 대항할 수 없는 위협의 출현. 하지만 그들에게 대항하려는 노력은 인류의 의지나 기술 수준을 비약적으로 높여주는 원동력이 된다.

영화 〈퍼시픽 림〉의 모델

갑자기 태평양 깊은 곳에서 나타난 거대한 카이주(괴수)가 연안 대도시를 습격한다. 위기에 몰린 인류는 환태평양(Pacific Rim) 방위군을 편성해, 미증유의 위기에 맞선다.

거대 로봇 '예거' 실현을 위한 돌파구

예) 조종 시스템······브레인 핸드 셰이크
다양한 실리콘 기반의 컴퓨터를 넘어서는 유기(有機) 컴퓨터의 정보 처리는 인간 혼자서는 불가능하다. 이를 실현하기 위해 2명의 파일럿 뇌가 서로 완전히 보조를 맞추게 하여 부담을 경감하는 제어 시스템이 개발됐다. 이 연구 과정에서 뇌과학, 신경 의학이 비약적으로 발달했다.

🎮 원 포인트 어드바이스

영화 〈퍼시픽 림〉을 감상한 후에 판타지 세계 구축 관점에서 소설을 읽으면, 판타지 세계의 설정 구성에 재미를 느낄 수 있을 것이다(소설은 황금가지에서 출간-역자 주).

Step 6 네트워크와 환수

◆ 현대이기에 이해할 수 있는 신형 환수

한곳에 모인 광대한 지식이 이윽고 자아를 갖고, 새로운 생명이 되어서 인류에게 칼을 들이민다……. 컴퓨터가 고성능화되면서 이와 같은 공상에 현실감이 더해져 다양한 작품이 탄생하고 있습니다. 기본적으로는 중세 유럽을 모델로 한 판타지 세계에 컴퓨터와 같은 시스템은 그다지 익숙하지 않고, 그렇기 때문에 마찬가지 기능을 발휘하는 네트워크형 환수도 사례가 많지 않으며, 새로운 아이디어로 연결하기 쉬울지도 모릅니다. 현실 세계에서는 이미 컴퓨터에 의한 자아 획득도 완전히 허구만은 아니게 되었습니다. 그만큼, 감상자들을 깊이 끌어들일 수 있는 구조겠지요.

네트워크와 환수 창조의 체크 포인트

· 도서관처럼 지식이 모인 세계에서는 그곳의 관장이나 사서라는 관계자가 지배자에 가까워진다.
· 광대하게 모인 정보를 조작하는 중핵적인 존재를 어떻게 그릴 것인가에 따라서 SF에서는 낡아빠진 이 설정을 다시 활용할 만한 의의가 생겨날 것이다.

나만의 상상에 도전하기
숲을 가득 메우는 식물 네트워크

개미나 벌처럼 거대한 무리를 만드는 곤충은 한 개의 집에 거주하는 모든 개체를 하나의 생물로 여긴다는 견해를 바탕으로 '초개체'라고 불립니다. 마찬가지로 지의류(이끼)라고 불리는 식물은 잘 살펴보면, 숲 하나, 산 하나를 거의 뒤덮을 정도로 퍼져 있는 경우도 적지 않습니다. 이를 신경 섬유라고 본다면, 숲을 하나의 생물로 보아도 이상하지 않습니다.

명작 체크
장서가 만들어낸 마음속 괴물

영화로도 만들어진 움베르트 에코의 『장미의 이름』은 중세 유럽의 낡은 수도원에서 일어난 연쇄 살인을 소재로 한 추리 소설입니다. 수도원은 당시 지식의 집적소입니다. 그 장서가 수도원의 가치를 나타내는데, 그 중에는 금서라고 불리는 책도 있어서 비극을 부르기도 합니다. 서적을 둘러싸고, 현대인과는 완전히 다른 세계를 파악하는 방식이 충격을 줍니다.

◈ 정보의 축적이 환수를 낳는다

마법이란 광대한 지식이 축적된 결과로서 체계화된 일종의 과학이다. 그렇다면, 지식을 모으는 것에 익숙한 인공 지능은 이윽고 마법을 창조하기에 이를 수도 있다.

정보의 축적이 마법으로 변하는 모델

영화 〈터미네이터〉 시리즈

사이버다인사가 개발한 전략 방위 컴퓨터 시스템인 '스카이넷'은 축적된 정보를 바탕으로 자율적인 사고 능력을 획득한다. 자신의 생존에 인류가 가장 큰 위협이라고 인식하고는, 통제되고 있는 핵병기와 기계 병기를 사용해 인류 절멸에 나선다. 또한 인간 측 지도자인 존 코너를 사전에 말살하기 위해 과거 시대로 살인 로봇 터미네이터를 보낸다.

만화 『강철의 연금술사』

한 연금술사가 만들어낸 인공 생명체 '플라스크 안의 소인'은 태어나면서부터 인지를 넘어선 지식과 감정이 있었다. 기술을 이용해서 육체를 얻은 뒤에는 떼어낸 감정을 봉인해 만든 호문클루스를 사용해 더욱 거대한 네트워크를 구축하고자 하며, 행성의 지혜를 포용해 신 그 자체가 되려고 한다.

개체로서는 별로 대단치 않은 작은 동물을 통제해 집단화하면서 구성원들의 에너지가 조금씩 모여 거대해진다는 아이디어는 상당한 역사를 갖고 있다. 또한, 중추에 군림하는 선진 두뇌가 더욱 정보를 모아서 강력해진다는 플롯도 자주 사용되었다. 다음에는 어떤 마법이 네트워크를 통해서 탄생할지 기대된다.

🛡 원포인트 어드바이스

효율이 좋은 마법의 근원이 되는 에너지를 지속적으로 확보하고 싶다는 것은 술사의 가장 큰 소원 중 하나다.

Step 7 마법 소녀

◈ 마법과 소녀의 필연적 융합

2011년 봄에 방송해 큰 인기를 끈 TV 애니메이션 〈마법 소녀 마도카☆마기카〉를 통해서 마법 소녀라는 존재가 큰 주목을 받았습니다. 〈요술공주 샐리〉를 시작으로 마법 소녀가 등장하는 작품은 그야말로 셀 수 없이 많이 존재하지만, 이 마법 소녀는 매우 현대적이고 인공적인 존재입니다. 오른쪽 해설처럼 마법의 표현 방법과 소녀라는 존재에 대한 인식이 각각 변화했고, 양자가 융합해서 태어난 일종의 환수인 것이지요. 가련한 외모와 화려한 모습과는 달리, 소녀가 짊어진 가혹한 운명……. 이야기를 부여하기에 적합한 마법 소녀는 앞으로도 진화를 계속할 것입니다.

마법 소녀 창조의 체크 포인트

· 일찍이 순진무구의 상징으로 표현되던 소녀상도 성 상품화나 가치관 변화 등으로 인해서 겉으로 지나치게 드러내는 것이 터부시되고 있다. 같은 언어나 대상이라도 시대나 가치관에 따라서 크게 변화한다.
· 같은 작품에서 캐릭터들의 연령대는 맞추어야 한다.

역사 관련 사건
소녀의 탄생

소녀라는 개념은 사실 새로운 것입니다. 일찍이 여성은 비교적 젊은 나이에 결혼했기 때문에 소녀라고 불리는 시절이 있다는 것을 본인이나 사회에서도 그다지 인식하지 못했습니다. 실질적으로 '어린 여성'으로 본 것입니다. 이윽고 여성의 사회 진출에 따라서 결혼 연령이 늦어지면서 소녀시대라는 것이 생겨났으며, 그녀들이 주역이 되어 독자적인 유행이나 문화를 키우게 됐습니다.

명작 체크
'소녀성을 지닌 마녀'의 창작

마법 소녀는 본래는 음습하고 타락의 상징인 마녀를 소녀로 바꾸어 밝은 분위기로 만든 존재로 볼 수 있습니다. 이시카와 마사유키의 만화 『순결의 마리아』는 실력과 경력을 충분히 갖춘 마녀 마리아가 주인공으로, 그녀가 아직도 순결하다는 설정은 활달하고 제멋대로인 행동을 뒷받침하고 있습니다. 오래된 마녀와 새로운 신의 관계도 충실하게 도입하고자 한 의욕적인 작품입니다.

◈ 마법 소녀의 발현

마법을 구사해 싸우는 소녀들. 지금은 당연해진 마법 소녀가 탄생하기까지는 긴 역사가 있었다. 짧은 시간 내에 인기 캐릭터를 만들어낼 수는 없다.

서양에서 '마녀'의 변용

> · 세련된 유럽 문화
> · 풍부하고 평등한 미국의 가치관

마녀의 이미지……추악한 노파

↓

【여성의 권리 의식 상승】

↓

영상화된 마녀
- 포동포동한 중년 여성
- 젊고 아름다운 여성
- 가정부 마녀

↓

1990년대에 TV 애니메이션을 통해서 아이들을 위한 '마법 소녀'가 확립된다.

추악함과 사악함의 상징이었던 마녀를 긍정적으로 묘사하는 수단으로서, 우선 백인, 금발, 벽안으로 통일된 '아름다움'과 '상냥함'을 도입하고, 다음으로 순결한 이미지를 주기 위하여 '소녀'라는 기호를 이용했다. 뾰족 모자에 빗자루, 망토, 사역마 등 마녀의 상징을 두르고 있지만 마법 소녀에게서는 사악한 인상이 풍기지 않는다.

일본에서 '소녀'의 확립

> 전쟁 전후로 순정만화 잡지를 통해서 긍정적으로 수용된다.

마녀의 이미지……현지화
도깨비, 원령, 원념이 구체화된 모습

↓

미국 TV 문화의 수용
여성관의 변화
- 가정에 대한 속박에서 해방
- 여성해방운동·페미니즘운동
- 패션의 소비

↓

아이들 대상의 애니메이션에서 마녀와 소녀의 융합.
이상화된 서양풍 삶에 '마법 소녀'를 녹여 그려낸다.

마녀   미녀화   소녀화

서양 사회의 마녀 이미지를 개량하려는 노력이 일본 여성관 변화와 융합해 마법 소녀가 확립되었다. 나아가 남성 캐릭터의 조연화('모에'의 추구)라는 일본의 시장 변화가 융합되어 〈마법 소녀 마도카☆마기카〉 같은 작품이 성공하는 기반이 되었다. 인기 장르의 배후에는 오랜 역사와 창작자의 노력이 숨어 있다.

> 🎗 **원포인트 어드바이스**
>
> 〈마법 소녀 마도카☆마기카〉에서 마법 소녀가 어떤 것인지 진실을 알았다면, 미키 사야카가 마법 소녀가 되는 선택을 하지 않았을 가능성이 있다. 마법 소녀물에서 지원군이나 연인으로 등장하는 남성 캐릭터에 대해서도 이 작품에서 새로운 방향을 추구했다고 볼 수 있다.

마법 무기

◆ 캐릭터의 개성을 확립한다

마법 무기는 크게 두 가지 성격으로 나뉩니다. 하나는 마법의 힘으로 소유자의 전투력을 강화하는 것으로, 장비하면 공격 능력치가 상승하는 구조입니다. 그리고 또 하나가 캐릭터가 처한 상황을 상징하는 것으로, 소유자에게 세계의 운명이 달려 있다던가, 잃어버린 왕족의 후손이라던가, 저주받은 숙명을 짊어졌음을 의미하는, 무기 본래의 용도와는 다른 성격을 부여합니다. 어느 쪽이건, 무기는 소유자의 인생관이나 운명을 예감하게 하는 가장 시각적인 상징입니다. 그런 만큼 마법 능력을 부여할 때는 캐릭터와의 조합에도 주의를 기울여서 개성적인 마법 무기를 창조해보세요.

마법 무기 창조의 체크 포인트

· 단순히 전투에 도움이 된다는 것만으로는 마법 무기로서의 개성이 약하다.
· 마법 도구로서의 역할만이 아니라, 소유자에게는 한순간이라도 떼어놓을 수 없는 소중한 동료처럼 그려낼 필요가 있다.
· 소유자 스스로 마법 능력을 깨닫지 못한다는 설정도 가능하다.

마법의 도입
마법 무기의 제조 현장

마법 무기는 대체 언제, 어떻게 마법을 무기에 부여하는 것일까요? 고대 중국에서는 도검 장인이 일생을 건 명도를 완성할 수 있도록, 부인이 스스로 용광로에 몸을 던져 그 재료를 쇠에 섞었다는 전승이 있습니다. 극단적인 얘기지만, 강력한 무기일수록 그에 맞는 희생이나 비용이 따르는 것은 틀림없습니다. 전설의 무기에 필요한 설정입니다.

마법의 도입
선더거검 마구 휘두르기

마법 검사라면, 다양한 세분화가 진행된 RPG의 직업 중에서 전사와 마법사 사이에 걸친 수수한 존재이지만, 〈파이널 판타지〉 시리즈에서는 적의 마법 장벽을 무기로 파괴해, 직접 공격 마법 힘을 심어 넣는 능력을 소유한 사람으로 그려지고 있습니다. 특히 공격이나 마법에 대한 방어 기구가 완벽한 적 '오메가'에 맞서는 비책으로 인터넷 시대 이전의 게임 정보망에서 인기가 있었습니다.

◈ 무기의 배경과 마법의 관련

마법 무기라고 해도 능력이나 유래는 다양하다. 여기에서는 무기가 선택된 이유와 마법의 균형에 주목해 마법 무기 창조에 새로운 느낌을 더하는 것이 좋다.

그리스 신화와 무기의 관계

그리스 신화에서는 일부 영웅담을 제외하면 무기로서 도검류가 잘 등장하지 않는다. 이는 고대 그리스의 시민 사회에서는 창을 평등한 무기라고 여겨 절대시했기 때문이다.

북유럽 신화의 무기

북유럽 신화나 켈트 신화의 무기는 독특하고 강력한 마법을 지니고 있다. 이는 신화를 낳은 북유럽 문화권 사람들이 개인의 무용이 중요한 전사 문화를 중시하고 있었기 때문이다. 무기는 전사의 자부심이나 신념이 반영된 것이기도 했다.

인도 신화의 무기

인도 신화에서는 무기에 그다지 초점을 맞추지 않는다. 신화에서 강조되는 것은 신들의 육체가 가진 능력 그 자체로, 무기는 보조적인 도구에 불과하기 때문이다.

◈ 무기와 마법의 상성을 검토한다

무기에 마법을 부여하는 작업은 창작의 묘미다. 다만, 너무 지나치게 이야기에 맞추어 마법의 힘을 설정하면 실수가 생기기 쉽다. 비판적인 시각도 가지면서 생각하자.

무기의 장점을 마법으로 강화

검사가 바라는 최고의 검, 그것은 절대로 파괴되지 않는 검이다. 손에 익은 무기는 둘도 없는 소중한 존재다. 칼날이 상하거나 파손되어 사용자에게 피해가 발생하는 것을 줄여준다는 이점도 있다.

상반된 능력을 마법으로 부여

중량급 클레이모어가 마법의 힘으로 깃털처럼 가벼워진다면? 소재 자체가 가볍다면 깃털로 때리는 것이나 다를 바가 없다. 상대에 따라서 그에 어울리는 중량이 된다면, 발생하는 반동은 어떻게 처리할 것인가?

🛡 원 포인트 어드바이스

단순히 전투에만 특화된 것만이 아니라, 왕이 될 자격을 부여한다는 엑스칼리버처럼 인문적인 마법도 그 능력 중 하나다.

^{Step}2 마법 방어구

◆ 보기엔 수수해도 영향력은 크다

공격당할 때 기능하는 방어구는 눈에 띄거나 겉으로 드러나는 도구는 아닙니다. 마법 힘을 부여하더라도 그러한 본질은 달라지지 않습니다. 그렇다면, 마법 방어구에는 캐릭터의 적극적인 의사가 아니라, 그를 위험으로부터 지켜준다는 외부의 의사가 강하게 드러나야 할 것입니다. 하지만 오직 방어구로만 사용하거나 그러한 능력을 주는 것만으로는 재미가 없습니다. 예를 들면, 상대의 공격 궤도를 읽고 스스로 움직여서 방어하는 식으로, 캐릭터에게 도움을 주는 파트너 같은 마법 방어구를 생각할 수 있습니다. 이 경우, 종래의 방어구 형태에 집착할 필요는 없으므로 자유롭게 창조할 수 있습니다.

마법 방어구 창조의 체크 포인트

· 화려한 장식의 갑옷은 총대장이나 고급 귀족 등에게 정치적인 효과를 준다.
· 대치하는 상대에게 가장 크게 노출되는 방패의 전면 장식 등에는 마법 능력이 느껴지는 강렬한 묘사가 생겨난다.
· 치유나 소생 능력을 담은 방어구는 6장과의 균형 때문에 권하지 않는다.

역사 관련 사건

마법 방패로 응용 가능한 건담의 방패

애니메이션 〈기동전사 건담 00(더블오)〉 시리즈의 원거리 전투 특화형 모빌슈트인 건담 듀나메스와 그 후속 기종은 자율 방어 능력을 갖춘 'GN 실드'를 장비하고 있습니다. 처음에는 적의 공격에 맞추어 자신의 각도를 바꾸는 정도였지만, 독자적인 분산, 집합 능력을 겸비한 GN 실드 비트, 공격 능력을 내장한 GN 홀스터 비트 등 시리즈마다 유연한 병기로 강화되고 있습니다.

마법의 도입

저주받은 갑옷에 매료된 사무라이

캡콤의 인기 3D 대전형 격투 게임 〈뱀파이어〉 시리즈에 등장하는 비샤몬은 심홍색 갑옷 '반야'와 요사스러운 빛을 띤 검 '귀염'의 마력에 매료된 사무라이가 다크 스토커로 변한 괴물입니다. 어디까지나 '귀염'이 주체가 되는 공격 스타일이지만, 무시무시한 외형 대부분은 의사를 가진 갑옷 '반야'가 만들어내고 있습니다.

◈ 술사의 바람이 담긴 마법 방어구

마법 무기에 비하면 방어구는 조금 수수하게 보입니다. 이야기의 주축으로서는 다루기 어렵지만, 잘 연출하면 판타지 세계에 깊이를 줄 수 있겠지요.

그리스 신화와 방어구의 관계

마법 무기가 그다지 눈에 띄지 않는 그리스 신화 세계이지만, 방어구, 그중에서도 방패에 대해서는 묘사나 설정에 여러모로 신경을 써서 주역급의 대우를 받고 있습니다. 무기와 대비되는 만큼 몇 가지 주된 것을 살펴봅시다.

이지스 방패

이지스는 영어 발음으로, 정확히는 '아이기스의 방패'라고 부른다. 주신 제우스의 딸인 아테네 여신이 가진 마법 방어구로, 어떠한 사악한 힘이나 재앙도 접근할 수 없는 궁극의 퇴마 능력을 갖추고 있다. 방패라고 설명하지만, 흉갑이나 어깨 받침으로 그려지기도 한다.

고르곤 방패

노려보면 상대를 돌로 만든다고 하는 요괴 고르곤 세 자매를 토벌하라는 명을 받은 페르세우스는 거울처럼 제작한 방패로 고르곤을 물리치고 셋째인 메두사의 목을 방패에 붙여서 마법 방어구로 만들었다.

◈ 마법 방어구를 어떻게 연출할까

마법 무기가 주인공과 한 쌍이 되어 활약한다면, 마법 방어구는 훌륭한 보좌관 역할이 어울린다. 어떠한 공격에도 버티는 방어구의 존재감을 연출해보자.

방어구의 장점을 마법으로 강화

마법을 이용한 갑옷의 경량화나 고성능화는 방어력 향상에 직결된다. 무기를 휘두르는 싸움에 집중하기 위해서 필요한 존재다.

적극적인 방어 능력을 부여한다

예를 들면, 술사의 손에서 떨어져 자유롭게 돌아다니며 자동으로 적의 공격을 막는 둥근 방패 같은 것이 재미있다. 방어의 우선순위 판단은 마법을 통해 자동으로 결정되지만, 그 버릇이 예기치 못한 위기를 불러오는 연출도 가능하다.

> 🛡 **원 포인트 어드바이스**
>
> 고대 그리스에서는 "방패를 들고 돌아가거나, 방패를 타고 돌아가라"라는 말이 있었다. 방패를 갖고 계속해서 대열을 지키는 일이 중요하다는 것을 역설한 말이다. 신화에서 이 말이 자주 나오는 것도 그러한 사정을 반영한다.

전투를 보조하는 마법 도구

창조주의 감각을 묻는다

애니메이션 〈천공의 성 라퓨타〉의 '비행석' 수준의 착상을 떠올리는 건 격이 다르겠지만, 일단 마법 도구를 떠올리는 일은 상당히 어렵습니다. 직감적으로 떠오르는 편리한 도구는 마법과 엮을 필요성이 약한 것들뿐이기 때문입니다. 또한, 매력적인 힘을 발휘하는 마법 도구가 RPG 등에서는 전투 능력을 높이기 위한 도구로만 도입되고 있다는 선입견이 창작을 방해할지도 모릅니다. 마법 도구, 특히 그것이 전투를 보조하기 위한 도구라면 적극적으로 도입할 동기도 약해지지만, 이를 바탕으로 한 발짝 더 나가는 것이 창작자에겐 필요합니다.

전투를 보조하는 마법 도구 창조의 체크 포인트

· 이야기 속에서 중요한 역할을 하고 싶다면, RPG 같은 게임에서 얻은 발상부터 버리자.
· 검으로 베거나 방어구로 튕겨내는 것만이 전투가 아니다. 전투 전후에도 보조 도구가 도움이 되는 장면은 얼마든지 있을 것이다.

나만의 상상에 도전하기

나래를 펼친 마법 음료

'레드불' 같은 에너지 음료나 피로회복제는 창작 현장에서 매우 익숙한 도구입니다. 처음 등장했을 때는 그야말로 엘릭서(elixir) 같은 힘이 있었지만, 이제는 신체가 익숙해지면서 더욱 자극적인 것이 필요해졌다고 볼 수 있지요. 직장을 전장이라고 생각하고 일하는 기업 전사들에게는 떼놓을 수 없는 동료이지만, 밤샘 근무의 피로를 음료로 속여서 넘어가려는 행위는 확실히 몸을 파괴합니다.

역사 관련 사건

노부나가에게 화급한 상황을 알린 세 발 개구리

중국 전설에는 재앙을 예지한다는 영수 '청개구리신'이 있습니다. 오다 노부나가는 이를 본뜬 '세 발 개구리' 향로를 갖고 있었는데, 부하가 반란을 일으킨 혼노지의 변 사건 때 이것이 베개 옆에서 울었다는 전승이 있습니다. 도망칠 시간이 부족해서 노부나가는 목숨을 잃었지만, 지금도 청개구리신은 재력이나 부를 가져오는 복신으로 소중하게 여겨져 일본에서 장신구나 장식으로서 인기가 높습니다.

◈ 능력치를 조작하는 마법 도구

전투 보조용 마법 도구는 사용자 본인의 능력을 강화해 간접적으로 전투에 도움을 주는 성능을 가진 것이 대부분이다.

게임에서 전투를 보조하는 마법 도구

본인의 능력치

근력

민첩성

운

마법 도구에 의한 보너스

무기 능력치

무기 본래의 능력(공격력이나 방어력)에 대해서 어느 정도의 보너스 또는 벌칙을 부여할지에 대한 척도로서 '마법 무기·방어구'의 능력이 표시된다. 본래의 도구 능력에 차이가 있기 때문에 마법 단검이 마법 장검보다 높은 공격력을 보이는 경우는 드물다.

> 게임에서 전투 능력은 수치화되어 있는데 그 실제 상태에 대한 설명은 거의 없다. 이야기를 창작할 때는 그 효과나 영향에 관련된 설명이 필요하다.

◈ 마법 도구를 어떻게 연출할까

게임에서는 전투 보조로서 유효한 마법 도구. 하지만 판타지 세계 이야기에서는 조금 각도를 바꾸어 사용하고 싶다. 그 힌트도 역시 게임에서 얻을 수 있다.

마법을 발견한다	이른바 '디텍트(감지)'라고 불리는 능력. 마법의 존재를 감지하면 뜨거워지는 반지처럼, 항상 몸에 착용하고 있는 것에 부여할 만한 능력이다. 특히 암살을 경계해야 하는 중요 인물에게는 필수 도구다. 사용자에 대한 적의·살의를 감지한다는 응용도 가능하다. 감지 거리 등에 제한이 필요하다.
모습이나 기척을 감춘다	사용자의 신체를 물리적으로 사라지게 하거나, 존재감을 없애는 능력. 게임에서는 적에게 발견되기 어렵다는 이점으로 작용할 수 있다. 현실에서는 너무 강력한 능력이라서 시간을 제한하거나 강한 부작용을 부여해야 한다.
몸을 지켜주는 부적	사용자의 육체적인 위기를 대신 받아주는 부적. '전투 불능 상태를 한 번만 무효로 해준다'는 것과 같은 용도로 사용하지만, 설명하기 어렵다. '사용자를 해치려는 의지가 있는 마법의 힘을 흡수해 파괴된다'와 같이 설명하면 이해하기 쉽다.

🗣 원포인트 어드바이스

'무기나 도구의 의인화', '4대 원소의 속성을 지녔을 때 어떻게 다룰 것인가'와 같은 내용은 각 장의 설명을 참고하기 바란다.

Step 4 마도기

◈ 대지에 은혜를 베푸는 궁극의 도구

마도기는 '마법을 이끄는 도구'나 '마법에 이끌리는 도구'라고 해석할 수 있는데, 양쪽 모두 도구 자체가 강력한 마법을 낳습니다. 4장 step-2에서 다룬 '마법으로 생명을 불어넣은 도구'와 능력이나 가치를 비교할 수 없을 정도로 큰 힘을 지닌 도구라고 생각하면 혼동하지 않겠지요. 한편으로 마법의 힘은 발휘하지 않지만 마법에 대한 바람이 담긴 도구도 존재합니다. 우리는 이들을 박물관에서 종종 볼 수 있습니다. 예를 들면 고대 유적 등에서 출토된, 용도를 알 수 없는 도구나 유물입니다. 연구자들이 아무리 고민해도 용도를 알 수 없는 신비한 도구에는 당시 사람들의 절실한 바람이나 소원이 담겨 있습니다. 이것은 마법을 낳는 원동력이 됩니다.

마도기 창조의 체크 포인트

· 도구 자체가 강력한 마법을 발휘하는 패턴 외에도, 술사의 마법력을 증폭시키는 마도기도 생각할 수 있다. 어느 쪽이건, 마법에 뜻을 둔 자라면 눈에 불을 켜고 찾을 만한 마도기다.
· 이후의 연출을 위해, 창조주도 설정해두는 편이 좋다.

나만의 상상에 도전하기
선조가 숭배한 수상쩍은 신

일본의 가메가오카 유적에서 발굴된, 조몬 시대의 상징이라는 차광기 토우는 그 기발하고 세련된 스타일로 다양한 상상을 낳았습니다. 일본 고대신인 아라하바키에 관한 학술적인 연구는 물론 고대 우주인설까지 등장했으며, 그 성과는 2D 격투 게임 〈뱀파이어〉 시리즈의 중요 캐릭터인 '포보스(공포)'의 착상을 낳기도 했습니다.

나만의 상상에 도전하기
언어와 함께 잃어버린 마음

물건뿐만 아니라 인간의 의식도 마도기가 될 수 있습니다. 의식은 언어에 의해서 새겨진 것이기 때문에, 언어를 발견하기 이전의 인간은 양원적 정신이라는 사고 회로를 통해서 신의 언어를 들었다고 추측하는 연구도 있습니다. 줄리언 제인스의 『의식의 기원』이 그것으로, 한때 큰 파장을 불러일으켰습니다. 판타지 세계를 구축할 때 참고할 만합니다.

🔹 지혜를 반영하는 마법의 도구

유적 등에서 출토된 마도기에 담긴 것은 로스트 테크놀로지만이 아니다. 이를 창조한 사람들의 마음이 새겨져 있다.

직접적인 은혜를 베푸는 마도기

마법이 깃들어 있는 도구가 때때로 창조된다. 끝없이 물이나 소금을 쏟아내는 항아리. 들어 있던 동전이 매일 한 개씩 늘어나는 상자……. 마신이 봉인된 램프도 마도기의 연장선에서 창조된 것이다. 아무렇지 않게 사용하고 있는 일상용품 뚜껑 너머에 이세계가 있을지도 모른다고 생각한 선인들의 상상이 낳은 마도기에는 곤궁한 생활의 탈출이나 입신출세를 바라는 마음 등이 터무니없는 형태로 반영되어 있다.

조몬 시대 '마음이 담긴 도구'

토우·토판	인간을 묘사한 흙 모양 인형. 안전한 출산이나 자손 번영을 바란 것이라고 한다.
돌 막대기	죽순 모양의 가는 막대기형 돌. 남근을 상징하며, 자손이나 가정의 번영을 바란 것으로 여겨진다.
비취 장식	매우 단단한 소재인 비취는 대개 구멍을 뚫은 모양으로 발견된다.

잃어버린 문명이나 지나가버린 시대, 특히 문자가 남아 있지 않다면 그들의 사고방식을 파악해 재현할 수 없다. 다만, 의식주 같은 실생활에서 사용할 목적이 아닌 도구에는 당시 사람들의 마법과 닮은 바람이 반영되어 있다고 보아도 좋을 것이다.

제의, 제례의 춤은 고대인의 지혜나 바람으로부터 태어났다고 여겨진다. 불안정한 식량 사정이나 질병, 이해할 수 없는 자연재해로 고생한 사람들은 인지를 초월한 '신'의 존재를 상상하며, 그들에게 바람을 전함으로써 불행이나 사고를 피할 수 있다고 믿었다. 마법도 신과의 교섭 수단으로 발전한 것이다.

> 🗣 **원포인트 어드바이스**
>
> 현재는 의학이 발달해 간과하기 쉬운 부분이지만, 오랫동안 안전한 출산과 아이의 건강한 성장은 사람들에게 매우 중요한 관심거리였다.

Step 5 지배에 사용하는 마법 도구

◆ 인류에게 주어진 양날의 검

인간의 부족한 능력을 보완하는 것이 마법 도구의 역할이라면, 지배력처럼 매우 유용하면서도 번거로운 능력을 제공해주는 도구도 있겠지요. 이 책에서 다루는 모든 것에 해당하겠지만, 이러한 마법 도구는 각각의 발동 조건을 생각해둘 필요가 있습니다. 누구나 간단히 쓸 수 있지만 일정한 숙련도나 발동하는 조건이 필요하다든가, 또는 사용자를 한정하는 장치가 있다는 식으로 말입니다. 면허가 없으면 자동차를 운전할 수 없는 것과 비슷한데, 이러한 규칙은 판타지 세계에서도 쓸 만합니다. 지배력을 제공하는 도구에 관한 내용으로 다시 돌아가서, 대체 지배력이란 무엇을 말하는지에 대한 고찰까지 더한다면 이야기나 세계관은 더욱 견고해질 것입니다.

지배에 사용하는 마법 도구 창조의 체크 포인트

· 대개는 왕관이나 석장, 반지, 특수한 방어구처럼 지배자의 모습에 어울리는 장식품 모양이다.
· '지배에 사용하는 마법 도구'는 계속 사용하지 않으면 의미가 없다. 이 경우, 사용자의 피로나 부작용까지 배려할 필요가 있다.

나만의 상상에 도전하기
압도적인 무력에 의한 지배

'지배력'이라는 애매한 능력에 의존하지 않더라도, 압도적인 무력을 갖춘다면 안정적인 지배를 확립할 수 있습니다. 다만 이는 영토 안에서만 한정된 이야기입니다. 잔혹한 내정 상황을 무력으로 억압하며 내버려두는 국가일수록 대외전쟁에서 가열한 저항을 받아서 의외로 간단히 약점을 드러내곤 합니다. 게다가 패배해 무력을 잃으면, 내부 붕괴 위기까지 밀려옵니다. 무력에는 그만큼 한계가 있습니다.

마법의 도입
역사를 좌우하는 지배력

왕국이나 제국 같은 큰 규모의 국가나 조직일수록 지배력의 영향은 커집니다. 영민한 군주가 이끄는 나라는 놀라울 정도로 성장하고 발전하지만, 우매한 인간이 대신하는 순간 단번에 쇠퇴하고 맙니다. 문제는 어느 쪽이건 수명에 따라서 언젠가는 끝나버린다는 점입니다. 어떤 계층의 사람이건 지배자가 일정한 수준 이상의 지배력을 갖추고 있기를 절실하게 바라기 마련입니다.

◆ 통치 능력을 부여하는 마법 도구

통치자가 영웅이길 바라는 것은 인류의 영원한 바람이다. 다만 통치 능력은 교육으로 쉽게 얻을 수 없는 재능 중 하나다. 통치 능력의 약점을 메우는 마법 도구는 가능할까?

통치 능력을 부여하는 마법 도구의 모델

『반지의 제왕』의 절대 반지

명왕 사우론이 타인의 의지를 지배하는 능력을 강화하고자 만들어낸 마법 반지. 능력을 담보하기 위해서 자신의 일부를 담았기 때문에, 잃어버리면 사우론의 능력이 현저하게 떨어진다. 사우론 이외의 인물이 이 반지를 제어할 수 있다면 탁월한 통치 능력을 발휘할 수 있지만, 반지가 사우론에게 돌아가기 위해서 소유자의 정신을 좀먹고 이윽고 파멸한다. 또한, 직접적인 능력으로는 반지를 낀 자의 육체를 살아 있는 자에게 보이지 않게 해준다.

지배자

> 이 둘이 만나 완벽한 통치 능력을 얻는다는 설정이 예부터 있었다는 사실은, 반대로 생각하면 통치 능력이 사람마다 다양하고 불안정해서 많은 잘못을 반복해왔다는, 영원한 과제를 증명하는 것이기도 하다.

◆ 통치 능력 마법의 과제

사람들의 삶에 많은 영향을 미치기 때문에 통치 능력과 마법의 관계에는 특별한 배려가 필요하다. 마법 도구는 이야기의 주제로 삼기에 적합한 힘이 있다.

누구에게 작용하는가	마법 도구가 자격을 갖춘 사람이나 특정 개인에게만 작용하는가, 그렇지 않으면 모든 사용자에게 작용하는지가 큰 분기점이 된다. 자격을 갖춘 자가 여럿 존재한다면, 정의를 명확히 할 필요가 있다. '사우론의 반지'처럼 자격이 없는 자에게도 어느 정도의 통치 능력과 편리한 기능을 부여하는 도구도 있다.
어느 정도까지 작용하는가	그 도구로 얻을 수 있는 능력의 한계도 중요하다. 개인이 제어할 수 있는 범위의 능력에 머무르는가(지혜로운 자에게는 위대한 지혜, 어리석은 자에게는 적당한 상식적 판단), 그렇지 않으면 사용자 인지의 극한을 이끌어내는가.
어떻게 해서 지배하는가	무엇보다도 '통치 능력'이란 무엇일까? 압도적인 공포의 힘이나 파괴력 또한 통치의 원동력이 된다. 주민의 적당한 행복을 바라며 실현하는 것만이 통치는 아니다. 통치 형태를 결정하는 건 어디까지나 지배자 자신이다.

🎖 **원 포인트 어드바이스**

통치자의 능력 차이나 변덕에 의한 국정 혼란을 막기 위해서 만들어진 것이 관료제다.

Step 6 마법 학교

◈ 누구나 지나온 길을 모방한다

라이트 노벨이 정착하면서 학원물도 장르로서 확립되었을 뿐만 아니라 그 세부 장르
도 상당히 다양하게 전개되었습니다. 학원물에 손을 댈 때는 공감을 얻는 게 중요합니
다. 특히, 마법이라는, 비일상의 상징을 교육의 장에 도입하려 한다면, 가장 중요한 무
대가 되는 학교의 설정이나 묘사에 부족한 부분이 있어서는 안 됩니다. 독자들은 창작
자가 게을러서 그렇다고 생각할 수 있기 때문입니다. 등장하는 학교의 수준이 어떻고,
대상 독자는 누구이며, 무엇을 전달할 것인지를 명확히 하는 것이 중요합니다.

마법 학교 창조의 체크 포인트

· 창작자 자신의 학교 체험에 얽매일 필요는 없다. 이상적인 학교를 그리고자 한다면, 남자학교
  처럼 약간은 부족한 청춘 쪽이 강한 원동력을 낳는다. 잿빛 청춘 시대에 했던 망상은 창작자가
  되었을 때 재산으로 돌아온다.
· 마법력이 훈련이 아니라 재능으로 결정되는 세계에서 교사는 강한 압력을 받게 된다.

나만의 상상에 도전하기

외국 학교를 모델로 한다

세계적으로 보면 일본의 학교생활은 판타
지적 요소로 넘쳐납니다. 외국풍의 학원물
을 그리고 싶다면 우선 유학 가이드나 유학
제도의 안내서를 구할 것을 권합니다. 여기
에 그려진 것은 이상화된 학교의 표면뿐이
지만, 이것이 감상자들 대부분이 가진 공통
인식이기도 합니다. 창작자가 이러한 이상
형을 깨뜨린다면, 감상자들이 따라오기 어
려워집니다.

명작 체크

과대평가된 대학의 동아리 활동

니시오 이신의 『괴물 이야기』 시리즈는 작
가의 최고 성공작으로 널리 알려졌습니다.
고등학생인 주인공이 괴물을 상대로 고군
분투하는 모습을, 대학의 같은 동아리 출신
자로 구성된 집단은 한 단계 위쪽 계층에서
초월한 듯 바라보며, 때로는 관여하는 태도
를 보여줍니다. 창작 현장에서 대학이 현실
수준과 비슷하게 그려지는 날은 과연 찾아
올까요?

◈ 마법 학교의 과제

학원물은 감상자의 공감을 얻기 쉽지만, 창작자가 자신이 받은 교육이나 다닌 학교 이외의 체험을 구체화하기 어렵다. 일본의 평균적인 학교에서 주어지는 과제를 생각해보자.

마법 학교 초등부	성장을 엿보게 하는 이야기가 보통이지만, 『해리포터』처럼 불행한 생활이나 상황 속 아이가 비약하는 무대가 된다는 묘사 방법도 일반적이다.
마법 학교 중등부	수업 과정이 고도화되고, 성적으로 등수가 매겨지며, 사춘기의 불안정함이 겹쳐 동요하는 시기다. 시작은 아이였지만, 졸업할 때는 진로를 결정해야 하는 등 변화가 큰 점도 매력이다.
마법 학교 고등부	마법의 내면에 대해서 전문화가 시작되는 단계. 적어도 과정 중간에 진로에 대한 큰 선택지가 있다. 중등부 시대와 비교하면 친구의 마법력(=학력)에 급격한 변동이 보이지 않는 것도 특징이다. 연애 감정도 본격적으로 등장한다.
마법 학교 대학	학원물 창작에서 대학이 주요 무대가 되는 일은 드물다. 중등부~고등부가 볼 때 상당히 '어른' 같은 모습으로 잠깐 등장하거나, 또는 어울리지 않게 고도의 연구와 관련된 신비한 선배로 그려지는 쪽이 대부분이다.

일본 학교에서 방과 후에 진행하는 청소나 동아리 활동은 세계적으로 상당히 드문 제도인데, 판타지 세계에서 이러한 내용을 무시하는 것은 상당히 아쉽다. '마법부 활동'에도 학생회나 운동부 연합, 문화부 조직이 있을까? 인기 있는 마법 동아리와 그렇지 않은 동아리가 있을까? 그러한 상상을 쌓아가다 보면, 어느새 마법 학교의 생활이 펼쳐지기 시작한다.

🗿 원 포인트 어드바이스

사관학교나 소년병 양성소처럼 절박한 상황을 무대로 어릴 때부터 사회의 부조리한 구조나 동료의 죽음에 직면하는 거친 연출 방법도 있다.

Step 7 마법 도시

◈ 창작의 나래를 가장 자유롭게 펼칠 수 있는 세계

이 책은 마법의 범위나 성질을 상당히 한정해 규정하고 있어서, 독자들이 조금 답답하게 느낄지도 모릅니다. 하지만 마법은 자유도가 매우 높은 만큼, 처음부터 토대를 확고하게 갖추지 않으면 한순간에 수습하기 어려워질 가능성이 큽니다. 그렇지만, 지금까지 그러한 제약을 따르며 참아왔기 때문에 마법 도시 같은 공간을 그려내는 단계에서는 자유롭게 상상의 나래를 펼칠 수 있다는 자신감이 생겨났을 겁니다. 다만 마법 도시를 구성하는 근원을 설정하는 데 주의해야 합니다. 이것만 통과할 수 있다면 마법 도시를 꿈의 세계로 만드는 것도, 또는 마법으로 황폐해진 악의 소굴로 만드는 것도 여러분의 자유입니다.

마법 도시 창조의 체크 포인트

· 도시 생활은 아무것도 생산하지 않고, 기본적으로 주변 농촌의 산물을 소비하면서 유지한다. 자급자족이 가능하다면, 그 이유를 밝혀두는 것이 좋다.
· 판타지 세계, 기본적으로 도시는 성벽을 두르고 있으며, 그 윤곽이 도시 계획의 기초가 된다. 마법 도시라도 성벽에 해당하는 장치가 필요할 것이다.

명작 체크	나만의 상상에 도전하기
작가의 능력 자체가 초마법의 영역으로	**마법은 도시를 자유롭게 만든다**
전격문고의 『어떤 마술의 금서 목록』은 처음에는 마법을 보는 듯한 초과학력을 구사하는 학원 도시가 무대였지만, 성장하면서 그 세계관은 종교나 국교를 초월해 세계 전역으로 퍼져 나갔습니다. 스핀오프 작품만으로도 또 하나의 장르를 만들어낸 작가, 가마치 가즈마의 구상력이나 문장력, 즉, 그의 존재 자체가 출판계에서 초마법과 같은 것일지도 모릅니다.	"도시의 공기가 자유를 만든다(Stadtluft macht frei)"라는 독일 속담은 봉건 영주에게 지배받는 농노라도, 도시로 도망쳐서 어느 정도 기간이 지나면 자유 신분이 된다는 의미입니다. 이 속담에 견주어 생각하면 마법의 힘은 판타지 세계에서 도시의 모습을 자유롭게 그려내는 원동력이 됩니다. 마법 도시는 판타지 세계와 마법의 관계를 보여주는 진열대 같은 존재인 만큼, 창작자의 수완도 요구되기 마련입니다.

◈ 마법 도시 건설 이유

도시를 통째로 마법화한다는 것은 어떤 의미일까. 세세한 부분까지 마법이 영향을 주는 세계는 판타지 세계 창조의 한 가지 종착점이 될 것이다.

보편적인 마법 도시

마법 도시가 여기저기에 존재하는 판타지 세계에서 이유를 붙이는 건 그다지 어렵지 않을지도 모른다. 또한, 도시의 수가 많을수록, 특히 상세하게 묘사하고 싶은 대상을 상당히 자유롭게 디자인할 수 있다는 이점도 있다. 다만, 또 다른 마법 도시가 있다는 사실이 경이로운 장소로서의 가치를 퇴색시킬지도 모른다. 이 경우에는 다수의 마법 도시가 존재하지만 서로 멀리 떨어져 있어서, 주민 대부분은 다른 마법 도시에 대해서 잘 알지 못한다는 설정으로 특별함을 부여할 수 있다.

특수한 마법 도시

판타지 세계에서 마법 도시가 유일한 존재라면, 도시를 지탱하는 근원이 그 열쇠가 된다. 이 도시만 지맥(地脈)으로부터 마법의 근원이 쏟아져 나온다거나 하는 설정이 보통이지만, 여기서 한 발짝 나아가 쏟아져 나오는 에너지를 마법의 형태로 방출하지 않으면 재앙이 몰려온다는 내용으로 바꾸는 방법도 있다. 마법 도시의 힘으로 지하나 도시 내에 강력한 환수나 신을 봉인하고 있다거나, 도시 자체가 거대한 마법진을 구성하고 있다는 설정은 늘 인기가 있으며, 안정감을 준다.

어떤 세계의 육지가 거의 다 수몰되어 얼마 남지 않으면, 살아남은 사람들은 도시에 집중해 살아갈 수밖에 없다. 도시에서 살아가는 방법을 연구하는 것이 경이로운 마법(=도시 인프라)을 실현하는 힘이 될지도 모른다.

🌱 원포인트 어드바이스

오늘날 일본 교토시에 포함된 헤이안 시대의 수도(헤이안쿄)는 풍수에서 말하는 '사신수에 상응하는 땅', 즉 풍수학에서 길지로 선정된, 당시의 마법 도시다.

판타지 세계에
마법을 새긴다

◊ 마법을 파고드는 방법을 생각하자

이제까지 마법의 분류나 근원이 중요한 이유를 생각하고, 환수나 도구와의 관계를 통해서 마법을 상상하는 일의 즐거움이나 어려움에 관해 설명했습니다. 다음에는 마법 자체를 파고드는 방법으로서, 응용에 대해서 생각합니다. 파고드는 대상이 되는 것은 '치유계 마법'입니다. 이미 2장에서 언급하고 있지만, 이를 6장 전체에서 7단계에 거쳐 파고듭니다.

왜 치유 마법인가에 대한 이유는 이후에 설명하기로 하고, 하나의 계통 마법을 간단히 7단계로 나눌 수 있다는 깊이와 함께, 그와 같이 분해함으로써 지금까지는 눈치채지 못했던 아이디어의 싹이 점점 솟아나는 경험을 해보기 바란다는 생각이 담긴 것입니다. 치유 마법의 분해 사례를 참고로 다양한 계통의 마법을 해석하거나 분석해보세요.

◊ 감상자의 의표를 찌르자

7장 「마법의 아이디어」에서는 마법을 어떻게 새로운 형태로 창조할 수 있는가를 생각합니다. 이때 참고가 되는 것이 기존 마법이나 마술 해설서입니다.

흑마술이나 연금술, 룬 문자나 카발라의 비술을 시작으로, 드루이드교, 샤머니즘 등 기존의 마법을 체계적으로 해설한 책은 서점에 넘쳐나고 있습니다. 그중에서 본서처럼 마법을 처음부터 생각해 창조하려고 모색하는 책은 극소수이지만, 감상자 대부분이 기존의 마법 해설서를 접해왔다고 상정한다면, 그 지식을 이용해 그들의 의표를 찌르는 새로운 마법 표현이 가능할지도 모릅니다.

기존 지식을 받아들이고 소화하면서 독창성을 가미해 나가는 것이 창조의 왕도입니다. 창작자의 자신감이 넘치는 세계의 마법은 틀림없이 매력적일 것입니다.

Step 1 왜 치유 마법인가?

◈ 마법 레벨을 결정하는 마법

1961년에 취임한 케네디 대통령은 "미국은 10년 이내에 달에 인류를 보내고 암을 근절한다"고 선언했습니다. 하지만 화려한 아폴로의 성공과는 대조적으로 50년이 지난 지금까지도 암은 인류에게 죽음을 부르는 질병으로 남아 있습니다. 이처럼 의료 분야는 대국이 노력을 기울여도 쉽게 성과를 올리기 어려운 영역입니다. 그렇기에 판타지 세계에서의 치유 마법도 무작정 극적인 효능을 부여하는 것은 위험합니다. 이처럼 생각하면, 치유 마법은 판타지 세계의 마법 수준을 결정짓는 중요한 지표가 된다는 사실을 알 수 있습니다. 끝까지 파고들지는 않더라도, 처음에 그 수준만이라도 결정해두는 것이 중요합니다.

왜 치유 마법인가?의 체크 포인트

· 치유 마법은 판타지 세계의 마법 수준을 결정하는 지표가 된다. step-7까지 가지 않더라도, 이 페이지의 내용이 어떤 뜻인지 생각해두길 바란다.
· 이 장은 치유 마법에 대해서 파고드는 내용이지만, 모든 계통의 마법에도 통하는 기본형이다.

명작 체크

수명이 화폐가 되는 세계
영화 〈인 타임〉

의료기술의 발달로 인류가 25세의 젊음을 유지할 수 있게 된다면 어떨까? 영화 〈인 타임(In Time)〉은 바로 그런 세계를 그려낸 작품입니다. 얼핏 보기엔 이상적인 세계이지만, 인구가 지나치게 늘어나는 것을 막기 위해서 수명이 화폐로 작용하며, 이를 모두 사용하면 죽어버립니다. 빈부 격차가 곧 수명의 차이인 끔찍한 세상이며, 기술 하나로 인류가 행복해질 정도로 세계는 단순하지 않다는 것을 보여줍니다.

역사 관련 사건

해가 뜨는 방향에
불로불사의 영약이 있다

중국을 통일한 진시황제는 만년에 불로불사의 영약을 찾아서 큰돈을 낭비하게 되었습니다. 이에 눈독을 들인 것이 서복이라는 방사(점술사의 일종)입니다. 그는 동쪽 바다 위의 봉래국이란 나라에 그 영약이 있다고 하면서 시황제에게 거액의 자금을 받았습니다. 영약을 찾고 있던 도중에 시황제는 죽어버렸는데, 서복이 일본에 왔다는 이야기도 있으며 일본 각지에 그의 흔적이 남아 있습니다.

전체의 수준을 좌우하는 치유 마법

판타지 세계의 마법 수준을 결정할 때는 치유 마법을 출발점으로 삼으면 정리하기 쉽다. 판타지 세계의 생사관이나 전투에서 사용하는 마법의 지표가 되기 때문이다.

치유 마법과 전투 마법의 관계

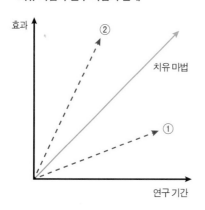

가로축은 마법 연구에 들어가는 시간이나 마법을 사용할 때 걸리는 시간을, 세로축은 그 마법의 효과나 크기를 보여준다. 실선이 치유 마법의 수준이며, 점선은 4대 원소 계통처럼 전투에 사용하면 효과가 있을 법한 공격 마법의 수준을 나타낸다.

① 만일 공격 마법이 치유 마법에 미치지 못하면 상당히 호전적이고 피가 넘쳐흐르는 세계가 된다. 또는 정공법으로는 치유 마법에 미치지 못하므로, 다른 전투 방법을 모색한다.
② 반대로 치유 마법을 훨씬 넘어서는 살상 능력이 있다면, 회복 가능성이 없는 만큼 전투는 더욱 신중해지지 않을까?

생사관의 상식을 파괴하는 치유 마법

만일 판타지 세계의 치유 마법이 고도로 발달했다면, 우리와는 완전히 다른 생사관 아래에서 사람들이 살아갈 수 있다. 건강에 관련된 격언을 들어서 생각해보자.

건강한 거지가 병든 왕보다 행복하다

건강의 소중함은 잃고 나서 통감한다는 뜻이지만, 돈에 따라서 고도의 치유 마법을 누릴 수 있는 판타지 세계라면, 일정한 수준의 부자와 가난뱅이의 격차는 확대되고, 그대로 두면 매우 불안정한 사회가 된다.

예방은 치료보다 낫다

예방 의학이 주목을 받기 시작한 것은 20세기에 들어오면서다. 다만 이는 서양 의학의 이야기이며, 인도나 중국에서는 고대부터 관련 연구가 있었다. 다른 문명권의 차이를 표현하는 수단으로 편리하다.

어떤 종류의 치료는 병보다 나쁘다

의사의 실력이 확실해도 처음 진단을 잘못하면 돌이킬 수 없다. 하지만 치유 마법은 실수했을 때 생각지도 못한 마법 효과나 지식을 얻을 수도 있다.

> 🦷 원포인트 어드바이스
>
> 의료나 의학이 발전하려면 임상 실험을 빼놓을 수 없다. 판타지 세계에서도 마찬가지이므로, 임상 실험의 '재료'를 어떻게 할 것인가로, 하나의 이야기를 만들 수 있다.

Step 2 상처를 치료하는 마법

◈ 치료 마법의 기본형

현재는 어지간한 상처는 소독과 봉합으로 고칠 수 있습니다. 중상이라도 완치는 어렵지만 상당한 기능을 회복할 수 있습니다. 하지만 과거에는 상처가 생사를 좌우하는 경우가 많았습니다. 반면, 죽음에 이르는 인과 관계가 명확했기 때문에 치료 방법이 가장 빠르게 발달한 분야이기도 했습니다. 같은 상황이 판타지 세계의 치유 마법에도 해당하겠지요. 상처를 정결하게 하고 지혈을 거쳐 깨끗하게 봉합한다는, 치료 마법 순서가 일찍부터 발달했을 것입니다. 문제는 그 과정에 있습니다. 현대에도 봉합 이후에 회복은 환자의 체력에 달렸습니다. 이 과정을 안일하게 마법으로 넘어가버리면, 초선진 의료가 되어버립니다.

상처를 치료하는 마법의 체크 포인트

· 상처를 봉합한 뒤, 회복을 촉진하는 수단이 있는지가 이 마법의 핵심이 된다.
· 게임에서 전투 중에 발동하는 치유 마법 대부분은 이러한 마법의 연장선에 있다. 얼마나 황당무계한지 알 수 있을 것이다.

명작 체크
자동
수술 장치

2012년 영화 〈프로메테우스〉에서는 체내에서 성장하기 시작한 에일리언을 꺼내기 위해서 주인공이 수술 기기를 직접 사용하는 장면이 있습니다. 〈스타쉽 트루퍼스〉에는 액체 캡슐에 담긴 중환자를 봉합 장치가 치료하는 장면이 나옵니다. 양쪽 모두 초선진 의료 기술이지만, 상처를 봉합하고 회복을 기다린다는 과정 자체는 바뀌지 않은 것 같습니다.

명작 체크
전투보다 무서운
전국시대의 야전 의료

일본 전국시대의 야전 의료는 굉장히 조잡했습니다. 상처를 술로 씻어내고, 거칠게 꿰맬 뿐입니다. 총탄도 꺼집어내지 않았기 때문에 대개는 내출혈로 사망했습니다. 이를 방지하기 위해서는 말의 피를 마시면 좋다고 했으며, 더욱 놀라운 것은 따뜻한 물에 섞은 말 오줌을 최고의 약으로 여겼습니다. 어중간하게 살아남기보다 전장에서 화려하게 쓰러지는 쪽이 낫다고 생각하도록 하기 위한 함정이었을지도 모릅니다.

◈ 치유 과정을 결정한다

3장 step-2에서 치유 마법을 기적이라고 설명했지만, 여기서는 상처를 고치는 과정을 바탕으로 치유 마법 과정을 명확히 하겠다.

치유 마법과 전투 마법의 관계

치유를 촉진하는 마법	즉효성 마법
해설: 현대 의료와 같은 사고방식. 상처를 깨끗하게 유지하는 작용 등을 마법으로 촉진한다는 내용 정도가 적당하다. 단순하긴 하지만 설정이 파괴되는 문제를 막기 쉽고, 지나치게 편의주의적인 설정을 피할 수 있다. 현대 의료와 다른 점을 보여주려면, 상처를 악화시키는 여러 요소를 얼마나 이해하고 있는지가 중요하다.	해설: 상처를 지혈하거나 봉합·유착할 수 있는 치유 마법이 존재한다면, 그 근원에 대해 엄격하게 설정하는 편이 좋다. 상처가 치료되는 대신에 현재 환자의 체력이나 타고난 수명이 줄어든다고 설정하면, 치유 마법의 남발을 억제할 수 있다.
아이디어: 청결한 물을 만들어내는 마법이 있다면, 많은 부상자를 구힐 수 있을 것이다. 또한, 정신을 안정시키거나, 잠들게 하는 마법도 회복에 도움이 된다. 양쪽 모두 전투 중에는 도움을 기대하지 않는게 좋다. 즉효성을 중시한다면, 마취 효과가 있는 마법이 이상적이다.	아이디어: 전투 중에도 도움이 될 만큼 효과가 뛰어나다면 세계관이 상당히 바뀐다. 다만, 어떻게 그려내도 지나치게 편의주의적인 면이 짙어서, 마법으로 그리기보다는 그러한 효과를 발휘하는 마도기(5장step-4)처럼 이야기의 목적으로 만드는 것이 자연스럽고 결말을 내기도 쉬울 것이다.

◈ 절단이나 상실된 부위의 처리

치유 마법의 대상이 되는 상처에는 사지 절단이나 조직 상실 같은 중상도 포함된다. 상처의 정도에 따라서 치유가 작용하는 범위나 걸리는 시간 등을 생각해둔다.

절단된 부위가 원상태로 돌아옴 절단된 손발 등을 봉합하는 건 현대에도 가능하지만, 후유증이 남으며 완치가 어렵다. 또한, 예리한 칼날에 베이면 그나마 치유 가능성이 높지만, 상처가 파괴되거나 손상이 심하다면 포기할 수밖에 없다. 위에서 소개한 치유를 촉진하는 마법과 조합하거나 성공 확률이 낮아서 치유가 어렵다고 표현하는 것이 좋다.

상실된 부위가 재생된다 세포의 클론화에 의한 재생 의료는 현대 의학의 최첨단 연구 주제. 이를 바탕으로 치유 마법에서도 최첨단 연구로 제한해둔다면, 실험적으로 재미있게 사용할 수 있다. 또한, 치유 마법에만 집착하지 않고, 의족이나 의수의 발명이나 개발에 힘을 쏟는다는 묘사도 공감을 얻기 쉽다.

> 🗨 **원포인트 어드바이스**
>
> 강력한 치유 마법의 반작용으로 생겨나는 환자의 신체 피로를 피로 회복 마법으로 회복할 수 있는가? 치유 마법은 모순으로 가득 차 있다.

Step 3 병을 고치는 마법

◈ 검사와 치료를 어떻게 나눌까

질병에 걸린 환자와 관련해서 겉으로는 확실하게 증상이 드러나더라도 그 원인을 명확하게 밝혀내기란 쉽지 않습니다. 그래서 몇 번이나 검사를 반복해 원인이 되는 질병을 특정하기 위해서 시간을 들이는 것입니다. 치료 마법도 마찬가지라고 생각할 수 있겠지요. 검사와 치료는 각각 사용하는 마법이 다른 것이 자연스럽습니다. 또한, 마법으로 질병을 치료한다는 것은, 반대로 말하면 질병을 일으키는 마법을 창조할 가능성도 존재한다는 의미입니다. 이 점이 현대 의료와 마법이 근본적으로 다른 부분입니다. 어느 쪽이건 시간과 공간이 허락한다면, 검사와 치료를 다르게 묘사하는 것이 새로운 자극이 될지도 모릅니다.

병을 고치는 마법의 체크 포인트

· 현대에도 큰 병이나 어려운 병이 아닌 이상, 치료와 검사를 각각 다른 의사가 맡는 일은 많지 않다. 판타지에서도 병에 따라 이런 차이를 어느 정도 상식화해두면 좋다.
· 우리가 사용하는 민간 의료 같은 방법은 판타지 세계에도 쓸어 담을 정도로 많다.

마법의 도입
경험이 뒷받침된 확실한 지식

이야기에서 독 사과는 사악한 마녀의 상징인데, 상대가 눈치채지 못할 수준으로 독을 만들기란 매우 어렵습니다. 즉사하는 독을 만드는 일은 지금도 쉽지 않고, 인간은 그런 것을 입에 넣는 순간 직감적으로 토해내기 때문입니다. 즉, 사과에 골고루 발라도 눈치채지 못할 고도의 약을 만들어낼 정도로, 마녀는 약이나 약초에 관한 지식과 경험이 풍부하다는 것을 뜻합니다.

명작 체크
불을 죽이려면 불을 사랑해야 한다

소방사의 단결력과 형제애를 그려낸 영화 〈분노의 역류(Back Draft)〉에서는 화재의 원인을 조사해서 밝히는 전문 분석관이 등장합니다. 그는 범행 수법을 보고 불을 잘 알면서 화재는 용납하지 않는 인물을 범인으로 지목하는데, 바로 그때의 대사입니다. 질병도 마찬가지입니다. 질병을 증오하고 절멸시키고자 하는 만큼, 치유 마법술사는 누구보다 병에 대해서 해박해야 합니다.

◈ 질병 치유 마법의 순서

상처와 질병은 치유 과정도 완전히 다르다. 마법은 편리하지만, 치료 방법이 다르다는 점을 의식함으로써 마법 묘사에 깊이를 더할 수 있다.

질병 발생부터 치료까지의 순서

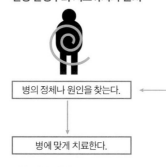

병의 정체나 원인을 찾는다.

병에 맞게 치료한다.

질병 발견 마법:
현대 의학에서도 오진이 있는 만큼, 마법이 만능일 필요는 없다. 질병 발견 마법의 정밀도나 신뢰성, 술사의 전문성에 따른 실력, 마법으로 발견하기 어려운 질병이나 내장, 부위에 따른 차이를 설정하면 설득력이 높아진다. 또한, 남녀 차이나 부인병에 대한 이해와 출산 외에 병을 발견하더라도 치료 마법이 있는지 아닌지 등, '질병 발견 마법'은 깊이 있는 설정이 가능하다.

질병 치유 마법:
상처 치유 마법의 수준과 연동한다. 환부에 마법을 직접 시술하는 방법 외에도 마법으로 만들어낸 비약(祕藥)이나 환자의 체력을 유지해 회복을 돕는 방법이 있을 것이다. 기본적으로 질병 회복에는 오랜 시간이 걸리기 때문에 치유를 촉진하는 마법은 그 근원의 소비에 따르는 벌칙이 꼭 필요하다.

◈ 질병을 일으키는 마법

많은 이야기에서 사악한 마법사나 마녀가 질병을 퍼트린다. 다만 질병을 일으키려면 질병을 잘 알아야만 한다. 마법에 의한 치유와 질병의 발병은 표리일체다.

역병을 일으킨다

마법으로 역병을 일으킨다면 감염이나 전염 경로에 관한 지식이 필요하다. 현대에는 세균이나 바이러스가 원인으로 알려졌는데, 이들을 옮기는 작은 동물의 존재 등 술사에게는 이에 상응하는 지식이 필요하다.

물리 간섭에 의한 질병

마법 그 자체나 마법이 걸린 식사나 약으로 피해를 주는 질병. 일종의 독물이라고 보아도 좋다. 일정한 범위의 작물을 모두 열매가 열리는 단계부터 독물로 바꾸는 등의 마법이 효과적이다.

주술에 의한 질병

주술은 상당히 동양적이지만 서양에도 존재한다. 주술로 질병을 치유하는 방법은 주술의 원인을 제거하거나, 이를 해제하는 마법밖에는 없다. 정신 조작으로 질병에 걸렸다고 믿게 하는 주술도 있다.

🌳 **원 포인트 어드바이스**

판타지 세계의 질병 발생 과정이 우리 세계와 같을 필요는 없으므로, 질병이 주역이 되지 않는다면 지나치게 집착할 필요는 없다.

Step 4 소생 마법

◈ 마법술사가 신이 될 때

인간에게 죽음은 가장 큰 공포이며, 상실입니다. 소중한 사람을 죽음으로부터 되살릴 수 있다면 어떤 대가라도 치르겠다는 것이 인간의 소망입니다. 그만큼 소생 마법을 갈 망하는 사례가 많지만, 실현되는 순간에는 대부분의 세계관을 붕괴시킵니다. 그러므로 만일 소생 마법을 도입하고자 한다면, 그 이상의 대가를 준비해주십시오. 이때 중요한 것이 소생의 본질입니다. 소생이 죽은 사람의 혼을 다시 부르는 행위일 뿐이라면, 이미 파괴된 신체는 혼을 받아들일 수 없기 때문입니다. 노쇠해 죽은 인간을 소생시키더라도, 육체가 다시 젊어진다고는 할 수 없습니다. 그러므로 소생은 인류의 희망이라고 인정하면서도 전설의 영역으로 남겨두는 것이 정답입니다.

소생 마법의 체크 포인트

· 죽음이라는 최대 고민을 극복한 세계에서는 살아 있다는 의미가 퇴색되기 때문에 인간의 삶은 보수적인 형태가 되며, 그려낼 만한 가치를 잃는다.
· 젊음을 되찾거나 노화 방지도 일종의 소생 마법이다. 이런 것들을 도입하고자 한다면 되도록 그에 어울리는 벌칙을 상정해두자.

마법의 도입
절망으로 이끄는 죽음의 세분화

고전적인 RPG 〈위저드리〉에서는 캐릭터가 간단히 죽어버리는 대신에, 마을 사원에서 쉽게 소생할 수 있었습니다. 하지만 소생에 실패하면 재가 되어 극단적으로 소생하기 어려워지며, 재가 된 상태에서 소생에 실패하면 소멸해 완전히 사라져버릴 위험이 있습니다. 이 시스템은 시리즈마다 이어져서 이 게임의 난이도를 상징하는 시스템이 되었습니다.

명작 체크
기한 한정 소생은 있을까 없을까

영화화된 이치카와 다쿠지의 소설 『지금, 만나러 갑니다』는 병으로 죽은 아내가 1년 후에 기억을 잃어버린 모습으로 나타난다는 이야기입니다. 또한, 츠지무라 미즈키의 『츠나구: 죽은 자와 산 자의 고리』는 죽은 자와 하룻밤만 재회할 수 있다는 내용으로 함께 인기를 끌었습니다. 죽은 자에 대한 후회와 속죄의 마음, 마음의 상처를 치료하고자 기간이 한정된 소생이라는 설정이 공감을 불러일으킨 것입니다. step-6의 『죽은 자와의 교신』과도 공통된 과제입니다.

🍃 소생 마법이 기능하는 타이밍

한번 죽은 인간을 소생시키는 마법은 궁극의 치유 마법이다. 하지만 그 발동 조건을 상세하게 검토해보면 상당히 곤란한 문제가 몇 개 떠오른다.

시간 경과에 따라서 어려워지는 소생

죽은 직후의 소생 마법

성공률이 높은 이 단계까지가 소생 마법의 상식적인 유효 범위일 것이다. 소생은 상처 회복과는 다른 논리로 발동하기 때문에 상처를 입었다면 소생 후에도 상처에 대한 피해는 계속된다.

사체의 상태 변화에 대응

사후, 일정 시간이 지나면 소생했을 때 후유증이 심각하다. 사후 경직이 진행되는 도중에 소생했다면 지옥 같은 고통이 기다릴 것이다. 또한, 썩어버린 조직을 어떻게 처리할지도 고민해야 한다.

손상된 사체의 소생

사체가 심하게 손상되었다면 소생해도 오래 살아남을 수 없을 것이다. 인간의 정신이 혼이나 영혼에 남겨진다고 상정하면 연성한 인체나 복제한 육체에 옮기는 것도 가능하겠지만, 이것은 소생 마법의 범주를 벗어나게 된다.

아무리 사랑스러운 존재, 그 무엇과도 바꿀 수 없는 연인이라도 해도 직시하기 어려운 모습으로 되살아난다면 받아들일 수 있을까? 또한, 본인은 과연 그러한 모습이 되면서까지 소생하기를 바랄까? 소생은 목숨과 직결된 주제인 만큼 가볍게 다룰 수 없다.

> 🗣 **원 포인트 어드바이스**
>
> 죽은 것처럼 보이게 하고서 아슬아슬하게 살아나는 연출은 이야기에서 널리 사용된다. 소생 마법은 술사의 목숨을 대가로 하거나, 매우 엄격한 제한을 두는 것이 타당하다.

Step 5 언데드

◆ 괘씸하기 이를 데 없는 사체의 재이용

사체가 혼의 그릇이 될 수 없다고 한다면, 최소한 낭비 없이 재이용하자는 발상에서 언데드가 탄생했습니다. 조지 A. 로메로 감독의 영화를 시작으로 언데드가 대중화되면서 네크로맨서(사령술사) 같은 사령 마술 전문 직업까지 인기를 끌게 되었으니, 인간의 창작에 대한 바람은 끝이 없는 것 같습니다. 마법의 질을 생각해볼 때, 언데드를 창조하는 마법술사는 대개 적이나, 상당히 난해한 제3자로 등장하는 사례가 많겠지요. 네크로맨서의 내면 갈등 같은 것에 초점을 맞추어도 재미있겠습니다.

언데드의 체크 포인트

· 언데드란 '죽었다가 되살아난 자'를 의미한다. 생전에는 인간이었다고 해도, 사체는 이미 인간이 아니라는 사상을 바탕으로 한다.
· 본래 좀비는 살아 있는 자를 증오하는 본능이 있거나 매우 제한된 이성밖에는 없는 존재이지만, 인간처럼 생각하고 행동하는 좀비도 늘어나고 있다.

명작 체크
이채를 띤 시체 애호가

시체를 사랑하는 성 도착증은 네크로필리아라고 불리는데, 이 터부를 거침없이 드러낸 것이 게임 〈레드 데드 리뎀션〉에 등장하는 묘지털이 '세스'입니다. 시체에 말을 걸며, 손을 잡고 춤추는 장면도 상당히 끔찍하지만, 스핀오프 작품에서는 그의 시체 애호증으로 인해 좀비가 넘쳐나는 세계가 도래하는 만큼, 사랑의 힘이 무섭습니다.

나만의 상상에 도전하기
좀비가 지배하는 세계에서 어떻게 살아갈까

맥스 브룩스의 『좀비 서바이벌 가이드』는 좀비가 지배하는 세계를 냉철하게 분석하면서 그 세계에서 어떻게 살아 나갈지를 진지하게 고찰한 책입니다. 미국이 배경이기 때문에 인구 밀도가 훨씬 높고, 총기가 전혀 보급되지 않은 일본 상황에 맞지 않는 점도 많지만, 상상력을 잘 보여주는 역작입니다.

‘움직이는 사체’란 무엇인가?

소생 마법을 사용한 이후에는 반드시 사체를 유효하게 활용하려는 생각이 들 것이다. 일반적으로 좀비라고 총칭하는 ‘움직이는 사체’를 판타지 세계에서는 어떻게 다루어야 할까.

움직이는 사체의 종류

부두교의 좀비

좀비라는 말은 콩고의 토착신 운잠비(nzambi)에서 유래한다. 아프리카계 카리브인의 부두교에서는 사제가 좀비 파우더라는 신경 독을 사용해 비밀 의식을 치러 살아 있는 인간을 좀비로 만든다고 전해진다. 이 좀비는 기본적으로 사제의 명령에 복종하지만, 인간다운 감정이나 반응도 어느 정도 남아 있다.

로메로의 영화 속 좀비

로메로 감독의 영화 〈살아 있는 시체들의 밤(Night of the Living Dead)〉에 등장하는 움직이는 시체가 일반적인 좀비의 모습으로 정착했다. 좀비에게 물린 자는 좀비가 된다는 공식은 생물 병기나 치사성 바이러스, 종교의 저주 등 다양한 설정과 함께 많은 영화, 소설, 게임을 탄생시켰다.

동양 문화권의 강시

중국의 시체 요괴 중 하나로, 피에 굶주린 흉포한 식인요괴다. 중국 전토에서 전승되었는데 기원은 다양하며, 영화 〈영환도사(강시선생)〉를 통해 우리나라에서도 유명해졌다.

언데드의 계층화

사후 세계가 현세에 등장한 ‘언데드’라고 불리는 환수에는 신분이나 계급이 존재한다. 움직이는 사체는 이 신분 제도에 어떤 영향을 줄 것인가?

언데드의 계층

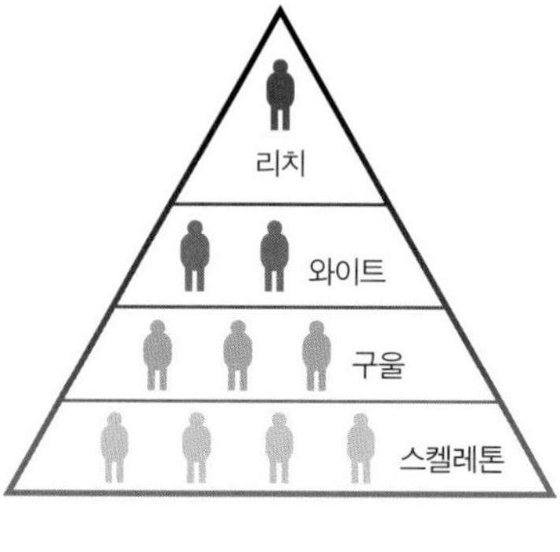

리치	위대한 마법사나 왕은 사후에도 강력한 의지를 육체에 품은 채 계속 살아간다. 가히 ‘죽은 자의 왕’이라 불릴 만한 존재다.
와이트	고귀한 인간의 시체에 악령이 깃든 것. 접촉한 인간의 생기를 빨아들이는 위험한 능력을 지녔다.
구울	좀비와 거의 같지만 ‘식시귀’라고 번역되는 것처럼 살아 있는 인간을 잡아먹으려는 본능을 갖고 있다.
스켈레톤	백골화된 좀비. 언데드에서는 최하층에 위치하지만, 파괴 후에 재생되기 쉽다는 난점도 있다.

이 그림은 어디까지나 모델로, 마법에 의해서 되살아난 움직이는 사체가 어느 계층에 위치하는지를 검토해보자.

원 포인트 어드바이스

역사가 짧은 미국이 창조한 얼마 안 되는 괴물 중 하나라는 점이 좀비의 인기를 뒷받침하고 있다.

Step 6 죽은 자와의 교신

◈ 가장 신뢰받고 있는 마법

이 책은 소생 마법을 어느 정도 부정하고 있지만, 죽은 자의 혼이 존재하는 세계는 적극적으로 긍정합니다. 그렇다면 죽은 자의 세계와 교신하는 마법을 생각할 수 있는데, 그중 가장 가까운 것이 샤머니즘이겠지요. 선조와 연결된 관계를 소중히 여기는 인간 집단에서는 그 교신술을 구사하는 술사, 즉, 샤먼은 존경할 만한 존재입니다. 통상적으로 영혼과의 교신 마법인 강령술은 오랫동안 전해 내려오는 '성지'나 정적으로 가득한 암실 등에서 이루어집니다. 죽은 자의 영혼을 불러낼 뿐만 아니라, 인간 쪽에서도 영혼의 세계로 다가가려고 노력할 필요가 있기 때문입니다.

죽은 자와의 교신의 체크 포인트

· 선조와의 교신을 열망하는 사람의 사후령은 당연히 자손과 교신하고 싶어 한다. 이 확신이 사자와 교신하는 마법의 존재를 뒷받침한다.
· 강령술을 계속하는 사이에 죽은 자와의 교신 회로가 강해짐으로써 성지가 확립된다.

마법의 도입
죽은 자와의 의사소통

일본 오소레 산의 이타코는 죽은 자가 말을 하는 곳으로 유명합니다. 대개는 죽은 육친이나 친구와의 교신을 바라며, TV 프로그램에서 역사적인 인물의 혼을 불러내는 모습을 흔하게 볼 수 있습니다. 오다 노부나가의 영혼이 "뜨거워, 뜨거워"라고 계속 외치거나, 스페인 출신 성직자 프란시스코 하비에르의 영혼이 질문에 'Yes/No' 형식으로 대답하는 등 상당히 바보 같은 장면투성이입니다. 물론 취재를 허용한 이타코 측에도 문제가 있습니다.

나만의 상상에 도전하기
예능화된 영적 능력자

'영감이 강하다', '영혼이 보인다'고 하는 영적 능력자가 TV 프로그램에 자주 등장합니다. 정말로 죽은 자와 교신할 수 있거나 그 모습을 볼 수 있다면, 묻고 싶은 게 산더미지만, 대개 일방통행의 쓸데없는 얘기뿐입니다. 결국, 현대 마법의 힘으로는 죽은 자와의 교신이라는 기적조차 각본가의 지성 수준에 맞추어 퇴화하는 모양입니다.

◆ '강령 마법'의 과학

오랜 선조와 같은 죽은 자의 영혼을 이승으로 불러들여서 대화를 나눌 수 있는 강령 마법이 있다. 대개는 마법이 발동하는 장소에 제약이 걸려 있다.

강령 마법의 현장=파워 스폿

> 강령 마법은 이승과 저승을 연결한다. 그동안 술사는 마법을 계속 방출해야 하므로, 소모를 억제하기 위해 장소의 힘을 빌려야만 한다.

치유의 샘
거울이나 수정 구슬이 마법 도구로 활용되는 것처럼, 잔잔한 수면은 이계나 저승을 연결하기 쉬운 대표적인 장소다. 일반적으로 강령의 무대가 되는 샘은 '치유'나 '정결' 등과 관련이 있다.

삼림
저승에서 찾아오는 영혼은 소란스럽지 않고 조용한 장소를 좋아한다. 나이가 많은 거목 주변에서 강령술이 이루어지는 것은 오랫동안 강령 의식에 사용되면서 인근 일대가 영성을 띠게 되었기 때문이다.

동굴
지하 깊숙이 이어진 동굴도 강령의 무대로 인기가 있다. 다만, 많은 신화나 전승에서 동굴은 지옥이나 저승으로 연결된다고 하며, 찾아오는 영혼이 반드시 선량하거나 이성적이라는 보장은 없다.

강령 마법으로 불러낸 죽은 자의 혼은 대부분 술사의 입을 통해서 산 사람과 대화한다. 영혼은 그들이 살았던 시대가 오래된 것일수록 언어나 사고방식이 달라서 말이 잘 통하기 어렵다. 또한, 술사의 능력이 낮으면, 서로 의도하는 바가 잘 전달되지 않을 수 있다.

> 🔧 원 포인트 어드바이스
>
> 죽은 자의 혼이 다른 인간의 몸속에 들어가서 다시 태어나는 전생을 인정한다면, 전생한 혼이 이전에 살아 있던 때의 기억을 잃어버리는 건 당연하다.

Step 7 치유 마법과 종교

🔹 질병 치유의 기적이 종교를 부른다

마법인지 아닌지에 관계없이, 질병을 고칠 수 있는 술사의 존재는 순식간에 알려져서 많은 사람이 모이게 됩니다. 이 경우 술사에게는 순서를 정리하거나 예약 등을 관리할 여유가 없지만, 어느새 술사의 기적은 관리되고, 치유를 바라는 사람들은 신자로 조직됩니다. 이것이 종교가 흥하는 전형적인 패턴입니다. 나아가 종교가 개입되면, 상황은 한층 수상하게 바뀝니다. 술사 본인의 정치적 야심과는 관계없이 지배자는 자신이 의도하지 않은 이유로 민중이 모여드는 것을 꺼리기 때문입니다. 기적의 술사는 그 힘이 진짜일수록, 의도하지 않게 큰 대립의 원인이 됩니다.

치유 마법과 종교의 체크 포인트

- 종교로서 지나치게 커지면 반대로 순수한 마음을 가진 술사의 존재가 방해되어, 심한 경우 말살될 가능성도 있다.
- 술사에 대한 열광이나 신뢰 정도가 강할수록 자연 치유력이 높아진다는, 일종의 위약 효과가 현대에도 확인됐다.

역사 관련 사건
치유의 힘은 왕의 손에서?

중세 유럽 사람들은 손으로 만지기만 해도 상처나 피부병을 고치는 능력이 국왕에게 있다고 여겼습니다. '로열 터치(고결한 손길)'라고 불리는데, 이는 질병 치유의 기적과 지배 수단을 연결하는 전형적인 사례입니다. 톨킨의 『반지의 제왕』에서도 이러한 능력이 곤도르 왕의 후예인 아라고른에게 계승되어, 아셀라스라는 약초의 힘으로 빈사 상태인 프로도를 구해냈습니다.

나만의 상상에 도전하기
불교를 개혁하지 못한 사내

불교를 창시한 석가의 제자 중 하나였던 데바닷타는 교단을 나누어서 지옥에 떨어진 배교자로 유명합니다. 데즈카 오사무의 만화 『붓다』에서도 그렇게 묘사되고 있지만, 사실 급성장하는 과정에서 질서가 흐트러진 석가의 교단을 개혁하고 근대화를 이끌고자 했던 인물로 여겨지기도 합니다. 어느 쪽이건 종교 교단의 전환점에 반드시 등장하는 유형의 인물입니다.

◆ 종교로 전환되는 치유 마법

건강은 부귀영화에 필적할 만한 인류의 바람이기 때문에 치유 마법술사를 둘러싸고 다양한 상황이 펼쳐진다. 그중 대표적인 것이 치유 마법의 종교화일 것이다.

치유 마법을 둘러싼 문제

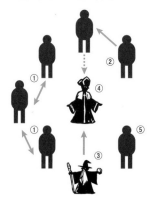

① **다툼**　시술 순서를 놓고 술사와는 관계없이 다툼이 일어난다.

② **사기**　술사의 지인이라고 속이면서 중개료를 갈취하는 등 사기 행위도 횡행한다.

③ **공격**　신자를 빼앗긴 종교 단체 등이 술사를 공격한다. 권력자나 지배층도 이에 동조해 개입할 우려가 있다.

④ **피폐**　환자가 늘어날 뿐만 아니라, ①~③처럼 예상치 못한 악의에 농락당한 술사나 그 주변 관계자가 피폐한다.

⑤ **조직화**　신자의 일부에서 술사를 중심으로 하는 교단화 움직임이 생겨난다. 기본적으로는 선의로 시작하지만, 영리 활동과 연결되거나 하면서 교단은 이윽고 세속화된다.

◆ 치유 마법과 통치

지속하지 않으면 효과를 볼 수 없는 치유 마법은 사람들에게 강한 의존심을 불러일으킨다. 이것은 종교만이 아니라 정치에서도 유력한 수단이 된다.

술사에게 정치적 야심이 있다:

기존의 정치 체제나 지배층에 큰 위협이 되는 것은 확실하다. 이를 예상하고 술사는 군사 면에서 믿을 만한 유력자나 자금을 지원해줄 만한 대상인 등을 끌어들일 필요가 있다.

술사에게 정치적 야심이 없다:

치유 마법 능력이 진짜라면, 주변 사람들이 반드시 조직화를 시도한다. 다만 조직이 거대해지면, 교단의 후계 문제가 발생한다. 많은 인간의 생활이 걸린 이상, 술사의 의지보다 조직을 유지하려는 힘이 강하게 작용한다.

지배자의 대응:

세력을 확대하는 종교 교단에 대해서 지배자가 선택할 수 있는 대응은 명확하다. 철저하게 배제하거나, 체제로 끌어들이거나. 하지만 그 구심력과 손을 잡을 수 있다면 지배 체제는 굳건해진다.

🌱 원포인트 어드바이스

질병 치유 등의 기적은 소문이 만들어져 순식간에 퍼진다. 이러한 흥분은 아주 작은 계기로도 기존의 지배자에 대한 불만으로 이어지곤 한다.

Step 1 마법술사의 직업

◈ 마법만으로는 먹고살 수 없다

마법이라는 힘이 인프라로 활용되고, 마법 교육이 곳곳에서 진행되는 판타지 세계에서는 단순히 마법 능력을 가진 것만으로는 먹고살 수 없습니다. 그 마법의 힘으로 자격 등을 얻어서 직업을 찾아야 합니다. 그렇지 않으면 아무도 인프라에 책임을 지지 않게 됩니다. 또한, 마법이 농업이나 수공업과 같은 수준으로 다루어지는 세계에서도 마법술사는 마법으로 살아갈 방법을 진지하게 생각해야 합니다. 판타지 세계가 꼭 근대 민주주의 국가일 필요는 없으므로, 원하는 직업을 갖지 못한 마법술사의 사회 안전망까지 준비할 필요는 없습니다. 하지만 어떤 사회라도 낙오자를 위한 제도가 존재합니다. 판타지 세계에도 그런 제도가 요구됩니다.

마법술사의 직업 창조의 체크 포인트

· 판타지 세계에서 마법은 지식 작업인가, 아니면 육체노동인가에 따라서 직업의 방향성이 달라진다.
· 인프라 정비 등은 마법술사의 중요한 업무다. 직업 군인으로서의 일자리도 많을 것이다.

명작 체크
마력을 감춘 연대기 작가

하세쿠라 이스나의 라이트 노벨 『늑대와 향신료』는 중세 유럽을 무대로 행상인의 거래를 주제로 한 이색적인 판타지 작품으로, 새로운 종교에 밀려난 옛 신들이 인간의 모습으로 여기저기서 살아가고 있습니다. 마을 한곳에서 몰래 살아가는 디안도 그중 한 사람으로, 연대기 작가라는 그의 직업은 인간보다 훨씬 수명이 긴 특성을 살린 천직일지도 모릅니다.

나만의 상상에 도전하기
마법사는 불꽃놀이 장인

『반지의 제왕』의 마법사 간달프는 호빗골에서는 불꽃놀이 장인 마법사로 알려져 있습니다. 이따금 빌보에게 초대받은 행사에서 불꽃을 쏘아 올리고 있었기 때문입니다. 전란 속에서 그의 마법은 진가를 발휘하지만, 평화가 오래 지속된 시대에는 사우론이나 다른 사악한 세력의 동향을 살피면서도, 유명한 불꽃놀이 장인으로서 가운데땅을 떠돌고 있었을지도 모릅니다.

♦ 마법을 활용하는 직업

마법을 사용하는 것이 일종의 자격이라고 한다면, 이를 이용해 생계를 꾸려나갈 필요가 생긴다. 판타지 세계에는 어떤 마법 능력을 살린 직업들이 있을까?

교사	최첨단 지식을 모아 만든 마법을 가르치는 데 마법술사만큼 적임인 사람은 없다. 초등학교처럼 초보적인 마법을 폭넓게 가르치는 사람부터, 대학처럼 연구를 거듭하면서 고도의 마법을 가르치는 사람까지, 학교 문화에 따라서 교사의 질도 다양하다.
행상인	다양한 물자를 풍부하게 보유한 지방에서 싸게 대량으로 구매해 비싸게 팔릴 만한 장소까지 나르는 것이 행상인이다. 마법으로 만든 도구나 산물이라면 평범한 행상인으로 충분하겠지만, 예를 들어 우물의 수맥을 찾거나, 마법사용 기계 수리처럼 마법 기술 자체가 상품이라면 술사가 이동해야 한다.
마법 연구자	모든 술사가 마법만 열심히 할 필요는 없다. 의뢰를 받아서 연구를 진행하거나, 복잡한 데이터 수집을 맡는 등 판타지 세계의 프리랜서라고 할 만한 자유로운 마법 연구자도 필요하다.

판타지 세계에서는 존재하는 마법 수만큼의 직업이 있어도 이상하지 않다. 여기서 제시한 것은 극히 일부에 지나지 않지만, 마법술사는 기본적으로 공부를 열심히 하는 존재이므로, 대부분의 직업에 적성을 보인다. 현대의 인기 직업을 판타지 세계에 맞추어 변형해 마법과 관련을 지어보면 의외의 가능성이 보일지도 모른다.

스포츠 선수나 예술가, 예능인 등 만일 그들의 능력 일부가 마법에 의한 것이라고 한다면 이해하기 쉽다. 현대까지 살아남아서 몰래 살아가는 마법술사는 어쩌면 자신이 지나치게 눈에 띄는 활약을 하지 않을까 걱정하고 있을지도 모른다.

🔮 원 포인트 어드바이스

마법술사의 잡일은 제자가 맡지만, 정말로 위험하고 귀찮은 실험이나 연구라면 소중한 제자는 되도록 아끼고 싶은 것이 스승의 마음이다.

Step 2 마법 사이의 카운터펀치

◈ 유아독존은 계속될 수 없다

역사 속에서 어느 나라의 발명이나 신기술이 계속해서 우세를 보이는 사례는 존재하지 않습니다. 기술이 세계 공통의 물리나 과학 법칙에 바탕을 두고 있는 이상, 언젠가는 동등한 기술이나 대항 수단이 고안되기 때문입니다. 마법 세계에서도 마찬가지입니다. 마법의 근원이 같을 경우, 대항 수단도 같은 근원에서 발견할 수 있을 것입니다. 다만, 이는 1대1 관계로만 존재할 필요는 없습니다. 어떤 분야에서 갑자기 등장한 기술이 널리 응용되면 다른 기술의 저력을 높이게 되듯이, 마법 세계에서도 같은 일이 일어나기 때문입니다. 이 사실은 판타지 세계 이야기에 새로운 세력을 등장시키고자 할 때 중요한 뒷받침이 되겠지요.

마법 사이의 카운터펀치 창조의 체크 포인트

· 연금술로 가짜 금을 만드는 등 마법을 사용한 범죄에 대항하는 수단은 시급하게 강구된다.
· 오른쪽 해설에도 나와 있듯이, 메인 스토리가 진행되는 도중에도 마법은 계속 진화한다. 설정을 만들 때 고려할 만한 과제다.

마법의 도입

무적을 깨부수는 최약체,
카드 게임의 응용

강한 마법을 타도하기 위해 더욱 강한 마법으로 부딪쳐야만 한다면, 그 경쟁은 끝이 없습니다. 이 경우, 트럼프 같은 카드 게임에서 쓰이는 '최강 카드는 최약 카드에 진다'와 같은 역전 장치를 활용해봅시다. 아날로그 게임의 인기 부활에 힘입어 매력적인 카드 게임도 시장에 잔뜩 나와 있으므로, 소재 찾기에 좋은 재료가 될 것입니다.

역사 관련 사건

가위바위보 원칙을
응용하자

마법의 진보에도 몇 가지 제약이 있습니다. 예를 들어, 전차는 강력한 주포를 실으면 차체가 지나치게 무거워져서 속도가 떨어집니다. 중량을 낮추기 위해 장갑을 줄이면 이번에는 방어력이 떨어집니다. 모든 것을 강력하게 하면, 사용하기 어려울 정도로 커져버립니다. 공격력과 방어력, 속도라는 3요소가 중요하며, 이는 마법에도 적용할 수 있습니다.

◆ 반드시 발견되는 대항 수단

인간에게 강력한 힘을 부여하는 마법은 악용하면 재앙이 된다. 그러므로 뭔가 강력한 마법이 발명되면, 오래지 않아서 반드시 강력한 대항 수단이 나오게 된다.

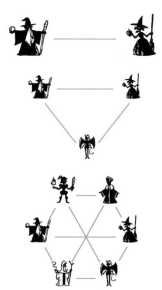

① 대항 수단 탄생의 구도
어떤 종류의 마법이 등장하면, 오래지 않아서 대항 마법이 나타난 다. 이는 '불'에 대해서 '냉기'나 '물' 같은 형태를 취하거나, 좀 더 강 력하고 고성능의 '불'일지도 모른다.

② 새로운 접근의 대항 마법
①에서 양쪽의 마법이 지나치게 발전하다 보면, 다른 마법이 끼어 들곤 한다. '불'이나 '물'과 같은 속성에 좌우되지 않는 '빛'이나 '어 둠'과 같은 성질이거나, 양자에 균등하게 작용하는 '바람' 같은 마 법이 강력한 모습으로 출현한다.

③ 대항 마법에 의한 전체의 기반 향상
일부 마법의 발달이나 진화는 새로운 이론이나 기술의 발견으로 서 다른 마법의 기반을 향상한다. 상호 대립 관계나 의존 관계는 복잡하게 얽혀서 거대한 마법 체계로 성장해간다. 이처럼 하나의 '마법과 대항 마법'의 관계를 펼쳐 나가는 것만으로도 이치에 맞는 판타지 세계의 마법을 구축할 수 있다.

◆ 마법 이외의 대항 수단

마법에는 마법으로만 대항할 수 있다고 한다면, 마법을 쓸 수 없는 사람은 지나치게 불리해진다. 당연히 이러한 사람들도 다룰 수 있는 마법 대항 수단이 발명되어 있다.

마법 감지 공간
성이나 대회의장처럼 넓은 공간 안에 마법을 감지하는 역장을 설치해 미확인 마법의 사용을 감지하거나, 봉인 한다. 국왕이나 종교 지도자를 알현하는 등의 경우에 유효한 방어 수단이 될 것이다.

마법 대항 부적
적의가 있는 마법이 날아올 때, 소유자 대신에 희생하거나 대항 마법을 발동해 피해를 사전에 방지하는 도구다. 장신구 형태가 많다. 한 번에 파괴되는 것과 여러 번 사용할 수 있는 것, 이 두 가지 유형으로 생각할 수 있는데, 반복 사용 가능한 것은 희귀하며, 비싸다.

> **🛡 원포인트 어드바이스**
>
> 마법의 근원, 즉 발동 시에 뭔가의 에너지를 소비하는 등의 설정이 있다면, 마법 감지 기술에 설득력이 생긴다.

Step 3 마법과 군사 1

◆ 술사의 숫자가 전술을 결정한다

검과 마법 판타지에서는 많은 전투 장면에서 마법술사가 등장해 강력한 마법으로 잡병을 휩쓸어버리는 일기당천의 활약을 보여줍니다. 이것은 마법이 강력하며 술사의 수가 적어야 한다는 전제가 있습니다. 마법술사는 넘쳐나지만, 검사나 전사의 수가 적은 세계라면 양자의 입장은 역전됩니다. 술사의 증가에 따라서 전장 전체의 마법량이 늘어나더라도, 대항 마법도 같은 수준으로 늘어나기 때문에 결정타가 되는 것은 전사의 검술 실력입니다. 마법술사가 일기당천의 존재가 아닌 판타지 세계를 창조하는 일은 상당히 보람이 있으며 재미있습니다.

마법과 군사 1 창조의 체크 포인트

· 대규모 전투의 순서는 「무기·마법의 장」에 상세하게 나와 있다. 이들을 참고하면 더욱 본격적으로 전투 장면을 구축할 수 있다.
· 판타지 세계의 전투는 중세 유럽의 연장선상에 있지만, 여기에 드래곤처럼 하늘을 나는 환수가 등장하면 전투 내용은 단번에 20세기 수준에 가까워진다.

마법의 도입

몸을 드러내는 것만이 전투는 아니다

판타지 계열 카드 게임에는 마력을 동력원으로 하는 거대 기계 병기가 등장하기도 합니다. 이를 참고해 거대 전차나 비행 전함을 등장시켜도 재미있겠지요. 동력은 함께 타고 있는 술사의 마법입니다. 그들의 영창이나 기도의 힘으로 거대한 기계가 명령대로 움직이는 것입니다. 주역이라기보다는 이야기의 반전에 사용하는 장치이지만, 즐거운 연출이 되리라고 보증합니다.

나만의 상상에 도전하기

오류로 가득 찬 영화판 〈전국자위대〉

한무라 료의 소설 『전국자위대』를 원작으로 한 영화에선 과거로 돌아간 육상자위대 부대가 일본 전국시대 다케다 신겐의 대군단을 간단히 저지하고 물리칩니다. 아무리 기관총이나 헬리콥터, 전차가 있어도 영원히 계속 싸울 수는 없습니다. 전술의 가장 기초적인 부분에서 생긴 주인공의 판단 착오에 수없이 딴죽을 걸고 싶지만, 타임 파라독스(시간여행으로 생기는 역설)를 수정하려는 시도라고 생각할 수도 있겠지요.

일기당천의 마법술사

「무기·전투의 장」에서는 집단 전투 방법을 설명했는데, 여기에 마법술사가 있으면 상황은 어떻게 바뀔 것인가?

한쪽 진영만 마법술사가 존재

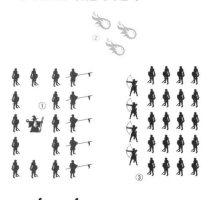

① 엄중하게 보호되는 마법술사
중요한 전력이기도 한 만큼, 아군에 이익이 되는 마법술사를 지키기 위한 진형이 된다. 영창에 시간이나 집중력이 필요하다면 이를 어떻게 확보할 것인지도 고려해야 한다.

② 마법에 의한 공격
전투에 직접 도움이 되려면 4대 원소계열 마법이 좋을 것이다. 단발로 큰 위력을 발휘하는지, 아니면 공격 횟수는 많지만 위력이 작은지에 따라서 방어 측의 진형도 변화한다. 전자라면 밀집 대형은 치명적이다.

③ 술사가 없는 진영
상대가 단발·위력이 큰 마법이라면 산개해 피해를 줄이고, 연발·위력이 작은 마법이라면 마법에 노출되는 시간을 줄여야 한다. 투사병기 강화도 술사의 집중력을 떨어뜨리는 방법 중 하나다.

④ 결정타가 되는 돌격
마법을 맞은 방어 측은 많건 적건 혼란 상태에 빠진다. 이 혼란이 최고조에 달했을 때, 기동력 있는 예비 부대가 돌입해 승패를 결정짓는다.

마법술사의 집단 전투

마법술사로 구성된 대규모 집단끼리 부딪치는 상황은 창작에서는 비교적 보기 드물다. 광대한 전장에서의 집단 마법 전투를 그려내고자 한다면 자신의 창조력을 크게 시험하는 계기가 될 것이다.

마법 군단 대 마법 군단

마법술사의 집단 전투는 공격 마법과 방어 마법이 높은 수준으로 서로 오가는 전투가 될 것이다. 진형의 최전열에는 마법에 대한 대항력이 높은 '마법 검사' 같은 병과가 배치될 것으로 생각된다. 이러한 전투에서는 술사의 피로가 많이 쌓인 쪽이 먼저 무너질 가능성이 높다. 그때 마법술사 이외의 부대가 검이나 창을 휘둘러서 뛰어들면 승패는 단번에 결정된다.

> 전선 후방에는 치유 마법이나 마법의 근원 회복에 협력하기 위한 보조 마법술사가 뛰어들 타이밍을 기다리고 있을 것이다.

🛡 원 포인트 어드바이스

처음 마법에 직면한 진영은 크게 패할 수밖에 없다. 여기서 대항 마법을 어떻게 획득할 것인가 하는 전개만으로도 충분히 하나의 이야기가 될 수 있다.

Step 4 마법과 군사 2

◈ 군사 혁명을 이끄는 통신 마법

전장에 있는 모든 지휘관은 정확한 정보를 가장 원합니다. 그래서 정확한 정보를 전달하는 기술이나 수단을 고안하기 위해 병기 개발이나 개량과 다를 바 없는 노력을 기울여 왔습니다. 당연히, 판타지 세계의 마법에서도 통신 분야 마법에 많은 연구 자원을 할당한다고 봐도 좋습니다. 물론 이 책에서 몇 번이나 언급하고 있듯이, 이에 대한 대항 마법의 연구도 열심히 하겠지요. 이 같은 마법을 구성할 때는 실제 무선·레이더의 발명이나 그 구조, 발달 역사를 참고하면 좋습니다. 이러한 통신 장치는 제2차 세계대전 중에 급격하게 발전했지만, 동시에 도청 방법이나 암호 통신, 거짓 정보의 누설처럼 대항 수단도 급속하게 진화했으며, 오늘날에도 계속 경쟁하고 있습니다.

마법과 군사 2 창조의 체크 포인트

· 통신 마법의 기반은 물리 간섭 마법이 될 것이다. 대항 마법도 같은 계열에서 진화하겠지만, 정신조작계 마법도 관여할 여지가 있다.
· 술사가 전투를 지원하는 데 전념하는 묘사 방법도 가능하다. 마법으로 직접 공격하는 것이 아니라, 궁병과 조를 이루어서 화살 궤도를 바꾸거나 하는 등의 지원 같은 것을 생각할 수 있다.

나만의 상상에 도전하기
군대의 신경 회로

군대가 낭비 없이 효율적으로 기능하도록, 오늘날에는 C4I 체계(Command, Control, Communication, Computer, Intelligence system, 지휘·통제·연계·컴퓨터·정보 체계)의 5가지 요소를 중시하면서 작전 행동을 결정합니다. 이를 마법으로 실현하려고 하면, 상당히 큰 지원 조직이 필요하겠지요. 마법 술사 중심의 강력한 조직이 탄생하는 계기가 될 수 있습니다.

역사 관련 사건
전서구의 수난

비둘기의 귀소 본능을 이용한 전서구는 기원전 5,000년 전부터 사용되었다고 추정하고 있습니다. 제2차 세계대전 중 독일에 점령된 프랑스에서는 레지스탕스가 영국의 동료에게 정보를 전달하는 수단으로 전서구를 대량으로 사용했습니다. 이를 눈치챈 독일군은 패트롤 중에 발견한 비둘기를 반드시 쏘아서 떨어뜨렸습니다. 이렇게 무수히 많은 비둘기가 희생되었습니다.

통신술사의 전장

올바른 정보를 어떻게 빠르게 전달할 수 있을까? 여기에 전투나 정략의 성패가 걸려 있다. 올바르게 운용할 수 있다면, 통신계 마법은 직접 공격하는 마법보다 도움이 된다.

통신 마법의 기본 모델

통신 마법을 사용하는 술사가 정보를 목적지까지 이어서 전한다. 거리가 멀거나 술사 사이에 장해물이 있으면 통신 품질이 떨어져 정보가 부정확해진다.

집단에 의한 송수신 능력 강화

거리나 장해 지형에 의해서 통신 품질이 떨어지는 것을 보완하기 위해 많은 술사 집단을 이용해 통신 마법의 송수신 출력을 높일 수도 있다. 한편으로, 일부 술사의 집중이 흐트러져서 통신 품질이 떨어지거나 잡음(잘못된 정보)이 섞이는 것을 막는 방책도 중요하다.

거리에 의한 정보량의 변화와 대응

가까운 거리에서는 문제없이 통신할 수 있지만, 멀리 떨어지면 같은 시간에 통신할 수 있는 정보량이 줄어든다. 이를 상정해 통신 마법 특유의 코드(부호·은어)가 만들어진다. 또한, 원거리일수록 도청이나 방해에 대한 대처에 주의를 기울여야 한다.

마법이 고도로 발달할수록, 검이나 창을 충분히 쓸 수 없게 될지도 모른다. 그러면 전장에는 마법술사가 넘쳐나고, 검과 창을 사용하는 검사나 전사들은 귀중한 전력이 된다. 마법술사는 귀중한 전사를 지키기 위해서 쓰고 버려진다.

🎙️ 원 포인트 어드바이스

군대에서는 어떤 상황에서도 정보는 꼭 필요한 만큼만 전달한다. 정확하지 않은 정보는 아예 전해지지 않는 것보다 안 좋은 상황을 낳는다.

Step 5 마법의 대립축을 정리한다

🔸 최초의 한 걸음을 내딛기 위해서

여기까지 꾸준히 읽은 여러분 중에는 정해야 할 것이나 제약이 많아 마법을 창조하고 싶은 마음이 점차 사라지는 분들이 계실지도 모릅니다. 또는 어디서부터 손을 대야 할지 고민하겠지요. 여기서 '마법의 대립축'을 정하는 방법을 추천합니다. 오른쪽 페이지처럼, 최소한의 대립축에 적당한 설정을 추가하는 것입니다. 엉성해 보일지도 모르지만, 완벽함을 추구하다가 잘 진행되지 않는 것보다는 훨씬 나으며, 스스로 설정이 완벽하다고 생각해도 남이 보기엔 구멍투성이인 경우가 많습니다. 따라서 강제로 창작 스케줄을 끌어나가는 것이 중요합니다. 이 장의 내용을 이해하면, 판타지 세계 구축을 시작하게 될 것입니다.

마법의 대립축을 정리한다 창조의 체크 포인트

- 오른쪽의 Yes/No를 정하기 어렵다면 주사위나 동전을 사용해서라도 강제로 진행해보길 권한다.
- 처음에 원리와 원칙을 구축하는 데 시간을 들이는 쪽이 길게 보았을 때 지름길이 되는 경우가 많다. 그러니 최소한 이 책은 읽도록 하자.

나만의 상상에 도전하기
편집자는 아군이자 적이다

엄청나게 잘 팔리는 작가가 아닌 이상, 출판계에서 자유롭게 원하는 것을 만들어내는 창작자나 작가는 없습니다. 또는 잘 팔리는 작가라고 해도 뭔가 문제가 있다면 반드시 체크를 하게 마련입니다. 때로는 이해하기 힘들겠지만, 편집자 덕분에 작품이 완성되기도 합니다. 즉, 편집자란 최초의 규칙과 같습니다. 그러므로 창작을 시작할 때 처음에 확실하게 규칙을 정한다면 오류는 줄어듭니다.

마법의 도입
이 책의 독해가 기초 공사가 된다

두 사람의 장인이 성을 만들라는 명을 받았습니다. 한쪽은 그날부터 현장 공사에 뛰어들고, 또 한 사람은 현장을 돌아다니기만 할 뿐이었습니다. 하지만 기일이 되어 완성한 것은 후자였습니다. 실지 검토에 시간을 들여 확실한 설계도를 만들었기 때문입니다. 판타지 세계 구축도 마찬가지라고 할 수 있는데, 실지 검토는 『판타지 유니버스 창작 가이드』를 충분히 읽는 일에 해당합니다. 이것만 완수한다면 실제 창작에 걸리는 시간은 훨씬 줄어들 것입니다.

◈ 처음에 대립축을 결정한다

마법이 휘몰아치는 판타지 세계를 구축하고 싶어도 어디서부터 손을 대야 할지 모르겠다면 처음에 한 가지 대립축을 생각해보자.

처음에 어떤 마법을 생각할까

흑마법

'흑마법→4대 원소→불(화염)계 마법'이라고 생각하면 대항 마법은 물 계열 마법이 될 수 있다. 다만 같은 흑마법으로 설정하면 너무 뻔하므로, '물의 정령'으로 변경해 그와 같은 소환 마법을 대립축에 둔다. 그 이후에는 캐릭터의 설정을 추가할 뿐이다.

백마법

'백마법→성장 촉진→인간'과 같이 백마법의 작용 대상을 세분화한다. 인간의 성장에는 죽음이나 타락이 대항할 것이다. 여기서 인간의 성장 촉진에 관한 마법을 연구하던 중에 사령 마법이 발생해버렸다고 상정하면 대립축이 구축된다.

◈ 이야기의 축을 결정한다

처음에 만든 대립축 주변에 살을 붙여나가는 경우, 이리저리 고민하기보다는 양자택일 형식으로 체크해 강제로 진행해 나가는 편이 예기치 못한 새로운 발상으로 이끌지도 모른다.

주역은 남자/여자?

고전적인 판타지 문학 시대가 끝나고, 지금은 라이트 노벨처럼 전투하는 히로인의 존재감이 더욱 강해지고 있다. 그런 만큼 주역의 성별은 명확하게 정해두는 쪽이 설정을 추가할 때 오류를 피할 수 있다.

시대는 평화/난세?

평화로운 시대라면 따분한 일상생활이 모험을 떠나는 동기가 되며, 난세라면 일상을 크게 벗어나서 이동할 기회를 얻는다. 이야기란 이동, 바로 그 자체이며, 이동 동기는 확실하게 해두어야 한다.

주역은 여행자/정착자?

여행자라면 다양한 장소를 갈 수 있지만, 문제가 발생했을 때 주변 사람들과의 관계를 끌어내기 어렵다. 정착자라면 유연성은 떨어지지만, 새로운 사람과 관계를 맺으면서 벌어지는 사건을 대모험으로 발전시킬 수 있다.

무대는 도시/농촌?

서양 중세를 모델로 한 판타지 세계라면, 도시를 배경으로 자극이 넘치는 삶을 연출하기 쉽다. 반대로 농촌은 간단하고 단순해서, 큰 시대의 파도에 휘말리는 무대로 그려내기 쉽다.

> 🍀 원포인트 어드바이스
>
> 대립축에 살을 붙일 때는 우선 이야기의 주역이 될 만한 어느 한쪽에 좀 더 치우쳐서 생각해보자. 한쪽의 세부를 결정하고 나면, 다른 한쪽도 연동해서 구축될 것이다.

Step 6 감상자의 머릿속을 상상한다

◆ 독선에 빠지지 않도록

판타지 세계 창조는 여러분의 지배 아래에 놓여 있습니다. 정원이나 온실 같은 한정된 공간을 만들어내고, 꾸미는 일도 훌륭한 창조입니다. 하지만 그 세계에서 일어나는 일을 이야기로 만들어 누군가에게 전하려는 순간, 감상자에 대한 책임이 생깁니다. 나름의 시간이나 대가를 소비해주는 상대를 배려할 필요가 생기는 것입니다. 독자의 기분을 생각하고, 동시에 감상자의 머릿속을 상상할 필요가 있습니다. 연령대는 어느 정도인지, 또는 남자인지 여자인지. 타깃으로 상정한 독자에게 맞는 표현 방법을 생각해야 합니다. 창조주와 감상자, 양자가 합치해 처음으로 이야기가 완성됩니다.

감상자의 머릿속을 상상한다 창조의 체크 포인트 ──────────
· 아무리 엄밀하게 구축해도, 감상자를 한정하는 단계에서 빠뜨리는 요소가 발생한다. 따라서 창작자가 생각한 판타지 세계를 모두 전하는 것은 불가능하다. 하지만 그려내지 못한 그늘 속에 다음 전개나 판타지 세계의 진심이 감추어져 있다.

명작 체크	마법의 도입
기존 개념을 타파하는 선구자의 신념	**과거의 자신을 감상자로 상정한다**
역사학자인 토르 헤위에르달은 남미의 고대 문명이 폴리네시아 제도 문명의 원류가 되었다는 가설을 세우고, 그것을 증명하고자 당시 기술만으로 만든 뗏목 '콘티키 호'를 타고 태평양으로 향했습니다. 결국, 그의 가설은 틀렸지만 이 모험의 기록은 베스트셀러가 되었고, 다큐멘터리 영화는 아카데미상을 받았습니다. 그의 행동력이 세계를 감동시킨 것입니다.	감상자를 누구로 할지 망설여진다면 과거의 자신을 불러내보세요. 처음으로 판타지 세계의 이야기에 빠져들었을 때, 나는 어떤 책을 읽고 싶었던가. 어떤 세계를 보고 싶었던가. 그때의 감동이나 열기는 분명히 꺼지지 않고 마음속 어딘가에 남아 있을 겁니다. 이전의 자신에게 작품을 전하는 듯한 기분으로 뛰어들기를 추천합니다.

◆ 감상자의 머릿속을 상상한다

판타지 세계를 창조하는 자유는 창작자에게 있지만, 감상자가 있기에 완성된다. 판타지 세계의 정밀도를 높이기 위해서는 감상자의 머릿속을 상상하는 것도 중요하다.

감상자의 머릿속으로 접근한다

감상자의 지식이나 세계관을 신용   감상자의 지식이나 세계관을 자극

판타지 세계 창조, 마법 체계 구축 작업을 할 때는 감상자의 자원을 신용한다. RPG 등을 열심히 하는 플레이어를 상정한다면, 4대 원소나 소환 마법의 효과에 대해 일일이 설명할 필요가 없다.

감상자에게 새로운 지식을 제공하겠다는 의욕을 전제로 하면서도, 감상자의 지식이나 인식을 쇄신하려는 노력을 기울인다. 소환 마법의 유래나 4대 원소에 대한 나만의 해석이나, 이러한 것을 바탕으로 한 새로운 체계의 마법을 창조하는 등 독자의 뇌를 자극한다.

주제와 감상자를 맞추기

이야기에는 주제가 있는데, 이것은 창작자가 감상자에게 전하고 싶은 생각을 말한다. 예를 들어 "마법이라는 강력한 힘에 지나치게 빠져들어서 소중한 것을 잃는다"와 같은 주제가 있다면, 다음에는 이야기할 대상에게 어떤 방법으로 어떻게 전달할지를 생각해야 한다. 동화로 표현하려면 보물을 잃어버리거나, 친구와 싸우는 내용 정도로 제한해, 아이들이 상처 입지 않게 배려할 필요가 있다. 학생을 위한 라이트 노벨이라면 우정이나 사랑의 상실과 부활이 매력적일 것이다. 본격적인 판타지 대작을 바라고 있다면, 나라, 문명의 존망을 그리면서, 주제에 관련된 사건이 수없이 반복될 것이다.

아무리 장대한 판타지 세계를 생각해 그려내려고 해도, 이를 감상자에게 무언가의 형태로 만들어 전하지 않으면 의미가 없다. 때론 그들이 자신이 그려낸 것과는 전혀 닮지 않은 표현이나 수정을 바랄 수도 있다. 이를 '최초 감상자'의 반응이라고 본다면, 그에 맞추어 유연해지는 것도 중요하다.

🎲 원포인트 어드바이스

프로 작가조차 마감이 없으면 집필을 시작하지 못한다. 창작에는 준비나 공부도 필요하지만, 가장 큰 동기는 '마감'이다. 신인상 응모 기간 등으로 자신을 몰아붙이는 것도 중요하다.

Step 7 꿋꿋이 창조에 나선다

◈ 흔들려서는 안 되는 중심축

판타지 세계 이야기를 그려내기에 앞서 가장 중요한 것은 일단 정한 묘사 방법은 절대로 바꾸지 않는 것입니다. 소설이나 만화 기술에 대해서는 입문서가 서점에 넘쳐나고 있으니 이들을 보면 되겠지만, 판타지 세계를 그려내려면 가장 큰 전제로 오른쪽의 3가지 분류 중에서 어느 한 가지를 선택해야만 합니다. 이를 인식하지 않으면 관점이나 묘사가 이리저리 흔들리며, 주제를 알 수 없게 됩니다. 그리고 한번 창조에 착수하면 어떤 형태로든 완성해보길 바랍니다. 설사 실패작처럼 보일지라도 완성했다는 사실 자체만으로 더 없는 자신감을 얻으며, 다음 창작으로 이끄는 에너지가 될 것입니다.

꿋꿋이 창조에 나선다 창조의 체크 포인트

· 굳이 크게 나누어보면, 일원적인 판타지 세계는 아동용이고, 이원적 판타지 세계가 주류이며, 삼원적 판타지 세계는 소설 그 자체의 표현 방법을 중시한 스타일이 된다.
· 고민할 때마다 이 책을 펼쳐보길 바란다. 그리고 고민에 어울리는 부분을 활용하면, 분명히 돌파구를 찾을 것이다.

마법의 도입

무엇보다도 마감을 두려워하는 마음을 가져라

만일 출판사의 작품상 등에 응모한다면, 대상을 하나로 좁히고 반드시 마감을 맞추어주십시오. 'A사에 맞추지 못하면 B사에 응모하자'는 생각으로는 설사 작가로 데뷔하더라도 오래 가지 못할 것입니다. 창작자를 작품 완성으로 이끄는 가장 큰 동기는 마감입니다. 마감을 두려워하는 마음이 생각지도 못한 아이디어를 탄생시킵니다.

나만의 상상에 도전하기

꾸준함이 성공을 향한 지름길

이 책만이 아니라 소설이나 만화 창작 입문서를 펼쳐본다면, 우선 한번 살펴보고 과제를 모두 마쳐주십시오. 도중에 멈추거나 넘길 바에는 차라리 보지 않는 쪽이 낫습니다. 창작에는 참신한 발상 이상으로 체력이 필요합니다. 이를 몸에 갖추기 위한 첫걸음이 바로 입문서를 공략하는 일입니다. 좌절한 경험이 있는 사람일수록 이 항목의 진정한 의미를 알 것입니다.

◆ 판타지 세계를 계층으로 나누어본다

상상으로 만들어낸 판타지 세계라고 하지만, 과연 모두에게 상상일까? 창작자가 만들어낸 세계지만, 그 세계에서 살아가는 사람들에겐 자명한 현실 세계다.

판타지 세계 창작의 3가지 분류

> 판타지 세계를 테마로 한 창조, 이를 기본적인 문학으로 만든다면 그 표현 방법은 크게 3가지로 분류할 수 있다. 그리고 한 가지 분류로 일단 만들어내기 시작하면, 다시 바꾸기는 매우 어렵다. 이를 생각하면서 3가지 분류를 확인해보자.

일원적 판타지 세계

판타지 세계의 주민 관점에서 세계를 그려낸다. 그들은 그 세계밖에는 모르며, 자신들의 세계를 다른 관점에서 보기 어렵다. 마법이 넘쳐나건, 드래곤과 주민이 공존하건 그 모든 것은 주민들에게 현실이기 때문에 당연한 것으로 그려낼 수밖에 없다.

이원적 판타지 세계

우리가 사는 현실 세계가 있고 또 하나의 판타지 세계가 있다고 묘사하는 방법. 판타지 세계를 이상적인 존재로 보는 견해라면 현실 세계에서 이상으로 생각하는 정의나 미가 존재하는 긍정적인 모습으로 그려지며, 공포나 악의에 지배되는 세계로 그려진다면, 그 세계가 현실 세계를 침략한다고 묘사된다.

삼원적 판타지 세계

현실을 바탕으로 또 다른 현실 상황이 판타지 세계로서 주인공에게 다가오며, 그 체험이나 인식이 현실 세계에서 어떠한 작용을 한다. 이른바 메타 픽션을 사용한 묘사 방법이다. 임종에 처한 인간이 몽롱한 의식 속에서 판타지 세계를 체험하고, 자신의 출생이나 트라우마에 관한 큰 의문을 밝히지만, 그 순간 현실의 자신은 죽어 있다는 유형이 있다.

이공계 학생이 열광할 만한 '배틀봇 경기'(두 대 이상의 무인 로봇이 서로를 파괴하거나 특정 목적을 위해 대결하는 경기)를 바탕으로 한 마법 학원의 '골렘부' 대결 같은 것도 가능하다. 어째선지 여성만 조작할 수 있다던가, 특별한 아이템이 필요하다는 등 작은 설정에서부터 판타지 세계와 이야기는 계속 넓어진다.

🎯 원 포인트 어드바이스

각 장의 구축편은 여기에서 완결된다. 이 책을 다시금 펼쳐본다면, 판타지 세계 창조의 열쇠나 아이디어가 넘쳐난다고 느낄 것이다.

명확하지 않은 마법

♦ 가운데땅의 마법사

'검과 마법 판타지'라는 표현 그대로 마법은 판타지 세계에서 중요한 요소입니다. 특히 롤플레잉 게임 등에서는 캐릭터의 성격이나 속성 부여는 물론, 시각적인 차이를 주는 데도 편리한 만큼 마법은 더욱 체계화되고 세분되는 상황입니다. 이처럼 마법을 체계적인 시스템으로 정리하는 것이 당연해진 현대의 관점에서 『호빗』을 살펴보면 솔직히 조금 당황하게 됩니다. 톨킨 세계에서의 마법을 이해하기 어렵기 때문입니다.

여기서 원점으로 돌아가봅시다. 『호빗』에 등장하는 많은 인물, 특히 드워프의 이름이 『고 에다』에서 유래한다는 것을 잘 알 수 있습니다. 『고 에다』란 9세기에서 13세기에 걸쳐 만들어진 북유럽계 언어로 된 시들로, 북유럽 신화나 북유럽 영웅담도 포함된 중요한 자료입니다. 지금은 인터넷 등으로 본래 내용을 찾기 쉬워졌지만, 톨킨이 『호빗』을 집필하던 시대에는 일반 독자가 『고 에다』를 볼 수는 없었습니다. 한편으로 고대 영어 연구자인 톨킨에게는 기본적인 문헌에 불과해서, 이름을 만들면서 신경을 써야 할 만큼 대단한 책도 아니었습니다.

『고 에다』에서 간달프란 드워프의 일원으로서, '마법 요정'이라는 뜻의 이름을 가진 존재입니다. 이러한 점을 연결해보면, 『호빗』이 아동용 이야기인 만큼 알기 쉬운 마법사가 필요하다고 판단한 톨킨이 『고 에다』에서 간달프라는 존재를 끌어냈다고 추리할 수 있겠지요. 그렇다면, 간달프의 복장도 매우 당연합니다. 잿빛 옷에 망토를 두르고, 끝이 휘어진 뾰족 모자를 쓴 모습은, 한마디로 '마법사'라고 부를 만한 모습이니까요.

그런데 이처럼 친숙한 모습의 캐릭터를 준비하면서도 톨킨은 우리가 만들고 싶어 하는 체계화된 마법이 이야기에 필요하다고 생각하지 않았던 모양입니다. 실제로, 원작에서 간달프가 마법보다 꾀와 지혜를 활용해 궁지에 빠진 드워프를 적으로부터 구출하는 장면이 눈에 띕니다. 고블린 동굴을 빠져나가는 위기 순간에도 사용하는 마법은 어둠을 밝히고자 지팡이를 빛나게 하는 정도입니다. 확실히 이건 격이 떨어진다고 판단했는지, 영화에서는 트롤에게 햇빛을 비추기 위해서 바위를 깨뜨리거나, 고블린

좋게 말하면 신비적, 나쁘게 보면 애매한 표현으로 계속되는 톨킨 세계의 마법은 게임 같은 것을 위해 체계화된 시스템으로 만들기 어렵습니다.

동굴에서는 지팡이에 훨씬 강력한 힘을 부여하고 있지만, 큰 차이는 없습니다.

하지만 직접적인 묘사는 아니지만, 호빗골에서 마법의 불꽃을 쏘아 올리거나, 빌보를 좀도둑으로 인정하지 않는 드워프 일행을 몰아붙일 때 언어에 힘을 싣는 것처럼, 간달프의 행동 곳곳에 마법 개념을 부여하고 있습니다. 다만, 그 사고방식이 주로 시각 효과에만 초점을 맞추어 생각하는 우리처럼 가볍지 않습니다. 도리어 톨킨 시대 사람들에겐 우리가 생각하는 마법의 상식을 설명하는 것이 더 힘들지도 모릅니다.

간달프가 소린에게 전해준 외로운 산의 비밀 지도에 새겨진 월광문자가 상징하듯, 전설의 시대에는 우수한 마법이나 기술이 있었지만, 그 많은 것이 사라져가고 있는 시대. 톨킨은 『호빗』에서 그러한 시대를 떠올린 모양입니다.

📖 NOTE

불길한 기계의 전쟁

톨킨은 제1차 세계대전에 참전해 비참한 전장을 목격했습니다. 여기서는 인간을 행복하게 해주었어야 할 과학 기술이 살인 병기로 모습을 바꾸어 사용되고 있었습니다. 발달한 과학은 마법과 차이가 없습니다. 이렇게 생각하면, 톨킨은 아동 문학에서 일부러 마법에 대한 희망을 보여주지 않았던 것일지도 모릅니다. 마법과 역사의 정합성은 가운데땅 창조의 큰 테마가 되었습니다.

피할 수 없는 마법 구축

◊ 태곳적 지혜의 아련한 기억

『호빗』에서는 명료하지 않았던 톨킨의 마법에 대한 생각은 가운데땅을 창조하는 단계에서 본격적으로 변화합니다. 그 체계는 광대하여 쉽게 거론하기 어렵지만, 간달프에 한정하여 정리해봅시다.

간달프는 마이아라고 불리는 유력한 현자입니다. 마이아란, 세계 창조에 관련된 아이누(성스러운 자들) 중 가장 힘이 강한 발라를 위해 일하는 자들을 가리키는 말입니다. 간달프는 인간이 붙인 별명이며, 그의 진정한 이름은 올로린, 엘프들은 미스란디르라고 부릅니다. 인간 노인의 모습을 하고 있으며, 서쪽 바다 끝에 신들이 사는 땅 아만으로부터 사우론의 폭거를 저지하고자 찾아온 5명의 현자(이스타리) 중 한 명으로 설정되어 있습니다.

이러한 설정은 톨킨이 『반지의 제왕』 다음에 진행하는 창작 상황에서 도움이 됩니다. 어찌 되었든 간달프는 가장 강력한 세계 창조주의 힘을 자신이 사용하는 마법의 근원으로 해서 세계를 조화롭게 유지하기 위해 일합니다.

예를 들어, 모리아의 발록이나 미나스 티리스 공방전에서 나즈굴의 군주인 암흑의 기사처럼 적이 강대해질수록 간달프의 마법이 강력해진다는 설정도 그가 조화를 유지하는 사명이 있다고 생각하면 그럴 듯합니다. 특수 효과가 넘쳐나는 영화에서도 특히 간달프의 마법이 이처럼 강대한 적과 싸우는 장면에서 두드러지게 등장하는 것을 보면 제작진도 같은 결론을 내린 것이겠지요.

톨킨의 세계에서 마법은 화구나 번개를 날리는 행위처럼 동적이 아닌, 다분히 정적으로 다루어집니다. 상징적인 것이 치유 마법입니다. 깊은골로 향하던 도중에 모르굴의 단검에 찔려 빈사 상태에 빠진 프로도를 엘론드가 치유 마법으로 치료합니다. 또한, 아라고른도 아셀라스라는 약초를 사용해서 저주가 진행되는 것을 막았습니다. 원작에는 없는 설정이지만 영화판 〈호빗〉에서는 마찬가지로 모르굴의 화살을 다리에 맞은 드워프 킬리를 치료하기 위해서 타우리엘이 아셀라스를 사용해 치유하는 장면이 길게 묘사됩니다. 이것이 숲 속 엘프의 지혜에서 생겨나는 힘인지, 아니면 엘프의

'곤돌린'이라고 불렸던 옛 엘프 왕국에서는, 무기에 다양한 능력을 부여하는 마법을 사용했습니다. 하지만 『호빗』의 시대에는 잊힌 기술이 된 것입니다.

치유 마법을 인간의 상위종인 듀너데인인 아라고른이 사용하게 된 것인지, 힘의 근원은 명확하지 않지만, 인지를 넘어선 치유 마법은 분명 존재합니다.

또한, 마법의 힘은 물건을 만들 때도 발휘됩니다. 『호빗』을 보면 트롤의 동굴에서 발견한 각종 도검은 고대에 엘프의 마법을 담아 만들었다는 사실을 알게 됩니다. 또한, 아라고른을 위해서 전설의 검 나르실을 수리한 것도 깊은골의 엘프입니다. 하지만 그들이 마법을 담아서 새로운 도검을 만드는 일은 없었으며, 그런 낌새도 보이지 않습니다.

그렇다면, 빌보가 손에 든 '스팅'과 같은 마법 검을 만드는 마법은 오래전에 사라졌고, 반지 전쟁 시대에는 이들을 수리하는 정도의 마법만 겨우 남아 있다는 설정을 톨킨은 생각하고 있었겠지요.

📖 NOTE

모습을 바꾼 고대 사령술사

『호빗』에서 어둠숲의 공포를 상징하는 존재로 등장한 네크로맨서는 『반지의 제왕』을 만드는 과정에서 사우론이라는 존재로서 새롭게 등장한 중요 인물입니다. 네크로맨서라는 설정은 분명, 힘의 반지에 속박된 인간들의 왕이었던 악령(나즈굴)의 착상에 영향을 주었을 것입니다. 톨킨은 『호빗』 초판에 나왔던 골룸과 『반지의 제왕』에서의 골룸 설정을 맞추는 데 상당히 고생했지만, 사우론은 의외로 쉽게 정리되었습니다.

좀더 배우고 싶은 여러분께

이 장은 판타지 세계에서 마법을 다루거나 창조하는 장면에 대해서 정확한 지식을 바라는 여러분의 의문에 답하면서, 나아가 새로운 아이디어를 환기하는 해설서를 추구하고 있습니다.

이 장의 내용을 어느 정도 이해한다면, 좀 더 전문적인 용어가 많은 마법 해설서나 안내서는 물론, 마법 사전이나 본격적인 전문서의 내용도 쉽게 이해할 수 있을 것입니다. 이 장에서는 아래와 같은 서적, 해설서를 참고하고 있습니다(국내에 번역된 것은 제목을 굵게 표기했으며, 그렇지 않은 것은 원서 제목을 함께 소개합니다-역자 주).

- 『13개 국어로 이해하는 네이밍 사전(13か国語でわかるネーミング辞典)』 가쿠슈겐큐샤

- **『도해 마술의 역사』, 구사노 다쿠미 지음, 김진아 옮김, AK커뮤니케이션즈**

- 『도해 음양사(図解陰陽師)』 다카헤이 나루미(高平鳴海)・후쿠치 다카코(福地貴子) 지음, 신키겐샤

- 『마법: 그 역사와 정체(The History of Magic)』, 쿠르트 셀릭만(Kurt Seligmann) 지음

- 『마법·마술(魔法・魔術)』, 야마키타 아쓰시(山北篤) 지음, 신키겐샤

- 『마술사의 향연(魔術師の饗宴)』, 야마키타 아쓰시(山北篤)・가이헤이타이(怪兵隊) 지음, 신키겐샤

- **『마술여행』, 마노 다카야 지음, 신은진 옮김, 들녘**

- 『마술의 역사(A History of Witchcraft: Sorcerers, Heretics, & Pagans)』, 제프리 버튼 러셀(Jeffrey Burton Russell) 지음

- 『세계 문자의 도해전서(世界の文字の図典)』, 세계 문자 연구회(世界の文字研究会) 지음, 요시카와코분칸

- 『세계의 역사(世界の歴史)』 각 권, 주오코론샤

- 『소녀와 마법: 걸히어로는 어떻게 수용되는가(少女と魔法: ガールヒーローはいかに

受容されたのか)』, 스가와 아키코(須川亜紀子) 지음, 엔티티출판

- **『어제까지의 세계』, 제럴드 다이아몬드 지음, 강주현 옮김, 김영사**

- 『올 컬러 세계 마술·마법 대전(オールカラー世界の魔術・魔法大全)』, 마법연구회(魔法研究会) 지음, 가사쿠라출판사

- 『음양도: 주술과 귀신의 세계(陰陽道: 呪術と鬼神の世界)』스즈키 이치카(鈴木一馨) 지음, 고단샤

- 『음양도란 무엇인가: 일본사를 속박하는 신비의 원리(陰陽道とは何か: 日本史を呪縛する神秘の原理)』, 도야 마나부(戸矢学) 지음, PHP연구소

- **『의식의 기원』, 줄리언 제인스, 김득룡·박주용 옮김, 연암서가**

- 『이야기하는 힘-영어권 판타지 문학(Worlds Within: Children's Fantasy from the Middle Ages to Today)』, 쉴라 이코프(Sheila A. Egoff) 지음

- 『입문 조몬의 세계(入門 縄文の世界)』, 고바야시 다쓰오(小林達雄) 지음, 요센샤

- 『점술: 명·점·복(占術: 命·卜·相)』, 점술대(占術隊) 지음, 다카헤 나루미(高平鳴海) 감수, 신키겐샤

- 『즐겁게 읽을 수 있는 영미 판타지 문학(たのしく読める英米幻想文学)』, 오칸다 조지(大神田丈二)·사사다 나오토(笹田直人) 편저, 미네르바쇼보

- 『판타지 문학 입문(The Fantasy Tradition in American Literature: From Irving to Le Guin,)』, 브라이언 애트버리(Brian Attebery) 지음

- 『판타지의 문법-이야기 창작법 입문(The Grammar of Fantasy: An Introduction to the Art of Inventing Stories)』, 잔니 로다리(Gianni Rodari) 지음

- **『환상 네이밍 사전』, 신키겐샤 편집부 엮음, AK커뮤니케이션즈**

※이 밖에도 다양한 서적이나 잡지, 웹사이트, 게임을 참고하고 있습니다. 권수가 많은 전집은 전집 제목만 표기하고 있습니다.

자료편

이 자료편에서는 톨킨 세계의 근간이 되는
언어와 무기에 관한 자료를 모았습니다.

곤봉·도끼에 관한 해설

◊ 원시적인 타격 무기에서 절단 능력이 뛰어난 무기로

곤봉Club, 철퇴Mace 같은 곤봉 종류는 몽둥이 모양의 타격 무기에 속하며, 토마호크 Tomahawk로 대표되는 도끼는 그 발전형이라고 할 수 있습니다.

곤봉의 역사는 매우 오래되어 원시인들이 도구를 사용하기 시작한 시대에 생겨났다고 여겨집니다. 그들 주변에 있던 나무나 뼈 같은 것을 그대로 몽둥이 모양 타격 무기로 사용했겠지요.

가장 오래된 몽둥이 모양 타격 무기에는 인위적인 가공은 없었는데, 이윽고 끝부분에 타격 물질을 붙인 메이스가 만들어집니다. 목적은 물론, 위력을 높이기 위한 것이며, 나아가 쇠망치와 같은 끝을 붙인 워 해머War Hammer도 등장합니다.

또한, 자루와 끝부분의 조합을 변형하여 도끼가 탄생합니다. 타격을 목적으로 한 몽둥이형 무기와 달리, 도끼류는 때려서 절단하는 용도로 사용합니다. 칼끝이 있고 도끼머리를 겸비한 무기는 기본적으로 모두 도끼로 분류합니다.

도끼도 오랜 역사를 가졌는데, 구석기 시대 초기의 주먹 도끼가 그 시작입니다. 하지만 이 시기에는 손에 들고 때리기만 하는 정도였고, 이윽고 신석기 시대에 이르러 마제 돌도끼와 타제 돌도끼가 탄생합니다. 하지만 당시엔 아직 농사 등 생활을 위해서만 사용되었다고 여겨집니다. 무기로서의 도끼는 신석기 시대에 만들어지며, 그중에서도 오리엔트 세계의 전투 도끼인 '눈 모양 도끼'가 유명합니다.

이렇게 곤봉 같은 타격 무기와 도끼는 유명한 무기가 되었지만, 금속이 등장하면서 양자의 가치는 달라집니다. 즉, 금속으로 만든 방패나 방어구가 사용되면서 타격 무기의 위력이 약해진 것입니다. 돌도끼도 마찬가지입니다. 도끼머리가 금속으로 바뀌고 날을 세워 높은 절단 능력을 갖추면서, 재질에 따라 다르지만 갑옷 등을 간단히 베어버릴 수 있게 됩니다. 도끼날도 처음에는 구리, 이윽고 청동으로 점점 강력한 재질로 바뀝니다. 반면, 도검이나 창이 그 자리를 대신하면서, 도끼는 야만족의 무기로 여겨지게 되었습니다.

사실, 9~10세기에 날뛰었던 북유럽의 바이킹들은 도검과 함께 3종류의 도끼를 사용했다고 합니다. 이렇게 명맥이 이어진 도끼는 11세기 무렵에 다시 빛을 보

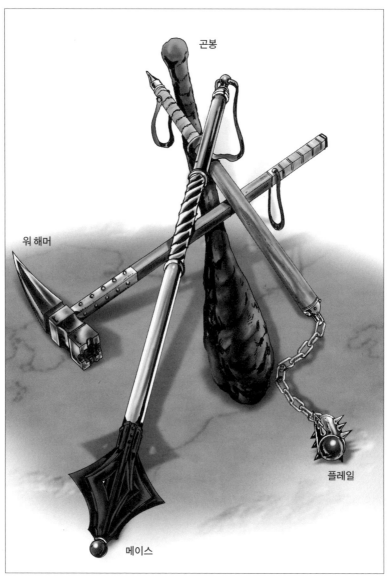

곤봉

워 해머

메이스

플레일

【곤봉/연결 곤봉/전투 망치】
나무를 깎아서 만든 곤봉은 단순하지만, 그만큼 만들기 쉽다. 금속제 갑옷이 만들어짐과 동시에 세트로 메이스(철
퇴)와 같은 금속제 곤봉도 등장한다. 플레일(Flail)은 자루와 쇠사슬, 그리고 타격부인 머리로 구성되며, 곡물에서 씨
앗을 분리하는 농기구(도리깨)를 닮았다고 해서 머리 부분을 '곡물(grain)'이라고도 불렀다. 플레일과 전투 망치(워
해머)는 전투 도끼만큼 머리가 무겁지 않아서, 사용자의 피로가 덜했다.

게 됩니다. 갑옷으로 몸을 감싼 기병이 등장하자, 자루가 긴 도끼만이 대항 수단으로 유용했기 때문입니다.

◊ 곤봉(Club)

여기서부터는 곤봉부터 도끼에 이르는 역사 속 대표적인 무기를 소개해보겠습니다.

우선 가장 오래된 타격 무기인 곤봉입니다. 나무나 뼈를 그대로 사용한 것을 '단순 곤봉'이라고 부릅니다. 또한, 타격력을 높이기 위해 가공한 것은 '합성 곤봉'이라고 부릅니다. 곤봉은 일찍이 그리스 신화에도 그 이름이 등장하며, 고대 그리스 로마 시대의 야만족이나 앞에서 소개한 바이킹도 사용하고 있습니다. 하지만 곤봉이 주력 무기가 되는 일은 없었습니다. 나무로 만들어 약하다는 점은 어쩔 수 없었기에, 중세에는 훈련에 사용되거나 하면서 계속 살아남았을 뿐입니다.

반면, 살상력이 약하다는 점은 때때로 장점으로 작용하기도 하는데, 현대의 경찰이 경찰봉을 휴대하는 것은 이러한 점 때문이겠지요.

◊ 메이스(Mace, 철퇴)

몽둥이형 타격 무기의 대표가 메이스입니다. 507쪽 그림처럼 주로 금속제 '머리'를 붙인 유형의 곤봉으로, 복합형이라고 불렸습니다. 곤봉과 마찬가지로 예부터 널리 사용되었지만, 단일한 물체인 곤봉과 달리, 메이스는 '자루+머리'와 같이 두 개의 물체를 조합한 것이 큰 특징입니다.

처음에는 돌로 된 머리와 자루로 이루어졌던 메이스는, 이윽고 머리나 전체를 금속으로 제작합니다. 메이스는 곤봉보다 타격력이 강력한 병기인데, 그 이유는 머리를 붙임으로써 끝부분이 무거워지고 이것이 지레 원리를 발생시켜 타격력을 높이기 때문입니다. 곤봉은 그 크기 이상의 위력은 없었습니다. 하지만 메이스의 머리가 금속으로 만들어진 시대에는 검이나 창에 의한 전투가 주류였습니다. 활 등이 등장하면서 메이스는 호신용 무기가 되었고, 기원전 5세기부터 4세기까지 갑옷을 공격하는 데 애용되었던 것을 빼면, 눈에 띄지 않는 존재로 계속 남았습니다.

메이스의 절정기는 14~16세기 무렵으로, 이 시기에는 긴 자루를 달아서 말 위

【전투용 곡괭이(피크, Pick)】
뾰족한 돌과 단단한 목재를 긴 자루 끝에 묶기 시작하면서 무기의 비약적인 진화가 시작되었다. 전투용 곡괭이는 경장(輕裝)의 적에 대한 효과는 말할 필요도 없었다. 게다가 체인 갑옷(사슬 갑옷)을 간단히 뚫고, 플레이트 아머(철판 갑옷)도 이 무기에 대해서는 관절 부위가 약점이 되었다. 전투 도끼나 전투 망치도 도끼머리나 자루 끝에 피크를 붙여서 공격력을 강화했다.

의 적에게도 대항할 수 있게 되었습니다. 물론 금속으로 제작된 만큼 갑옷에 대한 공격도 유효했습니다. 메이스가 변형된 형태 중에는 모르겐슈테른Morgenstern (영어로는 모닝스타)이 있었습니다. 이는 독일에서 만든 메이스로, 머리 부분에 가시가 방사형으로 여러 개 별처럼 뻗어 있어 매우 위험한 형태입니다.

◈ 플레일(Flail)

플레일은 2개의 막대를 사슬 같은 것으로 연결한 무기입니다. 플레일을 휘두르면, 연결된 사슬 때문에 막대에 가속이 붙어 손쉽게 강력한 타격을 가할 수 있었습니다. 또한, 휘어진 사슬이 예상 밖의 지점에 명중하는 등 기습 효과도 뛰어났습니다.

플레일은 동유럽에서 등장한 무기로, 11세기에는 십자군 기사가 쓴 헬멧에 효과적인 공격 수단이 되었습니다. 메이스가 통하지 않을 정도로 강인한 헬멧에 플레일이 결정타가 된 것입니다.

처음 출현했을 때부터 12세기 초반까지 플레일은 막대와 막대를 연결한 형태였으며, 사슬 끝에 연결하는 재료를 '곡물Grail'이라고 불렀습니다. 즉, 몽둥이형 곡물의 시대가 오래 계속됐지만, 12세기 중반 무렵에 금속제의 '둥근 모양 곡물'이 등장하면서 가장 위력이 높은 플레일이 완성됐습니다. 또한, 긴 자루를 달아서 보병이 양손으로 휘두르는 풋맨즈 플레일Footman's Flail과 자루가 짧고 말 위에서 사용하는 호스맨즈 플레일Horseman's Flail 등 다양한 종류가 만들어졌습니다.

14세기 초 네덜란드의 플랑드르 지방을 습격한 프랑스는 기사 6,000명이 희생되면서 괴멸적인 손해를 입었는데, 이는 네덜란드 농민이나 시민병 상당수가 플레일을 장비하고 있었기 때문이라고 합니다. 플레일이 그만큼 강력하고 편리한 무기였다는 증거겠지요. 이렇게 맹위를 떨친 플레일이었지만, 기병에 더욱 효과적인 무기인 파이크Pike와 총기가 발명되면서 정규군 병사는 이들을 장비하게 되었습니다.

이렇게 플레일은 무대에서 사라진 듯했지만, 서유럽에서는 농민이나 종자들의 병기였기 때문에 근년까지 계승되었습니다. 1920년 소련이 폴란드를 침공했을 때, 정규군에 가담했던 농민들은 손에 플레일(탈곡용 농기구를 닮아서 한국에선 '도리깨'라고 번역하기도 합니다-역자 주)을 쥐고 있었습니다.

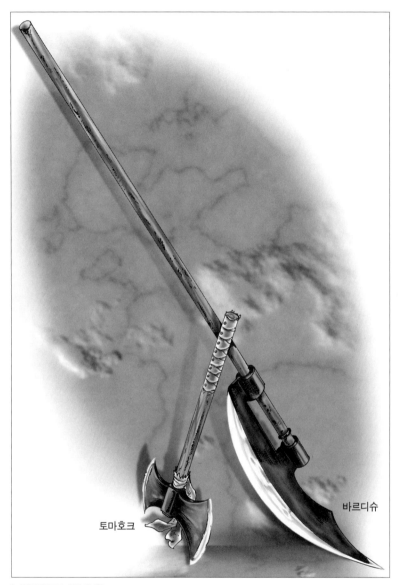

바르디슈

토마호크

【다양한 전투 도끼(워 액스)】
가공이 쉽고, 때려서 자르는 위력이 뛰어난 전투 도끼는 세계 각지에서 만들어졌다. 처음에는 날이 무거워도 쉽게
다룰 수 있도록 자루가 짧은 것이 주류였지만, 전열을 짜서 전투하는 사례가 늘어나면서 자루가 점점 길어졌고, 창
과 전투 도끼의 두 가지 기능을 갖춘 '폴암(polearm, 장병 무기)'이 탄생한다. 또한, 토마호크처럼 가벼운 손도끼는
투척 병기로도 뛰어나서 많은 전사가 애용했다.

◈ 워 해머(War Hammer, 전투 망치)

이제까지 거론한 몽둥이형 타격 병기는 주로 보병처럼 지상에서 싸우는 전사가 사용했습니다. 하지만 워 해머는 보병용이면서도 많은 기사가 애용한 무기였습니다. 구석기 시대, 나무에 돌을 끼운 것이 기원이라고 하는데, '해머'는 게르만어로 '돌로 만들어진 무기'를 뜻합니다.

좁은 의미의 워 해머는 중세 유럽에서 사용된 보병 무기가 그 시조입니다. 길이는 2m 이상으로, 창에 여러 개의 징(스파이크)을 붙인 모양이었습니다. 이것이 15세기 무렵이 되어 쇠망치 모양의 머리로 변합니다. 한쪽은 망치처럼 평평한 모양, 다른 한쪽은 곡괭이처럼 뾰족한 모양으로 만들어 가장 일반적인 형태가 완성됩니다.

이후 점차 자루가 짧아지면서, 말에서 내린 기사들의 무기로 사용되기에 이릅니다. 그 길이는 80cm 정도로, 기병이 사용해 '호스맨즈 해머^{Horseman's Hammer}'라고 불리기도 합니다. 나아가 곡괭이가 긴 형태, 곡괭이 모양으로만 이루어진 형태도 존재해 호스맨즈 해머를 '전투용 곡괭이'라고 부르기도 했습니다.

기사들이 사용하는 워 해머는 더욱 짧아졌는데, 이는 말 위에서 휘두를 수 있도록 50cm 정도가 되었습니다. 또한, 기사들은 갑옷을 관통해 적을 꿰뚫는 곡괭이 부분이 긴 형태를 선호한 모양입니다. 갑옷을 관통할 수 없는 해머도 적의 뼈를 부러뜨리는 등 충분한 공격력을 갖추고 있었습니다.

보병용 워 해머는 14~16세기에 걸쳐 절정기를 맞이합니다. 특히 유명한 것이 프랑스의 '베크 드 코르방^{Bec de Corbin}'입니다. 이는 프랑스어로 '유리 부리'를 의미하는데, 자루 끝이 새의 부리를 닮아서 이렇게 불렸습니다. 보병의 해머는 투구로 방어한 적병도 일격에 쓰러뜨렸다고 합니다. 하지만 다른 몽둥이형 타격 무기와 마찬가지로 총기가 발달하면서 전선에서 모습을 감추게 됩니다.

◈ 토마호크(Tomahawk)

토마호크는 도끼와 같은 몽둥이 모양으로, 사용 방법도 비슷하면서 곤봉이나 메이스보다 훨씬 높은 위력을 발휘합니다. 북아메리카 원주민인 인디언이 애용한 무기로 유명하며, 그 모양은 아이도 쉽게 그릴 수 있을 정도로 널리 알려져 있습니다.

【양손 전투 도끼를 쥔 전사】
위력이나 파괴력만이 아니라, 전투 도끼를 휘두르는 그 모습이야말로 위대한 무기가 된다. 전사 부족을 이끄는 족장
은, 자신의 힘으로 그 자격이 있음을 증명해야만 했다. 다만, 대형 전투 도끼는 이윽고 검과 같은 합리적인 무기로 대
체되고, 지배자의 권위를 나타내기 위한 의례적인 도구로 사용되기에 이른다.

토마호크는 작은 도끼머리에 40~50cm 정도의 가는 자루를 달고, 공구나 무기, 때로는 파이프로도 사용했습니다. 북아메리카 원주민의 생활에 밀접한 존재로서, 숙련자라면 던져서 사용할 수도 있었습니다.

토마호크는 서유럽에서 만들어져 수출되기도 했습니다. 이는 서부 개척 시대에 북아메리카 원주민 문화의 영향을 받은 서유럽 사람들이 토마호크에 감명을 받았기 때문입니다. 그들은 '보딩 액스boarding axe'라고 부르며 친근하게 여겼습니다. 영국군은 19세기에 한때, 토마호크를 정식 장비로 채용하기도 했습니다.

덧붙여, 던질 수 있는 도끼 중에는 토마호크보다 오랜 역사를 가진 프랑키스카francisca라는 것이 있습니다. 3세기에 프랑크 왕국을 세운 프랑크족이 사용한 것으로, 그들은 활을 잘 다루지 못했기에 투척 무기로서 프랑키스카를 애용한 모양입니다. 던진 뒤에는 적에게 접근해 칼 같은 무기로 싸웠던 모양이지만, 근년의 실험으로 프랑키스카는 사정거리가 12m 정도라는 결론이 나왔습니다. 접근전에서도 유효한 병기였지만, 기병이 출현하면서 쇠퇴합니다.

◈ 바르디슈(Bardiche, 또는 바디슈)

도끼 중에서도 최상의 위력을 자랑하는 것이 바로 바르디슈입니다. 길이가 60~80cm에 달하는 활처럼 휘어진 긴 날에, 두꺼운 자루는 120~250cm에 달했습니다. 무게도 3kg 전후였기 때문에 굉장한 위력이었다고 상상할 수 있습니다. 바르디슈는 16~18세기에 동유럽에서 애용되었습니다. 17세기까지는 모스크바 대공국의 보병 부대가 주요 무기로 사용했지만, 그들은 자루가 짧은 유형을 도끼처럼 휘둘러서 싸웠다고 합니다.

한편, 긴 자루를 가진 도끼의 선배 격으로 셀티스Celtis가 있었는데, 바르디슈만큼 크지도 않고 위력도 따르지 못했습니다. 이는 주로 에트루리아인이 사용했으며, 형태는 자루가 긴 토마호크를 떠올리면 좋겠지요. 예리한 날로 상대의 목을 벨 수 있었다고 합니다.

◈ 그 후와 현재

몽둥이 형태의 타격 무기와 도끼는 손에 들고 사용한다고 하는, 병기로서는 가장 소박하면서도 원시적인 성격을 갖고 있습니다. 그만큼 오래전에 탄생했으며, 당연히 광범위하게 사용되었습니다. 창이나 활, 총기라는 혁신적인 무기가 등장하면서 그다지 눈에 띄지 않게 되었습니다. 이러한 상황에서 도검 등에 권력의 상징으로서 성격을 부여했다는 이유도 있지만, 몽둥이 모양 타격 무기나 도끼는 야만인들의 무기라는 이미지 때문에 전장에서 사라지게 되었습니다.

하지만 소박하지만 모양을 바꾸면서 현재까지 사용되는 무기도 있습니다. 그 대표적인 것이 곤봉입니다. 목제로 만든 간단한 경찰봉은 거의 전 세계의 경찰이 사용하고 있습니다. 사람을 죽이지 않고 위협을 제거할 수 있는 곤봉이야말로, 문명 세계에서 살아가는 인류에게 가장 적합한 무기일지도 모릅니다.

뇌신 토르의 묠니르(Mjölnir)

◆ 최강 신과 최강 무기가 조합된 최고 커플

신화를 잘 아는 사람에게 전설의 곤봉이나 도끼 계열 무기를 물어보면 십중팔구
'묠니르'를 말할 것입니다. 묠니르는 북유럽 신화의 뇌신 토르가 지닌 무기입니
다. 그 형태에 관해서는 다양한 가설이 있지만, 전투 망치라는 점은 공통되어 있습
니다. 북유럽 신화의 야금술 종족인 드워프(드베르그) 신드리와 브록크 형제가 만
든 이 무기는 높이 던지면 번개를 일으켜서 상대에게 떨어뜨리고, 휘둘러서 때리
면 하늘을 뚫고 서리 거인의 머리를 단번에 부숴버릴 정도의 위력을 지녔습니다.
묠니르를 던지면 반드시 적에게 명중하고 위력을 그대로 가진 채 손으로 돌아옵
니다. 게다가 토르의 신체 크기가 바뀌면 그에 맞춰서 커지거나 줄어드는 등 정말
로 편리한 무기입니다. 이런 묠니르를 거인 트림에게 빼앗겨 힘이 약해진 토르는
창피함을 무릅쓰고 로키에게 도움을
청할 수밖에 없었습니다.

켈트 신화의 주신 다그다가 가진
곤봉도 유명합니다. 죽을 먹을 때도
사용하며, 앞뒤의 구분이 있었다고
하는데 거대한 나무 숟가락 모양이었
을지도 모릅니다. 무기로 사용할 때
도 상당한 위력을 발휘하지만, 그 힘
을 반대로 휘두르면 죽인 상대를 되
살립니다.

이처럼 전설의 곤봉이나 도끼, 망
치는 파괴와 생명의 재생이라는 양면
성을 가진 존재로 그려지곤 합니다.

【토르의 묠니르】
뇌신 토르도 묠니르를 사용하려면 메깅요르드라는 힘의 허
리띠를 차야 했다. 새빨갛게 달아올라 있었다는 설도 있다.

힘의 상징, 전투 도끼

◈ 비잔틴 제국에서 이름을 떨친 전투 도끼 부대(바랴기스)

곤봉·도끼의 개성이나 특징을 단어로 표현하면, '거칠다', 또는 '폭력' 정도가 떠오릅니다. 영화 〈글래디에이터〉의 첫 전투 장면에서는 양손에 전투 망치를 들고 휘두르면서 로마 병사를 압도하는 게르만 족장이 강렬한 존재감을 보여주는데, 게르만 부족 전사 대부분은 곤봉이나 도끼를 사용하고 있습니다. 마찬가지로 영화 〈트로이〉에서는 신화 색채가 상당히 빠진 각색이었는데, 그리스 쪽 영웅 아이아스가 전투 망치를 사용하고 있습니다. 괴력을 자랑하는 거구의 사내에게 잘 어울리는 물건입니다.

금속제 갑옷을 입은 상대에게도 큰 피해를 줄 수 있다고 하는데, 동유럽의 병사들은 전투 도끼를 부대 단위로 사용해 두려움을 떨쳤습니다. 러시아 제국이 탄생하기 이전의 모스크바 대공국에서는 바르디슈라고 불리는 외날 도끼를 장비한 용맹한 병사가 두려움의 대상이 되었습니다. 바르디슈는 본래 짧은 도끼였지만, 기병의 돌진에 대항하고자 자루가 길어졌습니다.

나아가 남쪽 비잔틴 제국에서는 대륙을 횡단해 찾아온 바랑기아인의 후계자를 친위대로 고용했습니다. 거대한 전투 도끼를 휘두르며 싸우는 '바랴기스 Variags'라고 불리는 북유럽인 용병대는 용맹함과 과감한 전투 방식으로 알려졌으며, 또한 음모가 넘치는 비잔틴 궁정에서도 정치에는 거의 관심을 보이지 않는 프로 집단의 모습이 두드러집니다.

【양손용 전투 도끼】
플레이트 아머를 입고, 양손용 전투 도끼를 사용할 만한 괴력의 소유자는 어떤 군대에서도 중용된다.

플레일vs.토마호크

◆ 사거리의 벽을 깨부수는 필살의 칼날

플레일 계열 무기는 자유도가 높고 다루기가 쉽다는 이점이 있습니다. 자루 부분을 길게 만들면 돌리기는 힘들겠지만, 원심력을 이용해 강력한 타격을 가할 수 있습니다. 사슬을 늘려서 끝에 쇠공을 붙인 '볼 앤드 체인Ball&Chain'이라면 중장갑 상대로도 유효한 타격을 가할 수 있습니다.

플레일에는 자루와 머리를 연결하는 사슬이 있는데, 여기에는 두 가지 이점이 있습니다. 하나는 방패를 가진 상대에게 유효하다는 점. 방패로 자루를 막아도 머리 부분의 기세를 멈출 수는 없어서 원심력으로 그 배후에 있는 적을 때립니다. 또한, 머리 부분을 방패로 막아도 사슬 덕분에 부딪혔을 때의 충격이 사용자에게 돌아오지 않습니다.

전투 도끼 계열도 플레일과 마찬가지로 설계의 자유도가 높은 무기입니다. 다만, 살상 위력이 칼날과 도끼머리에 집중되어 있어서 둘 다 상대에게 확실하게 때려 박을 필요가 있습니다. 플레일과 비교할 때 살상력은 우수하지만 다루기가 어렵고, 크게 휘두르는 공격이 빗나갔을 때 동작에 허점이 생깁니다.

양자가 싸울 경우, 플레일은 거리를 두면서 치고 빠지는 공격을 노리면 좋겠지요. 가볍게 휘두를 수 있다는 이점을 살려서 적의 사거리 밖에서 공격하면, 단번에 쓰러뜨릴 힘은 없어도 적절한 거리에서 명중하기만 하면 일단 피해를 줄 수 있기 때문입니다. 그에 반해 도끼는 양손에 들고 휘두르는 대형 전투 도끼라면 살을 내어주고 뼈를 깎을 각오로 옆으로 크게 휘둘러서 공격하는 방법이 있겠지만, 빗나갈 경우에는 오히려 확실하게 당할 수 있습니다.

이것이 토마호크라면 전투 방법은 상당히 바뀝니다. 작고 가벼운 토마호크는 2~3개를 허리나 벨트에 차고 있는 것이 보통입니다. 그리고 토마호크 사용자는 투척 기술을 반드시 연마하게 마련입니다. 플레일의 사정거리 밖 아슬아슬한 지점에서 토마호크를 던져서 적이 움찔거리는 사이에 단숨에 다가가 다른 한 손에 든 토마호크를 머리에 때려 박습니다. 이것이 토마호크를 사용하는 용사의 전투 방법입니다.

【사거리를 활용한 플레일과 일격필살을 노리는 토마호크】
연결 곤봉과 도끼 계열 무기. 각각 궁극이라고 할 만한 무기가 대결을 벌인다. 플레일은 술사의 취향이나 전투 스타
일에 따라서 다양하게 전투 방법을 응용할 수 있다. 일본의 무사인 미야모토 무사시와 싸웠다고 알려진 시시도 바이
켄의 사슬낫도 플레일의 일종이다. 토마호크는 투척 도끼로도 유명해서, 현재도 미국에서는 투척 도끼 대회를 개최
하고 있다. 그 명중 정밀도에 경의를 표하며 순항 미사일 이름에 사용되었다는 건 결코 농담이 아니다.

창에 관한 해설

◈ 총기가 등장하기 전까지 전장의 지배자

창은 장병 무기長柄武器(긴 자루 병기)의 일종입니다. 그 역사는 다른 무기에 절대 뒤지지 않을 만큼 오래되었는데, 원시 시대에 수렵용 찌르는 무기가 발달했습니다. 이것이 그리스 · 로마 시대엔 원거리와 근거리 모두에서 사용하는 무기가 되고, 서유럽 시대에는 찌르기 이외의 목적으로도 사용하는 장병 무기가 등장했습니다.

르네상스 시대는 장병 무기의 전성기였습니다. 일반적인 창은 물론이고, 농구나 공구에서 발달한 장병 무기도 사용되기에 이릅니다. 16세기에 보병이 총을 갖게 되면서 창의 지위는 조금 낮아졌습니다. 하지만 당시의 총은 전장식이라서 탄환 장전에 시간이 걸렸기에 창이 바로 쇠퇴하지는 않았습니다. 던져서 사용하는 재블린javelin, 기병용 투창인 랜스lance도 등장합니다. 그 후, 총이 진화하면서 창은 주력 무기의 위치에서 물러났지만, 현재도 각국에서 의식용으로 사용되고 있습니다.

여기에서는 창을 포함한 장병 무기의 개념에 관해 설명합니다. 기본 형태는 '창날'과 '자루'를 조합한 것입니다. 이 창날에 예리한 끝부분이나 날을 부착한 것을 크게 스피어spear와 폴암polearm으로 나눕니다. 스피어는 찌르기만을 목적으로 만든 것으로, 이른바 '창'이 여기에 속합니다. 창날의 형태는 다시 3종류로 나뉘는데, 이것은 이후에 설명하겠습니다. 폴암은 찌르기 이외의 목적으로 사용한 장병 무기의 명칭입니다. 예를 들어, 긴 자루 도끼인 '폴 액스(pole-axe)'는 찌르기가 아니라 때려서 자르는 목적으로 사용합니다. 이후에는 각종 창, 그리고 장병 무기를 소개합니다.

◈ 스피어

스피어의 분류에서 '창 모양 장병 무기'의 필두가 바로, 동명의 무기인 스피어입니다. 길이에 따라서 롱 스피어(장창)와 쇼트 스피어(단창)로 나뉘는데, 전자는 대략 2~3m 정도로 순수하게 찌르기 목적으로 사용합니다. 쇼트 스피어는 던져서 사용할 수도 있으며, 처음에는 수렵용 도구였습니다. 기병이 말 위에서 사용한 스피어도 대개 쇼트 스피어입니다.

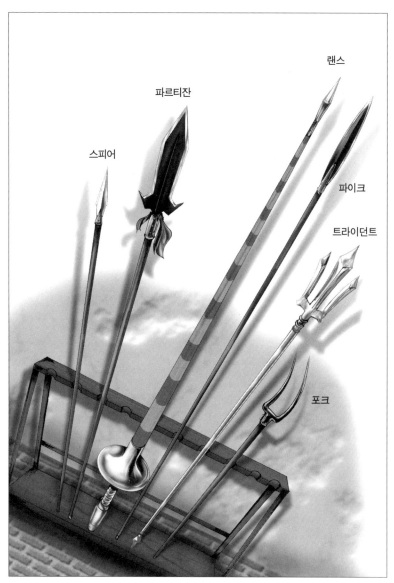

랜스

파르티잔

스피어

파이크

트라이던트

포크

【전장을 지배한 다양한 창】
왼쪽부터 순서대로 스피어(Spear), 파르티잔(Partisan), 랜스(Lance), 파이크(Pike), 트라이던트(Trident, 삼지창), 전
투용 포크(Fork)다. 트라이던트는 그리스 신화에서 바다의 신 포세이돈이 사용하는 창으로도 유명한데, '3개의 이빨'
이라는 뜻이다. 전투용 포크는 농기구를 전용한 것으로, 농민 반란 등에서 사용되었다. 대열을 짜서 사용하는 것부
터 기병용, 호신용까지 창은 전장을 지배한 무기다.

고대에는 방패와 쇼트 스피어를 지닌 병사의 찌르기 위주 전투가 대부분이었습니다. 하지만 이 전법이 전차와 사격 병기에 무너지면서, 스피어를 길게 늘여 원거리에서 상대를 공격하게 됩니다. 이것이 롱 스피어입니다. 이후에는 그리스의 팔랑스(밀집 대형)로 연결됩니다.

롱 스피어는 중세에 태어난 장병 무기의 시조로, 중세에는 거의 사라졌지만 그 영향력은 절대적이었습니다.

◈ 파이크(pike)

스피어를 확대한 형태가 파이크입니다. 보병이 기병과 싸울 수 있도록 자루는 5~7m 정도에 이르렀습니다. 유럽에서는 1422년 알베도 전투에서 처음 등장했습니다. 이때, 스위스 병사가 이탈리아에서도 이름을 떨친 밀라노 기병을 물리치면서 그 위력을 보여주었습니다.

총이 등장하면서 다른 병기와 마찬가지로 주력의 자리에서 물러나지만, 탄환을 장전하는 동안 파이크로 호위하는 등 한동안은 중요한 무기였습니다. 또한, 그 길이 때문에 총을 갖지 않은 보병에 대해서는 여전히 유효한 무기로 남았습니다.

총에 장착하는 단검, 총검bayonet이 등장하면서 파이크의 역할은 사라졌습니다. 총검은 현대의 군대에서도 사용될 정도로 획기적인 무기인 만큼, 대체되는 것도 당연했겠지요.

한편, '하프 파이크'라는 길이 2m 정도의 찌르기 병기도 있었습니다. 사용법은 파이크와 같으며, 17세기 중반에 선상에서 일어나는 전투에 사용했습니다.

◈ 트라이던트(trident)

스피어의 두 번째 형태가 바로 '여러 개의 날이 달린 장병 무기'이며, 그중 대표적인 것이 트라이던트입니다. 그 시조는 수렵용 기구이며, 긴 자루에 창 모양 날이 3개 달린 모습을 보신 분도 계시겠지요. 날이 3개인 트라이던트에 의한 상처는 쉽게 낫지 않아 매우 성가십니다.

이것이 무기로 등장한 것은 고대 로마 시대입니다. 콜로세움에서 싸우는 검투사들은 오른손에는 트라이던트, 왼손에는 그물을 들고 싸웠습니다. 그물로 상대

【랜스를 쥔 기사】
말 위에서 창을 다루는 것은 보병의 창 사용법과는 근본적으로 다르다. 휘두르는 것이 아니다. 기병용 창인 랜스에
는 말이 돌진하는 힘을 그대로 창의 위력으로 바꾸기 위해서 다양한 연구가 도입되었다. 이윽고 전장 이외의 장소에
서 마상 시합(토너먼트)이나 조스트(Joste)라는 이름의 개인전이 성행하면서, 사용자를 보호하는 뱀플레이트나 중
량을 줄이는 장식인 플루팅(fluting) 등을 도입한 전용 랜스가 발명되었다.

를 묶고, 움직일 수 없게 한 뒤에 트라이던트로 찔렀습니다. 선원들도 싸울 때 자주 사용했습니다. 반면, 군대에서 무기로 사용된 일은 없습니다. 트라이던트는 주력 무기는 되지 못했지만, 현재도 각국에서 농기구로 사용되고 있습니다.

포크(fork)

여러 개의 날이 달린 무기 '포크'는 트라이던트처럼 농기구에서 시작되었습니다. 2개의 날을 가진 쌍지창 형태를 많은 사람이 봤으리라 생각합니다. 일본에서는 도리카타(포졸)가 범인을 잡을 때 사용하는 사스마타(긴 자루 끝에 U자형 쇠가 달린 도구)가 트라이던트보다 친숙한 존재일 것입니다.

등장 시기는 명확하지 않지만, 10세기경 십자군 시대라는 주장이 있습니다. 트라이던트와 달리, 군대에서도 밀리터리 포크로 채용되었습니다. 또한, 나이프 농기구가 발전된 형태인 만큼, 15~19세기에 걸쳐서 농민 반란 시에도 자주 사용되었습니다. 1920년대에 들어서도 폴란드 농민들은 포크를 들고 자국에 침입한 소련군과 싸웠습니다.

포크 사용 방법은 두 가지입니다. 하나는 스피어처럼 찌르는 것, 또 하나는 말을 탄 적을 포크로 끌어내려서 숨통을 끊는 것입니다.

파르티잔(partisan)

스피어의 마지막 형태는 날개 달린 장병 무기로, 통칭은 '윙드 스피어winged spear'이며 파르티잔이 대표적입니다. 형태는 폭이 넓은 양날의 창에 작은 돌기가 달렸습니다. 이 돌기는 파르티잔의 위력을 높이지만, 상대의 무기를 받아내거나 막는 등 방어에도 사용했습니다. 스피어는 찌르는 병기이지만, 파르티잔은 베는 것도 염두에 두고 있습니다. 구조는 간단하지만, 기능이 다양해서 우수한 무기라고 할 수 있습니다. 파르티잔은 15세기 중반 게릴라(즉, 파르티잔)가 처음 사용했으며, 16세기에는 군대에서도 사용됩니다.

파르티잔은 날에 장식을 하기도 했습니다. 궁정 기병이 사용하는 파르티잔에는 문장이 새겨져 있었다고 합니다. 그래서인지, 17세기 이후에 더 이상 무기로는 사용되지 않지만, 의전용으로 남아 있습니다. 현재도 바티칸의 스위스인 위병, 런던

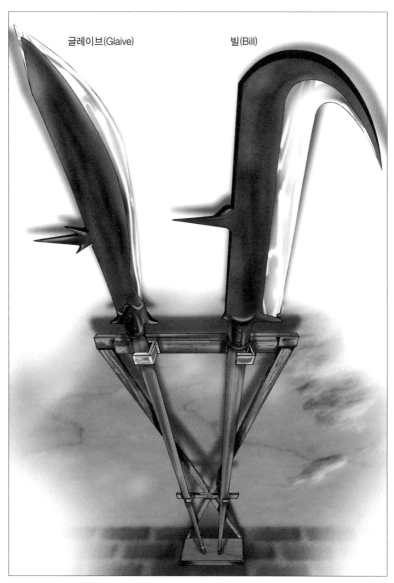

글레이브(Glaive)

빌(Bill)

【폴암(장병 무기)의 발달】
중세 유럽에서 대열을 짠 보병 부대가 탄생하면서, 복잡한 전술을 쓰게 되었다. 이에 따라서 전투 도끼나 전투 망치처럼 공격 범위가 짧고 대열에서 사용하기에 불편한 무기는 모습을 감추고, 창이 보병 부대의 주요 장비가 된다. 하지만 말 위에 올라탄 기사를 쓰러뜨릴 때 창으로는 부족했기에 전투 도끼의 성질을 겸비한 긴 자루 병기 폴암이 등장했다. 핼버드나 파르티잔이 대표적이다.

탑을 경비하는 요먼 위병 같은 근위병이 파르티잔을 장비하고 있습니다.

◊ 랜스(lance)

기병창이라고도 불리는 랜스는 기병의 주력 무기입니다. 스피어에는 속하지 않으며, 한 손으로 사용하는 무기로서는 가장 깁니다. 기본적으로 찌르기에 사용되고, 창날 끝은 그 형태가 다양합니다. 그중에는 기사의 모의 전투(토너먼트)에 사용하기 위해 날 끝이 없는 것도 있습니다.

본디 랜스라는 말은 창을 부르는 총칭처럼 사용되었습니다. 그러다가 6세기 프랑스에서 기병용 창을 랜스라고 부르게 되었습니다. 이것은 긴 창 모양으로 되어 있어, 중세 군대가 기병 중심으로 바뀌는 과정에서 없어서는 안 되는 무기로서 정착했습니다. 말을 타고 돌진하면서 세게 내찌르는 공격은 절대적인 위력을 발휘했습니다. 하지만 파이크나 총이 등장하면서 기병이 쇠퇴하고, 랜스도 점차 모습을 감추게 됩니다.

18세기에 기병이 부활하자, 다시 랜스도 전장에 모습을 드러냅니다. 사브르(또는 세이버)를 지닌 기병도 있었지만, 공격 범위가 넓은 랜스가 압도적으로 유리했습니다. 그러나 제1차 세계대전 시기에 전차나 기관총이 전장에서 사용되면서, 기병이나 랜스는 완전히 시대에 뒤떨어진 존재가 되었습니다. 이윽고 기병 부대는 전차 부대로 바뀌어 갔습니다.

하지만 제2차 세계대전 때도 건재했던 기병 부대가 있습니다. 그것은 폴란드군의 기병 부대입니다. 폴란드 기병은 제2차 세계대전 초반에 침공한 나치 독일에 맞섰습니다. 결과는 참패였지만, 전통 있는 폴란드 기병을 두려워한 독일 병사도 많았다고 합니다. 이처럼 군사용 무기로서는 시대에 뒤졌지만, 당당하고 멋진 모습으로 의전에서도 종종 사용됩니다.

◊ 핼버드(또는 핼버트)

찌르기 목적 이외에 사용하는 장병 무기를 폴암이라고 합니다. 그중에서도 핼버드는 도끼 모양 장병 무기로 분류하는데, 르네상스 시대에는 가장 대중적인 무기였습니다. 15세기경에 등장한 핼버드는 베기, 찌르기, 갈고리로 끌어내리기, 갈고

【폴암 전사】
핼버드나 글레이브, 16~18세기에 등장한 바르디슈 같은 폴암을 장비한 병사는 대열에서는 창병처럼 싸우고, 대열
에서 벗어난 이후에도 무기를 구사해 싸워야 했다. 싸움에 익숙한 기사를 상대할 때는 여럿이서 둘러싸고 폴암의 갈
고리를 이용해 끌어내려 떨어뜨린 뒤에 몰려들어 숨통을 끊었다.

리로 찌르기의 4가지 기능을 겸비했습니다. 날은 도끼 모양이라서 스피어보다 강력하며, 사용 방법도 다양해서 각국의 군대가 장비했을 정도입니다. 하지만 새롭게 등장한 파이크로 인해 핼버드를 갖춘 군대가 격파되고, 나아가 총이 사용되기 시작하면서 핼버드의 시대는 막을 내립니다. 원형부터 생각하면 가히 300년에 걸쳐 애용된 무기였습니다. 의식 등에도 등장하며, 이런 용도로는 19세기 무렵까지 사용되었습니다.

◆ 글레이브(glaive)

긴 칼 모양 장병 무기인 글레이브는 폴암 중에서도 가장 큰 날을 지녔습니다. 날 끝이 뾰족해서 찌르기에도 쓸 수 있습니다. 농업에 사용하는 큰 낫이 원형으로 여겨지며, 13세기경에 각국의 근위병이 사용하기 시작했습니다. 16세기에는 날에 갈고리 부분이 추가되어 조금 더 강력해졌습니다. 하지만 기본은 의식용이었기에 더욱 멋있어 보이도록 날은 점점 커지고, 많은 장식이 달렸습니다.

16세기경부터 전투에서는 사용하지 않게 되었지만, 의식에서는 17세기 후반까지도 사용한 나라가 있습니다. 일본의 나기나타(왜장도)나 중국의 언월도도 글레이브의 일종이라는 견해도 있습니다.

◆ 빌(bill)

폴암 시리즈의 마지막은 낫 모양 장병 무기이며, 빌이 대표적입니다. 글레이브와 닮았지만, 상대를 끌어내리기 위해서 날 끝이 낫처럼 생겼으며, 양날로 되어 있습니다. 즉, 찌르기는 할 수 없지만, 끌어내리는 기능을 가진 유일한 폴암입니다. 플레이트 아머를 입은 보병은 때로는 찌르기보다 끌어당겨 쓰러뜨리는 쪽이 처리하기 쉬웠던 것입니다. 그 원형은 원 모양의 낫을 가진 농기구 빌포크bill fork라고 하며, 무기로서는 13세기 무렵에 등장했다고 합니다.

시대가 흐르면서 빌에는 몇 가지 장비가 추가되었습니다. 우선 날카로운 날이 달리면서 끌어당겨 쓰러뜨린 적을 찌르는, 강력한 연대 공격이 가능해졌습니다. 15세기에는 손을 보호하는 윙wing이나 작은 갈고리가 추가되는 등 공격과 방어 모두 성능이 향상되어 갔습니다. 빌도 총의 등장으로 사라졌지만, 다루는 법이 간단해 농민이나 시민들이 즐겨 사용한 모양입니다.

◊ 장병 무기의 종언

주력 무기를 교체하면서 등장한 창이나 장병 무기가 총이라는 사격 도구의 등장으로 주력 병기로서 사명을 마친 것은 지금까지 설명한 대로입니다. 일부 부대에서는 의전용으로 현재도 사용하고 있지만, 개인이라면 모를까, 군대가 무기로 쓸일은 없겠지요. 하지만 그 형태는 많은 사람에게 인기가 있어서, 판타지 세계에서는 없어선 안 될 존재입니다. 또한, 스포츠로서 창 던지기(투창)나 수렵을 위한 창은 앞으로도 계속 남아 있을 것입니다.

쿠 훌린의 게 볼그(Gáe Bolg)

◆ 켈트의 영웅이 휘두른 마법의 창

'필살의 상처를 입히는 창'이라는 뜻을 가진 게 볼그는 켈트 신화의 영웅 쿠 훌린
이 소유한 마법의 창으로, 그 모양은 어구인 작살 같다고 전해집니다. 왕의 친위대
인 붉은 가지 기사단(적지 기사단)의 단원인 쿠 훌린은 스카하그라는 마녀에게 무
예를 배우면 영웅이 될 거라는 왕의 충고를 듣고, 고난 끝에 스카하그를 찾아가 수
련을 마치고, 그 증거로 게 볼그를 받습니다.

게 볼그의 놀라운 점은 찌르면 그 날이 30개의 가시가 되어 적을 꿰뚫고, 던지
면 30개의 화살이 되어 적을 습격한다는 굉장한 공격력입니다. 일기당천의 활약
을 하는 신화시대 영웅에게 이 이상으로 어울리는 무기는 없을지도 모릅니다.

신화에 등장하는 창으로는 북유
럽 신화의 주신 오딘이 가진 궁니르
Gungnir가 더 유명할지도 모릅니다. 다
만, 궁니르는 「곤봉·도끼」의 장에서
소개한 토르의 몰니르가 창이 되었다
고도 하며, 캐릭터로서도 오딘이 토
르보다 조금 덜 유명하기 때문에 그
다지 중요시되지 않았습니다.

그리스 신화의 해신 포세이돈이
사용하는 삼지창 트라이던트도 유명
합니다. 이것은 무기로서의 기본 성
능은 물론, 찌른 곳에서 바닷물이 뿜
어져 나와 인간의 전의를 높이는 마
력을 갖고 있습니다.

【쿠 훌린의 게 볼그】
어부의 작살 같은 모습이라는 이야기와 창날이 30개로 나
뉘어 있다는 전승을 바탕으로 크리스마스트리 같은 모양을
상상해보았다.

◆ 날에 부딪힌 잠자리가 두 동강

신화급 무기, 특히 창 계열 무기의 화려함에서는 서양에 뒤지지만, 창으로 이름을 떨친 용맹한 장수라면 동양, 특히 전국시대 일본이 세계에서 두드러집니다. 그중에서 가장 유명한 것이 도쿠가와 이에야스의 사천왕 중 하나인 혼다 다다카쓰가 애용한 명창 돈보기리입니다. 날에 부딪힌 잠자리가 두 동강 날 정도로 날카로웠다는 일화에서 이 별명이 붙었다고 합니다. 주로 때리거나 찌르는 용도로 사용되는 창에 이렇게 날카로운 날을 달았다는 점에서 매우 이례적인 창이라고 할 수 있겠지요. 역사 드라마에서 혼다 다다카쓰가 등장할 때는 이 돈보기리가 어떻게 묘사되는지에 주목해주십시오.

『삼국지연의』에도 뛰어난 창이 셀 수 없이 많이 등장합니다. 그중 필두는 여포의 방천화극인데, 유럽의 핼버드 같은 형태이며, 찌르고 휘두르는 등 창으로 가능한 공격을 전부 펼쳐낼 수 있는 만능 무기입니다. 무예를 상징하는 여포에게는 이보다 어울리는 창이 없습니다.

그 밖에도 유비의 의형제였던 관우가 사용한 청룡언월도나 독특하게 휘어진 모양이 인상적인 장비의 장팔사모는 게임이나 만화에서 그들을 상징하는 무기로 등장하고 있습니다. 이들 못지않게 인기 있는 조운도 애각창이라는 창을 사용했다고 알려졌지만, 아쉽게도 그 모양은 명확하지 않습니다.

【혼다 다다카쓰와 돈보기리】
조릿대잎 모양 창날이 1척 4촌(약 43cm)이라고 전해지며, 복제품이 실존한다. 제작자는 무라마사의 혈통을 잇는 후지와라 마사미라고 전해진다.

랜스 vs.파이크

◈ 한 시대를 함께 구축한 전장의 왕자

창을 주력 병기로 처음 사용한 것은 고대 그리스의 마케도니아 군대였습니다. 그러나 공격력을 높이기 위해 창을 지나치게 길게 늘인 결과, 부대의 기동성이 떨어졌고 검을 주력 병기로 쓰는 유연한 편제의 로마군에 패하고 말았습니다.

그리고 중세에 들어서 귀족과 그 종자로 구성된 소수의 기병이 싸우는 시대가 되었을 때, 한 세대를 풍미한 것이 랜스입니다. 기사는 이 장창을 옆구리에 껴안듯이 들고 돌진해 적을 창으로 찔렀습니다. 말이 돌진하는 힘을 찌르는 위력으로 변환하기 위해서 랜스에는 손잡이를 보호하는 뱀플레이트(Vamplate)나 날 끝에 부력을 발생시키기 위해 작은 깃발을 붙이는 등 많은 연구가 이루어졌습니다.

이 기병과 랜스의 조합을 저지하고 나선 것이 파이크를 장비한 스위스 보병대입니다. 15세기 스위스는 오스트리아 대귀족 합스부르크가의 침략에 직면했는데, 저항군을 조직한 보병 부대는 파이크라고 불리는 길이 6m 창으로 합스부르크 기사 군단을 격파했습니다. 밀집한 보병이 파이크로 만드는 창날 숲으로 돌진할 수 있는 기병은 없었습니다. 랜스보다 길이가 길었기 때문입니다. 이렇게 움직임이 막힌 기병 부대에 이 파이크 창날이 일제히 전진해왔습니다. 기사들은 어쩌지도 못하고, 차례대로 꼬치처럼 꿰이고 말았습니다. 이 전투로 스위스 보병대는 일약 유명해져서 용병으로 이곳저곳에 불려 다니게 되었습니다. 1789년 프랑스 혁명 당시 민중이 바스티유 감옥을 습격했을 때, 성문을 지키던 이들도 스위스 용병입니다.

하지만 기사와 랜스를 무찌른 파이크는 보병이 집단으로 사용해야 한다는 것이 대전제가 됩니다. 일대일, 보병 대 기병의 전투라면 기량이 더 좋은 랜스가 승리합니다. 또한, 머스킷총에 장착해 창처럼 사용하는 총검이 등장하자, 파이크병은 일제히 사라졌습니다. 그 점에서 19세기까지 기병의 주요 무기로 계속 사용된 랜스 쪽이 역사의 길이까지 고려했을 때 좀 더 우세하다고 할 수 있겠지요.

【파이크병 대열과 대치하는 전사】
중세 유럽의 전투 장면을 재현한 영화 등에서는 보병 대열을 향해 기사가 돌격하는 용맹한 모습이 펼쳐지지만, 실제로는 견고하게 조직된 보병 대열을 기사들이 정면으로 돌격할 수는 없다. 파이크 자루 끝에는 돌찍기라고 불리는 금속제 캡이 씌워져 있어서, 파이크병은 이를 지면에 댄 상태로 기울여 세워서 파이크를 쥐고 기사의 돌진을 가로막았다.

도검에 관한 해설

◆ 장검에서 단검까지 무수한 형태

도검은 판타지 세계를 상징하는 무기입니다. 인류는 구석기 시대에 이미 돌로 만들어진 도검을 사용하고 있었는데, 단검이라고 부를 만한 크기였던 모양입니다. 인류가 무기다운 도검을 손에 쥐기 위해서는 금속이 필요했습니다. 처음에는 석기 시대에 구리로 된 검이 만들어졌지만, 그 단단함이 돌과 그다지 차이가 없었고, 일부 특권 계급이 손에 들었을 뿐입니다.

하지만 기원전 4,000년, 청동 문화가 메소포타미아에서 그리스로 전해지면서 청동제 도검이 만들어졌습니다. 하지만 청동을 안정적으로 구할 수 없어서 청동 시대는 끝을 고하게 됩니다. 그 후 철을 정제하려는 인류의 노력은 계속되었습니다. 결국, 15세기에 '풀무'가 발명될 때까지 도검 재료로 적합한 강철이 등장하기를 기다려야 했습니다. 나아가 본격적인 강철을 생산하기 위해서는 18세기에 등장하는 '도가니로'라고 불리는 제강용 가마가 필요했고, 인류는 오랜 기간 철에 대한 도전을 이어나가야 했습니다.

그렇다면, 이제부터 대표적인 도검을 소개해보겠습니다. 나아가, 도검은 긴 양날의 칼날(일본도는 외날입니다)을 가진, 베기 위한 무기라고 정의합니다. 또한, 돌이나 청동제를 사용한 극초반의 도검은 제외했습니다.

◆ 롱 소드(long sword)와 쇼트 소드(short sword)

우선 롱 소드(장검)라고 부를 만한 도검에 관해 이야기하겠습니다. 넓은 의미로는 칼날이 긴 도검은 모두 롱 소드라고 부릅니다. 하지만 여기에서는 롱 소드라는 명칭을 유럽에서 만들어진, 중세 후기 이후의 것으로 한정합니다.

여기에서 소개하는 롱 소드는 칼날이 곧고 길며 끊는(베는) 것이 목적인 도검입니다. 길이의 기준은 전장 80~90cm 정도라고 되어 있지만, 140cm에 달하는 긴 검처럼 예외도 있었습니다.

사용 방법은 한 손으로 베거나 찌르는 등 간단합니다. 당시에는 검술보다는 체력이 중요한 시대가 오래 이어졌습니다. 한 손으로 사용할 수 있는 무기를 '한손

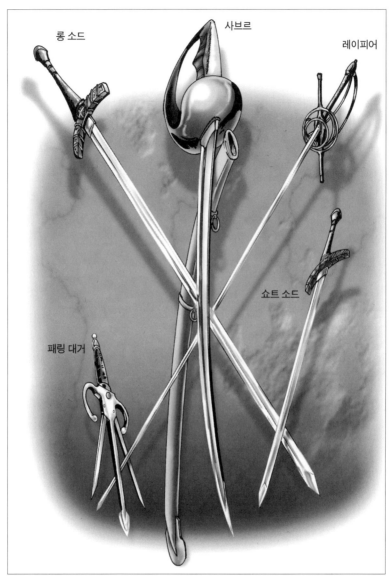

롱 소드

사브르

레이피어

쇼트 소드

패링 대거

【한 손용 도검들】
고대 로마군의 병사가 '글라디우스'라고 불린 한 손용 검을 주 무기로 사용하던 전통은 제국 멸망 후 중세 암흑시대
에 걸쳐서 살아남아 새로운 도검을 탄생시켰다. 전장만이 아니라 패링 대거(왼쪽 아래)처럼 받아넘기는 무기나 레이
피어처럼 의례용 도검도 등장해, 지금도 펜싱 같은 스포츠 경기에 그 모습이 남아 있다.

검'이라고 부르는데, 롱 소드는 이 종류의 검 중에서 최고의 무기라고 할 수 있습니다.

반면 롱 소드보다 짧은, 전장 70~80cm 정도의 도검을 쇼트 소드(단검)라고 부릅니다. 나아가 좁은 의미로는 14~16세기의 중장보병이 사용한 검을 의미합니다. 갑옷을 입은 상대와 접근전을 벌이기 위해 칼날은 넓고 튼튼하며, 짧은 쪽을 선호했습니다. 또한, 갑옷의 성능이 향상되었기 때문에 점차 베는 것이 아니라 찌르는 전법이 더욱 중요해졌습니다.

쇼트 소드와 롱 소드 중에서 어느 쪽이 우수한지는 간단히 결론을 낼 수 없습니다. 싸우는 장소의 좁고 넓음에 따라서 유불리가 바뀔 수 있고, 병사의 체력도 고려해야 하는 만큼 이 문제에 정답은 없습니다.

◊ 레이피어(rapier)

롱 소드와 마찬가지로 '한손검'에 속하는 도검을 몇 가지 소개합니다. 그 필두는 레이피어와 사브르sabre입니다.

레이피어는 찌르기 공격을 전문으로 하며, 가는 칼날을 가진 16세기를 대표하는 도검입니다. 어원은 프랑스어로, 훗날 펜싱이라고 불리는 검술에 사용하는 무기가 이 레이피어였습니다. 펜싱은 일대일로 진행되기에 '검의 대화'라고 칭했으며, 당시 기사들에게는 필수적인 덕목이었습니다. 전장에서도 찌르기 전용 검으로 사용했는데 오른손에 레이피어, 왼손에 단검을 쥐고 싸운 시대도 있었습니다.

레이피어의 등장은 그 밖에도 찌르기를 목적으로 한 도검을 탄생시켰습니다. 1630년에 등장한 플뢰레fleuret는 날 끝을 둥글게 만든 무기로, 펜싱 연습에 사용되었습니다. 한편 실전용으로는 플뢰레와 같은 시기에 등장한 에페epee가 있습니다. 이것은 실전 중에서도 주로 귀족 간의 결투에 사용되었습니다. 당시의 결투 규칙은 상대가 피를 흘리면 충분했기에 날 끝이 작은 에페가 사용되었던 것입니다.

또한, 실제 전장에서 찌르기용으로 사용되는 도검으로는 터크tuck가 있습니다. 이는 레이피어보다 먼저 등장했으며, 갑옷을 찌르는 전법에 특화되어 있었습니다. 다만, 갑옷이 강화되면서 모습을 감추게 됩니다.

【여전사와 대검 클레이모어】
전장에 어울리게 만들어진 도검은 찌르기의 위력을 높이기 위해서 대형화되고, 한 손용 검뿐만 아니라, 양손으로도
사용할 수 있는 바스타드 소드가 고안되었다. 하지만 스코틀랜드에서는 양손 전용의 대검 클레이모어가 사용되고
있었다. 폭이 넓은 칼날에서 펼쳐지는 베기 공격은 강력해서, 상대의 도검을 그대로 날려버리고 치명상을 가할 수
있었다.

♦ 사브르(sabre)

사브르 또한 한손검 중에서는 상당히 널리 알려진 존재입니다. 넓은 의미로는 말을 탄 병사가 사용하는 도검의 총칭이지만, 좁은 의미로는 한 손으로 다루기 쉬운 가볍고, 되도록 긴 검을 지칭합니다. 날은 외날로서, 길게 곧은 유형은 찌르기, 휘어진 것은 찌르기와 베기, 가장 많은 반곡도半曲刀 형태는 베어내기 용도입니다.

16세기 무렵 스위스에서 생겨났는데, 영어로는 '세이버Saber'라고 합니다. 펜싱이 유행하면서 사브르도 인기를 얻었으며, 군대에서 사용되었습니다. 나폴레옹 군대의 중기병이 사브르를 휘두르며 돌격하는 그림이 있을 정도로, 유럽에서는 오랫동안 대중적인 군용 도검이었습니다. 또한, 독일의 펜싱 학교에서는 사브르를 도입하고 있습니다.

사브르는 20세기까지 기병의 주요 무기로 사용되었는데, 2차 대전 무렵 일본에서는 경찰관도 장비하고 있었습니다. 시대에 따라서는 자주 볼 수 있는 무기였을지도 모릅니다.

사브르 유형의 한 종류로서, 인도에서 태어난 탈와르talwar가 있습니다. 사브르보다 좀 더 휘어진 칼날이 특징이며, 다양한 계층에서 사용되었습니다. 탈와르를 발전시켜 계승한 것이 투르크의 카라벨라karabela인데, 이것은 사브르에 영향을 주었습니다. 카라벨라는 군사 목적 외에도 의례용이나 장식용 미술품이 되기도 했습니다. 비교적 무거운 것도 특징 중 하나입니다.

♦ 바스타드 소드(bastard sword)

한 손으로도, 양손으로도 사용할 수 있는 검을 바스타드 소드라고 합니다. 바스타드란 '잡종', '사생아'를 뜻하는 말로, 한 손용, 양손용 모두 가능하다는 특징을 잘 보여줍니다. 분류는 '한손 반검'에 속합니다. 13세기 무렵에 등장했으며, 영국과 독일에서는 17세기까지 사용되었다고 합니다.

사용 방법은 다양한데, 우선 한 손에는 바스타드 소드, 다른 손에는 방패를 들고 싸웁니다. 꼭 필요할 때는 양손으로 혼신의 일격을 펼쳐내지만, 양손검(다른 항목에서 소개하겠습니다)처럼 크지 않아서 마구 휘두르면서 쓰기에도 편합니다.

바스타드 소드를 사용한 당시 스위스 용병은 베기와 찌르기 모두에 적합하다

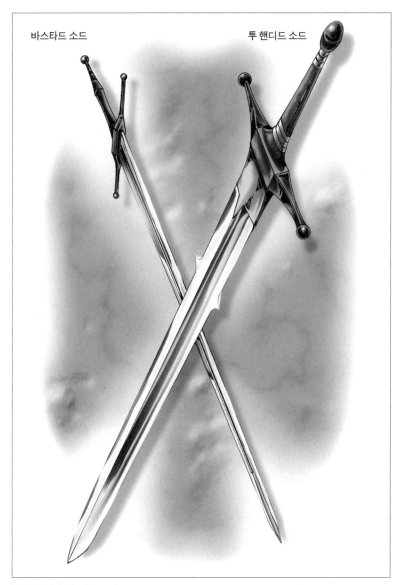

바스타드 소드   투 핸디드 소드

【도검의 혁명아, 바스타드 소드】
직역하면 '잡종검'이라고 할 수 있는 바스타드 소드는 한 손으로 사용할 때는 롱 소드처럼 다루고, 강력한 일격을 가하
고 싶을 때는 양손으로 사용했다. 강력한 찌르기 공격을 펼쳐내는 이 도검은 등장과 함께 한 시대를 풍미했으며, 스위
스나 독일의 용병이 즐겨 사용했다. 전투 시 실용적이었을 뿐만 아니라, 용병의 실력을 과시하는 '수단'이기도 했다.

고 말했습니다. 그들이 자신 있어 한 밀집 진형, 파이크 전법에도 바스타드 소드를 조합할 수 있어서 상당히 실전적인 도검이었다는 사실을 알 수 있습니다.

또한, 바스타드 소드와 모양이 같은 핸드 앤드 어 하프 소드^{Hand&A half Sword}(한손 반검)라는 것이 있습니다. 이는 한 손으로 사용하기 쉽게 자루를 조정한 것으로, 바스타드 소드와 명확하게 구분하기는 어렵습니다.

◆ 투 핸디드 소드(two-handed sword)

양손검 분류에 속하며, 이름처럼 양손에 들고 휘두릅니다. 그 길이는 180cm에 달하며, 양손으로 쥐기 때문에 자루도 길게 되어 있습니다. 앞에서 소개한 바스타드 소드도 꽤 긴 편이지만 허리에 차는 것이 일반적이었습니다. 반면 투 핸디드 소드는 등에 지거나 들고 걸을 수밖에 없는데, 이것이 양자를 구분 짓는 특징입니다. 13세기 독일에서 기원한 무기로, 독일어로는 '츠바이핸더^{Zweihänder}'라고 불렀습니다.

크고 무거운 만큼 사용하기 힘들어서 처음에는 가벼운 차림으로, 나중에는 전신 갑옷 차림으로 연습했다고 합니다. 근력이 필요한 것은 말할 필요도 없으며, 매일 단련하도록 장려했습니다. 그 외에도 민첩성, 시력, 뛰어난 청력이 요구되었다고 합니다. 하지만 결국에는 완력이 가장 중요하겠지요.

양손검에는 여러 가지 형태가 있습니다. 스코틀랜드의 클레이모어^{claymore}는 베는 것을 중시한 양손검입니다. 하이랜더^{highlander}(스코틀랜드의 용병)가 즐겨 사용했는데, 어떤 유형이건 공통으로 약간 기울어진 손 보호대(너클 가드)와 복수의 고리로 된 장식이 있습니다.

플랑베르주^{flamberge}라는 유명한 양손검은 프랑스에서 태어났습니다. 날은 파도형으로 되어 있으며, 의례에서도 사용된 아름다운 검이었습니다. 한편으로 상처를 벌어지게 한다는 잔혹한 능력도 갖추고 있습니다.

이 외에도 엑스큐셔너즈 소드^{excutioner's sword}라는 참수용 양손검도 있었습니다.

【구르카병의 쿠크리 칼】
도검은 유럽의 전매특허가 아니다. 네팔의 구르카족이 즐겨 사용하는 쿠크리 칼은 손도끼처럼 썼을 뿐만 아니라, 전투 시에는 무서운 일격을 펼쳤다. 이 땅에 진출한 영국은 구르카족의 용맹스러움에 감탄해 용병으로 고용했고, 구르카 용병은 두 번의 세계대전에서 대활약해 일본 병사들을 잔뜩 괴롭혔다. 구르카 부대 출신자는 네팔에서 존경을 받고 있다.

◆ 다양한 단검

지금까지 소개한 도검은 길이는 다르지만, 모두 장검으로 분류됩니다. 이에 반해, 길이가 짧은 단검도 있습니다.

단검의 기원은 장검보다 오래되어서 구석기 시대까지 거슬러 올라갑니다. 타제 석기인 돌칼이 이에 해당하며, 중석기 시대에는 무기로도 사용됩니다. 다만, 이때 까지는 수렵이나 어로에 주로 쓰였습니다.

신석기 시대가 되면 시각적으로도 검이라고 알 수 있는 간돌검이 등장하며, 금속을 사용한 구리칼도 생겨납니다. 하지만 이 시기에는 단단함이 석기에 미치지 못해서 무기보다는 왕족이나 귀족이 권위의 상징으로서 보유하고 있었습니다. 청동기 시대가 되어서도 도검, 즉, 청동검은 주력 무기가 되지 않았기에 단검은 호신용 무기로 정착했습니다.

강철이 보급되는 17~18세기에는 일상생활과 전투에서 단검을 사용하는 사례를 쉽게 볼 수 있었습니다. 이것이 현재의 군용 나이프입니다. 이렇게 단검은 보조 무기의 위치에 놓이는데, 그중에서도 가장 대표적인 것이 바로 나이프^{knife}입니다.

현대에 일반적으로 쓰이고 있지만, 그 시조는 석기 시대부터 이미 사용되어왔습니다. 그 후 오랜 세월을 거쳐서 조금씩 형태가 변화했지만, 용도는 현재와 큰 차이가 없습니다. 작은 것은 가정에서 일상적으로, 큰 것은 수렵이나 호신용으로 사용됩니다. 이러한 용도가 계속해서 이어져 내려왔습니다.

나이프는 상당히 편리한 만큼, 종류도 다양합니다. 네팔의 구르카족이 사용한 쿠크리 칼^{kukri}은 한쪽에만 날이 있으며 휘어진 형태가 특징입니다. 초목을 베어내는 데 적합할 뿐만 아니라, 힘이 세지 않아도 사람을 쉽게 살해할 수 있는 무서운 칼입니다. 구르카족은 병사로서 최고의 실력을 발휘했으며, 현대의 구르카 병사가 쿠크리 칼 한 자루만으로 십수 명의 폭한과 싸워서 격퇴한 사례도 있습니다.

독특한 형태의 단검 중에는 패링 대거^{parrying dagger}가 있습니다. 왼손용 단검이라고도 하는데, 오른손에는 주요 무기를 들고, 패링 대거는 보조 무기로 상대의 공격을 방어하는 데 중점을 두었습니다. 형태도 다양해서 공격을 받으면서 상대의 칼날을 부러뜨릴 수 있게 만들어진 것도 있습니다. 버튼을 누르면 칼날이 3방향으로 분리되거나, 날이 빗처럼 생긴 것 등 다 소개할 수 없을 만큼 다양합니다.

그 밖에도 왼손용 검으로 포냐드 대거Poignard Dagger가 있습니다. 이것은 레이피어와 함께 사용하는 것이 기본으로, 레이피어와 한 쌍으로 장식을 통일한 것도 있습니다. 특이한 종류로는 스틸렛Stilett이 있습니다. 칼날은 가늘고 송곳 모양으로 찌르기가 목적입니다. 하지만 17~18세기의 이탈리아 포병이 사용한 스틸렛에는 눈금이 있어서 포탄의 크기 같은 것을 계측하는 용도로도 사용했습니다.

단검은 휴대하기 쉬워서 과거부터 현재까지 군인뿐만 아니라 일반 시민에게도 친숙한 존재입니다. 이로 인해 돌이킬 수 없는 일이 종종 일어나기도 하기 때문에 나이프를 휴대하지 못하게 한 나라도 있었지만, 현재와 마찬가지로 철저하지 않았습니다. 위험하지만, 그만큼 편리해서 지금도 빼놓을 수 없는 도구이자 무기입니다.

아서왕의 엑스칼리버(Excalibur)

🔹 전설적인 검의 방정식이 된 지배자의 증표

'이 검을 뽑은 자가 왕이 된다'는 고대 문자가 새겨진 돌 위에 꽂혀 있는 성검 엑스칼리버. 이제까지 수많은 사람이 뽑으려고 도전했지만 꿈쩍도 하지 않았던 검을 손쉽게 뽑아버린 사내. 그는 훗날 브리튼섬의 지배자가 되는 젊은 날의 아서왕이었습니다.

이 에피소드는 유럽인들도 질리도록 들었을 정도로 유명한데, 엑스칼리버는 지금도 아서왕 영웅담의 일부로 계속 활용되고 있습니다. 아서왕의 동지인 원탁의 기사들도 제각기 놀라운 명검을 가졌지만, 엑스칼리버의 명성에는 미치지 못합니다. 지금도 이 성검은 여러 검과 차원이 다른 위광을 떨치고 있습니다.

신화, 전설의 무기는 창과 검이 양대 산맥을 구축하고 있습니다. 상당수의 창은 신들의 무기로 등장해 '힘에 의한 지배'를 상징하고 있습니다. 정복자 사이에서는 역사적으로 '영토는 창으로 얻는 것'이라는 가치관이 내려오고 있을 정도입니다. 검이 탄생하기 이전 시대의 이야기입니다.

이에 반해 전설의 검은 소유하는 자에게 지배자의 힘을 부여하는 존재로 그려지는 사례가 많습니다. 즉, 신들의 힘을 지닌 무기를 인간이 손에 쥐는 구도가 성립한다고 할 수 있겠지요. 그 기본형을 만든 것이 바로 엑스칼리버입니다.

【돌 위에 꽂힌 엑스칼리버】
호수의 귀부인 비비안이 아서왕의 시체를 돌려받겠다는 조건으로 그에게 맡겼다는 전승도 있는데, 이것이 주류가 되어가고 있다.

♦ 명도 마사무네(正宗)와 쌍벽을 이루는 일본도의 극치

"강에 흘러가는 나뭇잎 앞에 칼을 꽂아두었을 때, 그 칼날에 부딪힌 나뭇잎이 둘로 갈라져서 흘러가면 마사무네 칼, 둘로 갈라진 잎이 칼날에 달라붙어 떨어지지 않으면 그것은 무라마사다."

출전은 잘 알려지지 않았지만 이러한 이야기로 알 수 있듯이, 우선 일본도라고 하면 누구나 마사무네와 무라마사, 두 도공의 작품을 떠올리기 마련입니다. 실제로 무라마사가 요도라고 불리는 것은 도쿠가와 가문이 불행을 맞이하는 현장에는 거의 대부분 무라마사의 칼이 나뒹굴고 있었다는 이야기에서 유래합니다. 도쿠가와에게 반감을 품은 다이묘나 사무라이가 무라마사를 필사적으로 찾았다는 이야기도 유명합니다. 반대로 생각해보면, 그만큼 무라마사가 널리 사용되었다는 말이겠지요.

또한, 오늘날 일본에서는 막부 말기에 대한 붐이 일어나면서 이 둘만이 아니라 곤도 이사오의 고테쓰虎鉄나 오키타 소지의 기쿠이치몬지菊一文字도 유명한 명도로 유행하고 있습니다. 무엇보다도 일본인이 명도를 좋아하는 것은 일찍이 천황가의 삼종신기三種神器 가운데 하나인 구사나기검草薙劍이나 나라, 이소노카미 신궁의 칠지도 시대부터 면면히 이어져 내려온 유전자 같은 것일지도 모릅니다. 앞으로도 분명 많은 역사 소설이나 시대 소설을 통해서 그다지 알려지지 않았던 명도가 발굴되겠지요.

【요도 무라마사】
무라마사는 전국 시대부터 에도 시대에 걸쳐서 대대로 도검 장인에게 전해져 내려온 이름으로, 특정한 개인을 가리키는 것은 아니다.

롱 소드 vs. 일본도

◈ 동서양 살인검의 최종 전쟁

롱 소드와 일본도, 가히 동서양 도검의 최고봉이라고 할 만큼 관록이 있지만, 성능을 비교하면 일본도의 압승입니다. 적을 때려눕히는 동시에 베어버리고자 하는 서양의 도검 중에서 롱 소드는 상당히 날카로움을 중시했다고 할 수 있는데, 일본도에는 미치지 못합니다. 실제로, 레더 아머(가죽 갑옷)를 대상으로 한 검증 실험에서 롱 소드는 가죽 표면에 상처를 내는 정도(물론 타격 피해는 무시할 수 없다)지만, 일본도는 어깨부터 확실하게 들어가서 목 아래까지 칼날이 도달했을 정도입니다. 사람이라면 틀림없이 즉사했겠지요.

'베기'라는 기능 면에서도 일본도는 고금동서에서 최고의 무기입니다. 게다가 칼날의 예리함으로 인해 인체를 간단히 관통할 수 있다 보니 관통력도 롱 소드와 호각이거나 그 이상입니다.

뛰어난 제조법이나 무기로서의 연구는 물론, 예술성이나 정신성까지 포함해 일본도가 도검 역사에서 지고의 존재라는 것은 많은 도검 연구가가 인정하며, 가히 일본이 세계에 자랑하는 혼의 결정이라고 할 만한 무기입니다.

다만, 무기 본래의 용도, 즉 전장에서의 실용성을 이야기할 경우 일본도에 약간 그늘이 생깁니다. 롱 소드는 유럽 전장에서 널리 사용되었지만, 일본 전장에서는 대개 창이 주역이었고 칼은 보조적인 무기였습니다. '그만큼 뛰어난 무기라면, 왜 전장에서 창을 몰아낼 수 없었는가'라는 물음에 일본도는 답하지 못했습니다. 일본도가 주목을 받게 된 것은 천하태평의 세상이 되어, 검술이 널리 퍼졌기 때문입니다.

아무리 롱 소드나 일본도라도 전장에서 베다 보면, 이가 빠지고 절단 능력이 떨어집니다. 그렇게 되어서도 무기의 본래 기능을 훨씬 많이 가진 것은 롱 소드 쪽입니다. 일대일 무기로서 완성도에서는 일본도가 압승합니다. 하지만 전장에서 만능 도구로서는 롱 소드 쪽이 우세합니다.

【롱 소드 vs. 일본도, 동서양 도검의 정상 대결】
대륙을 넘어선 극동 섬나라에 궁극의 도검 일본도가 존재한다는 사실은 유럽 사람들을 놀라게 했다. 그리고 다양한
비교 실험을 통해서 유럽의 전장에서도 진가를 발휘한 무기라는 결론에 다다른다. 서구권의 많은 롤플레잉 게임에
일본도가 등장하며, 그것도 최상급 무기로 다루어진다는 사실은 일본도에 대한 높은 관심을 증명하는 것일지도 모
른다.

투척 무기에 관한 해설

◈ 현재도 유효한 투척 병기들

인류가 처음 사용한 투척 무기는 돌이었을 겁니다. 옆에 떨어져 있는 돌을 던지는 행위는 간단하고 효과적인 살상 방법이 되었습니다. 훗날 돌 던지기 전용 도구인 슬링sling이 발명되면서, 돌이라는 투척 무기의 황금시대가 이어집니다. 이후에 주역의 자리를 차지하는 사격 무기인 활도 초기에는 슬링을 이용해서 날리는 돌보다 위력이 떨어졌습니다.

가볍게 다룬다는 점에서는 슬링보다 못하지만, 투창도 강력한 투척 무기입니다. 원초적인 창은 나무를 깎은 정도의 간단한 구조였는데, 이를 던짐으로써 무서운 위력을 낳은 것입니다. 투창은 재블린javelin이라고 불리는 투척 전용 창으로 발전했고, 필룸pilum 같은 파생형을 탄생시켰습니다.

이 밖에도, 구석기 시대부터 이어져 내려온 투척 무기 중 하나로 다트dart가 있습니다. 이른바 다트 화살입니다. 초기의 다트는 위력이나 사정거리가 대단치 않았지만, 인체에 위험한 물건임은 틀림없었으며, 다루기 편하다는 점에서는 뛰어난 무기였습니다.

독특한 투척 무기로는 부메랑boomerang이 대표적입니다. 던지면 회전하면서 날아가기 때문에 위력이 높아집니다. 현재도 스포츠의 일종으로 계속 다뤄지는 무기 중 하나입니다.

가장 강력한 투척 병기는 던지면 폭발하는 수류탄입니다. 16세기에 등장했지만, 현재도 각국 군대에서 사용하고 있는 사실만 보아도 그 유효성과 보편성을 실감할 수 있습니다. 연기나 최루 가스를 발생시키는 유형도 만들어져, 전투만이 아니라 폭동이나 테러 진압에도 사용하고 있습니다.

그러면 이제 다양한 투척 무기를 소개해보겠습니다. 이 항목에서 다루는 것은 손으로 던지는 무기로 한정합니다. 투척 장비, 발사 장치를 사용하는 사격 도구(예를 들면 활, 총 등)는 다른 항목에서 소개합니다.

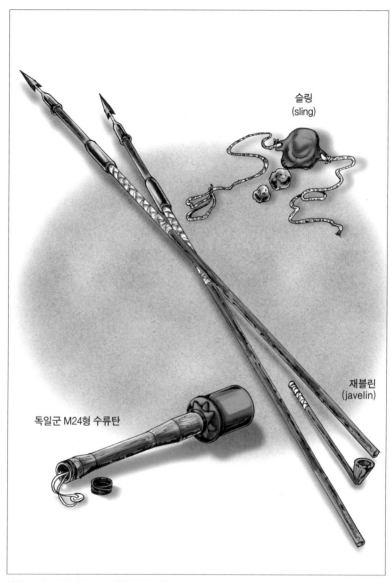

【투석기에서 수류탄까지 크게 변화한 투척 무기】

'던진다'는 동작은 기민하게 움직일 수 있는 팔과 손을 가진 인간의 중요한 무기가 되었다. 가죽과 끈만으로 간소하게 이루어진 투석기는 그 외형만 봐서는 상상할 수 없을 정도의 치명적인 일격을 낳을 수 있다. 또한, 수렵 부족은 지금도 투창이나 던지는 막대를 사용해 사냥한다. 부메랑 같은 던지는 막대는 고기가 찢어져 엉망이 되거나, 가죽이 망가지는 일을 막을 수 있었다. 또한 수류탄을 멀리 날리기 위해 던지는 막대의 원리를 사용했다.

⬧ 슬링(sling, 투석기)

슬링은 돌을 던지기 위한 끈으로, 석기 시대부터 사용된 가장 오래된 투척 무기입니다. 처음에는 양치기가 늑대에게 던진 도구라고 알려졌지만, 어떤 용도건 세계 거의 모든 장소에서 사용되었습니다. 기본적인 구조는 매우 단순한데, 끈의 중앙 부분에 돌을 넣는 작은 주머니가 붙어 있습니다. 주머니는 가죽이나 천으로 되어 있습니다. 사용법도 간단해서, 끈의 한쪽을 고리처럼 묶어서 검지를 끼우고 다른 한쪽을 엄지로 잡습니다. 그 후 돌을 주머니에 넣고 머리 위에서 휘둘러 적당한 시점에 엄지를 떼면 돌이 날아갑니다.

고작 이게 전부지만, 탄으로 쓸 수 있는 돌은 무한하기 때문에 (싸우는 장소에 따라 다르지만) 비용이 저렴하고, 금속 탄의 경우에는 그 위력이 절대적이어서 중세 말기까지 사용되었습니다. 무기 역사의 새로운 시대를 연 사격 병기인 활이 한동안 슬링에 밀렸던 이유도 사거리, 명중률, 위력, 가격 면에서 모두 떨어졌기 때문입니다.

신화 세계에서도 슬링은 유명합니다. 거인 골리앗을 쓰러뜨릴 때, 다윗이 사용한 무기도 슬링이었습니다. 하지만 활의 성능이 점차 향상되면서 슬링의 입지는 점점 흔들리고, 결국엔 전장의 주역에서 밀려나고 말았습니다.

⬧ 재블린(javelin)

간단히 말해서 던지는 창으로, 긴 자루가 달린 대표적인 창이 바로 재블린입니다. 자루가 길면 던졌을 때 창끝이 반드시 앞쪽을 향한 상태로 날아가며, 무게는 운동 에너지가 되어 위력을 높입니다. 이것은 역사가 오래된 무기로, 고대 중동에서 재블린을 들고 던지는 병사의 그림이 남아 있습니다. 또 앞쪽에 뾰족한 나무나 양날의 칼날을 붙여서 투창기^{spear-thrower}라는 도구를 사용하면 더욱 멀리까지 날릴 수 있는 한편, 통상적인 창으로서 백병전에도 사용했습니다.

이렇게 보면 장점만 있는 것 같지만, 단점도 적지 않습니다. 우선 중심이 앞쪽에 있어서 상당히 불안정합니다. 그리고 무거우면 위력이 높아지지만, 그만큼 사정거리는 떨어집니다. 이를 보완하기 위해서 만들어진 것이 재블린을 던지는 전용 도구인 투창기입니다. 이는 지레의 원리를 응용한 것과 끈을 이용해서 재블린을

【공포의 투척 병기, 필룸】

로마군단의 투척 무기인 필룸(pilum)은 무서운 투창이었다. 자루 끝은 균형을 잡기 위해서 금속으로 덮여 있었는데, 여기서부터 뻗어 나가는 창끝은 연철로 되어 있어서 명중한 뒤에는 날 부분이 휘어버렸다. 따라서 방패로 공격을 막아도 필룸이 방패에 걸려 방해되기 때문에 더 이상 그 방패는 사용할 수 없었다.

날리는 2종류가 만들어졌습니다.

재블린 외에도 일부러 무게를 늘려서 위력을 높인 필룸이라는 투창도 있습니다. 재블린의 길이가 70cm에서 1m 정도, 무게는 1.5kg이었던 반면, 필룸은 앞부분만으로도 70cm, 자루는 1.4m, 무게는 1.5~2.5kg에 이릅니다. 훗날에는 2m에 달하는 긴 자루도 나타났다고 합니다. 무거운 만큼 재블린 이상으로 사거리는 짧아지지만, 관통력이 훨씬 높아집니다.

필룸이나 재블린 모두 던진 후에는 회수할 수 없으며, 반대로 적이 재이용할 위험이 있었습니다. 따라서 필룸은 앞부분과 자루를 연결하는 리벳을 나무로 만들어서 명중하면 리벳이 떨어져 나가서 재사용할 수 없도록 연구했습니다. 그 후에는 앞쪽 끝의 가운데 부분을 부드럽게 만들어서 더욱 휘어지게 했습니다. 하지만 이러한 연구에도 불구하고 재블린이 활약한 것은 15세기까지며, 그 후에는 활이 대신하게 되었습니다. 다만, 현재 창던지기는 스포츠로서 세계적으로 정착했습니다.

◊ 수류탄

수류탄은 최강의 위력을 자랑하는 투척 무기입니다. 16세기에 등장했으며, 던져서 목표에 명중하면 착발 신관이 작동하거나, 또는 지정한 시간에 시한 신관이 폭발하는 2종류로 크게 나뉩니다. 이 구조는 현재도 같습니다.

본격적으로 수류탄이 사용된 것은 17세기 후반에서 19세기 초반으로, 참호나 시가지처럼 좁은 곳에서 일어나는 전투에서 위력을 발휘했습니다. 특히 토치카와 같이 좁고 천정이 있는 밀폐 공간은 내부에서 수류탄이 폭발하면 폭풍과 파편으로 안에 있는 병사가 전멸하기 십상이었습니다.

수류탄은 각국에서 개량과 연구가 이루어져 그 모습은 천차만별입니다. 549쪽에 그려진 수류탄은 제1차, 제2차 세계대전에서 독일군이 사용한 것입니다. '포테이토 매셔potato masher(감자 으깨기)'라는 애칭으로 알려져 있으며, 막대 모양이라 투척하기 쉽고 시한 신관이 내장되어 있었습니다.

기본적으로 수류탄은 대인 병기인데, 몇 가지 특별한 종류가 있습니다. 우선은 연막 수류탄이나 가스 수류탄처럼 기체를 분출하는 수류탄입니다. 연막 수류탄은

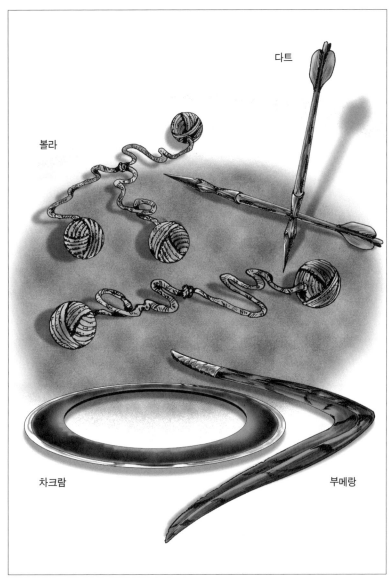

다트

볼라

차크람

부메랑

【독특한 투척 무기】
투척 무기 대부분은 수렵용 도구에서 발전했다. 그래서 살상 능력만 중시하지 않았다. 볼라(bola)는 엉키는 성질을 이용해 이누이트가 새를 사냥할 때 사용한 도구다. 부메랑(boomerang)은 반드시 던진 사람에게 돌아오는 것은 아니다. 차크람(chakram)은 인도 북서부의 펀자브(Punjab) 지방에 사는 시크교도가 사용한 날이 달린 투척 도구로, 지름 15~20cm 정도의 크기다.

적의 시야로부터 자신의 모습을 감추기 위해, 가스 수류탄은 최루 가스에 의한 폭동 진압이 목적입니다.

또 하나는 대전차 수류탄입니다. 일정한 방향으로 폭발력을 집중하는 지향성指向性 폭약 효과로 강철 장갑을 파괴했습니다. 대전차 수류탄도 많은 나라가 개발해 사용했는데, 던지면 전차에 부착될 수 있도록 안정적으로 날아가기 위한 날개나 끈, 그리고 전차에 확실하게 붙도록 접착제 등이 달린 것이 일반적입니다.

이처럼, 사람과 사물에 모두 유효한 수류탄은 현재도 각국 군대가 장비하고 있으며, 때로는 경찰이나 특수 부대 등도 사용합니다. 유력한 투척 병기이기에 앞으로도 사라지지는 않겠지요.

◆ 독특한 투척 무기

부메랑은 현재는 스포츠 도구로 우리에게 친숙하며, 그 형태도 독특한 무기입니다. 본래는 오스트레일리아 대륙의 원주민이 사냥용으로 사용하던 도구를 부메랑이라고 불렀습니다. 부메랑은 던지면 호를 그리면서 날아 자신의 손으로 돌아온다는 이미지가 강합니다. 하지만 이는 스포츠용으로 사용하는 종류의 경우입니다. 전투나 수렵에서 사용하는 것은 돌아오지 않는 게 대부분입니다. 던지면 똑바로 날아가기 때문에 투창에 가까울지도 모릅니다. 회전하면서 날아가는 것은 위력을 높이기 위함이며, 어디에 명중해도 효과를 발휘하지만 높은 숙련도가 필요한 무기라고 할 수 있습니다.

부메랑만큼 유명한 무기로 다트가 있습니다. 현재 다트라고 하면 주로 스포츠 도구라고 생각하지만, 구석기 시대에 사용된 던지는 소형 화살에서 시작된 무기입니다. 비잔틴 제국의 병사는 다트를 방패 뒷면 같은 곳에 붙여두고 적에게 던졌던 모양입니다. 다트는 작고 가벼워서 오랫동안 사용되었으며, 사냥용으로도 적합합니다.

다음으로, 익숙하지 않은 무기를 소개해보겠습니다. 인도의 시크교도만이 사용한 독특한 무기 차크람chakram입니다. 지름 10cm 정도의 고리 바깥쪽이 칼날로 되어 있어서 고리 내부에 손가락을 넣고 회전시키면서 던지거나, 또는 원반처럼 잡고 던집니다. 그렇게 날아간 차크람은 목표를 절단합니다. 수류탄을 제외하면 대

【중앙아프리카의 투척 나이프】

아프리카는 투척 나이프의 선진 지역이다. 각지에 다양한 투척 나이프가 있지만 공통점은 던질 때의 회전으로 어떻게 명중해도 반드시 칼날이 상대를 찔러서 큰 피해를 주게 되어 있다는 것이다. 명중시키려면 충분한 연습이 필요했던 토마호크 같은 투척 도끼보다도 정확도가 높다. 또한, 손에 드는 무기로서도 특별한 기능으로 적을 농락할 수 있었을 것이다.

부분의 투척 무기는 그 목적이 때리거나 찌르는 것이었지만, 차크람은 '베기'였습니다. 일설에는 30m 앞에 있는 지름 2cm의 대나무를 절단했다고 합니다.

볼라(bola) 역시 여타 투척 무기와는 다른 목적으로 사용했습니다. 무거운 물건을 매단 밧줄을 한곳에 모아서 머리 위에서 휘둘러서 던집니다. 상대를 타격해 쓰러뜨리는데, 다리에 맞으면 엉켜서 움직임을 막을 수도 있습니다. 같은 요령으로 수렵 도구로도 널리 이용되었습니다. '포획'이라는 목적에 특화된 볼라는 가장 안전한 투척 무기일지도 모릅니다.

손으로 던지는 투척 무기는 활이나 총이 대두하면서 대부분 모습을 감추었습니다. 그러나 수류탄은 예외였는데, 화약이라는 무기 역사상 최고의 발명품이 있었기 때문입니다. 투척 무기는 사람이 던지는 이상, 효과를 발휘하는 데 한계가 있으며, 기계나 도구를 이용해 탄을 날리는 무기 앞에서 사라지는 것은 당연한 일이었습니다. 부메랑처럼 투척 기술을 습득하는 데 시간이 걸리는 무기가 많았던 것도 이유 중 하나겠지요. 다만, 일단 기술을 습득하면 길거리의 막대도 무기가 된다는 이점이 큰 만큼, 투척 무기가 완전히 모습을 감추는 일은 없을 것입니다. 스포츠나 취미의 일환으로서 화약이나 총기와는 비교할 수 없을 정도로 친숙하다는 점도 투척 무기의 특징이 아닐까요.

닌자의 '구나이'

♦ 일본이 낳은 만능 투척 무기

검은 옷으로 몸을 감싸고 초인적인 둔갑술을 구사해 암살이나 파괴 공작을 계속 성공시키는 닌자의 모습은 에도 시대 이후에 창작되었습니다. 실제로는 매우 단순한 잠입 공작을 계속해온 사람들이었습니다. 이러한 내용은 시바 료타로의 『올빼미의 성』에서도 묘사되었습니다. 하지만 서양에서는 닌자라고 하면 검은 복장을 떠올리며, 다양한 미디어를 통해서 그런 모습이 일반에 알려졌습니다. 이렇게 된 이상 억지로 진실을 전하기보다는 야마다 후타로의 『바질리스크: 오우카 인법첩』이나 만화 『나루토』처럼 '가상'의 닌자를 소중하게 키워나가는 쪽이 좀 더 즐거움을 만들어내리라 생각합니다.

그런 닌자에게는 다양한 장비가 있습니다. 이미 진짜와 창작물의 구별이 엉망이 되었지만, '구나이'는 틀림없이 일급 무기입니다. 던질 수도 있고, 벨 수도 있고, 찌르기도 좋고, 암살 무기로서만이 아니라 성벽이나 절벽을 올라갈 때 피켈이나 하켄의 대용품으로도 사용할 수 있는 만능성에 놀라게 됩니다. 표창 같은 것을 진지하게 사용하는 것이 바보 같이 여겨질 정도로, 세계 무기 역사상 자랑할 만한 무기입니다.

그런데 왜 이 흔한 구나이가 전설의 무기로 다루어지는 것일까요? 그건 현재 구나이 제작이 법률로 엄격하게 금지되어 있기 때문입니다. 이것은 지금도 권력자들이 닌자를 무서워하고 있기 때문이 아닐까요.

【구노이치와 구나이】
한자로는 '苦內(고내)'나 '苦無(고무)'라고 쓴다. '구나이 수리검'이라 부르기도 한다. 큰 것과 작은 것 두 가지가 있으며, 현대에도 통용되는 기능미를 겸비한다.

필룸 vs. 수류탄

◈ 화약에 대한 과도한 믿음이 죽음의 일격을 부른다

로마인들은 문화, 예술 면에서는 자랑할 만한 것을 별로 남기지 못했지만, 건축이나 법률처럼 실용적인 분야에서는 놀라울 정도로 창조적인 역량을 발휘했습니다. 군사도 그 안에 포함됩니다.

로마군의 전투 방법을 보면, 그들은 자신을 강하게 만들기보다 '어떻게 상대가 싫어하는 일을 할까'라는 발상으로 시스템을 구축한 것이 아닌지 의심하게 됩니다. 그렇게 생각할 수밖에 없는 악의가 로마의 전투에 녹아 들어가 있으며, 여기서 소개하는 필룸이 바로 그것을 증명하는 대표적인 무기라고 할 수 있습니다.

로마 병사는 우선 필라pilla라고 부르는 작고 가벼운 창을 던져서 상대가 물러섰을 때 빠르게 접근해 필룸을 던졌습니다. 여기서 필룸의 놀랍고 다양한 기능이 발휘됩니다. 명중하면 말할 필요도 없고, 방패에 맞으면 꿰뚫어서 빠지지 않으며, 빗나가면 스스로 부서져서 상대가 다시 이용할 수 없다는 면에서 철저함을 보입니다.

수류탄은 이런 필룸의 먼 자손에 해당하는 무기입니다. 손으로 던진다는 점에서 사정거리는 필룸과 큰 차이가 없으며, 참호에 잘 떨어뜨린다면 안에 있는 적을 한 번에 제거할 수 있습니다. 실패해도 거의 확실하게 작렬해 부서지는 만큼 적이 다시 이용할 위험도 없습니다.

그런데 만약 이 둘이 싸우면 어떻게 될까요? 수류탄이 실용화된 것은 18세기 무렵으로, 화약을 채운 쇠로 된 용기에 도화선을 넣은 간단한 구조입니다. 분명히 처음에는 로마 병사가 화약의 폭발과 위력에 놀라겠지만, 오래지 않아 대책을 고안해낼 것입니다. 우선은 방패로 몸을 덮고 동료를 구하는 방법으로 희생을 최소화하려고 하겠지요. 그다음에는 수류탄을 사용하기 전에 무력화하는 전술을 고안할 것이 분명합니다. 무엇보다도 필룸보다 먼저 필라를 던지는 상황에서 상대편 병사는 수류탄에 점화해 던지는 동작을 취하기 어려워집니다. 원시적인 화약의 위력 정도로는 세계를 정복한 로마 군사 시스템을 파괴하기는 어려울 것입니다.

【화약을 과신한 자는 패배한다!?】
현대인은 자신들이 옛사람들보다 뛰어나다고 착각하면 안 된다. 화약의 위력이나 GPS, 무선, 내연기관, 그러한 최첨단 기술을 버리고 맨몸으로 로마 병사나 바이킹, 중세 기사, 독일인 용병, 전국시대의 사무라이……. 그러한 역전의 전사들에게 대항할 수 있는 현대인이 얼마나 있겠는가. 모든 무기에는 원형이 있다. 필룸과 수류탄은 전혀 관계가 없어 보이지만, 같은 발상에서 탄생한 무기다.

활에 관한 해설

♦ 세계 각지에서 발달한 활

활은 원거리 무기에 속하는데, 인류가 사용한 최초의 원거리 무기는 분명 돌이겠지요. 주변에 떨어져 있는 돌을 던지는 간단하고도 위력적인 전투 방법은, 창이 등장하면서 이를 던지는 재블린으로 발전합니다.

재블린은 7만 년 정도 전에 고대 중동 지역에서 탄생했다고 여겨지는데, 이는 나뭇가지 끝을 날카롭게 한 정도의 단순한 형태였습니다. 투척력을 높이기 위해서 투창기(스피어 스로워)가 발명되기도 했지만, 얼마나 사용되었는지는 확실하지 않습니다.

재블린을 초월한 획기적인 무기인 활의 등장은 벽화 등을 참고로 할 때, 기원전 1200년보다도 전으로 여겨집니다. 하지만 얼마 동안은 활보다 먼저 등장한 슬링이 주력 무기로 사용되었기에, 초기의 활은 주역이 될 수 없었습니다. 당시에는 슬링 쪽이 사정거리나 명중률 등 다양한 면에서 활보다 뛰어났기 때문입니다. 나아가 슬링의 탄환이 되는 돌이 기본적으로 비용이 들지 않는 데 반해, 활은 화살을 만들어야 한다는 불편함이 있었고, 비용이 든다는 점도 문제였습니다. 무기로 쓰기에 너무 비쌌던 것입니다. 이러한 이유로, 당분간은 원시적인 무기인 슬링의 황금시대가 이어졌습니다. 활은 고대 그리스·로마 시대에 일반적인 무기로 정착되어, 전문으로 다루는 병사도 생겼습니다.

중세가 되자, 활은 더욱 강력해졌습니다. 이 기세로 세계 각지로 퍼져나가는 것처럼 보였지만, 당시 유럽 세계를 지배하고 있던 프랑크족, 앵글로색슨인은 활을 잘 쓰지 못하는 민족이었습니다. 그래서 그들의 주력 무기는 재블린이나 활 이외의 원거리 무기였습니다. 아랍인이 새로운 지배자로 떠오르는 7~8세기가 되어서야, 드디어 활이 확고한 지위를 얻게 됩니다.

여기서 활에 대해서 기본적인 것을 설명해보겠습니다. 활bow이란, 화살arrow을 발사하기 위해 만들어진, 시위를 건 막대 모양 도구입니다. 가늘고 유연한 막대의 양 끝에 어느 정도 탄력을 가진 시위를 건 것이 기본적인 구조입니다. 이 시위를 당겨 활을 휘어서 얻는 탄력이 에너지가 되고, 활의 위력에도 영향을 줍니다. 이

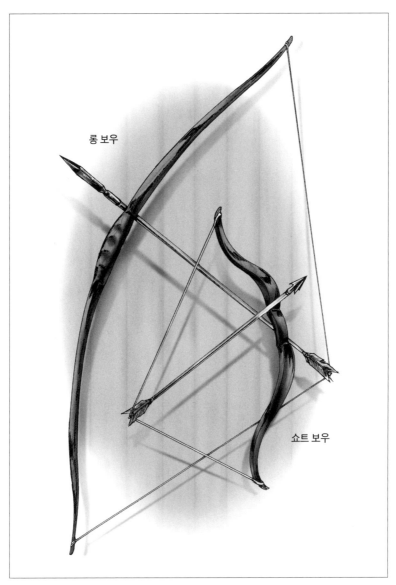

롱 보우

쇼트 보우

【세계 각지에서 사용된 활】
활의 기능은 세계적으로 공통되어 있지만, 모양이나 소재는 다양하다. 가장 간단한 것이 단일한 목재로 만든 '단궁'
이며, 여기에 다른 목재나 동물의 힘줄 등을 붙여서 탄성을 높인 것을 '강화궁'이라고 한다. 같은 목재로 된 판을 여
러 겹 붙여서 만든 것을 '합판궁'이라 하며, 3종류 이상의 재료를 합쳐서 만든 것이 '합성궁'이다. 오늘날에는 합성궁
과 합판궁을 합친 '복합궁'도 사용한다.

탄력을 높이기 위해서 재질을 엄선하고 형태 개량이 이루어지지만, 이것도 한계가 있었습니다.

이 때문에 몇 개의 막대를 합쳐서 탄력을 높인 활도 등장합니다. 그 결과, 한 개의 목재로 만들어진 고대의 활 '셀프 보우self bow(단궁)', 복수의 목재와 재질로 구성된 '콤포지트 보우composite bow(합성궁)', 나아가 셀프 보우를 가죽이나 동물의 힘줄로 강화한 '랩드 보우wrapped bow(강화궁)' 같은 종류가 탄생합니다.

이와 더불어 활을 무기답게 만드는 화살도 강화되었습니다. 롱 보우에 사용된 화살은 당시 귀중품이었던 강철로 화살촉을 만들어 플레이트 아머에도 효과를 발휘했습니다. 나아가 화살촉에는 감상용, 또는 봉납이나 의식 등에서 사용하기 위해 장식을 하면서 무늬가 그려진 것도 있었습니다.

◈ 쇼트 보우(short bow, 단궁)와 롱 보우(longbow, 장궁)

여기서부터는 대표적인 활을 소개합니다. 우선 빼놓을 수 없는 것이 쇼트 보우입니다. 길이가 100cm 이하인 활을 이렇게 부르는데, 그 기원은 기원전 1만 년~6,000년 정도까지 거슬러 올라갑니다. 당시 벽화에도 쇼트 보우를 든 사람이 그려져 있는데, 수렵이나 전투용으로 세계 각지에서 사용되고 있었습니다. 고대 이집트 등에서 쇼트 보우를 장비한 군대에 관한 기록도 남아 있습니다.

쇼트 보우는 561쪽 그림처럼 매우 대중적인 형태입니다. 사용법도 화살을 시위에 걸고 당겨서 시위를 놓아 화살을 발사한다는, 활이라면 누구나 생각할 수 있는 단순한 방법이었습니다.

쇼트 보우에 한정한 것은 아니지만, 화살을 상대보다 멀리 날릴 수 있는 활을 가진 쪽이 전투에서 압도적인 우위에 설 수 있습니다. 따라서 앞에서 말했듯이, 탄력을 높이기 위한 노력이 이루어졌습니다. 그중 하나로 다양한 재질을 시험했고, 주목이나 물푸레나무, 느릅나무 등이 널리 사용되었습니다.

재료 종류와 함께 활의 길이에도 주목하게 됩니다. 활을 길고, 크게 만들면 그만큼 사거리는 늘어납니다. 이렇게 만들어진 것이 롱 보우인데, 그 길이가 150~200cm에 달합니다. 웨일스 남부가 원산지인 롱 보우를 중요하게 활용한 것이 영국의 명군(사람에 따라선 폭군이라고도 함)이라 불린 에드워드 1세입니다. 에

【크로스 보우(crossbow, 노, 또는 노궁이나 십자궁)】
다루기 힘들고, 잘 사용하려면 오랜 훈련이 필요하다는 활의 단점을 극복한 것이 크로스 보우(노궁)다. 전장의 상황에 맞추어서 다양한 무기를 사용해야 하는 용병들이 특히 애용했다. 발사 속도가 늦다는 단점 때문에 16세기에 총이 보급되자 군사용 크로스 보우는 사라져버렸다. 장전에 동일한 시간이 걸린다면, 총의 위력이 더 컸기 때문이다.

드워드 1세는 1298년의 폴커크 전투에서 영국인과 웨일스인으로 이루어진 혼성 활 부대를 구성해 스코틀랜드군의 파이크 부대를 상대로 압승했습니다. 이후에는 보병 부대와 활 부대가 군대의 주류가 되어, 1415년 아쟁쿠르 전투에서도 영국군은 롱 보우로 프랑스 기병을 물리치고, 그 우위를 굳혔습니다.

참고로, 일본 무사가 가진 활도 당시의 성인 키보다 긴 합성 롱 보우로 분류할 수 있습니다. 화살도 길고 무거워서 상당한 위력이 있었습니다. 활에 따라서는 말을 탄 무장이 사용하는 일도 있었습니다.

♦ 크로스 보우(crossbow)

'노궁'이라고도 하는 크로스 보우는 활을 고정하는 받침과 활을 발사하는 장치가 달려 있습니다. 이탈리아에서 처음 사용했다고 여겨지며, 시위를 당긴 채로 화살을 고정하고 목표를 향해 방아쇠를 당기면 화살이 날아갑니다. 한번 화살을 장전하면 크로스 보우를 가진 채로 이동할 수도 있어서, 롱 보우나 쇼트 보우로는 거의 불가능한 엎드린 자세로 발사하는 일도 가능했습니다.

사용하려면 다른 활과 마찬가지로 시위를 당겨서 화살을 장전해야 했는데, 이후에는 핸들을 돌려서 시위를 당기는 전용 도구인 윈들라스windlass나 크레인 퀸cranequin 등도 등장합니다. 여기에는 크로스 보우의 위력이 향상되었다는 점이 관련되어 있습니다. 초기의 크로스 보우는 손이나 발로 시위를 당겨서 화살을 장전했지만, 이윽고 활 부분이 강철로 바뀝니다. 이렇게 되자 인력으로 당기는 것은 어려웠기에 도구가 필요해졌습니다. 도구는 크로스 보우와 일체형으로 만들어진 경우도 있지만, 대부분은 허리에 차서 휴대했습니다. 그 결과 무게가 10kg에 가까운 크로스 보우도 만들어졌으며, 여기에 3kg 정도의 시위를 당기는 도구가 필요하기도 했습니다. 또한, 크로스 보우는 쿼럴quarrel이나 볼트bolt라고 불리는 전용 화살을 사용했는데, 그 촉 모양은 사각형이었습니다.

이러한 크로스 보우의 위력은 상당했습니다. 여러 로마 교황이 기독교도들에게는 어울리지 않는 잔학한 무기라는 이유로 사용을 금할 정도였습니다. 하지만 롱 보우보다 100m 이상 긴 최대 사정거리와 함께 높은 명중률은 그 어떤 것도 대신할 수 없어서, 군대에서 사용을 중단해도 사냥 등에서는 오랫동안 계속 사용되었

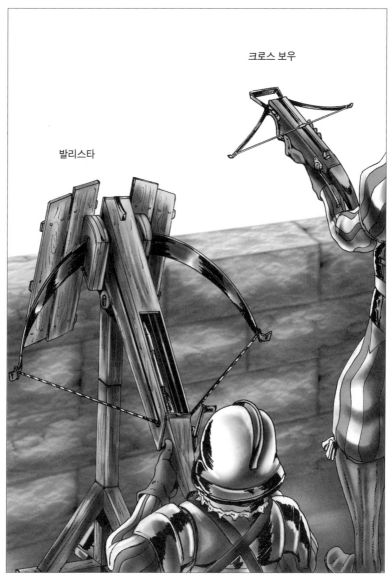

크로스 보우

발리스타

【고정 다리를 붙인 크로스 보우】
대형 크로스 보우는 공성 병기나 성을 지키는 수비 병기로 활용했다. 발리스타(ballista, 노포)나 캐터펄트(catapult)
만큼 대형은 아니라서 이동하거나 설치하는 데 시간이 많이 들지는 않았으며, 방패나 갑옷을 간단히 꿰뚫을 수 있는
위력을 가진 볼트(bolt)를 쏠 수 있었다. 공성 전용 병기는 제조나 운반에 큰 비용이 들기 때문에 국왕이나 대제후 등
이 이끄는 한정된 군대밖에는 사용할 수 없었다.

습니다. 근대 군대의 경우, 청일 전쟁에서 청나라가 연사식 노를 사용하고, 제1차 세계대전에서도 소수가 사용했다는 기록이 있습니다.

크로스 보우의 결점은 활을 장전하는 시간이 길어서, 발사 속도가 롱 보우보다 훨씬 떨어진다는 것입니다. 이 때문에 노병弩兵이 화살을 장전하는 작업에 집중할 수 있도록 대형 전용 방패가 준비되고, 이를 나르거나 받치는 일을 하는 전용 병사도 있었습니다.

참고로 화살이 아니라 돌을 발사하는 형태도 있었는데 '스톤 앤드 불렛 크로스 보우stone and bullet cross bow'라고 불리며, 그물 모양 시위를 갖추고 있었습니다(일반적으로 '석궁'이라고 번역하는 것이 바로 이 무기로, 주로 사냥에 사용했습니다-역자 주). 크로스 보우는 오랜 기간 위력을 떨쳤지만, 1550년 무렵까지만 주력 병기로 사용되었으며 화약이 등장하면서 주력의 지위에서 점차 멀어졌습니다.

◊ 북방 기마민족과 활

프랑스와 영국의 백년전쟁에서는 영국의 장궁 부대가 때때로 대승리의 원동력이 되기도 했습니다. 그러나 전체적으로 보면, 궁병은 롱 보우, 크로스 보우 양쪽 모두 보조적인 역할이었습니다. 전투의 종지부를 찍는 것은 기사나 갑옷을 입은 병사의 백병전이었습니다.

하지만 아시아에서 때때로 습격해온 북방 기마민족은 짧고도 위력이 강력한 합성궁을 말 위에서 자유자재로 다루면서 둔중한 기사와 비교할 수 없을 정도의 기동력을 발휘해, 유럽 군대를 상대로 시종 유리하게 전투를 펼쳤습니다. 13세기에 몽골 제국이 침입했을 때는 러시아가 정복당하고 유럽 중앙부도 절망적이었다고 여겨졌지만, 2대 칸인 오고타이 칸의 사후 정비를 위해 물러난 덕분에 겨우 침공을 모면했을 정도입니다. 만일 독일 근처까지 몽골 제국이 지배하고 있었다면, 유럽은 지금과는 다른 모습이 되었을지도 모릅니다.

◊ 발리스타(ballista, 노포)

활의 최종 진화형이라고도 할 수 있는 것이 화약을 발사약으로 사용하지 않았던 시대에 만들어진 기계식 발사 장치입니다. 화약을 발사약으로 사용하는 화포가

【유목 기마민족의 파르티안 샷(Parthian shot)】
유목 기마민족은 크기가 작아서 사격하기 쉬운 합성궁을 사용했다. 말에 탄 채로 후방을 향해서 발사하는 파르티안
샷에 유럽인은 상당히 고전했다. 로마 제국의 라이벌이었던 파르티아 왕국이나 동유럽을 석권했던 몽골 제국처럼,
유럽 군대는 유목 기마민족의 기동력과 활을 주체로 한 교묘한 공격에 계속 농락당했다.

등장하기 전까지, 이 발사 장치가 최고의 발사 에너지를 방출했습니다. 그중에서 도 유명한 것이 '발리스타'라고 불리는 비틀기식 발사 장치입니다. 이것은 머리카 락이나 노끈 같은 것을 꼬아서 만든 다발로 탄력을 발생시켜 돌이나 재블린 등을 발사하는 무기로, 그 구조도 활과 닮았습니다.

고대 그리스나 로마에서는 공성전이나 야전에서 병기로 사용되었고, 다키아 전 쟁(101년~106년)에서 로마병이 사용한 기록도 남아 있습니다. 연구에 따르면 수 킬로그램 무게의 화살을 최대 400m까지 날릴 수 있는 능력이 있다고 추정되는 데, 활보다 절대적인 우위에 있었을 것으로 예상됩니다. 고대 로마에서는 경량의 야전 발리스타도 사용된 만큼, 보급률이 높았다고 추측할 수 있습니다.

또한, 발리스타 이외의 발사 장치로는 용수철식 발사 장치(레오나르도 다빈치가 그린 것이 유명함)나, 무게 추 방식 발사 장치 같은 것도 발명되었습니다. 용수철식 발사 장치는 문자 그대로 용수철을 이용한 것으로, 받침에 올려놓은 거대한 노弩 를 공성전에 사용한 모양입니다. 장치는 병사의 키보다 높았으며, 발사하는 탄(창 이나 돌)의 높이와 방향을 조정할 수 있는 것도 등장합니다. 고대 그리스에서는 아 르키메데스가 고안한 감아올리는 장치가 달린 용수철식 발사 장치가 보급되었습 니다. 의외일지도 모르지만, 수학의 거두인 아르키메데스는 많은 무기를 고안했 고, 용수철식 발사 장치에 대해서도 다양한 아이디어를 남겼습니다.

용수철식 발사 장치는 모두 위력이 떨어진다는 결점이 있었습니다. 무게 추 방 식은 발사 장치 중에서 가장 무거운 탄환을 발사할 수 있었습니다. 그 반면, 사정 거리나 정밀도는 밧줄이나 머리카락을 꼬는 힘을 이용하는 대형 비틀림 발사 장 치에 미치지 못했습니다. 무게 추와 투척 장치 모두 크기가 컸기 때문에, 필연적으 로 그 받침도 거대해졌습니다. 따라서 신속하게 이동하기에 적합하지 않아서, 공 성전에서만 사용되었습니다. 중세의 '트레뷰셋trebuchet'이라 불리는 발사 장치가 대표적인데, 구조는 간단하지만 발사하려면 많은 인원이 필요했다고 합니다.

◖ 활의 종언

수만 년에 걸쳐서 전장의 주력 무기라는 지위를 지켜온 활, 그리고 노궁. 하지만 이러한 무기가 주역의 위치에서 물러나는 날이 찾아옵니다. 그것은 화약과 화약을 사용한 무기가 등장했기 때문입니다. 특히, 폭발식 발사 장치를 사용하며, 손으로 드는 소형 화기는 사수의 근력이 필요하지 않았기 때문에 비용 대비 성능 면에서 활보다 훨씬 떨어졌지만 널리 보급되었습니다.

하지만 화기가 발달하고 정착된 이후에도 활은 간편하게 만들 수 있는 무기로서 현재도 사용되고 있습니다. 일본에서는 스모의 '활 돌리기(유미토리시키)' 의식에 사용되며, 동아리 활동으로 궁도를 배우는 학교도 있습니다. 세계적으로도 활쏘기나 양궁 대회가 널리 보급되어 있습니다. 화살촉도 플라스틱이나 파이버로 만들어 (맞으면 매우 위험하지만) 사람을 죽이기 위한 화살은 사용되지 않습니다. 활은 앞으로도 권총과는 비교할 수 없을 정도로 친숙한 무기로서 인류와 함께 존속하겠지요.

아폴론의 '황금 활'

◈ 이능의 신이 쏘는 천벌의 활

올림포스 12신 중 하나인 아폴론은 예언이나 목축, 음악과 같은 다양한 분야에서 존재감을 발휘하며, 다양한 문화와 지적 창조를 담당하는 존재였습니다. 그리스 신화 중에서는 젊고 이상적인 신으로 숭배되었습니다.

하지만 한편으로, 정체를 알 수 없는 수상쩍은 신으로서 두려움의 대상이 되기도 했습니다. 그런 아폴론의 양면성을 보여주는 것이 활을 담당하는 신이라는 지위와 그가 가진 황금 활입니다. 트로이 전쟁을 그린 호메로스의 서사시에서 '화살을 날리는 아폴론'이라는 정형구가 몇 번이고 반복되고 있듯이, 신화 속에서도 아폴론은 빈번하게 활을 사용하고 있습니다.

그런데 활의 신 아폴론은 이상 행동을 많이 보였습니다. 자식인 아스클레피오스를 살해한 것을 시작으로, 때로는 무차별적으로 화살을 날려서 사람에게 명중시켜 목숨을 빼앗는 이해할 수 없는 행동을 했다는 점에서, '역병의 신'으로서 두려움을 샀습니다. 그에게는 아르테미스라고 하는, 수렵을 관장하는 쌍둥이 여신이 있습니다. 그녀 또한 아폴론과 대비되는 '은활'을 사용해, 인간에 대한 징벌로 역병을 퍼트리곤 했습니다.

활을 쥐었을 때만 나타나는 그리스 신화의 정형을 벗어난 이상 행동으로부터, 이 남매는 그리스인 고유의 신이 아닌 이국의 신으로, 올림포스 신들의 자리에 포함되었다고 하는 이야기도 있습니다.

【아폴론의 황금 활】
아폴론의 활은 은색이고, 아르테미스의 활이 금색이라는 주장도 있다. 활을 메인 무기로 사용하는 신은 전체적으로 소수다.

나스노 요이치의 활

◈ 바라오니 저 부채의 정중앙에 명중할 수 있기를

일본의 겐페이 합전에서 야시마 전투 이후에 배를 이용해 바다로 도망친 타이라 가문의 군대는 부채 모양 과녁을 걸었습니다. 쏠 수 있으면 쏴보라는 도발에 요시쓰네의 명령으로 앞에 나선 나스노 요이치가 단 한 발로 훌륭하게 꿰뚫어서 미나모토 가문의 위신을 세워주었다는 유명한 일화가 있습니다.

사격 거리는 일본 궁도장의 과녁 거리인 20m를 훨씬 넘어선 80m 정도(한국의 현대 국궁 과녁 거리는 145m-역자 주). 게다가 바다 위에서 흔들리는 배 위의 부채를 꿰뚫는 것은 가히 명인 수준으로 교과서에 실리기에 충분합니다.

세계적으로 활은 아시아의 상징적인 무기로 인지된 모양입니다. 일찍이 말 위에서 상반신을 180도 돌린 상태로 뒤쪽을 향해 정확하게 사격한 파르티안 쇼트나 특징적인 합성궁을 다루는 기마 군단으로 동유럽을 석권한 몽골 제국처럼 아시아인과 활의 조합을 유럽인들은 오랜 기간 공포와 파괴의 상징으로 받아들였습니다. 유럽인에게 활은 군 편제의 일부에 불과했지만, 일본에서는 화포가 보급된 이후에도 궁도가 중요한 무예로 남았습니다(한국에서도 일찍이 활을 선비의 덕목 중 하나로 인정했고, 현재도 양궁과 국궁은 인기가 높습니다-역자 주). 그런 혼을 담은 무기인 만큼, 요이치의 신기를 칭송하며 춤을 추는 적군의 무사마저 사살하도록 지시한 요시쓰네의 행동은 상당히 아쉽습니다.

【나스노 요이치와 활】
'바라오니 저 부채의 정중앙에 명중할 수 있기를'은 과녁을 겨눌 때 요이치가 읊었다는 기도다. 그러나 사료를 찾아봐도 나스노 요이치가 실존 인물이라는 증거는 없다.

크로스 보우 vs. 롱 보우

◆ 왕도에 도전하는 일점 돌파의 가능성

무기의 기본 성능을 따지면 롱 보우의 승리입니다. 크로스 보우는 4세기부터 1,000년 이상 사용된 무기로, 어느 면에서 비교하느냐에 따라 다르겠지만, 설사 위력과 사거리가 롱 보우를 넘어서더라도 발사 속도가 늦다는 점에서 크로스 보우의 우위는 완전히 사라집니다.

예를 들어 사거리를 생각해보겠습니다. 활로 최대 사거리를 노릴 때는 수평이 아니라 약간 기울인 위쪽으로 화살을 쏘게 되는데, 이는 목표를 노린다기보다는 대충 적당한 위치로 화살을 많이 날려서 그중 하나가 명중하기를 기대하는 방법입니다. 즉, 탄막 사격이 아니면 효과가 없습니다. 숙련자라면 6초에 1발을 쏘는 롱 보우와 발에 모든 체중을 싣거나 회전 장치를 사용해야만 하는 크로스 보우는 처음부터 승부가 되지 않습니다. 다만 크로스 보우에는 누구나 어느 정도 잘 쓸 수 있다는 이점이 있습니다.

한편 롱 보우는 이것이 처음 만들어진 웨일스에서 나고 자란 사람처럼 어릴 때부터 수렵 등으로 숙련되어 있거나, 전문 훈련을 상당히 충실하게 받은 병사가 아니면 제대로 다룰 수 없습니다. 이처럼 병사 확보라는 측면에서 생각하면, 롱 보우보다는 크로스 보우 쪽이 장기적으로는 도움이 되는 전력이라고 할 수 있겠지요.

또한, 숲이나 인가가 많은 장소에서 대결한다면 롱 보우의 이점은 사라집니다. 크로스 보우는 한번 시위를 당겨두면, 발사 자세가 상당히 자유롭습니다. 엎드리거나 쭈그려서 매복한 상태로 발사할 수 있습니다. 반면 롱 보우는 양손으로 버티고 등을 편 상태로 활을 당기지 않으면 화살이 똑바로 날아가지 않습니다. 여기에서 크로스 보우가 이길 수 있는 기회가 생겨납니다. 다만, 매복에 성공해도 첫 발이 빗나가거나 한다면, 롱 보우에 의해 벌집이 되어버립니다.

【무기 성능 차이가 전력의 결정적인 차이는 아니다】
크로스 보우의 이점은 이제까지 다루기 어렵고 특정 병사들만 사용할 수 있었던 활을 누구나 쓸 수 있다는 점이다.
장전에 시간이 걸려서 발사 속도가 늦다는 결점을 넘어서고도 남을 정도로 매력적이었다. 전문 활쏘기 훈련 등을 받
을 여유가 없었던 용병이 즐겨 사용했다. 무엇보다도 전투 전문가인 용병에게는 약간의 불편 정도는 전투 기량으로
충분히 보완할 수 있는 능력이 있었다.

초기 총포에 관한 해설

◊ 전장을 제압한 주력 무기의 등장

핵무기를 제외하면, 총이나 포는 인류가 발명한 가장 강력한 무기입니다. 그 등장은 화약의 발명과 밀접하게 관련되어 있습니다. 중국에서는 11세기부터 알려진 화약은 유럽에서 1,300년경부터 발사약으로 사용되기에 이릅니다.

이 시기에는 전장식 총이 보급되기 시작했고, 발사할 때 사수의 완력에 의존하지 않는 최초의 소형 화기가 되었습니다. 소형 화기는 외견으로는 권총(즉 피스톨 pistol)과 장총(라이플, 단기관총 등)으로 크게 나눕니다. 초기에는 탄환을 앞에서 장전하는 전장식, 나중에 뒤에서 장전하는 후장식이 되었지만, 그 사이에도 연발식이 등장하는 등 다양한 개량이 행해졌습니다. 후장식은 이윽고 반자동 권총, 그리고 단기관총으로 발전합니다.

한편, 화포 역시 최초의 손대포 handgun와 캐논포 cannon가 총과 거의 같은 시기(1300년대)에 등장했다는 기록이 있습니다. 초기의 화포도 총과 같은 전장식으로, 돌이 탄환으로 사용되었습니다. 화포도 후장식으로 발전하는 동시에 재질이 강화되면서, 바퀴를 이용해서 이동할 수 있게 되었습니다. 근대가 되면서 대형 열차포나, 전함 등의 함정에 탑재하는 대구경포도 등장했습니다.

총과 화포는 현대에도 주요 무기로 사용되고 있어서, 그 역사와 종류를 일일이 열거하기는 어렵습니다. 여기서는 자동화되기 전, 연사할 수 없고 일일이 장전해야만 했던 불편한 초기의 총포를 소개하겠습니다.

◊ 전장식 장신총과 권총

1400년경에 '손대포'라고 불리는 원시적인 장총이 등장했는데, 이윽고 1543년에 포르투갈이 일본에 전해준 화승총 형태가 보급되어, 이후 장총의 기본형이 되었습니다. 1570년이 되자, 스페인제 머스킷총 musket이 등장합니다. 이 전장식 총은 보병용 장총으로서 각국에서 오랫동안 사용되었습니다. 머스킷총을 포함한 전장식 소형 화기는 구조가 간단하고 저렴했기에 후장식 소형 화기(이후에 설명)보다 애용되어, 19세기 중반까지도 사용되었습니다.

머스킷총

플린트록식 권총

콜트 리볼버

【점화 방식이 다양한 전장총】
일본에서는 전국시대에 보급된 화승총(매치록식)으로 진화가 멈추어버렸지만, 금속 탄피가 실용화되기 전까지 휠록(wheel lock, 치륜)식, 스냅핸스(snaphance, 수발)식, 플린트록(flint lock, 부싯돌)식, 뮈켈렛록(miquelet lock, 스페인식 부싯돌)식, 퍼커션록(percussion lock, 전관)식 등 다양한 점화 방식이 개발되었다. 이 중에서 가장 널리 보급된 것이 퍼커션록식이었다.

처음에는 총신銃身 내부가 활공이라 불리는 미끄러운 구조로 되어 있어 구형球形 탄환을 쏘는 데 적합했지만, 탄도는 불안정했습니다. 이후에 등장한 강선총은 총구 내에 라이플링이라는 나선형 홈이 있어서, 탄환은 자이로 효과로 안정된 탄도를 그리게 되었습니다.

1540년경, 장총보다 조금 늦게 유럽에서 권총이 탄생합니다. 권총은 이제껏 없었던, 한 손으로 조작할 수 있는 총이라는 점 때문에 군대보다는 일반 시민에게 호신용으로 보급되었습니다. 또한, 초기의 권총도 단발의 전장식이 주류였습니다.

화려한 장식이 새겨진 권총이나 장총도 있었습니다. 나폴레옹에게 헌상한 권총은 녹이 스는 걸 막기 위해 금이 사용되었습니다. 575쪽의 플린트록flint lock식 권총은 J. 머독이 디자인했는데, 이처럼 이름 있는 총기 장인도 등장합니다.

초기의 총포는 사정거리, 명중률, 발사 속도, 가격 면에서 활에 미치지 못했습니다. 총에 따라 다르지만, 17~19세기 초까지의 전장총은 훈련을 받은 병사가 20초에 1발 정도 발사할 수 있지만, 80m 떨어진 적을 명중시키기 어려웠다고 합니다. 이에 발사 속도를 높이기 위해서 연발식으로 개량하려고 노력했습니다. 하나의 총에 여러 개의 총신을 채운 형식이 가장 대중적이어서, 장탄 시간은 늘어났지만 연속해서 발사할 수 있다는 이점은 절대적이었습니다. 그중에는 11발이나 연발할 수 있는 방식이나, 7자루의 총신에서 동시에 발사할 수 있는 방식도 있었습니다.

19세기가 되자, 약실을 회전시켜 사격할 수 있는 전장식 리볼버(연발총)가 등장합니다. 회전하는 탄창이 빙글 돌아가는 액션은 영화나 TV에 자주 등장합니다. 전장식 리볼버는 장총, 권총 모두 채용되었는데, 특히 보급된 것이 새뮤얼 콜트가 개발한 콜트 리볼버(575쪽의 그림 오른쪽 참조)입니다. 이것은 짧은 회전 탄창을 가진 전장총으로, 미국 육군이 채용했습니다. 콜트라고 하면, 회전 탄창을 떠올리는 분들이 많지 않을까요.

◆ 후장 소형 화기의 등장

장탄이 간단한 후장식 총에 관한 아이디어 자체는 사실 총이 탄생한 시기부터 존재했습니다. 예를 들어, 1540년경의 휠록wheel lock식 권총처럼 후장총은 오래전부

【초기의 손대포, 탄넨베르크 건(tannenberg gun)】
15세기 초, 단발식·전장식 소총의 시조인 탄넨베르크 건이 발명되었다. 이 시대의 총은 손대포(hand gun)라고 불리며, 발포할 때 생기는 큰 반동을 어떻게 처리할 것인지에 대해서 다양한 연구가 진행되었다. 보기에는 조악하지만 총으로서 기본적인 성능은 겸비하고 있으며, 총탄이 명중하면 큰 피해를 준다. 여기서 발달한 매치록식 총이 일본에 화승총이라는 이름으로 들어와 전투의 역사를 바꾸었다.

터 사용됐습니다. 하지만 저렴하게 대량으로 생산할 수 있었던 전장총 때문에 오랫동안 주목받지 못한 존재였습니다.

하지만 1812년, 스위스 발명가인 폴리가 화약, 탄환, 뇌관을 하나로 합친 폴리식 종이 탄약을 발명하고, 금속제 탄피가 대량 생산되면서 다양한 후장식 총이 만들어집니다. 후장식 총도 총신이 여러 개인 형식으로 제작되었습니다. 서부극 등에서 자주 등장하는 가운데를 접는 장총 방식도 이에 해당합니다. 총신이 위아래에 있는 레밍턴 데린저 권총은 1860년에 제1호가 등장했는데, 그 복제품은 현재도 건재합니다.

이윽고 후장식 연발총은 19세기 후반부터 고성능 연발총으로 발전합니다. 총기에 흥미가 없는 사람에게도 알려진 카빈, 윈체스터와 같은 유명한 총들이 이 시기에 등장합니다. 탄약을 빨리 장전하고 빈 탄피를 배출하는 볼트 액션(bolt action)식도 19세기에 실현되어, 제1차 세계대전 당시에는 거의 대다수 나라가 볼트 액션식 연발총을 장비했습니다. 1890년대에는 새로운 설계가 대부분 등장해, 현재의 총과 기본 구조가 거의 비슷해집니다.

한편, 후장식 권총도 발전해 19세기 후반에는 후장식 리볼버의 설계가 거의 다 확립되었습니다. 스미스&웨슨, 콜트 피스메이커, 레밍턴처럼 현재도 이름을 남긴 권총이 등장합니다. 그 후, 후장식 리볼버는 안전장치와 재료 정도만 변화했으며, 신뢰성이 높은 만큼 경찰을 중심으로 현재도 많은 나라가 사용하고 있습니다.

◆ 총검

총에 부착해 사용해야 하는 총검에 대해서 살펴봅시다. 1647년 프랑스에서 현존하는 가장 오래된 총검이 만들어졌습니다. 당시에는 군용으로 머스킷총이 사용되고 있었는데, 총병이 탄환을 장전하는 사이에 적 기병대에게 공격당할 위험이 있었습니다. 그래서 창병대가 배치되었지만, 총검을 장비함으로써 무방비 상태는 해소되었습니다. 말 위의 적을 노리기 위해서 총과 총검을 합친 길이는 2m 정도에 이르게 됩니다.

총검은 초기에는 검을 꽂아서 부착하는 방식이었기 때문에 전장식의 경우 탄

스프링필드 M1884
(Springfield M1884)

초기의 전장포

다양한 포탄

【포가에 올려진 초기의 전장포】
초기 전장포는 가는 연철제 부재료에 테를 끼운 구조였지만, 이윽고 교회의 종 만드는 기술을 응용해 청동제 포신이
완성되었다. 철이나 돌덩어리만이 아니라 위 그림과 같은 대인용 포탄도 발명되었다. 사슬로 연결된 신축형 포탄은
선체를 향해 쏘면, 돛대나 연결된 밧줄을 파괴해 항해 능력을 빼앗을 수 있었다. 전장포는 개량을 거듭하면서 19세
기까지 사용되었다.

환을 발사하거나 장전할 수 없다는 큰 단점이 있었습니다. 그래서 평소에는 총신 오른쪽에 장착하는 소켓식 유형이 등장합니다.

나아가 일체식 총검이 등장해 18~19세기의 주류를 차지합니다. 문자 그대로 총과 검이 일체가 되어 있어 분리할 수 없었지만, 검을 미끄러뜨리거나 접는 방식으로 수납할 수 있었습니다. 579쪽의 스프링필드 M1884처럼 신축형 화살 모양 총검을 가진 유형도 있었습니다.

총검도 최초의 긴 모양부터 나이프 모양에 이르기까지 다양한 파생형이 있습니다. 근대의 총검은 대개 나이프 모양으로, 장착하고 있지 않을 때는 나이프 본래의 용도로 사용합니다.

그 밖에 찌르기 이외의 목적으로 사용하는 총검도 있습니다. 장해물을 제거하는 톱날형 총검, 참호 파기에 사용하기 위해 흙손이 달린 총검이나 지뢰를 탐지하는 총검, 와이어를 자르는 와이어 커터 총검 등 독특한 파생형도 다양하게 태어났습니다.

◈ 초기의 화포

화포는 총보다 오랜 역사를 가진 발사 장치입니다. 1326년에 대포가 존재한 사실을 보여주는 그림이 있으며, 1346년에 영국이 사용했다는 기록도 있습니다.

화포도 등장했을 무렵에는 전장식이었고, 이 형태는 19세기 후반까지 오랫동안 사용되었습니다. 총과 마찬가지로 활공식이었고, 탄환은 둥근 돌이 사용되었습니다. 이윽고 위력을 높이기 위해서 주철로 만들어졌고, 야전은 물론 해전에서도 위력을 발휘하게 됩니다.

사슬을 연결해 발사하면 펼쳐지는 신축형이나 여러 개의 납탄이나 철탄을 모은 '포도탄'이라 불리는 확산형, 가장 많이 사용된 폭열형 등 다양한 포탄이 개발되었습니다.

초기의 대포는 공성전에 사용하는 일이 많아서, 어딘가 한곳을 공격하면 되기 때문에 조준을 바꿀 필요도 없었고, 이동시킬 생각도 하지 않았습니다(579쪽 그림 참조).

하지만 야전이나 해전에 사용하는 화포는 도로나 갑판에서 이동하기 위해 바

【머스킷총에 바요넷을 장착한다】

17세기에 머스킷총은 크로스 보우를 몰아내고 보병의 주력 무기가 되었다. 하지만 장전 중인 머스킷총 병사는 무방비 상태였기 때문에 그 주변을 파이크병 대열이 보호할 필요가 있었다. 이것도 바요넷(총검)이 발명되면서 일변한다. 초기의 바요넷은 총구에 자루를 꽂는 형식이었지만, 오래지 않아 장착한 채로 장전할 수 있는 소켓식이 보급되어 불편은 해소되었다.

퀴가 부착되었습니다. 야전 포차는 탄약 상자를 실은 앞차와 연결해 말이나 소가 끌어서 이동한 모양입니다.

화약도 총기와 마찬가지로 후장식 포탄이 개발되고, 포신에 강선이 새겨졌습니다. 그 후에는 현재까지 계속 발전해 전차에 탑재하는 전차포, 초대형 열차포나 공성포, 무거운 탄환도 멀리까지 발사하는 무반동포 등이 등장했습니다. 소련 육군 등은 화포를 '전장의 신'이라고 부르는데, 어느 시대에도 큰 위력을 가진 화포는 병사들에게 믿음직한 존재였습니다.

◆ 총포의 발전과 현재

마지막으로 후장식 등장 이후의 총포를 소개하겠습니다. 총도 화포도 그 후에는 장전의 자동화와 연속 발사 등이 이루어졌을 뿐입니다. 제1차 세계대전 무렵에 등장한 단기관총은 사람이 휴대할 수 있는 완전 자동 화기의 최고봉이라고 할 수 있으며, 현재도 사용되고 있습니다.

화포는 19세기의 자동 캐논포가 사실상 완성형으로 대공이나 대전차, 대전투기 등에 사용되고 있으며, 장갑차나 전투기에 탑재하는 등 다채롭게 운용됩니다. 특히, 군함에 탑재하는 함포의 위력은 절대적이지만, 전함이라는 함종이 거의 사라지고 있고, 항공기술이 발달하고 순항 미사일처럼 함포보다 효율이 좋은 무기가 얼마든지 있어서, 함포가 존재해야 할 의미가 점차 줄어들고 있습니다. 총포는 앞으로도 휴대할 수 있는 최강의 무기로서, 좋은 의미로도 나쁜 의미로도 인간 사회에서 계속 존속하겠지요.

사이카 마고이치의 '야타가라스'

◆ 세계의 새로운 기준이 되기에 부족함이 없는 예술품

14세기에 초기 총포의 시조인 탄넨베르크 건이 등장한 이후부터 오늘날까지 총포만큼 원형이 크게 진화한 무기는 없다고 여겨집니다. 반면, 신화나 영웅에 관한 전설의 무기 중 총포가 없는 것은 매우 빠른 시기부터 공업 제품으로 생산되었기 때문이 아닐까요. 베버의 오페라 〈마탄의 사수〉에 등장하는, 악마와 계약한 총 정도를 제외하면 전설의 무기인 총을 찾아볼 수 없습니다.

일본에서는 철포 전투 전문 집단 사이카 마고이치가 애용한 야타가라스가 잘 알려졌지만, 이 역시 좀 더 성능이 우수했던 화승총 정도에 불과합니다. 이 총이 전설의 무기로 알려진 것은 오다 노부나가를 저격했다고도 알려진 사용자, 사이카 마고이치의 명성 덕분이라고 할 수 있습니다. 에도 시대에 들어와서는 새로운 무기의 개발이 금지되었기 때문에 당시 세계 최고 수준이었던 철포 전술도 진화를 멈추고, 유럽에 뒤처지게 됩니다.

총과 격투기를 일체화한 근접 격투 기술로는 미국 영화 〈이퀼리브리엄〉에 등장한 '건 카타'라고 불리는 상당히 참신한 액션이 있지만, 만일 에도 막부가 총의 개량을 금지하지 않았다면, 이런 기발한 격투 기술이 일본에서 태어났을 가능성도 있었겠지요.

【사이카 마고이치와 야타가라스】
총의 이름은 사이카 가문의 문장에서 유래했다고 하는데, 당시의 사이카 집단이 깊이 가담하고 있던 이시야마 혼간지의 문장에서 나왔다고도 한다.

결투의 총탄

◆ 용기와 자부심을 시험하는 결투 방법

총기의 등장에 발맞추어 권총도 등장했습니다. 그렇다곤 해도, 원형이 된 장총도 명중을 기대할 수 있는 사거리가 고작 20~30m에 불과했습니다. 권총은 본래 명중을 기대하기 어려운 무기였는데, 당시엔 총구에서 발사된 탄환이 어디로 날아갈지 전혀 알 수 없는, 오늘날과는 비교할 수 없을 정도로 조악한 물건이었습니다.

그런 이유로 권총의 용도는 고작 호신용 장식 정도에 불과했습니다. 하지만 또 다른 유용한 사용법이 있었습니다. 바로 결투 도구입니다. 유럽에선 오랜 기간, 개인이나 가문 사이의 분쟁 해결 방법으로 결투가 사용되었습니다. 결투 시에 중요한 점은 공정해야 한다는 것. 그리고 자부심을 걸고, 용기를 시험하는 내용이어야만 했습니다. 결투에서는 휠록식 권총도 사용되었습니다.

예를 들어보겠습니다. 20m 정도 떨어져서 서로를 향합니다. 아무리 노력해도 절대로 명중하지 않는 거리입니다. 여기에서 서로 한 발 쏠 때마다 한 발짝씩 크게 다가가서 한쪽에 명중하거나, 무서워서 쏠 수 없게 될 때까지 승부를 계속한다는 방법이 한 사례입니다. 간단하면서도 긴박감 있게 잘 만들어진 규칙이지만, 단지 탄환이 명중하는가를 겨루는 결투라고는 할 수 없습니다.

당시의 총은 폭발 사고가 잦았고, 그런 권총을 연속해서 쏘는 것만으로도 상당한 공포심을 극복해야 했습니다. 나아가 부상 문제도 있습니다. 20세기 이전, 총상이나 폭발 사고에 의한 상처는 일반적인 부상과는 달라서 치료할 방법이 거의 없었습니다(불결한 옷이 총알과 함께 상처에 박혀 감염증을 일으켰기 때문이기도 합니다-역자 주). 적의 총알에 맞을지도 모른다는 공포, 폭발할지도 모른다는 공포, 그리고 다친 후의 비참한 나날. 권총을 사용한 결투에는 세 가지 각오가 필요했던 것입니다. 결투는 긍정적으로 보면 페어플레이 정신, 스포츠맨십의 상징과도 같습니다. 잘 연구하면 판타지 세계에 매력을 더할 수 있겠지요.

【귀족의 취미가 결집된 전장식 권총】
전장식 권총은 군사적으로는 거의 도움이 되지 않으며, 고작 호신용으로 보급되었을 뿐이었다. 하지만 손잡이나 총
신에 다양한 장식을 붙인 총은 부나 지위를 과시하고, 군인의 용맹을 드러내는 소도구로 인기가 있었다. 하지만 금
속제 탄피가 발명되고, 후장식 총이 보급되면서 대량 생산되는 공업 제품이 되자 이렇게 멋을 부리는 행위도 사라져
버렸다.

신의 지혜를 담은 룬(Rune)

◈ 태고의 '룬 문자'

게르만 민족이 3~13세기경까지 사용했던 문자를 '룬'이라고 부릅니다. 룬은 일종의 알파벳인 동시에 '신비', '비밀', '비의'라는 의미를 담은 단어이기도 했습니다. 룬은 문자마다 특별한 마력을 담고 있어서, 북유럽 신화 「에다」에 따르면 신 오딘이 룬과 그 비법을 습득했다고 전해집니다.

본래 오딘은 용맹한 전투의 신이자, 최고 마술사이기도 하며, 모든 전사가 오딘의 가호를 바랐던 것입니다. 그리고 현재에 만족하지 않고 더 많은 지식을 얻고자 한 오딘은 자신을 창으로 꿰고 물푸레나무에 목을 매달았습니다. 자신을 희생으로 내던진 오딘의 의식은 저승으로 날아가 거기에서 비밀 문자, 즉 룬을 얻은 것입니다.

이 룬은 종이에 적지 않고 물체에 새겨서 사용합니다. 쉽게 새기기 위함인지 직선을 주체로 한 디자인으로, 나뭇결과 혼동하지 않도록 가로 선은 사용하지 않고 세로와 기울인 선만으로 구성되어 있습니다. 사용된 지역은 북유럽을 중심으로 동쪽으로는 흑해, 서쪽으로는 그린란드에 이른다는 것이 각지에 남겨진 룬 비석을 통해서 밝혀졌습니다.

1,000년 이상 오랜 기간에 걸쳐 사용된 룬은 시대가 지나면서 조금씩 변화해갔습니다. 가장 오래된 룬은 '게르만 공통 푸사르크Futhark'라고 불리는데, 24개 문자로 구성되어 있습니다. 북유럽만이 아니라 프랑스, 유고슬라비아, 폴란드, 루마니아 등에서도 사용되었지만, 남은 자료는 200여 개 정도에 불과합니다. 참고로 '푸사르크'는 룬을 첫 글자부터 순서대로 6번째 문자까지(f, u, th, a,r, k) 읽은 소리입니다(한글을 '가나다'라고 부르는 것과 마찬가지입니다-역자 주).

훗날 '제2룬' 또는 '가지 룬'이라고 불리는 문자가 사용되지만, 이는 9~12세기에 걸쳐 스웨덴, 덴마크, 노르웨이라는 북유럽의 세 나라에서만 사용했습니다. 제2룬은 사용된 사례가 매우 많으며, 간략화된 것이 특징입니다.

또한, 제2룬은 제1룬보다 장식이 많아서 '가지 룬'이라고도 부릅니다. 바이킹 전성기에는 제2룬을 사용한 경우가 대부분으로, 쉽게 해독할 수 있었습니다. 하지만 해독된 제2룬에는 마술 관련 내용이 없어서, 룬이 가진 마력을 해명하지는 못했습니다. 마법이 감추어진 것은 제1룬이라는 설도 있습니다.

룬은 어디까지나 새기는 것만을 생각했기 때문에 빠르게 쓰는 데 적합한 필기체나 속기체는 등장하지 않았습니다. 이 이유에 대해서는 룬이 한자와 같은 표의문자(글자마다 의미가 있다)라는 설이나, 마법을 발생시키려면 문자 형태를 엄밀하게 정해야 하는 만큼, 조그만 변경도 마법 실패로 연결될 수 있기 때문이라는 설도 있습니다. 2종류의 룬에 대해서 588~589쪽의 일람도 참고해주십시오.

◆ 룬은 어떻게 사용되었는가?

룬의 가장 큰 특징은 문자 하나하나에 고유한 의미가 있다는 점입니다. 알파벳과 마찬가지로 표의문자이면서 문자마다 특별한 마력이 담겨 있다고도 하는데, 이는 고대 인도에서 생겨난 범자梵字(글자 하나하나가 부처의 힘을 나타낸다)와 공통된 특징이기도 합니다.

또한, 룬은 쓰기보다는 새기기에 적합해 비석, 금화, 무기, 부적 같은 많은 물건에 새겨졌습니다. 풍화되어 사라진 것도 많지만, 나무나 뼈에 새겨진 사례도 적지 않아서 한때는 광대한 양의 룬이 존재했다고 여겨집니다.

룬을 새기는 목적은 매우 다양합니다. 현재 남겨진 것들은 바이킹이나 부친의 업적을 비석에 새긴 사례가 많은데, 고인의 업적을 기리고 있습니다. 장식품에는 단순히 소유자의 이름을 새기는 일도 많았던 모양입니다. 애용한 무기에 '외치는 자' 같은 용맹한 이름을 새기는 경우도 많았습니다. 「에다」에는 신 오딘이 '궁니르(흔들리는 자)'라는 이름을 창날에 새겨 넣었다는 기술도 있는데, 무기에 강한 힘이 담기기를 바랐던 것이겠지요.

◆ 룬 문자 일람

	게르만 공통 푸사르크	이름		음가	
1	ᚠ	fehu	풰후	f	ㅍ
2	ᚢ	ūruz	우르즈	u	ㅜ
3	ᚦ	þurisaz	쑤리사즈	Þ(th)	ㅆ
4	ᚨ	ansuz	안수즈	a	ㅏ
5	ᚱ	raidō	라이도	r	ㄹ
6	ᚲ	kaunan	카우난	k	ㅋ
7	ᚷ	gebō	게보	g	ㄱ
8	ᚹ	wunjō	운조	w	ㅜ
9	ᚺ, ᚻ	hagalaz	하글라즈	h	ㅎ
10	ᚾ	naudiz	나우디즈	n	ㄴ
11	ᛁ	īsaz	이사즈	i	ㅣ
12	ᛃ	jēra-	예라	j	ㅠ
13	ᛇ	ei(h)waz	예이하즈	i(E)	ㅖ
14	ᛈ	perþ-	페르쏘	p	ㅍ
15	ᛉ	algiz	알기즈	z(R)	ㅈ(ㄹ)
16	ᛊ, ᛌ	sōwilō	소윌로	s	ㅅ
17	ᛏ	tīwaz	티와즈	t	ㅌ
18	ᛒ	berkanan	버카난	b	ㅂ
19	ᛖ	ehwaz	에화즈	e	ㅔ
20	ᛗ	mannaz	만나즈	m	ㅁ
21	ᛚ	laguz	라구즈	l	ㄹ
22	ᛜ, ᛝ	ingwaz	잉과즈	ng	ㅇ(받침)
23	ᛟ	ōþila	오쌀라	o	ㅗ
24	ᛞ	dagaz	다가즈	d	ㄷ

의미(관련된 신)		제2룬	음가 (가지 룬)
wealth	부, 풍요함, 가축, 소유(프레이)	ᚠ	f
aurochs	야생 소, 힘, 속도, 불굴의 정신(고대 야생 소 오록스)	ᚢ	u
giant	거인, 괴물, 마귀 쫓기, 두려움 없는 마음, 상처(수르트)	ᚦ	þ
god	신, 언령, 언어, 전달, 입(오딘)	ᚨ	
rideing	승마, 여행, 용사, 강인한 심신, 여행의 수호(바람의 신)	ᚱ	r
ulcer,torch,skiff	불, 햇불, 정열, 등불(불의 신)	ᚲ	k
gift	선물, 재능, 관대함, 영광(프레이야)		
joy	기쁨, 행복, 결실, 가정의 평화		
hail	우박, 변혁, 붕괴, 재앙	ᚻ	h
need	필요, 배움, 곤란, 선제공격하여 항상 승리(묠니르)	ᚾ	n
ice	얼음, 정지, 정숙, 시간을 가진 힘(거인족)	ᛁ	i
year, fruitful year, harvest	수확, 1년의 수확, 풍작, 은혜(땅의 신)	ᛄ	a
yew-tree	주목, 죽음, 재생, 방어, 강인한 심신(나무의 신)		
불명	?		
sedge?	사초 나무? 큰 사슴, 수호, 위기의 탐지, 동료	ᛉ	r
Sun	태양, 빛, 건강, 꿈의 실현(발드르)	ᛋ	s
Tyr(Tiw)	티르신, 승리, 정의, 불가능을 가능하게(티르)	↑	t
birch twig	자작나무, 새로운 시작, 성장, 모성(프리그)	ᛒ	b
horse	말, 협력자의 등장, 빠른 진보(슬레프니르)		
man	인간, 숙명, 자신의 내면(인간족)	ᛘ	m
water	물, 농경, 정화, 배의 출발(물의 신)	ᛁ	l
the god ing	잉그신, 수태, 성적 매력, 본능의 힘(잉그, 프레이)		
day	하루, 하루의 수호, 아침 해가 떠오름, 희망		
inherited land, possession	유산, 부동산, 상속, 선조		

이처럼 새기는 문자인 룬이 널리 사용된 이유는 게르만 사회에 종이의 원료가되는 식물과 동물이 적었기 때문으로 여겨집니다. 그래서인지 라틴 문자가 전해지고, 제지 기술이 발달하면서 오래지 않아 룬은 게르만 사회에서 사라져버립니다. 짧은 시간에 종이에 쓰는 라틴 문자와 시간을 들여서 물건에 새기는 룬 중에서 어느 쪽이 더 편한지는 생각할 필요도 없겠지요.

북유럽 신화의 대표작인「에다」는 9~12세기 무렵에 만들어졌다고 하지만, 이 용어는 스노리 스툴루손이 1220년대에 엮어낸 책에서 처음 등장하기 때문에 그 이전의 작품인「고 에다」마저「에다」라고 부르는 것에는 모순이 있습니다. 하지만 여러 가지 이유로 둘 다「에다」라고 칭하고 있습니다.「에다」에는 산문으로 기록된「신 에다」와 운문으로 쓴「고 에다」가 있으며,「고 에다」에 따르면 북유럽 사람들은 룬 문자를 신들에게 받은 선물로 여긴다고 합니다.

◆ 룬 마술이란

룬에 의한 마술은 올바른 장소에 올바른 방법으로 새기면 하나의 문자라도 절대적인 효력을 발휘했습니다. 효과가 좋은 물품과 위치에 바르게 룬을 새기는 것이 본래의 방법이라고 오딘은 말합니다. 시급한 상황에서 단 한 문자를 새기는 것만으로 마술을 사용할 수 있는 것이 룬의 진수라고 할 수 있겠지요. 하지만 더욱 강력한 효과를 얻고자 한다면, 더 많은 것을 이해할 필요가 있었습니다. 룬 마술은 이하의 8가지 요소로 구성되어 있다고 합니다.

1. 각인   룬을 새겨 넣어서, 그 제기에 마력을 넣는다
2. 해독   룬과 그 마력을 읽는 능력
3. 염색   룬을 염색하는 염료와 그 의미
4. 시행   룬의 마력을 해방하는 조건과 방법
5. 기원   룬을 담당하는 신들에 대한 기도
6. 공양   룬을 담당하는 신들에게 제물을 바친다
7. 송장   희생물의 영혼을 신에게 보내는 의식
8. 파괴   이미 존재하는 룬의 효과를 지우고, 완전히 처리한다

이 모든 것을 이해하고 실행할 수 있는 것이 이상적인 룬 마술사이지만, 그 수는 적었다고 합니다.

◊ 다양한 룬 마술

실제 룬 마술에 대한 상세한 기록은 거의 남아 있지 않지만, 그중 잘 알려진 것을 소개하겠습니다.

가장 많이 사용되는 것이 '승리의 룬'입니다. 검에 전쟁 신 티르의 룬을 새기고, 그 이름을 두 번 부릅니다. 적의 피가 룬에 주입되면 발동하는데, 더욱 높은 효과를 기대한다면 이중, 삼중으로 룬을 새깁니다.

'가지 룬'은 상처를 치유하기 위해 의사가 사용한 룬 마술입니다. 나뭇가지와 동쪽으로 가지를 뻗고 있는 수목의 잎에 룬을 새기면, 상처가 나무로 옮겨져 치유된다고 합니다. 마찬가지로 병을 고치기 위한 룬도 있습니다.

독을 피하기 위한 마술이 '맥주의 룬'입니다. 잔과 손등, 나아가 손톱에 룬을 새김으로써 술에 독이 섞여도 감지할 수 있습니다. 서사시 『에길의 사가』에서도 룬 마술로 인해 독이 든 잔이 두 동강 나는 묘사가 등장합니다.

지금까지 소개한 룬과 성격을 달리하는 것이 '저주의 룬'입니다. 원념, 증오를 담은 상당히 긴 글이 새겨져서 한 문자로 끝나는 일은 없습니다. 『에길의 사가』에서 에길은 숙적 에이릭 왕에게 저주의 룬을 사용하고, 이것이 효력을 발휘해 왕은 나라에서 쫓겨나 이국 땅에서 숨을 거두게 됩니다. 『그레티르의 사가』에서는 도망쳐도 도망쳐도 계속 쫓아오는 룬 마술로 인해 그레티르가 파멸해가는 상황이 등장합니다. 도망치는 것만으로는 룬의 저주를 지울 수 없습니다.

또한, 룬은 올바르게 사용해야 합니다. 『에길의 사가』에서는 잘못 새겨진 룬이 백성의 딸 헬가의 병을 악화시킵니다. 에길은 잘못된 룬을 지우고 태워버린 후에 다시금 올바른 룬을 새겨서 병을 고칩니다. 잘못된 룬은 나쁜 효과를 발휘하며, 룬 마술을 취소하려면 새겨진 룬을 완전히 지워야 한다는 것을 밝히고 있습니다.

◆ 앵글로색슨의 룬 시

	게르만 공통 푸사르크 (룬 알파벳)	이름	시
1	ᚠ	풰오(feoh)	풍요는 모든 자의 기쁨이다. 신의 이름 아래 영광을 얻고 싶다면, 아낌없이 주어라.
2	ᚢ	우르(ur)	야생 소는 용맹하다. 길게 뻗은 뿔로 싸우고, 습지를 배회하는 용감한 존재다.
3	ᚦ	쏜(Þorn)	들장미는 비정하고 예리하며 만지면 어떤 전사라도 아픔을 느낀다. 그 안에 담긴 것은 큰 고통이다.
4	ᚨ	안수르(Æsc)	입은 모든 말의 근원이며 지혜를 뒷받침한다. 현자의 위로는 모든 자에게 축복과 기쁨을 준다.
5	ᚱ	라드(rād)	승마는 저택에서 편히 지내는 전사에게 기쁨이다. 하지만 준마로 오랜 여행을 하는 건 힘든 일이다.
6	ᚲ	켄(cēn)	횃불의 푸르게 빛나는 화염을 알지 못하는 자는 없다. 저택에서 지내는 고귀한 자가 태우고 있다.
7	ᚷ	귀프(gyfu)	아무것도 갖지 않은 자에게 무언가를 주는 일은 은혜이자 구원이며 자비다.
8	ᚹ	윈(wynn)	기쁨은 아픈 자도 슬픈 자도 알지 못한다. 복을 아는 자, 풍요로운 자가 누리는 것이다.
9	ᚺ, ᚻ	하갈(Hagall)	새하얀 우박은 하늘 높은 곳에서 바람에 휘말려서 한순간에 물로 변한다.
10	ᚾ	니이드(Nȳd)	욕구는 마음을 억압하는 것이다. 하지만 때로는 아이들을 구하는 결과를 낳는다.
11	ᛁ	이스(īs)	얼음은 매우 차갑고 미끄러운 것이다. 서리 바닥은 보석처럼 빛나며, 유리처럼 투명하다.
12	ᛄ	게르(gēr)	수확은 희망이다. 신은 부유한 자에게도 빈곤한 자에게도 빛나는 열매를 내린다.
13	ᛇ	에오(ēoh)	거친 나무껍질을 가진 주목은 흙 속에 확실하게 뿌리를 내리고 있다. 불지기에게는 고향을 떠올리게 한다.
14	ᛈ	페오스(peorð)	페오스는 풍요로운 자의 즐거움이다. 아내들은 산실에 모여 즐겁게 떠들고 있다.
15	ᛉ	에올프(eolh)	사초는 물가에서 자라며, 습지에 널리 퍼진다. 이를 따는 자는 상처받고 피를 흘린다.
16	ᛋ, ᛌ	시겔(Sigel)	태양은 선원에게 바다의 군마이며, 바다를 지날 때의 희망이 된다.

17	↑	티르(Tīr)	티르란 길잡이다. 그것은 밤의 구름 위에 있으며, 절대 틀림이 없다.
18	ᛒ	베오그(Beorc)	자작나무는 열매를 맺지 않는 자, 열매가 없어도 잎을 틔운다. 그리고 가지를 뻗으며 높이 성장한다.
19	ᛖ	에호(eh)	편자를 채운 준마는 귀족들의 기쁨이다.
20	ᛗ	만(mann)	사람은 기쁨을 얻어도 동료를 잃을 운명이다. 스쿨드신의 명령으로 죽은 자는 땅에 묻힌다.
21	ᚱ	라구(lagu)	물은 끝없는 것이다. 바다에 나가도, 큰 파도는 바다의 말을 농락할 것이다.
22	ᛜ	잉(Ing)	잉그신이 전차를 몰고, 이스트 덴에 나타났다. 동쪽으로 나아가는 그를 전사는 영웅이라 부른다.
23	ᛟ	오셀(ēðel)	고향은 아름다운 것이다. 저택에서 번영을 누릴 때 느낄 것이다.
24	ᛞ	다에그(dæg)	태양은 모두에게 사랑받는 하늘의 사도이자 창조주의 빛이다. 풍요로운 자에게도 빈곤한 자에게도 동등하게 내려오는 기쁨과 안락이다.
25	ᚪ	아크(āc)	떡갈나무는 돼지를 먹이고, 그 고기는 인간의 아이를 먹인다. 때때로 거친 바다는 떡갈나무를 신뢰할 수 있는지 아닌지를 시험한다.
26	ᚫ	애쉬(æsc)	하늘 높이 뻗은 물푸레나무는 귀중하다. 많은 적에게 공격당해도, 확실하게 뿌리를 내리고 있다.
27	ᚣ	위르(ȳr)	도끼는 말과 함께 여행하는 왕자나 전사에게 훌륭한 무기이며, 기쁨과 명예다.
28	ᛇ	이아르(īor)	장어는 산의 물고기로, 육지에서 먹이를 먹는다. 물에 둘러싸인 아름다운 장소에서 행복하게 살아간다.
29	ᛠ	이아(ēar)	묘는 꺼림칙한 장소다. 사람은 이윽고 흙으로 돌아간다. 그때 번영은 끝나고 환희도 사라진다.

5세기경에 앵글로색슨이 영국에 가져온 룬은 이윽고 교회에서 받아들여 정식 문자로 사용하기에 이릅니다. 그 서기들이 8세기에서 10세기에 걸쳐 기록한 앵글로색슨의 룬 시는 룬의 지식을 깊이 담고 있습니다. 그 원본은 소실되었지만, 사본이 남아서 현재도 살펴볼 수 있습니다.

여기에서는 우선 라틴 문자, 룬 문자, 룬의 명칭, 룬에 담긴 의미를 소개합니다. 위의 일람은 룬과 관련해 정리한 것으로, 의미 등은 자료에 따라서 또는 종교관에 따라서 다르지만 룬이 가진 은유는 크게 차이가 없습니다.

지금까지 소개한 사례와는 별도로 룬이 새겨진 금품이 출토된 사례도 있습니다. 예를 들어, 룬이 각인된 금화나 청동이 발견되었지만 해독되지 않았으며, 목적 불명인 채로 남아 있습니다.

이 밖에도 망각의 룬, 파도의 룬, 언어의 룬, 지혜의 룬, 위로의 룬, 힘의 룬, 진실의 룬, 영원의 룬, 생명의 룬 등 어느 정도 내용이 알려진 것부터 이름만 남아 있는 것까지 다양합니다.

◈ 나치와 룬

나치 독일과의 관계는 매우 특수한 사례로, 룬 역사에서 빼놓을 수 없습니다. 히틀러가 당수인 독일의 사회주의 노동자당(나치당이라고 정식 명칭)은 룬 학자들에게 목조 건물의 서까래 모양이 사실은 룬 문자라고 주장하게 했습니다. 나아가 오스트리아의 룬 신비주의자 폰 리스트를 이용해 역사적 근거가 없는 새로운 18문자 룬을 만들게 했습니다. 이렇게 위조한 새로운 룬은 제1당이 된 나치당이 선전에 널리 이용하면서 대중에게 점점 침투되었습니다.

나치는 s룬(588쪽 16)을 지크sieg, 즉 '승리'를 뜻한다고 하며 '승리의 룬', 또는 '힘의 룬'이라고 해석했습니다. s룬은 나치의 청소년 조직 히틀러 유겐트나 친위대ss의 상징이 되었습니다. 본래는 태양을 뜻하는 룬이 나치의 악명을 뜻하는 상징이 된 것입니다. 이는 고작 한 가지 사례에 불과하지만, 하켄크로이츠(철십자)를 상징으로 한 나치스는 룬 문자의 강한 상징성에 주목해 나치 선전에 이용했습니다. 이 때문에 나치 정권 아래에서는 진실한 룬 연구들이 반역자로 몰리기도 했습니다. 반면, 룬을 나치주의에 활용하게 도와준 학자들은 풍족한 연구비를 얻을 수 있었습니다.

게다가 1942년에는 룬 문자가 독일 정식 행사의 상징으로 승인되기에 이릅니다. 근현대에 국가와 룬이 이 정도로 밀접하게 관련된 사례는 없습니다. 그 2년 후에 나치는 붕괴했지만, 위조된 룬은 네오 나치나 룬 주술 애호가가 계승하고 있다고 합니다.

◆ 현대와 앞으로의 룬

제2차 세계대전 후에도 룬에 대한 연구는 이어졌습니다. 주목할 만한 사건으로 노르웨이의 베르겐 시내 브뤼겐 지구에서 출토품이 발견되었습니다. 1950년대 중반에 브뤼겐 지구는 거주 지구 대부분이 화재로 소실되었습니다. 이를 계기로 고고학적 발굴과 조사가 진행되었는데, 룬 문자가 새겨진 나뭇조각이 600점 이상 출토된 것입니다. 룬 나뭇조각이 존재했는지 아닌지는 오랜 논쟁거리였는데, 이를 통해 확실한 증거를 얻게 되었습니다.

나뭇조각을 조사해보니 화물표로 사용된 사실이 판명되었으며, 중세 상인에게 룬은 가까운 존재였다는 것도 알 수 있었습니다. 다른 도시에서도 조사가 진행되었을 때, 베르겐시 정도는 아니지만 다양한 룬 유물이 발견되었습니다. 그 결과, 나무나 뼈처럼 구하기 쉬운 재료에 룬 문자를 새겼다는 사실이 판명되어, 그동안 우습게 여겼던 이 재료들을 다시 보게 되었습니다.

그리고 오늘날 북유럽에서는 국경을 넘어선 공동 연구가 성행하고 있습니다. 더욱이 룬 연구는 수십 년 전부터 북유럽 이외의 나라에서도 이루어지고 있습니다. 1980년대 초반부터 거의 5년마다 국제 룬 학회가 개최되고, 국경을 넘어 협력 관계를 강화하며, 새로운 발견을 공유하는 등 의미 있는 연구를 추구하고 있습니다.

근년에 있었던 가장 큰 사건으로는 인터넷의 활용을 들 수 있겠지요. 신뢰할 수 있는 정보와 그렇지 않은 것들이 뒤섞여 있다는 점은 부정할 수 없지만, 연구자만이 아니라 지적 탐구욕이 왕성한 계층도 가볍게 룬 지식을 얻을 수 있게 된 것은 놀라운 일입니다.

룬 문자는 소멸했고, 그 마력도 잃어버렸다고 합니다. 하지만 아직 해명되지 않은 룬 문자를 판명할 수 있다면, 문자 하나하나에 담긴 마력이 부활할지도 모릅니다. 룬 문자의 전모가 밝혀질 때 세계는 어떠한 정세가 되어 있을까요. 룬에 의해서 변해버리지는 않을까요?

톨킨이 창조한 가운데땅의 언어

언어와 함께 역사가 시작되었다

언어학자인 톨킨은 직접 만든 언어를 사용하는 무대로 가운데땅을 창조했습니다.
『반지의 제왕』 부록편에는 가운데땅의 언어 성립 과정이나 역사적인 변천이 상세
하게 설명되어 있으며, 『실마릴리온』에는 광대한 색인과 엘프어 사전이 수록되어
있습니다. 톨킨의 일생을 바친 언어 창조에 대해서 종족마다 그 일단을 엿볼 수 있
습니다.

우선 중요한 것은 엘프입니다. 신화시대, 가운데땅에 건너온 엘프는 '퀘냐Quenya
어'를 사용하고 있었습니다. 엘프 언어의 원형이며 가장 고등한 언어 중 하나였지
만, 엘프의 내분으로 공적으로는 쓰이지 않게 되면서 의식이나 제사 등에서만 사
용되는 언어가 되어버렸습니다. 현대로 생각하자면 라틴어에 가까워 보입니다.
하지만 관용적인 인사나 격언 속에 남았으며, 로스로리엔을 출발하는 반지 원정
대를 위해 갈라드리엘은 퀘냐어 노래를 부르며 그들과 이별합니다.

신다르족(회색 요정)이라고 불리는 엘프 일족은 처음에는 퀘냐어를 사용했는
데, 이후 오랜 시간에 걸쳐 변화하면서 전혀 새로운 '신다린Sindarin어'가 생겨났습
니다. 이것이 가운데땅 엘프들의 표준 언어가 되어 곤도르 같은 많은 나라와 지명
에도 사용됩니다. 과거에는 인간도 사용했지만, 제3기에는 곤도르의 일부 인간만
이 이해할 수 있게 되었습니다.

어둠숲의 엘프를 시작으로 로스로리엔에 오랫동안 살고 있던 엘프가 사용하는
것이 '실반Sylvan어'입니다. 이야기에서는 사용되는 장면이 구체적으로 나오지는
않지만, 많은 엘프가 이해할 수 있는 모양입니다.

가운데땅의 공통 언어

장년의 모습 그대로 200년은 족히 살 수 있는 인류 최상위종인 듀너데인은 처음
에 '아두나익Adunaic어'를 사용했지만, 제3기에는 완전히 사라졌습니다. 대신 '서
부어(서부 공용어, Westron)'가 널리 사용됩니다. 이것은 본래 인간이 사용하던 언
어에 엘프어의 어휘가 접목된 언어입니다. 가운데땅 서부, 즉 『반지의 제왕』의 무

대가 되는 지역에서 쓰이는 실질적인 표준어로서, 정도의 차이는 있지만 많은 종족이 사용합니다. 오크나 고블린도 사용할 정도입니다.

	I	II	III	IV
1	팅코(tinco)	빠르마(parma)	칼마(calma)	퀫세(quesse)
2	안도(ando)	움바르(umbar)	앙가(anga)	웅궤(ungwe)
3	술-레(súlë)	포르멘(formen)	아하(aha)	훼스타(hewsta)
4	안토(anto)	암빠(ampa)	앙카(anca)	웅퀘(unqwe)
5	누멘(númen)	말타(malta)	놀도(noldo)	날메(nwalme)
6	오-레(óre)	발라(vala)	안내(anna)	빌리(vilya)
	로멘(rómen)	아르다(arda)	람베(lambe)	알다(alda)
	실메(silme)	뒤집힌 실메	엣세(esse)	뒤집힌 엣세
	햐르멘(hyarmen)	할라(halla)	얀타(yanta)	우-레(úrë)

【퀘냐어 문자인 텡과르(tenwar, 텡과의 복수형)의 한 사례】
초기의 텡과르는 자음 문자 위에 모음 부호를 기록했지만, 이후 모음도 문자로 표기되기에 이른다. 자음은 '테르코'라고 불리는 축선과 '루바'라고 불리는 활 모양 선으로 구성된다. 톨킨은 가운데땅 주민이 사용하는 언어를 만들기 위해서 다양한 문법과 발음법을 체계화했다(세계 각지에 톨킨이 창조한 언어를 연구하는 마니아가 있으며, 한국에서도 『가운데땅을 여행하는 한국인을 위한 높은요정어 안내서』[금숲 지음] 같은 책이 출간되었다-역자 주).

『호빗』이나 『반지의 제왕』은 호빗족이 사용하는 서부어로 쓴 원서를 톨킨이 영어로 번역한 것이라고 설정되어 있습니다. 하지만 아두나익어에 가까운 로히릭 Rohirric어 같은 방언이나 『호빗』의 무대가 된 지역에 사는 비요른 일족, 어둠숲 주변, 긴 호수, 너른골 등에서 살아가는 북방인도 독특한 방언을 사용하고 있으며, 움바르 같은 남방의 언어도 상당히 다릅니다. 특이하게도 미나스 티리스 북서쪽 숲에 사는 미개 부족은 언어 외에도 큰북 소리로 멀리 있는 동료와 교신합니다.

♦ 드워프, 호빗, 엔트의 언어

드워프는 창조주인 발라르 중 하나인 아울레에게서 받은 '쿠즈둘Khuzdul어'를 사용했습니다. 드워프가 처음으로 엘프와 대화했을 때, 이 언어는 엘프에게 무겁고 불쾌한 인상을 주었습니다. 이를 알게 된 드워프는 바로 엘프의 언어를 배웠고, 쿠즈둘어는 매우 친근한 사이에서만 사용하는 비밀 언어가 된 것입니다. 소린이나 김리 같은 이름은 인간 언어를 사용한 것으로, 드워프의 본래 이름을 아는 일은 드뭅니다. 중요한 것은 감추어버리는 드워프다운 이야기입니다.

호빗은 서서히 가운데땅 북서부로 이주하게 되었는데, 에리아돌이라고 불리는 지방에 들어섰을 때 서부어를 받아들였습니다. 그들은 서부어를 자신들의 성격에 어울리게 '쿠둑Kuduk어'라는 것으로 적당히 바꾸었으며, 호빗은 자신들의 종족 이름이 어디서 유래됐는지조차 잊어버립니다. 하지만 문자 사용 방법을 듀너데인에게 배워서 '쓰기 언어'는 정확한 문법을 지키고 있습니다.

엔트는 제1기에 모습을 드러내어 제3기 후반까지 살아 있었다는 것이 확인된 고대 종족으로, 언어는 엘프에게 배웠습니다. 하지만 그들의 생애처럼 '엔트어'는 매우 느리며 반복도 많아서 엘프가 필기를 포기할 정도로 깁니다. 엔트 이외에는 아무도 대화할 수 없을 정도로 회화 진행이 느리고 길어서 비밀 언어를 가질 필요가 없습니다. 다만, 그 대화 대부분에 퀘냐어가 남아 있습니다.

♦ 악의가 낳은 어둠의 언어

오크의 언어는 제1기의 오랜 시대부터 존재했는데, 항상 증오와 분노로 가득한 것처럼 들린다고 설명되어 있습니다. 다른 종족의 언어를 제멋대로 적당히 흉내

낸 언어였기 때문에 문법 등은 제대로 완성되지 않았고, 욕을 하거나 저주할 때 이외에는 동료끼리도 의사소통이 어렵습니다.

그래서 제3기가 되면 오크는 서부어를 도입하기 시작하고, 그림자산맥이나 북방의 오크는 오크어보다 서부어를 주로 사용하게 됩니다. 하지만 그들의 성격과 비슷하게 언어는 황량하고, 매우 불쾌한 표현이나 단어가 많습니다.

트롤은 처음에는 동물과 마찬가지로 본능적으로 내는 외침으로 대화한 모양이지만, 사우론이 부리면서 서서히 지혜가 생겨났고, 오크와 같은 언어를 말할 수 있게 되었습니다.

가운데땅의 역사는 사우론의 야심과 이를 저지하려는 종족, 인간들의 싸움이 주축이 되어 있는데, 그 사우론이 제2기에 고안한 것이 '암흑어Black Speech'입니다. 빌보가 손에 넣어 프로도에게 맡긴 금반지(사우론이 만든 절대 반지)에는 암흑 문자를 사용한 주문이 새겨져 있습니다.

사우론은 본래 이 언어를 공통어로서 자신이 지휘하는 아인종들에게 사용하게 하려고 했지만, 결국 실패했습니다. 그렇지만 몇 가지 중요한 언어는 암흑어로 스며들어 있습니다. 제2기 마지막에 사우론이 패배함으로써 한때는 사라져버렸지만, 나즈굴들이 이 언어를 지키고 있으며, 모르도르에서는 사우론의 부활을 대비해 계속 이어나가고 있습니다.

발언자의 혼을 묶는 언어의 힘

언어는 단순히 정보나 의지 전달 수단이 아니라, 발언자의 혼을 묶는 힘을 가지고 있다고 여겨집니다. 가운데땅에서도 언어는 그러한 힘을 지녔습니다. 절대 반지에 눈독을 들여 친구를 살해한 골룸조차 수수께끼에 열중한 나머지 궁지에 몰렸음에도 도중에 빌보를 습격하지 않았을 정도며, 아름다운 엘프 노래가 들려오면 검은 기수들은 다가갈 수 없었습니다.

【특별 부록】
창작에 필수인
판타지 소설 가이드 100

저자가 직접 선택한 소설 가이드를 제공한다. 판타지 세계 창조에 참고할 만한 좋은 책들이며, 한번 살펴보면서 관심이 가는 책부터 읽어보길 바란다. 앞에 별 모양(*)이 붙은 제목은 시리즈명이다. 예를 들어, *『반지의 제왕』은 『반지의 제왕』 시리즈를 말한다. 각 번호는 ① 저자명 ② 번역자명 ③ 출판사명/레이블 이름 ④ 발행 연도를 의미한다.

(한국에 출간되지 않은 작품은 원서 제목으로 표기했으며, 출간된 경우 국내 출판사명을 표기했다. 그리스 신화 같은 책은 가장 최근에 국내에 출간된 책을 소개하고 있다. 국내에 발매된 경우, 국내 발행 연도를 기재했다-역자 주.)

장대한 판타지 세계

지리적인 넓이만이 아니라 신화나 역사, 생태계에까지 상상력을 더한 판타지 세계는
검과 마법 판타지에서 빼놓을 수 없다. 그런 이야기를 찾아보았다.

❶ *『반지의 제왕(Lord of the Rings)』

① J.R.R. 톨킨
② 김번, 김보원, 이미애
③ 씨앗을뿌리는사람들
④ 2007년

『판타지 유니버스 창작 가이드』에서도 중심으로 다루는 판타지 문학의 금자탑 격인 작품. 검과 마법, 선과 악의 대립과 판타지 세계의 기본형은 이 이야기를 통해서 형성되었다고 해도 과언이 아니다. 『반지의 제왕』과 『호빗』을 읽지 않고서는 판타지 세계 창작을 시작할 수 없다.

❷ *『어스시 전집(Earthsea)』

① 어슐러 K. 르귄
② 최준영, 이지연
③ 황금가지
④ 2006년

광대한 바다에 무수한 섬들이 떠 있는 판타지 세계 '어스시'가 그 무대다. 마법사인 게드가 주인공으로, 『어스시의 마법사』부터 시작했기에 『어스시의 마법사』 시리즈라고도 한다. 마법의 힘에 맞서는 정신의 갈등이 주제가 된다.

❸ *『이윤기의 그리스 로마 신화』

① 이윤기
② -
③ 웅진지식하우스
④ 2000년

유럽 판타지 세계의 원점이기도 한 그리스 신화는 이야기만으로도 재미있지만, 판타지 세계 창조를 위한 해설서로도 도움이 된다. 이 책은 신화학자인 저자가 다양한 관점에서 파고들어 정리한 그리스 신화 책으로 기존과는 다른 관점에서 이해를 더하는 재미가 있다.

❹ 북유럽 신화

① 닐 게이먼
② 박선령
③ 나무의 철학
④ 2017

북유럽 신화는 그리스 신화에 필적하는 유럽 신화 체계의 큰 기둥으로서 여러 판타지 세계 작품에도 영향을 주었다. 소설가로 유명한 닐 게이먼이 집필한 이 책은 그의 이야기 솜씨가 더해져 기존과는 새로운 느낌으로 북유럽 신화를 느끼게 해준다.

❺ 『페가나의 신들(The Gods of Pegāna)』

① 로드 던세이니
② 페가나
③ 페가나
④ 2011

신화 세계 창조에 도전한 의욕적인 작품. '운명'과 '우연'의 두 신이 펼친 내기에서 세계가 창조되었다는 도입부는 세계는 궁극적으로 신들의 놀이터에 불과하다는 염세적인 세계관으로 이어진다. 그 안에서 인간의 활동은 아무것도 아니라는 것을 실감하게 하는 이색적인 작품이다.

❻ *『로도스도 전기(ロードス島戦記)』

① 미즈노 료
② 김윤수, 채우도
③ 들녘
④ 2013년

가공의 판타지 세계인 '포세리아'의 전란이 계속되는 저주받은 섬 로도스를 무대로 한 이야기. 처음에는 TRPG 〈던전 앤 드래곤〉의 리플레이 연재로 시작되었으며, 일본의 젊은 독자에게 검과 마법 판타지를 전파한 고전의 지위를 확립했다.

7 *『리들 마스터(Riddle Master)』

① 퍼트리샤 A. 맥킬립
② -
③ 한국 내 미출간
④ 1976

영주가 된 인간이 영토 대부분을 감각적으로 파악할 수 있게 되는 판타지 세계 이야기. 『The Riddle-Master of Hed』를 시작으로 세 작품이 나왔다. 통치라는 주제를 독특한 설정으로 그려낸 점이 눈길을 끌며, 판타지 세계의 즐거움에 빠져들게 한다.

8 *『구인사가(グイン・サーガ)』

① 구리모토 가오루
② 김현숙
③ 대원씨아이
④ 2010

표범 머리의 전사 '구인'을 중심으로, 가공의 세계에 있는 킬레노아 대륙을 주요 무대로 한 모험극. 정식 전기만으로 130권을 넘어선 초장편 대하소설로, 작가가 사망한 뒤에도 계속 창작되고 있다. 독파에 집착하지 말고 길게 사귄다는 느낌으로 보면 좋을 것이다.

9 *『엘릭 사가(Elric of Melniboné)』

① 마이클 무어콕
② -
③ 한국 내 미출간
④ 1972

검은 마검 '스톰브링거'를 들고 있지 않으면 허약한 육체를 유지하지 못하는, 반쯤 시체 같은 엘릭이 주인공인 판타지 영웅담. 전8권으로 완결. 항상 죽을 상황에 처하며 혼돈의 신에게 농락당하는 엘릭의 침통함과 고뇌가 가슴을 때린다.

10 *『평평한 지구 이야기(Tales From The Flat Earth)』

① 타니스 리
② -
③ 한국 내 미출간
④ 1978

아직 세계가 평평하고 혼돈의 바다에 떠 있던 시대, 세계에는 5명의 암흑 군주가 군림했다는 설정이 바탕이 된다. 지성이나 감정을 가졌으며 약한 존재인 인간을 가지고 노는, 악의 관점에서 세계를 본 탐미 소설이다. 『Night's Master』를 시작으로 여러 권으로 구성되어 있다.

11 *『고멘가스트(Gormenghast)』

① 머빈 피크
② -
③ 한국 내 미출간
④ 1946

고멘가스트의 성주인 소년 타이터스가 성을 도망쳐 나와 사악한 순백의 양과 싸운다는 성장 이야기. 『Titus Groan』을 포함해 5부작. 기묘하기 이를 데 없는 고멘가스트성과 등장인물에 대한 묘사가 훌륭하다.

12 *『불꽃산의 마법사(Sorcery)』

① 스티브 잭슨
② -
③ 그린북
④ 2003년

1980년대에 세계적인 붐을 일으킨 게임 북의 최고봉. 시리즈 중 한국에는 『불꽃산의 마법사』만 출간되어 있다. 내용은 고전적인 '검과 마법' 세계이지만, 면밀하게 계산된 복선이나 세계관 뒤에 존재하는 퇴폐적인 문명의 모습 등 이야기의 수준이 뛰어나다.

13 *『수호자(守護者)』

① 우에하시 나호코
② 김옥희
③ 스토리존
④ 2016년

중앙아시아를 판타지 세계의 무대로 한 장편 소설. 30세 전후의 여전사 바르사가 이야기의 중심에 있다. 소년·소녀 취향의 작품으로서는 이색적인 구성에 현실미를 더한 건국 신념을 도입한 설정이 매력이다. 드라마, 애니메이션으로도 만들어졌다.

⓮ 『봉신연의(封神演義)』

① 허중림
② 홍상훈
③ 솔출판사
④ 2016년

중국 고대 왕조, 상나라 시대, 주나라의 건국 신화를 기반으로 우수한 인간을 죽여서 신으로 봉한다는, 황당무계한 괴이 신화 이야기로 재구성한 소설. 역사를 바탕으로 하지만, 엉망진창으로 흘러가는 이야기와의 차이가 크기 때문에 완전한 판타지물로 소개한다.

⓯ 『아르슬란 전기(アルスラーン戦記)』

① 다나카 요시키
② 김완
③ 영상출판미디어
④ 2014년

지명이나 인명 등은 페르시아어에 바탕을 두었지만, 내용은 독립적인 판타지 세계를 그린 작품. 루시타니아국에 패배한 파르스국의 왕태자 아르슬란이 주인공으로, 전기물에 가까운 1부에서 판타지 색채를 띤 2부로 이행하면서 세계가 꾸준히 넓어진다.

⓰ 『십이국기(十二国記)』

① 오노 후유미
② 추지나
③ 엘릭시르
④ 2014년

선계의 기린이 왕을 고르고, 왕과 관료는 불로불사의 힘을 얻어 나라를 다스린다는, 중국풍 판타지 세계 이야기. '케이키'라는 사내에 의해 갑자기 이세계로 날아갔지만, 그와 헤어져 홀로 떨어지게 된 여고생 요우코가 고난을 넘어서면서 역사에 맞서는 모습에 공감하게 된다.

⓱ *『찰리온(Chalion)』

① 로이스 맥마스터 부졸드
② -
③ 한국 내 미출간
④ 2007년

중세 스페인에서 발생한 종교 전쟁을 모델로 그린 판타지 세계 이야기. 인간 세계에 개입하는 신의 존재가 특징적이다. 신이 인간을 통해서만 그 뜻을 보여줄 수 있다는 점이 인간 세계에 비극을 낳는다. 첫 번째 작품인 『The Curse of Chalion』은 특히 재미있다.

⓲ *『델피니아 전기(デルフィニア戦記)』

① 가타야 스나코
② 박용국, 김소형
③ 대원씨아이
④ 2002년

왕위를 침범당한 국왕 월과 이세계에서 찾아온 의문의 소녀 리가 만나면서 시작되는 왕도 판타지. 왕위 찬탈이나 이웃 나라와의 전쟁처럼, 인간 드라마와 함께 정치 분쟁을 이색적으로 연출한다. 본편만으로 18권에 이르는 이야기와 세계를 뒷받침하는 세계관도 충실하다.

⓳ 『푸른 매(The Blue Hawk)』

① 피터 디킨슨
② 기애란
③ 중원문화
④ 2012년

사막에 큰 강이 흐르는 풍요로운 세계가 무대라는 점에서 이집트를 연상시키지만, 정교가 분리되어 있다. 주인공은 신전에서의 삶밖에는 모르는 소년 신관 타론이다. 그가 의식에 필요한 '푸른 매'를 가지고 나온 것을 시작으로, 신과 인간의 관계라는 큰 주제를 펼쳐나간다.

⓴ *『손튼 사이클(ソーントーン・サイクル)』

① 구미 사오리
② -
③ 한국 내 미출간
④ 1991년

'돌 검(石の剣)'을 시작으로 하는 3부작 작품. 신참 마녀인 질리온은 마법석을 잃고 추방된다. 괴롭고 외로운 여행을 하던 중에 그녀는 사랑을 알고 마녀로서의 재능에 눈을 뜬다. 그러나 사실 그것은 부정의 힘을 가진 마력이었고, 결국 세계에 비극을 가져온다.

㉑ 『라벤더 드래곤(The Lavender Dragon)』

① 에덴 필보츠
② -
③ 한국 내 미출간
④ 1924년

영국 문단의 장로 격이었던 에덴 필보츠의 이색 작품. 기사의 종자가 도전한 드래곤은 사실 고결한 교양인으로서 인간 사회와는 동떨어진 유토피아를 세우고 있었다는 풍자 작품. 인간과 드래곤의 판에 박힌 모습을 단번에 날려버린다.

㉒ 『벌레 우로보로스(The Worm Ouroboros)』

① 에릭 루커 에디슨
② -
③ 한국 내 미출간
④ 1922년

1920년대에 쓴 고전적 영웅 이야기. 수성을 무대로, 수라국과 마녀국의 영웅적인 싸움을 그린 모험 활극이다. 낡은 소설이라고 생각할 수 있지만, 20세기의 문명사회를 증오하고 판타지 세계에서 자신의 이상향을 추구한 저자의 세계관이 강렬하다.

역사와 연결되는 판타지 세계

세계는 넓고, 우리에게 알려지지 않은 이야기들은 얼마든지 있다.
그런 역사나 사건 속에는 판타지 세계로 연결되는 열쇠나 테마가 무수하게 잠들어 있다.

㉓ *『시베리아 설화집』

① 작자 미상
② 박미령, 김은희
③ 지만지
④ 2017년

많은 판타지 세계 작품에서는 오래된 부족, 구전 이야기 등이 열쇠가 되는데, 그러한 것들을 현대인이 상상하기는 어렵다. 그 점에서 많은 소수 민족이 전통적인 생활양식을 지키며 살아가는 시베리아에는 삼라만상에 창조성이 풍부한 설화가 남아 있다.

㉔ 『걸리버 여행기(The Gulliver's Travels)』

① 조너선 스위프트
② 이혜수
③ 을유문화사
④ 2018년

소인국의 동화로서 유명하지만, 이어지는 거인국이나 천공의 나라 라퓨타, 말 모양 인간 휴넘 등에는 저자가 살아간 18세기 초 사회에 대한 풍자가 가득하다. 인간 사회의 악의 본질을 꿰뚫는 판타지 세계 이야기 속 진정한 의미에는 창조에 대한 원동력이 담겨 있다.

㉕ 『옛날, 거기에 숲이 있었다.(昔、そこに森があった)』

① 이이다 요시히코
② -
③ 한국 내 미출간
④ 2010년

규슈의 시골에 있는 농업고등학교를 무대로 한 판타지. 이 학교에서 현관으로 향하는 나무 터널을 지나면 학생은 원숭이로, 교사는 다양한 성격의 동물로 변신한다. 실은 이 터널을 구성하는 나무들이 가진 태고의 기억이 판타지 세계로 통하는 열쇠가 되며, 여기에 테마가 있다.

㉖ *『비런의 노래(The Song of Wirrun)』

① 퍼트리샤 라이트슨
② -
③ 한국 내 미출간
④ 1987년

오스트레일리아 원주민(애버리진) 소년 비런의 모험을 그린 3부작. 오스트레일리아 전승을 변형하는 데 능숙한 작가에 의해서 애버리진이 주역인 이색적인 작품이 탄생했다. 차별 문제와 같은 어두운 현실도 담고 있으며, 그들의 전승을 이야기로서 읽을 수 있는 귀중한 작품이다.

27 『하늘색 구옥(空色勾玉)』

① 오기와라 노리코
② -
③ 한국 내 미출간
④ 2010년

일본의, 그것도 『고지키』의 세계를 대범하게 번안한 신화풍 이야기. 소녀 취향의 문학이지만, 생과 사의 갈등을 그리는 등 주제가 묵직하다. 제목 그대로, 하늘색 구옥을 통해서 속편들로 이어지지만, 이야기는 각각 독립되어 있다.

28 *『프리데인 연대기』

① 로이드 알렉산더
② 김지성
③ 아이란
④ 2016년

고대 웨일스 신화 「마비노기온」의 영향을 받은 작품으로, 소년 타란의 성장 이야기다. 등장인물 상당수는 신화에서 빌렸지만, 세계관은 빛과 어둠의 대립이라는 독자적인 주제를 짙게 담아내고 있다. 『비밀의 책』을 시작으로 5권까지 출간되었다.

29 『용병 피엘(傭兵ピエール)』

① 사토 겐이치
② -
③ 한국 내 미출간
④ 1996년

백년전쟁 중 궁지에 몰린 프랑스에 갑자기 나타난 구국의 처녀 잔 다르크. 반은 신화가 된 그녀의 이야기를 함께 싸운 용병 대장의 관점에서 새롭게 해석한 역사소설이다. 역사적 인물의 진실을 탐구하는 행위가 판타지로 이어진다.

30 *『다미아노(The Damiano series)』

① 로베르타 앤 맥어보이
② -
③ 한국 내 미출간
④ 1983년

르네상스 시대의 이탈리아를 무대로 한 마법 판타지 3부작. 마법사 다미아노가 고향 마을을 지키려고 하면서, 마녀 사라나 천사 라파엘를 휘말리게 하는 운명의 변천이 이야기의 중심이 된다. 빛과 어둠의 대립처럼 가치관이 뒤섞인 세계에서 음악이 중요한 열쇠가 된다.

31 *『퍼시 잭슨과 올림포스의 신(Percy Jackson & The Olympians)』

① 릭 라이어던
② 이수현
③ 한솔수북
④ 2013년

그리스 신화의 신들이 당시 가장 번영하던 땅을 거쳐 현재는 뉴욕에 살고 있다는 설정이 독특한 작품. 주인공 퍼시(페르세우스)는 해신 포세이돈의 자식인 반신으로, 그 특수 능력에 당황해하면서도 성장해나가는 왕도적 이야기다.

32 *『영원한 왕(The Once and Future King)』

① 테렌스 험브리 화이트
② -
③ 한국 내 미출간
④ 1958년

영국의 전설적인 아서왕에 관해서는 무수한 책이 있는데, 그중 판타지 요소와의 균형이 뛰어난 작품이다. 마법사 멀린이 시간을 거슬러서 살아간다는 설정이 아서나 영웅들의 허무함을 잘 드러내고 있다.

33 『슬픈 여왕(かなしき女王)』

① 피오나 맥클레오드
② -
③ 한국 내 미출간
④ 2005년

켈트의 전승이나 신화를 현대적 감성이 아니라 당시 사람의 마음을 그대로 재현한 이색 판타지. 19세기 말에 창작된 작가의 단편 여러 개를 모아서 만든 책으로, 멸망이 정해진 민족이나 인물에 대한 작가의 애수와 공감으로 가득 차 있다.

㉞ 『엘프기프트(Elfgift)』

① 수잔 프라이스
② -
③ 한국 내 미출간
④ 1996년

몇 개의 소국으로 갈라져 있는 고대 영국을 무대로, 엘프와 인간 사이에서 태어난 엘프기프트를 주역으로 한 판타지. 실제 역사인지 가상인지 알 수 없을 만큼 현실적인 것이 매력이며, 켈트나 북유럽 신화의 요소를 포함한 독창적인 세계관도 재미있다.

㉟ *『황금나침반(His Dark Materials)』

① 필립 풀먼
② 이창식
③ 김영사
④ 2007년

현세를 포함한 여러 평행세계 속에서 소녀 리라의 이야기가 펼쳐진다. 3부작으로 되어 있으며, 숨 쉴 틈 없이 전개되는 만큼 읽는 재미가 충분하다. 배경에는 신에 대한 반역이라는 무거운 주제가 깃들어 있다.

㊱ 『발타자르의 방랑 여행(バルタザールの遍歴)』

① 사토 아키
② -
③ 한국 내 미출간
④ 2001년

몰락한 귀족인 어머니에게서 태어나 하나의 몸을 공유하는 쌍둥이 발타자르와 메르히올의 여행 이야기. 분열과 갈등을 주제로 하면서도, 판타지로서는 드물게 20세기, 나치 전성기의 중유럽이라는 무대 설정이 독특한 퇴폐적 분위기를 낳고 있다.

㊲ *『러브크래프트 전집』

① H.P.러브크래프트
② 정진영, 류지선
③ 황금가지
④ 2009년

크툴루 신화 체계의 시조인 러브크래프트의 저작집. 신화를 체계화한 것은 어거스트 달레스로, 신화의 원점이 된다. 일상에 깃든 우주 규모의 공포(코스믹 호러)를 반쯤 신경쇠약 느낌의 필치로 그려낸 원전은 판타지 세계 창조에 관한 위대한 업적이다.

㊳ 『서유기(西遊記)』

① 오승은
② 임홍빈
③ 문학과지성사
④ 2003년

당나라 때 인도로 가서 귀중한 불교 경전을 갖고 돌아온 현장 삼장의 실화를 바탕으로, 상상을 가득 담아 그려낸 모험소설. 천축으로의 가공 여정에 그 유명한 손오공을 시작으로 선계, 신이나 용, 요괴 같은 중국만의 괴이함이 그려진 매력적인 이야기.

㊴ *『늑대와 향신료(狼と香辛料)』

① 하세쿠라 이스나
② 박세영
③ 학산문화사
④ 2007년

중세 유럽을 무대로, 젊은 행상인 로렌스와 함께 여행하게 된 풍작을 담당하는 신 호로가 그려내는 판타지 라이트 노벨. 검과 마법의 요소는 없고, 현실적인 경제와 여기에 살아가는 상인이나 서민의 지혜, 그리고 잔잔하게 펼쳐지는 연애 묘사가 중심이 된다.

㊵ *『유룬 사가(ユルン・サーガ)』

① 하마 다카야
② -
③ 한국 내 미출간
④ 1986년

가공의 중앙아시아, 그것도 기원전이라는 무대 설정 속에서, 전투적인 유목민 유룬족의 역사 이야기로 그려진 소년·소녀 취향의 판타지 소설. 5부작이며, 이야기에서 그려진 시대가 새로울수록 가상적인 색채가 줄어들고 현실적인 모습을 띠는 것이 특징이다.

일상으로 이어지는 판타지 세계

검과 마법이나 장대한 역사가 있어야만 판타지 세계인 것이 아니다. 일상의 삶 또는 일상에서
조금 떨어진 장소에서도 판타지 세계로 통하는 입구를 찾을 수 있다.

㊶ 『이상한 나라의 앨리스(Alice's Adventures in Wonderland)』

① 루이스 캐럴
② 김동근
③ 더스토리
④ 2017년

루이스 캐럴이 친하게 지내던 소녀 앨리스 리델을 위해서 만든 즉흥 이야기가
바탕이 되어, 독자를 명확하게 상정한 최초의 판타지 세계 이야기라고도 할 수
있는 작품이다. 1865년에 간행되었지만, 아직도 이 책에 등장하는 캐릭터나 언
어유희가 다양한 작가에게 인용되고 있다.

㊷ 『너의 이름은.(君の名は。)』

① 신카이 마코토
② 박미정
③ 대원씨아이
④ 2016년

2016년에 공개되어 기록적인 성공을 거둔 애니메이션 〈너의 이름은〉의 원작
소설. 현대를 무대로, 차례로 펼쳐지는 일상에서 '시간'이 만들어낸 기적이 중
요한 이야기 요소다. 현대인이 판타지 세계에 바라는 희망의 원점이 농축된 걸
작이다.

㊸ *『아르테미스 파울(Artemis Fowl)』

① 오언 콜퍼
② 이위정
③ 파랑새
④ 2007년

천재 소녀 아르테미스 파울과 요정들의 싸움을 그린다. 무대는 요정 이야기의
본거지인 현대 아일랜드로, 요정들이 지하 세계에 현대인을 넘어서는 고도의
마법 문명을 세우고 있다는 설정이 재미있다. SF와의 융합도 볼 만한 요소다.

㊹ 『시계 언덕의 집(時計坂の家)』

① 다카도노 호코
② 서혜영
③ 아이세움
④ 2011년

평범한 12살 소녀 후코가 이계로 연결된 이상한 정원에 매료된다는 판타지 소
설. 등장인물부터 설정까지 기시감으로 가득한 평범한 소설처럼 보이지만, 읽
다 보면 어느새 후코처럼 정원의 매력에 빨려 들어가게 된다.

㊺ 『마법의 원(The Magic Circle)』

① 도나 조 나폴리
② -
③ 한국 내 미출간
④ 1993년

마녀재판이 횡행하는 중세풍 판타지 세계에서 추녀인 주인공은 독학으로 산파
역을 하고 있다. 작중에선 악마에 의해 병이 생기기 때문에 의술은 성직자의 직
분이다. 터부임을 알면서도 악마와의 대결을 피하지 않는 주인공에게 빠져서
그 진실한 마음을 눈치챘을 때는 어느새 종막을 맞이하고 있을 것이다.

㊻ 『제니(Jennie)』

① 폴 갤리코
② -
③ 한국 내 미출간
④ 1950년

생사의 틈에 떨어진 소년 피터가 고양이로 변신해 모험한다는 아동용 판타지
이야기. 피터를 구해주는 들고양이 제니가 등장하지만, 그녀의 행동 원리는 어
디까지나 '고양이'로서, 의사소통이 어렵다는 점이 어른도 읽을 만한 깊이 있는
재미를 제공한다.

㊼ *『대에도 요괴 속보(大江戸妖怪かわら版)』

① 고즈키 히노와
②-
③ 한국 내 미출간
④ 2011년

요괴와 괴물이 평범하게 사는 이세계 '대에도'에 떨어진 현대인 소년 스즈메의 일상을 그린다. 대에도의 모델은 물론 실제 일본의 에도 시대. 때때로 스즈메처럼, 그것도 다양한 시대에서 사람들이 이곳으로 떨어지기에 그다지 놀라운 일이 아니라는 설정이 재미있다.

㊽ *『마법 주식회사(Magic, Inc.)』

① 샤나 스웬드슨
② 변용란
③ 랜덤하우스코리아
④ 2006년

취직해서 뉴욕에 찾아온 텍사스 출신의 평범한 26세 여성 케이티는 뉴욕인들은 마법으로 꽁꽁 얽매여 생활한다는 사실을 깨닫는다. 마법의 영향을 전혀 받지 않는 특이 체질을 살려서, 힘차게 살아가는 여성의 멋진 연애 판타지다.

㊾ *『모든 것이 작은 코로보쿠루 이야기(コロボックル物語)』

① 사토 사토루
② 햇살과 나무꾼
③ 논장
④ 2001년

코로보쿠루는 아이누 전승에 등장하는 소인을 말한다. 한 청년이 사들인 토지에 사실은 코로보쿠루가 살고 있었다는 내용으로 이야기가 시작된다. 전쟁 후 일본에서 나온 판타지 세계 문학 여명기의 작품으로 서양의 요정 이야기와도 통하는 부분이 있다.

㊿ 『뒷정원(裏庭)』

① 나시키 가호
②-
③ 한국 내 미출간
④ 2000년

아이들에게 최고의 놀이터가 된 버려진 저택의 정원. 하지만 소녀 데루미는 이 정원에 트라우마가 있어서 다가가지 않고 있었다. 그런 데루미가 어떤 사건을 계기로 저택의 비밀스러운 '정원 뒤편'에 들어간다. 어른들이 빠져들 만한 판타지다.

51 『세계의 끝과 하드보일드 원더랜드(世界の終りとハードボイルド・ワンダーランド)』

① 무라카미 하루키
② 김진욱
③ 문학사상사
④ 1996년

정과 동, 닫힌 공간과 점점 펼쳐지는 공간, '세계의 끝'과 '하드보일드 원더랜드'의 두 가지 이야기가 동시에 진행되면서 의외의 접점으로 향해 간다. 많은 창작자가 영향을 받았다고 공언하는, 무라카미 월드를 대표하는 판타지 세계 소설이다.

52 *『해리포터(Harry Potter)』

① J.K.롤링
② 김혜원
③ 문학수첩
④ 1999년

굳이 설명이 필요 없는, 역사상 가장 많이 팔린 시리즈 작품이며, 세계에서 가장 많이 읽은 판타지 소설. 이 책에 담긴 온갖 장치들을 보는 것만으로도 영국에서 왜 유독 많은 작가와 걸작이 탄생했는지 이해할 수 있다.

53 *『도코노 이야기(常野物語)』

① 온다 리쿠
② 권영주
③ 국일미디어
④ 2006년

책을 암기하거나 먼 곳의 사건을 감지하는 능력, 장래를 내다보는 힘과 같은 신비한 힘을 지니고 인간 사회에서 몰래 살아가는 도코노 일족의 이야기. 옴니버스 형식의 단편 소설이며 『빛의 제국』『민들레 공책』『엔드 게임』으로 이어지는 큰 세계를 그린다.

54 『나니아 연대기(The Chronicles of Narnia)』

① C.S.루이스
② 햇살과나무꾼
③ 시공주니어
④ 2005년

4남매 중 막내인 루시가 숨바꼭질하다가 숨어든 큰 벽장은 눈이 내리는 이세계 '나니아'로 연결되어 있었다⋯⋯. 알기 쉬운 내용과 탁월한 이야기의 템포가 최대 매력인 이 작품은, 아동 독자를 강하게 인식한 판타지 세계 문학의 걸작이다.

55 『크라바트(Krabat)』

① 오토프리트 프로이슬러
② -
③ 한국 내 미출간
④ 1971년

방앗간 주인으로 위장하고 있는 마법사의 제자가 된 14세 소년 크라바트의 모험 이야기. 마법을 얻는 대신에 지켜야만 하는 어두운 규약에 저항하는 청년의 모습이 독일 전승 색채가 깊은 세계를 통해서 그려지고 있다. 〈센과 치히로의 행방불명〉의 모델로도 알려졌다.

56 『라스트 유니콘(Last Unicorn)』

① 피터 S. 비글
② 공경희
③ 문학수첩
④ 2011년

외뿔의 신수 유니콘이 동료를 찾아서 여행한다. 광대한 세계를 무대로, 비교적 마음이나 신체가 자유롭지 못하다고 묘사된 등장인물들이 등장한다. 주인공 유니콘도 마찬가지이지만, 약점을 하나씩 벗어나는 순간이 계속되는 기적을 거쳐 상쾌한 결말이 기다리고 있다.

57 『브레이브 스토리(ブレイブ・ストーリー)』

① 미야베 미유키
② 김해용
③ 황매
④ 2006

평범한 초등학교 5학년 소년이 망가진 가족관계를 되찾고자 '환계'로 모험을 떠난다. 거대한 단지, 유령 빌딩, 그리고 수상쩍은 전학생 등 어린 시절의 일상과 '환계'라 불리는 비일상을 무대로 RPG를 강하게 인식한 구성이 매력적이다.

58 *『여행가의 노래(旅者の歌)』

① 쇼지 유키야
② -
③ 한국 내 미출간
④ 2014년

가끔씩 실수로 야수의 혼을 받아들인 인간이 태어나는 세계. 그들은 7살, 14살, 21살 중 한 시기에 야수로 바뀌어 다시는 인간으로 돌아오지 못한다. 그런 세계에서 야수로 변한 남매와 약혼자를 찾아나서는 청년 니마르의 시련의 여정을 서사적으로 그려낸다.

59 『마지널 오퍼레이션(マージナル・オペレーション)』

① 시마무라 유리
② 한신남
③ 학산문화사
④ 2014년

직장을 잃은 아라타 료타가 우연히 인터넷에서 발견한 민간군사회사에 취직하면서, 독특한 용병부대를 지휘하게 된다. 연수 목적으로 뛰어든 PC 게임 결과가 실제 세계와 직결된다고 하는, IT 사회의 새로운 전쟁 모습이 독특하다.

60 『끝없는 이야기(Die unendliche Geschichte)』

① 미하엘 엔데
② 차경아
③ 문예출판사
④ 1996년

〈네버 엔딩 스토리〉라는 영화로도 알려진 작품. 소년 바스티앙이 『끝없는 이야기』라는 책을 읽는 사이에 이야기 세계에 빠져든다는 내용이다. 이야기 속에 또 다른 이야기가 전개되면서, 세계는 끝없이 넓어져간다.

61 『아크투르스로의 여행(A Voyage to Arcturus)』

① 데이빗 린지
② 고장원
③ 부크크
④ 2015년

항성 간 여행을 연상하게 하는 제목이지만, SF 요소는 적다. 주인공 마스컬이 크랙이라는 사내에게 초대받아 아크투르스의 행성 토만스에서 어지러울 정도로 기묘한 체험을 거듭하는 사이에 이야기는 끝난다. 철학적 판타지라는 평가가 어떤 것인지 실감해보길 바란다.

62 *『이야기(物語)』

① 니시오 이신
② 현정수
③ 파우스트박스
④ 2010년

현대 일본의 지방 도시를 무대로, 고등학생 아라라기 고요미가 괴물과 관련된 소녀들을 만나서 기이한 사건을 해결해 나가는 이야기다. 첫 작품인 『괴물 이야기』부터 독특한 괴물 묘사와 캐릭터 간의 관계에 나도 모르게 빨려드는 오락 작품이다.

63 『릴리스(Lilith: A Romance)』

① 조지 맥도널드
② 홍종락
③ 홍성사(『조지 맥도널드 선집』수록)
④ 2011년

릴리스란, 아이의 혼과 육체를 먹는 악마를 말한다. 이 책에서는 릴리스에게 '밤의 여왕'이라는 이미지를 제공해, 다락방에 있는 거울을 통해 이 세계로 이끌려온 청년 베인의 손에 의해 해골 같은 모습의 릴리스가 무섭고도 아름다운 여왕으로 부활하는 세계를 그려낸다.

64 *『쓰쿠모가미는 청춘을 만끽하고자 한다(つくも神は青春をもてなさんと欲す)』

① 게이노 유지
② -
③ 한국 내 미출간
④ 2013년

골동품 가게에서 태어난 고교생이 할아버지에게 낡은 차 항아리를 물려받는데, 쓰쿠모가미(오래된 물건에 영혼이 깃들어 생겨난 요괴-역자 주)가 된 항아리와 협력해 '남에게 불행을 뿌리는 힘'을 가진 같은 반 소녀를 구하려고 분투한다. 물건을 의인화해 전승과 연결한 설정이 재미있다.

65 *『그날 본 꽃의 이름을 우리는 아직 모른다(あの日見た花の名前を僕達はまだ知らない。)』

① 오카다 마리
② 엄태진
③ 영상출판미디어
④ 2015년

수험에 실패해 방에 틀어박혀 생활하는 남자 고교생 앞에 갑자기 나타난 소녀 멘마. 그녀는 어린 시절 사고사한 동급생으로, 그 모습과 목소리는 주인공만 알 수 있다. 2011년에 크게 히트한 애니메이션 각본가가 새로운 에피소드를 더해 완성한 소설판.

66 *『크레스트마시(Chrestomanci)』

① 다이애나 윈 존스
② -
③ 한국 내 미출간
④ 2001년

세상은 9개의 평행 세계로 구성되어 있고, 우리의 현세는 마법에서 가장 먼 세계라는 설정. 마법에 가장 가까운 세계에서 마법이 악용되는 것을 막는 존재인 크레스트마시의 이야기를 그려낸다. 저자는 애니메이션 〈하울의 움직이는 성〉의 원작자로도 알려졌다.

67 『선더링 플러드(The Sundering Flood)』

① 윌리엄 모리스
② -
③ 한국 내 미출간
④ 1897년

제목을 직역하면 '찢어내는 격류'다. 두 다리로 서 있지 못할 만큼 물살이 빠른 강을 사이에 두고 사는 소년과 소녀가 사랑에 빠져서 언젠가 함께하길 맹세한다. 어느 날 누군가에게 납치된 소녀를 찾아 소년은 마법 검을 손에 들고 고향을 떠난다. 사랑과 용기를 정면으로 그린 작품이다.

68 『한밤중 톰의 정원에서(Tom's Midnight Garden)』

① 필리파 피어스
② 김석희
③ 시공주니어
④ 1999년

여름방학에 숙부의 집에 머무르다 지루해진 소년 톰은 한밤중에 낮에는 존재하지 않았던 정원으로 이끌려, 과거 세계의 소녀 하티와 친구가 된다. 전형적인 '소녀와 소년이 만나는 이야기'지만, 과거의 체험이 기묘하게 연결되며 나타나는 점이 특징이다.

판타지 세계로의 열쇠

한없이 자유롭게 상상의 나래를 펼치다 보면 여러분만의 새로운 이야기가 기다리고 있다.
그런 상상의 도약에 필요한 큰 힌트가 감추어진 책을 소개하고자 한다.

69 『후궁소설(後宮小説)』

① 사케미 겐이치
② -
③ 한국 내 미출간
④ 1993년

가공의 고대 중국이 무대다. 생각지 못한 이유로 후궁으로 들어가 정비의 자리를 얻게 된 시골뜨기 소녀 깅가의 독특한 운명을 그린다. 언뜻 보기에는 실제 중국의 이야기라고 생각될 정도로 상세한 설정에 혀를 내두르게 된다. 전통 있는 제1회 판타지 노벨 대상 수상작이다.

70 *『레드 라이징(Red Rising)』

① 피어스 브라운
② 이원열
③ 황금가지
④ 2015년

먼 미래에 태양계에 진출한 인류는 전사이자 지배자 계급인 '골드'를 정점으로 엄격한 계급 제도를 채택하고 있었다. 금기시된 인체 개조를 통해 '골드'로 다시 태어난 '레드' 청년 대로우의 장대한 반역이 시작된다. 체제는 SF지만, 그 내면은 고대 로마 사극이다.

71 『하멜른의 피리 부는 사나이 전설과 그 세계(ハーメルンの笛吹き男—伝説とその世界)』

① 아베 긴야
② -
③ 한국 내 미출간
④ 1988년

독일 중세사 연구자이자, 히토쓰바시대학 명예교수였던 저자가 독일에서 유학하던 젊은 날의 발견을 그린다. 어느 날 도서관에서 우연히 발견한 동화 『하멜른의 피리 부는 사나이』에 관한 작은 연구에서 독일 역사에 감추어진 차별적 세계관을 발견하기까지의 사고 과정이 재미있다.

72 『공백의 5마일(空白の5マイル)』

① 가쿠하타 유스케
② -
③ 한국 내 미출간
④ 2012년

티베트 깊은 곳, 수많은 모험가를 사라지게 한 츠안포강 유역 '공백의 5마일'이라 불리는 비경에 도전한 일본 모험가의 체험기. 보통의 삶과는 거리가 먼 극한의 대자연에 도전하는 모험가의 모습에서 자극이나 발견을 얻는다.

73 『데스트랩 던전(デストラップ・ダンジョン)』

① 이언 리빙스톤
② -
③ 한국 내 미출간
④ 2008년

80년대에 대유행한 게임 북 '파이팅 판타지' 시리즈 사상 최고 걸작으로 알려진 『데스트랩 던전』을 일본의 하비재팬에서 설정은 그대로 두면서 주인공을 미소녀로 바꾸고, 삽화를 새롭게 그려서 재구축한 야심작. 게임 북 문화의 보존이라는 의의도 크다.

74 *『요정 작전(妖精作戦)』

① 사사모토 유이치
② -
③ 한국 내 미출간
④ 2011년

저자가 '현역으로 활동 중인 가장 오래된 라이트 노벨 작가'라고 자칭하듯, 종래의 '주브나일'이라고 불리던 청소년 취향의 SF, 판타지를 발전시켜 라이트 노벨이라는 분야를 개척한 기념비적인 작품이다. 30년이 지났음에도 계속 읽히고 있다.

75 『펭귄 하이웨이(ペンギン・ハイウェイ)』

① 모리미 도미히코
② 서혜영
③ 작가정신
④ 2011년

초등학교 4학년인 아오야마가 사는 교외에 갑자기 펭귄이 나타난다. 그는 치과 의사인 누나가 이 사건의 열쇠를 쥐고 있다고 생각하는데……. 기상천외한 설정과 독특한 철학에 빠져 이야기 흐름에 몰입하게 된다. 새로운 감각의 판타지 세계 이야기다.

76 『사토루의 2분(二分間の冒険)』

① 오카다 준
② 강라현
③ 달리
④ 2005년

주인공 사토루는 어느 날 갑자기 노인과 아이만이 존재하는 세계에 말려든다. 이곳은 아이들이 용과 싸워야 하며, 패하면 노인이 되어버리는 세계. 본래 세계로 돌아가기 위해 사토루가 분투하는 모습은 매우 고전적이지만, 성장이라는 주제가 불변의 것임을 알게 된다.

77 『연금술사(O Alquimista)』

① 파울로 코엘료
② 최정수
③ 문학동네
④ 2001년

양치기인 산티아고는 그를 기다리는 보물이 감추어져 있다는 꿈을 믿고, 아프리카 사막을 넘어 피라미드로 향한다. '무언가 진심으로 바라면 우주의 모든 것이 협력해서 실현하도록 도와준다'라는, 이른바 인도의 법칙을 주제로 한 판타지 세계 이야기다.

78 『반쪼가리 자작(Il visconte dimezzato)』

① 이탈로 칼비노
② 이현경
③ 민음사
④ 2010년

전쟁에서 적의 대포 앞으로 뛰어든 메다르도 자작은 군의의 노력으로 몸의 오른쪽 반만 살아남아 고향으로 돌아간다. 하지만 잃어버린 반쪽은 자작의 선한 부분이었고, 악한 부분만 남은 그는 잔학한 행동을 멈추지 않는다. 자작의 횡포를 가로막은 반전이 기다리고 있다.

79 『모두의 공상 지도(みんなの空想地図)』

① 이마이즈미 다카유키
② -
③ 한국 내 미출간
④ 2013년

판타지 세계 구축에서 가상 지도는 빼놓을 수 없다. 이 책은 판타지 세계 지도 만들기를 즐기는 저자에 의한 안내서다. '지리인'이라고 자칭하는 저자의 더 없이 현실적인 가상 도시의 모습에 압도될 것이다.

80 『평면견(平面いぬ)』

① 오쓰이치
② 김수현
③ 황매
④ 2009년

한순간의 충동으로 수수께끼의 중국인 문신사에게 부탁해 새긴 개 문신 '포치'가 어느 날 갑자기 살아 움직인다……. 소녀와 '평면 개'의 신비한 공동생활을 그린 표제작을 시작으로, 4개의 단편 모두 매력적인 창조물이 활약하는 판타지·호러 작품이다.

81 『인투 더 와일드(Into the Wild)』

① 존 크라카우어
② 이순영
③ 바오밥
④ 2010년

혹한의 알래스카 황야에 버려진 폐차에서 죽어 있던 청년. 축복받은 환경에서 자라난 젊은이가 왜 황야에서 고독하게 죽은 것일까. 지방 신문의 작은 기사에서 시작된 취재가 방랑 이야기에 관한 예상 밖의 진실을 파헤친다.

82 『푸른 상자(青の匣)』

① 오이시타니시
② -
③ 한국 내 미출간(동인)
④ 2014년

흙에 파묻혀 있던 흡혈귀 소녀 미란다를 과거 그녀의 연인이었던 이의 손자 아서가 발견한다……. 동인 작품의 게임 북이지만, 퍼즐이나 지도를 활용한 의욕적인 구성에서 창작의 즐거움이 느껴지며, 자극을 받게 될 것이다.

83 『주문이 많은 요리점(注文の多い料理店)』

① 미야자와 겐지
② 김난주
③ 담푸스
④ 2015년

수많은 판타지 세계 이야기를 남긴 미야자와 겐지. 이 작품은 그의 작품 중 단편이면서도 가장 잘 알려진 것 중 하나. 인물 설정부터 명쾌하고 여러 연구가 담긴 세계관, 그리고 인간의 본성을 엿볼 수 있는 약간 신비한 결말에 이르기까지 볼거리가 많다.

84 『알피에로 군도(アルピエロ群島)』

① 쇼노 에이지
② -
③ 한국 내 미출간
④ 1981년

'폴리네시아 군도의 자연, 민속, 신화 전승의 종합적인 보고서'라고 소개하지만, 사실 이 모든 것은 가공의 설정이다. 특히 재미있는 것은 알피에로 군도는 가상의 공간이지만 여기에 관련된 주변 나라들, 문화나 종족은 현실을 바탕으로 하고 있다.

라이트 노벨

현재 판타지 세계 이야기가 가장 다양하게 만들어지고 있는 것은 라이트 노벨이다.
격전의 장르인 만큼, 걸작도 많다. 새로운 독자를 계속 매료시키는 연구에도 주목할 점이 많다.

85 『아이젠 플뤼겔(アイゼンフリューゲル)』

① 우로부치 겐
② 구자용
③ 학산문화사
④ 2011년

20세기 전반, 사람의 지능을 훨씬 넘어선 존재인 흑룡에게 프로펠러 비행기로 도전한 사람들의 전투 이야기. 저자는 크게 히트한 애니메이션 〈마법 소녀 마도카☆마기카〉의 각본가로도 알려졌는데, 거친 작풍의 라이트 노벨로서 이 작품을 권하고 싶다.

86 『그러나 죄인은 용과 춤춘다(されど罪人は竜と踊る)』

① 아사이 라보
② 이형진
③ 대원씨아이
④ 2009년

과학과 마법이 융합한 궁극의 힘을 자유롭게 조종하는 가이우스와 광전사 기기나, 이 두 명의 공성주식사 이야기. 암흑계 라이트 노벨이란 칭호에 어울리게 잔학한 장면이 많고, 어려운 용어가 많아서 누구나 쉽게 볼 만한 작품은 아니지만, 광대한 세계관 설정이 매력적이다.

87 *『날개의 귀환처(翼の帰る処)』

① 세노오 유우코
② -
③ 한국 내 미출간
④ 2008년

30대 후반의 중년 남성인 야에토가 주인공인 이색적인 작품. 그는 '과거를 보는' 능력으로 제국의 중요한 문관으로 일하는 병약한 초식계 남자다. 부임지인 변경, 북방에서 제국의 비밀을 깨달으면서 황녀를 둘러싼 장대한 이야기가 움직인다.

88 *『마술사 오펜: 뜻밖의 여행』

① 아키타 요시노부
② 곽형준
③ 길찾기
④ 2016년

마술사가 본업이지만 부업으로 대부업을 하는 오펜을 주역으로 한 현대판 검과 마법 판타지. 등장인물이 하나같이 바보 같지만, 마법의 원리와 원칙에 대한 설정 등이 상세하고, 확실하게 기반을 구축한 세계에서 캐릭터가 생동감 있게 활약하는 모습을 보는 것이 즐겁다.

89 *『용사가 되지 못한 나는 마지못해 취직을 결심했습니다!(勇者になれなかった俺はしぶしぶ就職を決意しました。)』

① 사쿄우 준
② 최경미
③ 대원씨아이
④ 2013년

용사를 꿈꾸며 노력했지만, 마왕이 쓰러지면서 용사 제도가 사라져버린 세계. 어쩔 수 없이 주인공은 마법 아이템 상점 점원이 된다. '꿈꾸던 직업에 대한 좌절'이라는, 현실에서 흔하게 일어나며 개인에게 중요한 주제에 정면으로 도전하고 있다.

90 『숲의 마수에게 꽃다발을(森の魔獣に花束を)』

① 고기 기미토
② -
③ 한국 내 미출간
④ 2012년

시련을 겪기 위해 들어간 금단의 숲에서, 배신으로 인해 홀로 남겨진 소년 크레요는 헤매던 끝에 반수반인의 마수 소녀를 만난다. 처음에는 크레요를 먹이로만 인식하던 히로인 마수가 서서히 인간을 알고, 성장해간다는 이색적인 설정이 포인트다.

91 『어느 비공사에 대한 추억(とある飛空士への追憶)』

① 이누무라 고로쿠
② 김완
③ 서울문화사
④ 2009년

레밤 황국의 용병 파일럿인 샤를은 황자의 약혼자를 비행기 뒷자리에 태우고 홀로 12,000km의 바다를 건너는 가혹한 임무를 맡게 된다. 배가 존재하지 않는다는 세계관 설정과 정치 세력 구도가 매력적인 걸작으로, 공통의 세계관을 가진 속편도 제작되었다.

92 『여행을 떠나자. 멸망해 가는 세계 끝까지(旅に出よう,滅びゆく世界の果てまで)』

① 요로즈야 다타히토
② 조민경
③ 서울문화사
④ 2015년

원인도 대처법도 없이 사람들이 단순히 사라져버리는 '상실증'이 만연한 세계에서, 병을 앓는 소년과 소녀가 '세계의 끝'을 향해 슈퍼 커브 오토바이를 타고 여행한다. 쓸쓸한 세계에서 만나는 사람들과의 교류와 마을 분위기에서 따스함이 느껴지는 신비한 작품이다.

93 『제로의 사역마』

① 야마구치 노보루
② 윤영의
③ 서울문화사
④ 2007년

눈을 뜨자 이세계에서 판타지 의상을 입은 귀여운 소녀들에게 둘러싸여 있고, '계약'이라며 영문을 알 수 없는 입맞춤을 당한다. 라이트 노벨다운 요소가 집결된 본격 왕도 미소녀 판타지. 앞뒤 따지지 않고 읽어보면 21세기 초반의 라이트 노벨 시대를 알 수 있다.

94 *『미스마르카 왕국 부흥기(ミスマルカ興国物語)』

① 하야시 도모아키
② 구자용
③ 영상출판미디어
④ 2012년

미스마르카 왕국의 왕위를 계승한 느긋한 왕자 마히로. 어떤 일을 하든지 바보 같은 느낌이라 한심하게 여겨지지만, 압도적인 세력으로 밀어붙이는 제국을 상대로 폭력에 의한 해결을 철저하게 부정하며 '대화를 통한 해결'을 모색한다는 기상천외한 설정에 넋을 잃는다.

95 *『던전에서 만남을 추구하면 안 되는 걸까(ダンジョンに出会いを求めるのは間違っているだろうか)』

① 오모리 후지노
② 김완
③ 소미미디어
④ 2013년

'던전'이라고 불리는 장대한 지하 미궁 도시 오라리오가 무대라는 설정과 달리, 주인공 소년 벨과 여신 헤스티아의 러브 코미디가 중심을 차지한다. 검과 마법만이 아니라, 어떤 세계에도 당연하게 존재하는 일상을 보여주는 즐거운 이야기다.

96 *『육화의 용사(六花の勇者)』

① 야마가타 이시오
② 김동욱
③ 학산문화사
④ 2013년

자칭, 지상 최강의 소년 아들렛은 어둠 속에서 깨어나는 '마신'에게서 세계를 지키는 6명의 용사로 선택되었다. 하지만 약속의 땅에 모인 용사는 어째서인지 7명이었다. 미스터리 요소가 강하고, 문장도 훌륭하다. 라이트 노벨을 가볍게 보는 독자라면 꼭 읽어보길 바란다.

97 *『고블린 슬레이어(ゴブリンスレイヤー)』

① 가규 구모
② 박경용
③ 디앤씨미디어
④ 2017년

모험가 업계의 정점에 가까운 은(실버) 등급 전사임에도, 하급 고블린 퇴치 외엔 관심 없는 고블린 슬레이어의 이야기다. 인간 사회에 가까이 있는 약한 몬스터야말로 진정한 위협이 될 수 있다는 역발상과 TRPG의 테이블 분위기를 의식한 세계관으로 주목할 만한 작품이다.

98 『비 오는 날의 아이리스(雨の日のアイリス)』

① 마쓰야마 다케시
② 임이지
③ 서울문화사
④ 2015년

상냥한 로봇 연구자와 함께 가족처럼 살아가던 가정부 로봇 아이리스. 감정을 가진 로봇이 필연적으로 갖게 되는 사명 속에서 어떻게 살아가고, 느끼며, 무엇을 바라는가? 감정의 창조를 통해서 인간과 사물의 관계를 생각해본다.

99 *『천경의 알데라민(天鏡のアルデラミン)』

① 우노 보쿠토
② 정대식
③ 학산문화사
④ 2013년

전쟁은 질색인 게으름뱅이, 하지만 전쟁 지휘 재능만은 탁월한 전형적인 반전형 주인공 이쿠타가 제국의 군사로 성장하는 전기물 라이트 노벨. 전투 묘사보다 진퇴의 전술 묘사가 돋보이는 작품이다.

100 『재와 환상의 그림갈(灰と幻想のグリムガル)』

① 주몬지 아오
② 이형진
③ 대원씨아이
④ 2014년

난데없이 변경에 떨어진 주인공들이 살아남고자 변경의 의용군에 지원해 팀을 이루어 괴물과 싸우는 이야기. 기본 구조는 최근 유행하는 게임물을 연상하게 하지만, 라이트 노벨답지 않게 하층 계급에서 벗어나지 못하고 살아남고자 애쓰는 이들의 땀 냄새가 물씬 풍긴다.

저는 SF&판타지도서관을 10년쯤 운영하며, 게임 개발이나 스토리텔링을 가르치고 있습니다. 특히, 게임 스토리텔링과 관련하여 독자적인 세계관과 설정, 이야기를 구성하고 게임에 재미를 더하는 방법을 주로 이야기합니다.

그런데 세계관 창작에서 가장 어려운 것은 참고할 만한 자료가 적다는 점입니다. 아니, 반대로 너무 많다고 해야 할지도 모르겠습니다. 세계관이라는 것은 이야기의 무대가 되는 또 다른 세상을 만드는 것인데, 이를 위해서는 우리가 사는 세상의 다양한 요소를 잘 이해해야 하기 때문입니다. 독자적인 판타지 세계의 신화를 만들어내기 위한 참고 도서만 수백, 수천 권이 존재하는 상황에서 이것들을 모두 망라하여 소개하기란 쉽지 않습니다. 지리, 역사, 군사, 마법, 생물 등 세계관의 요소들을 넓혀보면 참고할 자료는 더욱 늘어나고, 끝이 보이지 않는 상황에 이르게 됩니다. 지나치게 많은 정보는 차라리 없는 거나 다를 바가 없다고 하듯, 결국 중요한 것은 이 중에서 내게 필요한 정보를 선별하는 능력입니다. 따라서 '세계관 창작'에 관한 참고 자료는 의외로 많지 않다고 할 수 있습니다.

미국이나 일본에 참고할 책이 조금 있고, 이따금 블로그 등에 자료가 올라오긴 하지만 완성도는 그다지 높지 않습니다. 세계관 창작을 주제로 한 책을 수십 권 찾아봤지만, 쓸 만한 책은 적었습니다. 그래서 세계관 창작에 관한 수업을 할 때마다 별도로 자료를 정리해서 소개할 수밖에 없었습니다. 그렇게 '내가 직접 책을 써야 하나' 하고 생각할 무렵, 일본의 한 서점에서 이 책을 만난 것은 참 행운이었습니다.

처음 보았을 때 엄청난 두께에 충격을 받았습니다. 판형 자체는 만화책 정도로 크지 않지만, 한 손에 들면 작은 둔기 같은 느낌이 들었습니다. 하지만 무엇보다 이 책이 제가 생각하고 가르쳐온 여러 요소를 충실하게 정리해서 안내하고 있다는 인상을 받았습니다.

세계의 전반적인 틀을 만드는 부분부터 시작하여 이야기의 주역인 환수들, 그리고 이들이 펼치는 전투와 전쟁, 나아가 판타지 세상에 존재하는 마법에 이르기까지 다양한 항목이 체계적으로 나열되어 있습니다. 각 항목은 역시 세부로 나뉘어 여러 가능성을 소개합니다. 그야말로 판타지 세계를 구축하는 데 필요한 설계도에 가깝다고 해도 과언이 아닙니다. 작가가 테이블 탑 롤플레잉 게임의 개발자이다 보니 이야기를 끌어내는 설정 만드는 방법을 잘 이해하고 있으며, 설정으로부터 나올 수 있는 이야기의 예제도 친절히 마련해놓았습니다. 무엇보다도 방대한 참고 도서를 이해하기 쉽게 잘 정리했습니다. 그야말로 제가 바라던 '참고 도서'였습니다.

『판타지 유니버스 창작 가이드』는 어떤 책?

이 책은 제가 이제까지 보았던 수십 권의 '세계관 창작' 관련 서적 중에서 가장 완성도가 높으며, 책상 옆에 두고 때때로 살펴보기 좋은 '세계관 창작 백과사전'입니다. 세계를 만들다가, 또는 이야기를 구성하다가 아이디어가 필요할 때, 또는 무언가 막히는 부분이 있을 때, 언제든지 궁금한 부분을 찾아 펼쳐볼 수 있습니다. 가령 판타지 세계에서 중요한 몬스터(또는 캐릭터)가 필요하다면, 「환수의 장」을 펼쳐봅니다. 환수 중에서도 특히 보스급에 대한 내용이라면, '고 레벨 환수의 역할'을 찾아봅니다. 해당 항목에서는 7개의 부분으로 나누어 강력한 보스급 환수들은 어떤 존재이며, 주로 어떤 것이 있는지, 나아가 이들로부터 어떤 이야기가 나올 수 있는지를 소개합니다. 600쪽이 넘는 책을 처음부터 끝까지 읽긴 어렵겠지만, '고레벨 환수의 역할'만이라면 14쪽에 불과하니 빠르게 읽어낼 수 있습니다.

이 책은 기본적으로 페이지를 양쪽으로 구성해 각 항목을 해설하고 있습니다. 우선 왼쪽 페이지에는 해당 항목에 대한 기본적인 개념이 간단히 정리되어 있습니다. 이를 바탕으로 오른쪽 페이지에서 자신이 생각하는 내용이 있는지 살펴봅니다. 마지막으로 왼쪽 페이지 아래에 있는 2개의 상자와 오른쪽 아래의 '체크포인트'를 통해 보완합니다. 가볍게 볼 때는 왼쪽 페이지 해설만 읽고 나에게 필요한 내용인지 파악하는 것도 좋습니다.

뭐든 아이디어를 얻고 싶다면 무작정 책을 펼쳐서 그 부분을 꼼꼼히 읽는 것도 좋은 방법입니다. 각 항목은 독립적인 내용이므로 하나만 읽어도 아이디어를 얻고 보완하는 데 도움이 됩니다.

이렇듯 『판타지 유니버스 창작 가이드』는 무작위로 아이디어를 얻을 수 있고, 그때그때 필요한 부분을 찾아 살펴보고 내용을 보완해 세계관을 더욱 탄탄하게 만드는 '세계관 창작을 위한 가이드'이자 백과사전입니다.

'내 맘대로 판타지 유니버스' 만들기

『판타지 유니버스 창작 가이드』는 매우 훌륭한 백과사전이지만, 워낙 두껍다 보니 조금은 어렵게 느껴질지도 모릅니다. 이를 위해 이 책을 활용하여 판타지 세계관 만드는 법을 소개합니다.

우선 세계관이라는 것이 무엇인지 생각해볼 필요가 있습니다. 세계관이라고 하면 사람들은 '설정집'을 떠올리곤 하는데, 사실 설정은 세계관의 극히 일부에 지나지 않습니다. 세계관이란 이야기를 위해 구성한 나만의 우주이며, 지리나 역사, 생태계, 신화나 종교, 기술 같은 것만이 아니라, 그 세계에 살아가는 존재들의 가치관 등을 모두 포함한 개념입니다. 이야기를 만들 때는 특히 설정 요소보다 '가치관'이 더 중요한 경우가 많습니다.

가치관이라면 뭔가 거창해 보이겠지만, 사실 세계의 짜임새에서 나오는 사고방식, 생활 습관으로 생각하면 편합니다. 가령 우리는 차도를 건너려 할 때 일단 멈추어서 신호등이 바뀌기를 기다리거나 차가 지나가는지를 살핍니다. 이는 '자동차'라는 설정이 있고, '자동차는 위험하다'라는 상식에서 나오는 습관이자 가치관인 것입니다. 특히 '자동차가 많다'는 설정이 존재하기 때문에 이런 행동이 나타납니다.

중세 판타지 세계관은 서양의 중세에서 영향을 받지만, 판타지의 설정에 따라서 얼마든지 달라질 수 있습니다. 중세 시대 사람들은 길을 건널 때마다 일일이 마차가 오는지 살피지 않겠지만, 만일 마법 자동차가 일상적으로 사용되는 세계라면 역시 길을 건널 때 조심하게 마련입니다. 물론, 마법 자동차가 지나가기 쉽게 도로를 만들고, 사람들이 다닐 수 있는 보도를 따로 분리할 것입니다. 마법 자동차가 일상적으로 달리는 세계라면, 이와 관련한 갈등이 생겨나고 드라마가 펼쳐집니다. 하나의 설정이 가치관을 만들어 세계관을 구성하며, 나아가 이야기가 만들어지는 것입니다.

이 같은 세계관에서 중요한 것은 '내적 정합성'입니다. 간단히 말하면 앞뒤가 맞아야 합니다. 사람들은 기본적으로 호기심을 갖고 인과관계를 파고드는 존재입니다. 어떤 일이 일어났다면 '왜 일어났는지' 궁금해합니다. 그리고 '왜'라는 것이 타당하지 못하면 문제가 있다고 생각하며 그만큼 몰입하지 못하게 됩니다. 여기서 '왜'는 상식으로 결정되는데, 창작 작품에선 그 세계만의 상식, 가치관에 따라 결정됩니다.

『판타지 유니버스 창작 가이드』는 이러한 관점에서 만들어진 책인 만큼, 책을 읽다보면 자연스럽게 '내적 정합성'에 맞추어 생각하고 창조하는 개념에 익숙해지겠지요. 특히, 이러한 개념에 친숙해질 수 있도록 우선 「서장」을 보시는 걸 권합니다. 「서장」에서는 현대 판타지를 만들어낸 주역 중 하나인 J.R.R. 톨킨이 어떤 식으로 아이디어를 얻어서 발전시켰고, 정리했는지 잘 나와 있습니다.

특히 주목할 점은 수많은 창작자에게 영감을 주고 독자적인 언어를 가졌을 만큼 확고한 느낌의 '가운데땅'이라는 세계가 처음부터 완성되지는 않았다는 것입니다. 『호빗』에서는 '가운데땅'이란 이름조차 없었으며, 절대 반지도 『반지의 제왕』을 만들면서 수정되어 등장한 설정입니다. 이런 점에서 처음부터 완성된 세계관이 필요하지 않다는 것을 느끼게 하며 세계관 창작에 임하는 독자들의 마음을 편하게 만들어줍니다. 이렇게 「서장」의 읽을거리를 통해 편한 마음을 갖고 세계관 창작에 임하면 됩니다.

아이디어를 통해 완성도를 높이자

세계관 창작의 기본은 이야기를 끌어낼 만한 설정을 하나 만드는 것입니다. 『판타지 유니버스 창작 가이드』의 여러 부분에서 아이디어를 얻을 수 있지만, 먼저 「마법 창조의 장」을 통해서 마법에 대한 아이디어를 얻기를 권합니다. 이는 판타지라는 것이 기본적으로 마법과 같은 신비로운 개념을 도입한 작품이기 때문입니다. 〈파이널 판타지〉나 『강철의 연금술사』처럼 마법 같은 힘의 정체를 파고드는 것만으로 얼마든지 재미있는 세계와 이야기가 탄생할 수 있습니다.

「마법 창조의 장」 전부를 읽기에 버겁다면 1, 2장만이라도 읽어보세요. 여기엔 마법이 왜 필요하며, 어떤 것인지 체계적으로 소개되어 있습니다. 특히 게임을 통해 '화구' 같은 소비성 공격 마법에만 익숙한 분들이라면 이 부분을 통해 나만의 마법에 대한 생각의 폭을 넓히는 게 좋습니다.

또는 판타지의 주역을 다룬 「환수의 장」을 먼저 읽어보는 것도 괜찮습니다. 역시 게임에서 쏟아져 나오는 '경험치 올리기 위한 몬스터'에 익숙해진 사람들이라면 1장과 6장의 내용을 통해 시야를 넓히기를 권합니다.

이러한 과정을 통해 마법이나 환수에 대한 기본적인 아이디어에서 설정을 얻었다면, 설정의 내적 정합성과 함께 살을 붙이기 위해서 스스로 질문을 던지고 답변해봅니다. '언제, 어디서, 누가, 무엇을, 어떻게, 왜'라는 육하원칙 중에서 하나를 골라서 질문해보는 거죠.

가령 '마왕이 세계를 정복하려 한다'라면 '왜 세계를 정복하려 하는가?'와 같은 식의 의문을 던져보는 겁니다. 『판타지 유니버스 창작 가이드』에서 관련되었을 만한 부분을 펼쳐보면 이 질문과 답변도 쉽게 정리할 수 있을 것입니다.

그렇게 해서 뭔가 이야기가 나올 것 같으면, 일단 짧아도 좋으니 만들어보는 것을 권합니다. 최소한 단편 줄거리라도 하나 만들어보면 설정이 더욱 치밀해지고, 새로운 아이디어가 떠오르기 쉽습니다. 이야기 속에서 전투나 전쟁이 등장한다면, 「무기·전투의 장」에서 아이디어를 얻을 수 있습니다.

이러한 과정을 거치며 어느 정도 설정이 잡혔다면, 다음에는 「구축의 장」을 참고로 하여 세계를 좀 더 보완해보세요. 어떻게 하면 조금 더 그럴듯한 세계가 만들어지고, 세계를 넓혀나갈 수 있을까? 「구축의 장」에는 세계의 기본 구조와 함께 세계관을 완성할 때 생각할 만한 부분이 잘 정리되어 있습니다. 그래서 세계관을 다듬고 완성도를 높이는 데 매우 도움이 됩니다.

반면, 세계관이나 이야기의 아이디어를 짜는 데 익숙한 사람이라면, 처음부터 「구축의 장」을 보면서 나의 세계관과 이야기를 보완하는 것도 좋습니다. 「무기·전투의 장」, 「환수의 장」, 「마법 창조의 장」은 각 부분에서 내용을 보완하기 위해서 살펴보면 좋겠지요.

어느 쪽이건 『판타지 유니버스 창작 가이드』는 세계관을 구성하고 이야기를 만들어서 완성해 나가는 과정에서 계속 참고할 수 있는 책입니다. 가이드이자 백과사전이라는 것을 기억하고, 항상 옆에 두고 살펴보길 권합니다. 이를 통해 세계관이라는 개념을 좀 더 넓고 다양하게 바라보는 관점을 생각하고, 기존과는 다른, '내 맘대로 판타지 유니버스'를 구성하고 재미있는 이야기를 엮어낼 수 있게 될 것입니다.

◈ 『판타지 유니버스 창작 가이드』 활용 방법

0) 「서장」을 통해 톨킨 세계관이 만들어진 과정을 느끼며, 처음부터 거대한 세계관을 완성하려는 집착을 버린다.

1) 「마법 창조의 장」이나 「환수의 장」에서 이야기가 나올 만한 아이디어를 얻는다.

2) 「마법 창조의 장」이나 「환수의 장」을 참고로 질문과 답변을 반복하며 아이디어에 살을 붙인다.

3) 세계에 있을 만한 짧은 이야기를 만들어본다(줄거리만이라도 좋음). 각 장을 참고로 설정이나 내용을 보완한다. 특히, 전투·무기를 넣고 싶다면, 「무기·전투의 장」을 참고한다.

4) 「구축의 장」을 참고하여 세계관의 세부를 보완한다. 무언가가 부족하다면, 3)의 과정에서 다른 이야기를 만들어보는 것도 좋다.

5) 세계에서 적당한 무대와 상황을 찾아서 만들고 싶은 이야기를 구성한다.

  * 세계관을 창작하는 방법을 좀 더 자세하게 알고 싶다면 '내 맘대로 판타지 유니버스'라는 유튜브 강좌를 참고해주세요(www.youtube.com/pyodogi). 『판타지 유니버스 창작 가이드』 활용 방법도 좀 더 자세하게 소개할 예정입니다.

2019년 4월
전홍식

찾아보기

※본문에서 다뤄진 작품명으로, 외국 작품의 경우 원제를 병기했습니다.

판타지 유니버스 창작 가이드

2019년 4월 17일 1판 1쇄 발행
2024년 8월 12일 1판 6쇄 발행

지은이　미야나가 다다마사
옮긴이　전홍식
일러스트　야마나카 고테쓰
펴낸이　한기호
책임편집　유태선
편 집　도은숙, 정안나
마케팅　윤수연
경영지원　국순근
펴낸곳　요다
　　　　　출판등록 2017년 9월 5일 제2017-000238호
　　　　　주소 04029 서울시 동교로 12안길 14 A동 2층(서교동, 삼성빌딩)
　　　　　전화 02-336-5675 팩스 02-337-5347
　　　　　이메일 kpm@kpm21.co.kr
　　　　　홈페이지 www.kpm21.co.kr

ISBN 979-11-89099-20-6 03800

· 요다는 한국출판마케팅연구소의 임프린트입니다.
· 책값은 뒤표지에 있습니다.
· 이 도서의 국립중앙도서관 출판예정도서목록(CIP)은 서지정보유통지원시스템 홈페이지
 (http://seoji.nl.go.kr)와 국가자료종합목록시스템(http://www.nl.go.kr/kolisnet)에서 이용
 하실 수 있습니다. (CIP제어번호 : CIP2019009222)